HANNAH GRACE

Wildfire

Hannah Grace

Wildfire

Roman

Ins Deutsche übertragen
von Richard Betzenbichler

LYX

LYX in der Bastei Lübbe AG

NACHHALTIG PRODUZIERT

Die Bastei Lübbe AG verfolgt eine nachhaltige Buchproduktion. Wir verwenden Papiere aus nachhaltiger Forstwirtschaft und verzichten darauf, Bücher einzeln in Folie zu verpacken. Wir stellen unsere Bücher in Deutschland und Europa (EU) her und arbeiten mit den Druckereien kontinuierlich an einer positiven Ökobilanz.

FSC www.fsc.org MIX Papier | Fördert gute Waldnutzung FSC® C014496

Die Originalausgabe erschien 2023
unter dem Titel »Wildfire«.

Bei Fragen zur Produktsicherheit wende dich bitte an:
produktsicherheit@bastei-luebbe.de

Textredaktion: Li-Sa Vo Dieu
Umschlaggestaltung: © ZERO unter Verwendung von Motiven von
© Simon & Schuster UK Ltd und © Leni Kauffman
Satz: Greiner & Reichel, Köln
Gesetzt aus der Adobe Caslon
Druck und Verarbeitung: GGP Media GmbH, Pößneck

Printed in Germany
ISBN 978-3-7363-2085-7

5 7 9 10 8 6 4

Weitere Informationen unter:
lyx-verlag.de
luebbe.de | lesejury.de

Liebe Leser:innen,

Wildfire enthält Elemente, die triggern können.
Deshalb findet ihr auf der letzten Seite
eine Triggerwarnung.

Wir wünschen uns für euch alle
das bestmögliche Leseerlebnis.

Euer LYX-Verlag

Für mein jüngeres Ich,
das so gern seine erste Wahl gewesen wäre.

Playlist

SPARKS FLY (TAYLOR'S VERSION) | TAYLOR SWIFT	4:20
WILDFIRE | SEAFRET	3:43
MOONLIGHT | ARIANA GRANDE	3:22
ALONE WITH YOU | ALINA BARAZ	3:45
CHRONICALLY CAUTIOUS | BRADEN BALES	1:59
BEST PART (FEAT. H. E. R.) | DANIEL CAESAR	3:29
SWEAT | ZAYN	3:52
NAKED—BONUS TRACK | ELLA MAI	3:17
LATE NIGHT TALKING | HARRY STYLES	2:57
HARD TO LOVE | BLACKPINK	2:42
PEACE | TAYLOR SWIFT	3:53
YOU | MILEY CYRUS	2:59
NONSENSE | SABRINA CARPENTER	2:43
SLEEPING WITH MY FRIENDS | GAYLE	2:48
PRETTY PLEASE | DUA LIPA	3:14
DID YOU KNOW THAT THERE'S A TUNNEL UNDER OCEAN BLVD | LANA DEL REY	4:44
WHILE WE'RE YOUNG | JHENÉ AIKO	3:56
BIGGEST FAN | MADDIE ZAHM	3:01
THE ONLY EXCEPTION | PARAMORE	4:27
EVERYTHING | LABRINTH	2:15

1. KAPITEL

Russ

Henrys Blick brennt sich vom anderen Ende des Wohnzimmers in mich hinein. »Dein Sommer wird beschissen werden!«

Zustimmendes Schnauben meiner Mannschaftskameraden, am lautesten von Mattie, Bobby und Kris, die mir alle etwas Vergleichbares gesagt hatten, als ich ihnen mitteilte, dass ich diesen Sommer nicht mit ihnen nach Miami komme.

»Starke Worte, Turner«, schnauze ich zurück, was meinen Mitbewohner allerdings kaltlässt. »Du solltest Motivationskurse geben.«

»Dir wird noch leidtun, dass du nicht auf mich gehört hast, wenn sie dir nächste Woche bei der Personalschulung körperliche Arbeit und Team-Building-Aktivitäten aufhalsen.« Henry blättert weiter durch den Prospekt von Honey Acres. Die Furchen auf seiner Stirn werden zunehmend tiefer. »Was ist denn Nachtdienst?«

»Ich muss zweimal pro Woche in einem Raum schlafen, der an die Blockhütte der Kinder angrenzt, falls jemand etwas braucht«, antworte ich betont lässig und beobachte, wie Henry entsetzt die Augen aufreißt. »Den Rest der Zeit schlafe ich in meiner eigenen Hütte.«

»Für mich wäre das nichts.« Henry wirft den Prospekt wieder auf den Beistelltisch. »Trotzdem, viel Glück.«

»Könnte schlimmer sein«, meldet sich nun Robbie. »Du hättest diesen Sommer ja auch nach Kanada ziehen müssen.«

Nate stöhnt laut auf, vergräbt das Gesicht im Haar seiner Freundin und versinkt noch tiefer in dem Liegesessel, den sich die beiden teilen. »Hör mir bloß mit dem verdammten Kanada auf!«

»Das hast du dir selbst zuzuschreiben«, sagt Stassie gerade so laut, dass wir es alle hören können. »Sei nicht so ein Baby. Du willst doch für Vancouver spielen.«

»Ich würde lieber nach Kanada ziehen als neun Wochen lang auf zwanzig Kinder aufpassen.« Der unverhohlene Ekel auf Henrys Gesicht könnte einen glauben lassen, ich würde in einem Schlachthof arbeiten, und nicht als Betreuer in einem Sommercamp. »Du hast das wirklich nicht richtig durchdacht, Callaghan.«

Habe ich sehr wohl.

Honey Acres' Hauptklientel sind viel beschäftigte, reiche Eltern, die ihre Kinder den Sommer über gut aufgehoben wissen wollen, während sie arbeiten. Gott sei Dank sind die Gebühren horrend, was bedeutet, dass die Anlage in erheblich besserem Zustand ist als alle anderen, die ich mir angeschaut habe. Die Arbeit besteht darin, mehrere Kinder im Zaum zu halten. Der Job ist nicht nur sehr gut bezahlt, sondern man bekommt auch etliche Tage frei. Das ist reiner Luxus und alles andere als selbstverständlich bei den meisten anderen Sommercamps.

Kris und Bobby hatten vorgeschlagen, ich solle mich dort bewerben, nachdem ich ihr Urlaubsangebot mit der Begründung ausgeschlagen hatte, ich bräuchte einen Job. Sie hatten vor zehn Jahren einen Sommer in Honey Acres verbracht und geschworen, es sei das beste Sommercamp in Kalifornien. Und ich hätte mich für so gut wie alles beworben. Ich bin knapp bei Kasse, seit die Bar, in der ich gearbeitet hatte, von der Polizei dicht gemacht worden war. Unglücklicherweise hatte den Laden der Ruf eingeholt, man gehe dort verdächtigen Beschäftigungen nach und schenke Alkohol an Minderjährige aus. Und es sieht nicht danach aus, als würde die Bar in absehbarer Zeit wieder öffnen.

Und obwohl Henry an meinem Urteilsvermögen zweifelt, blieb mir als Alternative nur, ohne Job in Maple Hills herumzuhängen und von meiner Mom bedrängt zu werden, sie zu besuchen.

Da fiel mir die Wahl nicht schwer.

»Ich höre zwischen den Zeilen heraus, Hen, dass du nicht mitkommen willst?«, spotte ich.

»Danke, nein. Ich bleibe dabei. Aber falls du einen gefakten Notfall brauchst, um von dort wegzukommen, gib mir Bescheid, dann rufe ich an.«

JJ beugt sich auf der Couch näher zu Henry und stößt ihn mit der Schulter an. »Den einzigen Notfall, den du die nächsten zwei Jahre erleben wirst, Captain, ist, wenn du keine Kontrolle mehr über deinen S…«

»JJ!«, kreischt Stassie und bringt ihn schlagartig zum Schweigen.

»Was du schon wieder denkst«, weist er sie zurecht. »Ich wollte Schienbein sagen.«

Stassie verdreht die Augen und zeigt ihm den Mittelfinger, als er ihr einen Luftkuss zuhaucht. Dann wendet sie sich an mich und lächelt mich an. »Du wirst bestimmt viel Spaß haben. Ignorier Henry einfach. Uns wirst du aber fehlen.«

»Du wohnst nicht einmal mehr hier«, erinnert Mattie sie mit hochgezogenen Augenbrauen.

»Du hast noch nie hier gewohnt«, kontert sie. Dann fangen die beiden einen Streit an, wer von ihnen mehr Zeit in diesem Haus verbringt.

So froh ich um den Sommer-Job bin, es ist auch irgendwie scheiße, schon wieder wegzufahren, nachdem ich erst kürzlich bei Henry und Robbie eingezogen bin. Und bei unseren inoffiziellen Mitbewohnern Mattie, Bobby und Kris, die immer dann wie durch Zauberhand auf der Matte stehen, wenn von Essen die Rede ist.

Es ist komisch, ein eigenes Zimmer zu haben, nachdem ich mir im Gebäude der Studentenverbindung zwei Jahre lang eins teilen musste und noch davor mit meinem Bruder Ethan zusammengewohnt habe – aber mir gefällt es so sehr viel besser.

Abgesehen vom Offensichtlichen, wie mein eigenes Zimmer zu haben und mit Leuten zusammenzuwohnen, die ich mag, fühlt es sich auch gut an, nicht mehr planen zu müssen, wann ich mich befriedige oder, in ganz seltenen Fällen, Sex habe. Henry war so zuvorkommend, mich zu warnen, er könne nach den sechs Monaten, in denen Nate und Stassie hier wohnten, definitiv ausschließen, dass mein Zimmer schalldicht ist.

»Wollt ihr zwei noch den ganzen Nachmittag streiten, oder sollten wir uns nicht langsam für die Party zurechtmachen?«, schreit Robbie so laut, dass er Stassies und Matties Gekeife übertönt.

Heute Abend schmeißen wir eine Party, um uns von den Leuten zu verabschieden, die ihren Abschluss geschafft haben – oder, wie Robbie es ausgedrückt hat, wir schmeißen eine »Tschüss und verpisst euch«-Party. Er bleibt für sein weiterführendes Studium noch in Maple Hills und ist froh, seinen Titel als Partyplaner zu behalten.

Nichtsdestotrotz hielt sich die allgemeine Begeisterung in Grenzen, die Wohnung für eine Horde Maple-Hills-Studierende herrichten zu müssen, die in wenigen Stunden über uns herfallen werden. Ich weiß, für die Jungs fühlt es sich wie das

Ende einer Ära an; vier Jahre, die man jeden Tag mit denselben Menschen verbringt, sind eine lange Zeit. Was Nate und Robbie betrifft, ist es sogar noch länger. Sie haben nie in unterschiedlichen Städten gelebt, geschweige denn in unterschiedlichen Ländern.

Für mich fühlt es sich an wie der Beginn einer Ära. Als ich zu studieren anfing, hatte ich mich einer Studentenverbindung angeschlossen, weil ich endlich eine Familie wollte, die mich nicht im Stich lassen würde, im Gegensatz zu meiner echten. Ich hatte gedacht, meine Verbindungsbrüder würden mit mir durch dick und dünn gehen. Dass ich Leute gefunden hätte, auf die ich mich verlassen könnte. Aber davon konnte keine Rede sein. Schon im ersten Semester schwante mir, dass ich einen Fehler gemacht hatte. Ich hielt durch, weil ich annahm, es würde eben seine Zeit dauern, bis es sich wie eine Familie anfühlte. Als dann Anfang des Jahres der ganze Scheiß mit dem Eisstadion passierte, da *wusste* ich, dass ich einen Fehler gemacht hatte. Die einzigen Menschen, die für mich da waren, befinden sich jetzt hier im Zimmer.

Es war die schwerste Zeit meines Lebens, und das heißt einiges. Ich habe überspielt, wie peinlich mir das alles war. Dann fragte mich Henry eines Tages, ob alles okay sei, und ich antwortete, mir fehle nichts. Ich nahm an, das sei das Ende der Unterhaltung, aber er meinte nur, er wisse, dass ich lüge, und wenn ich so weit war, darüber zu reden, stehe er bereit. Jede Woche hatten wir das gleiche Gespräch, bis ich ihn dann in den Winterferien zufällig traf.

Eigentlich hatte ich versucht, die Feiertage zu Hause zu verbringen, aber nach vierundzwanzig Stunden mit meinem Dad, der nach seiner üblichen Flaute im Casino mal wieder besoffen war und zusammenhangslosen Bullshit von sich gab, und meiner Mom, deren Unfähigkeit, ihn für sein Verhalten zur Verantwortung zu ziehen, schon fast an Professionalität grenzt, war ich wieder auf dem Weg zum Campus. Henry war unterwegs zum Eishockeyhaus, um seine Künstler-Utensilien zu holen. Als er mich sah, fragte er einmal mehr, ob alles in Ordnung sei, und diesmal, zum ersten Mal, antwortete ich mit Nein.

Nach all den Jahren, in denen ich mich zu sehr schämte oder zu wütend war, um jemandem von der Spielsucht meines Vaters zu erzählen, sprudelte nun alles aus mir heraus. Nicht einmal Coach Faulkner oder Nate wussten in vollem Umfang Bescheid, wie es bei mir zu Hause zuging, aber Henry erzählte ich wirklich alles.

Und Henry stand da, eine Leinwand unter dem Arm, und hörte mir zu.

Als ich fertig war, fühlte ich mich, als wäre eine zentnerschwere Last von meinen Schultern abgefallen. Er fragte mich, ob ich in der Pause mit ihm und mit den Chicken Wings von Kenny's abhängen wolle. Er stellte mir keine Fragen, er hatte keine Ratschläge für mich parat, er urteilte nicht über mich. Und deshalb sagte ich sofort zu, als er mich fragte, ob ich bei ihm und Robbie einziehen wolle.

Mittlerweile ist im Wohnzimmer Chaos ausgebrochen, so wie es immer ist, wenn sich alle hier versammeln. Jede Menge Gespräche überlagern sich, eins lauter als das andere. Weil ich so still bin, glauben die Leute immer, ich sei schüchtern. Aber das bin ich nicht. Ich glaube nicht mal, dass ich so still bin, das liegt eher daran, dass die anderen so laut sind. Ich sitze lieber da und lausche, statt im Mittelpunkt zu stehen wie meine Mannschaftskameraden. Im Zentrum der Aufmerksamkeit steht man zu sehr unter Druck, macht man zu leicht Fehler. In meiner Rolle als Beobachter, als Zuschauer fühle ich mich wesentlich wohler.

Ich gehe in die Küche und hole mir aus dem Kühlschrank eine Flasche Mineralwasser, dann, als ich jemanden hinter mir spüre, eine zweite.

»Bist du bereit für deine erste offizielle Party?«, fragt mich JJ und nimmt mir die zweite Flasche dankbar ab.

Wir lehnen uns beide gegen den Küchentresen und starren ins Wohnzimmer. »Ich denke schon. Die einzige Regel lautet: Robbie nicht auf den Sack gehen, oder?«

JJ schnaubt verächtlich, während er den Verschluss seiner Wasserflasche aufschraubt. »Zufällig ist das meine Lieblingsbeschäftigung, aber es hängt davon ab, wie hart du nächste Saison gedrillt werden willst.«

»Ich glaube, ich lasse mir da lieber nichts zu Schulden kommen.«

»Und? Fühlst du dich hier schon wie zu Hause?« JJ trinkt einen Schluck Wasser.

Ich habe die vergangenen Wochen viel Zeit mit ihm verbracht und herausgefunden, dass hinter seiner Rolle als Witzbold eine brüderliche Seite in ihm steckt. Nachdem ich mir vor zwei Monaten von meinen Ersparnissen einen alten Pick-up angeschafft hatte, war ich zum offiziellen Umzugshelfer geworden und transportierte für alle Packkartons hin und her. Es war ganz schön, sich nützlich zu fühlen, deshalb störte mich das nicht weiter, bis schließlich Lola Bedenken hatte, ihr Zeug könnte versehentlich bei Nate in Vancouver landen, und sie auf alle Kartons, die nicht ihr oder Stassie gehörten, Schwänze gemalt hatte.

JJ und ich fuhren also mit einer Ladefläche voll dekorierter Kartons zu seiner neuen Wohnung nach San Jose, was uns den ganzen Tag seltsame Blicke von anderen Autofahrern einbrachte. Wenn man mit jemandem zehn Stunden am Stück in einem engen Raum verbringt, lernt man allerhand über diese

Person. Ironischerweise meinte JJ, ich hätte nicht viel von mir preisgegeben.

»Es wird so langsam«, gebe ich zu. »Für mich ist das eine ziemliche Veränderung.«

»Vergiss nicht, du gehörst hierher. Sie wollen dich alle hier haben, hörst du?«, sagt er leise.

Ich habe den anderen Jungs nie von meiner Verunsicherung erzählt, aber JJ weiß irgendwie, dass ich mich gern aus allem Möglichen heraushalte. Ich habe ihn mal als einfühlsam bezeichnet, und er hat erwidert, das liege daran, dass er Skorpion sei. Was auch immer das heißt.

Ich bin ihm trotzdem dankbar, und das erste Mal seit langem fühle ich mich verstanden. Dieses Gefühl jedoch ist schwer zu akzeptieren, da ich mich die meiste Zeit selbst nicht verstehe.

»Ja, ich verstehe schon«, bestätige ich.

Er klopft mir auf die Schulter und geht zu seinem Platz im Wohnzimmer zurück. Langsam folge ich ihm und lasse mich auf den Stuhl neben Henry fallen.

Robbie klatscht einmal in die Hände, was uns allen Eishockey-Flashbacks beschert. Wie gut abgerichtete Hunde widmen wir ihm instinktiv unsere gesamte Aufmerksamkeit.

»Was für ein Mini-Faulkner«, murrt Nate leise und rutscht unruhig auf seinem Stuhl hin und her.

»Ihr wisst, dass ich bei Applaus immer zusammenzucke«, ergänzt Bobby. »Ich glaube, das ist eine regelrechte Traumareaktion.«

»Ich höre das Klatschen sogar, wenn ich allein bin«, sagt Mattie und nickt solidarisch.

»Von wegen allein«, widerspricht Joe. »Das ist Kris nebenan. Wenn er mal wieder Besuch hat. Da klatscht was ganz anderes aufeinander.«

Robbie murmelt etwas in seinen Bart, während Kris ein Kissen nach Joe wirft, der es fängt und zurückwirft, was erneutes Chaos zur Folge hat.

»Jetzt funktioniert auf einmal deine Verteidigung. Warum konntest du das nicht beim Eishockey?«, fragt Henry und lenkt Joe so gerade lange genug ab, dass ihn ein weiterer Kissenwurf von Kris voll ins Gesicht trifft.

»Um Himmels willen«, knurrt Robbie. »Die Party wird nicht stattfinden, wenn einer von euch Clowns sich eine Gehirnerschütterung einfängt. Ein letztes Mal: Reißt euch zusammen.«

Eine selbstverständliche Stille legt sich über den Raum, während alle widerwillig auf Robbies Anweisungen warten. Zwischendrin gibt es einen merkwürdigen Moment, in dem ich mich frage, ob wohl allen hier bewusst ist, dass es die letzte Party sein wird, die in diesem Haus von den hier Anwesenden gemeinsam geschmissen wird.

Ganz in Gedanken versunken, höre ich plötzlich JJ lachen und schreien. »Fünf Dollar! Jeder hier schuldet mir fünf Dollar!«

»Wie bitte?«

»Stas weint!« Er legt den Arm um sie und küsst sie auf die Schläfe. »Und das, bevor sie Alkohol intus hat. Ich habe gewonnen!«

Sie wischt sich mit den Handrücken die Tränen aus den Augen und schaut sich verwundert um. »Ihr habt auf mich gewettet?«

Die Jungs greifen nach ihren Portemonnaies und ziehen Scheine heraus. Mattie zuckt mit den Schultern, als er seinen in JJs ausgestreckte Hand knallt. »Technisch gesehen haben wir auf deine Tränen gewettet.«

»Ihr seid unmöglich. Nate, du hast davon doch nichts …«

Sie dreht sich zu ihrem Freund, der heimlich einen Schein aus seiner Tasche zieht. »Du bist das Letzte! Ihr seid alle das Allerletzte!«

Nate reicht JJ seinen Fünf-Dollar-Schein, zieht seine Freundin dann eng an sich und küsst sie sanft auf die Schläfe. »Du hast gar nicht erst versucht, durchzuhalten. Mit dem Geld hätte ich dir auch Chicken Wings kaufen können.«

»Unglaublich. Das ist einfach nur traurig. Ihr geht bald alle getrennte Wege, und dann herrscht so eine Atmosphäre.«

»Wenn ich dir sage, dass sich Russ nicht an der Wette beteiligt hat, fühlst du dich dann besser?«

Sie richtet den Blick ihrer feucht schimmernden Augen auf mich und grinst mich an. »Danke, Muffin. Du kommst nicht auf meine schwarze Liste.«

Ich nicke ihr bestätigend zu und lasse sie in dem Glauben, ich hätte auf die Wette verzichtet, weil ich nicht dachte, dass sie weint – natürlich wusste ich, dass sie weinen würde. Tatsächlich wette ich grundsätzlich nicht.

»Entschuldige mal«, wirft Henry ein. »Ich habe ebenfalls nicht gewettet.«

Er wusste ebenfalls, dass sie weinen würde, hatte sich aber entschlossen, sich aus Solidarität auch nicht zu beteiligen. JJ zählt noch sein Geld, als Lola mit Tüten voller roter Becher anmarschiert kommt. Sie mustert einen nach dem anderen und verzieht das Gesicht. »Sie hat geweint, stimmt's?«

»Yup«, bestätigen alle im Chor.

»Verdammt noch mal, Anastasia.« Lola lässt die Tüten in Robbies Schoß plumpsen, gibt ihm einen Kuss, schnappt sich dann ihre Handtasche und zieht einen Geldschein heraus. »Das ist das letzte Mal, dass du mein Geld bekommst, Johal.«

»Bis ich beim Eishockey scheitere und meiner wahren Berufung nachgehen kann«, erwidert JJ. »Als Stripper.«

»Ganz genau.«

»Nachdem jetzt alle Schulden beglichen sind, können wir dann endlich mit dieser Shit Show anfangen?«, stöhnt Robbie.

Erneut kehrt Stille ein. Derselbe Gedanke kommt all meinen Mannschaftskameraden in den Sinn, einem nach dem anderen. Nate räuspert sich und nickt. »Ein letztes Mal.«

Die merkwürdige Stimmung klärt sich schlagartig auf, als Lola in lautes Gelächter ausbricht. »Okay, Alexander Hamilton. Dabei heißt es immer, ich hätte einen Hang zum Drama. *Ihr* seid ein Haufen verdammter Dramaqueens.«

2. KAPITEL

Aurora

Ich dürfte jetzt eigentlich gar nicht hier sein, aber Basketballer haben etwas an sich, was meine Selbstbeherrschung beeinträchtigt.

Ich habe gesagt, ich würde nicht kommen, und Emilia wartet bereits am Eishockeyhaus auf mich, deshalb weiß ich nicht, warum ich auf diesen verfluchten Ryan Rothwell gehört und meine Pläne umgeschmissen habe. Was haben diese großen muskulösen Männer mit den geschickten Händen nur so an sich, dass ich bei ihnen schwach werde? Eines der großen Mysterien des Lebens. Und eines, das, dem Gedränge bei dieser Party nach zu urteilen, die Hälfte aller Frauen in Maple Hills gern begreifen würde.

Da mehrere der Spieler ihren Abschluss gemacht haben, schmeißen sie heute ihre Abschiedsparty. Ryan und ich haben uns letzte Woche bereits viermal voneinander verabschiedet, und wir beide wissen, dass er sich nicht mehr melden wird, auch wenn er ein großartiger Mensch ist. Nächsten Monat findet der NBA-Draft statt, und ich mache mir keinerlei Illusionen, dass ich in absehbarer Zeit eine Einladung zu einem Platz am Spielfeldrand bekomme. Aber das hinderte mich nicht daran, herzukommen, einfach nur, weil mich Ryan gefragt hatte. Was mehr über mich als über Ryan aussagt.

Ich hinterfrage alle meine Lebensentscheidungen und nippe an einem ruhigen Fleck in der Küche an meinem Drink, als jemand, von dem ich wünschte, er würde verschwinden, sich neben mich an den Küchentresen stellt. Instinktiv verdrehe ich die Augen, als Mason Wright den Mund öffnet, trotzdem hält es ihn nicht davon ab, mich zu belästigen.

Er reißt mir mein Glas aus der Hand – was ich, wie er genau weiß, verabscheue – und nimmt einen Schluck. »Hältst du Ausschau nach deinem nächsten Opfer, Roberts?«

Oh Gott, wie ich ihn hasse. »Gehörst du nicht allmählich ins Bett, Wright?«

»Ist das eine Einladung?« Sein Blick wandert über meinen Körper, und er grinst, sodass ich innerlich würgen muss.

Gott sei Dank habe ich bei diesem speziellen Basketballer kein Problem mit meiner Selbstbeherrschung. »Yep, eine Einladung, dich zu verpissen und mich in Ruhe zu lassen.«

Er kichert. Die Vorstellung, dass er sich amüsiert, egal über was, ärgert mich. Keine Ahnung, woher dieser Typ sein Selbstvertrauen nimmt, aber er sollte es in Flaschen abfüllen und verkaufen. Ich habe noch nie jemanden kennengelernt, schon gar keinen Freshman, der so arrogant war wie dieser Typ.

Er gibt mir meinen Drink zurück und wanzt sich noch näher an mich heran. »Du weißt schon, dass es mich anmacht, wenn du die Unnahbare spielst, oder?«

»Ich spiele nicht, Wright. Du kriegst mich nicht.«

»Und aus welchem Grund?«

»Abgesehen von der Tatsache, dass ich dich nicht ausstehen kann? Du bist ein Freshman.«

»Du bist vier Monate älter als ich.« Er kneift seine Augenbrauen vor Enttäuschung zusammen, weil, Gott bewahre, eine Frau in seiner Gegenwart nicht umgehend auf die Knie sinkt.

»Du. Bist. Ein. Freshman«, wiederhole ich.

Er wird niemals glauben, dass eine Frau nicht an ihm interessiert sein könnte. Zum Teil, weil er sehr gut aussieht, hauptsächlich aber, weil sein Selbstvertrauen grenzenlos ist. Er sieht eher aus wie der typische Rockstar als wie ein Basketballer. Groß, schwarzes Haar, stechend blaue Augen und eine blasse Haut, wobei seine Arme und sein Rücken mit sehr detailreichen Tattoos verziert sind.

Seufzend trinke ich mein Glas aus. »Ich mag keine Leute, die jünger sind als ich.«

»Pass auf, Prinzessin.« Mit einer Hand erstickt er ein Lachen, und ich verenge meine Augen. »Deine Daddy Issues machen sich bemerkbar.«

»Das Einzige, was sich bei mir bemerkbar macht, ist, wie ätzend ich dich finde.« Am liebsten würde ich ihn erwürgen, aber so wie ich Mason kenne, würde er das wahrscheinlich für das Vorspiel halten. »Apropos Vater. Wie geht es eigentlich Direktor Skinner?«

So arrogant mein Erzfeind auch ist, einen Schwachpunkt hat er: seinen Dad. Niemand weiß, dass sein Vater Leiter der Leichtathletik-Abteilung in Maple Hills ist. Und er will es auch dabei belassen, weshalb er den Geburtsnamen seiner Mutter angenommen hat. Man könnte vermuten, dass wir beide schnell einen Draht zueinander finden würden, weil wir beide Probleme mit unseren Vätern haben, aber Mason und ich waren von Anfang an nicht miteinander zurechtgekommen, und auch längerfristig wird sich daraus keine Freundschaft entwickeln. Ich kann mit Sicherheit behaupten, dass ich geduldig auf Masons Niedergang warte.

»Gut zu wissen, dass ich Thema von deinem und Ryans Bettgeflüster bin.« Sein charakteristisches Grinsen wandelt sich zu einem bösen Blick. Er greift zur nächsten Flasche Alkohol. »Ich ziehe in Rys Zimmer ein. Hat er dir das verraten?

Ich ändere auch den Zugangscode nicht, damit du weißt, wie du zu mir reinkommst.«

Der Kerl weiß einfach nicht, wann er aufhören muss. »Du bist ein ganz Süßer. Aber ernsthaft, Mason, könntest du mir die Nummer von deinem Vater geben? Er ist so ein heißer Typ.« Ist er nicht. »Und ich will einen Platz im Basketball-Team bekommen.«

»Einen Scheiß kriegst du, Aurora.« Er knallt die Flasche wieder auf den Tresen und stampft ab in den Garten.

»Vorsicht, Prinzessin!«, rufe ich ihm nach. »Hast du etwa ein Problem mit deinen Daddy Issues?«

Von hinten schlingen sich Arme um meine Taille, und ich bin drauf und dran, um mich zu schlagen, als ich eine tiefe Stimme vernehme, die mir nur zu vertraut ist. »Ich zahle keine Kaution, um dich aus dem Knast zu holen, wenn du ihn umbringst.«

»Er sagt zu mir, ich hätte Daddy Issues.«

Ryan schaut mich verwirrt an, als ich mich in seinen Armen herumdrehe, um ihn anzusehen. So, als wäre er sich nicht ganz sicher, wohin sich diese Unterhaltung entwickeln würde.

»So etwas darf nur ich sagen.«

Endlich versteht er und nickt. »Kapiert. Und was hast du gesagt, dass er so sauer geworden ist?«

»Ich wollte die Telefonnummer seines Dads wissen, um mir eine Position im Basketball-Team zu sichern.«

»Rory …« Und er zieht das *ry* so in die Länge, dass ich weiß, es gibt Ärger. »Du weißt doch, dass das ein Geheimnis bleiben soll. Hinter der Fassade des düsteren Badboys steckt ein sensibler Junge.«

Es ist nicht meine Schuld, dass er ein schlechtes Verhältnis zu seinem Vater hat. Das macht ihn nicht zu einem besonderen Menschen, und das Wort *Nepotismus* habe ich nie benutzt.

»Aha, aber wenn es ein Geheimnis ist, warum hast du es mir dann verraten?«

Ryan beugt sich vor und küsst mich zärtlich auf die Stirn. »Weil ich weiß, dass du ihn nicht ausstehen kannst, und weil ich dich ins Bett kriegen wollte.«

»Hm, ins Bett hättest du mich auch so gekriegt.«

Ryan Rothwell würde mich jeden Tag der Woche in sein Bett kriegen. An vielen Tagen der Woche war ich auch schon mit ihm im Bett gewesen. Ryan ist ein toller Typ, was vermutlich der Grund ist, weshalb ich beschloss, mir Emilias Zorn zuzuziehen, um ihn ein letztes Mal sehen zu können.

Meine Erwartungen, was Männer angeht, sind so niedrig, dass man sie quasi als nicht existent bezeichnen könnte. Aber Ryan ist einer von den Guten, und unsere Sexbeziehung die letzten paar Monate hindurch hat echt Spaß gemacht. Er hat so ein wenig den Ruf, für jeden Spaß zu haben zu sein, und ich bin der festen Überzeugung, das College sollte seine Verdienste im Beglücken von Frauen während der vier Jahre, die er hier verbracht hat, auf besondere Weise anerkennen.

Ja, man sollte ihm zu Ehren eine Statue errichten.

Vielleicht frage ich mal Masons Dad.

Mit seinem Finger stupst er mein Kinn an und reißt mich so aus meinen Gedanken. Ich hebe den Kopf.

»Du wirst mir fehlen, Roberts.«

Die Antwort bleibt mir im Hals stecken. Etwas wie »Du wirst mir auch fehlen« oder ein einfaches »Danke« würde reichen, aber ich bringe nichts heraus. Ich hasse es, dass ein paar Worte der Zuneigung, ein simples Zeichen der Freundschaft, eine Andeutung, dass die gemeinsam verbrachte Zeit ihm etwas bedeutet, mich ins Taumeln bringt.

Unsere Beziehung war immer rein körperlicher Natur gewesen. Natürlich hatte er versucht, mich zu überreden, dass ich nach dem Sex bei ihm übernachte. Aber zu hören, dass ich ihm fehlen werde, ist einfach schön, auch wenn es sicher noch ein halbes Dutzend anderer Frauen gibt, denen er das Gleiche zu sagen hat.

Er seufzt, fast als könne er meine rasenden Gedanken lesen. Er zieht mich an sich und vergräbt den Kopf in meinen Haaren. »Ich werde eifersüchtig auf den Kerl sein, der zu hören bekommt, was in dir vorgeht, wenn du dieses Gesicht aufsetzt. Bring ihn mal zu einem Spiel mit, damit ich ihm einen Ball an den Kopf werfen kann.«

»Ich glaube, darüber brauchen wir uns beide keine Sorgen zu machen.«

Er lacht, lässt mich aber nicht los. »Ich bin nur eine Übergangslösung. Der Typ, mit dem du schläfst, bevor du dem Mann deines Lebens begegnest.«

»Statistisch geschehen passiert das sowieso, wenn man mit so gut wie jedem schläft.«

»Glaube mir, Roberts. Du wirst noch dein Happy End bekommen.«

»Hör bloß auf, Ryan, sonst werde ich noch ganz sentimental, wenn ich auf die Eishockey-Party gehe. Du weißt doch, traurig sein macht mich an.«

Er lacht, und wir lösen uns widerwillig voneinander. Er rückt einen Schritt von mir ab. »Wenn du das noch zweimal sagst, dass dich traurig sein anmacht, erscheint Mason vor dir wie Beetlejuice.«

Ich verdrehe die Augen und halte Ausschau nach meinem Feind, der auf der anderen Seite des Zimmers und außer Hörweite jemandem lästig wird. »Kannst du ihn nicht mitnehmen? Ohne dich halte ich den nicht aus.«

Er streicht mir eine Haarsträhne hinter das Ohr. »Du hast mir doch gesagt, du willst dich diesen Sommer ändern. Vielleicht kommst du vom Camp zurück und kannst ihn plötzlich ertragen. Du hast dann mehr Erfahrung im Umgang mit Kindern.«

»Ich habe gesagt, ich möchte aus meinen toxischen, selbstzerstörerischen Gewohnheiten herauswachsen. Ich will mich nicht so sehr ändern, dass ich Mason nicht mehr hasse.«

»Vielleicht solltest du ein paar von deinen Liebesromanen gegen Selbsthilfe-Ratgeber eintauschen.«

Ich kneife die Augen zusammen. »Kaum hast du deinen Abschluss in Anglistik, fühlst du dich qualifiziert genug, mit Buchempfehlungen um dich zu schmeißen?«

»Du hast recht, Roberts. Ich sollte mich um meine eigenen Angelegenheiten kümmern.«

Der endgültige Abschied liegt in der Luft, aber ich kann mich nicht dazu durchringen, es laut auszusprechen. »Du gibst mir Bescheid, wie der Draft läuft, ja?«

Ryan küsst mich ein letztes Mal auf die Stirn und nickt. »Versprochen. Und du pass auf dich auf.«

»Das mache ich doch immer.«

»Das machst du nie.« Er lacht. »Das ist ja das Problem.«

Als ich aus dem Uber steige, empfängt mich Emilia mit diesem unbeeindruckt finsteren Blick, den ich kenne und liebe. »Du bist spät dran.«

Es ist schwer, sich von ihr eingeschüchtert zu fühlen, wenn sie wie ein Engel aussieht. Ihre braunen Locken hat sie zu einem Haarkranz geflochten, der an einen Heiligenschein erinnert, die Nasenspitze und die Wangen sind noch vom Sonnenbrand gerötet, den sie sich gestern geholt hat, als sie bei uns im Garten eingeschlafen ist. Der Rest ihrer Haut hat sich die übliche geisterhafte Blässe bewahrt. Wie sie geschafft hat, lediglich ihr Gesicht zu rösten, ist mir ein Rätsel. Darauf werde ich sie jetzt allerdings nicht ansprechen. »Würde es dich besänftigen, wenn ich dir sage, wie hübsch du bist?«

Es nützt nichts, und ich verliere sie in dem Moment, als wir das Eishockeyhaus betreten und an lebensgroßen Pappaufstellern des gesamten Eishockeyteams vorbeikommen.

Trotz deren Ruf am Campus halten wir uns von diesen Partys in der Regel eher fern, was an Emilias Vorliebe für Events liegt, die vor Mitternacht enden, und meiner Vorliebe für Basketball. Aber JJ, einer ihrer Freunde von der LGBTQIA+-Community hier am College, zieht als Profispieler in den Norden, und sie hat versprochen, sich von ihm zu verabschieden.

Natürlich habe ich zugesagt, sie zu begleiten, weil ich eine tolle Freundin bin, aber auch, weil sie mir später auf dem Nachhauseweg eine Veggie-Pizza versprochen hat. Ein paar Sorgen mache ich mir schon, da es vermutlich ziemlich spät wird, und das könnte ihre Bereitschaft, mir eine Pizza zu spendieren, vermindern.

Trotz der Horden von Leuten fühlt es sich recht gemütlich an für ein College-Haus, das von Eishockeyspielern bewohnt wird. An den Wänden hängen gerahmte Fotos, auf denen eine Gruppe von Jungs und zwei Frauen zu sehen sind. Ich entdecke Sofakissen, die *nicht* so wirken, als beherbergten sie genug Bazillen, um als Bio-Waffe eingesetzt zu werden. Und wenn mich nicht alles täuscht, hat hier jemand sogar Staub gewischt.

Liegt da ein Bierdeckel?

Ich kämpfe mich durch die Menge, immer noch erstaunt, dass meine Füße nicht am Boden kleben bleiben, und spüre, wie durstig ich bin. Deshalb marschiere ich zielstrebig zu meinem Lieblingsplatz bei jeder Party: die Küche. Die riesige Kücheninsel ist bereits zugepflastert mit halbleeren Alkohol- und Mineralwasserflaschen. Ich lasse meinen Blick über die Geschirrschränke wandern, um herauszufinden, in welchem am wahrscheinlichsten Gläser zu finden sind.

Party hin oder her, ich habe zu viele Dokumentarfilme über die Verschmutzung der Meere gesehen, um Plastikbecher zu benutzen. Ich werfe einen vorsichtigen Blick in einen der Hängeschränke, entdecke dort aber lediglich Shotgläser.

Buchstäblich. Im ganzen Hängeschrank nichts als Shotgläser.

Der zweite Schrank enthält Schüsseln, und als ich gerade herausfinden will, ob der dritte möglicherweise der richtige ist, und ich mir ein bisschen wie Goldlöckchen vorkomme, räuspert sich hinter mir jemand.

»Bist du eine Diebin?«

Ich spähe hinter der Tür des Hängeschranks hervor, wohl wissend, dass mein Gesicht definitiv die Farbe einer roten Ampel hat, und betrachte den Typ, der mich soeben in flagranti ertappt hat. Ich bin einen Meter siebzig groß, mit meinen Stilettos sogar noch größer, aber er überragt mich deutlich. Allerdings wirkt er nicht einschüchternd. Seine Bizepse kämpfen um mehr Freiraum gegen die Ärmel seines schwarzen T-Shirts, das sich straff um seine breite Brust spannt. Seine Miene hat jedoch etwas Sanftes, und an seinem Kinn ist lediglich ein Ansatz von Bartstoppeln zu erkennen; als würde sein zartes Gesicht nicht so ganz zum Rest des Körpers passen. Sein hellbraunes Haar ist aus dem Gesicht gekämmt, und als ich schließlich zu seinen saphirblauen Augen komme, starren die mich an. Ich fühle mich verunsichert, bade aber regelrecht in seinem Blick.

Das ist vermutlich die peinlichste Art und Weise, wie ich je einen scharfen Typen kennengelernt habe.

Ich lächele ihn unschuldig an. »Handelt es sich um Diebstahl, wenn die Beute das Grundstück nicht verlässt?«

»Ach, Mist, ich habe ja gewusst, ich hätte Jura studieren sollen.« Seine Mundwinkel zucken leicht, Grübchen bilden sich um seinen Mund, als er sich das Lachen verkneift. »Ich denke, Diebstahl ist, wenn man etwas nimmt, das einem nicht gehört.«

»Und wenn es der Besitzer nie herausfindet?«

»Na ja, in dem Fall wäre das sicherlich nur Fahrlässigkeit seinerseits.« Er reibt sich den Nacken. Ich bemühe mich, ihm weiterhin in die Augen zu schauen, nicht auf seine sich wölbenden Oberarme, aber ich bin schwach. »Was suchst du denn?«

Als er einen Schritt auf mich zukommt, umhüllt mich der starke Duft nach Sandelholz und Vanille. Er legt die Hand auf die Schranktür, an die ich mich noch immer klammere, und drückt sie vorsichtig zu.

Wonach ich suche? »Gläser.«

»Hier gibt es nur Plastikbecher, tut mir leid.«

»Hast du eine Ahnung, wie viel Plastik in den Ozeanen landet? Das wird wohl keiner der Bewohner hier wissen.« Das ist die längste Unterhaltung, die ich je zum Thema Gläser geführt habe. Wahrscheinlich die längste Unterhaltung, die überhaupt je zum Thema Gläser geführt wurde. Ich überlege schon, mit welchen Küchenutensilien ich noch anfangen könnte, um das Gespräch nicht abreißen zu lassen.

»Aha, das Verbrechen hast du also wegen der Haie begangen.«

»Nicht nur wegen der Haie. Fische, Schildkröten, Wale – für alle.«

Er schließt die Augen und unterdrückt kopfschüttelnd ein Lächeln.

»Vielleicht noch für ein oder zwei Tintenfische. Meine guten Taten diskriminieren niemanden.«

Er öffnet die Augen wieder. Seine Hand liegt noch einige Sekunden an der Schranktür, dann geht er um mich herum zu Hängeschrank Nummer sechs, öffnet ihn und präsentiert Regale voll kunterbunt zusammengewürfelter Gläser. »Bewirf niemanden damit, sonst kriegen wir beide Ärger.«

»Das ging ja schnell. Hast du auch schon mal hier eingebrochen?« Hör auf zu quasseln, Aurora.

Ich gehe auf die Zehenspitzen, schnappe mir ein Glas mit dem Maple-Hills-Emblem drauf, dazu eins für Emilia, auf dem steht: »Meine Freunde gingen zur LA-Pride, und alles, was ich bekam, war dieses Glas«, und stelle die Gläser auf den Küchentresen. Dann schnappe ich mir die erstbeste Flasche mit Alkohol und gieße deren Inhalt in das, was ich meine Siegergläser nenne.

Der hilfsbereite Unbekannte lacht, öffnet eine Flasche Limonade und schiebt sie zu mir herüber. Er wartet, bis ich mir davon ebenfalls etwas einschenke, bevor er mir antwortet. »Nein, ich wohne hier.«

Oh, Scheiße! Seine Worte erwischen mich auf dem falschen Fuß. Die Limoflasche verfehlt den Rand meines Glases, und sprudelnde, klebrige Flüssigkeit ergießt sich über den Tresen. Doppelt Scheiße! »Sorry, sorry, sorry!«

Bevor ich noch reagieren kann, wischt er bereits die Sauerei mit einem Spültuch auf.

»Entschu…«

»Keine Sorge«, sagt er mit sanfter Stimme, ehe ich mich erneut entschuldigen kann. »Ist bloß Limonade. Geh ein bisschen zur Seite, damit du nicht nass wirst.«

Ich tue wie geheißen und beobachte ihn, wie er ein Desinfektionsmittel hervorholt und den Tresen sauber putzt, während um ihn herum Betrunkene, die nichts von alledem mitkriegen, versuchen, sich Drinks einzugießen. Als er damit fertig ist, schnappt er sich die Limoflasche, füllt beide Gläser sorgfältig auf und reicht sie mir anschließend.

»Dann bist du wohl derjenige, der hier den Staub wischt«, sage ich leise.

»Wie bitte?«

»Ach nichts. Danke ... und wie gesagt, es tut mir leid.«

Er lehnt sich an den Tresen. »Dir tut leid, dass du unsere Regel, sich von den Küchenschränken fernzuhalten, gebrochen und unsere Küche verwüstet hast?«

Ich verschränke die Arme vor der Brust und ziehe spielerisch eine Schnute. »Ich sehe hier nirgendwo ein Verbotsschild.«

Und jetzt lacht er richtig. Ein tiefes Grollen in seiner Brust, das aufrichtig zu sein scheint. Ich bemerke, wie er mich mustert. Diskret, aber von oben bis unten. Sein Interesse spüre ich im ganzen Körper. Ich möchte sofort mehr davon. »Du kommst mir nicht vor wie eine Frau, die sich von Schildern aufhalten lässt.«

»Und wieso das?« Eine gefährliche Frage. Ich weiß es. Er weiß es. Und die Typen – vermutlich seine Mannschaftskollegen –, die in der Nähe stehen und zu lauschen versuchen, wissen es auch. »Antworte vorsichtig. Wir haben Publikum.«

Er kneift die Augen zusammen und dreht sich um, weil er sehen will, was sich hinter seinem Rücken abspielt. Als er sich wieder mir zuwendet, sind seine Ohrläppchen rosa angelaufen. Unsere Zuschauer machen sich schleunigst aus dem Staub, es hat jedoch gereicht, um seine Selbstsicherheit zerbröseln zu lassen.

Ich finde seine plötzliche Schüchternheit liebenswert. Ich bin es gewohnt, angemacht zu werden, aber ich glaube, vor mir ist noch nie jemand rot geworden. Ich möchte herausfinden, was sein erster Eindruck von mir ist. Ich möchte, dass er mich wieder so wie vor dreißig Sekunden betrachtet. Ein wenig macht sich in mir der Wunsch breit, seine Freunde abzumurksen.

Ich stehe kurz davor, ihn direkt zu fragen, als sich eine warme Hand auf meinen Arm legt und von hinten Emilia zu mir tritt. »Ich hab so Durst.« Sie wirft einen Blick auf Mr Hilfreich und mich, dann grinst sie. »Hi, ich heiße Emilia.«

Er nickt ihr höflich zu. »Hi, freut mich, dich kennenzulernen. Ich heiße Russ.«

»Du bist Jadens Russ?«, fragt sie, schnappt sich ihr Glas und verdreht die Augen, als sie die Aufschrift liest.

Emilias Äußerung scheint ihn fast ein wenig verlegen zu machen. Wieso bist du nur so süß?

»Äh, ja. Ich denke schon. Ich glaube kaum, dass JJ noch jemanden kennt, der Russ heißt.« Erneut reibt er sich den Nacken, und der Saum seines T-Shirts gibt einen winzigen Streifen sonnengebräunter Haut frei. Sofort funktioniert mein Gehirn nicht mehr richtig.

»Ich heiße Aurora«, platzt mir grenzwertig aggressiv heraus.

Emilia schaut mich wegen meines Ausfalls mit einer Mischung aus Verwirrung und peinlichem Berührtsein an. Ich entscheide mich, es zu ignorieren, und schütte den Drink in mich hinein. Der herbe Geschmack des Wodkas dämpft das Stechen meiner Beschämung. Als ich mein Glas absetze, tauchen Russ' Augen erneut in meinem Blickfeld auf, die immer noch auf mich gerichtet sind.

Seine Grübchen sind wieder zurück.

Emilia räuspert sich, weswegen ich mich zwinge, den Kopf ihr zuzuwenden. Sie glotzt mich an, und ihr Blick verrät mir, dass sie mich später garantiert für alles an dieser Situation aufziehen wird. »Ich wollte dir nur mitteilen, dass drüben im Gemeinschaftszimmer eine Partie Trink-Jenga startet, falls du mitspielen willst.«

»Trink-Jenga?«

»Bei ein paar von den Holzklötzchen muss man Mutproben

absolvieren«, erläutert Russ. »Robbie und JJ machen die Dinge gern interessanter.«

Emilia schimpft gespielt: »Ich habe ja gewusst, dass er irgendwas damit zu tun hat. Weiß der Himmel, worum es bei diesen Mutproben geht. Rory, sehen wir uns dort?«

Ich nicke, und sie verschwindet wieder. Ich bleibe mit meinem neuen Freund zurück. »Wie interessant sind die Dinge denn?«, frage ich.

Seine Lippen zucken schon wieder, und, du meine Güte, es ist noch lange kein Grund, mit jemandem herumknutschen zu wollen, nur weil sich seine Mundwinkel nach oben bewegen, aber so wie er zwischen Selbstvertrauen und Unsicherheit hin- und herschwankt, macht etwas mit mir.

Russ trinkt einen großen Schluck von seinem Bier, während er über meine Frage nachdenkt, und ich warte. Ich sollte mich eigentlich mehr genieren, weil ich so an den Lippen dieses Mannes hänge, aber der hier ist heiß und ein bisschen unbeholfen, und meine Bedenken fühlen sich ein wenig an wie ein Thema für meine zukünftige Therapeutin.

»Warum kommst du nicht einfach mit und findest es selbst heraus?«

3. KAPITEL

Russ

»Warum kommst du nicht einfach mit und findest es selbst heraus?«

In meinem Kopf hat es so gut geklungen, aber jetzt, nachdem ich es laut ausgesprochen habe, zucke ich innerlich zusammen. Diese Frau ist viel zu sexy, als dass sie sich mit mir auch nur unterhalten würde, deshalb ist es mir ein Rätsel, wie ich in diese Lage geraten bin.

JJ hat mich erwischt, wie ich sie beim Herumschnüffeln in der Küche beobachtete. Er hielt mir eine oscarverdächtige Ansprache zum Thema »Erfolg bei Frauen« und schob mich dann in ihre Richtung mit dem Auftrag, ihr etwas zu trinken anzubieten.

Ich bin zwar kein *kompletter* Ausfall, was Frauen betrifft, aber ein Experte bin ich auch noch lange nicht. Was sich bestätigte, als sich meine erste Unterhaltung mit der attraktiven Fremden in meinem Haus um Diebstahl drehte. Normalerweise brauche ich ein wenig Zeit, um mich zu entspannen, ehe ich mich wohl fühle, was bei College-Partys nicht gerade ein Vorteil ist.

Manchmal überbrückt Alkohol die Lücke, bis ich es wage, eine Frau nach ihrer Telefonnummer zu fragen. Allerdings trinke ich nur selten, weshalb ich auch chronischer Single bin.

Und obwohl ich von meinem Getränk ein bisschen angeheitert bin, ist Aurora viel zu hübsch, wodurch mein Gehirn zwanghaft nach einem Gesprächsthema sucht. Als ich auf sie zukam, konnte ich ihr Gesicht noch nicht sehen, nur die langen Beine und ihre Kurven, die von einem winzigen Rock und einem T-Shirt verdeckt waren. Dann tauchte plötzlich ihr Kopf von hinter der Schranktür auf. Eine blonde Lockenpracht umrahmte ihr Gesicht, die Wangen leicht gerötet, smaragdgrüne Augen, die mich so unschuldig anschauten, als hätte ich sie soeben mit der Hand in der Keksdose erwischt.

Ich habe mir für diese Party fest vorgenommen, dass, wenn ich eine Person heiß finde, ich sie auch anspreche. Und das mache ich gerade, auch wenn sie kurz davor ist, mich höflich abzuwimmeln. Ich gebe mir große Mühe, das Selbstvertrauen, das mir mein Bier einflößt, zu kanalisieren und nicht unter ihrer inquisitorischen Miene zusammenzuklappen, mit der sie mein Angebot abwägt.

Sie hält mir die Hand hin, und ich kann vor Überraschung meine Augenbrauen gerade noch daran hindern, mit meinem Haaransatz zu verschmelzen. »Dann zeig mir den Weg.«

Ich verschränke die Finger mit ihren und geleite sie Richtung Gemeinschaftszimmer, während ich im Stillen dauernd *»Fake it, till you make it«* und *»Du bist ein heißer Eishockeyspieler«* und *»Der Einzige, der weiß, dass du nicht selbstsicher bist, bist du«* vor mich hinsage, wie es mir JJ aufgetragen hatte.

Ich hätte nie damit gerechnet, dass sein Ratschlag von Erfolg gekrönt sein könnte, aber als ich händchenhaltend mit Aurora zum Jenga marschiere, wirkt er keineswegs überrascht. Er schaut sogar leicht selbstgefällig drein. Ich halte sie dicht an mich gedrängt und passe auf, dass keine Betrunkenen gegen sie taumeln, bis wir am Esstisch angelangt sind.

»Bist du bereit?«, frage ich, nicht ganz sicher, ob ich mit ihr oder mir selbst rede.

Sie schaut mich an, freundlicher als zuvor, und drückt sanft meine Hand. »Wie viel Ärger kann eine Partie Jenga schon machen?«

»Mein Freund Joe wechselt zum Jurastudium an die Yale University, und sie haben ihn gefragt, was genau in Kalifornien alles unter eine Straftat fällt.«

Joe zeigte sich keineswegs überrascht. Nachdem er von seinem Handy eine Liste abgelesen hatte, weigerten sich Robbie und JJ kategorisch, jemanden lesen zu lassen, was sie auf die Spielsteine geschrieben hatten. Sie kicherten bloß die ganze Zeit wie kleine Schuljungen.

»Nichts passt besser zur Collegezeit, als eine Kaution zu blechen. Wir haben beide schon Schlimmeres getan, da bin ich mir sicher. Jetzt mach schon.«

Ohne meine Hand loszulassen, schiebt sie sich selbstsicher durch das Gedränge, den Kopf hocherhoben, und ihre Haare tanzen bei jedem Schritt um ihre nackten Schultern. Plötzlich bin ich es, der im Schlepptau mitgezogen wird, aber ich folge ihr zu einem freien Platz zwischen Stassie und Emilia.

Als Stassie mich erblickt, winkt sie begeistert und klopft auf den Tisch. »Ich habe dir einen Platz freigehalten, Muffin.«

Es ist deutlich, dass sie bereits betrunken ist – so wie sie auf den Tisch haut. Die Jenga-Steine und die Shotgläser wackeln.

»Okay, Godzilla«, faucht Lola sie von der anderen Tischseite her an. »Wirf den Turm nicht um, bevor alle nackt sind! Meine Güte!«

Stassie formt mit den Lippen ein stilles *Hoppla* und schenkt mir ein vom Alkohol getrübtes Lächeln, während sie sich gleichzeitig an Nate kuschelt. Sie bemerkt, dass Aurora und ich immer noch Händchen halten, und ihr klappt kurz die Kinnlade runter, bevor sie mir einen bemüht lässigen Daumen nach oben gibt.

Wie soll ich unter diesen Umständen vor Frauen Selbstvertrauen vortäuschen?

»Muffin?«, fragt Aurora, als wir uns auf den Platz zwischen unsere Freunde schieben. Dann lässt sie meine Hand los, um in ihrer Handtasche nach dem Handy zu suchen. Ich würde gern mit meinen Händen etwas anfangen, statt nur unbeholfen neben ihr zu stehen, aber mein Handy zu checken steht ganz unten auf der Liste meiner Lieblingsbeschäftigungen. Schließlich stecke ich die Hände in die Hosentaschen. Ich beobachte Aurora, wie sie über die Benachrichtigungen wischt, dann steckt sie das Handy leise schnaubend wieder weg und sieht zu mir her.

»Das ist eine gaaaanz lange Geschichte«, erkläre ich vage. Meine einstündige Pseudo-Beziehung mit Stassie scheint eine Million Jahre her zu sein, und ich weiß nicht so recht, wie ich unsere merkwürdige, aber irgendwie herzerwärmende Verbundenheit, die jetzt zwischen uns herrscht, beschreiben sollte. Und das, obwohl sie behauptet, meine armseligen Kommunikationsfähigkeiten bereiteten ihr regelmäßig Kopfschmerzen.

Sag irgendwas Interessantes, Callaghan.

Aurora hakt nicht weiter nach, sondern fängt ein Gespräch mit Emilia an, die auf der anderen Seite neben ihr steht. Erleichtert seufze ich und konzentriere mich nun auf meine Freunde. Die Jungs löchern Robbie mit Fragen, worüber er zunehmend wütend wird.

»Wo ist Hen?«, fragt er und schaut einen Mannschaftskollegen nach dem anderen an. »Das war seine Scheißidee.«

»Bin schon da«, schreit Henry und schiebt sich durch das Gedränge, dicht gefolgt von einer Frau mit zerzausten Haaren. »Tut mir leid, aber jetzt kann es losgehen.«

Wenn Henry wegen einer schnellen Nummer zu spät zum Eishockey käme, würde Robbie ihn fertigmachen. Partyspiele nimmt Robbie genauso ernst wie Hockey, er will aber unbedingt beweisen, dass er die Sache nicht ganz so eng sieht wie Faulkner, mit dem er ständig verglichen wird.

Becky, Henrys neueste Eroberung, flüstert ihm etwas ins Ohr, küsst ihn auf die Wange und verschwindet wieder im Partygetümmel. Henrys Grinsen stresst Robbie noch mehr, was für alle großartig ist, die insgeheim den Countdown zählen und warten, bis er in die Luft geht.

Robbie hört auf, jeden in Grund und Boden zu starren, und hebt ein wenig die Hände, als wolle er klatschen. Alles hält den Atem an, doch dann lässt er einen Arm sinken und den anderen legt er um Lolas Hüften. »Oka…«

»Kann ich noch schnell aufs Klo?«, fragt Kris plötzlich.

»Nein, kannst du nicht«, faucht Robbie. »Jetzt bleib verdammt noch mal da und hör dir die Spielregeln an, bevor ich den Verstand verliere.«

Allgemeines Gestöhne, und alle außer mir holen ihre Portemonnaies raus und legen Geldscheine in Kris' flache Hand. Robbie wartet mit verschränkten Armen, und als das Geld dann eingesammelt ist, fängt er wieder an. »Der Nächste, der mich nervt, spielt kommende Saison nicht.« Alle warten schweigend und beißen sich auf die Lippen, um nicht lauthals loszulachen. »Einer zieht einen Jenga-Stein; steht nichts drauf, ist die nächste Person an der Reihe, und man legt ihn oben auf den Turm.«

»Also wie beim regulären Jenga.« JJ grinst.

Robbie ignoriert ihn, wahrscheinlich, weil er ihn nicht mehr auf die Ersatzbank verbannen kann. »Wenn man eine Herausforderung erwischt, führt man sie entweder aus oder nimmt die Strafe an, die auf der Rückseite steht. Wenn nicht, muss man zwei Shots trinken. Wer kein Neunzig-Kilo-Eishockeyspieler ist, muss nur einen Shot trinken aus Gründen der Chancengleichheit. Wer den Turm umschmeißt, läuft nackt die Maple Avenue hinunter. Lola, du fängst an.«

»Warte mal«, unterbricht Joe. »Was sollen die Shots, wenn auf der Rückseite schon eine Strafe festgelegt ist?«

Robbie wirft ihm einen Blick zu, dass es mir eiskalt den Rücken hinunterläuft. »Die Regeln bestimme ich, und ich sage, es gibt Strafe und Shot.«

Das Spiel beginnt, und, wie für die Titans üblich, bricht sofort Chaos aus. Mattie muss sein zuletzt geschossenes Foto an die Familien-Chatgruppe senden – er verrät uns nicht, was darauf zu sehen ist, aber kurz darauf entfernt er sich, um einen Anruf seiner Großmutter entgegenzunehmen. Henry und Bobby müssen ihre Klamotten tauschen. Joe erwischt einen Stein, auf dem steht: »Gib deine Unterwäsche der Person, die dir gegenübersitzt«, und Auroras Freundin Emilia streitet mit Kris, da sie der Meinung ist, dass nicht sie, sondern er Joes Gegenüber sei. Als das Spiel schließlich unsere Tischseite erreicht, trägt Kris Joes Boxershorts über seiner Hose, dann kippt er zwei Shots, um nicht mit Emilia rumknutschen zu müssen, die eine feste Freundin hat und droht, ihm eine runterzuhauen, sollte er irgendetwas versuchen. Emilia zieht einen leeren Stein, Aurora anschließend ebenso. Es ist schwer, ihre Enttäuschung zu übersehen.

Ich bin von ihrem Mund abgelenkt, den sie zu einer süßen Schnute verzieht, als mich einer der Jungs anschreit: »Beeil dich gefälligst, Muffin!« Vorsichtig ziehe ich einen Stein aus der Mitte.

ZEIG DIE LETZTE NACHRICHT,
DIE DU BEKOMMEN HAST,
DER PERSON NEBEN DIR.

Ich versuche, den Block nicht fallen zu lassen, da meine Hände zu schwitzen beginnen, und drehe ihn um. Was auch immer die Strafe sein wird, schlimmer kann's nicht kommen.

SCHICKE FAULKNER DIE NACHRICHT: ICH LIEBE DICH

Ich lag so falsch.

Die Leute fragen mich, was auf dem Stein steht, aber mein Verstand rotiert. Wie soll ich aus dieser Nummer herauskommen, ohne erklären zu müssen, wieso. Abgesehen davon, dass ich keine Lust habe, mich erneut beim Trainer unbeliebt zu machen, war die letzte Nachricht, die ich bekommen habe, von meinem Dad, der mich um Geld bat. Die hässliche Wahrheit, dass er es immer wieder schafft, sich in mein Leben einzuschleichen und alles zu verderben, schlägt sich mir schwer auf den Magen. Ich habe den Text nicht einmal zu Ende gelesen, ehe ich das Handy wegstecke. Er hat ohnehin immer die gleiche beschissene Ausrede parat.

Ich zahle es dir zurück. Ich zahle dir die doppelte Summe zurück. Ich kenne jemanden, der den Trainer kennt, und bei dem Rennen kann ich gar nicht verlieren.

Oder, als er einmal einen über den Durst getrunken hatte: *Alles, was du hast, verdankst du nur mir. Du hast deine Familie im Stich gelassen. Willst nicht einmal deinem eigenen Fleisch und Blut helfen? Du bist nicht mehr mein Sohn. Du hältst dich für was Besseres, weil du auf so ein tolles College gehst, aber dort wirst du dir auch alles versauen.*

Ungeduldig auf eine Antwort wartend, reißt mir Stassie den Spielstein aus der Hand und liest es laut vor, woraufhin alle Umstehenden in Gelächter ausbrechen. Ich würde auch lachen, wenn es einen anderen getroffen hätte. Entschlossen nehme ich in jede Hand einen Shot und kippe beide rasch hinunter.

»Wow! Du wolltest wirklich nicht, dass ich die Nacktfotos sehe«, sagt Aurora, während ich mir mit dem Handrücken den Mund abwische. »Schau nicht so ernst, war nur ein kleiner Scherz. Das ist doch gut.«

»Gut?«

Sie nickt. »Dass du deine privaten Dinge nicht überall hinausposaunst. Privatsphäre ist gut.«

Privatsphäre. Das ist eine meiner Stärken. Nur leider aus den falschen Gründen.

Das Spiel läuft weiter, eine Runde nach der anderen. Shots werden gekippt, Herausforderungen bewältigt, Beleidigungen in Richtung Robbie und JJ abgefeuert. Nate muss seiner Schwester Geld überweisen, weil er sich weigert, die Person links von ihm zu küssen: Robbie. Bobby schickt Faulkner eine »Du fehlst mir«-Nachricht, Henry muss eine Flasche Bier auf ex trinken, und ich wurde mein Hemd los, weil ich nicht die rothaarige Person küssen wollte, die mir am nächsten steht – welche zufällig Lola war. Die Freundin meines Mitbewohners und Trainers zu küssen schien mir nicht die beste Idee für die Zukunft meiner College-Karriere zu sein.

Emilia beugt sich zum Turm vor, der mittlerweile deutlich wackeliger aussieht. Grinsend liest sie vor, was auf ihrem Stein steht. »Bestimme zwei Leute, die sich küssen müssen. Was seid ihr doch kindisch, Leute«, murmelt sie vor sich hin, dann hält sie uns den Stein hin. Ihre Lippen verziehen sich zu einem schelmischen Grinsen. »Nun, da ich hier nur zwei Leute kenne … also … da muss ich dann wohl Aurora und Russ auswählen.«

»Und ich? Bin ich ein Geist?«, ruft JJ vom anderen Ende des Tischs herüber und wedelt wie wild mit den Armen. »Unsere Freundschaft ist für dich offenbar nur ein Witz.«

Ich höre, wie sie irgendetwas sagt, registriere die Erwähnung meines Namens aber erst, als ich spüre, wie Aurora mich ansieht. Oh mein Gott. Sie sieht wirklich umwerfend gut aus.

Der Einzige, der weiß, dass du nicht selbstsicher bist, bist du.

Ihre Wangen sind inzwischen stärker gerötet, ihre Augen schon etwas glasig.

»Bist du noch nüchtern genug, um wirklich einverstanden sein zu können?«, frage ich sie.

Sie nickt grinsend. »Und du?«

Sanft schiebe ich ihr die Hand unter die Haare, um ihren Nacken zu umfassen, reibe mit dem Daumen unterhalb ihrer Kinnpartie entlang und spüre ihren hämmernden Puls.

»Yep!« Als ich mich zu ihr vorbeuge, stellt sie sich auf die Zehenspitzen, ihre Hände legen sich mir um den Nacken, dann findet mein Mund ihren. Sanft erst, zögerlich, bis sie leise stöhnt, und eine Minute lang vergesse ich, dass wir Publikum haben.

Das Publikum vergisst uns allerdings nicht, und als ich sie näher an mich ziehe, jubeln alle und bringen uns beide rasch auf den Boden der Realität zurück. Sie macht einen Schritt zurück, legt die Hand an ihre Lippen, dreht sich zu Emilia und flüstert ihr etwas zu, das ihr ein Lächeln entlockt.

Fake it, till you make it.

Das Spiel geht weiter, leerer Stein folgt auf leeren Stein, und die Leute fragen schon, ob Robbie und JJ es aufgegeben hatten, noch weitere Aufgaben zu stellen, was die beiden als ungeheure Beleidigung zurückweisen. Als Aurora den nächsten leeren Stein zieht, erntet sie ein enttäuschtes Stöhnen von den Umstehenden.

»Dieser Turm hält sich besser aufrecht als ich«, grummelt Aurora und legt ihren Stein oben auf die wackelige Konstruktion.

Dann ziehe ich meinen und erkenne sofort Robbies schlampiges Gekritzel auf dem Holz.

RICHTUNG ÄNDERN

»Richtung ändern«, lese ich laut vor. »Das verstehe ich nicht.«

»Das heißt, dass ich jetzt wieder dran bin«, erklärt Aurora, und Robbie nickt.

Sie zieht einen Stein – und vom Standpunkt eines Ingenieurs aus gesehen so ziemlich den schlechtesten, wenn der Turm stehen bleiben soll. Mir kommt in den Sinn, dass sie ihn eigentlich gern einstürzen sehen möchte, aber dann fängt sie an zu lachen und reißt mich schlagartig aus meinen Gedanken. Und ihr Lachen ist einfach bezaubernd.

Sie dreht den Stein um, damit alle ihn lesen können.

GIB DEM NÄCHSTSTEHENDEN
EISHOCKEYSPIELER
EINEN ZWEI MINUTEN LANGEN LAPDANCE

»Das habe ich geschrieben«, ruft Lola fröhlich. »Gern geschehen, Muffin.«

Wenn Blicke töten könnten, hätte ich jetzt das Zeitliche gesegnet. Die Jungs schauen mich maßlos eifersüchtig an, nachdem sie Aurora ein wenig zu lange begutachtet hatten. Ich räuspere mich vernehmlich, und sie kriegen sich wieder ein.

Oh Mann, ich werde vor all meinen Freunden einen Ständer kriegen.

Bobby rennt los, um einen der zuvor weggeräumten Stühle zu holen, Anastasia erkundigt sich bei Aurora nach ihren musikalischen Vorlieben. Ich weiß, das ist keine große Sache, unterschwellig fühlt es sich aber als solche an. Mein Gesicht ist bestimmt schon rot wie eine Tomate. Wie soll ich da noch Selbstsicherheit vortäuschen?

Ich beuge mich zu ihr hinunter und flüstere ihr ins Ohr, sodass nur sie mich hören kann: »Das brauchst du nicht zu machen. Lass dich nicht unter Druck setzen.«

»Es ist doch nur ein alberner Tanz.« Sie drückt meinen Arm. »Trotzdem danke. Aber wenn dir das nicht recht ist, trinke ich eben den Shot.«

»Mir ist es recht.« Und wie mir das recht ist!

»Irgendetwas, das ich lassen soll?«

»Du kannst tun, was du willst.«

Da ich ohnehin schon kein Hemd mehr anhabe, bekommt die Sache irgendwie etwas Intimeres. Aber Gott sei Dank verflüchtigt sich dieses Gefühl, wenn eine Menge Leute dich anglotzen, während du auf einem Esszimmerstuhl sitzt.

Nett zu wissen, woran ich das nächste Mal denke, wenn ich hier esse.

Aurora trinkt zwei Shots. »Ich gebe nicht auf«, sagt sie. »Ich muss mir nur Mut antrinken.«

Ich habe bereits das Gefühl, *ich* bräuchte Mut, dabei sitze ich nur hier und lasse eine Frau, die so weit außerhalb meiner Liga ist, dass wir nicht einmal dieselbe Sportart spielen, für mich tanzen. Die Musik wechselt von einer schnellen Charts-Nummer zu »Sweat« von Zayn. Lola hält ihr Handy mit eingestelltem Timer hoch.

Als Aurora lächelnd zu mir herüberkommt und sich hinter meinen Stuhl stellt, fällt es mir nicht schwer, das ganze Zimmer um mich herum zu vergessen. Beide Hände legen sich auf meine Schultern und gleiten über Brust und Bauch hinab, bis ihr Kopf gleichauf mit meinem ist. Sie küsst mich flüchtig auf die Wange und lacht leise. In dem Moment weiß ich, das ist die schönste Art von Folter, die ich mir vorstellen kann.

Sie geht um den Stuhl herum, stellt sich mit dem Rücken zu mir vor mich, ihre Hüften wiegen sich im Rhythmus der Musik. Sanft drückt sie meine Knie auseinander, schiebt sich dazwischen und lässt sich auf mir nieder.

Die dreißig Sekunden, die Aurora ihren Hintern an mir reibt, vergehen wie im Flug. Ihr Rücken lehnt an meiner nackten Brust, und als sie ihr Haar herumwirbeln lässt, dringt mir der Geruch von Pfirsich in die Nase. Im Geist zähle ich tote amerikanische Präsidenten auf, aber es nützt nichts. Ihre Hüften wechseln den Rhythmus, ihr Körper vibriert, und leise kichernd schaut sie mich an. Ja, sie kann definitiv meine Erregung an ihrem Hintern spüren.

Meine Knöchel sind ganz weiß, so fest klammere ich mich an die Armlehnen meines Stuhls. Offensichtlich brauche ich sie gar nicht zu berühren. Sie steht auf, aber ich brauche mir keine Sorgen zu machen, dass alle Welt meine Erektion zu Gesicht bekommt, weil sie sich sofort umdreht und direkt wieder auf meinem Schoß niederlässt.

Das ist schlimmer, so viel schlimmer.

Schlimmer, aber besser. Denn sie ist verdammt sexy, und jetzt kann ich ihr Gesicht sehen, da sie sich an mir reibt und eine große Selbstzufriedenheit ausstrahlt. »Du darfst mich ruhig anfassen«, flüstert sie mir zu, und ihre Augen funkeln dunkel.

George Washington, John Adams, Thomas Jefferson …

Ich packe ihre Hüften und lasse die Daumen sanft über einen schmalen Streifen Haut zwischen dem Rocksaum und dem T-Shirt gleiten. Ihre Hände versinken in meinem Haar, ihr Busen presst sich gegen meine Brust, ihr Gesicht nähert sich meinem …

Dann geht der Timer los, und zum ersten Mal in meinem Leben würde ich am liebsten einen Mord begehen.

Der Zauber verfliegt, und uns wird beiden schlagartig bewusst, dass wir nicht allein sind. Schwer atmend setzt sie sich auf. Gott sei Dank schlägt JJ vor, eine Pause zu machen, um neue Drinks zu holen und auf die Toilette zu gehen. Mir winkt er zu, als sich die nähere Umgebung langsam leert.

Ich habe die Hände noch immer an ihren Hüften, sie schaut mir noch immer in die Augen. Unter der Oberfläche ist irgendetwas, eine Art Unsicherheit, als würde sie auf etwas warten. Aber ich weiß nicht, worauf. »Äh, gut gemacht.«

Es wird klar, sie wartete auf ein Lob, denn als sie sich anschickt, aufzustehen, wird ihr Lächeln breiter. Ich packe sie fester und lasse sie nicht los. »Können wir kurz reden?«

Sie beißt sich auf die Lippen, um sich ein Lachen zu verkneifen, und nickt. »Sicher.«

James Madison, James Monroe, John Quincy Adams …

4. KAPITEL

Aurora

Auf dem Schoß eines Eishockeyspielers zu sitzen ist nicht das, was eine Frau tun sollte, die ihr Leben verändern will.

Ehrlich gesagt hatten meine Pläne für diesen Abend nicht beinhaltet, dass ich mich an der Erektion eines völlig Fremden rieb. Na ja, vielleicht schon, aber wenn, dann ohne Kleidung und vor allem ohne Zuschauer.

In der Sekunde, als ich dieses Haus betrat, vergaß ich all meine Vorsätze bezüglich der für den Sommer geplanten Selbstoptimierung, und dieses mangelnde Pflichtgefühl mir selbst gegenüber ist genau der Grund, weshalb ich Distanz zu den Versuchungen von Maple Hills brauche.

Ich sollte mich eigentlich nicht zu sehr über sein »Gut gemacht« freuen, aber was soll ich sagen, ich bin eine Frau, die Feedback mag. Mehr als alles andere aber brauchte ich die Vergewisserung, dass ich mich nicht vor fast der gesamten Eishockeymannschaft zum Trottel gemacht hatte. Das war nicht mein erster Lapdance gewesen, aber das erste Mal mit jemandem, der jetzt jeden Blickkontakt mit mir vermeidet. Wenn ich ihm nicht ins Gesicht schaue, muss ich mir seinen Körper ansehen, und der Kerl besteht im Grunde nur aus Muskeln.

»Du gehst nicht gleich in Flammen auf, wenn du mir in die Augen schaust, weißt du?«, sage ich leise und ein wenig verunsichert. In diesem Haus scheint die Zeit langsamer zu vergehen, und obwohl nichts Ungewöhnliches dabei ist, wenn sich zwei Leute auf einer College-Party in einer dunklen Ecke so nahe sind, kommt mir die Minute, die nun vergangen ist, vor wie eine Ewigkeit. Ich kann sein regelmäßiges Atmen und seine heiße Haut an meinen Handflächen spüren.

Und wie erwartet, schießt ihm die Farbe in die Wangen, als sich unsere Blicke wieder treffen. Er räuspert sich und reibt sich den Nacken. Scheint ein nervöser Tick zu sein, denn das hat er schon öfter gemacht. Erst in der Küche, dann als er sein Hemd ausziehen musste und alle jubelten, als er seinen perfekt geformten Oberkörper präsentierte, und jetzt schon wieder.

»Hör mal, das funktioniert leider nicht. Du bist viel zu scharf, und die Präsidenten helfen auch nicht. Ich bin schon zu den Stanley-Cup-Gewinnern übergewechselt, aber mit dir auf mir«, er deutet auf meine über ihn gespreizten Schenkel, »da kann das noch eine Ewigkeit dauern.«

Du bist viel zu scharf.

Das Kompliment durchflutet meinen Körper, bringt mich zum Schmelzen, und das Gefühl von Verletzlichkeit, das ich vor zehn Sekunden verspürte, löst sich in Luft auf. Natürlich hat man mich auch schon früher als scharf bezeichnet, aber der Typ scheint darunter zu leiden, als würde er gefoltert. Als würde er sich nie wieder davon erholen. Als sei ich die Toleranzschwelle seiner geistigen Gesundheit. Und das ist ein Gefühl, nach dem ich süchtig werden könnte.

Meine Lippen zucken, während ich verzweifelt mein Gehirn zu ignorieren versuche, das mehr Aufmerksamkeit sucht. In der Anwesenheit von Männern ist es unzuverlässig, weil es sich so leicht von Mittelmäßigkeit beeindrucken lässt.

»Präsidenten?«, wiederhole ich, und die Röte in seinem Gesicht breitet sich bis in seine Ohrläppchen aus. Noch etwas an ihm, das ich unglaublich liebenswert finde. Als wolle er nicht einmal dieses Fitzelchen Information mit mir teilen. »Wie wäre es, wenn du hinter mir stehen bleibst, bis sich alles wieder beruhigt hat?«

»Du bist ein Engel«, seufzt er. »Gewissermaßen. Das eben war nicht besonders engelsgleich, aber du weißt schon, was ich meine.«

Er hält meine Hüften und führt mich, während ich aufstehe. Die Ausbuchtung in seiner Hose ist selbst bei der schlechten Beleuchtung hier im Raum nicht zu übersehen. Mich kribbelt es am ganzen Körper, so sehr gefällt mir sein fester Griff um meine Taille.

Die Atmosphäre ist nicht mehr dieselbe, als das Spiel von neuem beginnt. Ich bin zu sehr von dem Mann hinter mir abgelenkt, um irgendwie aufpassen zu können. Es ist schwer, sich auf einen geeigneten Stein zu konzentrieren, wenn er mich so umklammert und mir ins Ohr flüstert, welche Steine ich nicht anfassen soll. Aber es gefällt mir, als ich mich zum Turm vorbeuge und sich mein Hintern an seinem Körper reibt. Ich schwöre, ich höre ihn leise stöhnen.

Dank Russ' Tipps fällt der Turm nicht in sich zusammen, aber ein kleiner Teil von mir wünscht sich sogar, er würde einstürzen. Das Spiel geht an uns ereignislos vorüber, und obwohl er es inzwischen gar nicht mehr nötig hätte, hinter mir zu stehen, bewegt er sich nicht. Ich lehne mich zurück, lege den Kopf an seine Brust, doch als sich sein Körper versteift, weiche ich sofort von ihm zurück. Seine Hände finden jedoch wieder meine Hüften, sanft zieht er mich zurück. Er hat sich spürbar entspannt.

Vom Geräusch des einstürzenden Turms fahre ich hoch. Ich richte meine Aufmerksamkeit wieder auf das Spiel. Einer der

Typen hält einen Stein in der Hand und starrt auf den Haufen auf dem Tisch.

»Henry, du kannst nicht einfach den Turm umkippen, bloß weil dir langweilig ist«, schimpft einer der Jungs.

»Habe ich nicht«, verteidigt sich Henry. »Vielleicht bin ich für Jenga nicht geschickt genug.«

»Du wirst auch nie gut genug sein, wenn du den Stein rausziehst, der die ganze Konstruktion aufrecht hält«, spottet Russ hinter mir.

»Nicht jeder kann ein Ingenieur sein, Russ«, erwidert Henry. »Ich kann auch nichts dafür.«

»Zeit, sich den Konsequenzen zu stellen«, ruft die Rothaarige von gegenüber. »Zieh dich aus.«

»Wenn du mich nackt sehen willst, Lola, hättest du bloß fragen müssen.«

»Vorsicht!«, faucht ihn Robbie an.

Emilia stupst mich an und unterbricht den Streit zwischen den beiden offenkundig sehr guten Freunden. »Toilette und Drinks? Ich habe keinerlei Lust, mit anzusehen, wie ein nackter Kerl die Nachbarschaft in Angst und Schrecken versetzt.«

So gern ich auch einen nackten Mann die Straße hinunterlaufen sehen würde, ich will sie nicht allein lassen. »Klar doch.«

Es braucht all meinen Willen, um mich von Emilia an der Hand nehmen und mich wegziehen zu lassen. »Bin bald zurück«, flüstere ich Russ noch schnell zu. Und während ich meinen Weg durch die Menge bahne, spüre ich immer noch die Hitze seiner Hände auf meiner Haut.

Wie verliert man jemanden in dessen eigenem Haus?

»Vielleicht versteckt er sich vor dir.« Emilia dämpft ihr Kichern mit einem Drink.

»Ich dachte, er wäre interessiert …«

»Er ist eben sehr schüchtern.« Sie lehnt sich gegen den Küchentresen. »Das ist bestimmt der Typ, der laut JJ gerade erst eingezogen ist. Ruhig, in sich gekehrt. Nicht gerade deine Zielgruppe.«

Ich schnappe mir eine Limoflasche und verdrehe die Augen. Nicht, weil sie unrecht hat – sie hat recht, Schüchterne bringe ich normalerweise nicht mit nach Hause –, sondern weil mich Emilia regelmäßig daran erinnert, wie schlecht mein Männergeschmack ist. Fairerweise muss man sagen, dass ich ihr mit jedem Kerl, der sich als Arschloch erweist, reichlich Gelegenheit dazu gebe, mich auf die Red-Flags hinzuweisen, die man vorher schon hätte erkennen sollen. Red-Flags, die ich zu Gunsten von unverbindlichem Sex regelmäßig ignoriere. Emilia denkt, Männer zu mögen ist schon generell eine schlechte Entscheidung, und ich weise sie dann immer darauf hin, dass man sich zu Männern hingezogen fühlen kann, ohne sie als Gattung zu mögen.

»Wenn ich heute Abend auf eine Abfuhr von einem Mann aus gewesen wäre, hätte ich meinen Dad angerufen.« Etwas, das entfernt an verlegenes Lachen erinnert, blubbert aus mir heraus. Ich fülle unsere Gläser auf und gebe Acht, dass ich nicht erneut Limo verschütte. »Oh Gott, ich kann es echt kaum noch abwarten, endlich von Maple Hills wegzukommen.«

Bevor ich noch etwas hinzufügen kann, leuchtet Emilias Handy auf. »Ich gehe mal kurz raus. Das ist Poppy. In Europa ist gerade Frühstückszeit. Kommst du fünf Minuten ohne mich klar?«

»Ich bin mir ziemlich sicher, dass ich fünf Minuten durchstehe, ohne mir Ärger einzuhandeln. Geh nur. Und schönen Gruß an Pops.«

Emilia gibt mir liebevoll einen Kuss auf die Schläfe. »Das

sagst du so. Aber überzeugt bin ich nicht. Bin bald zurück. Schick mir eine Nachricht, wenn du Gefahr läufst, abhandenzukommen.«

Sie wirkt ehrlich aufgeregt, als sie Richtung Garten geht, um mit ihrer Freundin zu telefonieren. Ich freue mich für ihre Liebe, das tu ich wirklich, aber, oh Mann, da spüre ich immer, wie einsam ich doch bin. Es ist schwer, das fünfte Rad am Wagen zu sein bei zwei Menschen, die so ekelhaft perfekt zueinander passen, vor allem, weil ich noch nie eine richtige Beziehung hatte. Ich hatte noch nicht einmal ein erstes Date. Die meiste Zeit bin ich glücklich als Single, aber manchmal, wenn sie sich zu Hause unter der Decke aneinanderkuscheln, verspüre ich einen winzigen Moment lang Eifersucht, was ich allerdings nie zugeben würde.

Wenn ich zwei so toll zueinander passende Menschen sehe, gerate ich automatisch ins Fantasieren, wie wohl meine Version einer solchen Beziehung aussehen könnte. Doch dann fällt mir wieder ein, wie lustig das Trauma ist, das ich der Ehe meiner Eltern zu verdanken habe, und jeglicher Wunsch nach einer festen Beziehung löst sich schlagartig in Luft auf.

Auch wenn ich noch so viele Liebesromane gelesen und mich über jedes Happy End gefreut habe, für mich kann ich mir keins vorstellen. Ich würde mich gern der Hoffnung hingeben, dass auch auf mich ein Happy End wartet, aber Hoffnungen können gefährlich sein.

Ein klügerer Mensch als ich hat einmal etwas Poetisch-Schlaues gesagt: Liebe bedeutet nämlich, dass du jemandem die Macht gibst, dir wehzutun, ihm aber vertraust, dass er es nicht tut. Und ich kann mir nicht vorstellen, jemandem so sehr zu vertrauen. Wenn ich meine Gefühle verletzt sehen will, bin ich dazu sehr gut selbst in der Lage. Das ist eine Fähigkeit, die ich viele Jahre lang immer weiterentwickelt habe und mittlerweile wohl auch am besten beherrsche. Allerdings würde ich gern eines Tages jemandem vertrauen. Vielleicht.

Ich hole mein Handy aus der Handtasche und tue so, als interessierte mich die Meinung der Leute zum Qualifying für den Grand Prix dieses Wochenende, während ich auf Emilia warte. Geschlagene zehn Sekunden scrolle ich sinnlos herum, bis ich dem wahren Grund nachgebe, warum ich das Handy hervorgeholt habe: Ich schnüffle mittels meines Fake-Accounts der neuesten Freundin meines Dads hinterher.

Gegenwärtig ist das meine Lieblingsbeschäftigung, um mich selbst zu verletzen, und zum Glück für mich und meine masochistischen Tendenzen liebt es Norah, jede Sekunde ihres Lebens in ihren Storys breitzutreten, so als wäre sie dreizehn Jahre alt und zum ersten Mal in den sozialen Netzwerken unterwegs. Und ich liebe es, das mitzuverfolgen und dabei unglücklich zu sein.

Außerdem liebe ich es, sie für ihre sinnlosen Livestreams wegen Mobbing und Belästigung zu melden.

Mindestens neunzig Prozent meiner Spontanentscheidungen im vergangenen Monat wurden durch ihre Posts ausgelöst, in denen sie schrieb, was für ein wunderbarer Mensch doch mein Dad sei – und dennoch verfolge ich in diesem Moment immer noch ihre Videos. Ihr Gesicht füllt das gesamte Display aus, ist viel zu nah an der Kamera und grauenhaft ausgeleuchtet, dann schwenkt sie die Kamera herum, und mir bleibt das Herz stehen. Sie filmt meinen Dad, wie er Kisten packt, und das offenbar für ihre Tochter, denn sie stehen in einem Zimmer, das stark nach Studentenwohnheim aussieht.

Würde mein Dad nicht die Studiengebühren bezahlen, wüsste er vermutlich nicht einmal, auf welches College ich gehe.

Ich hasse es, zuzuschauen, kann den Blick aber auch nicht

abwenden. Mein ganzes Leben lang habe ich gekämpft, dass mein Dad Zeit für mich hat, und nun zu sehen, wie freimütig er andere mit seiner Zeit beschenkt, ist ein Schlag in die Magengrube.

Als ich mit seiner Sekretärin gesprochen hatte, um herauszufinden, ob er zu meinem Abschiedsfrühstück herkommt, bestätigte sie es und sagte mir, er würde *nicht* zum Grand Prix nach Spanien fliegen, weil er »wichtige Pläne« habe. Der törichte Teil von mir, der noch immer hofft, Dad sei nicht ein totaler Arsch, dachte, ich sei Bestandteil dieser wichtigen Pläne und er wolle sich von mir verabschieden, bevor ich den Sommer über wegfahre. Jetzt ist mir klar, wen er wirklich für wichtig erachtet, und das bin nicht ich. Ich verachte den Menschen, zu dem mich das gemacht hat, jemanden, der sich verzweifelt nach Aufmerksamkeit und Bestätigung sehnt, und ich hasse es, dass ich mein Leben zu einer Folge reflexartiger Reaktionen verkommen ließ, weil ich das Gefühl habe, völlig vergessen worden zu sein.

Nur einmal möchte ich eine Entscheidung treffen, um mich glücklich zu machen, nicht weil ich instinktiv auf die Handlungen anderer reagiere.

Ich sperre das Display meines Handys und stecke es wieder in meine Handtasche, als mir die Person, die ich aus dem Augenwinkel heraus wahrnehme, zu nahe kommt. Nicht dass meine Herumschnüffelei für Emilia neu wäre, peinlich ist es trotzdem, vor allem weil ihr Dad tatsächlich perfekt ist und sie mich nicht verstehen kann, sosehr sie sich auch bemüht.

Es ist nicht Emilia.

»Hi«, sagt Russ zögernd. »Alles okay?«

Ich zwinge mich, zu lächeln, und betrachte ihn mit aller Begeisterung, die ich aufbringen kann. »Ja, alles bestens. Und bei dir?«

Er schaut mich genauer an, ehe er antwortet. »Ist wirklich alles okay? Hat dich jemand verärgert?«

»Der ärgert mich schon seit zwanzig Jahren. Wirklich, alles gut.«

Sein Mund formt ein O, als er nickt. Offenbar hat er mich sofort verstanden. »Was kann ich tun, damit du dich besser fühlst?«

Mein Hirn möchte, dass er sein T-Shirt wieder auszieht, aber das kommt mir eher unpassend vor. Deshalb zucke ich mit den Schultern. Die richtige Antwort auf diese Frage weiß ich noch nicht.

»Irgendetwas muss es doch geben.«

»Verrate mir ein Geheimnis.«

»Ein Geheimnis?«

»Ja.« Keine Ahnung, warum ich das gesagt habe, aber er denkt ganz offenkundig darüber nach. Es ist nur ein kindisches Spiel, das meine Schwester und ich uns ausgedacht haben, als wir noch klein waren. Wir waren uns nie sonderlich nah gewesen, aber uns verbindet, dass wir Dinge tun, die wir lassen sollten, und so haben wir unsere Geheimnisse geteilt.

»Du machst mich nervös«, sagt er schließlich und trinkt sofort einen Schluck von seinem Bier.

»Das ist kein Geheimnis.« Ich lache. »Das sieht doch jeder auf den ersten Blick.«

Er seufzt und reibt sich das Gesicht. »Ich finde dich atemberaubend schön.«

Sein Geständnis erwischt mich unvorbereitet. Atemberaubend schön. Ich schüttele den Kopf, sodass meine Haare vor meinen Augen tanzen. »Das ist auch kein Geheimnis …«

»Du bist unmöglich.« Leise kichernd streicht er mir die Haare wieder hinter meine Ohren, wofür er sich ein wenig mehr Zeit lässt, als notwendig wäre. »Mein Geheimnis ist, dass ich Partys eigentlich nicht ausstehen kann, dass ich aber trotzdem froh bin, bei dieser dabei zu sein, weil ich dich hier kennengelernt habe. Und als ich dich vorhin nicht mehr finden konnte, war ich traurig, weil ich dachte, du wärest nach Hause gegangen.«

Oh wow. »Das war elegant geantwortet.«

»Echt? Ich habe mir größte Mühe gegeben. Und ich hätte fast schon ein Verbrechen gestanden, das ich gar nicht begangen habe, weil ich so unter Druck stand.« Ah, da ist er wieder, der schüchterne Russ.

»Das hast du großartig gemacht.«

»Danke, ich habe darin nicht so viel Übung. Ich bin, äh, nicht so gut in so was.«

»Du läufst nicht durch die Gegend und erzählst fremden Leuten deine Geheimnisse?« Ich verberge mein Lächeln hinter dem Glas, aus dem ich trinke. Ein echtes Lächeln diesmal.

»Eigentlich erzähle ich überhaupt niemandem etwas, gemeint habe ich aber, dass ich nicht gut darin bin, mich mit jemandem zu unterhalten, an dem ich interessiert bin.«

Keine Ahnung, was ich an seiner Unsicherheit so bezaubernd finde. Vielleicht, weil er sich bei aller fehlenden Selbstsicherheit immerhin sicher ist, dass er sich mit mir unterhalten möchte. Und an dieses Fitzelchen Gewissheit klammere ich mich mit beiden Händen. »Du hast mir gesagt, dass du hier wohnst.«

»Weil es stimmt.«

»Du hast hier ein Zimmer.«

»Ist das eine Frage? Ich muss nicht draußen im Freien schlafen, wenn es das ist, was du meinst.« Dieser verdammte Kerl. »Ja, ich habe ein Zimmer.«

Das tut weh. Das tut richtig weh. »Würdest du … es mir zeigen?«

Ich kann das Licht, das ihm nun aufgeht, da er kapiert hat, worum ich ihn bitte, regelrecht sehen. »Hängt ganz davon ab. Bist du betrunken?«

»Ein bisschen beschwipst, aber nicht betrunken. Und du?«

Er schüttelt den Kopf und lässt die Hand über meine Schulter den Arm entlangwandern, bis sich unsere Finger verschränken. »Beschwipst, aber nicht betrunken.«

In Russ' Hand wirkt meine winzig. Ich halte den Blick auf unsere ineinander verschränkten Finger gerichtet, während er mich durch das Gedränge zur Treppe führt. Betrunkene hängen über dem Geländer und beobachten das Geschehen im Wohnzimmer. Vermutlich warten sie, bis eine Toilette frei wird oder so, aber alle drehen sich interessiert nach uns um. Ich gehe mit erhobenem Kopf weiter und lasse mir nicht anmerken, dass ich weiß, morgen bin ich Thema Nummer eins in der Tratsch-und-Klatsch-Seite der UCMH.

Als er den Tür-Code eingibt, ziehe ich mein Handy heraus, öffne meinen Chat mit Emilia und folge ihm in das Zimmer.

EMILIA BENNETT

Schlafzimmer im ersten Stock
Der Tür-Code lautet 3993

Russ?

Ja, er ist unbeholfen
Das hat mich bezaubert

Ich habe ja gewusst, ich hätte dich
nicht unbeaufsichtigt lassen sollen
Bist du nüchtern genug, dass du keine
falschen Entscheidungen triffst?

Wann treffe ich schon
mal die richtigen
Entscheidungen? Aber ja

Vergiss nicht, morgen früh müssen
wir zum Frühstück zu deinen Eltern
und den Flug erwischen
Hast du Kondome?

Ja
Bitte manifestiere für mich,
dass er weiß, was er tut

Dem Universum sind
deine Orgasmen egal,
Aurora
Pass auf dich auf
Vergiss nicht, mir deinen Standort
zu schicken

»Entschuldige bitte«, sage ich zu Russ, stecke das Handy zurück in die Handtasche und lege diese auf den Nachttisch. »Ich habe nur kurz meiner Mitbewohnerin Bescheid gesagt, wo ich bin.«

»Verantwortungsvoll.« Lächelnd setzt er sich auf das Bett. »Bei unserem alten Captain mussten wir eine Tracking-App benutzen, der Hauptgrund war aber die Befürchtung, von irgendeinem Polizeirevier könnte eine Meldung eintrudeln.«

»Dafür scheinst du mir nicht der Typ zu sein …«

»Äh, danke … glaube ich.« Er lacht. Ein tiefes, warmes Lachen, das auf seltsame Weise meinen Bauch anspricht.

Ich schaue mir nun endlich das Zimmer an, wandere ziellos umher, suche nach gerahmten Fotos oder sonst etwas, was mir etwas über ihn verrät. Aber vergeblich. Es ist kein Witz, wenn ich behaupte, das ist das sauberste Schlafzimmer, in dem ich je gewesen bin, einschließlich meinem eigenen. Selbst die leeren Umzugskartons sind zusammengefaltet und lehnen ordentlich neben der Garderobe. Sein Bett hat mehr als ein Kissen. Und hübsche Kissen dazu. Sie haben alle Bezüge und sehen nicht aus, als seien sie unter einen 60-Tonnen-Lastwagen geraten, wie bei vielen Typen hier auf dem Campus.

Ich erreiche den Schreibtisch. Abgesehen von einigen Fachbüchern über Ingenieurswissenschaften keinerlei persönliche Dinge. Kein Hinweis, dass er hier wohnt. Er beobachtet meine Besichtigungstour schweigend, nur sein Blick folgt mir von einem Ende des Zimmers zum anderen. Schließlich drehe ich mich zu ihm um und setze mich auf den Schreibtisch. »Hast du eine feste Freundin?«

Meine Frage trifft ihn unvorbereitet, und sein Mund verzieht sich verwirrt. »Nein.«

»Dein Zimmer ist wirklich sauber. Es gibt hier nichts über dich: keine Fotos, keine Anzeichen von Hobbys …« Ich würde nicht einmal wissen, dass er Eishockey spielt, würde er nicht in diesem Haus wohnen. Auf dem Fußboden liegt nicht ein schmutziges, stinkendes Teil des Equipments. »Und du hast Kissen. Mit Bezügen.«

Mein letzter Punkt lässt ihn schnauben. Er steht auf und kommt zum Schreibtisch herüber. »Hängt die Messlatte wirklich so niedrig? Kissen mit Bezügen lassen dich vermuten, ich hätte eine Freundin, die ich mit dir betrüge?«

Direkt vor mir bleibt er stehen. Ich spreize die Beine, und er tritt in den Zwischenraum, der dadurch entsteht. Sein Körper befindet sich jetzt gefährlich nah an meinem. Mein Puls beschleunigt sich, und im Nackenbereich wird es wärmer, als er sich zu mir beugt. Allerdings berührt er mich nicht. Seine

Hände reichen an mir vorbei zum Regal über dem Schreibtisch.

So wie alles andere hier im Zimmer ist auch das Foto, das er mir dann reicht, in makellosem Zustand. Nicht der kleinste Knick an den Ecken. Darauf zu sehen sind er und ein paar von den Jungs, die ich unten gesehen habe. Sie bemühen sich, eine Trophäe in die Höhe zu halten. Sie machen den Eindruck, als würden sie alle auf Russ draufspringen, der so breit grinst, wie ich es noch nie gesehen habe.

»Ein Foto und ein Hobby.«

Ich schaue ihn lächelnd an. »Du siehst richtig glücklich aus.«

Er nickt und stellt das Foto zurück ins Regal. »Der schönste Tag meines Lebens.«

»Warum das?«

»Erzähl mir vom schönsten Tag in deinem Leben.«

Diese Reaktion ist merkwürdig, aber ihn zu bedrängen wäre sinnlos, weil es letztlich keine Bedeutung hat und weil emotionale Altlasten für einmalige Bettgeschichten ohnehin kein geeignetes Thema sind.

»Ich glaube kaum, dass du mich hierhergebracht hast, um Storys aus meinem Leben zu hören, oder?« Ich schiebe mich näher an ihn hin, spreize die Beine noch ein wenig, damit er näher kommen kann, und stütze mich auf meine Hände. »Oder brauchst du einen Jenga-Turm, um mich anzufassen? Soll ich uns ein Brettspiel suchen? Wie wäre es mit *Sieben Minuten im Himmel?* Soll ich den Timer aktivieren?«

»Aurora«, sagt er leise. Er hebt mit der Hand mein Kinn, sodass ich ihm ins Gesicht schaue. Der Mond scheint durch die einen Spalt geöffneten Jalousien und leuchtet ihn an, dass er fast ätherisch erscheint. »Wenn ein Timer losgeht, zerschlage ich dein Handy.«

5. KAPITEL

Aurora

Ich rechne damit, dass er seinen Mund auf meinen presst, dass er meinen Rock über die Hüften schiebt, dass er mich packt, an mir herumreißt und mich befummelt. Kurz: dass er über mich herfällt. Tut er aber nicht.

Sein Mund ist weich, sanft, als er sich herantastet. Er streicht mit den Fingern über mein Kinn, die Wangen entlang zum empfindlichen Bereich unterhalb der Ohren, dann weiter durch mein Haar zum Nacken.

Unsere Lippen lösen sich voneinander, kurz stützt er seine Stirn gegen meine. »Ich erwarte nichts von dir, weißt du? Wir können jederzeit aufhören.«

Mein Herz hat kein Recht, so heftig zu schlagen. »Das Gleiche gilt auch für dich. Das ist dir klar?«

»Ja, natürlich.«

Das ist auch das Mindeste, was wir voneinander erwarten sollten, erleichtert fühle ich mich dennoch. Er ist noch der gleiche Mann wie unten. Nichts hat sich geändert, obwohl er mich nun allein für sich hat. Ich habe mich von schönen Worten und einem noch schöneren Gesicht nicht täuschen lassen.

Erneut berühren seine Lippen meine, doch jetzt geht er aufs Ganze. Er hilft mir, sein T-Shirt abzustreifen, stöhnt auf, als ich meine Hände über seine Bauchmuskeln gleiten lasse und mir seine Gürtelschnalle vornehme. Er schlüpft aus den Schuhen, zieht dann die Socken aus, lässt die Jeans zu Boden fallen, steigt aus ihr heraus und hat jetzt nur noch seine Boxershorts an.

Er beginnt bei meinen Füßen, löst die winzigen Riemen um meine Knöchel, zieht mir die Schuhe aus und streicht dann langsam über meine Waden und Schenkel, bis er weit genug oben ist, um mich vom Schreibtisch herunterzuheben.

Bis zum Bett ist es nicht weit, die Zeit reicht aber, um festzustellen, wie perfekt sich meine Beine um seine Hüften schmiegen, dass er sich gar nicht so ungeschickt anstellt, wie ich vermutet hatte, und dass ich es gar nicht so schlimm finde, wenn mir auf dem Nachhauseweg die Veggie-Pizza mit Emilia entgeht, wenn das hier die Alternative ist.

Behutsam legt er mich auf dem Bett ab und kniet sich sofort zwischen meine Beine. »Du siehst so verdammt gut aus«, murmelt er und zieht mir den Rock aus, während ich mich aus dem Top schäle. Ich fühle mich leicht benommen von der Art, wie er mir Komplimente macht. Als wäre er sich unsicher, wie er es sagen soll, auch wenn er es vom ganzen Herzen so meint. Als er den Blick auf mein Gesicht lenkt, komme ich mir plötzlich doppelt nackt vor.

Ich lasse den Blick über seinen Körper wandern, mustere schamlos jeden Muskel, jeden Zentimeter seiner sonnengebräunten Haut, bis ich wieder bei seinem Gesicht angelangt bin. Auf einmal verschwinden seine Grübchen.

Ich bin nicht schüchtern. Ich glaube, in meinem ganzen Leben bin ich noch keine Sekunde lang schüchtern gewesen, aber er berührt mich so zärtlich, und sein Atem geht so stockend, als er meinen Slip über die Knöchel hinabzieht, und dann betrachtet er mich, wie ich mit gespreizten Beinen vor ihm liege, und jetzt bin ich auf einmal verdammt schüchtern.

Er beugt sich herunter und küsst mich, diesmal leidenschaftlicher. Sein Körper schwebt über mir, sodass ich nicht die Befriedigung empfinden kann, sein Gewicht auf mir zu spüren. Ich könnte nicht sagen, ob er mich hinhält oder es tatsächlich genießt, sich so viel Zeit zu lassen. Es hat etwas Rücksichtsvolles an sich, etwas Respektvolles, was ich bislang nicht mit einem beliebigen One-Night-Stand in Verbindung gebracht hatte.

Seine Küsse bewegen sich abwärts, entflammen jede Stelle an meinem Körper, die er mit seinen Lippen berührt. Hals, Brüste, Bauch, Hüftknochen, bis sein Kopf genau zwischen meinen Beinen ist. Er beobachtet mich, als er endlich, endlich den Mund auf mich legt, meine Beine über seine Schultern hebt, und ab da weiß ich nicht mehr, was er genau tut, denn meine Augen schließen sich in Ekstase.

Wie er mich nun verwöhnt, hat nichts Rücksichtsvolles und Respektvolles mehr an sich. Mein Herz will mir aus der Brust springen, mein Atem geht stoßweise, mein Körper windet sich so sehr, dass er mich mit einem Arm auf das Bett drückt, während er mich leckt und küsst und …

»Oh Gott! Ja, genau so!«

Mit einer Hand in seinem Haar und der anderen in die Bettdecke gekrallt bäume ich mich auf, stemme die Füße in seinen muskulösen Rücken und presse mich an sein Gesicht. Mein Vorgehen wäre mir peinlich, gingen damit nicht lustvolle Stöhnlaute seinerseits einher. Meine Bauchmuskeln spannen sich an, sein Mund und seine Finger halten ihren Rhythmus. »Ich werde gleich … Oh Gott!«

Er macht weiter, ich schreie seinen Namen. Und als dann mein Orgasmus einsetzt, fühle ich mich wie aufgelöst.

Russ lässt sich neben mir auf das Bett fallen. Mein Verstand weiß, dass ich ihn gern in meiner Nähe habe, mein Körper aber weiß nicht einmal mehr, auf welchem Planeten wir uns befinden. Er schiebt sich an mich heran, küsst mich zärtlich, mein Geschmack hängt noch an seinen Lippen. »Alles okay?«

»Ja. Ich habe nur den Eindruck, ich hätte mir beim Lapdance mehr Mühe geben sollen. Aber ich konnte ja nicht ahnen, dass du den Auftritt deines Lebens hinlegst.« Hirn und Körper kommunizieren allmählich wieder miteinander. Und so schaffe ich es, mich auf ihn zu setzen und seine Oberschenkel auseinanderzudrücken. »Hast du Kondome?«

Der Ausdruck, der sich nun auf seinem Gesicht abzeichnet, würde gut in einen Horrorfilm passen. Aber der Moment, in dem ihm klar wird, dass er Scheiße gebaut hat, ist eigentlich ganz lustig. »Tut mir leid, ich bin gerade erst eingezogen und hatte noch keine Gelegenheit, welche zu besorgen. Ich hatte nicht damit gerechnet … Tut mir leid, dass ich nicht nachgedacht habe.« Er schaut zu seinen Boxershorts und zu der Erektion hinunter, die deutlich dagegendrückt, und seufzt vernehmlich. »Ich schau mal in Henrys Zimmer nach.«

»Ich würde ja gern sehen, wie du das da in deiner Hose in einem Haus voller Leute verbergen willst, aber ich habe welche in der Handtasche.«

Ich hole ein Kondom heraus und werfe es auf das Bett neben ihn. Mittlerweile hat sich sein panischer Gesichtsausdruck verflüchtigt. Er setzt sich auf, stützt sich mit einer Hand ab und legt mir die andere an die Wange. Ich warte, dass er etwas sagt. Die Nervosität rauscht durch mich, als er mit dem Daumen über meine Unterlippe streicht. »Wie perfekt du bist.«

Aus Gründen, die ich nicht verstehe, würde ich die einsetzende Stille gern mit jedem Gedanken füllen, der mir durch den Kopf geht. Wahrscheinlich hat seine Unbeholfenheit ein bisschen auf mich abgefärbt.

Ich drücke ihn wieder auf das Bett, schnappe mir das Kondom und reiße die Folie mit den Zähnen auf. Dann richte ich mich etwas auf, damit ich seine Boxershorts nach unten schieben kann, bis seine Erektion befreit ist. Als ich sehe, womit ich es hier zu tun habe, schnappe ich nach Luft, was sich allerdings eher nach überraschtem Schluckauf anhört. Er nimmt mir das Kondom ab und rollt es sich über, während ich das Ganze auswerte.

»Das passt nie und nimmer. Ich meine, eine Herausforderung ist schön und gut, aber irgendwann ist Schluss.«

Er zieht mich zu sich hinab, küsst mich, mein Bauch bewegt sich mit seinem, weil er über meine Notlage leise lacht.

Er schmeckt immer noch nach mir, als seine Zunge über meine streicht. Ich hebe die Hüften, er stöhnt. Er schließt die Augen und sagt mit angespannter Stimme. »Wir machen, dass es passt.«

Oh Gott.

Ich wünschte, ich hätte mir mehr Mut angetrunken. Vorsichtig drücke ich mich von seiner Brust ab und lasse mich langsam auf ihm nieder. »Fuck.«

Russ packt mich fest an den Hüften. »Ist das auch wirklich okay?«, fragt er leise.

Ich nicke, löse mich ein wenig und lasse mich etwas tiefer sinken, dann noch einmal und noch einmal, bis ich ihn fast ganz in mir habe. Ich bohre die Fingernägel in seine Brust, seine Hände halten mich fest umklammert. Das Geräusch unserer sich bewegenden Körper hallt durch das Zimmer.

Wieso habe ich geglaubt, ich hätte das Durchhaltevermögen, um mich auf ihn zu setzen?

»Das machst du richtig gut.« Von seinen Worten motiviert, gebe ich mir ein wenig mehr Mühe. »Ja, so ist es gut. Braves Mädchen.«

Wer hätte gedacht, dass Mr Hilfsbereit und ich sich so gut

ergänzen. Ich mag es, wenn er mich lobt, und er mag es sehr, wenn ich die Hüften kreisen lasse. Traumpaar.

Eine seiner Hände schiebt sich zwischen meine Beine und massiert an der exakt richtigen Stelle. Instinktiv reagiert mein Körper. Er windet sich auf der Jagd nach dem sich aufbauenden Gefühl.

»Russ … Ja. Ja!«

Er macht weiter, lobt mich, gibt mir, was ich brauche, bis sich mein ganzer Körper anspannt und ich laut atmend auf ihm zusammenbreche. Er rollt mich auf den Rücken und stützt sich über mir auf die Unterarme. Keuchend liege ich unter ihm.

Er streicht mir das Haar aus dem Gesicht und bewegt sich wieder langsam in mir vor und zurück. Sein Kopf nähert sich meinem Hals, und er küsst mich zärtlich. Ich lege die Arme und meine noch zitternden Beine um ihn.

»Du fühlst dich so gut an, Aurora«, flüstert er mir ins Ohr. »Ich möchte noch einmal spüren, wie du um mich kommst.«

Wo zum Teufel kommt dieser Mann bloß her?

So lieb er zu mir spricht, mich küsst, mich ansieht, das alles steht im Widerspruch dazu, wie souverän und kraftvoll er mich auf das Bett drückt. Ich bin erschöpft, ausgelaugt – und doch will ich nicht, dass es schon aufhört. Ich schiebe die Hand dahin, wo wir miteinander verbunden sind, um es zu Ende zu bringen, als auch er kommt. Seine Bewegungen verlieren den Rhythmus, sein Atem geht stoßweise. Ich bin fast so weit. Ein paar Stöße noch, und ich falle in ein Loch und ziehe ihn mit mir. Wir sind laut, verschwitzt und vollkommen befriedigt.

Heilige Scheiße.

Wen interessieren schon Basketballer, wenn es Eishockeyspieler gibt?

Tja, damit hatte ich nicht gerechnet.

Er rollt sich auf den Rücken neben mich, und wir beide starren die Decke an und versuchen, wieder zu Atem zu kommen.

»Brauchst du irgendetwas?«, fragt er leise.

Ich lege die Arme über das Gesicht und schüttele den Kopf. Ich überlege, wie ich ihn darum bitten soll: noch zwölfmal das Gleiche. »Nein danke.«

Die Matratze bewegt sich, als er aufsteht und durch das Zimmer läuft. Dann höre ich, wie sich die Badezimmertür schließt.

Mein Körper fühlt sich an, als sei er aus Wackelpudding. Es kostet mich einige Überwindung, mich auf die Suche nach meiner Unterwäsche zu machen.

Aber zunächst schnappe ich mir vom Nachttisch mein Handy und öffne den Chat mit Emilia.

EMILIA BENNETT

Live-Standort teilen

Kommst du nach Hause oder bleibst du über Nacht?

Nach Hause

Er ist im Bad. Ich verschwinde bald

Lust auf Pizza?

JA

Er ist schon so lange dadrin

Wartet er, bis du weg bist?

Kann sein

Ah, ich höre, dass er mit jemandem redet

Er wartet ganz bestimmt, bis ich weg bin, oder?

Ich ziehe mich jetzt an. Bin bald zu Hause

Merkwürdig
Pizza ist bestellt

Ich nehme es nicht persönlich, dass Russ im Bad meine Anwesenheit hier offenbar aussitzt. Auch ich selbst habe mich schon oft ins Bad zurückgezogen und gehofft, dass die andere Person den Hinweis versteht und geht. Einmal musste ich so lange im Bad ausharren, bis es der Kerl endlich kapiert hatte, dass ich meine gesamte Sammlung an Skincare-Produkten alphabetisch ordnen konnte.

Mich braucht man nicht mit Gewalt zur Tür hinauszubefördern. Ich bin mehr als zufrieden, wenn ich heute Nacht in meinem eigenen Bett schlafen kann. Normalerweise hätte ich gar nicht so lange gezögert, ihn hatte ich allerdings nicht als Typ eingeschätzt, der sich nach dem Sex im Badezimmer verkriecht.

Meine Beine zittern, als ich vom Bett aufstehe, ein Zeichen, dass ich sie überanstrengt habe und dass ich daran arbeiten muss, denn ich komme mir vor wie ein Baby, das gerade erst laufen lernt. Als ich die Lampe auf dem Tisch neben dem Bett einschalte, fällt mir sofort ein kleiner Stapel Bücher ins Auge: »Thermodynamik für Ingenieure«, »Spielsucht – Die Geschichte einer Heilung«, »Roll of the Dice« … Ich nehme das oberste Buch vom Stapel, um es genauer unter die Lupe zu nehmen. Wie bitte? Er liest »Die Schönen und Verdammten«? Was zur Hölle?

Die Anglistik-Studentin in mir zuckt beim Anblick des gebrochenen Buchrückens und der vielen Eselsohren zusammen, das nachsichtige Mädchen in mir aber quietscht vor Freude bei der Vorstellung, wie er nachts im Bett liegt und liest. Der superheiße, irgendwie tollpatschige, beim Sex so großartige, das Bett in seiner vollen Breite nutzende Erste-Liga-Eishockeyspieler liest im Bett nach dem Sex. Ich wünschte mir, ich wäre nicht schon im Aufbruch, aber der Gedanke, wie ihm das Gesicht herunterfällt, wenn er aus dem Bad kommt und sieht, dass ich noch immer hier bin, ist unerträglich.

Ich meine, nehmen wir einmal den schlimmsten Fall an: Er kommt aus dem Bad, ich bin halb angezogen. Es folgt die fantastische Unterhaltung darüber, wie meine tief in mir verwurzelten Ängste, verlassen zu werden, dafür sorgen, dass ich grundsätzlich von keinem Mann mehr als das absolute Minimum erwarte. Wie das unverhohlene Desinteresse meines Vaters an meiner Existenz in mir die erstickende Furcht vor Zurückweisung eingepflanzt hat, was wiederum meine sämtlichen romantischen Erfahrungen geprägt hat. Und deshalb mache ich ihm auch keinen Vorwurf, wenn er will, dass ich verschwinde.

Oder die Alternative: Ich kann alles in mich hineinfressen und eines Tages meine zukünftige Therapeutin ordentlich reich machen.

Ich stelle das Buch dahin zurück, wo ich es gefunden habe, und suche den Fußboden ab, der verdächtig frei von Kleidungsstücken ist. Dann bleibt mein Blick an seinem Schreibtisch hängen, und plötzlich verstehe ich, weshalb er nach dem Aufstehen herumgewandert ist.

Er hat meine Kleidung zusammengesucht und ordentlich gefaltet.

Ich gebe mich dem ungewohnten, verschwommenen Gefühl, das diese Erkenntnis in mir auslöst, nicht lange hin. Sofort ziehe ich mich an und gehe in Richtung Tür. Jetzt will ich ebenfalls für mich sein. Langsam verlasse ich sein Zimmer und drücke möglichst leise die Türklinke, damit er nicht denkt, ich sei davongestürmt.

Mit meinen Bemühungen bin ich sehr zufrieden, vielleicht sogar ein wenig selbstgefällig, da Emilia und ihre Ballerina-

Freundinnen mir ja dauernd vorhalten, ich sei in etwa so still und anmutig wie ein besoffenes Nilpferd. Tja, selbstgefällig fühle ich mich, bis ich mich umdrehe und zwei Paar braune Augen mich neugierig anstarren.

»Wieso siehst du aus, als würdest du von einem Tatort fliehen?«, fragt mich Henry mit einer Lautstärke, die mir deutlich weniger aufgedreht erheblich lieber wäre.

»Tu ich gar nicht«, rufe ich, doch die junge Frau, die bei ihm ist, sieht mich mitfühlend mit einem »Doch, das tust du«-Blick an. »Tut mir leid, aber ich habe es eilig.«

Beide treten zur Seite. Ich zwänge mich an ihnen vorbei und hoffe, in meiner Verfassung problemlos ein Taxi zu bekommen, wodurch mir ein peinlicher *Walk of shame* erspart bliebe.

»Er ist ein guter Kerl«, sagt Henry. »Ein echt guter Kerl.«

»Das ist mir klar«, erwidere ich leise. »Aber jetzt muss ich wirklich los.«

Die Party liegt in den letzten Zügen. Die einzigen Leute, die Zeugen meines überstürzten Aufbruchs werden könnten, sind zu betrunken, um noch viel mitzubekommen. Als ich die Haustür erreiche, bin ich bereits in meine Schuhe geschlüpft. Ein Uber kann ich nicht bekommen, also mache ich mich doch zu Fuß auf den Nachhauseweg.

EMILIA BENNETT

Bin unterwegs

Alles okay?

Ja

Gefühlsängste?

Ja

Willst du in meinem Bett schlafen?

Ja

Gefühlsängste ist Emilias Ausdruck für den Moment der Klarheit, den man bekommt, nachdem man aus einer verzwickten Situation herausgekommen ist. Wenn in einem die Angst hochkommt und man sich fragt, ob man das Richtige getan hat. Ein Moment wie jetzt, in dem ich allein mit meinen Gedanken bin. In dem ich grüble, ob ich mich nun besser oder schlechter fühlen soll. Ob ich das auch getan hätte, hätte ich die Finger vom Handy gelassen und mich um meinen eigenen Kram gekümmert. Und wie lange dieses Stadium andauern wird, bevor ich mich in die nächste verzwickte Situation begebe und alles von vorn anfängt. Und schließlich: Spielt das wirklich eine Rolle, wenn es keinen Menschen interessiert, was ich mache?

Bei Gefühlsängsten geht es gar nicht so sehr darum, den Fehlern nachzuhängen, sondern mehr um Reflektion, und ich lasse mich lieber ablenken, statt nachzudenken.

EMILIA BENNETT

Warum bewegst du dich so langsam?
Sitzt du in einem Auto?
Aurora, gehst du zu Fuß?!?!?
Wehe, du wirst ermordet
Ich bin dermaßen sauer auf dich

Bin fast zu Hause

»Du bist mir vielleicht ein Clown«, begrüßt mich Emilia, als ich neben ihr ins Bett krieche. »Hör gefälligst auf, deine Sicherheit aufs Spiel zu setzen, nur weil du nicht warten kannst, bis ein Auto kommt.«

»Ist notiert.« Hätte ich ein Uber bekommen, vielleicht hätte ich dann nicht den ganzen Weg über den Mann nachgedacht, den ich kurz vorher verlassen hatte.

»Deine Pizza ist in der Küche.«

»Ich habe keinen Hunger mehr.«

Emilia seufzt vernehmlich. »Dann schlaf jetzt. Du brauchst all deine Kraft, um den Zwist deiner Eltern zu unterbinden.«

»Bist du sicher, dass du mit zum Frühstück willst?« Ich bekomme keine Antwort, nur ein Kissen fliegt grob in meine Richtung. »Wir könnten doch unseren Tod vortäuschen.«

»Deine Mom würde uns durchschauen. Du musst jetzt wirklich schlafen, Ror«, sagt sie und gähnt herzhaft. »Stell dir mal vor, ein ganzer Sommer, ohne dass du mitten in der Nacht deinen Standort mit mir teilen musst. Wochen über Wochen, in denen du auf kleine Kinder aufpassen musst, damit sie sich nicht verletzen und am Leben bleiben – und Selbstentwicklung.«

»Ein Traum.«

6. KAPITEL

Aurora

Nichts auf dieser Welt löst diese reine, ungetrübte Verzweiflung besser in mir aus, als eine längere Zeit mit meinen Eltern am selben Ort verbringen zu müssen.

Das klingt dramatisch, aber mal ehrlich, Chuck und Sarah Roberts sind ein Musterbeispiel für die Tatsache, dass eine Scheidung manchmal die bessere Wahl ist. In beiden steckt etwas, das sie in Monster verwandelt, sobald nicht mehr als zwei Meter Abstand zwischen ihnen liegt.

Insofern sollte ich mich wohl glücklich schätzen, dass mein Dad nicht wie versprochen zum Abschiedsfrühstück erschienen ist, bevor ich dann mit Emilia ins Sommercamp Honey Acres fahre, um dort den Sommer über zu arbeiten.

Das Ärgerlichste ist nicht, ständig von einem Mann enttäuscht zu werden, der eine der Säulen in meinem Leben sein sollte, sondern die Auswirkung, die seine verdammte Abwesenheit auf Mom hat, auf die ich gut und gern länger verzichten könnte.

»Warum versuchst du es nicht noch einmal bei ihm?« Sie sieht mich über ihr Glas mit Orangensaft hinweg mit einem traurigen Schmollmund an. »Hast du es bei seiner Assistentin versucht? Oder bei Elsa? Deine Schwester kann ihn ja anscheinend immer erreichen.«

»Er wird nicht drangehen. Alles gut.« Gut ist es deshalb, weil man von jemandem, in den man nicht das geringste Vertrauen setzt, nicht enttäuscht werden kann. »Unsere Pläne waren ihm eindeutig nicht wichtig genug. Was hast du gesagt?«

Ich greife nach meinem Glas und trinke einen Schluck Wasser, um den sprichwörtlichen Frosch in meinem Hals hinunterzuspülen. Den Frosch, der immer dann ein Stückchen wächst, wenn ich die Wörter »alles« und »gut« im gleichen Satz verwende.

»Ich wollte dich fragen, ob du dir schon überlegt hast, wieder zu Hause einzuziehen, wenn du zurückkommst.« Gib mir Kraft. »Schau mich nicht so an, Aurora. Ohne mich gäbe es dich im wahrsten Sinne des Wortes nicht.«

Man könnte ja annehmen, dass ich mich nach zwanzig Jahren an das ständige Nachforschen und nicht allzu subtile Erinnern, dass ich meine Existenz ihr zu verdanken habe, gewöhnt habe. Tja, von wegen. »Ich, äh, Mom, du weißt doch, dass wir den Mietvertrag für nächstes Jahr schon unterschrieben haben. Dad hat das ganze Jahr im Voraus bezahlt.« Wie kann man auf höfliche Art »Eher friert die Hölle zu, bevor ich freiwillig wieder zu dir ziehe« ausdrücken? »Du kannst nicht erwarten, dass ich jeden Tag von Malibu hierher pendle, wenn ich eine tolle Wohnung direkt neben dem College habe. Den halben Tag würde ich im Verkehr verplempern.«

»In anderen Kulturen wohnen Kinder ihr Leben lang bei ihren Eltern«, sagt sie leise. »Deine Schwester lebt in London. Du brauchst drei Tage, um zurückzurufen. Tu nicht so, als wäre ich die Unvernünftige, nur weil ich regelmäßig meine Kinder sehen möchte. So weit ist es auch nicht.«

Möge Gott verhüten, dass Sarah Roberts jemals als unvernünftig hingestellt würde.

»Ich glaube, wenn ich wieder zu Hause einziehen würde, wäre das der schlimmste Albtraum für meine Eltern«, wirft Emilia ein und ruft ein Kichern hervor, das die wachsende Anspannung ein wenig abmildert.

Emilia Bennett ist die perfekte Mitbewohnerin, beste Freundin und gelegentliches menschliches Schutzschild gegen Schuldgefühle. Ein zweijähriges Studium sowie ihre sechsjährige Tätigkeit als emotionale Babysitterin für meine Mom und ihre turbulenten Stimmungsschwankungen hatten sie zu meiner idealen Krisenmanagerin werden lassen.

»Ich bin sicher, deine Eltern würden sich freuen, wenn du bei ihnen einziehst.« Mom seufzt dramatisch. »Ohne dich fühlt sich ihr Haus bestimmt groß und leer an.«

Der einzige Grund, warum sich Moms Haus groß und leer anfühlt, ist, weil sie das Haus meiner Kindheit verkauft und sich mit dem Geld, das sie durch die Scheidung bekam, einen riesigen Palast am Strand angeschafft hat.

Sie schaut mich mit einem Blick an, den ich kenne: Erwartung.

Sie erwartet, dass ich so viel Zeit bei ihr verbringe, wie sie will. Und sie kann nicht verstehen, warum ich den Sommer über lieber arbeite, als mit ihr zusammen zu sein. Als sie mich damals ins Sommercamp abgeschoben hat, war das nie ein Problem. Ein Problem wurde es erst dann, als sie merkte, dass ich dort viel glücklicher war als bei ihr.

Als ich noch ein Kind war, sind wir viel herumgekommen und von Land zu Land gezogen, je nachdem, wo Fenrir, das Formel-1-Team, das meinem Vater gehört, ein Rennen hatte. Dem Team rund um die Welt zu folgen war meinem Dad immer das Wichtigste gewesen, nie, seiner Frau und seiner Tochter ein Mindestmaß an Beständigkeit zu bieten.

Elsa und ich scherzten immer, dass Fenrir von allem, was

unter Dads Mithilfe entstanden war, das Einzige war, das er tatsächlich liebte.

Ich liebe meine Schwester, aber angesichts des gleichen komplizierten Gewebes an Problemen mit unseren Eltern war der Altersunterschied von sechs Jahren zu groß, um eine echte Verbindung zwischen uns entstehen zu lassen. Im Alter von sieben Jahren führte ich mich schlimmer auf als je zuvor, weshalb meine Eltern anfingen, mich ins Sommercamp zu schicken.

Dort fand ich alles, wovon ich gar nicht gewusst hatte, dass ich es brauchte. Tägliche Routine, den Umgang mit gleichaltrigen Kindern. Dort fand ich die Grundlage, mich zu entwickeln, ohne ständig von Erwachsenen und einer launenhaften älteren Schwester umgeben zu sein.

Honey Acres war der erste Ort, der sich wie ein Zuhause anfühlte. Auch als sich meine Eltern schließlich trennten und Mom mit meiner Schwester und mir dauerhaft nach Amerika zurückzog und mich in der Schule einschrieb, bestand ich darauf, jeden Sommer in Honey Acres zu verbringen. Ich liebte es, wie sich die Betreuenden freuten, mich wieder zu sehen. Das ist meine erste echte Erinnerung an ein Gefühl, gemocht zu werden.

Dieses Gefühl möchte ich gern wieder haben, was ich hoffentlich erreiche, indem ich das Fundament neu errichte, das ich zerbrochen habe. Ich liebe das College und die Erfahrungen, die ich die letzten zwei Jahre gemacht habe, aber letztlich fühle ich mich verloren. Wenn ich von Gefühlen überwältigt werde, treffe ich Entscheidungen, die ich nicht verstehe, und weil ich niemanden habe, der mich aufhält, sagt eine leise Stimme in mir: Scheiß drauf! Langsam kenne ich mich selbst nicht mehr, und meine Werkseinstellungen müssen dringend zurückgesetzt werden. Ich möchte mich wieder zu Hause fühlen. Ich möchte meinen inneren Frieden wiederfinden.

Emilia tritt mich gegen das Schienbein, was mich aus meinen Gedanken reißt, und obwohl ich ziemlich lange abgeschaltet war, hat Mom noch immer diesen Blick.

Wenn ich es mir fest genug wünsche, glaubt ihr, dass ich dann meinen Dad als Ablenkung herbeizaubern könnte?

Wenig überraschend materialisiert sich Dad nicht, dafür kommt Gott sei Dank die Bedienung mit unserem Frühstück an den Tisch und unterbricht die sich weiterhin aufbauende Anspannung unter der traurigen Oberfläche von Moms Gesicht.

Es ist schon eine grausame Laune des Schicksals, wenn man ein Elternteil hat, dem man völlig egal ist, und ein anderes, das sich viel zu sehr um einen kümmern will.

Ich kann mich nicht erinnern, dass Mom einmal anders war, was bedeutet, dass sie entweder vom Charakter her einfach so ist oder dass sie ihr Leben damit verbringt, zu glauben, sie müsse mich für zwei lieben.

Ich sage bewusst »lieben« und nicht »erziehen«, denn von Erziehung kann in ihrem Fall keine Rede sein. Denn immer, wenn mich mein Vater weggestoßen und seinen Job vorgezogen hat, hat mich Mom nur umso enger an sich gezogen oder es jedenfalls versucht. Jedes Mal, wenn er mich enttäuscht hat, wollte sie es doppelt wiedergutmachen, weil es einfacher ist, ihn für mein Benehmen verantwortlich zu machen, als zu riskieren, mich zu vergraulen. Sie hat sich nie für irgendetwas, das ich getan habe, interessiert, außer es hat sie direkt betroffen.

Als ich noch jünger war, habe ich mich stets bemüht, die Beste zu sein, die Klügste zu sein, als würde die Bestätigung, eine perfekte Tochter zu sein, mir die elterliche Zuneigung verschaffen, nach der ich mich so sehr sehnte, aber immer vergeblich.

Deshalb hörte ich auf, die Beste sein zu wollen. Bestätigung und Aufmerksamkeit erhielt ich auf anderem Weg, und so wurde ich zu der, die ich bin. Aber irgendwann befand ich mich in diesem Limbo, in dem ich freudig tat, was ich wollte, weil sich eh niemand darum scherte, was mich wiederum verletzte, eben weil sich niemand darum scherte, was ich machte.

Ich habe mir den Arsch aufgerissen, um in Maple Hills aufgenommen zu werden, weil ich meinen Lehrern beweisen wollte, dass ich mehr war als das Mädchen, das die Schule schwänzte und, wenn sie im Unterricht war, nicht aufpasste. Doch meine Mutter sah nicht, was ich geschafft hatte, sondern nur, dass ich bald ausziehen würde. Als ich die Aufnahmebestätigung erhielt, reagierte sie so, als müsse ich in den Krieg ziehen. Dabei würde ich nur aufs College gehen, noch dazu im gleichen Bundesstaat. Drei Tage lang redete sie nicht mit mir. Dass ich im Gegensatz zu meiner Schwester, die nach dem Highschool-Abschluss in die Londoner Wohnung unseres Dads gezogen war, in ihrer Nähe blieb, spielte für Mom keine Rolle.

Die Balance zwischen der perfekten Tochter und mir als eigenständige Person zu finden ist ein Drahtseilakt.

Nur tobt ein Hurrikan.

Und das Drahtseil steht in Flammen.

Ich bin öfter abgestürzt, als ich zählen kann, und ich bin so verdammt erschöpft.

»Du kannst uns im Camp besuchen, wenn du willst, Mom.« Ich schiebe eine Erdbeere auf meinem Teller herum, während ich auf die Antwort meiner Mutter warte. Denn wenn man eine Mutter hat, deren Selbstwertgefühl so eng mit dem Titel »Mutter« verflochten ist, dass es einen völlig auslaugt, gleicht jedes einzelne Wort einem Schachzug. »Der Besuchstag ist im Juli. Das genaue Datum kann ich dir schicken.«

»Du willst doch gar nicht, dass ich zu Besuch komme, Aurora.«

Ich war noch nie gut im Schach. »Mom …«

»Ms Roberts, habe ich Ihnen schon von dem Fotoapparat erzählt, den mir Poppy gekauft hat, damit ich Bilder vom Camp machen kann?« Emilia unterbricht sich, um ihre Handtasche hervorzuholen. »Sie wissen doch, dass ich, als ich jünger war, nicht die Möglichkeit hatte, in ein Ferienlager zu gehen. Deshalb war ich so glücklich, als Aurora meiner Bitte endlich nachgegeben und mit mir zusammen als Betreuerin arbeiten wollte. Sie hat mir erzählt, dass Sie das Camp ausgewählt haben und dass es das beste ist. Ich bin schon so aufgeregt.«

Ich hab Emilia gebeten, als Betreuerin mitzukommen, nicht umgekehrt, aber das braucht meine Mutter nicht zu wissen. Sie ist ohnehin von dem Lob abgelenkt.

Wie die Mutter, so die Tochter.

»Aurora hat immer das Beste bekommen. Nicht, dass du dafür dankbar gewesen wärst, stimmt's, Liebling? Du hättest dich auch auf einer Schweinefarm wohl gefühlt, als du jünger warst. Du wolltest einfach nur irgendwo spielen, wo es keine Autoreifen gab.«

Emilia zieht die Kamera aus ihrer Handtasche und reicht sie meiner Mutter. Mom klickt sich fröhlich durch die Fotos und murmelt vor sich hin, wie gut Poppy und Emilia doch aussehen und wie toll Emilia die Farbe Blau steht.

»Und wo warst du eigentlich, als die Mädchen beim Wandern waren?«

Ich saß auf dem Gesicht eines Basketballers. »Ich habe gelernt.«

»Du hast gelernt? Nach den Abschlussprüfungen?«

»Ja.« Scheiße. »Ich habe mich mit Knoten- und Seilkunde auseinandergesetzt, für das Camp und so.« Ich war an ein Bett gefesselt. »Außerdem sind die beiden ein Paar, Mom. Die wollen mich nicht als fünftes Rad am Wagen bei ihrem Date dabeihaben.«

»Das stimmt. Wird sie dir nicht fehlen, Emilia? Zehn Wochen sind eine sehr lange Zeit.« Sie redet zwar mit Emilia, aber ich spüre, dass ihr Blick auf mir ruht, dass sie auf meine Reaktion auf ihre subtile Spitze lauert. »Glaub mir, das kann sich wie eine Ewigkeit anfühlen.«

»Poppy wird mir sicher fehlen, aber das ist schon in Ordnung. Wir haben beide alle Hände voll zu tun. Sie ist mit ihrer Mutter in Europa, bis es mit dem College wieder losgeht.«

Emilia weiß schon, bevor ich zusammenzucken kann, was sie unbeabsichtigt getan hat. Aus ihren großen braunen Augen trifft mich ein Blick, der besagt: »Keine Sorge, ich werde mich selbst feuern.«

Krisenmanagerin – dass ich nicht lache.

Moms Lippen verziehen sich zu einer schmalen Linie, als sie hochkonzentriert die Serviette von ihrem Schoß nimmt, sie sorgfältig zusammenfaltet und auf den Tisch legt. »Poppy muss ihre Mutter wohl sehr lieben, wenn sie den ganzen Sommer mit ihr verbringt. Entschuldigt mich bitte, ich muss mal auf die Toilette.«

Schon erstaunlich, wie eine einzelne Frau mit einem einzigen Satz den gesamten Sauerstoff aus dem Raum saugen kann.

»Autsch«, ruft Emilia und legt sich die Hand an die Stelle ihrer Stirn, gegen die ich geschnippt habe, kaum dass die Tür zur Toilette hinter meiner Mom zugefallen war. »Aber das habe ich verdient. Es ist mir einfach rausgerutscht.«

»Du hättest sonst was sagen können, aber nein, ausgerechnet das.«

»Es tut mir leid. Oh Gott, ich wünschte, dein Dad wäre hier. Er gäbe eine bessere Zielscheibe ab als ich. Vielleicht sollte ich mein Hauptfach wechseln. In dem bin ich furchtbar.«

»Das kann man wohl sagen.«

»Ich frage mich, ob Elsas Freundinnen je diese Gefühlsolympiade mit deiner Mutter durchmachen mussten«, sinniert sie, während sie mit einem Stück Toast den letzten Tropfen Sirup von ihrem Teller aufwischt.

»Als würde Elsa je einem solchen Frühstück zustimmen. Oder echte Freunde haben.«

»Auch wieder wahr. Wann, glaubst du, können wir auf höfliche Art Frieden schließen und abhauen?«

Ich schnaube. »Sie hält uns womöglich hier fest, bis wir unseren Flug verpassen.«

»Bist du okay? Sie ist heute ja noch anstrengender als sonst.«

»Sie dreht bloß am Rad, weil Dads Geliebte und Elsa darum wetteifern, wer am häufigsten in der Klatschpresse steht, und ich zusätzlich auch noch wegfahre. Ich komm klar.«

»Die Geliebte deines Dads? Die Floristin?«

»Nein, mit der hat er Schluss gemacht. Erinnerst du dich? Ich rede von Norah. Die ehemalige Wetterfrau. Oder hat sie mal in einer Reality-Show über irgendwelche Hausfrauen mitgemacht?« Kopfschüttelnd gehe ich im Geist die lange Liste der Freundinnen meines Dads durch. »Ich weiß es nicht mehr. Egal, jedenfalls steht sie auf Fototermine.«

Ich höre Moms Absätze auf den Bodenfliesen klappern, was mir genug Zeit verschafft, wieder ein Lächeln auf mein Gesicht zu zaubern. Beim Vorbeigehen streicht sie sanft über mein Haar und wickelt die Enden um ihre Finger. Sie behauptet immer, meine Haare sähen wie ihre aus, als sie zwanzig war, und wie froh sie sei, dass ich ganz nach ihr käme. Die gleichen hellblonden Haare, die gleichen grünen Augen, die gleichen Sommersprossen, die auftauchen, sobald man etwas zu lange der Sonne ausgesetzt ist, das gleiche alles.

Anders als bei meiner Schwester, die meinem Vater wie aus dem Gesicht geschnitten ist, ist bei mir nicht ein Gen von Chuck Roberts sichtbar.

Seufzend setzt sie sich wieder an ihren Platz. »Ihr werdet mir fehlen. Soll ich die Rechnung kommen lassen? Ihr wollt bestimmt rechtzeitig am Flughafen sein.«

»Das wäre schön. Danke, Mom.«

Es ist schon komisch, dass ab dem Moment, in dem sich Mom vernünftig verhält, ich mich mies fühle, weil ich wegfahre, obwohl sie sich so sehr wünscht, ich würde bleiben. Kein Mensch sonst auf dieser Welt geht mir so unter die Haut wie meine Mutter, was nur meinen Drang befeuert, mich über sie zu beschweren. Kaum zeigt sie einen Hauch von Menschlichkeit, ist es um mich geschehen. Schuldgefühle schleichen sich ein wie Gift, das sich durch meine Adern brennt. Das Gegenmittel liefert mir das Universum in Form meines Handys, das in meiner Tasche summt und mich schlagartig daran erinnert, warum ich schleunigst von diesem Ort und all den Menschen hier verschwinden muss.

MANN, DER DIE MIETE ZAHLT

> Hat etwas länger gedauert, Isobel beim Auszug
> zu helfen, schaffe es nicht zum Frühstück
> Guten Flug

Diskret drehe ich mein Handy zu Emilia hin, während Mom der Bedienung die Kreditkarte aushändigt, was sie, Gott sei Dank, ablenkt. Ich brauche meine beste Freundin nicht anzuschauen, um zu wissen, dass sie die Augen verdreht. Es überrascht mich nicht, dass er nicht kommt, weil ich schon in Norahs Story von gestern Abend gesehen habe, wie Dad Isobel beim Auszug aus dem Wohnheim half. Ist ja schön, dass Norahs Tochter von Papa so fürsorglich behandelt wird. Eines Tages kann mir Isobel ja vielleicht verraten, wie das so ist.

Normalerweise ist es für mich am leichtesten, mir einzureden, dass er eben so ist. Dass es nichts mit mir zu tun hat. Sein Desinteresse, seine gebrochenen Versprechen, seine abweisenden, unnahbaren Erziehungsversuche. Er ist eben nicht dafür geschaffen, einen tollen Vater abzugeben. Und das ist nicht meine Schuld. Aber wenn ich ihn dann mit dem Kind von einer anderen sehe, kommen mir wieder Zweifel, ob es nicht doch an mir liegt.

Wäre das alles nicht so verdammt vorhersehbar gewesen, wäre ich jetzt stocksauer.

Jetzt bin ich allerdings einfach nur noch müde. Überdrüssig von der Vorstellung, dass ich nicht in meine eigene Familie passe. Dass ich jede meiner Entscheidungen hinterfrage. Dass ich glaube, etwas Besseres verdient zu haben, es aber nicht hinkriege.

Emilia bringt Mom dazu, die ganze Rückfahrt lang zu reden, sodass ich in Wut und Gefühlen schmoren kann, die definitiv nicht Enttäuschung, Zurückweisung oder Verletztheit sind. Um mich zurückgewiesen zu fühlen, müsste mir das Verhalten meiner Eltern wichtig sein, es ist mir jedoch inzwischen egal.

Und das Universum will mir keine Pause gönnen, als wir wegen des dichten Verkehrs gemächlich an einer Eissporthalle vorbeitrudeln. Seit ich aufgestanden bin, denke ich nur noch an Russ – ein Problem, das ich ansonsten nach One-Night-Stands nicht kenne. Er war anders, als ich es gewohnt bin. Besser. Und ich kriege ihn nicht aus dem Kopf. Ich versuche, mich nicht mies zu fühlen, weil die Sache quasi ohne Verabschiedung endete, aber es ist schwer, ihn zu vergessen, wenn ich seine Finger immer noch an meinen Hüften spüren kann, wo er mich gepackt hielt.

Nachdem wir in die Auffahrt neben meinem Auto eingebogen und ausgestiegen sind, naht der peinliche Augenblick der Verabschiedung. Wieder bekomme ich Gewissensbisse, weil mich Mom trotz all ihrer Fehler nie wegen eines anderen Kinds sitzen lassen würde.

Sie würde niemals nicht anrufen. Nie würde ich darum betteln, schreien oder kämpfen müssen, dass sie mich liebt.

Als ich sie umarme, trifft sie das zuerst unvorbereitet, aber dann legt auch sie die Arme um mich, streichelt mein Haar und flüstert mir so leise ins Ohr, dass nur ich es hören kann: »Vergiss nicht, mich anzurufen.«

»Ganz bestimmt nicht.«

Emilia wartet, bis Mom nur noch ein Punkt im Rückspiegel ist, bevor sie es wagt, etwas zu sagen. »Bist du okay?«

»Alles bestens. Ich brauche bloß Flugzeug-Snacks und dass beide Fenrir-Wagen mitten im Rennen eine Panne haben.«

7. KAPITEL

Russ

Ich hasse mich selbst, weil ich gestern Abend Alkohol getrunken habe.

Warum ich den Entschluss gefasst habe, dass diese Nacht der richtige Zeitpunkt dafür war, um sich ein wenig zu entspannen und zu tun, worauf man Lust hatte, wird mir ewig ein Rätsel bleiben. Ich habe es nie geschafft, so richtig betrunken zu sein, aber langsam und ständig Alkohol zu trinken, um angeheitert zu bleiben, ist fast noch schlimmer. Es hatte zur Folge, dass die Fahrt mit dem unterschwelligen Schmerz in meinem Hinterkopf noch anstrengender wurde und noch länger als notwendig dauerte. Hätte ich mich total besoffen, wäre ich allein ins Bett gegangen und hätte ausnahmsweise vielleicht einmal die Nacht durchschlafen können.

Es ist nicht Neues für mich, nicht zu schlafen, und nachdem ich jahrelang sporadisch hier und da wegnicke, funktioniert mein Körper auch ganz gut, selbst wenn meine Batterien leer sind. Die Fahrt allerdings ist wirklich sehr ermüdend, und ich bereue jetzt schon, nicht geflogen zu sein.

Wäre ich geflogen, hätte ich mehrere Stunden zusätzlich im Bett verbringen können, statt in aller Früh aufstehen und mich hinter das Steuer setzen zu müssen. Henry und Robbie verabschiedeten mich, beide mit stark geröteten Augen und in einem Zustand, den man kaum als wach bezeichnen konnte, murmelten etwas von wegen, sie würden mich im Notfall vor Pferden und Kühen retten. Trotzdem bedeutete mir ihre Geste viel, und zum ersten Mal freute ich mich, am Ende des Sommers wieder nach Maple Hills zu meinen Mitbewohnern zurückkommen zu können.

Wäre ich geflogen, hätte ich vielleicht nicht die letzten vier Stunden über die Frau nachgedacht, mit der ich letzte Nacht das Bett geteilt habe. Genauer gesagt, mein Bett. Noch genauer gesagt, bis sie verschwand. Ich sollte es als das akzeptieren, was es war: ein One-Night-Stand in gegenseitigem Einvernehmen zwischen zwei Erwachsenen. Nichts, was ich normalerweise tue. Im Allgemeinen dauert es länger als nur einen Abend, bis ich mich traue, etwas in der Richtung vorzuschlagen. Aber sie sprühte nur so vor Selbstsicherheit, da wollte ich nicht hintenanstehen.

Ich könnte mir in den Arsch treten, dass ich nicht mehr mit ihr geredet habe, als ich noch Gelegenheit dazu hatte, obwohl es auf lange Sicht leichter sein könnte, dass sie einfach abgehauen ist und mir wortlos mitgeteilt hat, dass sie kein weitergehendes Interesse an mir hat. Ich habe im Bad so viel Zeit damit verbracht, mithilfe von bescheuerten aufmunternden Worten den Mut aufzubringen, sie um ein Date zu bitten, bis ich mich selbst überzeugt habe, dass ich mich bei einem Nein als Antwort sofort wieder im Badezimmer einschließen müsste.

Ja, es war ein Segen, dass sie abgezogen ist, ohne sich zu verabschieden.

Ich hab's verstanden.

Nur eine Nacht, und das war's.

Wahrscheinlich habe ich mich zum Narren gemacht, aber in ihrem Blick, ihrem Lächeln, war irgendetwas. Vielleicht tat ich ihr leid. Das wäre, ehrlich gesagt, der logischere Schluss. Aber Mitleid hin oder her, die letzten Stunden habe ich damit verbracht, mich mit der Erinnerung an ihre weiche Haut unter meinen Händen und ihrem Stöhnen an meinem Ohr zu quälen. Dass ich sie nicht mehr sehen werde, ist mir klar, und ich sollte sie vermutlich einfach vergessen, aber das ist leichter gesagt als getan.

Wenn ich mir ins Gedächtnis zurückrufe, wie verdammt schön sie sich angefühlt hat, hilft mir das vielleicht über die Enttäuschung hinweg, dass ich sie nicht gefragt habe, ob sie mit mir ausgehen will.

Der Kies knirscht unter meinen Reifen, als ich auf den breiten Feldweg direkt neben dem gewaltigen »Willkommen in Honey Acres«-Schild einbiege. Vorfreude ertränkt alle anderen Gefühle, und mir wird klar, dass ich endlich hier bin, nachdem ich so lange darauf gewartet habe. Als ich noch klein war, konnte sich meine Familie ein Ferienlager für mich nicht leisten. Mom wollte nicht so weit im Voraus finanzielle Verpflichtungen eingehen, weil sie nie wusste, ob der Lohn meines Vaters für Rechnungen oder Wetten draufgehen würde.

Sie sah sich auch nie Orte für Kinder aus prekären Verhältnissen genauer an, weil sie viel zu sehr damit beschäftigt war, den äußeren Anschein zu wahren. So kam ich, als ich noch kleiner war, nie in ein Sommercamp, wofür ich ihr aus mehreren Gründen dankbar war. Ich glaubte nämlich lange Zeit, sie wollte meinen Bruder und mich einfach gern bei sich zu Hause haben.

Aber wie bei so vielen Dingen habe ich es aus eigener Kraft hierhergeschafft. Ich bin natürlich kein Kind mehr, werde aber all die Dinge kennenlernen, die ich über die Jahre versäumt habe. Und ich werde dafür auch noch bezahlt.

In der Ferne taucht eine riesige Blockhütte auf, und als ich mich ihr nähere, sehe ich geparkte Autos und einen Bus mit dem Honey-Acres-Logo. Ich stelle mein Auto in einer Parklücke ab, hole tief Luft und gönne mir eine Minute, um richtig anzukommen. Es sieht genauso aus wie in dem Prospekt, bis hin zu den Leuten, die mit ihren Taschen aufgeregt hin und her laufen.

Ich schnappe mir mein Zeug von der Rückbank und marschiere auf die Schlange vor der Anmeldung zu. Dann hole ich mein Handy heraus und entdecke eine lange Liste von Nachrichten in der Chat-Gruppe, die Stassie letzte Woche ins Leben gerufen hat.

PRETTY BEST FRIENDS

STASSIE
Gib uns Bescheid, wenn du gut angekommen bist, Muffin
Trinken vor einer langen Autofahrt war nicht gerade die beste Idee

KRIS
Dem fehlt schon nichts. Er ist früh schlafen gegangen 😉

MATTIE
Mir geht es nicht so toll, falls es jemanden interessiert

BOBBY
Wie früh?

KRIS
Laut der Tratsch-und-Klatsch-Seite der

UCMH hat er Aurora Roberts mit auf sein
Zimmer genommen und ist nicht wieder
aufgetaucht

LOLA
Dass du diesen Scheiß liest – unglaublich
Die haben da vor zwei Wochen gepostet, dass
ich schwanger sein könnte, weil ihnen jemand
erzählt hat, ich hätte im Kenny's geweint
Dabei hatte ich nur Soße im Auge.

BOBBY
Woher könnte ich Aurora Roberts kennen?

STASSIE
Sie ist mit Ryan befreundet

ROBBIE
Du hast sie letzte Nacht gesehen, wie sie Russ
einen Lapdance verpasst hat, du Genie

BOBBY
Jetzt weiß ich wieder, wieso mir der Name
bekannt vorkommt

MATTIE
»Mit Ryan befreundet« kommt mir bekannt
vor

STASSIE
Nate lässt dir ausrichten, du sollst dich
verpissen

KRIS
Das war Aurora Roberts???

LOLA
Bin ich die einzige Frau am ganzen College,
die noch nie was mit Ryan Rothwell hatte?

ROBBIE
Ja, und dafür danke ich jeden Tag den Sternen

STASSIE
Nate lässt dir ausrichten, du sollst dich
ebenfalls verpissen

KRIS
Ihrem Dad gehört Fenrir, das Formel-1-Team
mit dem Wolf

BOBBY
Ach du Scheiße

STASSIE
Aus irgendeinem Grund ist Nate von diesen
Neuigkeiten begeistert

LOLA
Sie war scharf. Gratuliere, Muffin

HENRY
Ihr seid so nervig
Ich habe gedacht, jemand ist gestorben
Es gibt keinen Grund für Leute, die sich jeden
Tag sehen, so viel zu texten

ROBBIE
Der Einzige, der sterben wird, ist Muffin, wenn
er so tun muss, als würde er Formel 1 mögen,
weil er sie noch einmal ins Bett kriegen will

JJ
Zumindest ist das nicht so was Langweiliges wie Tennis

ROBBIE
Wer hat dich denn hier reingelassen? Diese Gruppe ist für Leute gedacht, die in Maple Hills bleiben

JJ
Im Geiste bin ich bei euch. Und ich habe Angst, etwas zu verpassen

KRIS
Es war Stassie, oder?

STASSIE
Wie bitte?

JJ
Nein, ich habe mit Hen verhandelt

BOBBY
»Verhandelt«

HENRY
Er hat meine Pinsel versteckt

JJ
Ihr werdet noch froh über meine Anwesenheit sein, wenn ihr mal einen Rat von einem Erwachsenen aus der echten Welt braucht

LOLA
Bei mir kannst du darauf jedenfalls lange warten

RUSS
Das waren viele Nachrichten
Ich bin hier, aber der Handy-Empfang ist bescheiden

Als ich außen vor war, habe ich mich immer gefragt, wie es wohl ist, zum inneren Zirkel zu gehören. Jetzt bin ich drin, und mir wird klar, dass da in erster Linie Chaos herrscht, aber auf eine wohltuende Weise. Als ich mit Lesen fertig bin, stehe ich vorne in der Schlange, die perfekte Gelegenheit, nicht großartig darüber nachzugrübeln, dass ich schon wieder in der Scheiß-Gossipseite des Colleges erwähnt werde, dass die Frau, die zusammen mit mir drin steht, aus einer superreichen Familie stammt und dass ich unmöglich in der Lage bin, irgendwelche Kenntnisse über Autorennen vorzutäuschen, sollte ich sie jemals wieder sehen.

Es dauert nicht lange, da habe ich mein Willkommenspaket in Empfang genommen, mitgeteilt bekommen, dass in einer Stunde ein Meeting stattfindet, und meine Hütte gefunden. Als ich mich durch die verzogene Tür zwänge, sehe ich gleich meinen Mitbewohner für den Sommer vor mir.

»Was geht, Mann?«, begrüßt er mich wie selbstverständlich und nickt mir von seinem Bett aus zu. »Ich heiße Xander.«

»Russ.« Beinahe hätte ich Muffin gesagt, ernsthaft. »Schön, dich kennenzulernen.«

»Ebenfalls.« Sein Blick senkt sich auf mein T-Shirt, wo auf marineblauem Stoff das weiße Titans-Logo prangt. »Du bist an der UCMH?«

Ein Teil von mir würde gern im Erdboden versinken, weil ich nicht nachgedacht habe, als ich das T-Shirt angezogen habe. Ich habe gehofft, hier auf keine Maple-Hills-Studierenden zu treffen. Es war allerdings blöd von mir, anzunehmen, meine Kommilitonen legten auf andere Dinge wert als ich. Man könnte ja glauben, bekannte Gesichter wären ein Trost, aber wenn ich dann Eishockey erwähne, kommen sie unweigerlich auf das Stadion zu sprechen, und das Thema hasse ich wie die Pest. Widerwillig antworte ich Xander. »Ja. Du auch?«

»Nee, bitte nicht. Der Mann meiner Mutter unterrichtet dort, und das kann ich überhaupt nicht gebrauchen. Außerdem ist mein Stiefbruder dort, und wenn wir in derselben Basketballmannschaft spielen, würden wir uns wahrscheinlich gegenseitig umbringen. Ich bin in Stanford. Spielst du auch?«

Ich stelle meine Koffer ab und leere die Taschen aus. Dann setze ich mich auf das Bett und ringe um eine normale Reaktion. »Ja, Eishockey.«

»Nice.« Er deutet auf die Schlüssel. »War es eine lange Fahrt?«

Ich brauche für die Antwort länger als gedacht, weil ich mich auf eine andere Frage eingestellt hatte, aber je länger wir uns unterhalten, desto entspannter werde ich, vor allem, weil er das Eisstadion mit keinem Wort erwähnt.

Es ist sicher eine Form von Anxiety, davon auszugehen, dass jede Person, die eine Verbindung zu Maple Hills hat, weiß, was ich Anfang des Jahres angestellt habe. Dafür schäme ich mich am meisten. Das war das erste Mal, dass ich den Gedanken hatte: »Dad hat recht, ich bin ein Versager.« Deshalb ist es nicht so leicht, dem Rat meiner Mannschaftskollegen zu folgen und das Fiasko zu verdrängen. Stassie behauptet ja, mit der Zeit würde das allmählich in den Hintergrund treten, doch darauf warte ich noch bis heute.

Die eine Stunde verging so schnell, dass ich nicht einmal dazu gekommen bin, mein Willkommenspaket zu öffnen. Wir müssen in den großen Saal zu unserem Meeting. Das Gelände ist riesig, Xander hat aber Gott sei Dank schon letztes Jahr hier gearbeitet und kennt den Weg.

Wir setzen uns auf freie Stühle in der ersten Reihe und warten, bis sich der Raum füllt. Xander übergibt mir eine Anwesenheitsliste, die herumgereicht wird. Ganz oben steht das WLAN-Passwort.

»Das WLAN ist übrigens echt scheiße«, brummt er. »In den Hauptgebäuden geht es einigermaßen, aber in unserer Hütte – Fehlanzeige. Ab und zu funktioniert es, dann tauchen schlagartig alle Nachrichten auf einmal auf, und du kriegst die Krise.«

»Ehrlich gesagt, ist es mir ganz recht, wenn wir keinen Empfang haben.« Ich setze meinen Namen auf die Liste, verbinde mich mit dem WLAN und gebe die Liste weiter. Noch mehr Nachrichten aus der Chat-Gruppe kommen durch, dazu Benachrichtigungen und Mitteilungen von meiner Mom.

MOM

Ich habe die ganze Woche versucht,
dich zu erreichen, und dein Bruder ebenso.
Ich hoffe, du hast einen tollen Sommer
im Camp.
Bitte komm vorbei, wenn du zurück bist.
Du fehlst mir, mein Schatz.
Mir und deinem Dad.

Ich überprüfe kurz die übrigen Nachrichten, und die eine, die besonders ins Auge fällt, ist von meinem Dad.

DAD

Anfrage von kcallaghan19
$ 50

Schnell stecke ich mein Handy weg, falls mir jemand über die Schulter schauen sollte. Ich habe ein schlechtes Gewissen, weil ich Moms Anrufe ignoriere, aber sie kommt mir jedes Mal mit den gleichen Entschuldigungen, und die will ich mir nicht anhören. Mein Bruder Ethan ruft nur an, um mich zusammenzuscheißen, weil ich sie nicht besuche, obwohl er mit seiner Band an die Ostküste abgehauen ist, sobald er konnte, und mich allein in dem ganzen Chaos zurückgelassen hat.

Ich war immer nur die zweite Wahl. Ich komme erst nach der Spielsucht meines Dads, nach Moms ewigen Entschuldigungen für ihn, nach Ethans Wunsch, so weit wegzuziehen, um so tun zu können, als sei nichts.

Ich liebe meine Familie, aber ich hasse, was aus uns geworden ist. Auf Zehenspitzen um die Probleme herumschleichen, die uns auseinandertreiben, Entschuldigungen für Dad erfinden, sich weigern, auf eine Lösung hinzuarbeiten, und stattdessen alles verleugnen. Ich bin an einem Punkt angelangt, an dem es leichter ist, sie zu ignorieren und sich sowohl körperlich als auch emotional von ihnen zu distanzieren. Zum Glück bin ich jetzt hier, vier Stunden mit dem Auto nördlich von ihnen.

Eine ältere Frau tippt im selben Moment gegen ein Mikrofon, als plötzlich ein flauschiger goldgelber Hundekopf auf meinem Knie landet. Xander streckt sich umgehend nach dem Tier, krault es zwischen den Ohren, dass es die Augen schließt und mit dem Schwanz wedelt.

»Hey, Fish, du hast mir gefehlt, und auch deine Haare überall auf meinen Klamotten«, sagt er leise. Dann schaut er zu mir hoch. »Das ist Jennas Hündin. Du wirst sie noch kennenlernen. Jenna arbeitet hauptsächlich im Büro, deshalb streift Fish im ganzen Lager umher und wird von allen mit Aufmerksamkeit übergossen. Dann sucht sie sich einen Liebling aus und bleibt bei ihm. Sieht so aus, als könntest du ein Anwärter sein.«

»Ich heiße euch alle herzlich willkommen«, meldet sich nun die Frau vorne am Mikrofon. »Für alle, die neu hier sind, mein Name ist Orla Murphy, und ich bin der Dinosaurier von Honey Acres. Ich bin Eigentümerin und Geschäftsführerin und wache über alles und jeden. Meine Familie hat Honey Acres gegründet, und ich freue mich sehr, euch alle dieses Jahr in unserer Familie begrüßen zu dürfen.«

Ich höre mit halbem Ohr zu und versuche dabei, Fish zu streicheln, als mich Xander plötzlich packt. »Oh mein Gott!«, wispert er und zerquetscht meinen Arm. Als ich seinem Blick folge, sehe ich zwei süße Welpen, ebenso golden und flauschig wie Fish, aber viel kleiner und pummeliger. »Baby-Fishs!«

Orla, die etwas über das Camp erzählt, höre ich gar nicht mehr zu. Die Welpen sind nun bei uns, und Xander hebt beide hoch und nimmt sie unter die Arme. Als ich die glänzenden Aluminium-Namensschilder lese, die um ihren Hals hängen, versuche ich, ein Lachen zu unterdrücken: *Salmon* und *Trout*.

Gelächter aus den Lautsprechern reißt mich in die Gegenwart zurück, und als ich wieder nach vorne schaue, sehe ich, dass Orla uns anstarrt.

»Wie ich feststelle, ist es unseren Hunden wieder einmal gelungen, mir die Show zu stehlen. Zur Kenntnis an alle, die schon einmal bei uns waren: Fish hat zwei Junge bekommen und ist sehr stolz auf sie. Macht euch schon mal darauf gefasst, dass ihr sie, wenn ihr in eure Hütte kommt, in eurem Bett vorfinden werdet.«

Gemurmel erhebt sich im Raum, als sich alle in der ersten Reihe nun vorbeugen, um einen Blick auf die Fellbündel zu erhaschen, die sich inzwischen unter Xanders Armen gegenseitig boxen.

Ich beschließe jetzt aber, mich voll auf Orla zu konzentrieren, die eine Menge darüber erzählt, was ich schon aus dem

Prospekt kenne: ein typischer Tag im Camp, Verhaltensregeln, Freizeit und was noch auf dem Programm steht, bis Honey Acres in einer Woche seine Pforten öffnet.

Ein Punkt steht unter dem Motto Team-Building, was mich innerlich erschaudern lässt. Kennenlernspielchen und Icebreaker sind das, was ich am wenigsten leiden kann, und jetzt habe ich mich eine ganze Woche lang dafür verpflichtet.

Orla fährt mit ihrer Einführung fort. Einer der Welpen krabbelt mir auf den Schoß und schläft direkt neben dem Kopf seiner Mutter ein. »Nun weiter zu den wichtigen Themen. Es wird euch sicher nicht überraschen, dass Alkohol und Drogen streng verboten sind, selbst wenn ihr es vom Gesetz her dürft … was die meisten von euch eben noch nicht dürfen. Ihr seid hier, um den Kindern einen zauberhaften Sommer zu bereiten. Wenn ihr den Sommer unter Alkohol- und Drogeneinfluss verbringen möchtet, hättet ihr irgendwohin in Urlaub fahren müssen.«

Sofort tauchen Kris', Bobbies und Mattys Gesichter vor meinem geistigen Auge auf. Sie sagten etwas Ähnliches, als ich ihr Angebot, mit ihnen nach Miami zu fliegen, mit dem Gegenangebot, zusammen mit mir hier zu arbeiten, gekontert habe.

»Für viele der Kinder ist dieser Sommer der Höhepunkt des Jahres. Ruft euch das ins Gedächtnis, wenn ihr mit dem Gedanken spielt, verkatert zum Dienst zu erscheinen. Und dann, zum Schluss, unser aller Lieblingsthema: Romanzen. Hier in Honey Acres gibt es strenge Vorschriften, was Beziehungen zwischen Betreuern und Betreuerinnen angeht. Ein Verstoß führt zur sofortigen Kündigung. Natürlich dient die Vorschrift in erster Linie dem Wohl der Kinder, soll aber auch eure seelische Verfassung schützen. Ihr verbringt hier zehn Wochen zusammen, und eins könnt ihr mir glauben: Diese Zeit vergeht entsetzlich langsam, wenn ihr euch verzweifelt wünscht, jemandem aus dem Weg gehen zu können, der noch ganz toll war, solange ihr die Camp-Brille aufhattet.«

Ich beuge mich zu Xander und frage leise: »Camp-Brille?«

Er kichert. »Du wirst schon sehen. Nach einem Monat hier sehen alle attraktiv aus.«

Zum Abschluss erklärt Orla schließlich, dass sich die Betreuer und Betreuerinnen problemlos gemeinsam in den dafür vorgesehenen Bereichen aufhalten können, nicht jedoch in fremden Hütten, und dazu noch ein paar weitere vernünftige Regeln, deren Einhaltung für mich keine Schwierigkeiten darstellen wird. Das Letzte, was ich brauchen kann, ist, dass ich vorzeitig nach Maple Hills zurückgeschickt werde, weil ich schon wieder Scheiße gebaut habe.

Heute ist Eingewöhnungstag. Viele sind von der Anreise müde, und der letzte Tagesordnungspunkt ist, die Leute kennenzulernen, mit denen wir die kommenden zehn Wochen zusammenarbeiten.

Die Kinder werden in vier Gruppen eingeteilt: Waschbären, Braunbären, Füchse und Igel. Jede Tierart steht für eine bestimmte Altersgruppe, und jede Gruppe hat sechs Betreuende, die im Schichtdienst arbeiten, um sicherzustellen, dass tagsüber mindestens vier und nachts zwei zur Verfügung stehen.

Ich habe mich für die Braunbären eingetragen. Diese Kinder sind zwischen acht und zehn Jahre alt, somit alt genug, dass sie nicht komplett hilfsbedürftig sind, andererseits nicht so alt, dass ich mich womöglich gut zwei Monate lang mit Streithammeln herumärgern muss. Im Gegensatz zu anderen Sommercamps, in denen die Kinder nur eine oder zwei Wochen verbringen, bleiben sie hier den kompletten Sommer über.

Einer der Angestellten fängt an, Namen laut vorzulesen, und die Betreffenden gehen zu ihrer jeweiligen Gruppe. Ich versuche, den Welpen wieder auf den Boden zu setzen, aber er quengelt so vehement, dass ich schließlich aufgebe.

»Kommen wir zu den Braunbären: Clay Cole, Alexander Smith …« Xander steht auf und beschließt, seinen Schoßhund mitzunehmen, nachdem er meine erfolglosen Versuche, meinen loszuwerden, zur Kenntnis genommen hat. »Emilia Bennett, Russ Callaghan …«

Ich schließe mich ebenfalls meiner Gruppe an. Fish folgt mir auf dem Fuß, während weitere Namen vorgelesen werden. Meine Gruppe macht sich mit dem kleinen Hund bekannt, den Xander noch immer unter dem Arm trägt, und als ich näher komme, dreht sich plötzlich eine Person um.

Das Herz rutscht mir in die Hose, als ich die Frau erkenne, die mir entgegenstarrt.

Ich brauche nicht lange zu rätseln, mit wem Emilia wohl hier sein könnte – das steht ihr quer über das erschrockene Gesicht geschrieben. Ich weiß, sie ist hier. Denn das Schicksal liebt nichts mehr, als mich aus purem Spaß in die Hölle zu schicken.

Emilia schaut an mir vorbei. Ich drehe mich instinktiv um und entdecke sofort dasselbe goldblonde Haar, in das ich mich vor *weniger* als vierundzwanzig Stunden vergraben hatte.

Sie braucht eine Sekunde länger, bis sie mich erkennt, aber dann erstarrt sie schlagartig. Mit leicht nach unten geklapptem Kiefer und aus weit aufgerissenen Augen lässt sie meinen Anblick auf sich wirken. »Oh, Scheiße!«

8. KAPITEL

Aurora

»Oh, Scheiße!«

Ich wollte das gar nicht laut aussprechen. Ich habe doch den Welpen angeschaut. Wieso bloß habe ich den Welpen nicht weiter angeschaut?

Russ sagt nichts, während wir uns gegenseitig anstarren. Das lockere, freundliche Lächeln von gestern Abend ist fort und ersetzt durch etwas Kühleres, Zurückhaltenderes. Verzweifelt versuche ich, etwas zu sagen, etwas in dem Sinne von: »Hi, ich weiß, wir haben uns nackt gesehen und gedacht, wir würden uns nie wieder über den Weg laufen, aber jetzt sind wir in derselben Gruppe, also vergessen wir, was passiert ist, und sprechen nicht drüber. Cool? Cool.«

Ich habe allerdings nicht vergessen, was passiert ist. Mein Mund öffnet sich, um etwas zu sagen. Doch dann klappt er wieder zu, bevor ich mich lächerlich machen kann, als Russ sich wortlos den anderen Gruppenmitgliedern zuwendet.

Die Stille tut weh.

Die Ironie dabei ist mir nicht entgangen, denn ich habe selbst schon mal mehrere One-Night-Stands ignoriert, als ich ihnen auf dem Campus über den Weg gelaufen bin. Aber womöglich wäre ich nicht die Tochter meines Vaters, wäre mein größtes Talent nicht die Heuchelei.

Russ' Reaktion war nicht unfreundlich oder gemein. Ich weiß nicht, ob der Typ, der mir im Dunkeln zugeflüstert hat, wie schön ich bin, und der die Kleider, die er mir ausgezogen hat, ordentlich zusammengefaltet und zu einem kleinen Stapel aufgetürmt hat, überhaupt eine gemeine Seite haben kann. Ich bin nur überrascht, nachdem er letzte Nacht so süß war.

Ich lasse die unangenehmen Gefühle noch eine Weile nachklingen, da ich sie nicht wegstoßen oder mein wachsendes Unwohlsein mildern will. Das hast du nun davon, Trost bei Fremden zu suchen, Aurora.

Lektion gelernt.

»Hi, alle zusammen. Ich heiße Jenna, besser bekannt als Fishs Mom. Ich bin dieses Jahr als Senior für die Braunbären zuständig. Das heißt, neben meinen Aufgaben als eine der Camp-Leiterinnen stelle ich eure Dienstpläne auf, kümmere mich darum, dass alle glücklich sind und gesund bleiben, und helfe euch bei allen komplizierten Problemen, die sich eventuell mit den Kindern ergeben.«

Emilia tritt neben mich und verschränkt meinen kleinen Finger mit ihrem, ihr Zeichen für Solidarität und »Was soll das für ein Scheiß« wegen des vor sich hinbrütenden Eishockeyspielers gleich rechts von uns. Ich versuche, mich auf Jennas Einführung zu konzentrieren, aber Russ lenkt immer wieder meine Aufmerksamkeit auf sich, weil er nicht ein einziges Mal in meine Richtung schaut.

»Ich mache mit euch einen Rundgang durch das ganze Hauptgelände. Füllt eure Wasserflaschen, bevor wir losmarschieren. Wenn wir fertig sind, gibt es ein gemeinsames Abendessen. Anschließend habt ihr frei und könnt die Stunden genießen, bis morgen früh die harte Arbeit beginnt.«

Alle machen sich auf den Weg zu den Wasserspendern in einer Ecke des Saals, und nachdem die neuen Betreuer und

Betreuerinnen fort sind, weicht Jennas professionelles Lächeln ihrem echten. Sie umarmt mich und zieht mich an sich, dass mir die Luft wegbleibt.

»Wie habe ich dich vermisst!«

»Ich kriege keine Luft mehr, Jen.«

Sie lässt mich los und legt mir die Hände an die Wangen. »Mir kommen gleich die Tränen. Mir ist, als wäre mein Baby nach Hause gekommen, dabei bist du jetzt schon so groß geworden.«

Die Worte bleiben mir im Hals stecken, und der überwältigende Drang, loszuschluchzen, überflutet mich. Jenna war meine Betreuerin, als ich ein Kind war. Als ich älter wurde, wechselte ich die Gruppen, und Jenna kam immer mit. Sie schwor zwar, dass es reiner Zufall sei, ich redete mir aber lieber ein, dass sie gern Zeit mit mir verbrachte. Und für ein Kind, das sich wünschte, gewollt zu werden, war das Glückseligkeit.

Es fühlte sich so an, als könne ich wieder frei atmen, als wir den Feldweg entlang zum Camp fuhren. Als wäre ich da, wo ich hingehörte.

Jenna war achtzehn, als wir uns kennenlernten, aber im Gegensatz zu meiner älteren Schwester war Jenna diejenige, die ich immer gebraucht hatte. Sie spielte die Zahnfee, als ich meinen ersten Zahn verlor, sie war meine Retterin, als ich das erste Mal die Periode bekam, und sie war die Schulter, an der ich mich ausweinte, nachdem ich meinen ersten Kuss hatte und Todd Anson einen Tag später Polly Becker am Volleyballfeld küsste.

»Wir haben erst vor zwei Tagen miteinander telefoniert. Außerdem ist es gar nicht so lange her, dass ich das letzte Mal bei dir übernachtet habe.« Lachend löse ich mich von ihr und trete neben sie. »Seit wann bist du so bedürftig?«

»Du hast ja recht. Aber es ist so lange her, seit du hier warst.

Viel zu lang.« Sie weiß, dass ich es mag, wenn sie sich so sehnsüchtig zeigt, trotzdem spielt sie mit. »Tut mir leid, es liegt an den Welpen, die wecken Muttergefühle in mir. Und jetzt muss ich mit ansehen, wie große Muskelmänner sie den ganzen Sommer über mit sich herumschleppen.« Seufzend weist sie mit dem Kinn in die Richtung von Russ und den anderen, die mit dem Golden-Retriever-Trio spielen. »Sieht so aus, als hätte Fish ihr diesjähriges Opfer gefunden. Guten Geschmack hat sie.«

Falls Russ unsere Blicke spüren kann, so schaut er dennoch nicht auf. Ich sollte ihn nicht so anglotzen, aber er sieht so gut, wenn nicht sogar besser aus als letzte Nacht. Deshalb drehe ich ihm lieber den Rücken zu. »Wegen ihm …«

Jenna kneift die Augen zusammen, als wollte sie meine Gedanken lesen, was ihr wohl auch gelungen ist, da sie das Gesicht angeekelt verzieht. »Du bist gerade mal zwei Stunden hier, Aurora. Bitte erzähl mir nicht, dass du in der kurzen Zeit schon unsere wichtigste Regel verletzt hast.«

»Was? Nein, natürlich nicht. Wofür hältst du mich?«

»Gott sei Dank. Ich kann nicht dein Boss sein, wenn du dich nicht an die Vorschriften halten willst.«

»Tue ich doch.«

Sie murmelt etwas, das sehr stark nach einem *Puh* klingt, und stemmt dann die Hände in die Hüften. »Gut.«

»Es war letzte Nacht.«

»Rory!«, schreit Jenna und fährt sich mit der Hand über das Gesicht. »Lass mich nicht bereuen, dass ich deine Bewerbung akzeptiert habe, indem du den ganzen Sommer mit allen möglichen Typen anbandelst. Du hast mir versprochen, hart zu arbeiten. Hier herumzustolzieren, als würde dir das Camp gehören, war süß, als du eine aufmüpfige Neunjährige warst, aber wenn du für die Kinder verantwortlich bist, muss ich mir sicher sein können, dass du mit den Gedanken dabei bist und nicht im Bett eines Basketballers … Footballers?«

»Also, eigentlich spielt er Eishockey …«

»Es freut mich ja, dass du die Liste der Sportarten erweiterst, aber ich meine es ernst, Ror. Du hast mir für den ganzen Sommer zugesagt. Du kannst jetzt nicht das Handtuch werfen, nur weil dir langweilig wird. Du musst für die Kinder hier sein, nicht für irgendwelche Zufallsbekanntschaften.«

»Jetzt hab doch ein bisschen Vertrauen in mich, Jen. Meine Güte. Ich wusste gar nicht, dass er hier sein würde. Stell dir vor, er hat mich nicht nach meinen Plänen für den Sommer gefragt, als er mich ganz für sich in seinem Bett hatte.« Ich verschränke die Arme vor der Brust.

»Erstens, ich will nie wieder Details aus deinem Sexleben hören«, ächzt sie und verzieht erneut angewidert das Gesicht. »Und zweitens: Ich vertraue dir, Rory. Ich bin dein größter Fan, aber ich kenne dich auch. Mach bitte unser beider Leben nicht unnötig schwer. Konzentriere deine ganze Energie auf die Kinder.«

»Ich weiß, Jenna«, erwidere ich. »Wie gesagt, ich wusste nicht, dass er hier sein würde.«

Sie schaut sich rasch um, dann richtet sie den Blick wieder auf mich. »Als ihr beide heute Morgen wach geworden seid, hat da keiner gesagt: ›Ich muss los, ich muss nach Honey Acres‹ oder ›Danke für den Sex, aber jetzt muss ich ins Sommercamp‹?«

»Nein, natürlich nicht. Ich bin verschwunden, nachdem er sich im Bad versteckt hat. Und als er mich vorhin gesehen hat, hat er so getan, als würde er mich nicht kennen. Wie richtige Erwachsene eben.«

»Ach, wenn ich noch mal aufs College gehen könnte.«

Ich stelle mich neben sie und beobachte meine Teamkollegen, die um die Wasserspender herumstehen und sich unterhalten. Bei Russ stehen zwei Typen, beide gutaussehend, und wenn ich das richtig mitbekomme, quatschen sie über Basketball, was unter normalen Umständen mein Interesse anstacheln würde. »Abgesehen davon bin ich an Russ nicht interessiert. Die beiden anderen sind süßer.« Lüge. »Du brauchst dir wirklich keine Sorgen zu machen.« Riesenlüge.

»Kein Techtelmechtel, mit keinem von ihnen … Nein, schau mich bitte nicht so an, Aurora. Das ist mein voller Ernst. Du bekommst von mir keinen Freifahrtschein, nur weil ich dich mag. Du hast mir gesagt, du willst diesen Sommer zu dir selbst finden.«

»Das stimmt auch.«

Jenna mag fünfzehn Zentimeter kleiner sein als ich, aber auch mit 1,58 Meter schafft sie es, mich einige Zentimeter nach links zu schieben, als sie mich mit der Schulter anschubst. »Also, solltest du auf dem Campgelände mit jemandem Sex haben, findest du dich selbst im Wald wieder, wo ich dich begrabe, nachdem ich dich umgebracht habe.«

»Du bringst mich nicht um. Wie gesagt, er interessiert mich nicht, und ich interessiere ihn schon gar nicht.« Ich rutsche wieder an sie heran, lege die Arme um sie und stütze den Kopf auf ihren. Damit habe ich angefangen, als ich größer wurde als sie. Und sie kann es nicht ausstehen. »Sag mir noch mal, wie gern du mich hast.«

Sie schnaubt, ein Geräusch, das mir in der Zeit unserer Trennung gefehlt hat. Bei einem Videocall hat es einfach nicht den gleichen Effekt, wenn sie genervt von mir ist. »Es fühlt sich an, als könnte eine Beschwerde bei der Personalabteilung fällig werden.«

»Sag es mir«, trieze ich sie weiter und dehne das Wort »mir« so lange, bis sie mir einen Ellbogenstoß verpasst und ihr kurzer schwarzer Bob mich im Gesicht kitzelt. »Bitte, bitte, bitte.«

»Ich mag dich sehr, Aurora Roberts. Willkommen zu Hause. Und jetzt lass mich los, ich muss die anderen durch das Camp führen.«

»Meine Füße fühlen sich an, als würden sie gleich abfallen.«

Ich werfe Emilia einen ungläubigen Blick zu. »Du bist Balletttänzerin. Deine Füße haben schon Schlimmeres überstanden.«

»Balletttänzerin zu sein hält meine Sandalen trotzdem nicht davon ab, meine Füße wund zu scheuern, weil ich für diesen Gewaltmarsch die falschen Schuhe anhatte.«

»Das ist wieder typisch, du Großstädterin«, spotte ich. »Du hättest mehr Small-Town-Romanzen lesen sollen, um dich besser auf das Landleben einzustimmen.«

Die kurze, angenehme, für Sandalen durchaus geeignete Tour, die Jenna für uns durch das Camp geplant hatte, war von Cooper, dem Senior der Betreuenden aus der Igel-Gruppe, sabotiert worden. Ich glaube, er hat ein Auge auf Jenna geworfen. Das finde ich zwar ganz süß, aber er hat ihr vorgeschlagen, die beiden Führungen zusammenzulegen. Deshalb hat sie letztlich zwei Stunden länger gedauert als vorgesehen, und ich habe das Gefühl, jetzt wirklich jeden Grashalm von Honey Acres persönlich zu kennen.

Der lange Marsch gab uns Gelegenheit, mit den anderen zu plaudern, allerdings nicht mit Russ, der die ganze Zeit vorauslief und sich mit Xander unterhielt, mit dem er vorhin schon zusammen war.

»Genau, das war mein Fehler. Nicht genügend Small-Town-Romanzen.« Sie wühlt mit ihren Zehen im Sand am Ufer des Sees, allgemein Strand genannt, wo wir zwei Liegestühle in

Beschlag genommen haben. »Ich setze mich mal an den Steg und halte meine Füße ins Wasser. Kommst du mit, oder passt du auf unsere Plätze auf?«

»Ich bleibe hier.« Dies ist der perfekte Platz, um die anderen zu beobachten. Es macht Spaß, zu sehen, wer sich zu wem hingezogen fühlt, und vorherzusagen, wer mit wem was anfangen könnte. Es war ganz lustig, zuzuhören, wie Orla über das Verbot von Romanzen zwischen Betreuern und Betreuerinnen sprach, wenn ohnehin niemand darauf achtet. Als ich noch als Kind hierherkam, haben wir alle spekuliert, wer wen nach Dienstschluss heimlich küsst. Und anschließend unseren Betreuern in den Ohren gelegen, uns Klatsch über die Erwachsenen zu erzählen.

Jetzt, da ich selbst Betreuerin bin, ist meine Lieblingsbeschäftigung, die Hunde zu beobachten, die alles inspizieren, sich ab und an hinlegen und sich tätscheln lassen, ehe sie weiterziehen. Ich liebe Hunde, und das ist auch der Grund, warum ich Russ im Blick habe, der lacht und mit Maya – einer aus unserer Gruppe – plaudert, während Fish und einer der Welpen zu seinen Füßen schlafen.

»Ist der besetzt?«

Ich drehe mich um und entdecke Clay, den dritten Typen in unserer Gruppe, der barfuß im Sand steht und zwei Bier hochhält.

»Im Moment nicht, aber sie kommt bald zurück.« Ich deute auf Emilia, die sich auf dem Steg mit jemandem unterhält. »Setz dich.«

Er nimmt Platz und hält mir ein Bier hin. »Auch eins?«

Obwohl Orla sich alle Mühe gibt, das Alkoholverbot durchzusetzen, kann sie nicht verhindern, dass die Leute für die Trainingswoche Vorräte einschmuggeln, es sei denn, sie kontrolliert alle Taschen. Das ist ihr vermutlich auch klar, aber nachdem derzeit noch keine Kinder hier sind, übt sie wohl ein wenig Nachsicht. Wo sie allerdings gar keinen Spaß versteht, ist, wenn sie Kinder mit Alkohol erwischt. Das habe ich mit fünfzehn am eigenen Leib erfahren.

»Nein danke. Ich, äh, versuche, nicht gleich am ersten Tag alle Regeln zu brechen.« Oder Jenna wirklich wütend zu machen.

Clay zuckt mit den Schultern und steckt das zweite Bier in den Getränkehalter. »Wir werden nie erwischt. Ich bin schon einmal hier gewesen. Aber du hast recht, wir haben jede Menge Zeit, um die Regeln zu brechen.«

Er fängt an, Geschichten von der Tätigkeit als Betreuer auszupacken, und ich habe Mühe, ihm zu folgen. Nicht, weil ich nicht klug genug bin, sondern weil es wirklich, wirklich langweilig ist. Als er dann davon erzählt, dass er in Berkeley (oder war es die USC?) Basketball spielt, schalte ich komplett ab.

Er ist nicht daran schuld, dass ich mit meinen Gedanken woanders bin, außerdem ist er es bestimmt nicht gewohnt, dass sich Frauen geistig verabschieden, wenn er mit ihnen spricht. Nach allen konventionellen Standards sieht er gut aus: groß, markantes Kinn, hübsche Augen und ein nettes Lächeln. Ich bin kein großer Fan von der Menge Gel, mit der er seine Haare nach hinten gekämmt hat, ich bin hauptsächlich dagegen, weil er sich so viel davon reingeschmiert hat, dass ich die große Gefahr einer Gewässerverschmutzung sehe, sollte er in den See springen. Außerdem könnte ich es durchaus ertragen, wenn er seinen Blick nicht auf meine Brust senken würde, kaum dass ich etwas sage. Insgesamt aber ist er keineswegs der übelste Kerl, der je versucht hat, sich mit mir anzufreunden.

Normalerweise würde ich seine Aufmerksamkeit akzeptieren und entsprechend damit umgehen, aber ich finde sein zur Schau gestelltes Selbstvertrauen abstoßend, und seine Prahlerei ist nur schwer auszuhalten. Kaum lasse ich mich mit einem stillen Typen ein, und plötzlich mag ich keine angeberischen Basketballer mehr? Da ist wohl ein Fehler in der Matrix.

Ich lasse den Blick über den Strand wandern. Den Hunden scheint es richtig gut zu gehen. Süß lächelnd wischt Maya etwas von Russ' Schultern, der in seinem Stuhl hin- und herrutscht und sich mit der Hand den Nacken reibt, ohne dass der Welpe auf seinem Schoß auch nur muckt.

»Ich habe es mir anders überlegt. Könnte ich doch das Bier haben?«, unterbreche ich Clay, der gerade damit angibt, wie viel Gewichte er stemmen kann.

»Oh, cool. Bitte sehr.«

Zumindest ist es noch einigermaßen kalt. »Danke. War nett, mit dir zu plaudern.«

Ob er etwas darauf erwidert, höre ich nicht, denn ich stehe auf und gehe zu Emilia auf den Steg. Als sie mich kommen sieht, zieht sie die Stirn in Falten. »Wie war das mit Plätzenbesetzen?« Sie bemerkt die Flasche in meiner Hand. »Und damit, dass du eine andere Frau werden wolltest?«

Sie akzeptiert das Bier, das ich ihr hinhalte, und nimmt einen Schluck. Ich setze mich neben sie und lasse die Beine ins Wasser hängen. »Damit fange ich morgen an. Heute nerven mich zu viele Dinge, um mein Leben umzukrempeln.«

»Er ist einfach schüchtern, Ror«, sagt Emilia vorsichtig und gibt mir das Bier zurück.

Verwirrt schaue ich sie an. »Clay ist nicht schüchtern. Schüchterne Männer reden nicht mit meinen Brüsten.«

Sie verdreht die Augen. »Du weißt genau, von wem ich rede. Von dem, dem du die ganze Zeit hinterherstarrst.«

Ich werfe einen Blick über die Schulter zurück zum Strand. Russ unterhält sich noch immer mit Maya, und mittlerweile ist auch Xander zu ihnen gestoßen. »Ich schaue zu den Hunden.

Aber falls du Russ meinst … Immerhin ist er nicht zu schüchtern, um mit anderen Leuten zu quatschen, oder?«

»Geh zu ihm und rede mit ihm.«

»Damit er mich vor einem Publikum ignorieren kann? Nein danke.«

»Maya hat Heimweh. Wahrscheinlich will er ihr nur ein wenig gut zureden.«

»Weiß ich. Ich habe mich mit ihr unterhalten, während du mit Poppy telefoniert hast. Sie lebt in der Nähe der britischen Zentrale von Fenrir, aber ein paar ihrer Freundinnen von dort sind ebenfalls hier. Es ist mir wirklich nicht wichtig, er kann reden, mit wem er will. So bin ich nicht. Es ärgert mich nur, dass ich offenbar der einzige Mensch hier bin, mit dem er nicht reden will. Allmählich glaube ich, er hat mich hereingelegt und ist gar nicht so nett, wie ich gedacht habe.«

»Das stimmt nicht. Und falls doch, wen kümmert es? Du hast dich mit ihm eingelassen und dann abgehakt, wie du es immer machst.« Emilia legt den Arm um mich, zieht mich an sich und lehnt den Kopf an meinen, während ich einen Schluck von dem inzwischen warmen Bier trinke. »Wenn ich mir den ganzen Sommer lang Gemecker über einen Mann anhören muss, erzähle ich deiner Mom, dass du wieder bei ihr einziehst.«

»Keine Angst. Ich habe dir ja gesagt, ab morgen bin ich ein anderer Mensch.«

9. KAPITEL

Aurora

Warum ist es leichter, zu sagen, man würde an sich arbeiten, als es dann tatsächlich zu tun?

Ich wollte meine selbstzerstörerischen Gewohnheiten ablegen, und dann passiert das. Es ist der Tag eins von Projekt Aurora, und ich schaue mir auf dem Handy Norahs Storys an, obwohl ich weiß, dass mich das runterzieht.

Und das tut es auch. Ich muss meine Selbstverbesserungstaktik überarbeiten, denn Dads Team hat beim Grand Prix in Spanien abgeräumt. Darüber hinaus ist er superglücklich, was ich in den süßen Videos von Norah sehen kann, in denen er mit ihrer Tochter in seinem Haus feiert.

Ich stopfe das Handy in die Gesäßtasche meiner Shorts und versuche, die perfekte Familie, zu der ich nicht gehöre, zu vergessen. Schon bin ich auf dem Weg zur Brandschutzübung, zu der ich ohnehin zu spät komme.

Während die Team-Building-Übungen funktionsübergreifend in größeren Gruppen stattfinden, werden spezielle Aufgaben im kleinen Rahmen von sechs Personen durchgeführt. Deshalb kann ich mich auch nicht unbemerkt dazustellen.

»Du bist …«, Jenna schaut auf die Uhr, »sechs Minuten zu spät, Rory.«

Normalerweise wäre mir das vollkommen egal, aber jetzt,

weil alle Blicke auf mich gerichtet sind, laufen meine Wangen rot an. Na ja, nicht alle Blicke. Denn eine Person schaut mich nicht an.

Leise entschuldige ich mich und setze mich mit gesenktem Kopf auf den freien Stuhl zwischen Emilia und Clay. Letzterer beugt sich zu mir herüber und flüstert: »Du hast nicht viel verpasst. Zusammenfassung: Ein Brand ist etwas Schlechtes.«

»Ich werde es mir merken.« Ich unterdrücke ein Kichern und versuche, mich auf Jennas Ausführungen zu konzentrieren, die mit dem Ablauf einer Evakuierung beginnen. Clay bietet mir eine Weintraube aus einer Tüte in seiner Hand an, was sich, nach dem gestrigen Tag, ein wenig nach einer Geste des guten Willens anfühlt.

Jenna erklärt die Regeln, die für Lagerfeuer gelten, als ich ein Ziehen an meinem Fuß bemerke. Ich schaue hinunter und sehe eine Flauschkugel auf meinen Schnürsenkeln herumkauen. Ich hebe den pummeligen Welpen hoch und lese seine Hundemarke. »Wer bist du denn?« Salmon. »Und wo ist dein Brüderchen, meine Kleine?«

Ich blicke wieder hoch und erspähe umgehend Trout, der angekuschelt an Russ' Brust selig schlummert. Oh Mann, das ist nicht fair. Ich kann den Blick gar nicht abwenden, zu süß sieht das aus. Das war allerdings ein Fehler, denn als Russ schließlich den Kopf hebt, schaut er mir direkt in die Augen.

Wir starren einander an, was ebenso peinlich und schräg ist, wie es klingt. Schließlich lenkt mich Salmon ab, indem sie beschließt, an meinen Haarspitzen herumzuknabbern. Als ich erneut Russ ansehe, hört er wieder völlig konzentriert Jennas Ausführungen zu.

Der Rest der Übung vergeht ohne weitere Blickgefechte, und als wir dann über den großen Rasen zu den Team-Building-Aktivitäten gehen, fühle ich mich besser als noch vor zwei

Stunden, als ich meine Nase dahin steckte, wo sie nicht hingehörte.

»Ich habe jetzt entschlossen, dass es mir egal ist«, verkünde ich.

»Das ist gut«, erwidert Emilia gelassen und bemüht sich, nicht über Salmon zu stolpern, die um unsere Füße herumtollt und erneut nach unseren Schnürsenkeln schnappt. »Aber was genau meinst du mit *es?*«

»Alles.«

»Das hört sich absolut gesund an und ganz bestimmt nicht nach etwas, was in der Zukunft nach hinten losgehen könnte.«

Sie weicht geschickt meinem Ellbogen aus, den ich ihr in die Rippen zu stoßen versuche. »Ich lösche meinen Fake-Account und verstecke mein Handy im Koffer. Wenn ich es nicht sehe, existiert es nicht.«

»Da kann ich dich nur unterstützen. Ich habe es schon einmal gesagt: Es kann nichts Gutes dabei herauskommen, wenn man sein Vertrauen in die Hände eines Mannes legt. Lass Chuck und Norah im Internet die glückliche Familie spielen, und konzentriere du dich auf dich selbst.«

»Meine Güte, eine Sekunde habe ich geglaubt, meine Mom steht neben mir«, spotte ich.

Emilia hat genug, dem kleinen Hund immer ausweichen zu müssen, deswegen hebt sie Salmon kurzerhand hoch und verstaut sie unter dem Arm. »Du bist eine echte Nervensäge«, stöhnt sie.

Dem Golden Retriever hängt die Zunge heraus, und Emilia hat offenbar dessen Gewicht unterschätzt, denn sie stöhnt angestrengt.

Ich kraule Salmon hinter den Ohren. »Sie ist keine Nervensäge, sie ist einfach noch ein Baby.«

Emilia zieht die Augenbrauen zusammen und schaut mich böse an. »Ich habe dich gemeint.«

Endlich erreichen wir die übrigen Betreuenden, die sich um ein paar Holzbretter und Plattformen versammelt und in Vierergruppen zusammengefunden haben. »Weiß der Teufel, was wir hier tun sollen«, sagt Maya.

Ich habe diese Übung schon gesehen, aber nie daran teilgenommen. »Man muss es mit seinem gesamten Team von der ersten bis zur letzten Plattform schaffen, was aber immer schwieriger wird, weil die Lücken zwischen ihnen größer und die Plattformen kleiner werden. So wird der Bewegungsspielraum immer weiter eingeschränkt. Außerdem darf niemand den Boden berühren.«

»*Der Boden ist Lava* also.« Sie lächelt. »Ich sage nur schnell meinen Freunden Hallo und bin gleich wieder zurück.«

»Ich frage mich gerade, ob du mich weniger nerven würdest, wenn du noch deinen britischen Akzent hättest«, sagt Emilia leise, während sie Maya hinterherschaut.

»Ich habe noch nie wie Maya geklungen. Ich höre mich meistens wie eine Amerikanerin an. Mein Akzent hat sich aber verstärkt, je nachdem wie viel Zeit ich mit Dad und seiner Arbeit verbracht habe.«

Xander, Russ und Clay hören endlich auf, einander zuzuflüstern, drehen sich um und schauen zu Emilia und mir herüber.

»Okay, Schlachtplan«, sagt Xander mit ernster Miene. »Wir springen von einer Plattform zur nächsten.«

Emilia bricht in Gelächter aus, und ich schüttele den Kopf. »Nein, das tun wir garantiert nicht.«

»Warum nicht? Das ist die einfachste Methode«, entgegnet er schlagfertig.

Emilia lacht noch immer bei der Vorstellung, wie wir versuchen, diese Sprünge zu machen. Xander blickt ehrlich überrascht, während Clay ebenfalls nur mühsam ein Lachen unterdrückt. Russ … beobachtet nur.

»Vielleicht für dich, Mr NBA. Aber für uns Normalsterbliche sind solche weiten Sprünge nicht zu schaffen.«

»Wir helfen euch. Das kriegen wir hin.«

Xanders Mund bewegt sich nicht, und da wird mir plötzlich klar, dass Russ zu mir spricht.

»Oh.« Sag etwas, Aurora. »Cool.«

Ich hasse mich.

Russ nickt, wie es Jungs eben so machen, ohne noch etwas zu sagen. Es war nett, ihn sprechen zu hören. Jetzt weiß ich wenigstens, dass er real ist, nicht nur eine Ausgeburt meiner Fantasie, die mich verfolgt wie der Geist einer vergangenen Affäre.

»Ist das Ding an?«

Wir alle drehen uns zu Orla um, die mit einem Megafon auf der letzten Plattform steht. Dieses Megafon benutzt sie, seit ich sie kenne, und jedes Mal, wenn es kaputt geht, kriegt sie das Wartungsteam dazu, es wieder zu reparieren, statt in ein Modell aus diesem Jahrhundert zu investieren.

Einmal habe ich es gestohlen. Damit habe ich Jenna einen Mordsschrecken eingejagt, als sie mit einem der anderen Betreuer geflirtet hat. Für den Rest des Nachmittags war ich von allen Spielen ausgeschlossen, aber das war es mir wert gewesen.

Orla erklärt die Regeln. Man darf erst auf die nächste Plattform springen, wenn das ganze Team vollständig ist. Fällt eine Person herunter, muss das Team von vorne beginnen. Wer es bis zum Ende schafft und dreißig Sekunden lang auf der Plattform bleibt, ohne hinunterzufallen, hat gewonnen.

Maya kommt wieder zu unserer Gruppe, und Xander spricht sie sofort an. »Wir springen.«

»Nein, tun wir nicht«, widersprechen Emilia und ich unisono.

»Du bist groß«, sagt Maya und mustert ihn von oben bis unten.

»Danke, dass dir das aufgefallen ist …«

»Wenn du schon so selbstsicher bist, warum legst du dich nicht zwischen die Plattformen, und wir benutzen dich als Planke?«

»Genau, Xan.« Russ grinst. »Warum laufen wir nicht über dich wie über eine Planke?«

»Ich verzichte gern darauf, von einem Eishockeyspieler zerdrückt zu werden, so komisch das auch klingen mag.«

»Probieren geht über Studieren«, sage ich leise, ohne nachzudenken.

Zum Glück haben die meisten meinen kleinen Einwurf nicht gehört, Russ und Xander jedoch schon, und Russ schießt die Farbe ins Gesicht.

Xander schaut zwischen uns beiden hin und her, dann ertönt die Pfeife, bevor er noch etwas sagen könnte. Wir sechs rennen zu unserer ersten Plattform und können uns nur mit Mühe oben halten.

»Wir haben eindeutig einen Nachteil, weil drei von uns so breit sind«, stöhnt Emilia in Clays Rücken, der sich gegen ihr Gesicht drückt.

»Aurora, es tut mir wirklich leid, dass meine Hand auf deinem Hintern liegt, aber ich kann sie sonst nirgends hintun«, entschuldigt sich Maya.

»Meinen berührt sie auch«, meldet sich Xander.

»Nein, das bin ich«, seufzt Russ.

Die Plattform knirscht, als Russ zur nächsten springt, gefolgt von Clay und Xander. Jetzt, da die Jungs weg sind, haben wir genügend Freiraum, um uns zu bewegen. Und so platzieren wir unser Brett so, dass wir hinüber gehen können.

»Springt doch einfach!«, ruft uns Xander zu.

Maya breitet die Arme aus, um das Gleichgewicht zu halten, als sie zur nächsten Plattform geht. »Ich springe doch nicht, wenn da ein Laufsteg ist.«

»Jetzt komm schon, Mary Poppins«, sagt Clay, der ihr die Hand hinhält und ihr bei den letzten Schritten hilft. Ihr zu folgen ist leicht, und als wir alle auf der nächsten Plattform versammelt sind, geht die Quälerei von vorne los.

»Xander, du drängst mich noch runter!« Ich klammere mich an Clay, der hinter mir steht und dessen Hände sogleich an meiner Taille landen. Ich drehe mich so, dass ich mich an Emilia neben mir festhalten kann, und schaue zu ihm nach hinten. »Schon gut, du kannst mich jetzt loslassen.«

Uns fällt auf, dass das Holzbrett kaum bis zur nächsten Plattform reicht, welche diesmal etwas weiter weg steht. Die Jungs schmieden einen Plan, wonach einer von ihnen als Letzter springt und uns, die wir nicht halb Mensch, halb Känguru sind, hinüberhelfen soll. Der Lärm der übrigen Teams, die sich alle Tipps zuschreien, wird immer lauter, und als ich bemerke, dass wir leicht in Führung liegen, erwacht mein Kampfgeist.

Xander springt mühelos zur nächsten Plattform, kniet sich hin und nimmt das Brett entgegen. Es ist aber nicht lang genug, als dass er es auf den Rand der Plattform stellen kann, auf der er steht. Er hält es in seinen Händen fest, und wir alle tätscheln ihm den Kopf, während wir über ihn hinwegsteigen. Dann stellen wir uns dicht an den Rand, damit Russ und Clay auch herüberspringen können.

»Oh mein Gott«, quiekt Emilia. »Jetzt springt doch, bevor wir das Gleichgewicht verlieren.«

Die Jungs schnellen problemlos herüber. Es sieht aus, als wäre das alles ein Kinderspiel, doch kaum befinden sich Xander, Russ und Clay auf der letzten Plattform, wird sofort klar, dass der Platz nie und nimmer für sechs Leute reicht. Und selbst wenn, so weit können wir nicht springen.

»Wie zum Teufel sollen wir das anstellen?«, rufe ich verzweifelt. Ich würde ja die Hände in die Hüften stemmen, aber dann würde ich Maya runterschubsen.

»Hat sich jemand Gedanken über das zulässige Maximalgewicht dieser Plattformen gemacht?«, fragt Clay und schaut skeptisch auf das knirschende Gestell unter seinen Füßen.

»War eine von euch Cheerleaderin?«, fragt Xander.

»Diese Art von Team-Building steht momentan nicht auf dem Programm«, antwortet Emilia sarkastisch.

Er verdreht die Augen und deutet auf den Abstand zwischen uns. »Zwei von euch können die Dritte hinüberwerfen. Wir fangen sie locker auf.« Wir schweigen. »Wollt ihr mir weismachen, dass keine von euch auf der Highschool Cheerleaderin war?«

»Ja …«, antwortet Maya. »Wo ich herkomme, gibt es das nicht.«

»Aurora ist gleich im ersten Semester aus der Cheerleader-Truppe geflogen«, sagt Emilia. »Und was mich betrifft: Ballett und menschliche Pyramiden vertragen sich nicht so gut.«

»Bei dir verträgt sich so einiges nicht«, ergänze ich sehr leise.

»Wieso haben sie dich rausgeworfen?«, will Clay wissen.

»Unwicht–«

»Sie hat das Maskottchen des anderen Teams gestohlen und dann verloren.«

»Emilia!«

Xander schaut zu den anderen Teams hinüber und setzt eine besorgte Miene auf. »Leute, wir müssen uns wirklich ranhalten …«

»Wie verliert man denn ein Maskottchen?«, fragt Russ und schaut mir direkt in die Augen.

»Ich, äh … es ist abgehauen.« Sein Interesse ist geweckt. Seine Augen weiten sich, und ich verspüre sofort das Bedürfnis, mich zu erklären. »Es war ein Schwein, kein Mensch. Ein paar Stunden später hat man es gefunden, ihm hat nichts gefehlt. Es hat sich mit dem Hund des Hausmeisters zusammengetan, aber, äh, die Cheerleader-Truppe war der Auffassung, meine Aktion sei nicht mit den Grundwerten des Teams vereinbar. Können wir jetzt hier weitermachen? Wen sollen wir werfen?«

»Leute, wenn wir verlieren, weil ihr alle so klein seid und Aurora noch dazu eine Schweinediebin ist, dann werde ich richtig sauer«, warnt uns Xander.

»Jeder ist klein im Vergleich zu dir, du verdammter Riese. Maya, du bist dran«, sage ich, verschränke die Finger ineinander und beuge mich vor, damit sie den Fuß auf meine Hände stellen kann. Emilia macht es mir nach, und Maya hält sich an uns beiden fest und setzt zaghaft ihre Füße in unsere Hände.

»Nur, damit das klar ist«, sagt sie leise. »Ich halte das für keine gute Idee.«

»Hey, ihr, macht euch bereit, sie aufzufangen. Drei … zwei … eins …«

Mit dem Gefühl, Menschen-Bowling zu spielen, schleudern Emilia und ich Maya ein bisschen zu schwungvoll in Richtung der Jungs. Zum Glück können sie sie fangen und an sich ziehen, um sie auf der Plattform zu halten. Mehr Platz ist dort nicht, und ich habe keine Ahnung, wie wir unsere Aufgabe erfüllen sollen.

»Klettere einem auf die Schultern, Maya«, ruft Emilia. Russ und Clay halten sie fest und helfen ihr, auf Xanders Schultern zu klettern, und schon ist wieder eine winzige Fläche für eine weitere Person frei.

Emilia stupst mich leicht an, was sie jetzt tun kann, da

wir nun wieder ein bisschen mehr Platz haben. »Du bist als Nächste dran.«

»Auf gar keinen Fall. Du bist die Nächste.«

Einmal mehr beobachtet Xander die anderen Gruppen. »Aurora, auch wenn du es für unmöglich hältst, du bist groß genug, um zu springen.« Falls er glaubt, dass ich es besser schaffen könnte, weil ich einen Meter siebzig groß bin und Emilia nur eins sechzig, dann weiß er offensichtlich nicht, dass sie in der Lage ist, wie eine verdammte Gazelle über die Bühne zu hüpfen.

»Emilia, ich habe eine Idee. Vertraust du uns?«, ruft er.

»Kein bisschen«, ruft Emilia zurück. Ich schüttele ebenfalls den Kopf und unterdrücke ein Grinsen, als Xander einen Moment lang verwirrt dreinschaut.

»Schaffst du es, uns in den nächsten fünf Sekunden zu vertrauen? Spring mit ausgestreckten Armen auf uns zu. Als würdest du einen Hechtsprung machen, um einen Baseball zu erwischen.«

»Sehe ich aus, als hätte ich auch nur die geringste Ahnung von Baseball?«, fährt sie ihn an.

Ich muss lachen, noch bevor ich ausspreche, was mir auf der Zunge liegt. »Na, zumindest mit der Third Base kennst du dich doch aus.«

»Nein! Nein! Nein!«

Ich schaffe es, auf der Plattform zu bleiben, indem ich mich an Emilia klammere, die mich hinunterzuschubsen versucht, zum Entsetzen unserer Teammitglieder, die erschrocken aufschreien.

»Meine Güte, das ist vielleicht stressig«, seufzt Clay. »Streck die Arme aus, Emilia. Russ und ich packen dich bei den Händen und ziehen dich herüber. Du musst nur so weit springen, dass wir dich erwischen können.«

»Ich hasse dich, dass du mich überredet hast, hierherzukommen«, grummelt sie, dann stellt sie sich mit ausgestreckten Armen ganz an den Rand des Podests. Es klappt wie am Schnürchen, das muss man Xander lassen, und innerhalb weniger Sekunden ist sie drüben und hockt auf Clays Schultern.

So kann mir Clay allerdings nicht helfen, ich muss also wirklich springen. Der Drang, einfach hinunterzusteigen und uns verlieren zu lassen, ist überwältigend.

»Ich habe Angst«, brülle ich und scheitere beim Versuch, mir einen erfolgreichen Sprung vorzustellen. Jetzt, da ich allein auf der Plattform stehe, habe ich deutlich mehr Platz als vorher, aber es reicht nicht aus, um Anlauf zu nehmen.

»Du schaffst es, Rory«, schreit Emilia von Clays Schultern. »Aber mach bitte schnell, ich glaube, ich kriege Höhenangst.«

»Ich glaube nicht, dass ich …«

»Aurora«, sagt nun Russ leise und schiebt sich näher an den letzten freien Platz auf der Plattform. »Schau mich an. Du schaffst es, du musst nur in meine Arme springen, und ich fange dich auf, okay?«

»Und was, wenn ich falle?«

»Dann fallen wir gemeinsam.« Er lächelt mich an, und mein Herz, dieser Verräter, schlägt wie wild gegen meine Brust. Wir haben doch eigentlich beschlossen, dass uns das alles egal ist, oder etwa nicht? »Dann kann Xander auf uns beide sauer sein.«

»Darauf könnt ihr Gift nehmen«, ergänzt Xander mürrisch.

»Achte nicht auf ihn, schau mich an«, ermutigt mich Russ. »Ich glaube an dich. Hole tief Luft. Ich zähle von drei an rückwärts, dann springst du, so weit du kannst.«

»Und du fängst mich auf?«

»Versprochen. Drei … zwei …«

Er beugt sich vor, streckt die Arme aus, und ich schalte komplett ab, statt mich darauf zu konzentrieren, mich an ihn zu schmeißen. Sofort spüre ich seine Hände an meinen Armen, und schon zieht er mich an seine Brust.

»Braunbären! Dreißig Sekunden, und ihr habt gewonnen«, verkündet Orla durch ihr Megafon.

Ich befreie meine Arme aus Russ' Griff, der mich fest umschlungen hält, doch er lässt nicht locker, sodass mein Körper an ihn gedrängt bleibt, wodurch er uns beide auf der Plattform hält. Er riecht nach frischer Kleidung, Sandelholz und Vanille, und als ich ihm ins Gesicht schaue, hat er die Augen geschlossen und murmelt die Namen von Eishockeymannschaften vor sich hin.

Und dann spüre ich es an meinem Bauch. Sogleich lockert er den Griff, aber dafür ist es nun zu spät.

Es sind die langsamsten dreißig Sekunden aller Zeiten, in denen Russ verzweifelt versucht, seine Erektion zu beruhigen, die sich gegen mich drückt.

»Die Braunbären gewinnen!«, ruft Orla, sehr zu Xanders Begeisterung.

Ich trete von der Plattform hinunter, weg von Russ. Zum Glück sind die anderen damit beschäftigt, Maya und Emilia von ihren Schultern zu heben, und als Russ zu mir herschaut, zwinkere ich ihm zu. Ich kann nicht anders.

Dieses Mal steigt ihm die Röte bis hinter die Ohren.

10. KAPITEL

Russ

»Sagst du auch mal was, oder willst du mich die ganze Zeit bloß anglotzen?«

JJ grinst weiterhin so süffisant, dass ich den Videocall am liebsten beenden würde. »Ich fühle mich lediglich geehrt, obwohl ich auch nicht sonderlich überrascht darüber bin, dass du mich für meine Tätigkeit als Lebensberater anrufst. Was kann ich für dich tun, Kumpel? Willst du wissen, was es mit Zinsen auf sich hat? Welches Modell der Altersvorsorge für dich in Frage kommt?«

»Ja, genau, ich rufe dich vom Sommercamp aus an, um mehr über die Rente zu erfahren«, antworte ich sarkastisch und verdrehe die Augen. »Ich hätte Nate anrufen sollen.«

»Das nimmst du sofort zurück.« JJ, der auf der Couch lag, setzt sich aufrecht hin. »Du hast meine volle Aufmerksamkeit. Was gibt es?«

Die Mittagspause verbringe ich im Hauptgebäude, weil ich nur hier WLAN habe. Ich schaue mich kurz um, um mich zu vergewissern, dass ich noch immer allein bin. »Aurora. Die Frau, mit der ich Samstagabend im Bett war. Sie ist hier.«

»Wie süß. Ich liebe Sommerromanzen.« JJ ist sichtlich erfreut.

»Nein. Da ist nichts mit Romanze. Sie ist, äh, gegangen,

während ich im Badezimmer war.« Ich sinke tiefer in den Stuhl. Es ist mir peinlich, einem Freund gestehen zu müssen, dass sie mich sitzen lassen hat. »Abgesehen davon dürfen Betreuende nichts miteinander haben, aber selbst, wenn nicht, sie ist nicht interessiert.«

JJ schweigt, während ich ungeduldig auf eine Reaktion von ihm warte. »Russ, du musst mir das erklären, als wäre ich fünf Jahre alt, weil ich nicht verstehe, wo das Problem liegt.«

»Ich habe mir gut zugeredet, weil ich sie auf ein Date einladen wollte, aber als ich aus dem Bad kam, war sie schon weg. Peinlich, ich weiß, aber jetzt ist die Lage echt heikel, weil wir beide hier sind und ich ihr aus dem Weg gehe, und …«

»Moment mal, Callaghan. Du magst diese Frau und gehst ihr aus dem Weg?«

»Ich möchte nicht, dass sie sich unwohl fühlt. Sie wollte mich nicht mehr sehen, und jetzt sieht sie mich dauernd. Wir sind in derselben Gruppe.«

JJ seufzt vernehmlich. »Hat sie dir gesagt, dass sie dich nicht mehr sehen will?«

»Ich habe gar nicht mit ihr geredet. Wie gesagt, ich halte mich fern. Ich will ni–«

»Nicht, dass sie sich unwohl fühlt. Ja, das hast du schon gesagt. Ach, Russ, du bist ein hoffnungsloser Fall, aber ich mag dich trotzdem.«

»Danke. Glaube ich.«

»Solange sie es nicht ausdrücklich sagt, ist es nicht wahr. Bis sie dir ins Gesicht sagt, dass sie dich nicht sehen will, sind das alles nur Vermutungen von dir.«

Fantastisch! »Und wie geht es jetzt weiter?«

»Na ja, im Moment siehst du aus wie ein Kerl, der bekommen hat, was er wollte, und sie dann ignoriert. Aber das bist nicht du. Du bist der gute Junge, der nicht kapiert, dass Leute manchmal nach dem Sex einfach so gehen, ohne dass irgendetwas Dramatisches dahintersteckt. Wenn du sie ignorierst, wirst du nie eine Chance bei ihr bekommen, du Genie.«

Ich bin wirklich ein hoffnungsloser Fall. »Ich bin nicht auf eine Chance bei ihr aus, weil ich nicht gefeuert werden möchte.«

»Und warum rufst du mich dann wegen einer Frau an, von der du nichts wissen willst?«

»Ich will nur wissen, wie ich mich ihr gegenüber verhalten soll, da wir wochenlang Seite an Seite arbeiten werden.« Ich kratze mich am Kinn und komme mir ziemlich ahnungslos vor, was Frauen betrifft. »Gestern war sie ganz nah an mich gedrängt – hör auf, mich so anzuschauen, das war während einer Team-Building-Aktivität –, sie war mir so nah, dass ich ihr Shampoo riechen konnte und, tja …«

Schnell reduziere ich die Lautstärke meines Handys und schaue mich erneut um, ob ich noch allein bin, während JJ etwas von sich gibt, das man nur als Gegacker bezeichnen kann. Als er sich schließlich wieder beruhigt hat, habe ich das Gefühl, mein ganzes Gesicht steht in Flammen.

»Das passiert den Besten von uns, Kumpel. Hat sie was mitgekriegt?«

»Na ja, er hat sich in ihren Bauch gedrückt.« Seufzend fahre ich mir mit der Hand über das Gesicht und rechne mit erneutem Gegacker. »Als sie sich von mir losgemacht hat, da hat sie mir zugezwinkert.«

Ich zähle bis dreiunddreißig, erst dann hört JJ zu lachen auf. »Das ist also der wahre Grund, warum du mit mir reden wolltest.«

»Was soll ich jetzt bloß tun?«

»Du akzeptierst, dass du die Situation vollkommen falsch eingeschätzt hast, und redest mit ihr, statt ihr aus dem Weg zu gehen. Sei einfach in ihrer Nähe, indem du in ihrer Nähe bist. Das ist doch nicht so schwierig.«

Hinter mir geht die Tür auf, und ich schaue mich um. Xander kommt mit den Hunden hereinspaziert. »Ich muss los, aber danke, Mann. Danke, dass du mir zugehört hast.«

»Tschüss, Lover Boy. Halt mich auf dem Laufenden«, sagt JJ, dann unterbricht er die Verbindung.

Jetzt, da ich wieder Internet habe, sind während meines Gesprächs mit JJ alle möglichen Nachrichten eingetrudelt. Als Letztes kamen aus der Chat-Gruppe ein Foto von Matty, Bobbie und Kris am Strand von Miami sowie eines von Lola, Stassie und Joe bei ihrem Flug nach New York an.

Ich mache ein Video, wie Trout auf einen Sitzsack kraxelt und von dort auf meinen Schoß herunterrutscht, und sende es in die Chat-Gruppe. Ich will gerade den Messenger schließen, da sehe ich eine weitere Nachricht von einer Person, von der ich eigentlich nichts lesen will.

DAD

Wie geht es dir?
Hast du meine Anfrage gelesen?

Dann ein paar Stunden später:

Bist du dir zu gut, um zu antworten
Du hältst dich für was Besseres als mich, oder
Zu gut für diese Familie

»Ich bin so krass fertig«, stöhnt Xander und wirft sich auf den riesigen Sitzsack neben mir, sodass ich sofort mein Display sperre und mein Handy einstecke. »Die Sonne bringt mich noch um.«

Ich brauche etwas länger, um zu kapieren, was er gesagt hat, weil mein Herz und mein Hirn wegen Dads Nachrichten rasen. »Ja, die Hitze ist brutal. Wo sind die anderen?«

Er streift die Schuhe ab und streckt die Beine aus. »Die bräunen sich vermutlich. Ich muss mich erst abkühlen, sonst schmelze ich noch.«

Der Umgang mit Xander hat sich bislang als großartig erwiesen. Dass er nicht gern verliert, habe ich gestern mitbekommen, ansonsten aber ist er supercool, ordentlich, und er scheint auch eine Art Radar zu besitzen, das ihm anzeigt, wann er mit seinen Fragen aufhören muss. Als er erfuhr, dass Aurora, Emilia und ich das gleiche College besuchen, und ich, als er wissen wollte, ob wir uns kennen, mit der Schulter zuckte und etwas wie »Irgendwie schon« stammelte, beließ er es dabei.

Wir sitzen schweigend da und genießen die Stille, auch eine seiner Eigenschaften, die ich schätze. Xander scrollt auf seinem Handy herum. Ich habe zu sehr Angst, meines noch einmal herauszuholen, deshalb kümmere ich mich um Trout und denke über das nach, was JJ gesagt hat.

»Freust du dich auf das Training?«, fragt Xander und schaut von seinem Handy auf.

Auch wenn es hier im Camp ausgebildete Krankenpfleger gibt, müssen wir einen Erste-Hilfe-Kurs machen. Aber das war nicht so schlimm wie das Klettergurt-Sicherheitstraining heute Morgen, bei dem ich die meiste Zeit auf Augenhöhe mit Xanders Schritt war. Und dann waren da auch noch diese Kennenlern-Spielchen – von allen Dingen auf der Welt kann ich die am wenigsten leiden. »Im Moment ist alles, was nichts mit Icebreaker-Spielchen zu tun hat, in meinen Augen ein Gewinn.«

Er stöhnt, wirft den Kopf gegen den Sitzsack und scheucht damit Trout auf. »Jemand sollte ihnen mitteilen, dass das Eis offiziell gebrochen ist. Heute Morgen habe ich zufällig Clay nackt gesehen; noch näher will ich ihn gar nicht kennenlernen.«

Ich hatte am Morgen versucht, unsere Hundeschatten aus unserer Hütte zu treiben, als mich ein äußerst beschämter Xander fast über den Haufen rannte.

»Ich bin in die falsche Hütte gelaufen«, stammelte er und wischte sich mit der Hand das Entsetzen aus dem Gesicht. »Habe nicht aufgepasst. Oh, mein Gott!«

»Vielleicht sollten wir das Eis wieder etwas zufrieren lassen«, scherze ich. »Soll ich deine Wasserflasche noch auffüllen, bevor wir uns aufmachen?«

Nickend reicht er sie mir. »Danke, Kumpel.«

Ich gehe zu den Wasserspendern, als jemand um die Ecke biegt und in mich hineinläuft. Ich lasse die Flaschen fallen und packe die stolpernde Person an den Armen, damit sie nicht hinfällt.

»Das tut mir echt leid. Ich habe nicht geschaut, wo ich hinlau–« Aurora gewinnt ihr Gleichgewicht zurück und blickt zu mir auf. »Oh! Hi!«

»Hi.« Ich bemerke, dass ich sie immer noch festhalte, als sie sich bewegt. Ihre Augen sind ganz verquollen. »Alles in Ordnung?«

»Alles bestens«, antwortet sie wie aus der Pistole geschossen und schenkt mir ein breites Lächeln, das total gekünstelt wirkt. Ihr echtes Lächeln kenne ich – wie ich sie zum Lächeln und zum Lachen brachte, ist in mein Gedächtnis eingebrannt –, aber dies ist es nicht. »Alles wunderbar.«

Hier scheint nichts wunderbar zu sein. Ich hebe die Flaschen wieder auf und nutze die paar Sekunden, in denen ich nicht in ihre traurigen grünen Augen sehe, um mein Hirn zu zermartern, was los sein könnte. Heute früh habe ich mit angehört, wie sie zu Maya sagte, dass sie ungern Clay als Partner habe, weil ihr nicht gefällt, wie er ihren Körper anglotzt, wenn sie zusammenarbeiten.

Ich mag auch nicht, wie er ihren Körper anstarrt, wenn sie zusammenarbeiten, oder dass er die Hände ein bisschen länger als nötig an ihr lässt. Aber das interpretiere ich als Eifersucht, nicht als echtes Bedenken. Aurora und Maya waren sich einig, dass er harmlos sei, bloß nervig, was mich ein wenig beruhigt und meinen Drang gedämpft hat, ihn in den See zu stoßen oder einem Bären zum Fraß vorzuwerfen.

»Ich wollte gerade Wasser für Xander und mich holen.«

»Wasser ist gut«, erwidert sie viel zu begeistert angesichts des Gesprächsthemas. »Wasser, äh, verhindert Dehydrieren.«

Ich klemme mir die Flaschen unter den Arm und räuspere mich. »Aurora, ist etwas vorgefallen?«

»Nichts, worauf ich mich nicht hätte einstellen sollen. Alles gut. Mir fehlt nichts. Alles prima«, antwortet sie. Keine Ahnung, wen sie so mühsam überzeugen will, sich selbst oder mich. Bevor ich sie noch etwas fragen kann, tritt sie einen Schritt zurück, immer noch mit dem gleichen falschen Lächeln. »Wir sehen uns beim Training.«

Und fort ist sie, ehe es mir gelingt, noch irgendetwas zu sagen.

Die solarbetriebenen Ventilatoren, die in unsere Richtung blasen, bringen bei dem außergewöhnlich heißen Nachmittag praktisch gar nichts.

»Ich kann so nicht leben«, ächzt Xander, der sich mit der Hand Luft zufächelt. »Wieso können wir das nicht drinnen machen?«

»Was glaubst du, wie es mir geht?«, entgegnet Maya, die sich mit ihrem Braunbären-T-Shirt für die Betreuenden Luft zuwedelt. »In England scheint keine Sonne.«

»Ich mache mir mehr Sorgen, dass die Wiederbelebungspuppen schmelzen«, sage ich und weise mit dem Kinn in Richtung des Kunststoffkörpers.

»Hallo, hallo. Ich bin da. Tut mir leid, dass ihr warten musstet. Ich heiße Jeremy, und ihr seid vermutlich …«, er schaut auf sein Klemmbrett, »Alexander, Aurora, Clay, Emilia, Maya und Russ? Ja? Perfekt.«

Ich bin auf der Stelle ein Fan von Jeremy, weil er über die Hitze jammert und uns samt Ausrüstung in den Schatten beordert. Außerdem wählt er nicht mich für die Vorführung aus, was ihm weitere Pluspunkte beschert.

Emilia ist völlig durchgeschwitzt und keucht, als sie Xander endlich in die stabile Seitenlage gebracht hat, aber dann setzt sie sich zurück, stemmt die Hände in die Hüften und betrachtet stolz ihr Werk.

»Ihr anderen bildet jetzt bitte Paare und übt«, sagt Jeremy. »Ich schaue euch zu; meldet euch, wenn es Schwierigkeiten gibt.«

Clay wendet sich sofort Aurora zu, ich aber stehe näher bei ihr.

»Komm«, sage ich zu ihr und deute auf eine der leeren Übungsmatten. »Ich belebe dich zuerst wieder.«

»Oh, okay«, sagt sie leise. »Danke.«

So schweigsam habe ich sie seit unserer Ankunft vor einigen Tagen noch nicht erlebt. Mir ist schon klar, dass ich nichts anderes erwarten kann, nachdem ich ihr achtundvierzig Stunden komplett aus dem Weg gegangen bin, aber ich weiß noch immer nicht, was sie vorhin so verstört hat, und das nagt an mir.

Wir begeben uns beide in Position, sie auf der Matte und ich neben ihr. Und plötzlich weiß ich nicht mehr, wie das geht. An Erste-Hilfe-Kursen habe ich früher schon teilgenommen, weil Coach Faulkner uns das jedes Jahr üben lässt, mit der Begründung, man wisse nie, wann man es einmal brauchen würde. Und trotzdem knie ich völlig ahnungslos hier.

Ich beobachte Xander, wie er Emilia bewegt, und mir fällt alles wieder ein. Ich greife Aurora an der Rückseite ihres Schenkels und versuche, ihn in die richtige Lage zu schieben.

»Du solltest ihm sagen, dass du es nicht magst, wenn er dich berührt.« Zum Glück verschafft mir die Betätigung die perfekte Gelegenheit, ihr nicht in die Augen zu schauen, aber ich spüre ihren brennenden Blick, der auf mir lastet.

»Und woher willst du das wissen?«

»Deine ganze Körpersprache ändert sich, wenn er in der Nähe ist.«

Sie lacht kurz verächtlich auf. »Dir fällt ja viel an meinem Körper auf für jemanden, der mich kaum eines Blickes würdigt, seit wir hier eingetroffen sind.«

Ich erstarre, aber nur eine Sekunde lang, dann drücke ich ihre Arme in die richtigen Winkel und rolle sie auf die Seite, um mit der Wiederbelebung zu beginnen. »Sag es ihm einfach, Aurora.«

»Bist du eifersüchtig?«, fragt sie, rollt sich auf den Rücken und setzt sich auf. Sie stützt sich auf die Hände, ihr Haar ist von der Matte ein wenig zerzaust. Helle Sommersprossen zieren ihre Wangen. Sie ist so verdammt schön, aber irgendwas an ihr ist heute anders. Natürlich bin ich neidisch, weil es Clay so leicht fällt, mit ihr zu reden und sie zu berühren ohne Angst vor den möglichen Folgen. »Nein, ich bin nicht eifersüchtig.«

Sie blickt mich traurig an. »Dann brauchst du dir ja keine Sorgen zu machen, oder?«

»Aurora, ich …«

Sie steht auf, bevor ich den Satz vollenden kann. »Entschuldige kurz, ich muss auf die Toilette.«

Ich nicke und blicke ihr nach, dann lege ich mich auf die

Matte, damit ich nicht mitansehen muss, wie alle anderen prächtig miteinander auskommen und die nächste Aufgabe in Angriff nehmen.

Fünf Minuten vergehen, ehe sie wiederkommt und sich neben mich ins Gras setzt.

Sie klemmt sich die Haare hinter die Ohren und zieht die Knie dicht an die Brust. »Entschuldige, dass ich so komisch drauf bin, aber heute ist ein richtig schlechter Tag. Mein Dad hat heute Geburtstag, und wir haben ein echt beschissenes Verhältnis. Wenn man von *Verhältnis* überhaupt sprechen kann ... uuuund ich erzähle gerade viel zu viel. Können wir noch einmal von vorne beginnen? Ich möchte dich jetzt richtig wiederbeleben.«

»Nichts lieber als das.«

Es ist süß, zu sehen, wie mühsam sie sich konzentriert. Sie versucht, mein Bein zu heben, wie ich es mit ihrem getan habe, nur gerät sie dabei ins Schnaufen und muss mit beiden Händen zupacken.

»Soll ich es dir leichter machen?«

»Nein.« Sie zieht mein Bein in die richtige Position. »Wenn du ohnmächtig wärest, könntest du es mir auch nicht leichter machen.«

»Na dann ...«

»Meine Güte, ich habe das Gefühl, Gewichte zu stemmen. Wieso bist du so schwer?« Bei ihrem Rettungsversuch bringt sie mich noch um. »Mist, ich habe ganz vergessen zu prüfen, ob du noch atmest.«

Bevor ich ihr versichern kann, dass ich definitiv noch atme – bis jetzt jedenfalls –, versinke ich in einem Meer blonder Haare, das nach Pfirsich riecht, als sie ihr Ohr an meinen Mund hält. Als dann alle meine Glieder richtig liegen, rollt sie mich zu sich in die finale Position.

»Gut gemacht, Aurora«, lobt Jeremy, der irgendwo hinter mir steht. Ich hatte gar nicht bemerkt, dass er uns zusieht. »Ihr könnt jetzt mit den Verbänden weitermachen. Dabei ist es wichtig, die richtige Reihenfolge Schritt für Schritt zu beachten. Gebt mir Bescheid, wenn ihr so weit seid.«

»Gut gemacht, Partner«, sagt sie und hebt die Hand, damit ich einschlage. »Wir sind ein gutes Team«, fährt sie fort, während ich mit der flachen Hand gegen ihre klatsche. »Du bist wirklich gut … im Leute reanimieren.«

Meine Lippen zucken, während ich ihr dabei zuhöre, wie sie immer weiter- und weiterredet, und mit jedem Wort werde ich noch verwirrter. »Du bist auch gut im Reanimieren.«

»Die Sonne zerfrisst mir das Gehirn. Machen wir mit den Verbänden weiter. Du kannst mich zuerst fesseln.« Sie schüttelt den Kopf und schlägt sich mit der Hand gegen die Stirn. »Das war jetzt echt weird, oder?«

Aurora ist hinreißend, wenn ihr etwas peinlich ist. »Ja. Gut gemacht, Partnerin.«

11. KAPITEL

Russ

Aurora ist sturzbetrunken, was bedeutet, dass ich wieder auf Abstand gehe.

Xander hat mir zwar versichert, dass die Leute Alkohol getrunken haben, als er letztes Jahr hier war, und nichts passiert ist, aber ich halte mich trotzdem lieber von dem chaotischen Trinkspiel fern, das halb »Wahrheit oder Pflicht« und halb »Ich habe noch nie« zu sein scheint, je nachdem, auf welcher Seite des Lagerfeuerkreises man sich befindet.

Unsere Hütte ist eine von acht Unterkünften, die direkt am See stehen, und so habe ich die perfekte Aussicht, um zu beobachten, was die anderen Mitarbeitenden treiben, und gleichzeitig kann ich mich mit meiner Lektüre zurückziehen.

Meine Liebe zu Büchern begann in meiner Kindheit, als mein Dad oft miese Stimmung hatte, weil er, wie die meisten Glücksspieler, unglaublich schlecht im Glücksspiel war. Lesen hat mir von allen Betätigungen, die man leise ausführen konnte, am meisten Spaß gemacht, und ich wollte stets möglichst wenig Aufmerksamkeit auf mich ziehen, wenn er mal wieder wegen irgendetwas einen Streit vom Zaun brechen wollte.

Es fühlt sich an, als würde sich der Kreis schließen, wenn mir das Lesen auch jetzt als Erwachsener den Ärger vom Hals hält.

Ich weiß, dass ich dadurch auf alle anderen langweilig wirke, aber bis jetzt gefällt es mir sehr gut hier, und abgesehen von den offensichtlichen Gründen ist das ein weiterer, weshalb ich nicht nach Hause geschickt werden möchte. Ich möchte mir keine Gedanken darüber machen, was Leute von mir wissen oder denken, ich kämpfe bereits am College immer damit, es möglichst zu verdrängen. Vermutlich werde ich die Hälfte dieser Leute niemals wiedersehen, und das sage ich mir immer wieder, wenn ich versuche, ich selbst zu sein und mich einzubringen.

Eine Person sehe ich allerdings vielleicht doch wieder, und im Moment trinkt sie direkt aus einer Flasche mit irgendetwas Alkoholischem drin und lacht laut. Es hört sich nur nicht sehr authentisch an, es klingt aufgesetzt. Diesen Gedanken habe ich öfter, immer wenn Aurora sich glücklich zeigt mit ihrem breiten Lächeln und lauten Lachen – und doch wirkt es manchmal gezwungen.

Ich habe mich vorhin wie das weltgrößte Arschloch gefühlt, als sie auf mich zukam, vermutlich um mich dazuzuholen. Doch als ich die Flasche Tequila in ihrer Hand sah, bin ich in die andere Richtung hin zu meiner Hütte gegangen, um mich von ihr zu entfernen. Ich habe sie ein paar Mal dabei ertappt, wie sie hergeschaut hat, aber sobald sie merkt, dass ich sie ebenfalls anschaue, konzentriert sie sich rasch wieder auf das Spiel.

Ich nehme meine Wasserflasche vom Geländer neben mir, strecke meine Beine und gehe zu den Wasserspendern in der Nähe der zentralen Rasenfläche. Es ist seltsam, sich keine Gedanken darüber machen zu müssen, dass man aus Versehen über einen Hund fallen könnte, und ich vermisse meine kleinen Schatten, wenn sie nicht in der Nähe sind.

Jenna sagt, ich darf mich geehrt fühlen, der Auserwählte zu sein, und das tu ich auch. Ich war noch nie die erste Wahl von irgendjemandem, deshalb greife gerne ich mit beiden Händen zu. Auch wenn es Hunde sind.

Ich gehe gerade an den leeren Hütten der Kinder neben dem Rasenplatz vorbei, als ich Schritte auf dem Kiesweg höre. Auroras Wangen sind rosa, als sie mich einholt, ihre Augen glasig.

»Verdammt, ich hasse Laufen«, sagt sie atemlos und stützt die Hände auf die Knie, während sie nach Luft schnappt. »Was tust du?«

»Ich hole mir was zu trinken. Ist alles in Ordnung?«

Sie nickt, richtet sich auf und fängt sofort an zu wanken. »Alles bestens. Ich liebe mein Leben.« Es wirkt nicht so, als würde sie ihr Leben lieben. Sie lallt und spricht zu hoch, es klingt unnatürlich und unangenehm. Ich weiß nicht, was seit der Arbeit heute Nachmittag passiert ist, jedenfalls wirkt sie jetzt wie das typische betrunkene Mädchen, das nach dem nächsten Drink zu weinen anfangen wird.

»Bist du dir sicher, dass mit dir alles in Ord–«

»Du machst nicht mit.« Sie stolpert, fängt sich aber rasch wieder und kommt auf mich zu, bis sie nahe genug vor mir steht, dass ich sie, wenn ich wollte, berühren könnte. Der Geruch des Feuers hüllt uns ein, und das stellt eine willkommene Abwechslung zu den Erinnerungen an ihr Shampoo dar. Ihre Unterlippe zittert, als sie tief Luft holt. »Liegt es an mir? Habe ich etwas falsch gemacht?«

»Nein. Ich will keinen Ärger bekommen, weil ich trinke«, erkläre ich ehrlich. »Und du bist wirklich sehr betrunken. Du solltest vermutlich ins Bett gehen; wir haben morgen Wasserrettungstraining, und es ist schon spät.«

Sie schwankt noch immer, und ich kann regelrecht hören, wie sich die Zahnräder in ihrem Kopf drehen, während sich ihr Hirn durch den Tequila kämpft, in dem sie es zu ersaufen versucht hat.

Ich höre das vertraute Geräusch von rasselnden Hundehalsbändern und Pfoten auf Kies. Rasch packe ich Aurora am Arm, in dem Entschluss, nicht zu warten, um herauszufinden, mit wem die Hunde unterwegs sind, und ziehe sie in den dunklen Zwischenraum zwischen den Hütten. »Da kommt jemand«, sage ich, als sie alarmiert zu mir hochschaut.

Dies wäre wirklich ein schlechter Zeitpunkt, um einige der weniger netten Wesen zu entdecken, die zweifellos nachts durch das Camp streifen.

Ich bewege sie, so schnell und so leise ich kann, in die Dunkelheit, wobei ich Aurora fast schon trage. Sie kichert. Ja, sie hält das für witzig.

»Hör auf zu lachen«, flüstere ich. Sie beugt sich vor und vergräbt das Gesicht in meinem T-Shirt, um die amüsierten Geräusche zu dämpfen, die sie von sich gibt. Es reicht nicht, und als sie leise schnaubt, lege ich ihr sanft die Hand auf den Mund. »Pst.«

Fish bleibt an der Stelle stehen, wo Aurora und ich eben noch standen, und starrt in die Dunkelheit und somit auf uns. Ich halte den Atem an, und mein Herz hämmert so laut, dass es mich wundern würde, wenn Aurora es nicht hören könnte. Bumm, bumm, bumm. Im Kopf lege ich mir sämtliche möglichen Ausreden zurecht, und mir wird bewusst, dass es viel auffälliger ist, mit einer betrunkenen Frau in einer dunklen Ecke des Camps zu stehen, als nur mit einer zu reden. Dann bellt Fish, und ich könnte schwören, dass mein Herz stehen bleibt.

»Sei ruhig, du Krachmacherin«, tadelt Jenna und schnalzt mit der Zunge, damit ihr die Welpen folgen. »Fish, komm«, sagt sie und pfeift.

Ich warte, bis sich nichts mehr auf dem Kies bewegt, bevor ich mir erlaube, endlich wieder normal zu atmen.

»Aua!« Ich reiße die Hand von Auroras Mund weg. »Hast du mich gerade gebissen?«

»Du hattest vergessen, dass ich hier bin.« Als ob das passieren könnte. »Darin bist du gut.«

Wie konnte ich hier enden, wo ich doch alles versucht habe, um mich rauszuhalten?

»Komm, Edward Cullen. Lass uns zurück auf den Weg gehen, bevor etwas Größeres und Gefährlicheres als du beschließt, mich zu beißen.« Es ist, als würde man ein Kleinkind lenken. Ich halte sie an beiden Armen fest, um sie durch die Dunkelheit auf den beleuchteten Weg zurückzuführen.

»Russ, mir ist schlecht«, murmelt sie.

»Brauchst du Wasser?«

Sie nickt, und es besteht eine sehr hohe Wahrscheinlichkeit, dass sie mich gleich vollkotzen wird. Ich führe sie zu den Verandastufen der Hütte der Waschbären, lasse sie sich hinsetzen und laufe zum Wasserspender. Ich brauche nicht lange, aber als ich zurückkomme, ist sie noch blasser.

»Mir ist nicht gut«, stöhnt sie in ihre Hände.

»Das überrascht mich nicht. Du trinkst wie ein Fisch. Hier«, sage ich und reiche ihr meine Wasserflasche.

Sie schaut hoch und fixiert mich aus ihren grünen Augen, die ihr immer wieder zufallen wollen. »Ich trinke wie ein Hund?«

»Was? Nein, ich habe nicht gemeint – egal.« Sie trinkt, wischt das, was ihr aus den Mundwinkeln läuft, mit dem Handrücken weg und reicht mir die Flasche zurück. »Soll ich dich zu deiner Hütte bringen?«

Aurora nickt und streckt die Hand aus, und ich ziehe sie vorsichtig hoch; sie verschränkt die Finger mit meinen und zieht mich in Richtung ihrer Hütte, die in einem anderen Abschnitt liegt als meine.

Wir haben den halben Weg zurückgelegt, als sie plötzlich

stehen bleibt und mich ebenfalls zum Stehen bringt. »Hast du Lust, mit mir nackt baden zu gehen?«

Himmel. »Du gehörst ins Bett.«

»Ich will nicht ins Bett.« Sie schiebt die Unterlippe vor, und das erinnert mich an Stassie und Lola, wenn sie betrunken sind. Es wäre niedlich, wenn ich nicht derart im Stress wäre.

»Tja, du musst aber«, erwidere ich und ziehe sie mit mir.

»Bring mich doch dazu.«

»Ich werde nichts machen, um dich ›dazu zu bringen‹.«

»Du hast mich schon mal ins Bett bekommen, es dürfte dir also nicht so schwerfallen.«

Ich hätte einfach in meiner Hütte bleiben und mein Buch lesen sollen. »Wenn du jetzt nicht schläfst, wirst du dich morgen wie tot fühlen, und die Schuld kannst du dann allein dir selbst geben.«

»Mein Dad ist schuld an meinen ganzen Problemen, also kann das nicht stimmen, oder?« So betrunken sie auch ist, etwas an dem, wie sie es sagt, ist klar und überzeugt. Es ist ein Gefühl, mit dem ich mich auskenne, aber wenn ich eins diesen Sommer nicht brauche, dann Gespräche über problematische Väter. Und gerade jetzt, da ich es mit einer Betrunkenen zu tun habe, brauche ich das schon gar nicht.

»Du hast mir nicht vorzuschreiben, was ich tun soll. Du bist nicht mein Boss.«

»Hast du nicht gerade noch ›Bring mich doch dazu‹ gesagt? Wie auch immer, ich weiß, dass ich nicht dein Bo…« Ich höre auf zu reden, weil ich mit jemandem streite, der sich morgen vermutlich an nichts davon erinnern wird. »Bist du deshalb so betrunken? Hat dein Dad irgendetwas gemacht?«

»Es ist sein Geburtstag.« Sie schaut auf ihre Uhr und kneift die Augen zusammen. »Ist das eine Zwölf oder eine Zwei? Es war sein Geburtstag. Ich habe ihm ein Geschenk liefern lassen.

Dumme, dumme Rory, immer erwartet sie zu viel und vertraut den falschen Leuten.«

»Hat es ihm nicht gefallen?«

»Er hat es nicht aufgemacht. Ich habe mit seiner Assistentin gesprochen, Sandra, nein, Brandy? Ich habe mit Brandy gesprochen, weil er nicht ans Telefon gegangen ist, und es lag noch in seinem Büro.« Sie zuckt mit den Schultern, und wieder verändert sich ihre ganze Erscheinung. Es ist, als würde sie sich jedes Mal, wenn sie über etwas redet, das sie unglücklich macht, dazu zwingen, ein glückliches Gesicht aufzusetzen. »Seine Freundin und ihre Tochter haben ihn mit einer Reise nach Disneyland überrascht. Er hasst Disneyland. Als meine Mom mit meiner Schwester und mir hingefahren ist, hat er sich geweigert, mitzukommen. Aber Norah und Isobel bekommen immer alles, was sie wollen, und ich existiere nur in ihrem Schatten.«

»Tut mir leid.« Ich weiß nicht, was ich sonst sagen soll, aber inzwischen sind wir bei Hütte 22 angekommen, und sie beginnt, die Stufen hinaufzugehen. Mir fällt der Zwischenfall mit Xander und Clay und der verkehrten Hütte wieder ein, deshalb halte ich ihre Hand fest. »Ist das ganz bestimmt deine Hütte?«

»Ja.« Sie deutet auf die Lichterkette, mit der die Veranda geschmückt ist. »Hütte 22, Engelszahl.«

Ich trete auf die unterste Stufe und lasse ihre Hand los. »Engels was?«

Sie dreht sich so rasch um, dass sie beinahe das Gleichgewicht verliert, aber der Spaziergang hierher, das Wasser und der kurze Zeitraum ohne Tequilaflasche in der Hand haben sie ein winziges bisschen nüchterner gemacht. »Wieso bleibst du stehen?«

»Wir dürfen nicht in die Hütten der anderen gehen.«

Sie schnaubt und stemmt die Hände in die Hüften, als wäre ich hier derjenige, der im Unrecht ist. »Niemand interessiert sich für diese Regeln. Niemand interessiert sich genug für mich, sodass man mich bestrafen würde.«

»Mir sind sie wichtig, Rory, und wenn du nicht so betrunken wärest, würdest du das auch verstehen.«

Sie zerrt mich die Treppe hinauf, und ich folge ihr widerstrebend. »Komm rein, bitte.«

»Ich bleibe an der Tür stehen«, erwidere ich fest, was ich mir auch hätte sparen können, denn sie zieht mich trotzdem über die Schwelle. »Aurora, ich kann nicht hier drinnen sein. Ich brauche diesen Job.«

»Es hat mir gefallen, dass du mich Rory genannt hast.«

»Rory, geh ins Bett, bitte. Leg dich auf die Seite, falls du dich übergeben musst.« Zu meiner Überraschung streift sie die Schuhe ab und lässt sich auf ihr Bett fallen. »Braves Mädchen. Okay, gute Nacht.«

»Warte!«, ruft sie, als ich gehen will. »Ich bin hungrig.«

Es ist wirklich wie mit Stassie und Lola. »Dagegen kann ich jetzt nichts tun. Ich bringe dir am Morgen Frühstück.«

»Nein, wirst du nicht.« Sie kriecht unter eine Decke, und obwohl es nicht so ideal ist, vollständig angezogen zu schlafen, werde ich dieses Problem ganz bestimmt nicht beheben. »Morgen wirst du mich hassen.«

Ich öffne und schließe den Mund, aber zunächst bringe ich kein Wort heraus. »Ich hasse dich nicht.«

Sie gähnt. Allmählich verliert sie den Kampf, die Augen offen zu halten. »Wartest du, bis ich eingeschlafen bin, bitte? Es dauert nicht lange.«

Ich bin noch immer verblüfft, dass sie glaubt, ich hasse sie, auch wenn da vermutlich nur der Alkohol spricht. »Natürlich, wieso?«

»Weil es einfacher ist, aufzuwachen, und du bist nicht hier, als zu sehen, wie du mich verlässt.«

Ich setze mich auf die Kante ihres Betts, lasse mir durch den Kopf gehen, was sie gesagt hat, und überlege fieberhaft, wie ich mich aus diesem Chaos, in das ich mich hineinmanövriert habe, befreien kann – und zwar gleich morgen. Es dauert nicht lange, bis sie einschläft, und sofort bin ich neidisch, weil ich weiß, dass ich die ganze Nacht wachliegen und mich fragen werde, ob es einfacher gewesen wäre, sie gehen zu sehen, nachdem wir miteinander geschlafen hatten. Oder war es einfacher, festzustellen, dass sie fort war?

Da Aurora beim Frühstück fehlt, ist es leiser als sonst, und das gefällt mir ganz und gar nicht.

Sie ist quasi eine Honey-Acres-Expertin, nachdem sie als Kind so viele Jahre im Sommercamp war. Während der Mahlzeiten, wenn wir alle zusammensitzen, verbringt sie sehr viel Zeit damit, Fragen zu beantworten, wie es sein wird, wenn die Kinder da sind.

Emilia setzt sich mit ihrem Tablett hin und gibt nur die vage Auskunft, dass sich Aurora nicht wohlfühlt und kein Frühstück möchte, ohne durchblicken zu lassen, dass sie definitiv verkatert ist.

Ich warte, bis alle lebhaft über die Vor- und Nachteile von Auslandssemestern diskutieren, und schleiche mich dann mit einer Flasche Orangensaft und ein paar Granolariegeln Richtung Hütte 22 davon.

Aurora steht bereits auf der Veranda, als ich dort ankomme, und es tut weh, wie sich bei meiner Ankunft ihr Gesicht verdüstert.

Ich bleibe unten an der Treppe stehen. »Hey. Ich habe dir wie versprochen Frühstück gebracht.«

Sie nimmt es widerstrebend entgegen und betrachtet mich, als wäre ich eine Katze, die ihr gerade eine tote Maus vor die Füße gelegt hat. »Danke.«

»Ich wollte nachschauen, wie es dir geht. Emilia hat gesagt, dir ginge es schle–«

»Russ, was soll das?«, schneidet sie mir das Wort ab.

»Ich habe gestern Abend gesagt, ich bringe dir Frühstück. Vermutlich erinnerst du dich nicht, du warst ziemlich betrunken.«

»Nein. Ich meine hier. Jetzt.« Sie schüttelt den Kopf und fährt sich mit der Hand durch das Haar. »Entweder bist du supernett zu mir, oder du gehst mir aus dem Weg, und jetzt bist du hier, bist nett, aber ich weiß nicht, ob du den ganzen Tag so sein wirst, und ich habe es satt, mich zu fragen, was ich getan habe, dass du mich nicht magst.«

»Ich mag dich doch. Tut mir leid, Aurora. Ich mag dich wirklich.«

Sie setzt sich auf die oberste Stufe und stellt das Frühstück neben sich ab. Ich spüre, wie ihr Frust wächst. »Du bist die ganze Zeit nett, zu allen, nur nicht zu mir, Russ. Zu allen. Mir reicht es, wenn ich zu Hause so behandelt werde …«

Meine Schuldgefühle sind grässlich. Es ihr schwerer zu machen ist das Letzte, was ich tun möchte, und vor allem hat sie völlig recht. Ich habe mich um alle bemüht, nur nicht um sie. Nach meinem gestrigen Telefonat mit JJ hätte ich mich als Erstes bei ihr entschuldigen sollen. Stattdessen hoffte ich einfach, es würde sich von selbst erledigen und wir könnten es beide ignorieren. Ich hätte wissen sollen, dass das so nicht funktioniert. Wenn man seine ganze Zeit mit einer Gruppe von Leuten an einem entlegenen Ort verbringt, erscheint alles größer und intensiver, auch schon nach kurzer Zeit, und ich weiß, dass sich das im Laufe der Wochen noch steigern wird.

Ich weiß auch, dass ich ehrlich zu ihr sein muss, damit ihr klar wird, dass ich das Problem bin, nicht sie, aber ich finde einfach nicht die richtigen Worte, weil ich ein Feigling bin.

»… und ich bin hergekommen, um diesen Gefühlen zu entfliehen und an mir zu arbeiten. Ich weiß nicht, was ich tu. Aber was immer es auch ist – bisher gelingt es mir reichlich schlecht. Deshalb kann ich es nicht brauchen, dass du es schlimmer machst, indem du den Rest des Sommers zwischen kalt und heiß wechselst. Wenn du nur ab und zu mein Freund sein willst, dann wäre mir lieber, du würdest es gar nicht erst versuchen. Ignorier mich komplett. Damit werde ich leichter fertig.«

Ich hole tief Luft und zwinge mich, zu reden. »Rory, ich habe Scheiße gebaut. Es tut mir leid. Als du gegangen bist, ohne dich zu verabschieden oder deine Nummer zu hinterlassen, dachte ich, das wäre deine Art, mir zu zeigen, dass du nichts mehr von mir hören willst«, sage ich ruhig und versuche zu verdrängen, wie peinlich mir das ist. »Dann haben wir uns unverhofft in dieser Situation wiedergefunden, und ich wollte nicht, dass du dich unwohl fühlst. Ich verstehe, dass ich nicht irgendetwas hätte annehmen sollen, und ich wollte deine Gefühle nicht verletzen.«

Sie sieht mich an, und ihr bleibt der Mund offen stehen. »Ich weiß, ich bin verkatert, aber habe ich gerade halluziniert und dich sagen hören, du verhältst dich seit unserer Ankunft hier so, weil ich gegangen bin? Wo du doch wolltest, dass ich gehe?«

»Ich wollte nicht, dass du gehst. Wovon redest du?«

Sie steht auf. Durch die Stufen sind wir etwa auf gleicher Höhe, sodass ich genau sehe, wie verwirrt sie ist. »Du warst so lange im Badezimmer. Du hast gewartet, dass ich gehe. Ich habe dich mit jemandem reden hören, deshalb bin ich gegangen.«

»Ich habe mit mir selbst geredet, Rory. Ich habe mir Mut gemacht, dich um ein Date zu bitten. Und ich habe gehofft, das müsste ich dir niemals gestehen. Aber lieber blamiere ich mich, als dass du glaubst, ich wäre der Typ Mann, der im Badezimmer wartet, bis du weg bist.«

»Oh mein Gott.«

»Ich habe nie One-Night-Stands, und ich dachte, wir hätten Spaß gehabt. Ich hätte dich gern wiedergesehen, aber du spielst in einer so viel höheren Liga …«

»Oh mein Gott.« Sie lässt sich wieder auf die Stufe sinken und verbirgt das Gesicht in den Händen. Ich gehe vor ihr in die Hocke. »Wir hätten einfach einmal miteinander reden und uns erklären müssen, Russ. Wir haben uns so verhalten, wie die Leute, die sich missverstehen, weil sie nicht miteinander reden. Du weißt schon, wie in Büchern, wo der ganze Plot in sich zusammenfallen würde, würden die Figuren *einfach mal miteinander reden*.«

Bei diesem Gespräch komme ich nicht mit. »Bitte was?«

»Wir hätten einfach nur offen darüber sprechen müssen. So habe ich mir meinen Main-Character-Moment definitiv nicht vorgestellt!« Sie stöhnt laut und wirft mir zwischen den Fingern hindurch einen Blick zu.

Ich schiebe ihre Hände weg, damit sie mich richtig anschauen muss. Sie legt den Kopf schief, während sie mich mustert, und ihr Gesichtsausdruck ist irgendetwas zwischen Frust und Erleichterung. »Tut mir leid, Rory. Ich mache immer alles kaputt. Ich meine es ernst, wenn ich sage, dass ich deine Gefühle nicht verletzen wollte.«

»Wärest du mir gestern Abend nicht aus dem Weg gegangen, hätte ich, betrunken, wie ich war, bei *Wahrheit oder Pflicht* vermutlich gefragt, wieso du dich so komisch verhältst, laut und vor allen anderen, und dann hätten wir das auf die eine oder andere Weise schon geklärt.«

Mit der linken Hand hält sie noch immer meine, und mit

der rechten malt sie Muster auf meine Handfläche. Ich weiß, ich sollte aufstehen und gehen, jetzt, nachdem wir uns so weit einig sind, aber mangelnde Selbstbeherrschung ist eindeutig ein Callaghan'scher Charakterfehler.

»Jenna hätte uns gestern Abend beinahe erwischt, weil du betrunken warst.« Ich seufze. »Ich kann nicht versprechen, dass ich in deiner Nähe bleibe, wenn du leichtsinnige Sachen machst, Aurora. Ich brauche diesen Job wirklich, und ich kann es nicht riskieren, gefeuert zu werden. Wenn es also wieder vorkommt, denk bitte nicht, dass ich dir aus dem Weg gehe.«

Wieder stöhnt sie, diesmal begleitet von dramatischem Augenverdrehen, aber ihre Finger tanzen weiter über meine Haut. »Ich glaube, ich werde sowieso nicht mehr trinken. Aber hier wird nie jemand gefeuert, Russ. Die Leute verstoßen gegen alle möglichen Regeln, während sie hier sind, und nie passiert irgendwas.«

Die Erinnerung, wie zart sich Aurora unter mir angefühlt hat, überschwemmt mein Gehirn.

Denk mit deinem Kopf, Callaghan, nicht mit deinem Schwanz. »Ich würde diese Theorie lieber nicht testen.«

»Aber das ist doch genau das, was Spaß macht.« Sie lächelt mich an, und es ist ein echtes Lächeln, bei dem sich in ihren Augenwinkeln leichte Fältchen bilden. »Und der Trick ist, sich nicht erwischen zu lassen.«

Ihr Blick brennt sich in mich, und ich sollte wegschauen, aber ich kann nicht. Sie lässt ihn zu meinen Lippen hinunterwandern, dann wieder hoch zu meinen Augen, während sie die Zähne in ihre Lippen bohrt.

Ich möchte sie küssen.

Sie sieht aus, als würde sie gern geküsst werden.

Es kostet mich meine ganze Kraft, mich nicht zu ihr vorzubeugen, vor allem wenn sie mich so ansieht. Seufzend zwinge ich mich dazu, nicht zu vergessen, weshalb ich hier bin und was ich vermeiden will. »Ich möchte nur friedlich mit dir koexistieren und keine Schwierigkeiten bekommen, Aurora.«

Ich stehe auf, und sie zuckt mit den Schultern und lässt die Hände in den Schoß sinken. »Klingt gut. Ich sollte sowieso an mir arbeiten oder irgend so etwas. Ich habe es mir ganz fest vorgenommen, aber jetzt ist es irgendwie verschwommen. Vermutlich sollte ich mich wieder darauf konzentrieren.«

»Ich muss los, bevor mich jemand suchen kommt. Ich will nicht, dass es jemand komisch findet, dass wir hier allein sind. Und noch einmal: Es tut mir leid. Ich bin froh, dass wir das geklärt haben.« Das ist eine seltsam steife Antwort, nachdem sie persönliche Dinge von sich preisgegeben hat, aber je länger ich in ihrer Nähe bin, desto verführerischer scheint es, ihre Theorie zu testen.

Glücklicherweise stellt sie mich nicht zur Rede. Ich sehe zu, wie sie den Verschluss der Orangensaftflasche abschraubt und sie mir entgegenhält. »Auf unsere friedliche Koexistenz.«

12. KAPITEL

Russ

»Wieso siehst du aus wie ein Golden Retriever, der ein Stück Bacon ergattern konnte?«, fragt Xander misstrauisch und mustert mich von oben bis unten.

»Wie sehe ich aus?« Ich merke, wie Salmons und Trouts Ohren bei der Erwähnung von Bacon zucken, und sofort ist mir klar, wieso Xander heute Morgen ihr Liebling ist.

»Na ja, selbstzufrieden halt. Und seltsam glücklich.«

»Das bin ich doch immer.« Es liegt sicherlich nicht an der Erleichterung, jemandem nicht aus dem Weg gehen zu müssen, dem ich nicht aus dem Weg gehen will. »Gibst du mir mal den Pinsel?«

Mein Mitbewohner wirkt nicht gerade überzeugt, als er mir den Pinsel reicht. »Du warst heute Morgen, als du Aurora Frühstück gebracht hast, ziemlich lange weg.« Ich stelle mir vor, wie er »Und jetzt bist du guter Stimmung« hinzufügt. Und obwohl er es nicht sagt, reicht sein selbstgefälliger Gesichtsausdruck aus, um mich vermuten zu lassen, dass er genau das denkt.

»Ich glaube, so lange war das gar nicht.«

»Sie ist echt heiß. Vielleicht frage ich sie mal, ob sie nachher beim Schwimmtraining mit mir ein Paar bilden will«, sagt er vorsichtig, auf eine Art, die mir sagt, dass er mich ärgern möchte. »Was hältst du davon?«

Ohne ihn anzuschauen, konzentriere ich mich darauf, ob ich ausreichend Farbe und Pinsel habe, denn ich weiß, ich werde mich sofort verraten. »Ich finde, das ist eine großartige Idee.«

»Du bist so ein verdammter Lügner, Callaghan.« Er lacht. »Gut. Genieß deinen geheimen Sommer des Vergnügens. Ich bleibe dann eben mit meinen Hunden einsam in unserer Hütte.«

»Unseren Hunden.«

Er lehnt sich neben mir an die Wand. »Es sind immer die Stillen.«

»Ich habe nicht mal irgendwas gemacht.« Schau ihn nicht an. »Das ist alles nur in deinem Kopf.«

»Oh, cool, habe ich mich wohl geirrt. Dann sage ich Clay also, dass er Chancen bei ihr hat.«

Die Worte weigern sich fast schon, meinen Mund zu verlassen. »Ja, das solltest du.«

Xander schnaubt und boxt mich freundschaftlich gegen die Schulter. »Dein Geheimnis ist gut bei mir aufgehoben. Nicht umsonst nennt man mich einen *unproblematic king*.«

Diesmal kann ich nicht anders, ich muss ihn mit gerunzelter Stirn anschauen. »Wer nennt dich einen unkomplizierten König?«

»Ich.«

»Okay, unkomplizierter König. Wenn du mich brauchst, ich bin in der Nähe vom Tennisplatz.« Ich suche meine Ausrüstung zusammen und mache mich auf den Weg zu meiner Aufgabe für den Rest des Vormittags. Diese Woche sind wir unter anderem dafür zuständig, das Camp für die Kinder vorzubereiten, und diese Aktivität am kühlen Morgen ist eine nette Abwechslung zum ewigen Training und den Icebreaker-Spielen.

Niemand bittet mich, etwas von mir zu erzählen, ich muss nicht im Kopf behalten, in welcher Reihenfolge ich irgendetwas zusammenknüpfen muss oder was zu tun ist, wenn jemand aufhört zu atmen. Ich streiche Zaunlatten und schleppe Möbel und wische alles Mögliche ab, und außer Xander hat mich niemand belästigt.

Ich fühle mich gut nach meinem Gespräch mit Aurora, und ich mache mir weniger Sorgen, wie ich den Sommer mit ihr überstehen soll.

»Vögel sind widerlich.«

Ich drehe mich nach der Stimme um und richte den Schlauch nach unten, mit dem ich gerade einen Picknicktisch abspritze, den ein paar Vögel zu ihrer Toilette umfunktioniert haben.

Aurora sieht lebendiger aus als vorhin. Sie trägt in jeder Hand eine Thermoskanne und lächelt mich schüchtern an. »Ich habe dir Kaffee mitgebracht. Natürlich nur, wenn du ihn möchtest.«

Seit wir hier sind, habe ich sie nette Gesten für andere machen sehen – sie füllt die Wasserflaschen von allen auf, ist die Erste, die hilft, wenn Leute mit dem Training zu kämpfen haben, und lenkt Maya von ihrem Heimweh ab. Jetzt habe ich mir die gleiche Behandlung verdient. »Kaffee ist prima, danke.«

»Gern geschehen«, erwidert sie und reicht ihn mir. »Ich dachte, du brauchst ihn vielleicht. Ich habe dich heute Morgen in aller Herrgottsfrühe joggen sehen – das habe ich vorhin vergessen zu erwähnen. Du schläfst nicht viel, oder?«

Ich laufe äußerst ungern, aber es ist so ziemlich das Einzige, was mir hilft, den Kopf freizubekommen. Wie Xander sagte, als wir hier ankamen: Gelegentlich erwacht das Handy zum Leben, und Nachrichten kommen durch. Nachdem ich mich heute Morgen um die betrunkene Aurora gekümmert habe, war mein Gehirn bereits überarbeitet, deshalb habe ich die Nachrichten gecheckt, als das Handy in aller Früh zu summen anfing.

Als Erstes sah ich eine Nachricht von meiner Mom mit einem Foto von Dad und ihr beim Abendessen in einem Restaurant. Sie lächelten in die Kamera, als wäre alles in bester Ordnung. Das weckte meine Neugier, und ich fing an zu lesen und reimte mir schließlich zusammen, dass Dad irgendwo eine große Summe gewonnen hatte und sie feierten. Die Enttäuschung reichte, dass ich mich zum Joggen aufraffte, bevor irgendjemand aufwachte.

Dads Suchtproblem hat nie mit Alkohol zu tun gehabt, er ist spielsüchtig. Alkohol tröstet ihn, wenn er verliert, und wie die meisten Spielsüchtigen verliert er häufig. Der Alkohol lässt ihn fies werden, und dann werden seine Nachrichten unangenehmer. Wenn er gerade eine Erfolgsserie hat, ist er ein anderer Mensch, aber Erfolgsserien sind dafür da, so erklären es Spieler selbst, um einem das Gefühl zu geben, als ginge es um Können und nicht einfach um eine Abfolge glücklicher Zufälle.

Aurora wartet noch immer auf meine Antwort.

Über meine Eltern zu reden fühlt sich an, als würde ich die Büchse der Pandora öffnen. Manchmal frage ich mich, ob sich die Last leichter anfühlen würde, wenn ich jemanden hätte, mit dem ich es teilen könnte, aber ich kann mich nicht dazu durchringen, es irgendjemandem zu erzählen. Henry kennt zwar meine Vergangenheit, dennoch finde ich es schwierig, ihn auf dem Laufenden zu halten, was gerade in meiner Familie passiert. Es ist peinlich, zugeben zu müssen, dass ich meinem Dad weniger bedeute als seine Wettscheine.

Ich entscheide mich für meine übliche vage Antwort. »Nicht viel, nein. Aber ich bin das gewohnt, mach dir keine Sorgen. Ich kann gar nicht glauben, dass du früh genug auf warst, um mich zu sehen.«

Sie nimmt mir die Thermoskanne ab und streicht dabei ganz leicht über meine Hand, gerade so, dass es Funken meinen

Arm hinaufjagt, und stellt beide Kannen auf den jetzt sauberen Tisch. Ich sehe ihr zu, wie sie sie methodisch aufschraubt und den Knopf drückt, um mir eine Tasse einzuschenken. »Würdest du mir glauben, wenn ich dir sage, dass ich meditiert habe?«

»Nein.« Ich nehme den Kaffeebecher und schaue sie über den Rand hinweg an, während ich einen Schluck trinke.

»Mir war schlecht. Deshalb war ich so früh wach«, sagt sie mit einem merkwürdigen Lachen, während sie sich Tee aus ihrer Thermosflasche eingießt. »Ich würde gern glauben, dass es eine Lebensmittelvergiftung war und nicht die unglaubliche Menge an Tequila, die ich gestern Abend getrunken habe. Vielleicht erinnerst du dich; ich war diejenige, die sich gestern Abend vor dir lächerlich gemacht hat.«

»Ich erinnere mich vage, dass ich dein Angebot, nackt schwimmen zu gehen, abgelehnt habe.«

Ihre Wangen laufen rot an, und sie reißt die Augen weit auf. Himmel, fühlt sich das gut an, mal nicht derjenige zu sein, der rot wird. »Entschuldige mich bitte, ich muss einen hungrigen Waschbären finden und mich ihm zum Fraß vorwerfen. Bye.«

Als sie sich umdreht, packe ich ihre Hand. »Es war witzig, auf eine sehr stressige Ich-will-mit-dieser-betrunkenen-Frau-die-unbedingt-nackt-baden-will-nicht-allein-sein-Art.«

Sobald ich mir sicher bin, dass sie nicht davonläuft, lasse ich ihre Hand los. Sie räuspert sich und trinkt einen Schluck aus ihrem Becher, und als sie ihn abstellt, schaut sie mich durchdringend an. »Brauchst du heute irgendwelche Hilfe? Emilia hat mich vom Tanzbereich verbannt.«

»Wieso?«

Aurora streckt ihr Bein aus, an dessen Schienbein sich ein leicht dunkellila Fleck gebildet hat. »Ich habe mich gelangweilt, weil sie so ein Kontrollfreak ist, und habe versucht, über die freistehenden Ballettstangen zu springen.«

Das Lachen, das aus mir herausbricht, ist derart laut, dass mir erst bewusst wird, dass ich derjenige bin, der da lacht, als auch sie einstimmt. Ich fahre mir mit der Hand über das Gesicht und fange mich wieder. »Wenn du mir helfen darfst, bist du dann brav?«

»Wenn ich aus den richtigen Gründen motiviert bin, dann immer.«

Ich habe das Gefühl, ich sollte lieber nicht nachfragen, aber ich kann es nicht lassen. Auch wenn es mir ganz und gar nicht gefällt: Ich bin die Motte, und Aurora ist die hellste Flamme. »Was verstehst du unter richtigen Gründen?«

Wieder beißt sie sich auf die Lippe, während sie so tut, als würde sie nachdenken, und schlagartig muss ich an ein anderes Szenario denken, als sie das ebenfalls gemacht hat. »Wenn du mich gut findest, in dem, was ich tu.«

Ich werde in der Hölle landen. »Na gut, schnapp dir einen Pinsel.«

Aurora hat ihre Beine auf meinen Schultern. Wieder.

Diesmal sitzt sie auf mir, um die höchste Stelle des Lagerschuppens zu streichen, aber die unangebrachten Gedanken bleiben dieselben. Ich halte ihre Oberschenkel gepackt, die meine Ohren wärmen, und sie krallt sich mit einer Hand in meinem Haar fest, während sie mit dem Pinsel in der anderen über das Holz streicht.

»Hast du *Ratatouille* gesehen?«, fragt sie und lässt die Finger erneut durch mein Haar gleiten.

Es ist schwierig, nicht körperlich zu reagieren, wenn ich überall Gänsehaut habe. »Natürlich. Wieso?«

»Ich fühle mich wie die Ratte.« Sie zupft sanft an meinem Haar. »Sollen wir mal schauen, ob ich dir das Kochen beibringen kann?«

»Also echt!« Ich kneife sie spielerisch in die Oberschenkel, und sie packt mein Haar fester. »Die Ratte ist ein Er und heißt Remy.«

»Entschuldigung, mir war nicht klar, dass ich mich in Gegenwart eines *Ratatouille*-Experten befinde. Okay, ich glaube, wir sind hier oben fertig.«

Der Schuppen sieht zehnmal besser aus als vorher, und auch wenn es vermutlich nicht nötig war, so viel Zeit für irgendein Nebengebäude aufzuwenden, haben die fehlenden Unterbrechungen gutgetan.

»Russ?«

»Ja?«

»An welchem Teil deiner Haare muss ich ziehen, damit du mich runterlässt?«

»Oh, Mist, tut mir leid.« Ich gehe tief genug in die Knie, dass sie herunterklettern kann, und es ist erbärmlich, dass ich am liebsten sofort herausfinden würde, ob wir noch irgendetwas anderes zusammen anstreichen können. »Das hast du super gemacht.«

Bei dem Lob leuchten ihre Augen auf, und allmählich beginnt das Wenige, was ich über sie weiß, Sinn zu ergeben. »Ohne dich hätte ich es nicht geschafft. Im wahrsten Sinne des Wortes.«

An ihrem Kinn hat sie einen Klecks braune Farbe; instinktiv fahre ich mit dem Daumen darüber, aber er verschwindet nicht. »Du bist so chaotisch.«

»Du hast ja keine Ahnung«, erwidert sie leise.

Jetzt, wo wir allein sind, würde ich sie gern wegen dem fragen, was sie heute Morgen gesagt hat. Ich bin neugierig, weshalb sie glaubt, sie müsse an sich arbeiten. Anhand der wenigen Informationen, mit denen sie bei den Icebreakern oder bei unseren ersten Begegnungen auf der Party herausgerückt ist, kann ich kaum glauben, dass sie irgendetwas anderes ist als die selbstbewusste Frau, als die sie sich präsentiert. Ja, sie kann manchmal ein bisschen merkwürdig sein, aber das gilt für mich genauso. Mein Problem ist, dass sie ebenfalls Fragen stellt, wenn ich sie auszufragen versuche – und dem gehe ich ganz egoistisch lieber aus dem Weg.

Aurora nimmt mein Schweigen als das, was es ist – eine geschlossene Tür. Und wir stehen beide außerhalb dieses Etwas, das zwischen uns schwebt. Sie lässt den Pinsel auf das Tablett fallen und greift nach dem Schlauch, den ich vorhin benutzt habe, drückt den Hebel nach unten und richtet ihn genau auf meine Brust.

Mir bleibt der Mund offen stehen, als mich das kalte Wasser durchweicht, und ich lache überrascht auf. Sie sieht mich mit demselben verschmitzten Blick an, den sie auch damals schon hatte, als ich sie in unserer Küche erwischt habe.

»Au …« Wieder trifft mich der Strahl. »Okay, du hast es so gewollt.«

Sie gibt eher ein Kreischen als einen Schrei von sich, als ich mit wenigen Schritten bei ihr bin. Sie versucht, den Schlauch festzuhalten, und dreht mir den Rücken zu, um ihn zu verteidigen. Ich spüre ihren Körper durch mein nasses T-Shirt hindurch vibrieren, so sehr lacht sie, während sie versucht, mich abzuwehren. Es ist nicht schwierig, ihr den Schlauch zu entreißen und den Strahl über ihrem Kopf nach unten zu richten.

»Das ist eiskalt!«, schreit sie und versucht, ihn zu mir hin wegzuschieben. »Okay, Frieden! Frieden!«

Ich lasse den Schlauch auf den Boden fallen und trete einen Schritt zurück. Der nasse Stoff klebt an meinem Körper, und sie hat recht, es ist eiskalt. Ich packe mein T-Shirt hinten am Nacken, ziehe es mir über den Kopf und wringe es so gut wie möglich aus. »Wir haben das nicht richtig durchdacht.«

Sie drückt Wasser aus ihren Haaren und betrachtet mich dabei. Ihre Kleidung ist relativ trocken. »Ich weiß nicht, so schlecht fand ich die Entscheidung gar nicht.«

Mir bleibt keine Gelegenheit, sie zu fragen, was sie damit meint, bevor ich das typische Rasseln von Hundehalsbändern höre – Xander muss der Bacon ausgegangen sein. Fish, Salmon und Trout finden mich, egal wo ich bin, aber diesmal haben sie auch noch eine Freundin mitgebracht.

»Will ich wissen, wieso du kein T-Shirt anhast?«, fragt Emilia, als sie näher kommt. An Aurora gewandt fügt sie hinzu: »Du siehst aus wie eine ersoffene Ratte.«

»Unverschämt«, murmelt Aurora. »Sein Name lautet Remy.«

»Ich … Moment mal, was?«, sagt Emilia. Ich versuche noch immer, mein T-Shirt trocken genug zu bekommen, dass ich es wieder anziehen kann, und Aurora versucht sich immer noch auf Emilia zu konzentrieren und nicht auf mich. »Ich bin gekommen, um dich aus deinem Exil zu befreien. Jenna hat mich gebeten, den Wagen zu nehmen und die Bestellung vom Bauernhof in der Nähe des Minigolfplatzes abzuholen. Die Eier wurden aus irgendeinem Grund nicht geliefert, und alle anderen haben zu tun.«

»Wieso fährt Jenna nicht mit?«, fragt Aurora und drückt Wasser aus ihren Haarspitzen. Ich hocke im Schneidersitz auf dem Boden, und sofort setzen sich beide Welpen in die Lücke zwischen meinen Oberschenkeln, während ich Fish streichle.

»Sie sagt, der Bauer ist ein Arschloch, und sie hasst ihn mit der Glut von tausend Sonnen. Ich glaube, sie haben sich gestritten, als sie ihn wegen der Lieferung angerufen hat. Der Wagen hat Gangschaltung, deshalb brauche ich dich.«

»Du weißt, wie man einen Wagen mit Gangschaltung fährt?«, frage ich beeindruckt.

Sie nickt und muss gleich zweimal hinschauen, als sie mich

mit meinem pelzigen Fanclub sieht. »Meinem Dad gehört eine Autofirma, na ja, so was Ähnliches jedenfalls, und ich habe viel Zeit in Europa verbracht. Kommst du allein klar?«

Ich hake nicht nach wegen der »Autofirma«, denn dann müsste ich zugeben, dass ich mit meinen Freunden über sie geredet habe und weiß, dass ihr Vater ein Formel-1-Team besitzt. Ich würde ihr gern anbieten, dass ich statt Emilia mitfahre, aber ich glaube, das wäre seltsam. »Ich komme schon zurecht. Fahr du die Eier holen.«

»Wir sehen uns nachher am See«, sagt sie und geht auf Emilia zu.

Emilia winkt und als sie sich wegdreht, legt sie Aurora den Arm um die Schultern und geht mit ihr den Weg zurück, den sie gekommen ist. »Das sah gemütlich aus«, höre ich sie sagen.

Gerade als ich zu glauben anfange, dass es einfach wird, Seite an Seite mit ihr zu leben, nimmt Aurora zwei winzige Stoffteile, dekoriert sie mit Gänseblümchen und bezeichnet das Ergebnis als Bikini.

»Der ist so niedlich«, sagt Maya zu ihr. »Mir gefällt der Schnitt.«

Der Schnitt? Wie kann sich Maya auf den Schnitt konzentrieren, wenn ein Großteil von Auroras Hintern zu sehen ist?

»Bleib stark, Bruder«, flüstert Xander neben mir. Ich ignoriere ihn, weil ich ihn nach wie vor nicht in seinem Verdacht bestärken will. Es gibt nichts Verdächtiges, aber ich brauche ihm trotzdem nicht zu erzählen, was passiert ist, bevor wir hierherkamen.

»Rory«, sagt Jenna seufzend, als sie sich uns nähert. »Wo ist dein Badeanzug?«

»Der trocknet in meiner Hütte, weil der Tollpatsch da drüben Orangensaft drübergeschüttet hat«, erwidert sie und deutet mit dem Kopf auf Emilia. Jenna verschränkt die Arme vor der Brust, und Aurora tut es ihr gleich. »Niemand stirbt, wenn man mal eine Stunde lang meinen Bauch sieht. Ich weiß, dass ich das nicht anziehen kann, wenn die Kinder kommen.«

Jenna reibt mit Daumen und Zeigefinger ihren Nasenrücken und schüttelt den Kopf. Wenn ich nicht bereits wüsste, dass es nicht stimmt, würde ich Jenna und Aurora für Schwestern halten. Sie sehen sich nicht ähnlich – Aurora ist groß und blond, während Jenna klein und schwarzhaarig ist –, aber die Art, wie sie sich in den Haaren liegen und sich lieben, erinnert mich an Geschwister. »Ich bin nur gekommen, um euch zu sagen, dass euer Ausbilder später kommt. Er wird bald hier sein.«

Im Camp gibt es mehrere voll ausgebildete und entsprechend qualifizierte Rettungsschwimmer, aber als zusätzliche Sicherheit bekommen auch die Betreuer eine Einweisung in den Umgang mit den möglichen Gefahren im und am Wasser, zu ihrer eigenen und zur Sicherheit der Kinder.

Emilia wartet, bis Jenna wieder zum Strand zurückgeht, und schubst dann den ahnungslosen Xander ins Wasser, was sofort einen Machtkampf zwischen uns anderen auslöst. Ich spüre, wie sich kleine Hände in meinen unteren Rücken graben, aber die Kraft reicht nur, um mich ein kleines Stück wegzuschieben. Hinter mir schnauft Aurora wütend, während sie versucht, mich zu schubsen, und ich kann sie problemlos an den Händen packen und mit mir ziehen, als ich vom Steg springe.

Das Wasser ist kälter als erwartet, aber es ist eine nette Abwechslung zur Hitze, und als ich wieder an die Oberfläche komme, werde ich von einem Schmollmund und funkelnden Augen begrüßt.

»Das war gemein«, sagt Aurora und spritzt mich nass, während sie mit den Beinen tritt, um sich über Wasser zu halten. »Ich war nicht bereit!«

Ich streiche mir das nasse Haar aus dem Gesicht und lache über ihren erbosten Gesichtsausdruck, der sich noch verstärkt, als ich mit der Hand eine Welle in ihre Richtung schiebe. Das Lachen, das aus ihr herausbricht, ist verdammt magisch. Ungefiltert, laut, urtümlich. Ihr Blick durchbohrt mich, und sie lächelt. An ihren Wimpern glitzern Wassertropfen, und ihr Nasenrücken ist übersät mit Sommersprossen.

Sie ist so verdammt schön, dass es wehtut.

Oh, Mann. Ich sollte mich nicht so sehr von ihr angezogen fühlen.

Wieso mache ich mich derart gern unglücklich?

Ihre Hand taucht auf, und ich stelle mich schon mal darauf ein, dass sie mich wieder mit Wasser vollspritzen wird, doch dann gibt sie ein derart entsetztes Kreischen von sich, dass ich ihre Hand packe und sie zu mir ziehe.

»Da hat etwas meinen Fuß berührt.« Sie schlingt die Beine um meine Taille, presst die Brust an meine und krallt sich an mir fest. »Ich schreie gleich.«

Ich bin mir ziemlich sicher, dass das nicht das Überlebenstraining ist, das alle im Kopf haben.

Ich bin mir auch ziemlich sicher, dass ich es nicht überleben werde, so von ihr umschlungen zu werden.

»Das war bestimmt eine Pflanze oder so, keine Sorge.«

Aurora lehnt sich zurück, um ein bisschen Abstand zwischen unseren Oberkörpern zu schaffen und mich anschauen zu können, hält meine Taille aber weiter mit ihren Beinen umklammert. »Es könnte ein Hai sein.«

Ich kann mir ein abschätziges Schnauben nicht verkneifen. »Das ist kein Hai. Das hier ist Süßwasser. Außerdem sind wir in Kalifornien.«

»Bullenhaie sind diadrom, sie können im Süßwasser überleben. Was ist? Ich schaue immer *Shark Week*.«

»Sollte es ein Bullenhai sein – tut mir leid, dir das sagen zu müssen –, dann bist du geliefert.«

Grinsend legt sie die Hand um meinen Nacken. »Wenn es ein Bullenhai ist, sind wir beide geliefert, weil ich dich mit runterziehe. Du bist größer, du schmeckst sicher besser.«

»Glaub mir, du schmeckst fantastisch.«

Ich habe uns beide damit sprachlos gemacht. Ich wollte es nicht laut sagen. Ihr Blick wandert zu meinen Lippen, dann zurück zu meinen Augen, und diese Antwort reicht aus, dass ich bete, es gäbe einen Hai, der mich gleich vor mir selbst rettet.

13. KAPITEL

Aurora

Zwei Sommer woanders hatten mich vergessen lassen, wie sehr ich Honey Acres liebte.

Nachdem wir unsere Trainingswoche ohne weitere Zwischenfälle oder Peinlichkeiten hinter uns gebracht hatten, kamen vor ein paar Tagen die Kids an. Sie waren voller Aufregung und ängstlicher Erwartung, aber vor allem liebenswert, und ich habe das Gefühl, seitdem schwebe ich erschöpft, aber glücklich durch das Camp.

Ich bin mit der Formel 1 an so vielen unterschiedlichen Orten gewesen, habe die besten Erfahrungen machen können, die die Welt zu bieten hat, aber dieser winzige Fleck irgendwo mitten in Kalifornien ist mir der liebste Ort auf der ganzen Welt.

Es macht mich so glücklich, zu sehen, wie die Menschen, die ich kennengelernt habe, nun diese Kids betreuen, von denen einige zum ersten Mal von zu Hause fort sind. Es sind erst ein paar Tage vergangen, aber endlich habe ich das Gefühl, etwas Sinnvolles zu tun. Ich war so müde und so beschäftigt, dass ich gar nicht daran gedacht habe, auf mein Handy zu schauen, und nachdem Russ und ich uns ausgesprochen haben, denke ich die meiste Zeit darüber nach, wie ich am meisten Spaß haben kann, ohne dass ich es zergrüble.

Ich habe Emilia bereits durch zwei neue beste Freundinnen ersetzt, Freya und Sadia, zwei Achtjährige aus unserer Gruppe, weil sie gesagt haben, sie würden meine Sommersprossen mögen und ich sei wirklich groß. So nett war Emilia noch nie zu mir, deshalb ist sie raus aus dem Rennen. Sie hat es voll und ganz verstanden, als ich es ihr gesagt habe, und sie hat mir bestätigt, dass sie mich ebenfalls ersetzt hat, nämlich durch Tammy, eine neunjährige Ballerina-Kollegin, die in den paar Tagen, seit sie hier ist, *nicht* versucht hat, über die Ballettstangen zu springen.

Xander und Russ schauten zu, wie Emilia und ich fünf Minuten lang so taten, als würden wir uns streiten, und dabei bewegten sich ihre Köpfe hin und her, als wären sie Zuschauer bei einem Tennisspiel, bis Xander schließlich einen Arm um Russ schlang und ihm versicherte, er würde ihn niemals eintauschen.

Russ ist in den letzten paar Tagen so entspannt, wie ich ihn noch nie erlebt habe. Er geht mit jedem einzelnen der Kinder in unserer Gruppe großartig um, weiß genau, was er sagen oder tun muss, um sie einzubeziehen oder aus ihrem Schneckenhäuschen zu locken. Ich achte darauf, ihn nicht zu oft bewundernd anzuschauen, denn Kinder in diesem Alter bekommen einfach alles mit, und ich kann es wirklich nicht brauchen, dass mich alle dauernd fragen, ob er mein Freund sei.

In unserer Braunbären-Gruppe sind zwanzig Kinder zwischen acht und zehn Jahren, und was ich offensichtlich nicht bedacht habe, als ich mich für die Gruppen von Kindern zwischen acht und zehn Jahren eingeschrieben habe, ist, dass sie verdammt neugierig sind. Für mich als eine Person, die permanent viel zu viel von sich erzählt und verzweifelt nach Anerkennung sucht, ist es wie vermintes Gelände, aber bis jetzt habe ich es geschafft, den Mund zu halten. Außerdem hat Russ mit seiner Liebe für Vorschriften nicht vor, mein fester Freund zu werden. Nicht, dass ich das möchte, aber ein nur halb-enthaltsamer Sommer wäre durchaus nett.

Nur noch acht Wochen und ein paar Tage.

Um die Kinder zur heißesten Zeit aus der Sonne zu kriegen und um ihnen die Möglichkeit zu geben, nach einem Vormittag mit Reiten, Bogenschießen und Volleyball zur Ruhe zu kommen, haben sie jetzt nach dem Mittagessen eine Stunde Pause. Als ich durch das Camp laufe, entdecke ich sogleich Russ und Emilia, die irgendetwas in der Nähe der Hütte der Braunbären beobachten.

»Was macht ihr da?«, frage ich, als ich mich den beiden nähere. Sofort deuten sie mir an, leise zu sein. Russ zeigt auf einen schattigen Bereich neben der Hütte, wo mehrere unserer Kinder etwas zu üben scheinen. Ich lege die Hand an die Stirn, damit die Sonne mich nicht blendet, und schaue gemeinsam mit ihnen zwei Minuten lang zu, um dann erneut zu fragen: »Was macht ihr da?«

»Wir versuchen seit fünf Minuten rauszufinden, was die da treiben«, erwidert Emilia. »Aber wir können uns nicht entscheiden, ob sie zusammen spielen oder die Invasion eines Landes planen.«

»Vielleicht ist es ein Ritual«, fügt Russ hinzu und zuckt mit den Schultern, als ich ihn anstarre.

»Euch beiden sollte man keine Kinder anvertrauen. Die üben eindeutig für den Talentwettbewerb am Ende des Sommers. Sie müssen schon mal hier gewesen sein. Klug, jetzt schon damit anzufangen. Wir hätten das längst machen sollen.«

»Entschuldigung, noch mal von vorn, bitte«, sagt Russ und stellt sich vor mich, die Augenbrauen zusammengekniffen. »Wieso hätten wir das tun sollen?«

Ich lasse die Hand sinken. »Am besten gefällt mir an dir, dass du groß genug bist, um mich vor der Sonne zu schützen«, erwidere ich in Anspielung auf seine knapp 1,95 Meter.

Emilia rückt näher an mich heran und steht nun auch in Russ' Schatten. »Oh, tatsächlich.«

»Aurora, wieso sagst du, wir hätten üben sollen? Und was genau üben?«

»Hat Xander dir nichts von dem Talentwettbewerb erzählt? Jeder muss etwas machen, einschließlich der Betreuer und Betreuerinnen. Vermutlich geben sie das am Sonntag bekannt, jedenfalls haben sie das so gehandhabt, als ich hier war.«

Noch nie habe ich ihn so verzweifelt erlebt, dabei habe ich ihn vor kurzem erst eine Woche lang bei seinen unbeholfenen Versuchen beobachtet, der Pflicht nachzugehen, etwas über sich selbst zu erzählen. Sein Kiefer spannt sich an, als er auf der Innenseite seiner Wange herumkaut, und während ich versuche, mich auf seine Bedenken zu konzentrieren, macht sich ein Teil meines Gehirns selbständig und stellt sich vor, wie er auf einer Bühne tanzt.

»Wirst du dich gleich übergeben?«, fragt Emilia und macht einen Schritt von uns weg.

»Ich habe kein Talent«, sagt er.

Ich würde ihm gern sagen, dass das nicht stimmt, schließlich war ich höchstpersönlich Zeugin dessen, was er mit seinem Mund anstellen kann, aber das würde unserer frisch gebackenen Freundschaft nicht guttun.

»Sicher hast du eins«, widerspreche ich. »Was ist denn mit Eishockey?«

»Ich kann bei einem Talentwettbewerb nicht Eishockey spielen. Kann ich dir aus dem Publikum zujubeln? Es ist für alle besser, wenn ich nicht mitmache.«

»Nein, du musst mitmachen. Ich liebe den Talentwettbewerb.

Ich freue mich schon den ganzen Sommer darauf. Die Kids freuen sich auch.«

Er seufzt, legt den Kopf in den Nacken und schaut in den Himmel, bevor er den Blick wieder auf mich richtet. »Ist es dir wirklich so wichtig?«

Ich nicke. »Ich hatte Privatunterricht, als ich klein war, weil wir immer mit Dads Arbeit mitgereist sind. Ich hatte keine Schulaufführungen oder Talentwettbewerbe. Das war meine einzige Chance, und es hat mir geholfen, mich nicht so einsam zu fühlen.«

»Okay, ich mache mit.«

»Versprochen?«, frage ich und strecke ihm meinen kleinen Finger entgegen. »Du musst zu allen Proben kommen.«

Er verhakt seinen kleinen Finger mit meinem. »Versprochen.«

»Das war gerade Auroras außerordentlich liebenswürdige Art, dich emotional zu erpressen, damit du mitmachst, Russ, und du bist darauf reingefallen«, sagt Emilia. »Hast du dir mal überlegt, Eishockey durch das Medium des zeitgenössischen Tanzes darzustellen?«

»Du bist doch der Torwart, nicht wahr?« Meine Frage scheint ihn zu überraschen, aber er nickt. »Ich werfe Sachen nach dir, und du kannst sie abwehren. Da hast du es. Talent.«

Er fährt sich mit der Hand durch das Haar und streicht es nach hinten, dann vergräbt er die Finger im Nacken und versucht, die Spannung wegzukneten. »Wieso fühlt sich das an, als würdest du einfach nur Sachen nach mir werfen wollen?«

»Du kennst sie so gut«, witzelt Emilia und dreht uns den Rücken zu, um den Kindern wieder beim Tanzen zuzuschauen.

Russ lächelt, und die Grübchen in seinen Wangen lassen meine Gedanken vom Weg abkommen. Schließlich sagt er: »Vielleicht ist das mein Talent.«

»Du brauchst nicht nervös zu sein«, erwidere ich leise, damit es sonst niemand hören kann.

»Versprochen?«

»Versprochen.«

Nach einer Woche Eingewöhnung ist das Camp voll in Gang, und mein Anmeldezettel für das Wahlfach Fußball ist beinahe voll. Ich fühle mich wie unter Strom, so aufgeregt bin ich.

Nach Mittagessen und Pause dürfen sich die Kinder aussuchen, wie sie den Nachmittag verbringen möchten, indem sie sich bei den unterschiedlichen angebotenen Aktivitäten einschreiben. Nachdem am Morgen für sie entschieden wurde, haben sie jetzt Gelegenheit, etwas zu machen, was ihrem persönlichen Geschmack entspricht.

Ich konnte immer nur eines gut, nämlich mich in Schwierigkeiten bringen, aber Jenna hat gesagt, das dürfte ich nicht als Aktivität anbieten. Ich habe überlegt, mich mit Emilia für einen Tanzkurs zusammenzutun, aber sie sagte sofort, ich solle mich mit meinem unkoordinierten Körper von ihrem Studio fernhalten. Also unterrichte ich Fußball, was selbst mir kaum misslingen kann.

Es ist quasi unmöglich, nichts davon zu verstehen, wenn man wie ich die Kindheit mit so vielen Engländern verbracht hat. Ich muss einfach selbstbewusst auftreten, und die Kids werden glauben, ich wäre tatsächlich gut darin.

Ich weiß, dass meine fast volle Anmeldeliste im Grunde nichts bedeutet, aber es ist irgendwie schön, zu wissen, dass man eine Aktivität anbietet, die die Kinder mögen und auf die sie sich freuen. Und ich weiß, es hat nichts mit mir zu tun, sondern nur damit, dass sie gern Fußball spielen möchten. Aber es fühlt sich auch an, als würde es ein bisschen um mich gehen, und ich bin glücklich, dass sie mich genug mögen, um bei mir lernen zu wollen.

Auch wenn ich noch nichts Genaues geplant habe und alles auf mich zukommen lassen werde.

Russ kommt herbeigeschlendert, als ich gerade die bunten Hütchen auf dem Rasen verteile. »Brauchst du Hilfe?«

»Du sollst doch deinen freien Tag genießen.«

Lässig und ruhig. Lass dich nicht davon ablenken, wie gut er aussieht.

»Ich genieße meinen freien Tag.« Seine Lippen zucken, und die Grübchen werden sichtbar. »Und ich freue mich darauf, etwas über Fußball zu lernen.«

Er nimmt eine Handvoll Markierungshütchen von dem Gestell und beginnt, sie wie ich im richtigen Abstand auf den Boden zu legen, sodass die Kinder den Ball zwischen ihnen durch dribbeln können. *Lässig und ruhig,* wiederhole ich in meinem Kopf, als er die Koordinationsleiter nimmt und sie dort hinlegt, wo ich die anderen bereits platziert habe. Ich bemühe mich bewusst, das Schweigen nicht mit Geschwätz zu füllen, weil Russ ein stiller Typ ist und ich Angst habe, er wird meiner überdrüssig, aber jede stille Sekunde fühlt sich an wie eine verpasste Gelegenheit, ihn ein bisschen aus sich herauszulocken.

Außerdem habe ich in seiner Gegenwart nie auch nur die geringste Ahnung, was aus meinem Mund herauskommen wird.

Da ich nichts Bedeutendes zu sagen habe, entscheide ich mich für Smalltalk – was, so würde manch einer sagen, noch schlimmer ist, als vor sich hinzuplappern. »Was macht deine Liebschaft?«

»Schläft in meiner Hütte. Bei der Hitze ist es ganz angenehm kühl dort unten.«

Mein Kopf fliegt so schnell hoch, dass mir der Nacken wehtut. »Moment mal, was?«

Russ unterbricht seine Arbeit, und einen Moment lang starren wir uns nur gegenseitig an. Er versucht zu verstehen, wieso ich verwirrt bin, und ich versuche zu entscheiden, ob er mir tatsächlich erzählt, was er mir gerade erzählt hat. Voreilige Schlüsse zu ziehen, ist nicht sonderlich clever, aber ich bin nicht unbedingt für meine besonnene Art berühmt.

Er kommt näher, bis er direkt vor mir steht, und noch immer ist dieses sanfte Lächeln auf seinen Lippen. »Rory, ich rede von Fish. Hast du Xander gemeint?«

Okay, seht ihr? Wir üben das mit dem Miteinanderreden. »Ja, ich dachte … ich wollte keine voreiligen … ja. Ja, ich habe Xander gemeint.«

Er versucht, mich nicht auszulachen, was ich sehr zu schätzen weiß, weil ich gerade darüber nachdenke, wo man sich auf diesem Gelände am besten verstecken kann; im Laufe der Jahre habe ich haufenweise großartige Verstecke entdeckt, und er würde mich niemals finden. Ich könnte friedlich mit den Tieren leben, so wie Schneewittchen.

»Er macht mit den Hunden ein Nickerchen. Ich habe nicht meine gesamte Persönlichkeit verändert und treibe es jetzt mitten am Tag mit irgendwelchen Frauen, mit denen ich zusammenarbeite.«

Es hört sich komisch an, wie er *mit irgendwelchen Frauen treiben* sagt. Aus seinem Mund klingt das merkwürdig.

»Ich dachte, du wärest vielleicht so weit, dass du auf die Vorschriften scheißt. Es ist harte Arbeit, die ganze Zeit brav zu sein.« So schwer ist es gar nicht, jetzt, wo ich es wirklich versuche. Ich musste mich erst betrinken und hören, wie wichtig Russ diese Arbeit ist, um zu begreifen, dass ich mich an die guten Vorsätze halten muss, die ich bei meiner Ankunft hier gefasst hatte.

Es tut mir nicht gut, immer wieder verletzt zu werden und mich immer wieder danebenzubenehmen. Ich bin nicht nach Honey Acres zurückgekehrt, um in diesem Teufelskreis zu bleiben. Noch nie habe ich irgendetwas, das mir wichtig ist, so lange durchgehalten.

»So weit bin ich noch nicht, aber wenn ich Lust habe, Ärger zu bekommen, wirst du die Erste sein, die davon erfährt.«

Er flirtet mit mir. Ich bin mir zu 99 Prozent sicher, dass er mit mir flirtet – okay, eher zu 87 Prozent. Wo ist Emilia, wenn ich sie brauche? Ich brauche eine zweite Meinung. Ich muss irgendetwas Kluges und Witziges antworten, und, wichtiger noch, etwas, das ihm verrät, dass ich nichts gegen ein bisschen Sex im Wald hätte.

Ich darf echt nicht vergessen, dass es die Absicht des Universums ist, mir in mein Leben hineinzupfuschen, denn nicht einmal zehn Sekunden später sehe ich Clay und Maya auf uns zukommen, gefolgt von einer Schar zukünftiger Fußballspielenden. Vielleicht ist es nicht das Universum, vielleicht vergesse ich nur immer wieder, dass ich hier bin, um mich um die Kinder zu kümmern, und nicht, um Russ' massive Oberschenkel in seinen Shorts anzustarren.

Wie auch immer – es ist nicht die zweite Meinung, auf die ich gehofft hatte.

Der Unterricht verläuft ohne Zwischenfälle, und der Flirtprozentsatz sinkt jedes Mal, wenn ich darüber nachdenke. Als es Abend wird, habe ich eine weitere Runde Chaos im Speisesaal überlebt, einen Tanz aufgeführt und es geschafft, die Kids in ihre Betten zu bekommen. Der Tag ist vorbei, und ich bin total erschöpft, was meine Chancen, irgendetwas Schlimmes anzustellen, deutlich reduziert. Emilia ist vor einer Stunde nach ihrem allabendlichen Telefongespräch mit Poppy ins Bett gegangen, und ich versuche seit zwanzig Minuten, die Energie aufzubringen, von diesem sehr bequemen Stuhl neben dem Lagerfeuer aufzustehen.

Salmon schnarcht auf meiner Brust, das Feuer hält uns beide warm, und es sieht aus, als könnte ich einfach einschlafen. Meine Augen wollen zufallen, und ich kämpfe darum, sie offen zu halten, denn ich weiß, wenn ich hier einschlafe, wird mir garantiert irgendjemand das Gesicht anmalen.

»Schläfst du?«

Ich mache ein Auge auf und sehe Russ, der sich über mich beugt und genauso frisch aussieht wie am Morgen. »Ja. Geh weg.«

Er kichert, und es nervt, wie großartig er die ganze Zeit aussieht. Ich weiß, wie wenig Schlaf er bekommt, und ich weiß, wie hart er den ganzen Tag arbeitet, und doch steht er jetzt quietschfidel da.

»Komm schon, ich bringe dich in deine Hütte. Du kannst hier nicht einschlafen. Xander hat gesagt, wenn du das tust, malt er dir einen Schwanz ins Gesicht.«

»Aber ich kann doch das Hündchen nicht stören.« Ich stöhne und deute auf meinen flauschigen Bauchwärmer. »Ich glaube, sie hat ihr Gewicht in nur etwa einer Woche verdoppelt, und ich bin mir nicht sicher, ob ich sie von mir runterbekommen würde, wenn ich es versuche.«

»Xander hat ihr ein paar Tricks beigebracht, mit Truthahnspeck als Belohnung. Ich hebe sie hoch, komm.«

»Kannst du uns nicht beide hochheben? Ich schlafe.«

Ich versuche, nicht zu erschaudern, als seine Hände beim Hochheben des Golden Retrievers meinen Bauch streifen. Er nimmt Salmon auf den Arm, wie man das mit einem Baby machen würde. Ich schaffe es nicht, den Schauder zu unterdrücken, aber Russ ist so höflich, so zu tun, als würde er es nicht bemerken. »Du hast Beine, und nicht den Bauch voller Bacon.«

Er reicht mir die Hand und zieht mich sanft hoch. »Woher willst du das wissen? Unverschämte Anmaßung.«

»Du bist Vegetarierin, Rory«, erwidert er lachend. »Wenn du dir Tricks beibringen und dich dafür mit Speck belohnen lässt, haben wir ein größeres Problem als einen auf dein Gesicht gemalten Schwanz.«

Er macht es so einfach. Es gibt vieles, was ich darauf erwidern könnte, aber ich beiße mir auf die Zunge, um es nicht zu tun.

Russ schüttelt den Kopf und begleitet mich vom Feuer weg und in Richtung meiner Hütte. »Sag lieber nichts.«

»Schon gut. Du hast deutlich zum Ausdruck gebracht, wer deine Favoritin ist. Salmon hat ebenfalls Beine, aber egal. Eins muss dir allerdings klar sein – wenn es mir gelingt, mich mit einem echten Braunbären anzufreunden, rutscht du einfach so auf den zweiten Platz.« Ich schnippe mit den Fingern.

»Ich …«, beginnt er, schweigt dann aber, und als ich ihn auf unserem Weg zur Hütte von der Seite anschaue, gelingt es mir nicht, seinen Gesichtsausdruck zu deuten. Mein Starren reißt ihn aus seinen Gedanken, welche auch immer das waren, und er lacht, aber es klingt gezwungen. »Ich glaube, ich kann damit leben, für dich nur zweite Wahl zu sein, aber wir haben in Kalifornien keine Braunbären. Ich habe noch nicht herausfinden können, wie das mit Igeln, Füchsen und Waschbären zusammenpasst, seit ich die Broschüre gelesen habe.«

»Orla hat die Tiernamen für Altersklassen eingeführt, als sie Nachfolgerin ihres Dads wurde. Sie fand es witziger, als nach dem Alter benannt zu werden, und sie hat Jenna die Tiernamen aussuchen lassen, als sie fünf oder sechs war. Ich kann mich nicht mehr an die ganze Geschichte erinnern, aber ja, die kleine Jenna kannte sich offenbar nicht aus mit Bären.«

»Jenna kam als Kind auch hierher?«, fragt er und streicht

dem Welpen über den Rücken. »Echt cool, dass sie jetzt hier arbeitet.«

»Was? Jenna ist Orlas Tochter. Wusstest du das nicht?«, frage ich. »Tut mir leid, ich dachte, das wüssten alle.«

Sein Gesichtsausdruck ist schwer zu deuten, irgendetwas zwischen Belustigung und Verzweiflung. »Natürlich ist meine Chefin die Tochter der Besitzerin.«

Endlich sind wir bei den Hütten angekommen, und ich wünsche mir, es gäbe einen Grund, weiterzugehen und zu reden. Als ich an der Treppe angekommen bin, bleibt er stehen. Ich trete auf die erste Stufe und bleibe ebenfalls stehen, weil ich keine Lust habe, mich schon zu verabschieden.

Er tritt einen Schritt näher und senkt die Stimme, vermutlich um Emilia nicht aufzuwecken, aber auf dieser Stufe bin ich fast so groß wie er, und er ist mir gefährlich nah. »Jenna hat gesagt, wir sollen aufhören, die Welpen überall herumzutragen, weil sie bald zu groß dafür sind, es aber immer noch erwarten werden. Sie hat auch gesagt, es sind Hunde, keine Babys, aber ich kann einfach nicht anders.«

Mir bleibt der Mund offen stehen. »Entschuldige, aber erzählst du mir gerade, dass du die Regeln verletzt?«

»Es war eher ein Hinweis …«

»Es ist eine Regel, und du rebellierst. Oh mein Gott!«

»Tu ich nicht. Ich sage nur …«

»Du bist völlig außer Kontrolle, Callaghan. So fängt es an. In dem einen Moment trägst du einen Welpen, und im nächsten rammst du mit einem Boot, auf dem du eigentlich nicht sein solltest, einen Felsen, und die Schifffahrtspolizei buchtet dich ein.«

Er verengt die Augen bei meinem viel zu spezifischen Beispiel.

»Theoretisch. Wie auch immer, ich würde dich ja reinbitten,

aber anders als du respektiere ich die Autoritäten, und offenbar gibt es da eine Vorschrift zum Thema ›Hütten und keine Männer und ihre kuschligen Tiere hineinlocken‹.«

»Wer hätte gedacht, dass du so ein braves Mädchen sein kannst.«

Ich verschlucke mich beinahe. »Gute Nacht, Russ. Danke, dass du mich begleitet hast.«

Ich gehe rückwärts die restlichen Stufen bis zur Veranda meiner Hütte hoch. Abstand zwischen uns ist gut. Abstand bedeutet, ich beuge mich nicht vor und küsse ihn. Oder versuche, ihn wie einen Baum zu besteigen.

»Gute Nacht, Aurora«, erwidert er leise. »Träum was Schönes.«

Ich drehe ihm den Rücken zu und öffne leise und behutsam die Tür, um meine schlafende Mitbewohnerin nicht aufzuwecken. Als ich einen Blick über die Schulter werfe, steht er noch immer in der Nähe der Treppe. »Was tust du da?«

»Ich warte, bis du drinnen bist, damit du nicht sehen musst, wie ich weggehe.«

Das Herz schlägt mir bis zum Hals, als ich die Tür vorsichtig hinter mir schließe, und als ich endlich im Bett liege, komme ich zu dem Schluss, dass er definitiv mit mir geflirtet hat.

14. KAPITEL

Russ

Ich hätte nie gedacht, dass es jemals in meinem Leben dazu kommen würde, dass ich freiwillig einen Rat von JJ annehme und tatsächlich davon profitiere, aber jetzt ist es passiert.

»Der Einzige, der weiß, dass du nicht selbstsicher bist, bist du«, hat er mal gesagt, um mein Vertrauen im Umgang mit Frauen zu stärken, aber im Moment wende ich das auf alle Menschen an, und überraschenderweise funktioniert es. Unnötige Sorge ist ein Prozess, der einen mental erschöpft und definitionsgemäß keiner Logik folgt. Er gibt mir nur das Gefühl, allein zu sein, selbst wenn ich unter Leuten bin.

Das Team hat mit all unseren Kindern in eine angenehme Routine gefunden, und Aurora und ich haben eine angenehme Routine entwickelt, wenn wir nicht bei den Kindern sind. Jedes Mal, wenn ich sie zu ihrer Hütte zurückbringe, fällt es mir schwerer, ihr keinen Gutenachtkuss zu geben, vor allem wenn sie mich so anschaut, als würde sie auch gerade dieselben Gedanken haben, aber ich bin dankbar, dass sie sich bemüht, uns nicht in Schwierigkeiten zu bringen.

Ich glaube zumindest, dass ich darüber dankbar bin.

Ich sitze gerade mit Emilia beim Frühstück, als die Frau, an die ich permanent denke, auf uns zugestürmt kommt. Sie setzt sich neben ihre beste Freundin und schnaubt. »Nie wieder. Das ist mein Ernst. Ich werde zahlen. Ich werde meinen Tod vortäuschen. Die Konsequenzen sind mir egal.«

Ich verstecke mein Lachen hinter meinem Kaffeebecher und werfe einen Blick über die Schulter, um mich zu vergewissern, dass die Kinder, die dort noch frühstücken, nicht lauschen. Xander setzt sich neben mich. Sein Teller ist verdächtig vollgeladen mit Bacon. Ich beuge mich zu ihm und flüstere: »Hör auf, die Hunde zu füttern.«

Ohne den Blick von seinem Teller abzuwenden, schüttelt er den Kopf. »Du bist nicht meine Mom. Ich muss nicht auf dich hören.«

»So schlimm war es doch bestimmt nicht«, sagt Emilia zu der noch immer schmollenden Aurora und verkneift sich ebenfalls mühsam das Lachen.

Alle Kids schlafen gemeinsam in einer einzigen Hütte, und wir alle schlafen abwechselnd zweimal pro Woche dort, um sie nachts zu beaufsichtigen. Nachts steht immer ein Senior bereit, zum Beispiel Jenna, falls es einen Notfall gibt. Wenn die Kinder keinen Stress machen, ist es recht einfach.

Maya hatte sich am Vorabend krank gefühlt, und Aurora bot ihr an, die Nachtschicht zu übernehmen, weil sie fälschlicherweise dachte, Maya hätte Dienst mit Xander. Als ihr klar wurde, dass Clay eingeteilt war, machte sie ein Gesicht, als wäre es das Ende der Welt.

Ja, und so gemein, wie ich bin, macht mich das froh.

»Und ob es schlimm war«, knurrt sie. »Emilia! Er hat zu mir gesagt, er hätte nichts gegen Kuscheln, falls ich Angst im Dunkeln hätte. Ich weiß, er macht Witze, aber er ist sehr viel witziger, wenn er es nicht krampfhaft zu sein versucht.«

Emilia verdreht die Augen. »Was hast du geantwortet?«

»Ich habe ihm gesagt, dass ich dazu neige, im Schlaf Leute zu erstechen.«

Ich verschlucke mich fast an meinem Kaffee.

»Und ich dachte«, fuhr sie fort, »jetzt herrscht Ruhe, aber dann kam er an und behauptete, dass es sich anhören würde, als wäre da etwas unter meinem Bett, und ich solle mich auf seins setzen, während er die Sache untersucht.«

»Diese Kreativität ist bewundernswert«, sagt Xander. »Ein Depp zu sein ist heutzutage nicht so einfach, aber er legt sich echt ins Zeug.«

Aurora wirft ihm einen mörderischen Blick zu. »Jessica kam zu mir und bat mich, ihren Teddy rauszuholen, weil er ihr hinter das Bett gefallen war. Zufällig hörte ich dann, wie Clay witzelte, es könnte da unten ein Mörder sein, und sie fing an zu schreien. Dann haben alle anderen angefangen zu schreien. Es wundert mich, dass ihr das nicht gehört habt. Mir klingeln noch immer die Ohren. Es hat fast zwei Stunden gedauert, alle zu beruhigen und wieder ins Bett zu bekommen.«

»Ich habe geschlafen wie ein Baby«, sagt Xander und beißt in seinen Toast.

»Ich nicht. Du schnarchst«, knurre ich in meinen Kaffee.

»Verdammt.« Emilia lacht. »Ich dachte einfach, die Kinder wären müde und genervt, weil sie so lange in der Schlange stehen müssen, um am Vatertag zu Hause anzurufen.«

Sofort sacken mir die Schultern herab; es ist Sonntag.

Aurora sieht aus, als hätte man ihr mitgeteilt, sie müsse erneut Dienst mit Clay machen, und ich fühle mich genauso. Ich weiß, es ist nur ein Tag, aber es ist einer, der superlaut und aggressiv daherkommt, wenn man kein gutes Verhältnis zu seinem Vater hat.

Eine der Aktivitäten zu Beginn der Woche hatte darin bestanden, mit den Kindern Vatertagskarten zu basteln, die sie nach Hause schicken konnten, und obwohl ich wusste, was auf mich zukommt, fühle ich mich immer noch unvorbereitet.

Xander fängt an zu lachen. »Der einfachste Weg, herauszufinden, wer Probleme mit Daddy hat. Sag ihnen, es ist Vatertag. So findet man Gleichgesinnte.«

»Red für dich selbst«, faucht Emilia ihn an. »Mein Dad ist der beste Mensch, den ich kenne.«

»Und ich habe gerade in diesem Moment beschlossen, mich nicht hineinzusteigern, also such dir gefälligst jemand anderen, mit dem du rumjammern kannst«, fügt Rory hinzu und lächelt ihn zuckersüß an. »Das werde ich später machen, und zwar allein, wie ein normaler Mensch. Oder, falls mir so richtig nach Abenteuer zumute sein sollte, unterdrücke ich es und vergrabe es tief in mir, damit es zu einem viel späteren, unpassenderen Zeitpunkt wieder aus mir ausbricht.«

»Was können wir heute mit den Kindern anstellen?«, frage ich, um das Thema zu wechseln und so zu vermeiden, dass ich zu sehr in dieses Gespräch hineingezogen werde. »Was mögen sie am meisten?«

»Paint-Dodgeball«, antworten Xander und Rory wie aus einem Mund.

»Sind wir gerade beste Freunde geworden?«, flüstert Xander, was sie die Stirn runzeln lässt.

Aurora holt sich Frühstück, während wir überlegen, was wir brauchen. Clay und Maya schließen sich uns an und sind sofort mit unserem Plan einverstanden. Normalerweise lassen wir es sonntags eher gechillt angehen. Da nach einer Woche voller Action alle müde sind, planen wir ruhige Sonntagsaktivitäten, sodass alle wieder etwas mehr Energie haben, wenn gegrillt und abends noch entweder ein Film gezeigt oder eine Show angeboten wird.

Jedoch klingt nichts an Paint-Dodgeball ruhig.

Als alles geklärt ist, bringen Xander und ich die Kinder zurück in ihr Zimmer, damit sie für die Inspektion aufräumen können. Die Braunbären führen derzeit die Rangliste an, was die anderen auf mich und mein Bedürfnis nach Ordnung zurückführen.

Aufräumen ist eher eine Gewohnheit als ein Hobby. Die Launen meines Dads waren oft unvorhersehbar, als ich noch zu Hause wohnte; seine Spielverluste machten ihn unausstehlich, und es fühlte sich oft so an, als suche er Streit. Ich hasste es, Ärger zu bekommen, deshalb tat ich, was ich konnte, um derartige Streite zu vermeiden.

Ich machte meine Hausaufgaben, sobald ich sie bekam, manchmal sogar schon während der Schulpausen. Ich suchte mir immer irgendwelche Jobs in unserem Viertel, damit ich ihn nie um Geld bitten musste. Ich achtete darauf, dass alles makellos war, damit er nie Grund hatte, sich zu beschweren, weil irgendetwas nicht sauber war.

Nichts davon spielte jemals eine Rolle.

Wenn er verloren und getrunken hatte, konnte mein Dad auch in einem leeren Zimmer einen Streit vom Zaun brechen, aber meine Angewohnheiten sind geblieben. Und jetzt helfen sie mir, Pizza zu gewinnen. Das muss man sich mal vorstellen.

Der Vormittag schleicht, wie es sonntags üblich ist, langsam dahin. Für die Kinder mit viel Energie bauen wir ein Fünf-gegen-fünf-Fußballspiel auf, für die anderen gibt es Puzzle und Basteln. Ich verbringe mehr Zeit damit, Aurora zu beobachten, wie sie aufgeregt herumläuft und ihre Mannschaft anfeuert, als mit dem Versuch, die Origamitaube zu falten, wie ich das eigentlich sollte.

»Du bist total in Rory verknallt«, sagt Michael, ein Zehnjähriger, der offensichtlich noch nicht weiß, wann man sich zurückhalten sollte. »Du beobachtest sie die ganze Zeit.«

»Das ist unangebracht«, erwidere ich und konzentriere mich

plötzlich ganz auf mein Origami. »Rory ist eine Freundin. Ich beobachte das Spiel.«

»Du hast nicht gesagt, dass du nicht in sie verknallt bist.«

»Ich habe auch nicht gesagt, dass ich es bin.«

Er lässt es fürs Erste auf sich beruhen, und ich seufze erleichtert auf, dass Michaels Eltern Schauspieler und nicht Rechtsanwälte sind so wie die mancher Kinder hier, die wirklich gut argumentieren können.

Als es Zeit wird, die Kids in den Speisesaal zu scheuchen, ist meine Taube endlich gefaltet. Maya und Xander führen die Gruppe zum Mittagessen, während ich zurückbleibe, um die halb fertigen Puzzlespiele und Bastelarbeiten einzusammeln, die über den Tisch verteilt sind.

»Komm, ich helfe dir«, sagt jemand leise hinter mir.

»Kein Problem, ich komme schon klar. Setz dich«, sage ich zu Aurora. »Du musst müde sein.«

Sie setzt sich vor das halb fertige Puzzle und starrt es einen Moment lang an, bevor sie es auseinanderzunehmen beginnt. »Weißt du, genau so ein Gefühl habe ich manchmal auch bei dir.«

Ich schaue sie an; ihre Wangen sind rosa, weil sie den ganzen Vormittag herumgerannt ist, das Haar ist zurückgesteckt, damit es ihr nicht ins Gesicht fällt, und ihre Nase ist nach drei Wochen in der Sonne mit Sommersprossen übersät. Sie nimmt weiter das Puzzle Stück für Stück auseinander und legt die Teile in den Karton zurück.

»Weil du mich am liebsten in einen Karton packen würdest?«, scherze ich, da ich nicht weiß, wovon sie redet.

»Nein, du bist wie ein Puzzle. Ich habe zwar die ganzen Randstücke, kapiere aber nicht, wie die Teile in der Mitte zusammenpassen sollen.«

»Ich habe dir etwas gebastelt«, sage ich, um rasch das Thema zu wechseln. »Es ist nicht sehr gut geworden. Ich war abgelenkt, weil ich zugeschaut habe, wie du jedes Mal das Tor verfehlt hast.«

Ihre Schultern beben, so sehr lacht sie. »Ich bin so schlecht. Ich bin buchstäblich der Traum jedes Torwarts.«

»Das bist du.« Ich stelle die Papiertaube vor sie hin, und sie schaut endlich hoch. »Das bist du. Wenn ich das als Torwart sagen darf.«

Sie nimmt die Taube und hält sie in der Hand, als wäre sie das Kostbarste auf der Welt, dabei ist sie grausig. »Sie gefällt mir. Danke, Russ.«

Die Regeln beim Paint-Dodgeball sind dieselben wie beim normalen Dodgeball. Der Unterschied besteht darin, dass der Ball ein Schwamm ist und man ihn in einen der Farbeimer auf dem Rasen taucht, bevor man damit auf einen Gegner zielt. Bei jeder Runde ist eine andere Farbe dran, damit sichtbar ist, wer drinnen und wer draußen ist.

Angesichts der Tatsache, dass meine Gegner überwiegend Kinder sind und ich jahrelange Erfahrung im Sport habe, mache ich mir keine großen Sorgen darüber, viel Farbe abzubekommen. Aber als mich ein Schwamm mitten auf die Brust trifft und mich mit grüner Farbe bespritzt, wird mir klar, dass ich mich fälschlicherweise in Sicherheit gewogen habe.

Aurora strahlt siegesgewiss, als sie die restliche grüne Farbe von ihrer Hand abschüttelt. Die Frau kann wirklich werfen, was verdammt heiß ist. Ich bin nicht bereit, herauszufinden, wie sehr mich ihre Fähigkeit, mich zu besiegen, anmacht.

»Ich dachte, du bist gut darin, Sachen abzuwehren«, brüllt sie von der anderen Seite der Mittellinie zu mir herüber.

»Ich habe dir doch gesagt, ich habe kein Talent.«

»Mir würden da so einige Dinge einfallen, in denen du sehr talentiert bist.«

Für mich ist es völlig in Ordnung, dass sie mich im Bett gut findet und meine Fähigkeiten im Paint-Dodgeball hintenanstellt.

Da sie mich abgeworfen hat, verlasse ich das Spielfeld und setze mich neben Maya, die ebenfalls mit unterschiedlichen Farben beschmiert ist. »Seit wann haben Achtjährige ein so ausgeprägtes Konkurrenzdenken?«

Wir schauen zu, wie die anderen weiterspielen. Ich schließe kurz die Augen und halte das Gesicht in die Sonne, weil ich die Hitze auf meiner Haut liebe. In dem Moment trifft etwas Feuchtes mein Bein. Ich reiße die Augen auf. Rory grinst.

Maya lacht und reicht mir ein Handtuch. »Sie wird euch beide verraten.«

Mir rutscht das Herz in die Hose. »Wir sind kein … Es gibt nichts zu verraten.«

»Klar doch, Kumpel, klar doch.«

Der Gemeinschaftswaschraum ist groß genug für Aurora und mich – eigentlich sogar noch für mehrere von uns –, und doch stehen wir so nah beieinander, dass ich die Hitze ihres Körpers spüre.

»Es bringt nichts«, stöhnt sie, während sie wieder und wieder mit dem nassen Lappen über ihren Hals wischt. »Ich werde für den Rest meines Lebens wie ein bunter Dalmatiner aussehen.«

»Komm her.« Ich hebe sie an der Taille hoch, setze sie auf den Waschtisch und nehme ihr den Lappen aus der Hand. Sie lässt mich zwischen ihre Beine treten, sodass ich ihr sanft das Gesicht anheben und an die Stellen herankommen kann, die in unterschiedlichen Farben leuchten. »Die haben dich wirklich heftig erwischt.« Sobald die Kinder merkten, wie gut sie war, wurde sie das vorrangige Ziel.

Aurora summt vor sich hin, während ich langsam ihr Kinn abwische. Als ich mich an ihren Hals mache, schaudert sie. Ihre Wangen laufen rot an, aber das, und was immer es bedeuten mag, ignorieren wir beide.

»Wie geht es dir heute?«, fragt sie und beendet damit das Schweigen zwischen uns.

»Du hast es nicht so mit Stille, wie?«

»Du antwortest nicht gern auf Fragen, wie?«

»Okay, da hast du recht«, sage ich. »Heute war es, ehrlich gesagt, einfacher, als ich befürchtet hatte. Ich glaube, es hilft, wenn man abgelenkt ist. Und wie geht es dir?«

»Auch so. Ich glaube, ich wollte eigentlich immer nur eins, dass Leute Zeit mit mir verbringen. Weil mein Dad das einfach nicht tut, egal wie die Leute es schönreden, und meine Mom zwar Zeit mit mir verbringen will, aber …« Ich bewege langsam ihr Gesicht, drehe es leicht, um an die andere Seite zu kommen. »Ich kann es nicht beschreiben, ohne dass es schrecklich klingt. Ich weiß einfach nicht, wie. Sie erstickt mich manchmal. Es ist zu viel. Die Kids hier haben mich aber gern um sich, weil sie mich nett finden, und so armselig das auch klingen mag – es bedeutet mir eine Menge.«

»Das ist nicht armselig.«

»Und sie können nicht weg.« Sie lacht gequält. »Das ist also gut.«

»Du hast Leute in deinem Leben verdient, die dir ein gutes Gefühl geben, Aurora.«

»Du gibst mir ein gutes Gefühl.«

Sie dreht sich wieder zu mir um und starrt aus ihren hübschen grünen Augen durch ihre langen Wimpern hindurch zu mir hoch. Ich würde am liebsten mit dem Daumen über ihre

Unterlippe streichen, sie küssen und nachprüfen, ob sie so gut schmeckt, wie ich das in Erinnerung habe. Sie zögert, aber ich kenne diesen Gesichtsausdruck. Sie hat ihn immer dann, wenn sie mich etwas fragen möchte, aber nicht weiß, wie.

»Frag mich einfach, Sweetheart. Ich verspreche dir, ich laufe nicht davon.«

»Es ist nicht wichtig. Wir sollten zu den anderen zurückgehen, bevor jemand auf falsche Gedanken kommt. Ich will nicht, dass du Schwierigkeiten bekommst.«

Aurora rutscht nach vorn, bis ihr Körper meinen berührt, und ich trete einen Schritt zurück, zwar erst ein paar Sekunden später, als ich hätte sollen, aber dass ich es überhaupt tue, ist durchaus anerkennenswert. Ich reiche ihr die Hand, um ihr beim Hinunterspringen zu helfen, aber dann lasse ich sie Richtung Ausgang an mir vorbeigehen.

»Rory«, rufe ich ihr hinterher, drehe mich um und lehne mich an den Waschtisch, auf dem sie eben noch gesessen hat. Sie bleibt in der Tür stehen und sieht mich interessiert an.

»Du gibst mir auch ein gutes Gefühl.«

15. KAPITEL

Russ

Das Klingeln meines Handys unterbricht meine Jogging-Playlist zum gefühlt tausendsten Mal in der letzten Stunde, und allmählich hat mich mein Bruder so wütend gemacht, dass ich Lust habe, dranzugehen, nur um ihm zu sagen, er soll verdammt noch mal aufhören, mich anzurufen.

»Was willst du, Ethan?« Meine laute Stimme zerreißt den friedlichen Morgen in Honey Acres. Die Pferde, die auf der Wiese neben meiner Laufstrecke weiden, schauen mich mit wilden Augen an, geben ein empörtes Wiehern von sich, bevor sie aufgeschreckt vom Zaun wegrennen.

Das Beste an diesem Ort ist der lausige Empfang, aber es gibt Stellen, an denen es immer mal wieder funktioniert, gerade lange genug, dass meine Familie meinen Frieden stören kann.

»Du bist ein Arschloch, nie gehst du ans Telefon.« Das ist ein krasser, wenn auch nicht unerwarteter Einstieg. »Du musst endlich mal erwachsen werden, verdammt noch mal.«

Egal wo ich bin, egal was ich tue oder wie genau ich die Regeln befolge und bete, dass es reicht – das Universum findet immer einen Weg, mich zu demütigen.

»Was willst du, Ethan?«, frage ich erneut. Der Frust von vorher verliert unter dem Stachel seiner Worte an Bedeutung.

»Dad ist im Krankenhaus. Mom fragt nach dir; sie will, dass

du herkommst. Also hör auf, wie ein egoistisches Arschloch den Kopf in den Sand zu stecken und so zu tun, als würdest du nicht zu dieser Familie gehören, und unterstütze sie.«

Man sollte meinen, es würde mehr in mir auslösen, dass mein Dad im Krankenhaus ist, aber mein erster Gedanke ist, wie er das wohl wieder geschafft hat. Es ist keine große Überraschung, wir hatten das schon öfter: Zum Beispiel als er Moms Schmuck verpfändet und aus Schuldgefühl so viel getrunken hat, dass ihm der Magen ausgepumpt werden musste. Als er im Kasino in eine Schlägerei geriet und genäht werden musste. Als er sein Auto zu Schrott gefahren hat, aber schwor, er hätte nichts getrunken.

»Ich kann nicht. Ich arbeite.«

»Werd endlich erwachsen, verdammt«, erwidert er ungehalten. »Wenn du nicht in einer Stunde auf dem Weg bist, komme ich zu diesem Camp und schleife dich an den Haaren nach Hause.«

»Von welchem Bundesstaat aus willst du dafür anreisen? Du wirst deine Tour dafür unterbrechen?« Ethan und ich standen uns nie so nah, wie man das von Brüdern annimmt. Der Altersunterschied von sieben Jahren war zu groß, um ihn zu überbrücken, dazu kam noch, dass er nicht derjenige sein wollte, der in der Schusslinie von Dads Verbalangriffen steht. Ich war schon immer wütend, dass er mich im Stich gelassen hat, aber vielleicht hätte ich die gleiche Entscheidung getroffen, wäre ich der Ältere.

»Ich bin gerade in San Francisco. Ich bluffe nicht, Russ. Dieses Mal kannst du nicht einfach dein Telefon ignorieren. Sei für deine Familie da. Du kannst dich nicht einfach verstecken, nur weil es manchmal schwierig ist.«

Ich weiß nicht, ob ich lachen oder schreien soll. Am liebsten würde ich ihm sagen, dass er mir genau das angetan hat, als er quer durchs Land gezogen ist und mich mit all den Sachen allein gelassen hat. Ethan behauptet, dass ich stur und engstirnig sei. Und dass ich im Grunde nicht verstehe, was es hieße, mit einer derart zerstörerischen Krankheit leben zu müssen, und dass er das besser verstehe als ich, weil er in der Musikbranche arbeite.

Er hat mir mal erzählt, dass er mehr Erinnerungen an gute Zeiten hat und deshalb nicht so wütend ist wie ich. Es ist leicht, zu sagen, dass man Verständnis hat und nicht wütend ist, wenn man die meiste Zeit des Jahres auf der gegenüberliegenden Seite des Landes lebt.

»Ich will nicht mit ihm reden, Ethan. Du kapierst es nicht. Er ist so unberechenbar. Er kann unglaublich nett sein, oder er ist schrecklich, und das hasse ich.«

»Er steht unter Beruhigungsmitteln. Tu es für Mom, Russ. Es ist nicht ihre Schuld.«

»Schön«, fauche ich. »Wir sehen uns dort. Du kommst doch auch, nicht wahr?«

»Du tust das Richtige. Fahr vorsichtig, kleiner Bruder.«

Als ich zur Hütte zurücklaufe, überfällt mich die vertraute Angst. Es ist noch früh, deshalb ist noch niemand auf, und die Kinder dürften noch schlafen. Xander hatte Nachtschicht, also wird er mit Maya in der Hütte der Braunbären sein, und ich will es nicht riskieren, mich erklären zu müssen, wenn ich hineingehe.

Ich dusche kurz, werfe ein paar Sachen in meinen Rucksack und mache mich auf den Weg zum Hauptgebäude. Es dauert fünf Minuten, bis ich genügend Mut aufbringe, an die Tür der Nachtdienst-Leiterin zu klopfen. Jenna ist im Halbschlaf, als sie die Tür öffnet und mich mit dem Rucksack über der Schulter dort stehen sieht.

»Es tut mir echt leid, dass ich Sie aufwecke«, sage ich, als mir nicht die richtigen Worte einfallen, um zu erklären, wieso ich dort stehe.

»Kein Problem. Ist alles in Ordnung?«, fragt sie vorsichtig.

Ich wische mir die verschwitzten Hände an den Shorts ab und zwinge mich, mich zu konzentrieren. »Wenn ich Ihnen etwas erzähle, bleibt es unter uns? Weil Sie meine Chefin sind?«

Sie nickt langsam, zieht sich den Morgenmantel fester um die Taille und lehnt sich an den Türrahmen. »Wenn es für dich wichtig ist, kann es vertraulich bleiben. Solange es sich nicht um ein Sicherheitsproblem handelt. Was ist los, Russ?«

»Mein Dad ist im Krankenhaus, und ich muss für ein oder zwei Tage nach Hause. Ich kann die verpassten Schichten irgendwie nacharbeiten. Es tut mir wirklich leid, Jenna. Ist das okay?«

»Oh Gott. Natürlich ist das okay. Fühlst du dich gut genug, um zu fahren? Wohnst du weit von hier weg? Das tut mir so leid! Was ist passiert?«

Erst in dem Moment fällt mir auf, dass ich vor lauter Streit mit Ethan ganz vergessen habe, zu fragen, was genau überhaupt passiert ist. Wenn immer irgendetwas ist, verliere ich manchmal den Überblick, was ich als Erstes fragen sollte. Ich würde mich nicht gut dabei fühlen, aber vermutlich könnte ich mir eine Reihe Szenarien ausdenken und damit nicht allzu weit danebenliegen.

»Nein, meine Eltern wohnen in der Nähe von Maple Hills. Aber ich rede nicht gern über meine Familie, könnte das einfach unter uns bleiben? Mir wäre lieber, das Team wüsste nicht, dass ich ins Krankenhaus fahre.«

Sie nickt, und sofort fühle ich mich besser.

»Können Sie ihnen einfach sagen, es hätte einen privaten Notfall gegeben oder etwas Ähnliches? Aber dass es mir gut geht. Ich will nicht, dass sich irgendjemand Sorgen macht.« Es geht mir nicht darum, dass meine Betreuerkollegen nicht wissen sollen, dass ich nach Maple Hills zurückfahre, aber es gibt bergeweise Ausreden, die ich mir ausdenken kann, damit mein Vater nicht zum Gesprächsthema wird.

»Klar doch. Ich hoffe, deinem Dad geht es bald besser. Falls du länger brauchst als zwei Tage, rufst du dann bitte an?«

»Ja, ich rufe an, aber ich bin auf jeden Fall bald wieder da. Danke, Jenna.«

Mir rutscht das Herz in die Hose, kaum dass auf dem Highway das Schild *Maple Hills* auftaucht, und jetzt, als ich die Ausfahrt nehme, bin ich mir nicht sicher, ob es überhaupt noch in meinem Körper ist.

Der Kaffee von der Tankstelle schmeckt verbrannt und bitter, was perfekt widerspiegelt, wie ich mich gerade fühle. Ich ignoriere die Hinweisschilder zum Campus, denen ich normalerweise folge, und fahre stattdessen direkt zum Krankenhaus.

Als das Gebäude vor mir auftaucht, überlege ich mir, ob ich nicht auf der Stelle umkehren, mein Handy ausstellen, nach Honey Acres zurückkehren und so tun soll, als wäre nichts gewesen. Ich will vor alldem hier davonlaufen, keins der Gespräche führen müssen, die ich gleich führen werde, will den Leuten aus dem Weg gehen, die ich sonst auch immer zu vermeiden versuche – aber ich tue es nicht. Ich stelle meinen Pickup in der Kurzparkzone ab, als würde allein das zwangsläufig zu einem schnellen Besuch führen und mir erlauben, zu meinem Leben zurückzukehren, das ich tatsächlich zu lieben beginne.

Ich entdecke Mom im Wartezimmer für die Angehörigen, bevor sie mich bemerkt. Sie sieht müder aus als bei unserer letzten Begegnung, wann immer das war. Vor vier Monaten? Fünf? Unter den Augen hat sie dunkle Tränensäcke, die sich deutlich von ihrer blassen Haut abheben, ihr Haar ist grauer, ihr Gesicht hagerer. Sie klammert sich an einen Kaffeebecher und starrt in die Ferne, und wieder einmal frage ich mich, ob ich nicht lieber umkehren und wegfahren sollte.

Meine Füße tragen mich vorwärts, bis ich vor ihr stehe. Auf der langen Fahrt hierher habe ich nicht einen Gedanken daran verschwendet, dass ich bei meiner Ankunft irgendetwas würde sagen müssen, und jetzt, wo ich vor ihr stehe, weiß ich nicht, wie ich anfangen soll.

Ohne etwas zu sagen, steht sie auf und umarmt mich. Sie vergräbt das Gesicht an meiner Brust und fängt an zu schluchzen.

»Was ist passiert?«, frage ich möglichst emotionslos.

»Er hatte angeboten, für das Abendessen einkaufen zu gehen, und wurde von einem Betrunkenen angefahren.« Mom wischt sich mit dem Ärmel die Tränen ab.

»Er ist angefahren worden? War er auch betrunken?«

»Nein! War er nicht!« Sie klingt beleidigt, als wäre es völlig undenkbar, dass ich jemals auch nur den Verdacht hegen könnte, er hätte etwas Falsches gemacht. Sie erzählt mir den genauen Ablauf, und ich weiß, dass der Unfall auf dem Nachhauseweg von der Rennbahn passiert sein muss. In der Nähe dieser Kreuzung gibt es keinen Lebensmittelladen. »Du kannst gleich zu ihm reingehen und mit ihm reden, der Arzt dürfte in Kürze rauskommen.«

»Mit ihm reden? Ethan hat behauptet, er ist nicht bei Bewusstsein. Außerdem, wo ist Ethan?«

»Er war bewusstlos, aber jetzt ist er wach. Und dein Bruder ist auf Tour, ich glaube, irgendwo im Midwest. Wieso? Hast du geglaubt, er wäre hier?«

Wenn ich Ethan das nächste Mal sehe, werde ich ihn erwürgen.

»Ich will nicht mit ihm reden, Mom. Ich will nicht hier sein.«

Seufzend setzt sie sich hin und deutet mir, es ihr gleichzutun. Niemand sonst ist im Zimmer, und noch nie habe ich mir so sehr möglichst viele Fremde um mich herum gewünscht wie jetzt.

»Du musst diese verspätete Rebellionsphase endlich überwinden, Russ. Ich weiß nicht, was ich mit dir machen soll. Du bist kein Teenager mehr. Du bist erwachsen, und du bist Teil dieser Familie, ob dir das nun gefällt oder nicht. Es wird Zeit, dass wir an erster Stelle kommen.«

Dass das Geräusch von mir kommt, wird mir erst bewusst, als der Stuhl zu wackeln beginnt, weil ich so laut lache. Nichts an dieser Situation ist lustig, aber ich lache weiter, bis ich das Gefühl habe, gleich zu ersticken – und aufhöre. »Ich kam bei euch nie an erster Stelle, nie.«

»Wie kannst du das behaupten, Russ? Hast du jemals nichts zu essen bekommen? Nichts anzuziehen, wenn du es brauchtest? Benzin im Tank, um zur Schule zu fahren? Und Eishockeytraining? Ein Dach über dem Kopf?« Wieder beginnen die Tränen zu fließen, während sie mich anstarrt und auf meine Antwort wartet. »Glaubst du, ich habe aus lauter Spaß Überstunden gemacht? Dein Vater ist krank, Russ. Man wendet sich nicht von Menschen ab, nur weil sie nicht perfekt sind.«

»Du ermöglichst es ihm überhaupt erst. Jedes Mal, wenn du nichts unternimmst, machst du es schlimmer. Du wusstest, dass er nicht einkaufen geht. Du weißt, wäre es so gewesen, wäre keiner von uns jetzt hier.«

»Du kannst nicht behaupten, du wüsstest, was es bedeutet oder was es braucht, um eine Ehe zusammenzuhalten.« Sie streicht ihren Rock glatt. »Wenn man jemanden so sehr liebt, würde man sein Leben hingeben, damit sich derjenige besser fühlt. Ich glaube wirklich nicht, dass das Krankenhaus der richtige Ort für dieses Gespräch ist, Russ. Lass uns nachher zu Hause darüber reden.«

»Ich gehe nicht nach Hause. Ich will überhaupt nicht darüber reden. Ich will nicht hier sein.«

Noch niemals zuvor hat meine Mom so offen über die Probleme meines Vaters geredet. Ich spüre den Schmerz in ihren Worten, auch wenn sie sie ruhig ausspricht, aber das hilft nicht gegen meinen eigenen Schmerz. Es ist ein Kampf in meinem Kopf, in den sich niemand wirklich hineindenken kann, den niemand anderes wirklich versteht und wo wirklich niemand gewinnt. Ich verstehe durchaus, dass es eine Krankheit ist, eine Sucht, die ihn nicht aus den Klauen lässt. Dass er nie eine Chance hatte und dass er nie gewinnen konnte, was ironisch ist, wenn man von einem Spielsüchtigen spricht. Ich kann das sagen, und ich kann das verstehen, aber es ändert nichts daran, dass es trotzdem verdammt wehtut.

»Warum bist du dann hier, Liebling? Wenn du nicht über das reden willst, was in unserer Familie passiert, wieso bist du dann gekommen?«

Ich könnte ihr erzählen, dass Ethan mich angelogen hat, um mich hierherzulocken. Ich könnte ihr erklären, dass mir körperlich übel war bei der Vorstellung, er könnte in Honey Acres auftauchen und vor meinen neuen Freunden eine Szene machen. Dass mich Aurora mitleidig anschauen könnte, wenn sie erfährt, dass mein Dad eine ganz andere Art von Rennbahn bevorzugt als ihrer, der Teil einer Milliarden-Dollar-Industrie ist.

»Ich wollte nicht, dass du allein bist, aber ich bin nicht vier Stunden gefahren, um mit dir zu streiten«, erwidere ich und reibe mir die Schläfen.

Sie greift nach meiner Hand. »Wenn er ein schlechter Mensch wäre, hätte ich ihn nicht geheiratet. Man wacht nicht eines Tages auf und beschließt, süchtig zu werden. Man beschließt nicht, den Menschen wehzutun, die man liebt.«

Mein gesamter Körper schmerzt von dem Adrenalin, das meine Anwesenheit hier auslöst, und ich bin erschöpft. Jedes Gefühl, jeglicher Groll, jeder auch noch so kleine Splitter an Verletzung liegt an der Oberfläche wie eine offene Wunde.

»Wusstest du, dass er mich um Geld fragt?«

Noch bevor sie den Mund öffnet, weiß ich, dass die Antwort Nein lautet. Sie konnte noch nie ein überzeugendes Pokerface machen, genau wie Dad ironischerweise.

»Und wenn ich es ihm nicht gebe, sagt er, ich wäre ein Versager und nicht sein Sohn.«

Sofort treten ihr Tränen in die Augen, aber sie lässt sie nicht fließen. »Es tut mir so leid, Russ.«

»Er gibt mir das Gefühl, dass ich das Gute in meinem Leben nicht verdiene.« Noch nie habe ich das ausgesprochen, und die Worte müssen sich regelrecht aus meinem Mund herauskämpfen. »Er gibt mir das Gefühl, mich könnte nie jemand wollen, denn wenn ich meinem eigenen Dad nicht wichtiger bin als ein Pokerspiel, wieso sollte ich es dann jemand anderem sein?«

»Das ist der Alkohol, der da aus ihm spricht, die Verzweiflung. Er liebt dich so sehr. Wir lieben dich beide so sehr.«

Ich weiß, ihre Worte sollten mich besänftigen, aber im Grunde findet sie nur wieder Entschuldigungen für ihn. Ich glaube nicht einmal, dass ihr bewusst ist, was sie tut.

»Ich kann das nicht so überspielen, wie du das machst, Mom. Ich hätte nicht kommen sollen, es tut mir leid.«

»Sag deinem Dad, wie du dich fühlst.«

»Wie bitte?«

Mom steht auf, streicht ihre Kleidung glatt, richtet ihr Haar und bereitet sich darauf vor, nach draußen zu gehen und so zu tun, als wäre nicht alles ein einziges Chaos. »Du glaubst nicht, dass es mit ihm besser werden kann, nicht wahr? Du willst nichts mit ihm zu tun haben. Mit uns.« Ihre Stimme bricht. »Also geh zu ihm rein und sag ihm, wie du dich fühlst. Was hast du zu verlieren?«

Ich bin noch ganz benommen von den Anweisungen meiner Mutter, als ich langsam auf das Zimmer meines Dads zugehe. Noch nie habe ich so ehrlich mit ihr geredet; ich glaube, so habe ich überhaupt noch nie mit irgendjemandem geredet.

Der Arzt verlässt gerade Dads Zimmer, als ich die Tür erreiche. »Familie?«

»Sohn.«

»Ihr Vater hat großes Glück«, sagt er und klopft mir im Vorbeigehen auf die Schulter.

Glück.

Dad schweigt, als ich in das Zimmer trete und mich neben das Bett setze. Die Maschinen, an die er angeschlossen ist, piepsen rhythmisch und geben mir zu verstehen, dass irgendwo dort drin ein Herz schlägt.

Die Stille ist ohrenbetäubend. Sie lässt mich an Aurora denken, die das niemals mitmachen würde. Sie würde irgendetwas Lächerliches von sich geben, ihre Wangen würden rot anlaufen, und ich würde sie beobachten und jeden einzelnen Strahl ihres Sonnenscheins aufsaugen. Ich wünsche mir, ich hätte Ethans Anruf nicht angenommen. Ich wünsche mir, ich würde Tetherball oder Football spielen, egal was, jedenfalls an einem Ort, an dem ich mich nicht mit dem hier auseinandersetzen muss.

»Du siehst aus, als hättest du etwas zu sagen«, murmelt Dad mit heiserer Stimme. Er sieht beschissen aus: Abschürfungen und Kratzer und überall Schläuche.

Ich habe so viel zu sagen. Alles Schlechte, was ich je über

mich selbst gedacht habe. Jedes Risiko, das ich nicht eingegangen bin, weil ich Angst hatte. Jedes Gespräch, dem ich mich aus Furcht entzogen habe, die Leute könnten mein wahres Ich sehen. Jede Beziehung, die ich nicht weiterverfolgt habe, weil ich niemanden unglücklich machen und enttäuschen wollte.

»Du hast unsere Familie zerstört, und ich weiß nicht, wie wir das wieder hinbekommen können.«

Er antwortet lange nicht, und der Mann, den ich sonst nur wütend und verbittert kenne, wirkt im grellen Krankenhauslicht plötzlich klein. »Ich weiß.«

»Ich habe wirklich sehr lange gehofft, dass der Dad, den ich geliebt habe, noch irgendwo dort drin ist. In einer Falle, aber noch dort. Inzwischen glaube ich das nicht mehr. Du bist nicht der Mann, der mir Eislaufen oder Fahrradfahren beigebracht hat. Ich kenne dich nicht.«

»Ich weiß.«

»Ich habe Angst, Dinge zu haben, die ich gern hätte, weil ich es vielleicht zerstöre, denn du hast mir eingeimpft, ich wäre ein Versager – und dafür hasse ich dich. Ich hasse dich dafür, dass du überall und nirgends zugleich bist.«

»Ich verstehe.«

»Du bist wie Unkraut. Es gibt nichts in meinem Leben, in das du nicht eingedrungen bist und es zerstört hast. Ich konnte nicht mal den Sommer überstehen, ohne dass du ihn versaut hast. Ich rede nicht mit dir. Ich lese nicht mal mehr deine Nachrichten, und trotzdem bist du permanent in meinem Kopf.«

Meine Worte kommen gehetzt und verzweifelt heraus, aber ich meine alles von dem, was ich sage, und ich bin sauer auf mich, dass ich das so lange zurückgehalten habe. Mit jeder Silbe wird mir leichter ums Herz, hebt sich das Gewicht, das mich so viele Jahre niedergedrückt hat.

»Du hast was Besseres verdient, Sohn.«

Er sieht so schwach aus, wie er da im Bett liegt und mir zuhört, wie ich alles rauslasse. »Ja. Das tu ich. Und Mom tut das auch. Krieg deinen Scheiß endlich auf die Reihe.«

Dad ruft mir nicht hinterher, als ich aufstehe und gehe. Mein Körper bewegt sich wie ferngesteuert, meine Muskeln erinnern sich, wie sie mich so weit wie möglich von ihm wegbringen. Ethan kann behaupten, ich würde den Kopf in den Sand stecken, aber ich war in einem einzigen Gespräch ehrlicher zu Dad, als irgendjemand es in den letzten Jahren zu ihm war. Unsere Familie ist zerstört, und die Risse zu überkleben hilft keinem von uns.

Ich bekomme kaum mit, was um mich herum geschieht oder wohin ich unterwegs bin, bis mein Pick-up vor meinem Haus in der Maple Avenue hält. Der vertraute Anblick tröstet mich sofort, und ich beschließe, eine Pause einzulegen und mir alles noch mal durch den Kopf gehen zu lassen, bevor ich mich wieder auf den Weg zum Camp mache.

Die Tür ist nicht abgesperrt, und als ich sie öffne, ist das Letzte, was ich zu sehen erwarte, Henrys nackter Hintern, während er es mit irgendjemandem auf der Wohnzimmercouch treibt.

16. KAPITEL

Russ

Die Haustür geht auf, und in ihr steht der jetzt vollständig angezogene Henry. Ich stoße mich von meinem Pick-up ab und vermeide jeglichen Blickkontakt, als ich an meinem Freund vorbei ins Haus trete.

Ich habe Henrys Hintern schon früher gesehen, das gehört quasi dazu, wenn man in einem Eishockeyteam ist. Man teilt sich Umkleideräume und Hotelzimmer; es ist nichts Neues.

Aber *das* war neu.

»Tut mir leid, Mann«, sage ich und lasse mich auf den Sessel fallen statt auf die Couch, auf die ich mich nie wieder setzen werde. »Ich hätte dich vorwarnen sollen; ich habe nicht damit gerechnet, dass du hier bist. Geht es deinem Gast gut? Ich habe sie nicht gesehen, falls sie sich besser fühlt, wenn sie das weiß.«

»Wieso entschuldigst du dich dafür, dass du dein eigenes Haus betrittst?«, erwidert er und holt für jeden von uns eine Flasche Wasser aus dem Kühlschrank. »Ihr geht es gut, es ist ihr nur ein bisschen peinlich. Sie duscht, und ich habe so eine Feuchtigkeitsmaske für sie gefunden, zum Entspannen. Ich sehe nach ihr, wenn du mir erzählt hast, wieso du in Maple Hills bist.«

»Familienscheiß. Ich bin heute erst gekommen, deshalb

habe ich auch keine Nachricht geschickt, dass ich wieder da bin. Ich will noch duschen, bevor ich wieder ins Camp zurückfahre.«

»Du kannst heute nicht zurückfahren«, widerspricht Henry. »Das ist zu viel Fahrerei für einen Tag. Bleib heute Nacht hier und fahr morgen früh zurück. Möchtest du über die Familiensachen reden?«

Ich schüttele den Kopf und fahre mir durch die Haare. Erst jetzt, als das Adrenalin nachlässt, merke ich, wie müde ich bin. »Du hast recht. Ich fahre gleich in der Früh. Aber fühl dich nicht verpflichtet, dich um mich zu kümmern. Ich verziehe mich in mein Zimmer, aber vögle nicht auf diesem Sessel, okay? Das ist mein Lieblingssessel.«

Er lächelt mich gequält an, steht auf und geht auf die Treppe zu. »Du tust mir leid, wenn du glaubst, irgendein Ort in diesem Haus wäre sicher. Ich erspare dir die ausführliche Schilderung, was Lola, als ich sie überraschte, mit Robbie gemacht hat, der genau dort saß.«

»Ja, ich glaube, ich kann es mir vorstellen.«

»Es war ein Blowjob.«

Vielleicht setzte ich mich künftig auf den Boden. »Fantastisch. Hör mal, ich bin ziemlich erledigt, ich gehe jetzt duschen. Vielleicht eine Runde schlafen. Ist Robbie noch in New York?«

»Ja, er kommt nächste Woche zurück. Ich werde mich bemühen, nicht zu laut zu sein.«

»Du bist ein guter Freund.« Ich lache.

Er nickt und geht die Treppe hinauf, dann schaut er über die Schulter zurück. »Du auch.«

Mittagsschlaf war noch nie meine Stärke, auch nicht, wenn in meinem Kopf kein Dauerlärm herrscht. Mein Handy habe ich auf »Nicht stören« gestellt, nachdem mein Bruder angefangen hat, mich mit seinen Anrufen und Nachrichten zu belästigen. Ein Monat ohne regelmäßigen Empfang hat jegliche Abhängigkeit von meinem Handy zunichte gemacht; wenn ich es jetzt höre, irritiert es mich.

Ich weiß nicht, wie lange ich an die Decke meines Zimmers gestarrt habe, aber ich weiß, es ist lange genug, dass ich mich ärgere, weil der Schlaf einfach nicht kommen will. Vielleicht liegt es daran, dass kein Xander neben mir schläft und kein Hund versucht, sich in meinen sowieso schon sehr begrenzten Raum einzuschmuggeln.

»Schatz, wir sind wieder da!«

Erst denke ich, ich bilde mir das nur ein, aber das darauffolgende Lachen ist so laut und lächerlich, dass ich mir das auf gar keinen Fall einbilden kann. Henry ist ein paar Schritte hinter mir, als ich die Treppe zum Wohnzimmer hinuntergehe. Kris, Mattie und Bobby stellen gerade Pizzakartons und Bierflaschen auf dem Küchentresen ab, als ich auf der untersten Stufe angekommen bin.

»Da ist er ja!«, brüllt Kris begeistert. »Der verlorene Sohn kehrt zurück!«

»Ich leide zu sehr unter Jetlag, um euch zu erklären, wie wenig ihr versteht, was dieser Satz bedeutet«, sagt Mattie.

»Ignorier ihn«, sagt Bobby, klatscht sich mit mir ab und umarmt mich. »Er behauptet einfach gern, er würde unter Jetlag leiden, damit man ihn fragt, wo er war.«

»Kann man nach drei Stunden überhaupt Jetlag haben?«, fragt Henry und macht sich sofort über eine der Pizzaschachteln her.

»Wie war es in Miami?«, frage ich und nehme das Bier, das Kris mir reicht.

»Krass, Mann.« Mattie gibt mir sein Handy und zeigt mir

das Foto, auf dem die drei vor der Miami-Filiale des Honeypot stehen. »Nächstes Mal kommt ihr beide mit.«

»Ohne mich«, antwortet Henry sofort.

Bobby reicht die Pizzaschachteln herum, wir verteilen uns um die Kücheninsel und machen die Schachteln auf. Ich stöhne beinahe auf, als ich in ein Stück mit Peperoni beiße, und erst jetzt fällt mir auf, dass ich heute noch nichts gegessen habe. »Was macht ihr eigentlich hier?«, frage ich und spüle die Pizza mit meinem Bier hinunter.

»Hen hat erzählt, du wärest aufgetaucht und hättest ihm unabsichtlich die Tour vermasselt.«

Henry stöhnt und protestiert. »Das habe ich nicht gesagt. Es steht im Gruppenchat, hast du es nicht gesehen?«

»Nein, tut mir leid.« Ich ziehe das Handy aus der Hosentasche und stelle, weil ich mich schuldig fühle, die Benachrichtigungen wieder an. »Ich habe kaum etwas mitbekommen, seit ich weg bin.«

»Wir haben dich vermisst, Kumpel«, sagt Mattie. »Und wir sind neugierige Arschlöcher. Wir wollen wissen, wieso du aus dem Camp zurück bist, weil Turner viel zu nett ist, um dich auszuquetschen.«

»Aber wir haben dich vermisst«, fügt Bobby hinzu. »Was wichtiger ist als die Frage, ob du gefeuert wurdest oder nicht.«

Henry murmelt leise etwas, was ich nicht ganz verstehe. Ich weiß, ich kann Henry vertrauen, und er würde nie etwas weitererzählen.

»Ein Betrunkener hat meinen Dad angefahren. Es geht ihm gut. Ich habe ihn besucht, aber morgen früh fahre ich zurück ins Camp.«

Ich nicke die Genesungswünsche ab, bedanke mich und äußere mich nicht weiter zu meinem Dad. Sie kennen vielleicht nicht die genaue Situation, aber sie wissen, dass irgendetwas mit meinem Leben außerhalb des College nicht stimmt. So gern ich meine Teamkameraden auch mag, kann ich mir doch nicht vorstellen, dass ich ihnen jemals erklären könnte, wie peinlich und frustrierend die ganze Situation für mich ist.

»Arbeitet Jenna noch dort?«, fragt Bobby und grinst ganz merkwürdig. »Alle waren besessen von Jenna.«

»Du warst besessen von Jenna«, sagt Kris, den Mund voller Pizza. »Er war überzeugt, sobald er achtzehn wäre, hätte er eine Chance. Wir waren nur einen Sommer dort, aber er hat bestimmt drei Jahre lang über sie geredet.«

»Ja, sie ist meine Chefin. Sie ist großartig, supernett. Sie ist nicht gern für andere verantwortlich, und solange man nichts verkehrt macht, lässt sie einen völlig in Ruhe.«

»Ist sie noch heiß? Ich weiß gar nicht, wieso ich das frage, weil sie es garantiert noch ist«, sagt Bobby. »Verdammt, vielleicht arbeite ich nächstes Jahr dort.«

»Wie ist deine Gruppe?«, fragt Mattie und verdreht die Augen in Richtung Bobby.

»Ehrlich gesagt, richtig klasse. Einer der Typen, Clay, ist ein Depp, aber man kann ihn ertragen. Xander, mit dem ich eine Hütte teile, ist echt cool. Maya ist in Ordnung, sie und ihre Freundinnen kommen aus England und machen so ein internationales Arbeitsjahr. Wenn wir nicht arbeiten, ist sie meistens mit denen zusammen, deshalb kenne ich sie noch nicht so gut. Emilia und Aurora sind nett.«

»Moment mal«, sagt Kris.

»Aurora?«, hakt Henry nach. »Die Frau, die dich mitten in der Nacht verlassen hat?«

Ich nicke und reibe mir den Nacken, um das Prickeln dort erträglicher zu machen. Wir müssen uns eine neue Beschreibung für sie ausdenken, denn es hat sich eine Menge geändert, seit sie diese Aurora war.

Jubel bricht aus, die Jungs springen auf, fallen sich in die Arme, klatschen sich gegenseitig ab und feiern … ich habe buchstäblich keine Ahnung, was sie feiern. »Was treibt ihr da?«

Mattie ist der Erste, der sich wieder beruhigt. »Das ist doch das Formel-1-Mädchen, oder? Kannst du uns Clubpässe für das Fahrerlager besorgen?«

»Das kann nicht sein, dass ihr seit einem Monat zusammen seid und bisher nichts zwischen euch lief«, sagt Bobby erwartungsvoll.

»Es ist nichts passiert«, sage ich, und alle hören auf zu feiern. »Es gibt da diese Vorschrift, die uns untersagt, was miteinander anzufangen, und um ehrlich zu sein, die erste Woche bin ich ihr meistens aus dem Weg gegangen. Aber jetzt läuft es gut mit uns, wir sind Freunde.«

Mein Publikum starrt mich mit verwirrten Gesichtern an. Dann schauen sie sich gegenseitig an und bestimmen wortlos einen von ihnen zum Anführer. Kris, wie sich herausstellt.

»Du weißt, dass sich niemand an diese Regeln hält, oder? Ein Haufen Zwanzigjährige zweieinhalb Monate lang auf engem Raum mit der Vorschrift, nichts miteinander anzufangen? Vergiss es.«

»Ich würde das keine Woche durchhalten«, murmelt Mattie und beißt von seiner Pizza ab.

Henry sieht ihn tadelnd an. »Weil du keinen Respekt vor Autoritäten hast.«

»Das werden wir noch sehen, Captain.« Mattie grinst.

Henry verdreht die Augen, wie er das jedes Mal tut, wenn auf seinen frisch erworbenen Titel angespielt wird. »Russ hält sich an die Vorschriften.«

»Scheiß auf die Vorschriften«, entgegnet Bobby. »Wir könnten alle morgen tot sein.«

»Leute, ich brauche den Job. Tut mir leid, euch enttäuschen

zu müssen. Jedenfalls ist sie verdammt großartig, so als gute Freundin. Sie ist … großartig.«

»Er hat ein komplettes Lexikon geschluckt.« Mattie lacht und duckt sich, als ich eine Serviette nach ihm werfe.

Ich würde ein komplettes Lexikon brauchen, um zu beschreiben, wie großartig Aurora ist. Meine Gedanken wandern zurück zum Camp und zu dem, was sie gerade tun. Die Kinder werden inzwischen mit dem Abendessen fertig sein; vermutlich trinken sie am Lagerfeuer heiße Schokolade. Aurora wird sich beschweren, dass ihr Becher nicht groß genug ist für die exzessive Menge an Marshmallows, die sie hinzufügt, und Xander wird sie auffordern, ihren eigenen Rekord zu brechen, wie viele auf einmal in ihren Mund passen.

Ich frage mich, ob sie heute Abend irgendjemand zu ihrer Hütte zurückbegleiten und ob derjenige warten wird, bis sie hineingegangen ist.

Kris kippt sein restliches Bier hinunter und stellt die Flasche, unbekümmert mit den Schultern zuckend, auf den Küchentresen zurück. »Du wirst nicht der Einzige sein, der sich in einen anderen Betreuenden verliebt, Kumpel. Und sie können euch nicht alle feuern.«

Es ist bittersüß, mein Zuhause zum zweiten Mal zu verlassen.

Nachdem die Jungs aufgehört hatten, mich davon überzeugen zu wollen, dass ich mein Leben bis zum Anschlag ausreizen sollte, erzählten sie von Miami und all ihren wilden Erlebnissen dort. Ich beließ es bei einem Bier, aber als Bobby und Chris bei ihrem vierten angekommen waren, spielten sie die Szene nach, als Mattie für einen berühmten Filmschauspieler gehalten wurde und sie alle mit Tristan Harding im VIP-Bereich gelandet sind, dem Typen aus diesen Liebesfilmen, auf die Stassie und Lola so sehr stehen.

Wir schwelgten in Erinnerungen an Spiele der letzten Saison, unseren Sieg der Meisterschaft und die Prognosen für die kommende Saison. Als ich schließlich ins Bett gehen wollte, weil ich am nächsten Tag früh aufstehen musste, waren die Jungs tatsächlich am Boden zerstört, weil ich wieder abreisen musste, was dazu führte, dass ich am liebsten dort geblieben wäre.

Mattie und Bobby schliefen in Robbies und JJs Zimmer, und Kris, der fünf Runden Schere-Stein-Papier hintereinander verloren hatte, musste mit der Couch vorliebnehmen, die Henry entweiht hatte.

Sie waren schon vor Sonnenaufgang wach, wenn auch etwas verkatert, um Frühstück und Kaffee zu machen, damit ich etwas Vernünftiges in den Magen bekam, bevor ich mich auf den Weg machte. Richtige Freunde zu haben hat mir gezeigt, dass ich nicht mehr mit dem Hintergrund verschmelzen muss. Meinem Vater zu sagen, was genau ich empfinde, hat mich von dem befreit, was mich die ganze Zeit zurückgehalten hat – was immer das war. Versteht mich nicht falsch, niemand ändert sich über Nacht, aber als ich in Honey Acres ankomme, fühle ich mich wie ein völlig neuer Mensch.

Allerdings sehe ich nicht aus wie ein völlig neuer Mensch. Ich habe kaum geschlafen, und das sieht man mir an. Ich spüre es in meinem müden Körper, wenn ich mich bewege, und ich bin steif von der langen Fahrt.

Als ich mich an der Rezeption des Camps zurückmelde, befindet sich Jenna gerade in einem Meeting, was bedeutet, dass ich ihr durch die Glasscheibe in der Tür zum Hauptbüro zuwinken kann und keine ihrer Fragen beantworten muss. Es ist kurz vor Mittag, und ich weiß, dass entweder Aurora oder Emilia für mich eingesprungen ist. So müde ich auch bin, will ich vor allem eins, meine Schicht übernehmen, damit sie den freien Tag genießen können, den ich ihnen gestohlen habe.

Die Braunbären sind heute Vormittag zum Schwimmen eingeteilt, und der See ist gleich bei meiner Hütte, also kann ich noch mein Betreuer-T-Shirt anziehen und meinen Rucksack abstellen, bevor ich übernehme.

Während ich auf meine Hütte zugehe, sehe ich Aurora auf mich zukommen, den Blick zu Boden gerichtet.

»Hey«, rufe ich, als wir noch knapp zwei Meter voneinander entfernt sind.

Ihr Kopf fliegt hoch, und sie starrt mich mit weit aufgerissenen Augen an. Ich merke, dass ich den Atem anhalte, und warte, dass sie irgendetwas erwidert, dass sie mir dieses Lächeln schenkt, an das ich mich gewöhnt habe, aber es kommt nicht.

»Alles in Ordnung mit dir?«, fragt sie und schlingt die Arme um ihren Körper.

»Ja, alles gut. Tut mir leid, dass du für mich einspringen musstest. Ich gehe jetzt zum See, damit Emilia und du euren freien Tag zurückbekommt.«

»Es ist Emilias, meiner war gestern. Sie wird dich nicht übernehmen lassen, also lass sie in Ruhe. Wir haben Tanzen und Schwimmen getauscht, weil wir dachten, es würde regnen, aber es ist immer noch heiß und trocken wie in der Hölle. Du siehst aus, als bräuchtest du Schlaf.«

»Es tut mir wirklich leid. Ich übernehme einen Dienst von dir, damit du einen zusätzlichen Tag frei hast. Ich mache es wieder gut.«

»Du hast die Proben für den Talentwettbewerb versäumt«, sagt sie leise. Es tut verdammt weh, dass sie so enttäuscht klingt. Sie runzelt die Stirn. »Mir macht es nichts aus, dass ich für dich eingesprungen bin, Russ. Du bist verschwunden. Jenna hat gesagt, es wäre etwas Privates und es wäre keine große

Sache. Deshalb verstehe ich nicht, wieso du mir nicht erzählt hast, dass du wegfährst.« Ihre Stimme bricht. »Du hast mich einfach verlassen. Uns. Wir haben uns alle Sorgen gemacht. Jenna und ich haben uns gestritten, weil sie immer nur wiederholt hat, dass es dir gut geht, und mich hat das total genervt.«

»Aurora, es tut mir leid.« Vorsichtig mache ich einen Schritt auf sie zu, dann noch einen, und schließlich ziehe ich sie an mich. Wenn wir so stehen, passen wir perfekt zusammen, sie hat die Arme um mich geschlungen, und mein Kopf ist in ihrem Haar vergraben.

»Wo warst du? Was ist passiert?«, murmelt sie an meiner Brust. »Du kannst es mir erzählen.«

»Ich will nicht darüber reden«, erwidere ich ehrlich. »Es tut mir leid, dass ich die Probe verpasst habe. Es tut mir leid, dass du dir Sorgen gemacht hast. Ich tu es nicht wieder, versprochen.«

Irgendetwas, das ich gesagt habe, bringt sie dazu, sich von mir zu lösen und einen Schritt zurückzutreten. »Schon gut.«

Es ist eben *nicht* gut, und es zerreißt mir das Herz, mit genau dem Lächeln bedacht zu werden, das sie sich aufzwingt, wenn sie vor anderen Leuten verstecken möchte, dass sie getroffen ist. Ich möchte nicht, dass sich die Mauer zwischen uns wieder aufbaut.

Die Worte sprudeln mir aus dem Mund, bevor ich wirklich sagen könnte, wieso. »Erzähl mir ein Geheimnis.«

»Ernsthaft?«

Als ich nicke, holt sie tief Luft und schießt los. »Ich bin traurig, weil du weggefahren bist, ohne mir Bescheid zu sagen. Nicht, ohne irgendjemandem etwas zu sagen, sondern ohne *mir* etwas zu sagen. Ich glaube – glaubte –, ich würde dir ein bisschen mehr bedeuten als die anderen. Du würdest mir vielleicht am meisten vertrauen, weil wir uns schon vorher kannten oder so.«

»Du bedeutest mir mehr.«

»Ich habe gestern Abend überlegt, ob ich mit Clay flirten soll, nur um mich begehrt zu fühlen, wie komisch ist das? Ich habe es nicht getan. Ich habe meine Mom angerufen, bin früh ins Bett gegangen und den ganzen Tag um Emilia rumgeschlichen, um nicht mit meinem Unsinn in Schwierigkeiten zu geraten.«

Bei der Vorstellung, dass mein Verschwinden sie hätte Clay in die Arme treiben können, fühle ich mich grauenhaft. »Du bist nicht komisch, Aurora. Tut mir leid, wenn ich dich verletzt habe. Mal wieder.«

»Es geht nicht um mich, du bist derjenige, bei dem eindeutig etwas nicht in Ordnung ist. Ich versuche nur, nicht diejenige zu sein, die sich wegen anderer Menschen aufführt. Das mache ich nämlich oft, und ich will das nicht. Das ist vermutlich das Einzige, was ich noch besser kann, als zu viel von mir zu erzählen.« Sie presst die Lippen aufeinander und sieht zu mir hoch. Ich wünschte, ich könnte so aus mir herausgehen wie sie, aber selbst nach den letzten vierundzwanzig Stunden hält mich etwas zurück. Sie zuckt mit den Schultern, schlingt die Arme um sich, schützt sich. »Ich möchte für dich da sein, weil ich dich mag. Ich habe das Gefühl, ich könnte eine bessere Freundin für dich sein, wenn du mit mir reden würdest.«

»Ich habe aus Versehen wieder dafür gesorgt, dass wir *nicht* einfach miteinander reden.«

Sie nickt. »So was in der Art. Es heißt nicht, dass du dein Innerstes nach außen stülpen musst, Russ. Wir lernen uns gegenseitig kennen, du darfst Grenzen setzen und Dinge für dich behalten. Manche Menschen können problemlos von sich erzählen, andere nicht. Wir müssen nur einen Mittelweg finden.«

»Es tut mir wirklich leid, dass ich die Probe verpasst habe. Ich weiß, wie wichtig dir der Talentwettbewerb ist, und wenn ich die Wahl gehabt hätte, hätte ich sie nicht verpasst.«

Aurora lässt die Arme sinken, und je länger wir beieinanderstehen, desto mehr entspannt sie sich. »Schon okay. Es kommen noch ein Dutzend weitere Proben. Emilia und Xander waren sehr überzeugend.«

Ich bemerke den Rucksack auf ihrem Rücken. »Wolltest du irgendwohin? Bevor du mich getroffen hast?«

»Ich wollte zu diesem Ort, den ich so gern mag, aber ich war mir nicht sicher, wie das Wetter wird, deshalb wollte ich meine Regenjacke holen. Ich weiß nicht recht, ob es wirklich regnen wird. Vielleicht hat Xander das auch nur behauptet, weil er nicht schwimmen wollte.«

»Kann ich mitkommen? Ich werde mich nicht entspannen können, also brauche ich es auch gar nicht erst zu versuchen. Mir macht es nichts aus, wenn es regnet.«

Sie lächelt, was mich enorm erleichtert. »Wenn es regnet, freuen wir uns einfach über den Regenbogen.«

17. KAPITEL

Aurora

Als ich heute Morgen wach wurde, sagte ich mir, dass ich Russ Callaghan vergessen muss. Dass er nur ein weiterer Mann war, auf dessen Aufmerksamkeit ich fixiert war, und dass er nicht der Mann war, zu dem ich ihn in meinem Kopf machte. Emilia ist der Meinung, dass ich mich entweder zu schnell an jemanden binde oder gar nicht, und dass ich nicht wie die meisten Menschen den richtigen Mittelweg finde.

Ich muss mich wirklich fragen, ob es jemand wert ist, wenn das, was diejenige Person tut, mich dazu bringt, meine Mom anzurufen, nur um zu hören, wie sehr sie mich vermisst.

Ich hatte meine Entscheidung getroffen und blieb auch dabei, was funktionierte, bis er ins Camp zurückkam und plötzlich vor mir stand. Es ist schwer, wütend auf jemanden zu sein, der völlig fertig aussieht. Und es ist schwer, zu sagen, ob ich dieselbe Reaktion gezeigt hätte, wäre er lächelnd und gutaussehend wie immer hereingeschlendert.

Ich wollte gerade ein paar Sachen für meine Wanderung holen, als ich dem Mann, dem ich immer meinen ganzen Mist aufdränge, alle meine Gefühle offenlegte. Ich weiß nicht, was es ist – seine sanften Gesichtszüge, seine Augen, die mich zum Schmelzen bringen, wenn er mir seine volle Aufmerksamkeit widmet, oder diese verdammten Grübchen –, das mich dazu bringt, ihn wortdurchfallmäßig mit all meinen Unsicherheiten zu überschütten.

Er muss total fertig davon sein, mich immer in seiner Nähe zu haben. Allerdings nicht so fertig, dass er mich meinen Rucksack tragen lassen würde.

Russ, der inzwischen frisch geduscht ist, passt sich auf dem steilen Weg hinauf meinen Schritten an und lässt es auch noch ganz einfach wirken.

»Ich kann meinen Rucksack selbst tragen«, wiederhole ich zum tausendsten Mal mit schwerem Atem. Ich muss wirklich mehr trainieren. »Du kommst mir vor wie einer dieser kleinen Esel in Griechenland.«

»Ich helfe gern«, erwidert er. Er ist nicht im Geringsten außer Puste. »Und ich bin es gewohnt, Sachen rumzuschleppen. Allerdings bin ich es nicht gewohnt, Esel genannt zu werden. Danke dafür.«

»Wieso schwitzt du nicht mal? Wenn du willst, kannst du mich tragen, mein Bein tut weh.«

Mir bleibt nicht mal Zeit, zu sagen, dass das ein Witz war, da bin ich schon in der Luft und meine Nase in meinem Rucksack vergraben. Russ hat mich einfach an den Oberschenkeln gepackt und mich über die Schulter geworfen, ohne auch nur einen Moment stehen zu bleiben.

Das war nicht, worum ich gebeten hatte.

»Aurora, jedes Mal, wenn du dich windest, reibst du mit deinem Hintern über mein Gesicht«, sagt er lässig.

Oh bitte, gib mir Kraft. »Das mit dem Tragen meinte ich nicht wörtlich. Ich war nur dramatisch, um Mitleid zu erregen.«

Seine Finger bohren sich in meinen Oberschenkel, und ein Teil von mir, der schwer vernachlässigt wurde, fängt an zu pulsieren. Ich sollte aufhören, darüber nachzudenken, wie groß seine Hand im Vergleich zu meinem Oberschenkel ist.

»Das ist meine Art, Mitleid zu zeigen«, zieht er mich auf. »Wir sind sowieso gleich oben. Allerdings fühle ich mich jetzt definitiv wie ein Esel.«

»Ich nehme es zurück. Du bist ein Shrek, und ich bin Prinzessin Fiona.«

Er lacht, und ich wackele auf seinen bebenden Schultern hin und her. »Tja, Grün ist meine Lieblingsfarbe.«

»Was für ein Grün? Oger-grün?«

»Ein Grün, das der Farbe deiner Augen am meisten ähnelt.« Er setzt mich wieder am Boden ab, aber meine Beine sind Wackelpudding. »Verdammt, ist das schön hier.«

Ich bin noch viel zu mitgenommen von dem, was er über meine Augen gesagt hat, um zu merken, dass wir an meinem Lieblingsort angekommen sind. Ich bin mir nicht sicher, wie die Bezeichnung für diese Art von Wasserquelle ist, jedenfalls ist das Wasser kristallklar und warm, und wir sind viel zu weit von allen entfernt, um jemals gestört zu werden. Damals, als ich als Kind hierherkam, mochte ich die Felsen um das Wasser am liebsten, aber jetzt weiß ich vor allem zu schätzen, wie ruhig es hier ist. Russ hilft mir, die Picknickdecke am Ufer im Gras auszubreiten, und ich packe unsere Wasserflaschen und Energieriegel aus.

»Das erste Mal, dass wir ganz allein sind, seit wir hier sind. Kein einziger Mensch, der uns stört«, sage ich und ziehe meine Schuhe aus. Er sieht mir zu, und sein Blick tanzt über meine Haut, als ich meine Shorts herunterziehe.

Er macht es mir nach, zieht sich langsam aus, beobachtet, wie ich mein T-Shirt über den Kopf streife, während er dasselbe tut. Ich bin außer mir vor Freude, mein Herzschlag beschleunigt sich, und ich kann mir das Lächeln nicht verkneifen.

Er wirft seine Socken auf den wachsenden Kleiderstapel.

»Wir tun es also?«

Ich nicke und zähle von drei rückwärts. Die Aufregung flutet durch mich hindurch, und als ich *»Los!«* rufe, übernimmt mein Körper die Führung, und ich sprinte von Russ weg, auf die Felsen zu.

In einem Bikini einen Sprint hinzulegen ist vermutlich die schlechteste Idee, die ich je hatte – und ich hatte viele schlechte Ideen. Wenn ich davon, dass mir meine Brüste ins Gesicht donnern, eine Gehirnerschütterung bekomme, werde ich mich von dieser Peinlichkeit nie mehr erholen.

Die Felsen sind heiß unter meinen Füßen, als ich nach oben klettere. Es ist nicht hoch, und der Weg ist auch nicht schwierig, aber ich bin mir des Mannes hinter mir bewusst, der, wie ich vermute, langsam macht, um mich gewinnen zu lassen, und der heute zum zweiten Mal meinen Hintern direkt vor seinem Gesicht hat.

Bei unserem Rennen ging es darum, wer als Erster im Wasser ist, aber jetzt, wo ich hier oben bin, kommt es mir viel höher vor als damals, als ich jünger war. Russ lässt mir gar nicht erst Zeit, Panik zu bekommen, er hebt mich hoch und springt mit mir in seinen Armen ins Wasser.

Das kühle Nass ist ein angenehmer Kontrast zur heißen Sonne, aber nichts ist heißer als Russ. Er streicht sein nasses Haar aus dem Gesicht, wobei sein Bizeps aus dem Wasser herausragt, dann lässt er sich auf dem Rücken im Wasser treiben und genießt die Sonne. Irgendwie sieht er ausgelassener aus als vorhin; ich bin froh, dass ich ihn hierhergebracht habe. Es ist der friedlichste Ort, den ich kenne, und ich habe das Gefühl, dass er genau das braucht.

Vielleicht hätte ich ihm nur den Weg hierher zeigen und ihn allein gehen lassen sollen, denn die Stille macht mich nervös. Trotzdem gebe ich mein Bestes, damit ich sie nicht wieder mit Smalltalk fülle.

»Wie hast du diesen Ort gefunden?«, fragt Russ, der noch immer mit geschlossenen Augen auf dem Rücken treibt, und, mein Gott, diese Erleichterung, wieder reden zu können!

Ich lasse mich näher zu ihm hintreiben, als könnte ich alles ruinieren, wenn ich zu laut rede. »Das eine Jahr hatten wir einen Betreuer, der es nicht so mit Teamsport hatte, deshalb hat er immer Wanderungen durch das gesamte Stück Land organisiert, das Orla und ihrer Familie gehört. Das war mein Lieblingsort.«

»Es ist wunderschön.«

»Stimmt.«

»Haigefahr?«

»Gering.«

Er öffnet die Augen und lächelt mich an. Mein Herz fängt an zu rasen. »Was für eine Erleichterung.«

»Du siehst schon besser aus«, sage ich vorsichtig. Ich möchte, dass er mir erzählt, wieso er so plötzlich wegmusste, aber ich versuche, nicht wie ein Güterzug in sein Leben hineinzurasen und ihm ein ungutes Gefühl zu geben, zumal er mir gesagt hat, er will nicht darüber reden.

Himmel, ist es anstrengend, sich erst Gedanken über das zu machen, was man tut, bevor man es tut.

»Ich fühle mich besser. Danke, dass du mich hierhergebracht hast.«

»Falls du … möchtest, ähm …« Großartiger Anfang, Rory. »Falls du deine Meinung änderst und doch über irgendetwas reden möchtest, das mit dem zu tun hat, wo du warst, wäre das für mich okay. Wir könnten versuchen, einen Zwischenweg zu finden.«

»Ich möchte dich nicht mit meinem emotionalen Gepäck belasten.«

»Mir macht das nichts. Das ist keine Belastung. Außerdem

hast du gerade mein Gepäck und mich dazu den Berg hochgetragen. Was immer es ist, ich komme damit klar, Callaghan.«

»Es ist Ballast. Du hast selbst genug, du brauchst nicht auch das Gepäck der anderen zu tragen.«

Ich hasse mich und mein großes Mundwerk. Das habe ich gesagt, als wir vor Wochen hier zu arbeiten anfingen und mich jemand fragte, warum ich nicht in einer Beziehung bin. Ich wusste nicht, wie ich zu Leuten, die ich gerade erst kennengelernt hatte – einschließlich Russ –, auf nette Art sagen sollte, dass ich wenig bis kein Vertrauen in Männer habe, zumal ich ein einziges Wrack bin. Deshalb antwortete ich das Erste, was mir in den Sinn kam, und das war leider, dass ich keine Lust auf das emotionale Gepäck anderer Leute hätte.

»Ich will dein Gepäck.«

»Aurora«, sagt er, entschiedener diesmal. »Glaub mir, das willst du nicht.«

Er hört mir nicht zu, und das frustriert mich, aber ich weiß, ich kämpfe hier nur mit den Folgen meiner eigenen Sprüche. Ich spüre, wie ich bei dem Versuch, meine Gedanken in Worte zu fassen, immer mehr durcheinandergerate. »Doch. Ich will alles. Stell dir vor, ich wäre ein Flughafen. Gib mir alles.«

Man sollte mich knebeln, ehrlich.

Russ kneift die Augen zusammen. Er ist genauso verwirrt wie ich. »Wovon redest du?«

»Flughafen? Gepäck? Keine Ahnung. Die meiste Zeit habe ich keine Ahnung, was ich tu oder sage, aber ich habe wirklich gemeint, was ich vorhin gesagt habe, Russ. Ich komme damit klar.«

Ich bin auf derart unvertrautem Terrain, und ich hasse es. Er streckt die Hand aus und streicht mir das nasse Haar hinter das Ohr, und als er seine Hand ein wenig länger dort liegen lässt als nötig, summt mein ganzer Körper vor Glück. »Wir sollten vermutlich rausgehen, bevor wir wie Rosinen aussehen.«

Ich schreie innerlich.

Wortlos hilft er mir, aus dem Wasser zu klettern, und wir gehen zurück. Ich werfe mich auf den weichen Stoff der Decke und fühle mich so, als hätte ich gerade eine Niederlage erlitten. Dann lege ich mich auf den Rücken, um zu trocknen.

Ich schirme die Sonne mit der Hand ab und beobachte Russ, der sich auf der Suche nach einer bequemeren Position hin und her wälzt. »Leg deinen Kopf auf meinen Bauch.«

»Ich komme schon zurecht. Ich muss nur eine …«

»Du wirst bequem liegen, ich verspreche es dir.«

Widerstrebend dreht er sich so, dass er sich zurücklehnen und den Kopf sanft auf meinen Bauch legen kann. »Wenn es unbequem …«

»Emilia benutzt mich die ganze Zeit als Kissen. Du bist sanfter als sie. Alles gut, ich schwöre.«

Ich bin mir nicht sicher, wann ich mich endlich mit der Stille zwischen uns abgefunden habe. Aber ohne den Lärm meines ständigen Gebabbels kann ich seinen Atem hören. Fast fünfzehn Minuten vergehen, bis er zu reden beginnt.

»Mein Vater wurde von einem Betrunkenen angefahren.«

Ich erstarre, als mich gleichzeitig Erleichterung und Panik überfallen, weil er es mir endlich erzählt.

»Ich sehe meine Familie nicht sehr oft und rede auch nicht mit ihr, weil …« Er hält einen Moment inne, und während ich warte, streiche ich ihm sanft über den Kopf, damit er weiß, dass ich zuhöre. »Na ja, weil mein Dad mir ein schlechtes Gefühl vermittelt, was meine Person angeht. Als ich ganz klein war, war er mein Held. Nie hat er ein Eishockeyspiel verpasst, nie ein Schulfest oder einen Elternabend. Als ich die Highschool abschloss, haben wir kaum noch miteinander geredet.«

»Was hatte sich geändert?«, frage ich leise.

»Er hat sich verändert. Es kam nicht über Nacht. Es waren kleine Dinge, die sich mit der Zeit häuften und es immer schwieriger machten, mit ihm zu reden. Er wurde gemeiner und gemeiner, und jetzt halte ich es überhaupt nicht mehr aus, mit ihm zu reden.«

»Das ist echt übel. Und das mit dem Unfall tut mir auch leid. Das allein ist ja schon eine Menge, womit du fertigwerden musst. Ging es deinem Dad so weit gut, als du dort warst?«

»Er wird wieder ganz gesund werden. Ich musste ihn schon ein paar Mal im Krankenhaus besuchen, und immer war es seine Schuld. Diesmal war es genau genommen nicht seine Schuld, aber ich habe trotzdem das Gefühl, sie ihm geben zu müssen, verstehst du?« Noch immer fahre ich mit der Hand durch sein Haar, weil ich fürchte, dass er nicht mehr redet, wenn ich aufhöre. »Nach dem Motto, wenn er nicht tun würde, was er tut, wäre er gar nicht erst dort gewesen, wo er war, und dann wäre er auch nicht angefahren worden.«

»Ich verstehe.«

»Ich wollte nicht ins Krankenhaus, aber mein Bruder hat gedroht, dass er herkommt und mich nach Maple Hills zurückschleift, wenn ich nicht freiwillig hingehe. Ich wollte mein Familiendrama nicht ins Camp bringen; ich bin hierhergekommen, um genau das loszuwerden. Aber wie sich herausstellte, hatte Ethan gelogen, er ist nicht mal auf dieser Seite des Landes. Clever, wirklich. Er weiß, dass mich seine Drohung nicht beeindruckt hätte, wenn ich geglaubt hätte, er wäre weit weg.«

»Ihr steht euch nicht nah?«

»Ethan ist sauer auf die Welt, und ich weiß nicht, warum. Meine Wut hängt damit zusammen, dass ich das Gefühl habe, nicht entkommen zu können. Er ist schon vor Jahren abgehauen, worüber also beklagt er sich? Es ist schwer, sich näherzukommen, wenn er mich dauernd wegen irgendetwas anschreit. Manchmal erinnert er mich an Dad. Das sollte ich ihm sagen, wenn er mich das nächste Mal anbrüllt. Vermutlich gehen wir die Dinge einfach unterschiedlich an. Er hält mich aus bestimmten Gründen für egoistisch, und ich halte ihn aus bestimmten Gründen für egoistisch, und, na ja, das ist nicht gerade eine super Ausgangsbasis für eine gute Beziehung.«

»Meine Schwester und ich stehen uns auch nicht nahe. Wir gehen zwar alles ähnlich an, was für keine von uns unbedingt ein Kompliment ist, aber wir leben sehr unterschiedliche Leben. Deshalb verstehe ich es in gewisser Weise.«

»Gestern habe ich zum ersten Mal ehrlich gesagt, was ich fühle. Es hat sich gut angefühlt, endlich zu sagen, was ich auf dem Herzen habe. Es fühlt sich gut an, dir das alles zu erzählen, deshalb danke, dass du so viel Geduld mit mir hast.«

»Du bist wirklich mutig, Russ.«

»Ich bin das genaue Gegenteil von mutig. Das hat er mir oft genug vorgeworfen, dass es sich in meinem Gehirn eingeprägt hat.«

Mit jedem Wort sehe ich immer deutlicher, wer Russ ist, und ich fühle mich geehrt, dass der Mann, der so wenig von sich erzählt, ausgerechnet mich ins Vertrauen zieht.

»Du bist durchaus mutig. Wir leben in einer Gesellschaft, die uns weismacht, dass unsere Eltern das Beste sind, was wir haben und was wir jemals verlieren könnten. Und du machst einfach … Ich kann es nicht mal richtig beschreiben. Jedenfalls sorgst du für dich. Das ist mutig.«

»Ich habe vor langer Zeit gelernt, dass, wenn ich es nicht selbst tue, niemand anderes für mich sorgen wird. Wenn man Menschen vergibt, die einen regelmäßig enttäuschen, dann ist es, als würde man wieder und wieder die Hand ins Feuer halten und erwarten, es würde einen dieses Mal nicht verbrennen.«

»Klingt nach mir und meinem Dad. Nur dass ich schon völlig verkohlt bin.«

»Was ist mit euch beiden?«

»Elsa glaubt, er hasst uns, weil wir beide katastrophale Fahrerinnen sind, aber ich denke, es liegt daran, dass ich wie meine Mom aussehe, und die hasst er wirklich.«

Er stützt sich auf den Ellbogen und schaut mich über die Schulter hinweg an. »Moment mal, deine Schwester heißt Elsa? Sind deine Eltern Disney-Fans?«

Ich kann gar nicht zählen, wie oft ich schon Ähnliches gefragt worden bin. »Also echt. Ich bin nach den Nordlichtern benannt. Ich hätte mein ganzes Leben glauben können, ich wäre nach einer Prinzessin benannt, aber meine Mom beschloss, mich stattdessen zu traumatisieren, indem sie mir erzählte, wo ich gezeugt wurde.«

Lachend lehnt er sich wieder an meinen Bauch. »Und Elsa?«

»Stammt aus der Zeit vor *Frozen*. In manchen Teilen Europas ist das ein ziemlich beliebter Name. Mein Dad tut gern so, als wäre er in seiner Jugend mit dem Rucksack durch Skandinavien gereist, aber in Wirklichkeit wohnte er in teuren Hotels und hat jeden Abend in noch teureren Restaurants gegessen – kein Hostel und kein Rucksack weit und breit.« Darüber lacht Mom immer gern. »Er besitzt ein Formel-1-Team namens Fenrir, was ein Name aus der nordischen Mythologie ist, es gibt da also ein Motto. Elsa hat den Leuten immer erzählt, wir hätten einen Bruder namens Thor.«

»Würde es dir helfen, wenn du wüsstest, dass ich nach einem Hund benannt bin, den meine Mutter als Kind hatte?«

»Ja. Ich komme mir blöd vor, dass ich dir von meinem Dad erzählt habe, nachdem dein Dad so grausam zu dir war. Mein

Dad ist nicht grausam. Er sagt nicht direkt schreckliche Dinge zu mir – er gibt mir nur das Gefühl, sein Leben wäre einfacher, wenn es mich nicht gäbe. Bei ihm kam immer die Arbeit zuerst, was ich verstehe, weil auf seinen Schultern eine Menge Verantwortung lastet. Aber das ist auch der Grund, weshalb sich mir tolle Chancen auftaten und ich an Orten war, für die andere Leute töten würden.«

»Nur dass Nettigkeiten das Schlimme nicht akzeptabler machen«, erwidert Russ.

»Ich würde das alles hergeben für das Gefühl, dass er mich liebt. Wir hängen in diesem Teufelskreis fest, in dem er mich ignoriert und ich etwas Dummes anstelle, um seine Aufmerksamkeit zu bekommen. Als Teenie habe ich geklaut, wohl wissend, dass ich erwischt werde. Ich habe mir einen falschen Ausweis besorgt und war an Orten, für die ich zu jung war. Habe meine Lehrer genervt. Habe an einem Renntag ein Foto von mir in den Fanartikeln seines Hauptkonkurrenten, Elysium, gepostet. Die Formel-1-Seiten haben es unermüdlich repostet.«

»Meine Güte, Rory.«

»Und es funktioniert, aber nur für kurze Zeit, solange er wütend ist. Zumindest ruft er dann an und trifft sich mit mir. Nie passiert irgendetwas. Ich werde nicht bestraft, er versucht nicht, zu verstehen. Meine Mom rechtfertigt es damit, dass es seine Schuld ist, dass ich so bin. Dann erlischt seine Wut, und er tut wieder so, als würde ich nicht existieren. Und jedes Mal denke ich so etwas wie *diesmal wird er mir beweisen, dass ich ihm etwas bedeute* – aber jedes Mal verletze ich mich selbst.« Ich weiß, dass ich schwafele, ich weiß, dass ich zu viel von mir erzähle, aber als ich mich gerade bremsen will, greift er nach meiner Hand, die in seinem Haar ruht, und drückt sie, damit ich weiterrede.

»Ich mache weiter im Teufelskreis. Er hat eine Freundin, die Norah heißt, und die hat eine Tochter in unserem Alter – Isobel. Norahs Posts über Dad klingen, als wären sie die glücklichste Familie. Aber ich werde nie dazugehören. Es macht mich traurig, und es bringt mich dazu, exzessive Mengen Tequila zu trinken und dich zu fragen, ob du mit mir nackt baden gehst.«

»Das fühlt sich an, als läge es schon eine Million Jahre zurück.«

»Deshalb habe ich diesen Ort als Kind so sehr geliebt. Das waren zwei Monate, in denen ich mich erwünscht und geschätzt gefühlt habe. Ich brauchte mir keine Gedanken zu machen, was zu Hause lief. Ich wusste, ich musste hierher zurückkommen, um den Teufelskreis zu durchbrechen. So, da war jetzt mein Gepäck an Traumata. Wie witzig. Wir sind echt ein Paar, wie?«

»Eine lebende Werbung für Daddy Issues.«

»Hasst du deine Eltern? Ich hasse sie nicht, obwohl sie mit Sicherheit die Wurzel meiner ganzen Probleme sind.«

Er sagt nichts, deshalb schweige auch ich. Vielleicht habe ich ihn zu sehr gedrängt, und so zwirble ich weiter die Spitzen seiner Haare und massiere mit meinen Fingern seine Kopfhaut.

»Tut mir leid, du musst mir nichts erzählen, was du nicht erzählen möchtest. Ich wollte nicht zu weit gehen.«

»Das bist du nicht. Ich habe gestern zu meinem Dad gesagt, ich würde ihn hassen, aber ich war verletzt. Allerdings bin ich mir nicht sicher, ob ich ihn hasse. Ich glaube, ich hasse die Gefühle, die er in mir auslöst. Wenn er mit all den Dingen aufhören würde, von denen er weiß, dass er sie nicht tun sollte, und wieder so wäre wie damals in meiner Kindheit, dann könnte ich ihn in meinem Leben haben.«

»Was ist mit deiner Mom?«

Er brummt, lange und tief. »Ich liebe meine Mom. Ich war nur immer sauer auf sie, weil sie zu meinem Dad hält. Ich glaube aber, dass sie gestern, nachdem ich mit ihr geredet habe, gemerkt hat, dass sie nicht alles weiß. Also ja, das ist mein Gepäck an Traumata.«

Jetzt, da ich weiß, mit was für schwierigen Beziehungen er zu kämpfen hat, verstehe ich ihn viel besser, und mir ist ganz schwindlig davon, dass er mir etwas so Verletzliches anvertraut hat. »Danke, dass du es mir erzählt hast.«

»Danke, dass du dich mit einem Flughafen verglichen hast.«

Ich versuche, schnell wieder mit Lachen aufzuhören, damit er nicht seekrank wird, aber ich schaffe es nicht. Ich lege die Hände vor das Gesicht, als könnte ich so jegliche Peinlichkeit ausblenden. »Ich schwöre, normalerweise bin ich nicht solch eine Katastrophe. Ich glaube, du machst mich nervös. Die Worte sprudeln aus mir heraus, und ich kann sie einfach nicht zurückhalten. Manchmal liege ich nachts im Bett und krümme mich vor Peinlichkeit. Emilia zieht mich deswegen die ganze Zeit auf, seit wir hier sind.«

»Ich mag es, Aurora.« Er dreht sich auf den Bauch und stützt das Kinn in die Hand. Ich linse durch meine Finger hindurch. »Du machst es mir einfacher, ich selbst zu sein, weil du so … du bist. Ich zergrüble alles, bevor ich etwas sage oder tu, und du …«

»Ich denke nicht, bevor ich rede?«

»Du sagst, was dir in den Kopf kommt.« Er schiebt mir die Hände aus dem Gesicht, damit ich mich nicht verstecken kann. »Das ist großartig. Du bist großartig.«

»Du weißt wirklich, wie man einer Frau das Gefühl gibt, etwas Besonderes zu sein, Callaghan.« Es könnte sein, dass ich gleich in Flammen aufgehe. »Vergiss nicht, wenn ich das nächste Mal Wortdurchfall bekomme, dass du mich dazu ermutigt hast.«

Er lacht und legt sich kopfschüttelnd wieder hin. Diesmal legt er die Wange an meinen nackten Bauch. »Ist das okay?«, erkundigt er sich vorsichtig.

»Ja.« Ich lege die Hand an seinen Nacken, male Muster auf seine Haut und lasse die Finger über seine harte Schultermuskulatur gleiten. »Ist das okay?«

»Ja.«

Und ich weiß nicht genau, welches Tier ich gerade male, als es passiert, aber irgendwo zwischen einem Nilpferd und einem Pinguin schläft er ein. Also male ich weiter, bis meine Hand schließlich immer langsamer wird und ich ebenfalls einschlafe.

18. KAPITEL

Aurora

»Rory, das stinkt so. Ich schaffe das nicht.«

Emilia hat die Hände vor das Gesicht geschlagen, damit ihr Würgen nicht so laut zu hören ist. Ich kann es mir nicht verkneifen, die Augen zu verdrehen, als sie vorsichtig einen Schritt von der Bettwäsche weg macht, die mit Erbrochenem besudelt ist.

Ich packe sie in einen Wäschesack. »Du bist so ein Baby. So schlimm ist es gar nicht.«

»Du kannst mich das nicht während des Pride-Months machen lassen. Das ist ein Hassverbrechen, Aurora.«

Wir haben angefangen, unseren Eltern Alkohol zu klauen, als wir das erste Jahr in der Highschool waren. Ich habe Emilia häufiger das Haar zurückhalten müssen, als ich zählen mag, aber damit umgehen zu müssen, dass jemand krank ist, findet sie offenbar abscheulich.

Ich binde den Wäschesack oben fest zu und halte ihn ihr hin. »Kannst du den bitte wegbringen und die Krankenschwester herschicken?«

Sie schnappt sich den Sack, nickt und rennt aus der Hütte. »Ich liebe dich«, ruft sie über die Schulter zurück.

»Auroraaaaaaaa!« Mein Name hallt durch den Gemeinschaftswaschraum, der sich an den Schlafbereich der Kinder anschließt, gefolgt von Würgegeräuschen.

Genau so wurde mein Name gebrüllt, als ich zum ersten Mal auf das Kotzdrama aufmerksam wurde.

Wir haben an diesem Tag Pride gefeiert. Ich habe an Stellen Glitzer, wo keine Frau Glitzer haben sollte, was nicht überraschend ist, nachdem Xander für ihn verantwortlich war und ihn auf sämtlichen Oberflächen verteilt hat. Als wir unser Diversitäts- und Inklusionstraining absolvierten, erklärte uns Orla, wir würden Pride erst nach dem vierten Juli feiern. Die Mutter von einem der Kids ist die Managerin von Nachwuchssängern und -sängerinnen, die eine Vorstellung für die Kinder geben würden. Aber sie wären erst heute verfügbar.

An diesem Ort verliert man sowieso jegliches Zeitgefühl, sie hätten mir also auch erzählen können, es wäre erst Juni, und ich hätte es glatt geglaubt.

Ich dachte, einen ruhigen Abend vor mir zu haben, bis Jasmine mir sagte, sie fühle sich nicht wohl und wolle gleich nach dem Essen ins Bett gehen. Maya und Clay haben Nachtdienst, aber ich sagte zu ihnen, es würde mir nichts ausmachen, bei Jasmine zu bleiben, bis sie an dem Abend die ganzen anderen Kinder ins Bett gebracht hätten.

Jasmine hatte kein Fieber, als ich gemessen habe, deshalb schlug ich ihr vor, sie solle sich auf ihr Bett setzen, während ich Gesichtsreiniger holte, um ihre Haut vom Glitzer und von dem aufgemalten Regenbogen zu befreien. Und genau dann hörte ich sie meinen Namen rufen.

Ich weiß nicht, wie sie es geschafft hat, ihr Bett und sich selbst einzusauen, aber es ist ihr gelungen. Ich habe sie unter die Dusche geschickt und ihr Bettzeug abgezogen, und das war der Moment, als Emilia vorbeikam, um zu fragen, ob ich ein Mineralwasser wollte.

Ich strecke den Kopf in die Toilettenkabine, wo Jasmine auf dem Boden hockt. Sie sieht elend aus. Kaum hat sie mich entdeckt, treten ihr Tränen in die Augen, und ihre Unterlippe fängt an zu zittern. »Es tut mir leid.«

»Es gibt nichts, wofür du dich entschuldigen müsstest, mein Liebling.« Ich hocke mich hinter sie und halte ihr jetzt nasses Haar hoch, als sie den Kopf wieder über die Toilettenschüssel hält. »Wenn alles raus ist, wird es dir besser gehen.«

»Ich glaube, ich habe zu viele Süßigkeiten gegessen«, murmelt sie.

»Das glaube ich auch.«

»Ich will zu meiner Mom.«

»Ich weiß, Süße. Aber jetzt machen wir dich erst mal sauber, und dann rufen wir deine Mom an.«

Schließlich hat ihr Körper genug, und ich helfe ihr vom Boden hoch, gerade als Kelly, die Camp-Krankenschwester, hereinkommt, um sie zu untersuchen. Wie vermutet, scheint Jasmine nichts Ernsthaftes zu fehlen, es war nur zu viel Maßlosigkeit und zu viel Überanstrengung. Als wir wieder zu zweit sind, setze ich Jasmine auf den Waschtisch und gehe ihren Kulturbeutel holen.

Es dauert nicht lange, bis ich *ihn* entdecke, zumal er mit seiner Körpergröße schwer zu übersehen ist, aber ich bin trotzdem überrascht. »Stiehlst du jetzt Teddybären, Callaghan?«

Russ, der mit einem Bettlaken in der Hand über Jasmines Stockbett gebeugt steht, richtet sich auf. »Ja.« Er deutet auf einen Wäschesack hinter sich. »Vor allem mag ich die, die nach Tod riechen.«

»Ich verstehe gar nicht, wie ein einziges kleines Mädchen so viel Verwüstung anrichten kann. Danke, du hättest ihr Bett nicht neu zu beziehen brauchen. Ich hätte das schon gemacht.«

»Du hast genug zu tun. Emilia konnte uns nicht erzählen, was passiert ist, ohne zu würgen, deshalb dachte ich, ich schaue mir das lieber selbst mal an.«

Ich schnappe mir den Kulturbeutel, hole einen frischen Schlafanzug aus der Schublade unter Jasmines Bett und gehe rasch zu ihr zurück. Sie sieht noch genauso mitgenommen aus wie vorher, aber allmählich nehmen ihre Wangen wieder Farbe an. Sie klettert herunter und zieht den frischen Schlafanzug an. Ich bürste und flechte ihr Haar, während sie sich die Zähne putzt.

Es klopft an der Tür zum Waschraum, und als ich öffne, steht dort Russ mit Jasmines Wasserflasche. »Vermutlich ist sie dehydriert.«

Wieso bist du bloß so verdammt lieb? »Da hast du recht, danke.«

»Das Bett ist gemacht, und den Bären bringe ich in die Waschküche. Braucht eine von euch sonst noch irgendwas?«, fragt er, und ich schüttele den Kopf. »Gut, dann stehe ich euch mal nicht länger im Weg.«

»Danke.«

Ich sehe ihm hinterher, wie er davongeht, dann schließe ich die Tür, drehe mich wieder zu Jasmine um und reiche ihr die Wasserflasche. Sie runzelt die Stirn. »Du benimmst dich seltsam.«

»Nein. Tu ich nicht.«

»Doch. Du bist schüchtern. Sonst bist du nie schüchtern, du redest permanent.« Für ein Kind, das gerade erst überall hingekotzt hat, ist sie überraschend scharfsinnig. »Leon sagt, Russ ist dein Freund.«

Ich ignoriere die sofort einsetzende Panik und konzentriere mich stattdessen darauf, ihr den Glitzer vom Gesicht zu putzen, denn offensichtlich ist sie den nicht mal unter der Dusche losgeworden. »Leon hat unrecht.«

»Leon sagt, ihr schaut euch den ganzen Tag an und ihr steht immer ganz nah beieinander.«

Leon wird morgen irgendwo in den Dreck geschubst. »Wir sind Freunde. Ich bin mit allen Betreuenden befreundet. Wenn du neben Leon stehst, ist er dann gleich dein Freund? Nein.«

»Leon hat gesagt, du würdest es abstreiten.«

Aus was zum Teufel ist diese Gesichtsfarbe gemacht?

»Vielleicht sollte Leon weniger tratschen und mehr mit seinen Freunden spielen.«

»Er weiß alles über alle. Er hat uns erzählt, dass Monas große Schwester bei den Waschbären ist und geweint hat, weil sie in Russ verliebt ist.«

Endlich lässt sich der Regenbogen wegreiben, und die Freiheit von diesem Gespräch ist so nah, dass ich sie bereits schmecken kann. Leons Dad besitzt eine aufdringliche, von Paparazziberichten strotzende Boulevardzeitung, in der leider auch schon mal über mich berichtet wurde, deshalb überrascht es mich nicht, dass Leon nicht weiß, wie man sich um seine eigenen Angelegenheiten kümmert.

Ich seufze. Plötzlich fühle ich mich schuldig für all die Jahre, in denen ich Jenna terrorisiert habe. »Monas große Schwester ist vierzehn und viel zu jung für einen der Betreuer. Sie sollte sich in jemanden in ihrem Alter verlieben.«

»Bist du eifersüchtig? Du klingst eifersüchtig.«

Gib mir Kraft. »Erwachsene werden auf Kinder nicht eifersüchtig. Aber ich nehme an, diese ganzen Fragen bedeuten, dass du dich gut genug fühlst, um weiter als zwei Meter von der Toilette entfernt zu sein. Ich glaube, es wird Zeit, dass du wieder ins Bett gehst. Willst du immer noch deine Mom anrufen?«

»Nein. Es ist okay.«

Jasmine klettert gerade in ihr jetzt wieder sauberes Bett, als Jenna ins Zimmer kommt. »Hallo, Schatz.«

»Hallo«, erwidere ich.

»Nicht du«, grummelt sie in meine Richtung und geht neben

dem Bett in die Hocke. »Ich habe gehört, du fühlst dich nicht so gut.«

Jasmine wiederholt für Jenna, wie sie sich fühlt, und lobt dabei netterweise mein Talent beim Haare zurückhalten. Jenna nickt gelegentlich, bis Jasmine fertig ist, und sagt schließlich, dass sie bei ihr bleibt und regelmäßig nach ihr sehen wird, aber dass sie jetzt schlafen soll.

Als ich gehe, formt Jenna mit den Lippen: »Gern geschehen.«

Die Party ist noch in vollem Gang, als ich nach draußen komme, es klingt verdächtig nach Karaoke, aber ich weiß, ich rieche abstoßend, deshalb gehe ich in meine Hütte zurück, um zu duschen. Ich war jedes Jahr auf Pride-Events, seit sich Emilia mir gegenüber geoutet hat, als wir fünfzehn waren, und diese Party ist die erste, die ich verlassen musste, um den Geruch nach Erbrochenem loszuwerden.

So gern ich eigentlich ins Bett kriechen möchte, gehe ich doch wieder zur Abendaktivität zurück, um meine Teamkollegen mit den Kids zu unterstützen. Ich bin schon halb dort, als Clay von der anderen Seite des Wegs ruft: »Wie geht es Jas?«

»Gut, es waren nur zu viele Süßigkeiten und zu viel Aufregung.«

Er steckt die Hände in die Taschen seiner Jeans und deutet mit dem Kopf in Richtung Hauptgebäude. »Kannst du mir helfen, Marshmallows zu suchen? Die gelatinefreien sind aus.«

Ich unterdrücke einen Seufzer, denn es liegt nicht an ihm, es liegt an mir und meinem Wunsch, mit einem oder gleich drei Hunden am Feuer zu sitzen, umgeben von Graham-Crackern. Aber wenn er sie nicht findet, werde ich auch keine Marshmallows essen können, deshalb nicke ich und gehe über den Rasen auf ihn zu.

»Wie gefällt dir das Camp? Ich kann kaum glauben, dass die Hälfte der Zeit schon rum ist.«

Ich lächle über seinen Versuch, Smalltalk zu machen, was ihm sofort auffällt.

»Das war eine langweilige Frage. Tut mir leid, ich habe nie Gelegenheit, mit dir allein zu reden.«

Seit unserer gemeinsamen Nachtschicht habe ich es bewusst gemieden, mit Clay allein zu sein, weil ich null Interesse an ihm habe, nicht mal auf platonische Art. Ich bin nicht völlig ahnungslos, ich weiß, dass das ein Versuch war, mich ins Bett zu kriegen. Normalerweise hätte ich mich von dieser Aufmerksamkeit geschmeichelt gefühlt, aber sein andauerndes Glotzen ist mir unangenehm. Ich glaube, es hilft mir, wenn ich mit Leuten zusammen bin, die deshalb gern Zeit mit mir verbringen, weil sie meine Gesellschaft schätzen. Clay sieht mich an, als würde er mich ausziehen. Russ sieht mich an, als würde ich ihm die interessanteste Geschichte der Welt erzählen.

Es ist gut, zu merken, dass ich mehr zu bieten habe. Es ist gut, zu spüren, dass ich mehr verdient habe. Meine Ära der Selbstentwicklung und der persönlichen Entfaltung hatte vielleicht einen schwierigen Start, aber das wird schon.

Mir ist aufgefallen, dass sich Clay abends, wenn die Kinder alle im Bett sind, häufiger mit einer der Rettungsschwimmerinnen trifft, also hat er hoffentlich eine andere Person gefunden, der er hinterherrennen kann.

»Ich bin gern hier«, antworte ich dennoch. »Ich werde traurig sein, wenn der Sommer vorbei ist. Und du?«

Er fängt an, davon zu reden, was er diesen Sommer alles hätte machen können, statt hierherzukommen, und ich schalte sofort ab. Und als er zum dritten Mal seine vielversprechende Model-Karriere erwähnt, könnte er genauso gut eine andere Sprache sprechen. Ich betrete die Vorratskammer, und er folgt mir dicht auf den Fersen, erzählt mir von der Reise nach Cabo, die er mit seinen Kumpeln machen will, bevor die Uni wieder losgeht.

»Du kannst auf jeden Fall mitkommen, wenn du möchtest.« Er lehnt sich an die Regale und bietet mir nicht die geringste Hilfe an, während ich sie nach der Schachtel mit den Marshmallows absuche.

»Das ist lieb von dir, aber mein Pass ist abgelaufen.« Ist er nicht. »Trotzdem danke.«

Bohnen, Dosentomaten, Bohnen ... wieso haben wir so viele Bohnen?

»Na ja, wir haben uns nicht auf Cabo festgelegt. Vielleicht fahren wir auch nach Vegas.«

Mais, scharfe Soße, noch mehr Bohnen ... »Du wirst sicher viel Spaß mit deinen Freunden haben, egal wohin ihr letztlich fahrt. Oh. Da sind sie ja!« Ich stelle mich auf die Zehenspitzen und strecke mich, um an die Schachtel mit den Marshmallows zu kommen, damit ich so schnell wie möglich hier rauskomme.

»Lass mich dir helfen.« Clay kommt mir supernah, ohne mich wirklich zu berühren. Er greift nach oben, schnappt sich die Schachtel, an die ich nicht ganz heranreiche, und klemmt sie sich unter den Arm. Er tritt nicht zurück, als ich mich umdrehe, und als ich hochschaue, schaut er auf mich hinunter. Er hört nicht auf damit, sondern senkt langsam den Kopf und schließt die Augen.

Mein Nacken kribbelt, meine Handflächen sind nass vor Schweiß. »Ich will nicht, dass du mich küsst!«

Eigentlich will ich das ganz ruhig sagen. Ein cooles, beiläufiges »Nein danke, bin nicht interessiert«, wie eine Erwachsene. Stattdessen brülle ich ihn so laut an, dass er einen Satz macht, sich sofort aufrichtet und die Augen aufreißt. Seine erste Reaktion ist Verwirrung, vermutlich weil er selten zurückgewiesen wird, aber er erholt sich schnell. »Ich wollte dich nicht küssen, Aurora.«

Ich unterdrücke den Drang, ihm vorzuwerfen, dass er mich definitiv küssen wollte, denn je eher wir das hier hinter uns bringen, desto besser. Aber die Gelegenheit, es ihm nachzuhalten, kann ich mir nicht entgehen lassen. »Tut mir leid, da habe ich mich wohl geirrt. Du bist ein toller Freund, Clay.«

Das Gesicht, das er zieht, als ich *Freund* sage, könnte Krähen von einem Feld verscheuchen. »Klar doch«, murmelt er, dreht sich mitsamt Marshmallows um und rauscht aus der Vorratskammer.

Ich lasse mir Zeit auf dem Weg zum Lagerfeuer, weil ich unterwegs nicht meinem tollen Freund Clay begegnen möchte, und als ich bei den anderen ankomme, sitzen die Kinder erschöpft da, trinken heiße Schokolade und erholen sich von einem ganzen Tag Party.

»Wieso schaust du so selbstgefällig?«, fragt Emilia, als ich mich in den Campingstuhl zu Xander und ihr setze. Russ redet auf der anderen Seite des Feuers mit Maya, also kann ich es wohl wagen, es zu erzählen.

»Clay hat versucht, mich in der Vorratskammer zu küssen, und als ich ihn ausgebremst habe, hat er behauptet, er hätte es gar nicht versucht.«

Xanders Lachen ist lauter als der Lärm sämtlicher Kinder zusammen, und als ihn alle anstarren, schlägt er die Hand vor den Mund. »Tut mir leid«, sagt er. »Was hast du darauf geantwortet?«

»Ich habe ihm gesagt, er wäre ein toller Freund.« Wieder muss Xander laut lachen, und ich muss warten, bis er aufhört. »Ich habe das nicht missverstanden, echt nicht. Er stand ganz nah, die Augen geschlossen, und hat sich vorgebeugt. Und er hatte mich gerade nach Cabo eingeladen.«

»Du Glückliche.« Emilia kichert. »Du liebst Cabo.«

»Ich habe behauptet, mein Pass wäre abgelaufen.«

Die Kinder sind alle zu fertig, um noch irgendetwas zu wollen, deshalb kann ich den Abend mit Xander und Emilia verbringen, die die meiste Zeit auf meine Kosten lachen. Bis die Kinder im Bett sind und wir zeitig den Abend beenden und in unsere Hütten zurückkehren, haben sich Emilia und Xander vermutlich über jede einzelne Dummheit ausgetauscht, die ich je gemacht habe.

Es ist merkwürdig, diese Geschichten jetzt zu hören und zu erkennen, wie ein bisschen Mühe und die richtige Umgebung einem das Gefühl geben können, ein anderer Mensch zu sein. Ich will nicht behaupten, dass ich nie wieder etwas Unverantwortliches tun werde, aber hier in Honey Acres fühle ich mich zu Hause. Dass mein Handy die meiste Zeit keinen Empfang hat, lässt mich präsenter sein, und ich habe so viel, wofür ich dankbar bin. Das vergesse ich schnell, denn wenn mein Dad mich im Stich lässt, denke ich immer nur an das, was mir fehlt.

Emilia geht ins Badezimmer, um sich zu waschen, und ich ziehe mir ein Oversize-Shirt an. Erst denke ich, ich bilde mir das Klopfen nur ein, bis ich es erneut höre, gefolgt von Winseln. So klug Fish auch ist, sie kann nicht an Türen klopfen, weshalb es mich nicht überrascht, dass ich, als ich die Tür öffne, Russ mit ihr unten an der Treppe zur Veranda stehen sehe. Er betrachtet mich von oben bis unten und setzt jeden Zentimeter meiner Haut in Flammen.

Ich sollte in der Tür stehen bleiben.

Es gibt keinen Grund, zu ihm hinunterzugehen. Ich kann ihn hier, in der Sicherheit meiner Hütte, perfekt sehen und hören. Aber natürlich gehe ich hinunter und stelle mich direkt vor ihn. Auf seiner Oberlippe ist Glitzer, und ich muss mich zwingen, die Hände unten zu lassen. »Hallo.«

»Hi. Ich wollte nur schauen, ob alles okay ist.«

Ich runzele die Stirn.

»Xander«, erklärt er.

Dieses Klatschmaul.

Er ist genauso schlimm wie Leon.

»Alles gut. Das war keine große Sache.«

Er nickt und scharrt mit den Füßen. Ich kann mir nicht vorstellen, dass ihm Xander gesagt hat, er solle nach mir sehen, denn ich war nicht aufgewühlt. »Weshalb bist du wirklich hier, Russ?«

Er reibt sich den Nacken, was ich ihn schon lange nicht mehr habe tun sehen.

Du bist aber nervös, mein Lieber.

»Ich weiß nicht, Rory.« Er seufzt, dann streckt er die Hand aus und streicht mir das Haar aus dem Gesicht. »Ich wollte dich sehen.«

Ich beuge mich zu ihm vor und rieche den leichten Duft von Sandelholz und Vanille, der in der Luft schwebt. Ein Ausdruck von Unsicherheit huscht über sein Gesicht, dann kommt er einen Schritt näher. Ich senke die Stimme. »Bist du eifersüchtig?«

»Natürlich.« Das sagt er so offen, dass es mich völlig unvorbereitet trifft. »Irgendwie würde ich ihm gern eine knallen, und ich verstehe nicht, wieso.«

Es kostet mich unendlich viel Kraft, mich ihm nicht in die Arme zu werfen. Ich würde das Ganze gern beschleunigen, ihn antreiben, um zu sehen, was er tut. Aber Eifersucht ist nur spaßig, wenn man etwas dagegen tun kann. »Du brauchst nicht eifersüchtig zu sein, und du brauchst ihn nicht zu schlagen. Vor allem, weil das blöd wäre, aber auch, weil du diesen Job brauchst, du erinnerst dich?«

»Ich brauche ihn wirklich.« Er nickt einmal, und dann noch

einmal, als würde in seinem Kopf eine Debatte stattfinden, die ich nicht hören kann, und beim dritten Nicken tritt er einen Schritt zurück. »Möchtest du morgen mit mir wandern gehen?«

»Ich muss arbeiten.«

»Xander hat gesagt, er tauscht mit dir, damit wir den Tag gemeinsam frei haben.«

»Wenn du wandern sagst, meinst du dann richtig wandern? Oder meinst du, ich jammere, während wir zu unserem Ort hochlaufen, und dann legen wir uns in die Sonne?«

Er lächelt, dass seine Grübchen erscheinen, und ich schmelze dahin. »Unser Ort.«

»Das wäre nett, aber nur, wenn es ihm wirklich nichts ausmacht.«

»Es macht ihm nichts aus.« Wieder tritt er einen Schritt zurück, dabei wünsche ich mir so sehr, er würde mir einen Gutenachtkuss geben. »Gute Nacht, Rory. Bis morgen.«

»Gute Nacht, Russ.« Er wartet, bis ich wieder in meiner Hütte bin, wie er das ausnahmslos jedes Mal tut.

Emilia rubbelt sich gerade die Haare mit einem Handtuch trocken, als ich hereinkomme. Sie weist mit dem Kopf Richtung Tür. »Was habe ich verpasst?«

»Ich glaube, ich hatte gerade einen Main-Character-Moment.«

»Na endlich«, erwidert sie und stellt ihren Fön an.

19. KAPITEL

Russ

»Du kommst ja richtig aus dir raus«, sagt JJ stolz. »Das finde ich gut.«

Ich hatte nicht vor, den Tag mit einem Videocall mit JJ zu beginnen, aber da ich ohnehin schon an diesen Punkt gelangt bin … tiefer kann ich nicht sinken, oder? Ich wollte ihm auch nicht alles erzählen, aber ausnahmsweise fühlt es sich gut an, weil ich etwas mitzuteilen habe, was mir wirklich wichtig ist.

»Ich weiß nicht, was ich tu, JJ«, stöhne ich. »Das mit dem Selbstbewusstsein faken hilft nur bis zu einem gewissen Punkt. Ich darf mir keinen Ärger einhandeln. Ich habe immer betont, wie dringend ich diesen Job brauche, und jetzt komme ich mir wie ein Heuchler vor.«

»Diese Frau mag dich, nicht wahr?«

Ich massiere mir den Nacken, wo sich die gesamte Spannung angesammelt hat. »Ich glaube. Vielleicht irre ich mich.«

»Hey, das war keine Frage. Diese Frau mag dich, und es klingt nicht so, als würdest du irgendetwas faken. Du hast sie gefragt, ob sie heute was mit dir unternehmen will, weil du sie ebenfalls magst. Spielst du ihr irgendetwas vor, wenn ihr beide allein seid?«

Ich denke darüber nach, und die Antwort ist einfach. »Nein. Bei ihr habe ich das Gefühl, ich kann ich selbst sein.«

»Hör mal zu, Kumpel.« JJ räuspert sich. »Ich weiß, du schleppst dieses ganze Gewicht von dem Mist bei dir zu Hause mit dir rum, was auch immer da los ist, und ich weiß, dass du gern im Hintergrund bleibst. Aber lass nicht die Gelegenheit sausen, Spaß zu haben und tatsächlich mal glücklich zu sein, nur weil du zu sehr damit beschäftigt bist, auf den Boden zu starren, um nicht bemerkt zu werden. Du weißt, dass du immer hier wohnen kannst, wenn du vor Beginn des Semesters dem Familiendrama aus dem Weg gehen willst.«

»Danke, JJ.«

»Es ärgert mich, dass ich erst meinen College-Abschluss machen musste, damit die Leute merken, wie weise ich bin«, grummelt er. »Überleg dir mal, wie viel besser ihr Leben gewesen wäre, wenn sie auf mich gehört hätten.«

»Ich habe immer auf dich gehört«, widerspreche ich. »Ich tue seit Wochen so, als wäre ich selbstbewusst.«

»Nun, vergiss nicht, wir faken jetzt nicht mehr. Du bist selbstbewusst. Du bist ein großer, heißer, gebildeter Eishockeyspieler. Bei einem Mann über einem Meter fünfundachtzig sehen Frauen über manche Red-Flags hinweg. Also hör auf, immer das Schlimmste zu erwarten, und hab Spaß.«

»Ich glaube nicht, dass ich irgendwelche Red-Flags …«

»*Oh, my sweet summerchild.*« Er lacht. »Du bist ein weißer hetero Mann. Das ist deine Red-Flag.«

»Das klingt tatsächlich fair. Danke, dass du mit mir geredet hast. Ich weiß dich zu schätzen.«

»Liebe dich, Bruder. Bis bald.«

Eines Tages wird sich Aurora vor mir ausziehen können, ohne dass ich im Kopf Präsidenten aufzählen muss.

Sie kickt ihre Shorts auf das T-Shirt, das sie bereits ausgezogen hat, zieht sich die Socken von den Füßen und wirft sie hinterher, bevor sie sich auf die Picknickdecke legt. Diesmal sind wir besser vorbereitet als beim letzten Mal. Wir haben Handtücher und richtiges Mittagessen dabei, damit wir gut durch den Nachmittag kommen.

»Es ist so heiß heute«, sagt sie und zupft ihren Bikini zurecht.

Ich weiß nicht, wieso ich so schüchtern bin, dabei habe ich doch bereits gesehen, was unter dem Stoff ist.

»Es wird später noch ein Gewitter geben. Morgen wird es kühler.«

»Ich hasse Blitze und Donner. Außerdem hat Emilia heute Nacht Dienst.«

Ich bücke mich nach ihren Sachen, falte sie und lege sie auf meine.

Sie setzt sich auf und stützt sich auf die Ellbogen, um mir zuzusehen. »Wieso faltest du immer alles? Ich habe das Gefühl, als würdest du dauernd aufräumen.«

Das ist normalerweise der Punkt, an dem ich ihr eine Frage über sie selbst stelle. An dem ich ablenke und sie dazu bringe, so lange über sich zu reden, bis sie derart abgelenkt ist, dass sie sich gar nicht mehr erinnert, mich etwas gefragt zu haben. Aber die Nervosität, die dadurch entsteht, ein Gespräch auf diese Weise zu kontrollieren, erschöpft mich, und ich habe es satt, dauernd wachsam zu sein.

Ich setze mich neben sie in den Schneidersitz und hole tief Luft. »Manchmal kam mein Dad mit schlechter Laune nach Hause und hat sich über jede Kleinigkeit beschwert – das Haus war unordentlich, das Essen war nicht fertig, mein Bruder und ich hatten unsere Hausaufgaben noch nicht gemacht. Und ich habe es gehasst, darauf zu warten, dass er nach Hause kommt, und dabei nie zu wissen, in welcher Stimmung er war.«

Sie richtet sich auf, rutscht vor mich und schlägt die Beine übereinander, sodass sie ebenfalls im Schneidersitz sitzt und ihre Knie meine Schienbeine berühren. Es ist so eine einfache Geste, und als sie auch noch die Hände an meine Waden legt, möchte ich weitererzählen.

»Ich habe immer versucht, alles zu erledigen, damit er gar nicht erst die Gelegenheit bekam, sich zu beschweren. Danach war es einfach Gewohnheitssache, alles in Ordnung zu halten. Ich helfe gern, und aufzuräumen ist eine einfache Methode, anderen Menschen zu helfen.«

»Tut mir leid, dass ich so unordentlich bin.« Sie lacht verschämt. »Ich habe die Angewohnheit, egal wo ich hingehe, immer eine Spur der Verwüstung zu hinterlassen, sowohl wörtlich als auch im übertragenen Sinn.«

»Wie ein Lauffeuer.«

Sie nickt, zieht die Knie an die Brust und schlingt die Arme drum herum. »Dabei will ich das gar nicht.«

Ich zeichne mit den Fingern Muster auf beide Seiten ihrer Knöchel, und sie legt das Kinn auf ihre Knie. »Das ist jetzt der Moment, in dem du mir etwas über dich erzählst, damit ich nicht der Einzige bin, der etwas von sich preisgibt, und damit es für mich nicht so peinlich ist, nicht wahr?« Ich meine das nur halb im Scherz, aber sie lächelt. »So funktioniert das doch, oder? Ein Geheimnis gegen ein Geheimnis.«

»Mir gefällt, dass du glaubst, ich würde von mir erzählen, damit es ausgeglichen ist, und nicht, weil ich völlig unfähig bin, meine Gedanken für mich zu behalten, wenn ich in deiner Nähe bin. Was willst du wissen? Ich bin ein offenes Buch, Callaghan.«

»Du erwähnst immer mal wieder, dass du dich ändern möchtest. Was steckt dahinter? Ich finde dich perfekt. Deshalb verstehe ich auch nicht, wieso du etwas an dir ändern willst.«

Sie hebt den Kopf und starrt mich eine gefühlte Ewigkeit lang an. Ich versinke in ihren so unglaublich smaragdgrünen Augen, und ausnahmsweise bleibt sie völlig still.

»Ich habe mir jahrelang eingeredet, dass ich eine selbstkritische Person bin und zu mir selbst stehe, aber das stimmt nicht«, sagt sie schließlich. »Es ist wirklich nicht einfach, sich einzugestehen, dass man selbst diejenige ist, die dem eigenen Glück im Weg steht, aber vor einiger Zeit ist mir klargeworden, dass ich selbst das Problem bin. Ich wusste nur nicht, wo ich anfangen sollte. Hast du jemals das Gefühl gehabt, dass du etwas zu deiner ganzen Persönlichkeit gemacht hast? So sehr, dass du gar nicht mehr weißt, wie du dich davon lösen sollst?«

»Wie meinst du das?«

Sie stützt den Kopf wieder auf die Knie und wird vor meinen Augen immer kleiner. »Ich weiß, dass ich eine Chaotin bin, okay? Und wenn ich die Erste bin, die das ausspricht, dann kann es niemand gegen mich verwenden und mich verletzen, so in etwa. Wenn ich gleich zu Anfang sage, wie viel emotionales Gepäck ich mit mir rumschleppe, dann können andere es nicht gegen mich benutzen und mich wegstoßen, weil ich ja schon wusste, dass es so ist. Ergibt das Sinn?«

»Ja.«

»Und ich weiß, ich tu mich schwer mit Zurückweisung, deshalb gebe ich Menschen gar nicht erst Gelegenheit, mich zurückzuweisen. Ich suche körperliche Nähe, um mich bestätigt zu fühlen, weil ich jemand anderen brauche, der mir beweist, dass ich gewollt werde. Deshalb sage ich, dass ich selbstkritisch bin, weil ich das alles über mich weiß, aber in Wahrheit weiß ich gar nichts über mich. Ich sage, ich stehe zu mir selbst, aber jede Entscheidung, die ich treffe, beruht auf etwas, das irgendein anderer gemacht hat. Das hat nichts damit zu tun, ich selbst zu sein.«

»Du wirst gemocht, Aurora. Du bist unglaublich, und du kannst ganz du selbst sein.«

»Irgendetwas an Honey Acres führt immer dazu, dass ich

mich gut fühle«, erwidert sie leise. »Im Moment fühlt es sich sehr zerbrechlich an, aber allmählich fällt mir wieder ein, was ich an mir mag. Ich möchte Entscheidungen treffen, die mich glücklich machen. Und ich habe Angst, dass ich nicht mehr so hart daran arbeite, wenn ich wieder in Maple Hills bin. Ich werde von so viel äußerem Geschehen abgelenkt sein, dass ich dieses Gefühl vergessen werde.«

»Ich werde es dich nicht vergessen lassen, keine Sorge.« Meine Worte hängen wie Fragezeichen zwischen uns in der Luft, denn keiner von uns hat auch nur erwähnt, dass wir am Ende des Sommers an denselben Ort zurückkehren werden. Ich war zwei Jahre am College, bevor ich sie kennengelernt habe, es könnten also auch zwei weitere Jahre vergehen, ohne dass sie mir über den Weg läuft, so groß ist das College.

Aurora dreht sich auf den Bauch und legt den Kopf auf die Arme. Ihre Hüfte drückt gegen meine. Von ihr berührt zu werden löst in mir ein Gefühl aus, als wäre ich angekommen, und das ist etwas, woran ich nicht gewöhnt bin. Es fühlt sich vertraut und sicher an, als gäbe es eine wortlose Übereinkunft zwischen uns. Wir verfallen in ein angenehmes Schweigen, etwas, was zwischen uns immer alltäglicher wird, und ich hinterfrage es nicht, und sie füllt es nicht, und zum zweiten Mal schlafe ich neben ihr ein.

Als ich einige Zeit später allein wach werde, werfen die Bäume lange Schatten auf mich.

Allein.

Mir rutscht das Herz in die Hose, und meine Haut kribbelt unangenehm, als ich die leere Stelle neben mir anstarre. Ich wäre gern überrascht, aber tief im Inneren habe ich mich schon seit Wochen auf diesen Zeitpunkt vorbereitet. Der Zeitpunkt, an dem ich zu weit gehe, zu viel erzähle und es dem anderen zu viel wird. Ich kann ihr nicht übelnehmen, dass sie davongelaufen ist, schließlich wusste ich, genau das würde passieren, wenn ich mich jemandem gegenüber öffne.

Ich richte mich auf, und in dem Moment sehe ich sie. Sie treibt auf dem Rücken im Wasser, und mein Herz weiß nicht, was es tun soll. Ich glaube, es hat ein Schleudertrauma, weil meine Verzweiflung dermaßen schnell in Glückseligkeit umschlägt.

Ich bin so ein Trottel.

Als ich zwei Meter von ihr entfernt bin, bemerkt sie die leichten Wellen und hört auf, sich treiben zu lassen.

»Hey, Schlafmütze«, sagt sie leise und schaut mich an. Ich packe sie sanft an der Taille, ziehe sie an mich und fühle mich gleich besser, als sie sofort Arme und Beine um mich schlingt, wie ich mir das gewünscht habe. »Du siehst traurig aus. Was ist los?«

Ich vergrabe das Gesicht an ihrem Hals, nehme sie fest in die Arme und atme den Duft von Pfirsich und Sonnencreme ein. »Ich dachte, du wärest gegangen.«

Sie klammert sich noch fester an mich. »Tut mir leid, ich musste mich abkühlen. Bist du in Ordnung?«

Ich nicke und lasse sie ein wenig los, damit sie sich zurücklehnen und mich anschauen kann. Sie streicht mir das Haar aus dem Gesicht, und mein Blick fällt auf ihre Lippen. »Du brauchst dich nicht zu entschuldigen. Ich dachte, ich hätte dich endgültig verschreckt. Ich habe überreagiert, ich bin in Ordnung.«

»Bei mir sind die Umstände vielleicht etwas anders, aber ich kann deine Gefühle nachvollziehen, Russ«, erwidert sie vorsichtig und lässt die Finger an meiner Schläfe entlang zu meinem Kinn hinuntergleiten. »Ich weiß, wie es sich anfühlt, wenn man sich mehr von einer Person wünscht, sie aber einen enttäuscht. Du machst mir keine Angst mit deinen Gefühlen und Erfahrungen, glaub mir. Ich weiß, das ändert nichts an den anderen Sachen, die du erleben musstest, aber ich habe mich entschieden, hier zu sein, und nichts, was du mir erzählst, wird meine Meinung ändern.«

Als ihre Finger meinen Hals hinunter- und über mein Schlüsselbein gleiten, muss ich schlucken. »Danke.«

Panik und Erleichterung haben sich gelegt, aber ich will Aurora noch immer nicht loslassen. Wir kommen gut miteinander klar, nur wir zwei, weit weg von allen anderen. Weg von dem Ort, an dem sie gemocht werden möchte und an dem ich an erster Stelle kommen möchte. An dem wir beide den Fakt ignorieren, dass ihre Nähe zu mir erzwungen ist und sich unter normalen Umständen niemals entwickeln würde.

Ihr Bauch streicht an meinem entlang, als sie tief seufzt. Während sie überlegt, was sie sagen soll, kaut sie auf ihrer Unterlippe. »Es ist beängstigend, verletzlich zu sein. Es ist beängstigend, jemandem Dinge von sich zu erzählen, von denen man glaubt, niemand könne sie verstehen. Aber wenn ich in einem gut bin, dann darin, alle Zeichen zu ignorieren, die darauf hinweisen, dass man aufhören sollte, zu reden. Ich kann es dir beibringen, aber um ehrlich zu sein, es ist sehr viel einfacher, wenn man betrunken ist.«

»Ich halte es nicht für eine gute Idee, wenn wir uns beide gemeinsam betrinken. Ich trinke eigentlich auch gar nicht. Die Party war eine Ausnahme. Ich wollte selbstbewusst sein, und ich dachte, das würde helfen.« Als ich die Finger über ihre Wirbelsäule gleiten lasse, schaudert sie und schlingt die Beine fester um mich. Sie presst die Lippen fest aufeinander, und ich warte auf das Lachen, das sie vergeblich unterdrückt. »Ich habe nicht selbstbewusst gewirkt, oder?«

Sie schüttelt den Kopf und kichert. »Wusstest du, dass du

dir den Nacken reibst, wenn du nervös bist? Das machst du dauernd. Außerdem werden deine Ohrläppchen rosa; es ist süß.«

Als ich merke, wie mir die Röte ins Gesicht steigt, versuche ich, mich von ihr zu lösen, aber sie lässt mich nicht los, sondern lacht und zieht mich noch näher zu sich her.

»Tut mir leid, tut mir leid, tut mir leid!«

»Süß«, wiederhole ich. Ihr Gesicht ist nur wenige Zentimeter von meinem entfernt. »Wie ein Hundebaby.«

Sie senkt rasch den Blick, schaut mich aber gleich wieder an. »Süß wie ein Mann, der sich wie kein totales Arschloch aufführt, nur um jemanden bei einer Party flachzulegen.«

Ich bringe mein Gesicht näher an ihres. »Noch nie hat jemand diese Wörter zusammen in einem Satz gesagt.«

»Ich freue mich, die Erste zu sein«, flüstert sie. »Ich stehe zu ihnen.«

Niemand von uns beiden hat bemerkt, dass sich der Himmel verdunkelt hat oder dass die Sonne hinter den Wolken verschwunden ist, und wieder habe ich das Gefühl, dass das Universum eingreift, als es plötzlich zu regnen beginnt. Niemand von uns beiden überwindet die letzten Zentimeter.

20. KAPITEL

Aurora

»Was muss eine Frau tun, um endlich geküsst zu werden?«, murre ich, während ich Emilia helfe, ein Tablett mit heißer Schokolade zu beladen.

Seit heute Nachmittag hat es immer wieder geregnet, was für diese Jahreszeit in Kalifornien ungewöhnlich ist und zum völlig falschen Zeitpunkt kam, weil Russ und ich gezwungen waren, ins Camp zurückzurennen. Laut Alexander-ich-weiß-alles-Smith hat es etwas mit den Überbleibseln eines tropischen Sturms zu tun, der nordwärts zieht und uns die nächsten zwölf Stunden grässliches Wetter beschert. Ich hasse es, wenn es donnert und blitzt, deshalb graut es mich jetzt schon vor der Nacht, wenn Emilia Aufsicht bei den Kindern hat und ich allein in der Hütte sein werde. Und deshalb beschwere ich mich seit zwanzig Minuten bei meiner völlig unbeeindruckten besten Freundin.

»Du wolltest dich doch an die Vorschriften halten, damit du nachts friedlich schlafen kannst und nichts damit zu tun hast, wenn jemand gefeuert wird. Was ist daraus geworden?«

»Ich glaube nicht, dass ich das gesagt habe.«

Sie kneift die Augen zusammen und versucht, mir ein Geständnis abzuringen. »Ich weiß sehr gut, dass du dich nicht an alles erinnerst, was dein loses Mundwerk von sich gibt, aber ich merke es mir. Du hast es mindestens fünfmal gesagt. Ich glaube, du hast mir besser gefallen, als du nicht so brav warst. Da musste ich mir nicht so viel von diesem Gejammer anhören.«

Mit der einen Hand gebe ich ihr einen leichten Klaps gegen die Stirn, mit der anderen werfe ich mir einen Marshmallow in den Mund. Emilia kann sich beschweren, soviel sie will. Während unserer gesamten Freundschaft habe ich nur einen einzigen Mann gemocht; sie hingegen war etwa vier Tage lang Single in diesen etlichen Jahren, und ich habe jedes Stadium jeder einzelnen Beziehung mit ihr durchlebt.

Sie ist mir etwas schuldig, immerhin musste ich mich mit einer Frau auseinandersetzen, die sich als Drogendealerin mit furchterregenden Freundinnen entpuppte.

»Ich weiß nicht, wie ich meine Gefühle fühlen soll. Es ist wie das Gegenteil von Gefühlsängsten. Was soll ich tun?«

»Du magst ihn doch *wirklich?* Du magst ihn nicht nur, weil er dir Aufmerksamkeit schenkt und du weißt, dass er dich auch mag und deshalb nicht zurückweisen wird?«

»Ich mag ihn *wirklich*. Ich finde ihn nett, und er bringt mich zum Lachen. Er gibt mir das Gefühl, gesehen zu werden, und ich will das nicht kaputtmachen, nur weil ich nicht weiß, wie man eine funktionsfähige erwachsene Frau ist. Wieso hast du mich noch nicht dazu gebracht, eine Therapie zu machen? Du bist eine schlechte Freundin.«

»Was ist aus ›Ich brauche keine Therapie zu bezahlen, nur damit mir gesagt wird, dass ich Probleme mit meinem Vater habe‹ geworden?« Sie verdreht die Augen. »Okay, du willst meinen Rat? Er wird dir nicht gefallen …«

»Ich bin bereit. Sag es mir.«

»Du musst warten, bis wir wieder in Maple Hills sind. Schau dir an, wie es sich anfühlt, wenn du wieder deine Freiheit hast und nicht mehr die rosarote Campbrille trägst.«

»Bäh«, stöhne ich. »Das ist ein schrecklicher Rat. Wieso erlaubst du es mir nicht einfach?«

»Weil ich dich liebe. Und jetzt beweg dich.« Sie nimmt das Tablett mit der heißen Schokolade und weist mit dem Kinn zum anderen Tablett. »Mach dich wenigstens nützlich, wenn du schon nervst.«

Ich will mich ja nützlich machen, aber mein Gehirn macht heute Abend bereits Überstunden. Wegen dem Sturm und wegen Russ habe ich einfach zu viel nervöse Energie. Ich schwöre, die Zeit vergeht viel langsamer als sonst, deshalb beschließe ich, das zu tun, was meine Energie ersticken kann wie nichts sonst.

Ich lehne mich an die Wand neben dem Gemeinschaftstelefon im Hauptgebäude, damit ich nicht in den Regen hinausgehen und mein Handy aus der Hütte holen muss. Ich zähle, wie oft es klingelt, bevor meine Mom abhebt. Ich habe versucht, daran zu denken, sie einmal pro Woche anzurufen, aber da hier immer so viel los ist und eine Woche so schnell herumgeht, vergesse ich mein Vorhaben immer wieder.

Sie ist sauer deswegen. Jedes Mal, wenn wir telefonieren, macht sie mir deutlich, dass sie wütend ist, weil sie mir angeblich nicht wichtig genug ist, als dass ich an sie denke. Es klingelt weiter, und gleich wird sich der Anrufbeantworter einschalten, weil sie das Gespräch nicht annimmt. Sie meint, mir damit etwas klarzumachen, dabei ist es mir in Wirklichkeit egal, wenn sie nicht drangeht, denn dann kann ich sagen, dass ich es zumindest versucht habe.

»Hallo?« Sie sagt es so, als würde sie die Nummer nicht kennen, dabei hat sie jede Telefonnummer, die mit dem Camp in Verbindung steht, gespeichert.

»Hi, ich bin's.« Ich lege so viel Enthusiasmus in meine Stimme, wie ich nur kann. »Wollte nur mal hören, wie es dir geht.«

»Oh«, erwidert sie ungerührt. »Hallo.«

»Wie geht es dir?«

»Gut. Das ist gerade kein günstiger Zeitpunkt, Aurora. Ich bin sehr beschäftigt.«

Es ist Donnerstagabend, und es gewittert. Womit sollte sie beschäftigt sein? Sie geht nicht nach draußen, wenn es regnet – sie hat zu große Angst, ihre Fönfrisur zu ruinieren. »Was machst du gerade?«

»Ach, jetzt hast du auf einmal Interesse, mit mir zu reden, wie?« Ich spüre, wie sich die ganze nervöse Energie von vorher auflöst. Als hätte mich diese völlig vorhersehbare Interaktion neu kalibriert. »Ich kann nicht alles stehen und liegen lassen, nur weil du plötzlich Zeit hast, mit mir zu reden.«

»Das verstehe ich vollkommen, Mom. Wir können das ein andermal machen.« Am anderen Ende der Leitung raschelt etwas, und ich höre etwas schnurren. »Moment mal, ist das eine Katze?«

Mehr Rascheln. »Ja. Es ist ein Kater.«

Ich habe das Gefühl, man spielt mir einen Streich. Ich sehe mich in dem leeren Raum um, ob Emilia irgendwo im Dunkeln lauert und gleich auf mich losstürzen wird. »Wessen Katze ist das?«

»Meine.«

»Du hast keine Katze. Magst du Katzen überhaupt?«

»Ich mag diesen Kater, weil er mir gehört. Ich habe ihn gerettet.«

Ich stelle mir vor, wie sich meine Mom in eine Katzennärrin verwandelt und ihr riesiges Haus mit Katzen füllt. »Vor was?«

»Er hat mir eines Tages beim Frühstück auf der Veranda Gesellschaft geleistet. Ich habe ihm etwas von meinem Räucherlachs gegeben, weil er hungrig aussah, und dann kam er immer wieder, also habe ich ihn ins Haus gelassen. Ich habe beschlossen, ihn zu behalten.«

Ich lege die Stirn an die Wand, das Telefon fest an mein Ohr geklemmt. »Hatte er ein Halsband?«

»Ja, aber es war nicht sehr schön. Ich habe ihm ein neues von Louis Vuitton gekauft. Du kannst ihn kennenlernen, wenn du diese lange anstrengende Fahrt auf dich nehmen möchtest, über die du dich immer beschwerst.«

Ich nehme mir das Recht heraus, mich immer über den Verkehr in L.A. zu beschweren, und so viele Schuldgefühle kann sie mir gar nicht machen, dass ich damit aufhöre. »Mom! Du hast jemandem das Haustier gestohlen!«

»Ich habe ihn gerettet, Aurora. Er ist absolut glücklich mit mir.« Das Schnurren am anderen Ende der Leitung wird lauter, und ein Teil von mir fragt sich, ob das ein Trick ist, mich zu einem Besuch bei ihr zu bringen, nur um zu sehen, ob sie wirklich jemandem den Kater gestohlen hat.

»Du musst nachschauen, ob auf dem alten Halsband eine Nummer ist. Ich weiß, die einzigen Sachen, die du hören willst, sind das Meer und üble Nachreden über Chuck Roberts, aber wenn du genau hinhörst, weint irgendwo in Malibu ein Kind seinem geliebten Haustier hinterher.«

»Du bist heute sehr dramatisch, Schatz. Hast du deine Periode?«

Oh, gib mir Kraft. »Nein.«

»Hast du gesehen, dass dein Vater die Sommerferien mit der Wetterfrau und ihrer Familie auf der Yacht verbringt?«, fragt sei beiläufig. »Elsa ist deshalb sehr unglücklich. Sie wollte nach Monaco.«

»Mom, wie genau sollte ich das gesehen haben? Ich bin mitten im Niemandsland, habe so gut wie keinen Empfang und versuche, mich um die Sicherheit von zwanzig Kindern zu kümmern«, erwidere ich genervt. Es überrascht mich nicht, dass Dad das tut, und dass ich deswegen nicht gleich in Tränen ausbreche, hat etwas Befreiendes. Ich würde nicht so weit gehen, dass ich ihnen eine schöne Zeit wünsche, aber ich bin dort, wo ich bin, vollkommen glücklich.

»Ich weiß nicht, was du mit deiner Zeit machst, Aurora. Du erzählst mir nichts. Ich muss wirklich aufhören, es ist Zeit für Katers Abendessen.«

»Du nennst ihn *Kater?*«

»Wie soll ich ihn denn sonst nennen? Er ist ein Kater. Auf Wiederhören, Schatz. Vergiss nicht, wieder anzurufen.«

Wie betäubt gehe ich zu den anderen zurück, die gerade einen Film schauen, und als Emilia und Xander die Braunbären in ihre Betten scheuchen, habe ich noch immer nicht verarbeitet, dass mich meine Mom durch eine gestohlene Katze ersetzt hat.

Ich bekomme immer mal wieder etwas Pause von Moms Aufmerksamkeit, und zwar, wenn sie ein neues Hobby hat. Weinverkostung, Pilates, ein Bauleiter namens Jack – aber noch nie ein Haustier. So seltsam es ist, bin ich doch irgendwie froh, dass sie nicht mehr allein in diesem Haus ist.

»Wie wäre es, wenn ich mit dir in deinem Bett schlafe?«, frage ich Emilia.

»Wie wäre es, wenn du allein in deinem eigenen Bett schläfst?«, kontert sie.

An die Hütte der Kinder grenzen zwei Schlafzimmer für die Betreuenden an, die gerade Nachtdienst haben, und während der Raum der Kinder sehr geräumig ist, kann man das von den Zimmern, die für uns angedacht sind, nicht behaupten.

»Es ist ein Unwetter. Du wirst es überleben. Weißt du, was ich nicht überleben würde? Dieses winzige Bett mit dir teilen zu müssen.«

»Du kannst gern mit mir im winzigsten Bett der Welt schlafen, Ror«, zieht Xander mich auf. »Ich stelle mich freiwillig zur Verfügung, weil ich so ein guter Freund bin.«

Ich verdrehe die Augen, denn ich weiß ganz genau, sollte ich ihn jemals beim Wort nehmen, würde er davonflitzen wie ein geölter Blitz. »Kein Interesse, aber danke.«

Meine Angst vor Gewittern hat sich im Camp während eines besonders schlimmen Unwetters entwickelt. Nicht weit von Orlas Grundstück entfernt hat ein Blitz einen Waldbrand entfacht, und wir hätten beinahe das Camp evakuieren müssen. Glücklicherweise konnte die Feuerwehr ihn löschen. Ich war noch sehr jung, und seit damals machen Unwetter mir immer Angst.

Ich helfe Freya gerade in ihre Regenjacke, als die Tür aufgeht und Russ in Trainingshose und Braunbären-Sweatshirt hereinkommt. Er schüttelt den Regen aus den Haaren und schaut sich im Raum um, bis sein Blick schließlich bei mir hängen bleibt. Sobald er mich entdeckt, lächelt er, und auch ich kann mein breites Grinsen nicht unterdrücken. Himmel, ich muss mich in den Griff bekommen.

Freya hustet laut und lenkt meine Aufmerksamkeit wieder auf sie. »Ist Russ dein Freund?«

Sollte das wieder so ein Unsinn sein, den Leo gestartet hat, wird er nächstes Mal ausgesperrt, wenn ich Nachtdienst habe, das schwöre ich. »Nein. Er ist *ein* Freund. Nicht mein Freund.«

»Wieso verbringt ihr dann immer eure freien Tage miteinander?«

»Verbringst du deine Zeit gern mit deinen Freunden?«, frage ich sie und ziehe ihr die Kapuze über die braunen Locken. »Ich mache das nämlich gern, und deshalb verbringe ich meine freien Tage mit ihnen.«

»Ich bin kein Baby, weißt du?«, erwidert sie. »Und ich kann ein Geheimnis für mich behalten.«

»Es gibt hier keine Geheimnisse. So, und jetzt stell dich bitte in die Schlange.«

»Okay«, gibt sie klein bei. »Aber Russ schaut dich an, wie mein Dad meinen Papa anschaut, wenn der es nicht merkt, deshalb glaube ich, dass er dich vielleicht liebt.«

»Gute Nacht, Freya«, sage ich stöhnend.

Es ist eine ungeschriebene Regel im Camp, dass man von seinen Kindern wegen potenzieller Liebschaften terrorisiert wird. Das weiß ich, weil ich selbst mal eine von diesen kleinen Terroristinnen war.

Das Klügste ist, es einfach zu vergessen, denn wer würde schon auf ein kleines Kind hören? Und doch ertappe ich mich dabei, dass ich mich frage, wie genau Freyas Dads einander wohl anschauen.

Glücklicherweise beschließt kein weiteres Kind, mich auszuspionieren, und Russ hält sich weit genug von mir fern, dass er Leon und seiner Gerüchteküche kein weiteres Material liefert. Ich habe Russ seit vorhin, als wir uns beinahe geküsst haben und vor dem Regen davongelaufen sind, nicht mehr gesehen.

Ich dachte wirklich, diesmal würde er es tun. Wir waren uns so nah, und seine Hände auf meinem Körper fühlten sich richtig an, aber vermutlich kann er sich, anders als ich, gut zusammenreißen. Ich habe nicht mit einem wilden Sommer voller Affären gerechnet, aber von einem winzigen Kuss wäre garantiert niemand gestorben.

Wenn er mich gegen einen Baum gepresst vögeln wollte, würde ich mich auch überreden lassen.

Himmel, hätte ich doch bloß meinen Vibrator mitgenommen.

»Du siehst aus, als würdest du intensiv über etwas nachdenken.« Russ lacht und stellt sich auf den freien Platz neben mich. »Was ist los?«

»Ich habe meinen Vibrator vergessen.« Ich erstarre und treffe die weise Entscheidung, ihn nicht anzuschauen und die Auswirkungen meiner Worte zu sehen. Seine Ohren sind definitiv rosa; um das zu wissen, brauche ich gar nicht hinzusehen. Ich weiß es einfach. »Ich hatte das nicht laut sagen wollen.«

»Soll ich dich zu deiner Hütte zurückbringen?«, fragt er und ignoriert glücklicherweise meinen Kommentar. »Das Wetter ist beschissen.«

»Nein, schon okay«, murmele ich und richte den Blick auf den schwarzen Himmel. »Ich bleibe hier, bis alle ins Bett gehen.«

»Macht es dir was aus, wenn ich ebenfalls bleibe?«

»Das würde mir sogar gefallen.«

In der Hütte ist der Donner lauter als im Filmraum, und ich überlege, ob ich Xander beim Wort nehmen soll. Nachtschicht zu dritt könnte doch der neue Trend werden, oder?

Ich habe es mit Musik und meinen Kopfhörern versucht. Ich habe es mit beruhigender Meditation versucht. Ich habe versucht, mich mit einem Buch abzulenken, aber das Wetter ist so übel, dass nicht mal sexy Milliardäre und ihr Freizeitpark ausreichen, um mich abzulenken. Ich könnte schwören, dass die Hütte bei jedem Donnerschlag bebt. Dreimal habe ich mir schon ausgeredet, zu Russ' Hütte hinüberzulaufen. Ich war wie eine Figur in einem Film, die aufsteht, zur Tür geht, die Hand auf die Klinke legt, um dann dramatisch den Kopf zu schütteln und wieder umzukehren.

Es kann nichts Gutes dabei herauskommen, wenn ich zu ihm gehe. Er kann das Unwetter nicht beenden, und ich kann nicht in seine Hütte gehen, also ist es sinnlos, im Dunkeln rumzulaufen.

Bei meinem üblichen Glück trete ich vor die Tür und werde vom Blitz erschlagen.

Ich diskutiere gerade zum vierten Mal mit mir selbst, als es an der Tür klopft. Wie groß ist die Chance, dass Russ die gleiche Diskussion mit sich selbst hatte? Dass er endlich die letzten paar Zentimeter überwindet und mich küsst?

Ich öffne die Tür und stelle fest, dass die Antwort null lautet.

Null Chance.

»Wow, seid ihr unordentlich«, sagt Jenna tadelnd, als sie den Kopf zur Tür hereinstreckt. Sie betrachtet die Klamotten auf dem Boden und runzelt die Stirn. »Wie bewegt ihr euch überhaupt hier drin?«

»Kann ich Ihnen behilflich sein, Ms Murphy?«, knurre ich und versuche gar nicht erst, meine Enttäuschung zu verbergen, dass sie kein ein Meter fünfundneunzig großer Eishockeyspieler mit hübschen blauen Augen und einer Veranlagung zum Rotwerden ist.

»Wow, sind wir heute schlecht gelaunt. Noch immer nicht über diese Sache mit Unwettern hinweg? Verstehe.« Sie greift in ihre Tasche und holt eine Taschenlampe heraus. »Falls der Strom ausfällt.«

Der Strom könnte ausfallen. Fantastisch. »Erzähl mir doch noch mal, wieso ich mich dafür entschieden habe, für dich zu arbeiten, statt auf einer Yacht abzuhängen oder was ähnlich Bescheuertes, aber Cooles zu machen?«

»Weil du mich liebst«, erwidert sie stolz. »Und klar, Yachten sind cool, aber hast du schon mal so viel Regen erlebt, dass alles überflutet ist? Solche Erfahrungen machst du in Dubai nicht.«

»Ich lebe meinen Traum, Jenna.«

»Na also«, erwidert sie und grinst. »Okay, du warst die Letzte auf meiner Liste. Ich gehe jetzt ins Bett, weil ich heute Abend keinen Dienst habe, und dieses Wetter ist echt ätzend. Mach dir keinen Kopf, okay? Bis morgen früh ist es vorbei.«

Wann hat es mal geholfen, wenn jemand sagt, man solle sich keinen Kopf machen?

Ich gehe wieder ins Bett und versuche es noch einmal mit dem Buch, gebe aber nach fünf Minuten auf. Zum ersten Mal in meinem Leben kann ich mit einem Liebesroman nichts anfangen.

Für Dauersingles wie mich ist es vermutlich eher schockierend, dass ich so etwas überhaupt mag. Eigentlich ein Widerspruch, wenn ich es mir recht überlege, dass ich so viel Vertrauen in fiktionale Happyends habe, mir aber nie Gedanken gemacht habe, wie mein eigenes vielleicht aussehen könnte.

Wieder klopft es. Als ich erneut die Tür öffne, steht dort Orla auf der Schwelle. Jetzt weiß ich endgültig, dass mich das Universum verarscht. Im Stillen rekapituliere ich alles, was ich seit meiner Ankunft hier getan habe, dass mich auf Orlas Radar hätte befördern können, aber mir fällt nichts Aufsehenerregendes ein. Ich hatte zwar in meinem Kopf unartige Gedanken, die ich aber nicht umgesetzt habe, und weil sie meine Gedanken nicht lesen kann, hat sie also auch keine Ahnung, dass ich wie die letzte Loserin danach giere, geküsst zu werden.

»Hallo, meine Liebe. Ich glaube, ich bin an der verkehrten Adresse.« Sie zieht ihr Handy heraus, um ihre Nachrichten zu lesen. »Offenbar gibt es ein undichtes Dach, und ich muss für das Protokoll ein Foto machen. Ich sage dir, eine alte Dame zu sein bringt einem heutzutage keine Vorteile. Man wird in den Regen rausgejagt und dieser ganze Unsinn.«

Sie reicht mir das Handy, während sie ihre beschlagene und nasse Brille absetzt und mit dem Kragen der Jacke, die sie unter ihrem Regenmantel trägt, trocken wischt. »Hier steht 27, nicht 22. 27 ist gleich bei der großen Rasenfläche. Ich glaube, sie ist gegenüber der Hütte der Igel.«

Orla zieht ihre Kapuze fest, lässt sich ihr Handy zurückgeben und verstaut es in der Tasche. »Danke, Liebes. Tut mir leid, dass ich dich gestört habe. Schlaf gut.«

Ich starre an die Decke, lausche dem Regen, der allmählich weniger wird, und versuche einzuschlafen, als es plötzlich so laut donnert, als wäre es direkt über meiner Hütte.

»Okay, ich zieh das jetzt durch. Diesmal wirklich«, murmele ich, springe aus dem Bett und greife nach meinen Schuhen. Nachdem ich das Licht angeschaltet habe, wühle ich in Emilias und meinen Sachen herum – Jenna hat recht, wir sind unordentlich. Wo zum Teufel ist meine Regenjacke?

Ich gebe mich geschlagen und ziehe mein Braunbären-Sweatshirt an, was zusammen mit meinen Shorts so aussieht, als würde ich den Russ von vorhin cosplayen.

Vermutlich eine schlechte Idee.

»Schlechte Ideen sind charakterbildend«, sage ich laut zu mir selbst, gerade als das Licht in meiner Hütte ausgeht. »Verdammte Scheiße. Das ist kein Zeichen.«

Ich wiederhole immer wieder in meinem Kopf, dass es kein Zeichen ist, während ich nach der Taschenlampe suche, die Jenna mir vorhin gebracht hat, und taste mich langsam durch die Dunkelheit zur Tür vor. Kaum bin ich draußen, sehe ich, dass in anderen Gebäuden Licht brennt. Nur in meiner Hüttenreihe sind die Lichter aus.

Wie könnte es auch anders sein.

Es war vermutlich ein Fehler, dass ich nie gegoogelt habe, wie groß die Wahrscheinlichkeit ist, vom Blitz getroffen zu werden. Ich renne den Weg Richtung See hinunter.

Es besteht ein reales Risiko, dass er mich wegschickt.

Was tue ich da? Die alte Aurora würde mich auspfeifen und vor lauter Entsetzen zusammenbrechen, wenn sie mich sehen könnte.

Ich bin dankbar für meine Taschenlampe, als ich bei der

Hüttenreihe ankomme und die Nummern zähle, bis ich ein Schild sehe, auf dem 33 steht. Mir schlägt das Herz bis zum Hals, als ich die Treppe zu Russ' Tür hinaufgehe.

Das Schlimmste, was er zu mir sagen kann, ist, ich soll wieder in mein Bett gehen. Zumindest glaube ich, dass es das Schlimmste ist. Ich weiß, ich sollte nicht hier sein, deshalb gibt es auch keinen Grund, überrascht zu sein, wenn er gerade keinen Wert auf mich bedürftiges Etwas legt.

Ein Blitz durchfurcht den Himmel, faszinierend, aber beängstigend, und ich klopfe an die Holztür. Durch eine Lücke zwischen den Vorhängen dringt Licht nach draußen, aber er geht nicht zur Tür. Ich klopfe noch einmal, warte und rede mir ein, dass er vielleicht im Badezimmer ist oder so, aber er öffnet nicht.

Niedergeschlagen und auch ein wenig peinlich berührt gebe ich auf, verlasse den Schutz der Veranda und liefere mich wieder dem Regen aus. Es war sowieso eine blöde Idee, und ich hätte das wirklich nicht tun sollen. Vielleicht habe ich etwas missverstanden. Ich werde sicher viel Spaß damit haben, bis an mein Lebensende über diese Nacht nachzudenken. Wenn ich alt und grau bin, werde ich schweißgebadet aufwachen, heimgesucht davon, wie ich in einem Sweatshirt mit einem bescheuerten Bären drauf in den Regen hinausgerannt bin und von dem Mann ignoriert wurde, an den ich ununterbrochen denken musste.

Ich biege gerade um die erste Ecke, als ich Russ auf mich zukommen sehe und abrupt stehen bleibe. Er hat den Kopf gesenkt, aber nach ein paar weiteren Schritten sieht er hoch und bleibt ebenfalls stehen.

»Hey!«, ruft er in die Dunkelheit hinein. Er ist genauso durchweicht wie ich, und er trägt dasselbe Sweatshirt und dieselbe Trainingshose wie vorhin, nur sind sie jetzt vom Regen viel dunkler.

»Hey.«

»Ich bin zu deiner Hütte gegangen«, sagt er leise. »Ich dachte, vielleicht hast du Angst. Ich wollte mich erkundigen, ob alles okay ist.«

Ich weiß nicht, wie ich mit Worten darauf antworten soll, deshalb gehe ich auf ihn zu, er geht auf mich zu, und ich bin so fasziniert von ihm, dass ich nicht einmal zusammenzucke, als ein Blitz den Himmel über Honey Acres erleuchtet, weil er endlich die letzten paar Zentimeter überwindet und mich küsst.

21. KAPITEL

Aurora

Jetzt verstehe ich, warum es so viele Lieder über Küsse im Regen gibt.

Russ drückt mich gegen die Wand seiner Hütte, ich habe die Beine wie so viele Male zuvor fest um ihn geschlungen, nur dass er diesmal die Finger in meinem Haar vergraben hat, um meinen Kopf zur Seite zu ziehen, damit er meinen Hals küssen kann.

Es ist anders als letztes Mal, und er ist selbstbewusster, weiß besser, was er tun muss, damit ich mich ihm entgegenwölbe und wimmere. Ich zupfe ungeduldig an seinem Sweatshirt, weil ich seinen Körper wiedersehen und an meinem spüren möchte. Er hilft mir, ihm den nassen Stoff über den Kopf zu ziehen, bevor er mich entkleidet. Unsere feuchte Haut klebt aneinander, und Hitze breitet sich auf meinem Körper aus wie ein Lauffeuer.

»Du bist so verdammt schön«, flüstert er an meinem Ohr. »Ich kann nicht glauben, dass es so lange gedauert hat, bis wir das wieder machen.«

Amen. Wir haben irgendeine Medaille für die Unmengen an Selbstbeherrschung verdient, die wir aufgebracht haben, obwohl wir wissen, wie gut wir uns gegenseitig tun.

»Einige von uns halten sich gern an die Vorschriften, Callaghan«, ziehe ich ihn auf. Er krallt die Hände in meinen Hintern, und mein gesamter Körper fühlt sich an, als würde er jede Sekunde in Flammen aufgehen.

Er trägt mich zum Bett und legt mich vorsichtig auf die Matratze. Das weiche Material bildet einen willkommenen Kontrast zu der rauen Wand. Er zieht seine Hose und seine Boxershorts hinunter, und ich muss aufpassen, dass mir die Kinnlade nicht bis zum Boden hinunterfällt. Die Zeit hat meine Erinnerung daran getrübt, wie beeindruckend er ist, und nach mehreren Wochen hier mit nur mir allein unter der Dusche bin ich, fürchte ich, ein bisschen aus der Übung.

»Hast du eine Ahnung, wie groß mein Ego wird, wenn du mich so anschaust?«, fragt er, während er splitternackt auf dem Bett zwischen meinen Beinen kniet.

Ich bin mir ziemlich sicher, irgendwo gibt es eine Regel, dass es unhöflich ist, wenn man jemandem, der mit einem redet, nicht ins Gesicht schaut, und ich kann mich nur damit entschuldigen, dass Russ' Schwanz so hübsch ist.

»Ich mache gerade eine Risikoabschätzung, wie hoch die Wahrscheinlichkeit ist, dass du mich in zwei Hälften zerreißt.«

Er schnaubt und beugt sich über mich, um mich genüsslich zu küssen. »Bist du dir sicher, dass du es willst?«

»Ich denke seit Wochen an nichts anderes«, gestehe ich. »Ich habe nichts gegen ein kleines Risiko.«

Russ knöpft meine Shorts auf und zieht sie hinunter, gefolgt von meinem Slip, und spreizt meine Beine. Ohne ein bisschen Alkohol in meinem System wäre das hier normalerweise der Punkt, an dem ich unsicher werden würde. Nicht mit ihm.

»Was brauchst du?«, fragt er und massiert die Innenseiten meiner Oberschenkel.

Alles. »Ich will mich dir nah fühlen.«

Er legte sich neben mich auf das Bett und dreht mich auf

die Seite, sodass sich unsere Oberkörper berühren. Dann legt er mein Bein über seine Hüfte und den Arm unter meinen Kopf. »Gut so?«

»Perfekt.«

Gemächlich fährt Russ mit der Hand die Kurven meiner Hüfte nach, lässt sie über meinen unteren Rücken gleiten und legt sie auf meinen Hintern. Sein Mund bewegt sich an meinem, während er die Hand weiter zwischen meine Beine wandern lässt.

»Verdammt, Aurora«, stöhnt er und presst die Stirn gegen meine. »Du bist so feucht.« Sein Schwanz zuckt an meinem Bauch.

»Darf ich dich berühren?«

»Du kannst mit mir machen, was immer du willst.« Er stöhnt, als ich ihn in die Hand nehme und langsam streichle. Er schiebt einen Finger in mich hinein, gefolgt von einem zweiten, und dehnt mich. Mein Herz schlägt schneller, und ich atme nur noch unregelmäßig, als ich die Hand, die ich zwischen uns geschoben habe, in einem Rhythmus bewege, den er liebt. »Du bist so verdammt gut, Sweetheart.«

Geduldig beobachtet er jede meiner Reaktionen, um herauszufinden, was ich genau mag. Mein Bein, das über seiner Hüfte liegt, beginnt zu zittern, und das Gefühl, das sich in meinem Unterleib aufbaut, breitet sich aus, bis ich es in jedem Zentimeter meines Körpers fühle.

»Ich komme gleich.«

Sein Daumen findet meine Klitoris, und alles, was ich will, ist, ihn noch näher an mich zu ziehen. Wie das gehen soll, weiß ich nicht, aber mit der freien Hand packe ich ihn am Nacken und stöhne an seinem Mund. »Oh, verdammt, Russ. Oh Gott.«

»Lass mich dein hübsches Gesicht anschauen, wenn ich dich zum Kommen bringe.«

Mein Körper bäumt sich auf und windet sich auf seinen Fingern, meine Hand ist noch immer um seinen Schwanz geschlungen. Er zieht die Finger heraus, stößt ein paar Mal in meine Hand, hält aber dann inne und legt seine Hand um meine, um mich zu stoppen. »Ich will noch nicht kommen.«

»Wo hast du deine Kondome?«

Sein Gesicht ist das blanke Entsetzen. »Mist.«

»Bitte sag mir, dass ›Mist‹ bedeutet, du bist genervt, weil du mich für die zwei Sekunden verlassen musst, die du brauchst, um sie zu holen.«

»Ich habe keine«, gesteht er kleinlaut. »Schau mich nicht so an! Ich hatte nicht damit gerechnet, mit jemandem zu schlafen!«

Er dreht sich auf den Rücken und zieht mich auf sich. Sein Schwanz ist steinhart und liegt praktischerweise flach an seinem Bauch, aber zwischen meinen Beinen. Sanft bewege ich die Hüften, er schließt genüsslich die Augen und hält mich fest, damit ich an Ort und Stelle bleibe, während er meiner Bewegung entgegenkommt und nach oben stößt.

Ich bin empfindlich vor Lust und so feucht, was meine Problemlösungsfähigkeit mindert. Ich kann es ihm wohl kaum übelnehmen, dass er keine Kondome mitgebracht hat, schließlich habe ich das auch nicht.

»Und wenn wir einfach keins benutzen? Wann bist du zum letzten Mal getestet worden?«, frage ich. »Ich nehme die Pille, und mein letzter Test war in Ordnung. Einer von uns kann diese Woche nach Meadow Springs fahren und welche besorgen.«

»Ich bin ein paar Wochen, bevor ich dich kennengelernt habe, getestet worden, und alles war in Ordnung. Du bist die Einzige, mit der ich seitdem zusammen war, aber, ähm, ich habe kein gutes Gefühl bei den Statistiken über die Effektivität deiner Verhütung.«

»Das ist völlig okay, das respektiere ich.« Vermutlich hätten wir dieses Gespräch führen sollen, bevor wir uns ausgezogen haben, aber immerhin führen wir es. Er wirkt ein wenig peinlich berührt, aber dafür gibt es gar keinen Grund. Er zieht sich in eine sitzende Position hoch und stützt sich auf seine Hände, und ich schlinge die Arme um seinen Hals und gebe ihm einen Kuss auf die Lippen. »Ich kann dich auf viele andere Arten befriedigen. Zählen wir mal, wie … Oh mein Gott, ich wette, Xander hat welche.«

Ich glaube, ich habe mich noch nie so schnell bewegt wie jetzt, als ich zu Xanders Teil der Hütte flitze.

Russ setzt sich auf die Bettkante und stellt die Füße auf den Boden. »Rory, ich glaube, wir sollten nicht in Xanders Sachen rumwühlen.«

Er hat recht – nicht, dass mich das abhalten würde, aber recht hat er trotzdem. »Glaubst du, Xander wäre sauer, wenn er wüsste, dass du ein Kondom brauchst?«

»Auch wieder wahr.«

Ich sehe an den naheliegenden Stellen nach: Nachttisch, Kulturbeutel, Sockenschublade, Kleiderschrank, finde aber keine. Wenn ich Xander wäre, wo würde ich Kondome verstecken? Ich gehe auf alle viere und sehe unter dem Bett nach, und obwohl durchaus die Chance besteht, dass ich etwas Pelziges mit Klauen finde, entdecke ich sofort eine Reisetasche.

»Himmel, Aurora«, stöhnt Russ, und es klingt, als hätte er Schmerzen. Mein Hintern ist in der Luft, meine Brust nah am Boden, und man braucht kein Genie zu sein, um sich auszumalen, was ihm vermutlich gerade durch den Kopf geht. Ich ziehe die Reisetasche zu mir und finde genau das, was ich suche. Ich halte die Plastikpäckchen in die Luft, als wären sie ein kostbarer Preis, und versuche, nicht zu seinem Bett zurückzurennen. Noch nie habe ich Russ so schnell in Bewegung erlebt wie jetzt, als er die Folie aufreißt und das Kondom überzieht.

Noch immer auf der Bettkante sitzend, legt er seine Hände an die Rückseite meiner Oberschenkel und zieht mich an sich, sodass ich über ihm knie. Nachdem er sich positioniert hat, lasse ich mich vorsichtig auf ihn sinken. Er ist so groß in mir und füllt mich so sehr aus, dass es mir die Sprache verschlägt.

»Lass dir Zeit«, murmelt er leise und küsst meine Brust. Er hat die Hände an meine Taille gelegt und leitet mich, während ich mehr und mehr von ihm in mir aufnehme. »Genau so, braves Mädchen. Du fühlst dich so verdammt gut an, Aurora. Du bringst mich um den Verstand.«

Das Lob macht den Sex besser, und es ist mir nicht peinlich, das zuzugeben.

Russ Callaghan darf mich jederzeit ein braves Mädchen nennen.

Wir finden den perfekten Rhythmus. Er legt die Hände an meinen Hintern und hilft mir, mich auf- und abzubewegen, während sein Mund meinen Hals und meine Brust erforscht. Ich reibe mich zwischen den Beinen und ziehe ihn fester an mich. »Ich komme gleich«, sage ich atemlos.

Er lenkt mich weiter mit den Händen, und ich stürze mich auf seinen Mund. Unsere Haut berührt sich an so vielen Stellen, dass wir uns wie eine einzige Person anfühlen. Es fühlt sich an, als würde Licht in meinem Körper explodieren, und ich klammere mich an ihn und bewege mich im Rhythmus meines Höhepunkts.

»Alles okay?«, flüstert er.

»Oberschenkel brennen. War's wert.«

Russ hebt mich von sich herunter, legt mich wieder auf das Bett und sich hinter mich. Er schiebt den Arm unter meinen Kopf, seine Brust liegt eng an meinem Rücken, und es scheint, als würden wir im Löffelchen liegen bleiben, doch dann spüre ich seinen Schwanz von hinten gegen mich stoßen. »Heb dein Bein ein bisschen an, Sweetheart.«

»Du kannst ihn mir nicht in den Hintern stecken.«

Er lacht an meinem Nacken, und ich bekomme eine Gänsehaut. »Das hatte ich nicht vor, aber danke, dass du mich das wissen lässt.«

Mit einem einzigen Stoß ist er wieder in mir, und aus diesem Winkel fühlt sich alles anders an. Ich lege mein Bein wieder ab, und der Arm unter meinem Kopf liegt jetzt über meiner Brust, während seine Finger meine Brustwarzen liebkosen. Seine andere Hand tanzt über meinen Bauch und gleitet dann zwischen meine Beine, und ich weiß sofort, ich werde nie wieder jemand besseren als ihn haben.

Er bewegt die Hüften sanft vor und zurück, zusammen mit seiner Hand, und flüstert mir liebevolle Worte ins Ohr. Er ist überall zugleich, und ich weiß, ich werde in Kürze wieder so weit sein. So wie es jetzt ist, fühle ich mich geschätzt, angebetet. Als wäre es seine einzige Mission im Leben, dass ich mich schön und begehrt fühle. Ich schiebe meine Hüften zurück, wenn er seine nach vorne schiebt, und wir fallen in einen leidenschaftlichen Rhythmus und jagen gemeinsam dem nächsten Höhepunkt entgegen.

»Genau so, zeig mir, wie sehr du es willst«, flüstert er an meinem Hals. »Du bist jedes Risiko wert, Ror.«

Die Geräusche unserer Körper übertönen sämtlichen Krach des Unwetters. Mist, ich weiß nicht mal, ob das Unwetter draußen noch tobt. Russ betäubt alle meine Sinne. Ich stöhne, er stöhnt. Ich bewege mich heftiger, und er tut es mir gleich. Mein Puls hämmert an meinem Hals, seine Stöße werden unbeherrschter und kräftiger. Atemlos flüstert er meinen Namen, seine Finger bewegen sich fest an meinen Brüsten, und ich komme. Gemeinsam mit ihm.

Ich bin erschöpft und völlig befriedigt.

Wir liegen ganz ruhig da, er noch immer in mir. Er stößt einen Seufzer aus. »Ich glaube, ich bin vielleicht von dir besessen.«

Es ist wie ein weiterer Orgasmus. »Das ist der Sex, der da aus dir spricht.«

»Nein.«

Langsam zieht er sich aus mir zurück, und als ich ein wenig zusammenzucke, küsst er mich zärtlich. Er geht in das Badezimmer, um das Kondom zu entsorgen, und zum ersten Mal erwarte ich nicht, dass der Mann, mit dem ich gerade geschlafen habe, die Tür schließt und wartet, dass ich gehe.

Er legt sich wieder neben mich und beugt sich zu mir herüber, um in mein Gesicht zu sehen. Er streicht mir das Haar zur Seite und küsst mich auf die Stirn. »Möchtest du irgendwas? Etwas trinken? Duschen? Etwas Bequemes?«

»Mir fehlt nichts.«

Er zieht die Bettdecke über mich und kuschelt sich an mich.

»Danke.«

Wieder küsst Russ meine Stirn, dreht mich dann zu sich her und schlingt die Arme um mich. Nach dem Sex kuscheln habe ich noch nie gemacht, aber ich fühle mich so sicher und so zufrieden, dass es fast schon zu überwältigend ist. Er nimmt ein Buch vom Nachttisch und dimmt das Licht. Ich würde ihn gern fragen, was er liest, aber mir fallen bereits die Augen zu. Ich bin gerade am Einschlafen, als mich seine Stimme zurückholt. »Wirst du noch hier sein, wenn ich aufwache?«

»Ja, ich verspreche es.«

22. KAPITEL

Russ

Ich kann mich nicht erinnern, wann ich zuletzt mehr als ein paar Stunden geschlafen habe. Die zugezogenen Vorhänge lassen nicht erahnen, wie spät es ist, aber ich weiß, dass ich letzte Nacht tief und fest geschlafen habe, ich kann es spüren.

Ich würde nach irgendetwas greifen, das mir die Uhrzeit anzeigt, aber Aurora schläft auf meinem einen Arm, und der andere ruht auf der weichen Haut ihres Bauchs. Als ich ihr einen Kuss auf die Schulter gebe, bewegt sie sich ein wenig und kuschelt sich an mich. Ihr Hintern gleitet über meinen Schritt, und ich stöhne.

Wieder macht sie das, diesmal eindeutig vorsätzlich, auch wenn sie so tut, als würde sie schlafen. Ich schiebe die Hüften bewusst nach vorne und flüstere ihr ins Ohr: »Ich weiß, dass du wach bist, Rory.«

Sie lacht, und das ist auf dieser Welt mein Zweitlieblingsgeräusch. Nummer eins ist natürlich, wenn sie meinen Namen stöhnt. »Was für eine Methode, mich aufzuwecken«, sagt sie gähnend.

Ich würde sie aufwecken, wie auch immer sie das gern hätte, wenn es bedeutet, dass sie nachts neben mir schläft.

Sie streckt den Arm nach hinten, streicht über mein Knie, dann über meine Oberschenkel, und von dort lässt sie die Hand höher und höher wandern, dann hält sie kurz inne, um meine Reaktion abzuwarten, um die Hand schließlich sanft über meine empfindlichsten Stellen gleiten zu lassen.

»Ist das okay?«, fragt sie, nimmt mich in die Hand und bewegt sie probehalber auf und ab.

»Ja«, bringe ich mühsam heraus und bewege die Hüften im Rhythmus mit ihrer Hand, um es ihr einfacher zu machen. »Du kannst das supergut, Sweetheart.«

Plötzlich hört sie auf, und ich bekomme sofort Panik, ich könnte etwas falsch gemacht haben, aber dann dreht sie sich zu mir herum. Sie ist noch ganz verschlafen, ihr Haar hat sich beim Trocknen in Wellen gelegt, und sie schaut mich auf eine Weise an, die mein Herz aus dem Rhythmus bringt. Ich wünschte, ich könnte diesen Moment bewahren, ihn in eine Flasche füllen und ihn vor allen äußeren Kräften schützen, die versuchen werden, ihn zu ruinieren.

Aurora beugt sich vor und küsst mich, und sofort interessiert mich nichts mehr außer dem Hier und Jetzt. Sie löst sich von mir, dann küsst sie meine Schlüsselbeine, meine Brust, rutscht tiefer und tiefer, bis ich in freudiger Erwartung den Atem anhalte und ihr schläfriger Gesichtsausdruck einem sehr viel durchtriebenerem gewichen ist.

Sie küsst die Innenseiten meiner Oberschenkel, meinen Hüftknochen, alles, nur nicht die Stelle, an der ich gern geküsst werden würde. Ich streiche ihr das Haar hinter das Ohr und hebe ihr Kinn an, damit sie mich anschauen muss. »Versuchst du, mich dazu zu bringen, dass ich dich anbettele, Aurora?«

Sie starrt mich aus ihren grünen Augen so unschuldig an, als wären ihre Lippen nicht zwischen meinen Beinen. »Nein.« Ein weiterer Kuss, ein wenig höher. »Du brauchst mich nicht anzubetteln, damit ich etwas tue, das ich schon seit Wochen unbedingt tun will.«

Mein Bauch spannt sich an, und mein Atem wird immer unregelmäßiger. »Dies werden die besten sieben Sekunden meines Lebens werden.«

»Bring mich nicht zum Lachen, wenn ich versuche, dich zu verführen«, stöhnt sie und lacht.

»Du brauchst es nicht zu versuchen, du hast es bereits geschafft. Betrachte mich als verführt. Besessen. Erlegt …« Sie legt die Lippen an meine Eichel, und ich vergesse, wie Sprechen funktioniert. Das mit den sieben Sekunden war ein Witz, aber jetzt bin ich mir da nicht mehr so sicher. »Du bist so unglaublich.«

Die Haare fallen ihr ins Gesicht, als sie den Kopf senkt und mehr von mir in sich aufnimmt. Ich streiche es nach hinten und mache es in meiner Faust zu einem Pferdeschwanz. Ihr gefällt das; sie lässt es mich wissen, indem sie glücklich aufstöhnt und mich tief in sich aufnimmt.

Mir gefällt das ebenfalls.

Ich habe Angst, zu blinzeln, damit ich ja nicht einen Moment von dem hier verpasse. Mit den Nägeln ihrer freien Hand fährt sie zärtlich über meine Bauchmuskeln, während die andere Hand in Koordination mit ihrem Mund versucht, mich zum Höhepunkt zu treiben. Ich packe ihr Haar fester, meine Muskeln spannen sich an, und das rot-heiße Gefühl beginnt, sich aufzubauen.

Sie beobachtet mich dabei, ihre grünen Augen sind verschleiert, ihre Aufmerksamkeit gilt ausschließlich mir.

»Ich bin gleich so weit.«

Meine Worte spornen sie an, ein bisschen noch, und ich bin so weit, und das ist der Moment, als die Tür geöffnet wird und Xander mit den Hunden von seiner Nachtschicht zurückkommt und jegliche Chance abtötet, dass ich jemals wieder in meinem Leben auch nur ein bisschen erregt sein werde.

»Fuck!«, brüllen wir beide. Er legt rasch die Hände vor die Augen, und ich greife nach einer Decke, um Rorys nackten Körper zu verhüllen.

»Tut mir leid, tut mir leid«, schreit Xander und ist schneller wieder aus der Hütte draußen, als ich ihn sich jemals habe bewegen sehen. »Hängt man heutzutage keine Socke mehr an die Tür? Himmel!«

Blankes Entsetzen sind die einzigen zwei Wörter, die beschreiben können, was ich gerade fühle.

Ich richte den Blick auf Aurora und erwarte, dasselbe Entsetzen in ihrem Gesicht zu sehen, aber natürlich ist es nicht da, schließlich ist sie Aurora. Sie presst die Hand gegen den Mund, um nicht laut loszuprusten.

»Tut mir leid«, flüstert sie. »Ich lache nicht, ich schwöre es. Alles in Ordnung mit dir?«

Die Decke, die ich, ohne genau hinzuschauen, über sie geworfen habe, hängt teilweise über ihrem Kopf, sie kniet nackt zwischen meinen Beinen, und ich bin definitiv nicht mehr hart. Ich fahre mir über das Gesicht und fange an zu lachen, was ihr die Erlaubnis gibt, die sie gebraucht hat. Ich ziehe sie an mich, küsse sie auf die Stirn, und sie schmiegt sich an mich. »Wir haben nicht mal sechs Stunden gebraucht, um ertappt zu werden.«

»Nächstes Mal sind wir klüger«, erwidert sie und fährt mit dem Finger über meine Haut. »Ich muss in meine Hütte zurück, bevor jemand merkt, dass ich nicht dort bin. Tut mir leid, dass du nicht gekommen bist.«

Aurora sagt so locker »nächstes Mal«, dass ich gar nicht weiß, wie ich darauf reagieren soll. Ich will das, was wir haben, nicht aufgeben müssen, ich will aber auch nicht gefeuert werden, falls man uns erwischt. Aber ich will es *wirklich* nicht aufgeben. Sie ist das Einzige in meinem Leben, das nicht irgendwie von all dem anderen ruiniert worden ist. Sie gibt mir Hoffnung, und ich bin nicht bereit, mich jetzt schon von diesem Gefühl zu verabschieden.

»Wir werden besser aufpassen«, stimme ich ihr zu und küsse sie erneut auf die Stirn.

Sie steigt über mich hinweg und fängt an, sich anzuziehen. Als sie ihre noch immer feuchten Sachen vom Boden hochhebt, runzelt sie die Stirn. »Du hast meine Sachen nicht zusammengefaltet, Callaghan«, sagt sie. »Ich bin stolz auf dich.«

Ich ziehe meine Unterwäsche und meine Shorts an, setze mich auf die Bettkante und beobachte, wie sie Grimassen schneidet, als sie sich das noch immer feuchte Sweatshirt über den Kopf streift. Als sie in ihre Schuhe schlüpft, ziehe ich sie an mich, sodass sie zwischen meinen Knien steht. Sie legt die Hände an meine Wangen und lächelt auf mich hinunter, während ich die Rückseite ihrer Oberschenkel streichele.

Es klopft an der Tür, bevor sie sich langsam öffnet. »Ich will diese wunderbare Vereinigung ja nicht stören, aber ich bin hier, weil ich ganz dringend aufs Klo muss. Wenn ihr beide das also zu Ende bringen könntet, damit ich nicht wie ein verdammter Bär in den Wald gehen muss, wäre das echt geil.«

Aurora blickt über die Schulter auf den Türspalt, ohne die Hände von meinem Gesicht zu nehmen. »Du weißt, dass es auch noch andere Badezimmer gibt, oder? Dass deine nächste Möglichkeit nicht der Wald ist?«

»Ist es einem Mann heutzutage nicht mehr gestattet, einen Lieblingsplatz für sein großes Geschäft zu haben? Ist es in unserer Gesellschaft schon so weit gekommen?«

»Ich gehe ja schon, du Dramaqueen«, ruft sie und küsst mich noch einmal zum Abschied.

Ich würde sie am liebsten ins Bett zurückzerren und die Tür abschließen, aber vermutlich ist es nur gut, dass wir gestört wurden; ich habe keine Ahnung, wie spät es ist, und ich bezweifle, dass ich motiviert genug gewesen wäre, mir darüber Gedanken zu machen.

Sobald Rory die Tür öffnet, kommen die Hunde hereingestürmt. Xander versucht im Vorbeigehen, mit Rory abzuklatschen, lässt es aber sein, als sie ihm spielerisch den Ellbogen in die Rippen rammt. »Ich habe dir was gestohlen, tut mir leid. Bis später.«

»Es sind immer die reichen Mädchen«, brüllt er ihr hinterher. Sein Grinsen ist nicht zu übersehen, als er hereinkommt und die Tür hinter sich schließt, und ich kann nicht anders, ich grinse ebenfalls über beide Ohren. »Ich gehe jetzt aufs Klo, und dann reden wir darüber, was zum Teufel hier passiert ist.«

Während er weg ist, beschäftige ich mich mit den Hunden, und als er zurückkommt, habe ich garantiert immer noch dasselbe lächerliche Grinsen im Gesicht. Weder Xander noch ich arbeiten heute – der zweite meiner freien Tage und sein erster, nachdem er gestern mit Aurora getauscht hat. Aber ohne darüber reden zu müssen, weiß ich, dass wir den ganzen Tag bei den anderen sein und mithelfen werden.

Versteht mich nicht falsch, die Kinder können anstrengend sein, aber auf gute Art anstrengend. Es lenkt mich ab, und ich genieße es, ihnen beim Entwickeln ihres Selbstbewusstseins zu helfen. Merkwürdigerweise habe ich, als ich jünger war, reiche Kinder immer auf ein Podest gestellt, weil ich geglaubt habe, ich hätte keine Probleme, wenn meine Familie reich wäre. Daran änderte sich nicht viel, als ich älter wurde, vor allem als ich ans College kam, wo es sich anfühlte, als wären alle anderen finanziell besser aufgestellt.

Ich glaube, hier zu arbeiten heilt mein inneres Kind. Ich sehe diese Kinder mit den gleichen Unsicherheiten und Sorgen, wie ich sie hatte, und mir wird klar, wie dumm ich damals war.

Und ja, ein wenig hat meine Motivation, heute mitzuhelfen, auch damit zu tun, dass ich Rory sehen kann.

Xander wirft sich auf sein Bett und verpasst nur knapp Trout, die auf einem seiner Socken herumkaut. »Soll ich raten, was die kleine Kleptomanin gestohlen hat? War es eventuell ein Kondom?« Ich nicke, und sein Grinsen wird noch breiter. »Ich bin froh, dass ihr Jungspunde Safer Sex praktiziert und ich nicht das Gespräch mit den Bienchen und Blümchen führen muss.«

Ich würde lieber von Bienchen gestochen werden, als dieses Gespräch mit Xander führen zu müssen. »Du weißt, dass wir gleichaltrig sind, oder?«

»Die Jugend heutzutage …« Er weicht dem Schuh aus, den ich nach ihm werfe. »Ich habe die Reflexe einer Katze! Aber ernsthaft, ich freue mich für dich. Ich bin total eifersüchtig, aber ich freue mich. Du darfst diese ganze Sommerliebe-Geschichte erleben. Du lebst den Traum.«

»Danke, Mann. Was machst du heute?«, wechsle ich das Thema, bevor er zu viel von mir wissen will.

Alte Gewohnheiten halten sich hartnäckig.

»Als Erstes werde ich jetzt noch eine Runde schlafen. Jax kam auf die Idee, vorm Schlafengehen Horrorgeschichten zu erzählen, dieses kleine Arschloch. Und ich weiß, dass es nicht okay ist, einen Zehnjährigen als Arschloch zu bezeichnen, aber er ist einfach eins. Jede Menge Tränen und Drama, alles reichlich nervig. Ich werde dich nicht fragen, was du vorhast, weil ich weiß, die Antwort lautet, du wirst bei deinem Mädchen rumhängen und so tun, als ginge es dir um den Teamsport.«

Ich will ihn schon korrigieren, ihm sagen, dass sie nicht mein Mädchen ist, aber mir gefällt, wie das klingt. »So in etwa.«

Er gähnt, zieht die Decke über Trout und sich, und Trout fängt sofort an, an ihr zu kauen. »Dein Geheimnis ist bei mir gut aufgehoben, Mann.«

Bis ich geduscht habe und mich auf den Weg zum Frühstück mache, hat der Regen der letzten Nacht aufgehört. Ich bin schon fast beim Speisesaal, als ich hinter mir eine Stimme höre. »Warte!«

Frisch geduscht und jetzt in ihrem Braunbären-T-Shirt schließt Aurora lächelnd zu mir auf. Ihre Hand streift meine, nicht lange genug, um irgendjemanden misstrauisch zu machen, falls uns jemand sieht, aber lange genug, dass ich eine Gänsehaut bekomme. »Hey.«

»Hi.«

»Hi«, erwidert sie verdruckst. »Ich wollte nur sagen … Na ja, ich habe nachgedacht, und na ja, ich weiß, ich habe dich gestern Nacht dazu gebracht, gegen die Vorschriften zu verstoßen, und ich hatte versprochen, ich würde …«

»Rory«, unterbreche ich sie und stelle mich ihr in den Weg. Ich bin den Zweifel in ihrem Gesicht und auch das fehlende Selbstbewusstsein in ihrer Stimme nicht gewohnt. Selbst wenn sie vor sich hinplappert, weil sie die Stille nicht aushält, strahlt sie etwas Selbstsicheres aus, aber jetzt sieht sie wie eine zutiefst verunsicherte Frau aus. »Du hast mich zu nichts gedrängt. Ich bin schließlich auch zu deiner Hütte gegangen, schon vergessen?«

»Ich weiß, aber dieser Job ist dir wichtig, und mir ist er das auch, ich bin unglaublich gern hier, nur habe ich die Impulskontrolle eines hungrigen Waschbären. Ich will nicht, dass du glaubst, mir wäre nicht wichtig, was dir wichtig ist, wenn ich doch weiß, dass es dir wichtig ist. Ergibt das Sinn?«

»Ich glaube, ja. Ich bereue es nicht.« Verdammt, würde ich sie gern küssen. »Versprochen. Ich versuche, mich zu entspannen und mir nicht wegen allem so viele Sorgen zu machen.«

»Das würde dir guttun, wenn du das könntest. Ich glaube, dann wärest du fröhlicher.«

»Also …«

Wie sage ich das jetzt?

»Also?«, wiederholt sie.

»Ich mag dich, Aurora. Sehr. Ich bin echt froh, dass es die letzte Nacht gegeben hat.«

Ihr Mund öffnet und schließt sich, dann öffnet er sich wieder ein wenig, ähnlich wie bei einem Goldfisch. Sie räuspert sich, nickt und bringt dann ein gekrächztes »Ich dich auch« heraus. Sie räuspert sich erneut. »Ich mag dich wirklich auch.«

»Also …«

»Also … sollten wir frühstücken, bevor sie einen Suchtrupp losschicken«, beendet sie das seltsame Schweigen zwischen uns. »Ich war im Speisesaal, bevor ich geduscht habe, um zu erklären, wieso ich das Hissen der Flagge verpassen und zu spät zum Frühstück kommen werde, und aus irgendeinem Grund war Orla dort. Ich musste lügen und behaupten, mein Wecker hätte nicht geklingelt, weil sich mein Handy wegen dem Stromausfall nicht aufgeladen hat, und ich würde mich beeilen.«

Wir gehen weiter auf den Saal zu, und ich nicke zustimmend. »Echt clever.«

Sie schnaubt. »War es nicht. Der Strom kam nämlich zwei Minuten, nachdem ich mich auf den Weg zu dir gemacht hatte, zurück, und der Ausfall hatte nichts mit dem Unwetter zu tun. Es war der Mann, der das Problem mit dem undichten Dach beheben sollte, er hat irgendwo den falschen Schalter umgelegt.«

»Na ja, sie können nicht beweisen, dass du lügst.«

»Emilia kann das, sie weiß definitiv bereits Bescheid. Sie hat mir so einen Blick zugeworfen.«

Als wir uns der Tür nähern, stößt sie einen tiefen Seufzer aus, bleibt stehen und dreht sich zu mir um. »Tut mir leid, mir hat noch nie jemand gesagt, dass er mich wirklich mag und dass es für ihn mehr bedeutet, als nur mit mir zu schlafen. Das hat mich einen Moment aus der Bahn geworfen. Ich will nicht zurück ins College und dich dann nicht mehr jeden Tag sehen, Russ. Dich zu sehen ist das Beste an meinem Tag. Und wenn du es aushältst, zu warten, und geduldig sein kannst, während ich mir klar werde, was das bedeutet, dann können wir vielleicht etwas ganz Besonderes haben.«

Jetzt bin ich derjenige, den es aus der Bahn wirft. Es fühlt sich zu einfach an, zu natürlich für das wahre Leben, aber es ist mein wahres Leben. »Ich würde bis in alle Ewigkeit auf dich warten, Aurora.«

23. KAPITEL

Aurora

Ich hatte seit Tagen Schmetterlinge im Bauch.

Erst dachte ich, ich wäre krank, aber mir war nicht richtig schlecht, es war eher wie so ein Kribbeln in meinem Körper. Wenn Emilia und ich abends im Bett lagen, beruhigte es sich, und ich dachte, es wäre vorbei, aber dann fing es am nächsten Tag erneut an. Ich fragte mich, ob es eine Allergie war, aber ich fühlte mich eigentlich nicht krank, nur anders.

Ich fragte mich das drei Tage lang, bis ich endlich kapierte, dass es Schmetterlinge waren.

»Dann stirbst du also nicht?«, krächzt Emilia und legt die letzte Schwimmweste zurück in die Kiste. Sie hat gestern, nach einem besonders hart umkämpften Volleyballspiel, wieder ihre Stimme verloren. Dass man die Stimme verliert, weil man den ganzen Tag schreit, ist normal. Mir ist es aber noch nie passiert, meine Stimmbänder weigern sich, zum Schweigen gebracht zu werden – zu Emilias großer Enttäuschung.

Wir sind heute Nachmittag Kajak gefahren und hatten ein bisschen Ruhe – na ja, so viel Ruhe, wie man in einem Camp eben bekommen kann –, und das hat mir geholfen, zu begreifen, dass ich Gefühle habe, und diese Gefühle schwirren in meinem Bauch herum und machen mir ein komisches Gefühl.

»Ich sterbe nicht. Definitiv nicht.«

»Nur männerbedingte Fehlfunktion, verstehe.« Sie schaut mich nicht an, deshalb sieht sie nicht, dass ich ihr den Mittelfinger zeige, aber wie es sich für eine beste Freundin gehört, weiß sie es. »Meine Güte, lässt du dich leicht provozieren. Ich mag dieses neue Du; du schwebst herum wie ein animiertes Waldwesen, es ist superniedlich.«

»Tut mir leid, hast du etwas gesagt? Ich kann dich nicht hören.« Ich schaue auf das Ufer, wo besagter Mann mühelos Kajaks hochhebt und in das Bootregal hängt. Waldwesen ist nicht die schlimmste Bezeichnung, die ich bekommen habe, und gerade wenn es von Emilia kommt, macht es mir nichts aus. »Ich vermisse Poppy. Sie gleicht deine Nervigkeit aus.«

»Oh, glaub mir, sie würde das nur zu gern hören, mein kleines Cartoonhäschen.« Sie räuspert sich kräftig und wedelt mit den Armen. »Hey, Russ. Könntest du uns mal zu Hilfe kommen, bitte?«

Sie klingt nicht wie sie, als sie das ruft, aber es ist laut genug, dass er hochschaut. Allerdings würde ich wetten, dass er keine Ahnung hat, was sie gesagt hat. Er räumt das letzte Kajak weg und bahnt sich einen Weg durch die Kinder, die Clay gerade wegführt, damit sie sich vor dem Abendessen waschen.

»Was tust du da?«, knurre ich leise, damit er es nicht hört.

»Was ist los?«, fragt er und bleibt vor uns beiden stehen.

Himmel, sieht er gut aus.

Emilia deutet dramatisch auf die Kiste. »Ich muss ganz dringend aufs Klo. Könntest du Rory bitte helfen, die Kiste zurück in den Lagerraum zu tragen?«

»Alles okay?«, fragt er und meint definitiv nicht nur mich. »Ihr verhaltet euch komisch.«

»Man weiß nie, wer zuhört. Gern geschehen.«

»Niemand kann dich hören, nicht einmal, wenn sie es versuchen würden«, sage ich.

Jetzt ist sie diejenige, die mir den Mittelfinger zeigt, während sie Clay hinterherläuft. Und nachdem sie fort ist, flattern die Schmetterlinge wie verrückt herum.

Definitiv keine Allergie.

Die letzten paar Tage waren eine Mischung aus bedeutungsvollen Blicken und flüchtigen Berührungen unserer Hände, gedämpften Stimmen und wissendem Lächeln. Ich hatte mir Sorgen gemacht, dass das Interesse nachlassen würde, wenn wir uns nach ein paar Wochen näher kennengelernt haben und sich die Hormone gelegt haben, sodass wir nicht mehr scharf aufeinander sind. Doch dann zog er mich in einen leeren Flur und küsste mich bis fast zur Besinnungslosigkeit, und jetzt weiß ich, dass ich mir deswegen keine Sorgen zu machen brauche.

Ich kann nur schwer glauben, dass es einen Mann gibt, der tatsächlich Zeit mit mir verbringen und eine Beziehung mit mir haben will, die über die hinausgeht, die entsteht, wenn wir nackt sind. Ich weiß, die Latte hängt bei mir tief, wenn es um Männer geht, wodurch ich häufiger meinem eigenen Urteil misstraue. Aber was Russ angeht, kann ich mir selbst trauen.

Russ schiebt die Kiste mit dem Fuß an, und als er sieht, dass sie ein Stück weiterrutscht, hebt er sie hoch. Sein Bizeps spannt sich bei dem Gewicht an. »Das schaffe ich allein, du brauchst nicht zu helfen.«

Oh, Himmel. Ich bin eine schwache, schwache Frau. »Ich will aber.«

Es ist nicht weit bis zum Schuppen, der mehr ein Lagerhaus ist als ein Schuppen, und in kürzester Zeit bin ich ganz nervös, weil ich hinter ihm hergehe und die Bewegungen seiner Rückenmuskulatur sehe. Ich halte ihm die Tür offen, und er stellt die Kiste in dem dunklen Raum auf den Boden. Glücklicherweise gibt es für uns hier nichts weiter zu tun. Ich sollte ihm nicht hinterhergehen und die Tür hinter mir zufallen lassen, aber ich tue es.

Irgendwo gibt es hier einen Lichtschalter, aber ich habe nicht das Bedürfnis, ihn zu finden. Durch die Fenster weit oben ergießen sich ein paar schmale Sonnenstrahlen über uns, und ohne dass einer von uns etwas sagt, legt er seine Hände auf meine Schultern und lässt sie zu meinem Hals hinaufwandern. Sein Mund findet meinen, zärtlich und langsam, als wolle er sich den Moment einprägen, wo seine Zunge auf meine trifft. Ich schmiege mich an ihn, vergrabe die Finger in seinem Haar und stelle mich auf die Zehenspitzen, um ihm noch näher zu kommen. Ich will mich gerade beschweren, weil er die Hände von meinem Hals wegnimmt, doch da packt er mich hinten an den Oberschenkeln, hebt mich hoch und setzt mich auf der nächstbesten stabilen Unterlage ab. Meine Beine hat er sich um die Taille geschlungen, und jede Bewegung ist perfekt. Aber es ist nicht genug, ich will mehr. Ich bin wie von ihm betrunken; betrunken von Lust und Heimlichkeiten und dem Verbotenen.

Sein Mund gleitet über mein Kinn und meinen Hals hinunter. »Ich will dich so unbedingt.«

»Du kannst mich haben.«

Er zögert, den nächsten Schritt zu machen, was zwar richtig ist, aber nicht heißt, dass ich mich nicht am liebsten gleich dort, wo auch immer mein Hintern gelandet sein mag, von ihm nehmen lassen würde. Allerdings ist das nicht der Ort, an dem ich gern mit heruntergelassenen Hosen erwischt werden würde. Die Kinder dürfen dieses Gebäude nicht betreten, und ich habe sie allesamt zu ihrer Hütte zurückgehen sehen. Das würde keiner von uns jemals riskieren.

Das Risiko sind die anderen Mitarbeitenden.

Was das Ganze nervigerweise bestimmt zehnmal heißer macht, weil wir vielleicht erwischt würden, und schon sind die vertrauten Gefühle, denen ich immer hinterherjage, wieder da. Die, die den Körper mit Endorphinen überschütten und die Nerven zu elektrisch geladenen Drähten machen. Es macht süchtig, und das ist ein Problem. Aber trotz all der schrill läutenden Alarmglocken in meinem Kopf hätte ich es nur zu gern, dass er die Festigkeit dessen testet, was immer da unter mir ist.

»Wir sollten das nicht tun«, flüstert er.

»Definitiv nicht«, flüstere ich zurück. »Aber falls du trotzdem willst, kann ich dir versichern, dass ich superleise sein kann.«

Russ' Lachen ist tief und kehlig, dreckiger als sonst, und alles in mir beginnt zu pulsieren. So weit ist es mit mir gekommen: Mein Körper reagiert auf dreckiges Lachen.

»Du bist so klug«, zieht er mich auf, und ich könnte schwören, dieser Mann will mich umbringen. »Aber ich liebe es, wenn du laut bist.«

Sein Mund liegt wieder auf meinem, und ich ziehe ihn mit meinen Beinen näher an mich heran und stöhne, als sein harter Schwanz oben zwischen meine Oberschenkel drückt. Ich bin kurz davor, alle Vorsicht über Bord zu werfen und auf die Knie zu gehen, doch in dem Moment fällt etwas hinunter und erschrickt uns beide zu Tode.

Wieder küsst er mich, langsam und zärtlich diesmal, streichelt die Rückseiten meiner Oberschenkel, und dann hört man definitiv, dass sich etwas bewegt.

»Was zum Teufel ist das?«, frage ich, löse widerwillig meine Beine von seiner Taille und stelle die Füße wieder auf den Boden. Er hilft mir hinunter, und ich taste die Wand nach dem Lichtschalter ab. Als ich ihn gefunden habe, fällt grelles Licht auf Kisten und Gestelle voller Ausrüstung.

»Ich sehe nichts«, sagt er. Er ist genauso verwirrt wie ich.

»Ich glaube ni…« In dem Moment huscht vor mir das größte Opossum vorbei, das ich je gesehen habe, und ich schreie so laut, dass das Gebäude eigentlich einstürzen müsste.

Russ ist überzeugt, dass das Universum ein Opossum geschickt hat, um uns davon abzuhalten, uns wie Schlampen aufzuführen, und uns wieder an die Arbeit zu bekommen.

Außerdem findet er es beschämend, dass das Schulsystem oder meine vielen Sommer in genau diesem Camp mich nicht gelehrt haben, dass Opossums ungefährlich sind. Wenn sie ungefährlich sind, wieso haben sie dann solche spitzen Zähne? Und nein, er hat nicht das Wort *Schlampen* benutzt, aber egal was er gesagt hat, es kam gar nicht richtig bei mir an, weil seine Hand noch immer unten an meinem Rücken lag und ich noch immer unangenehm feucht und erregt war.

Verdammte Opossums.

Heute Abend lenke ich mich damit ab, indem ich eine besonders exzellente Campbetreuerin bin; kein Tanz ist zu anstrengend, keine heiße Schokolade zu viel. Hauptsache, ich bin beschäftigt und von dem Hockeyspieler abgelenkt, der mich irrational handeln lässt. Irrational zu handeln ist mir nicht unvertraut. Aber aus Verliebtheit heraus irrational zu handeln … das ist mir noch nie passiert.

Ich helfe gerade Jade, ihre Locken mit der Plopping-Methode in ein Baumwolltuch einzuwickeln, als sich Emilia neben mich fallen lässt.

»Ich muss ins Bett. Ich bekomme meine Periode, und ich fühle mich, als müsste ich gleichzeitig weinen, mich übergeben und Streit suchen. Die Jungs haben gesagt, sie würden heute Nacht für mich einspringen, ist das okay? Tut mir leid.«

»Natürlich ist das okay. Kann ich irgendetwas für dich tun?«

Jade schaut uns, die wir hinter ihr sitzen, über die Schulter hinweg an. »Meine Mom bringt meinen Schwestern immer Pfefferminztee.«

»Gute Idee. Emilia, geh ins Bett. Ich bringe dir Tee, wenn ich hier fertig bin. Möchtest du Schokolade?« Sie nickt. »Ich brauche nicht mehr lange.«

Nachdem ich mit Jades Haar fertig bin, verspricht Clay, dafür zu sorgen, dass alle Kinder bettfertig sind, während ich alles zusammensuche, womit sich Emilia hoffentlich besser fühlt. Als ich kurz darauf in die Hütte der Kinder trete, ist es verdächtig still.

Ich öffne die Tür und schaue in die vor Panik weit aufgerissenen Augen von Clay, Russ, Xander und Maya. Die Kinder liegen bis auf einige wenige, die noch nicht ganz fertig sind, im Bett. Ich starre die vier an. »Was habt ihr getan?«

»Ohne mich, Mann«, stößt Xander hervor und hält den Kopf gesenkt, als er Russ einen Klaps auf den Arm gibt.

»Ich liebe dich, Aurora, aber dafür bin ich nicht stark genug«, fügt Maya hinzu.

»Viel Glück, Bruder«, sagt Clay und verlässt hinter den beiden anderen den Raum, ohne Blickkontakt mit mir aufzunehmen.

Russ fährt sich mit der Hand über das Gesicht und seufzt genervt.

»Was habe ich verpasst?«, erkundige ich mich vorsichtig.

»Hallo, Ror«, sagt er fröhlich, und es klingt total künstlich und gezwungen. »Ich bin für Emilia eingesprungen, und ich dachte, das könnte vielleicht ganz nett werden, du weißt schon. Ich hatte einen echt guten Plan. Er beinhaltete Snacks und …«

»Russ, ist dir eins der Kinder verloren gegangen? Wieso verhältst du dich so komisch?«

Wieder seufzt er, und ich stelle mich ernsthaft darauf ein,

dass er mir gleich etwas Schreckliches erzählen wird – und irgendwie tut er das auch. »Du siehst wirklich hübsch aus heute.«

»Was verschweigst du mir?«, knurre ich, weil ich allmählich die Geduld verliere.

»Kevin hat den größten Schiss abgesetzt, den ich je gesehen habe, und jetzt ist das gesamte Toilettensystem verstopft.« Er würgt ein wenig. »Und wenn man versucht, ihn hinunterzuspülen, kommt das Wasser in allen anderen Toiletten hoch, und es tut mir leid, aber es ist widerlich. Ich weiß, wir sollen nur einen Handwerker rufen, wenn wir es allein nicht hinbekommen, aber ich bezweifle, dass das irgendjemand hinbekommt.«

»Also ehrlich.« Ich kann es mir nicht verkneifen, die Augen zu verdrehen. »Komm schon, du Dramaqueen. Zeig mir den Weg. Du bist so etwas doch bestimmt gewohnt? Hast du nicht in einem Frat-Haus gewohnt?«

»Ich kenne keinen erwachsenen Mann, der das fertigbringen würde«, erwidert er vollkommen ernst.

Ist das nicht romantisch? Bei nichts lernen sich Leute so gut kennen wie über dem Rand einer Toilettenschüssel.

Ich kann das Problem riechen, bevor wir auch nur in dem sehr großen Toilettenraum sind. Der Anzahl von Kindern im Gebäude entsprechend haben die angrenzenden Badezimmer mehrere Toiletten- und Einzelduschkabinen, und irgendwie ist es Kevin gelungen, sie allesamt lahmzulegen.

Ich stemme die Hand in die Hüfte, weise mit dem Kinn in Richtung der betroffenen Kabine, und als Russ bewusst wird, dass ich irgendeine Aktion von ihm erwarte, zeichnet sich Panik auf seinem Gesicht ab. »Du bist der Techniker, Callaghan. Bastle uns eine Lösung.«

»Die Tür zunageln und niemals zurückkehren. Da hast du meine Lösung.«

»Ich spüle jetzt mal und hoffe das Beste.«

»Das habe ich schon versucht …« Er hält mich an den Hüften fest, damit ich nicht in die Kabine gehe, und zieht mich an sich, bis mein Rücken an seiner Brust lehnt. Die Hände lässt er auf meinen Hüften liegen, und schon tut sich etwas in meinem Bauch. Vielleicht Schmetterlinge. »Vielleicht sollten wir jetzt einen Handwerker rufen.«

Ich löse mich aus seinem Griff, denn solch einen höllisch gefühlsintensiven Moment verschwenden wir nicht an ein Kloproblem. »Einen Handwerker rufen heißt, sich geschlagen geben.«

»Ich gebe mich geschlagen.« Er hebt die Hände, als würde er sich ergeben. »Ich habe mich schon geschlagen gegeben, bevor du gekommen bist. Rufen wir einen Handwerker.«

»Ich spüle nur mal, um zu sehen, was passiert.«

»Aurora, tu das nicht.«

»Ich verstehe dann besser, woran es liegt.« Ich halte mir die Nase zu und trete in die Kabine.

»Ror, du wirst alles unter Wasser setzen.«

»Nein. Werde ich nicht. Vermutlich fließt es einfach ab.«

Ich drücke den Hebel. Und die Rohre geben ein Geräusch von sich, wie ich es noch nie gehört habe.

Ich spüre Russ' Blick von der anderen Seite des Küchentresens auf mir ruhen, aber ich gebe ihm nicht die Befriedigung, ihn zu erwidern.

»Ich habe dich gewarnt«, sagt er selbstgefällig.

»Halt die Klappe. Ich will es nicht hören.«

Nachdem ich den Waschraum geflutet hatte und wir die Kinder evakuieren mussten, brachten wir sie jetzt endlich im Hauptgebäude unter. Glücklicherweise gab es dort bereits Isomatten, weil wir dort immer die Filmabende veranstalten, und

Cooper, der Senior der Betreuer, der heute Nachtschicht hat, konnte uns zeigen, wo die Schlafsäcke sind.

Ich kann mir vorstellen, dass die Kinder den Stress spürten, unter dem ich stand, denn keins hat mir widersprochen, und alle haben sich sofort auf ihr provisorisches Bett gelegt. Neben dem Hauptraum ist eine Küche, in der wir abends Getränke und Snacks zubereiten, und dort verbringe ich die nächsten fünfzehn Minuten damit, mir Schlagsahne direkt aus der Dose in den Mund zu sprühen.

Russ geht um den Tisch herum und stellt sich neben mich. Er stößt mich liebevoll mit der Hüfte an, also erwidere ich die Geste, und bevor ich weiß, wie mir geschieht, sitze ich mit einem riesigen Mann zwischen meinen Beinen auf dem Küchentresen.

»Was kann ich tun, damit du dich besser fühlst?«, fragt er und streicht mir auf beiden Seiten das Haar hinter das Ohr.

»Bau mir eine Zeitmaschine und schick mich an den Zeitpunkt zurück, bevor ich bei dieser Toilette die Spülung gedrückt habe.«

»Das könnte ich tun. Dauert allerdings ein bisschen.«

Ich deute mit der Dose auf ihn, und er öffnet den Mund, damit ich ihm Schlagsahne auf die Zunge sprühen kann. »Wenn du in der Zeit zurückreisen und etwas anders machen könntest, was würdest du ändern?«

Das ist eine Frage, über die ich häufig nachdenke, was unsinnig ist, weil das niemals passieren wird. Aber irgendwie quäle ich mich gern damit, wie ich manches anders gemacht hätte.

Er streichelt sanft meine Oberschenkel und konzentriert sich auf seine Hände, statt mich anzuschauen, bis er schließlich mit den Schultern zuckt. »Nichts.«

»Nichts? Du würdest keine Fehler ausmerzen wollen, die du gemacht hast, nicht mal zum Beispiel Prüfungen, die du hättest besser machen können, oder so etwas?« Er schüttelt den Kopf. »Ernsthaft, nichts?«

»Hast du schon mal vom Butterfly Effect gehört?«

»Schmetterlinge sind mir vertraut, ja.« Zurzeit sind etwa hundert in meinem Bauch, und die erwachen alle zum Leben, sobald du in meiner Nähe bist. Vermutlich redet er allerdings von dem Film. »Was für einen Effekt haben sie auf meine Zeitmaschine?«

»Nicht die Schmetterlinge, der Butterfly Effect. Wenn ich eine Sache in der Vergangenheit ändern würde, gäbe es eine Kettenreaktion – und ich möchte es nicht riskieren, dich nicht kennenzulernen.«

Jetzt sind es eher zweihundert Schmetterlinge, und alle flattern gleichzeitig herum.

Meine Kehle fühlt sich trocken an, aber ich presse die Wörter trotzdem hindurch. »Du weißt, dass du mir nicht schmeicheln musst, um mich ins Bett zu kriegen, oder? Das hast du bereits geschafft.«

»Ich schmeichle nicht, aber es wird mich niemals langweilen, dich rot werden zu sehen.«

Es ist überwältigend, dabei zusehen zu dürfen, wie Russ der Mann wird, der er tief im Inneren ist, wenn man die Unsicherheiten vertreibt. Ich bin so verdammt glücklich, dass ich diejenige bin, die das miterleben darf.

Mein Kuss kommt unerwartet für ihn, aber er fängt sich schnell, und ich bete zu Gott, dass niemand auf einen Schmetterling tritt.

24. KAPITEL

Russ

Aurora reicht mir meinen zweiten Kaffee des Tages, während wir zusehen, wie sich Xander und Emilia streiten.

Vor einigen Wochen wurden die Wörter *Talent* und *Wettbewerb* im selben Satz erwähnt, und damals hoffte ich noch, es wäre ein Witz. Dann erzählte mir Aurora, wie wichtig der Wettbewerb für sie sei – einige würden das emotionale Erpressung nennen –, und da ich nicht anders kann, als immer zu tun, was sie will, weil ich von ihr besessen bin, warte ich jetzt darauf, dass man mir Tanzen beibringt.

Mir war bewusst, dass sie niemals Vertrauen zu mir fassen würde, wenn ich sie, nachdem ich bereits die erste Probe verpasst habe, im Stich lasse. Deshalb war ich vor allen anderen am vereinbarten Probenort anwesend und bereit, loszulegen.

Allerdings hat Aurora, als sie uns erzählte, wie wichtig die gute Vorbereitung für die Vorstellung sei, vergessen, zu erwähnen, dass wir uns als Gruppe für ein einziges Talent entscheiden müssen. Ich kenne Auroras und mein Talent, aber es wäre unangemessen für eine Bühne und vor Publikum.

Sie steht neben mir und stößt mich gelegentlich mit der Hüfte an. Maya und Clay stehen zu meiner anderen Seite, und zu viert sehen wir unseren beiden anderen Betreuern beim Streiten zu. Mal wieder.

»Es ist ein Talentwettbewerb, Xan«, fährt ihn Emilia an.

»Und ich strotze vor angeborenem Talent«, erwidert er.

»Ich bin eine professionell ausgebildete Tänzerin.«

»Was ich habe, kann man niemandem beibringen.«

Maya verschränkt die Arme vor der Brust und legt den Kopf schief. »Sollen wir eingreifen?«

»Nicht nötig«, entgegne ich und trinke einen Schluck von meinem Kaffee. »Er wird schon irgendwann müde werden.«

»Aber Emilia nicht«, sagt Aurora und nimmt einen Schluck von meinem Becher. »Sie wird einem Mann niemals recht geben.«

Die Kinder sind unruhig geworden, weil sie wegen den vielen Sachen, die wir ihnen anbieten, um ihre Probenzeit besorgt sind. Deshalb haben wir ein paar Aktivitäten getauscht, damit wir alle den Vormittag frei haben und erst am Nachmittag zum üblichen Programm zurückkehren.

Ich war davon ausgegangen, dass Aurora übertrieb, als sie meinte, es sei eine große Sache, aber dem war nicht so. Alle nehmen es unglaublich ernst, und das macht mir nur noch mehr Sorgen.

Rory rückt, offenbar geistesabwesend, näher an mich heran; ihr Arm berührt meinen, während wir weiter zuschauen, wie sich unsere Freunde streiten wie Geschwister. Meine Güte, bin ich armselig, dass ich es schon genieße, wenn sie sich nur an mich lehnt.

»Hey!«, schreit sie Emilia und Xander an, was beide aufschrecken und uns vier Zuschauer anstarren lässt. »Wie wäre es, wenn ihr euch mal auf etwas einigt, und wenn ihr wisst, was ihr wollt, sagt ihr uns Bescheid? Wenn ich zwei Leute wegen etwas Sinnlosem streiten sehen will, kann ich Zeit mit meinen Eltern verbringen.«

»Prima«, fauchen beide zurück und streiten sofort weiter.

»Geht und genießt euren freien Tag«, sagt Aurora zu Clay und Maya. »In den nächsten zwei Stunden können sich die beiden garantiert nicht einigen.«

»Du bist eine gute Freundin, Roberts«, sagt Maya und winkt uns zu, als sie in Richtung der Hütten verschwindet.

»Mir macht es nichts aus, noch ein bisschen länger zu bleiben und mitzuhelfen.« Clay steckt die Hände in die Taschen und zuckt gelangweilt mit den Schultern.

Sein Lächeln ist heute merkwürdig. Es ist gezwungen und unbeholfen, und es weckt in mir das Bedürfnis, mich vor Aurora zu stellen und ihn wegzuscheuchen. Das geht natürlich nicht, denn das wäre unhöflich, um nicht zu sagen, ein wenig problematisch.

»Hier gibt es nichts zu helfen.« Aurora klingt dabei schärfer, als ich es je von ihr gehört habe. »Du hast dir eine Pause verdient, also geh und genieß sie.«

Clay wirft mir einen Blick zu, und sofort wird mir klar, dass mir ein Stück vom Puzzle fehlt. Ich räuspere mich und setze wie er mein bestes falsches Lächeln auf. »Genieß deinen freien Tag, Kumpel. Hier passiert nichts Interessantes.«

Endlich gibt er auf, und mit beschämtem Gesichtsausdruck folgt er Maya in Richtung der Hütten.

»Wieso ist er so komisch?«, frage ich Aurora rasch, sobald er etwas weiter weg ist.

»Keine Ahnung. Könntest du dafür sorgen, dass die nächsten fünf Minuten niemand von einem Berglöwen gefressen wird?« Sie nimmt mir den leeren Becher aus der Hand und schnappt sich unsere Wasserflaschen vom Picknicktisch. »Ich hole uns Wasser und Liegestühle, und dann können wir einfach da sitzen und alle im Auge behalten, okay? Soll ich uns Papier für Origami mitbringen? Ja, sollte ich. Such uns einen strategisch günstigen Platz.«

Sie verschwindet Richtung Hauptgebäude, bevor ich Gelegenheit habe, zu antworten. Ich schaue ihr hinterher, dann schlendere ich auf Emilia und Xander zu, die sich, nicht überraschend, gegenseitig böse anstarren. »Wieso ist Clay heute so komisch?«

Emilia zieht sofort die Stirn kraus. »Wieso sagst du ›heute‹, als wäre er nicht jeden Tag so?«

»Rory hat ihn angeschnauzt, und ihm schien es peinlich zu sein.«

»Er ist so, seit er versucht hat, sie zu küssen«, sagt Xander beiläufig. »Das hast du nur nicht gemerkt, weil du keinen von uns beachtest. Wir haben ja keine blonden Haare und verwöhnen dich mit Blowjobs.«

»Du klingst neidisch.« Emilia schnaubt.

»Bin ich. Ich würde als Blonder verdammt gut aussehen«, entgegnet Xander. »Aber Schwänze funktionieren für mich nicht, tut mir leid, Kumpel. Einmal probiert, nichts für mich.«

»Moment mal.« Unwillkürlich lege ich die Finger an die Schläfen, um die letzten zehn Sekunden zu begreifen. »Er hat versucht, sie zu küssen?«

»Ja, habe ich dir doch erzählt«, behauptet Xander. »Du bist zu ihrer Hütte gegangen, um nachzusehen, ob alles in Ordnung ist, und das endete damit, dass du mich als Freiwilligen zum Arbeiten angeboten hast.«

»Du hast mir erzählt, er hätte sie genervt und sie zu einem Urlaub eingeladen, aber du hast nicht gesagt, dass er versucht hat, sie zu küssen.«

»Ach, tut mir leid«, erwidert Xander ungerührt, als hätte ich jetzt nicht nur noch das Bild im Kopf, wie Clay Aurora küsst.

»Wer versucht, wen zu küssen?«, fragt Jenna, die hinter mir aufgetaucht ist und den Rest meines Satzes gehört hat.

An den letzten beiden Tagen war es außergewöhnlich heiß,

weshalb Jenna die Hunde bei sich behalten hat, um sichergehen zu können, dass ihnen nicht zu warm wurde. Fish läuft aufgeregt um mich herum, während Trout sofort versucht, meine Schnürsenkel zu essen, und Salmon mit seinen Pfoten an mir kratzt, damit ich ihn hochhebe.

»Meine Herren, die Welpen werden nicht mehr wie Babys behandelt«, sagt Jenna. »Das Rumtragen hört auf.«

»Klingt unvernünftig, aber okay«, knurrt Xander schmollend.

»Das ist für unsere Vorstellung beim Talentwettbewerb«, lügt Emilia sofort, während ich in die Hocke gehe, um mit den Hunden herumzualbern. »Wir arbeiten am Inhalt.«

Jenna schaut zwischen uns dreien hin und her. »Wo ist unsere Unruhestifterin?«

»Sie holt Liegestühle, damit wir uns hinsetzen und alle im Auge behalten können«, antworte ich und konzentriere mich auf die Hunde. In Jennas Gegenwart bin ich immer total nervös, schließlich tue ich etwas, was ich nicht tun sollte. Ich kann die Begeisterung für die Heimlichtuerei nicht nachvollziehen, von der die anderen immer erzählen. So etwas empfinde ich überhaupt nicht; ich fühle mich nur schuldig. Allerdings nicht schuldig genug, dass ich aufhören würde.

»Ich bezweifle, dass sie an die drankommt, die sind auf dem obersten Brett im Schrank mit der Ausrüstung. Ich gehe und hel…«

»Bin schon unterwegs«, sage ich rasch.

Jenna schaut mich an, als wollte sich mich wegen irgendetwas zur Rede stellen, aber bevor sie das kann, kommt mir Emilia zu Hilfe.

»Jen, kannst du bitte einen Streit schlichten? Wir können uns nicht einigen, welches Stück wir aufführen sollen.«

Sofort kommt sie mit verschiedenen Ideen an, wodurch ich die Gelegenheit habe, mich zu verdrücken. Ich falle beinahe hin, weil Trout meine Schnürsenkel nicht loslässt, aber schließlich reiße ich mich los und laufe Richtung Hauptgebäude. Hier gibt es Unmengen von Lagerräumen und Anbauten, und erst im dritten finde ich Rory, die auf Zehenspitzen auf einem Stuhl steht und nach den Liegestühlen zu greifen versucht.

»Meine Güte, Rory!« Ich laufe auf sie zu und halte sie an den Hüften fest, damit sie nicht stürzt und sich etwas bricht. »Wieso hast du mich nicht geholt, damit ich dir helfe?«

»Ich wollte nicht nerven. Ich komme schon dran, wenn ich …«

Ich verstärke den Griff an ihren Hüften und hebe sie so hoch, dass sie bequem zwei Stühle greifen kann, dann stelle ich sie sicher wieder auf dem Stuhl ab. Eine Hand lasse ich an ihr liegen, während sie mir die Stühle reicht und ich sie auf dem Boden abstelle.

Sie dreht sich vorsichtig um, lächelt mich liebevoll, aber auch ein wenig hinterlistig an und legt mir die Hände auf die Schultern. »Ich habe dir doch gesagt, ich komme dran.«

»Bitte tu nichts, wobei du dich verletzen könntest.«

Sie springt herunter und landet neben mir. »Du brauchst dir keine Sorgen zu machen. Ich habe meine fragwürdigen Entscheidungen schon zwanzig Jahre überlebt.«

»Ich mache mir aber Sorgen«, sage ich, setze mich auf den Stuhl und ziehe sie näher zu mir. »Tu es nicht.«

Sie setzt sich mit gespreizten Beinen auf meinen Schoß, und auf einmal weiß ich nicht mehr, wieso ich mir Sorgen mache. Sie legt mir die Arme um den Hals und beugt sich vor, bis ihr Mund ganz nah an meinem ist. Mit gesenkter Stimme sagt sie: »Du weißt schon, wenn du mir sagst, ich soll etwas nicht tun, möchte ich es erst recht tun.«

Ich streiche mit der Nase über ihre. »Was kann ich tun, um dich dazu zu bringen, dass du dich benimmst?«

»Hm. Ich wüsste da so einiges.«

»Hier?«

»Ich sehe keine Opossums.« Sie knabbert mit ihren Zähnen an meiner Lippe. »Und ich brauche wirklich jemanden, der mich überzeugt, brav zu sein.«

Aurora zu küssen ist berauschend. Jeder Zentimeter von ihr schmiegt sich perfekt an mich, und wir passen zusammen, als hätten wir das schon Hunderte von Malen gemacht. Es ist schwierig, sich Sorgen zu machen, erwischt zu werden, wenn sie sich an mir reibt, aber es ist nicht unmöglich. »Hat die Tür ein Schloss?«

»Nein«, erwidert sie und küsst über mein Kinn. »Wir müssen es schnell machen.«

Ich stöhne und halte ihre Hüften fest. »Ich habe keine Kondome.«

Sie lehnt sich zurück und lächelt liebevoll. »Schon okay, es wäre sowieso verantwortungslos, so ein Risiko einzugehen.«

Sie will aufstehen, aber ich lasse sie nicht. Ich knöpfe ihre Shorts auf, und sie sieht mir zu, bohrt die Zähne in die Unterlippe und versucht, gleichmäßig zu atmen.

»Du musst leise sein«, flüstere ich und lasse die Hand in ihren Slip gleiten. Verdammt, sie ist immer so bereit für mich.

»Ich weigere mich, für meine Taten zur Rechenschaft gezogen zu werden, wenn du so gut aussiehst.«

Wenn sie mir solche Komplimente macht, fühle ich mich unantastbar. Sie hält sich damit nicht zurück und sagt mir selbst bei den alltäglichsten Aufgaben, wie heiß ich bin. Es gibt mir das Selbstvertrauen, zu glauben, dass sie von mir genauso angezogen ist, wie ich es von ihr bin, und bringt mich dazu, alles aufs Spiel zu setzen, nur um sie meinen Namen sagen zu hören, während sie den Kopf in den Nacken legt und die Augen schließt.

Es gehört nicht viel dazu, sie zufriedenzustellen. Küsse,

kräftige Berührungen, Ausdauer und, am wichtigsten, ihr sagen, wie unglaublich sie ist. Ich bin süchtig danach, wie sie sich an mich klammert; als sich ihr Körper auf meiner Hand windet und ich spüre, wie sich ihre Muskeln um meine Finger zusammenziehen, stürze ich mich auf ihren Mund und absorbiere die Laute, mit denen sie meinen Namen ruft.

Diesen Teil mag ich am liebsten, wenn sie befriedigt und anhänglich ist und so viel wie möglich von ihrer Haut an meine zu pressen versucht. Vorsichtig ziehe ich meine Hand zurück, und als sie gegen mich sackt, lege ich den Arm um sie.

»Ich werde mich öfter in Gefahr bringen.« Sie lacht.

»Ich muss gestehen, mein Motiv war Eifersucht, nicht Ritterlichkeit. Wieso hast du mir nicht erzählt, dass Clay versucht hat, dich zu küssen?«

»Weil ich dachte, dass Xander es dir erzählt hätte. Du bist in meine Hütte gekommen und hast gesagt, du wärest eifersüchtig.« Sie runzelte die Stirn.

»Ja … da ging es um etwas viel Unwesentlicheres als um einen Kuss.«

»Ich hätte dich nie für besitzergreifend gehalten.« Das klingt weder verletzt noch traurig. »Es sind immer die, von denen man es am wenigsten erwartet.«

»Man wird so, wenn man weiß, wie verdammt besonders die Person ist. Wenn diejenige nicht die geringste Ahnung hat, wie viel heller sie alles macht. Du bist wie das Sonnenlicht, Rory. Ich möchte baden, in allem, was du hast und tust. Und ich will da absolut nicht mit Clay teilen. Nicht mal eine Minute lang.«

Sie versteift sich und lehnt sich zurück, um Abstand zwischen uns zu schaffen. »Das bin ich alles nicht.«

Ich hasse es, dass sie es nicht sieht. »Doch, bist du.«

»Ich will kein Sonnenlicht sein, Russ.« Sie schüttelt heftig den Kopf. »Wenn man zu lange in der Sonne steht, verbrennt man sich. Ich will nicht ein weiterer Mensch sein, der dich verbrennt. Lass mich Mondschein sein.«

Dieser Ausdruck von Verletzlichkeit auf ihrem Gesicht raubt mir den Atem. »Und wenn wir vom Regen überrascht werden? Nachts gibt es keine Regenbögen.«

»Man braucht keine Regenbögen, wenn man die Nordlichter hat«, erwidert sie leise. »Und letztes Mal, als wir vom Regen überrascht wurden, haben wir das prima hinbekommen. Eigentlich sogar großartig.«

Ich würde gern etwas Liebevolles und Witziges sagen, aber wenn ich sie anschaue, bin ich nicht mehr denkfähig. Nichts scheint gut genug. Nichts drückt wirklich aus, wie fasziniert ich von ihr bin. »Wenn du Mondschein bist, bin ich dann das Meer?«

Ich zucke zusammen, peinlich berührt von mir selbst, aber sie beugt sich vor und küsst mich langsam, zärtlich, bedeutungsvoll. Sie lacht nicht über meinen schrecklichen Versuch, etwas Nettes zu sagen.

»Du willst, dass ich wieder über Haie rede, nicht wahr?«

Wir beide prusten los, und schon ist der zärtliche Moment vorbei, aber das ist mir egal. »Wir sollten vermutlich zurückgehen, bevor uns jemand suchen kommt«, sage ich.

Ich klemme mir die Liegestühle unter den Arm, und wir gehen Hand in Hand auf die Tür zu. Als ich sie öffne, macht Rory das Licht aus, und in dem Moment taucht Jenna auf.

Seit meinem fünfzehnten Lebensjahr ist mir die Stimme nicht mehr gebrochen, aber jetzt tut sie es. »Jenna, hi!« Ich räuspere mich ein paarmal. »Tut mir leid, es ist staubig dadrin.«

»Ich wollte schauen, ob ihr euch verlaufen habt, ihr wart ewig weg. Wo ist Aurora?«

Im Bruchteil einer Sekunde müssen wir telepathisch entscheiden, welche Lüge wir erzählen wollen.

Glücklicherweise tritt Aurora hinter mir aus der Tür und schnaubt. »Wenn es hier Bezeichnungen an den Regalen gäbe oder das alles irgendwie sinnvoll geordnet wäre, müssten wir nicht überall nach ein paar Liegestühlen suchen.«

»Okay, nicht frech werden«, blafft Jenna sie an, und ich denke wieder, wie sehr sie doch wie Geschwister sind. »Tut mir leid, dass ich mir Sorgen um euer Wohlergehen gemacht habe. Was für eine schreckliche Chefin ich doch bin.«

Wir gehen zu den Kindern zurück. Falls Jenna irgendeinen Verdacht hat, zeigt sie es nicht. Nachdem ich noch einen zusätzlichen Stuhl für sie und etwas Papier für Rory geholt habe, stelle ich die Liegestühle an einer schattigen Stelle in eine Reihe, von wo wir die unterschiedlichen Gruppen, die dort üben, im Blick behalten können.

Ich sollte nicht so nervös sein, schließlich hat man uns bei nichts erwischt, und zusammenzusitzen ist nicht illegal, aber angesichts der Tatsache, dass ich Aurora quasi immer noch an meiner Hand spüren kann, auf die ich mich stütze, während mich Jenna nach dem College ausfragt, fühlt es sich ziemlich illegal an.

25. KAPITEL

Russ

Kennt ihr das, wenn einen alle anstarren, während man etwas tut, aber man redet sich ein, das wäre nur Einbildung?

Genau. Nur dass ich von meinem Frühstücksteller hochschaue und mich tatsächlich alle anstarren.

»Was ist?«, murmele ich, den Mund voller Rührei.

Aurora sieht aus, als würde sie gleich einen Streit vom Zaun brechen, dabei war sie vor einer Stunde noch völlig zufrieden, als es mir gelang, für zwei Minuten ein ungestörtes Plätzchen für uns zu finden, und ich sie gegen einen großen, mächtigen Baum gedrückt habe, um mit ihr rumzumachen.

Emilia sieht so normal und perfekt aus wie immer, aber Xander wirkt genauso aufgebracht wie Aurora.

»Gibt es da etwas, das du der Gruppe erzählen möchtest?«, fragt Aurora theatralisch, lehnt sich auf ihrem Stuhl zurück und verschränkt die Arme vor der Brust. Ich habe es mein ganzes Leben lang gehasst, in Schwierigkeiten zu geraten, aber so, wie sie mich jetzt anstarrt, ist es irgendwie sexy.

»Nein? Sollte ich der Gruppe etwas erzählen?« An diesem Ort gibt es dermaßen viele bescheuerte Traditionen, dass es durchaus plausibel ist, dass ich irgendetwas Lächerliches vergessen habe.

»Dein Geburtstag, Russ«, faucht Aurora. »Der ist morgen.«

Ich konzentriere mich auf meine Frühstückseier, aber Aurora tritt unter dem Tisch nach mir, damit ich wieder hochschaue. Wenn ich sie zu lange anstarre, wird sie schmollen oder lächeln, und ich werde mich mit irgendetwas einverstanden erklären, das mich in den Mittelpunkt der Aufmerksamkeit stellt, obwohl ich das nicht will. »Echt?«

»Habt ihr ihn gefragt?« Jenna richtet die Frage an die Runde, als sie sich an unseren Tisch stellt.

»Oh, verdammt, was gefragt?«, stöhne ich.

»Was für einen Kuchen du zu deinem Geburtstag möchtest«, antwortet Jenna.

»Ich brauche keinen Kuchen. Ich habe es nicht so mit Geburtstagen, also fühlt euch bitte nicht verpflichtet, irgendetwas zu machen.«

Jenna setzt sich neben Aurora und stiehlt ihr eine Scheibe Toast vom Teller. Aurora ist viel zu sehr damit beschäftigt, mich böse anzustarren, um es zu merken. Jenna beißt in den Toast und richtet die Aufmerksamkeit wieder auf mich. »Komm schon, stell dich nicht so an, du wirst schließlich einundzwanzig.«

»Einundzwanzig?«, kreischt Aurora. »Und den Tag willst du hier ohne Geburtstagskuchen und ohne Party verbringen? Ich liebe zwar diesen Ort, aber das ist echt scheiße, Russ.«

Jenna sieht sie finster an. »Ähm, das Camp hier ist mein Familienvermächtnis und so? Wie unhöflich.«

»Du bist das bäuerliche Gegenstück zu einem privilegierten Oberschichtenkind, beruhige dich«, murrt Aurora. »Können wir alle frei bekommen und nach Vegas fahren?«

»Du bist nicht mal alt genug, um Las Vegas wirklich genießen zu können«, sagt Emilia zu Aurora, die sie nur unbeeindruckt anstarrt.

»Ich will nicht nach Vegas«, melde ich mich zu Wort, obwohl ich bezweifle, dass es hier irgendjemanden interessiert, was ich möchte.

Aurora wirkt erschüttert. »Wieso nicht? Wir können unsere Ersparnisse zusammenwerfen und alles auf Rot setzen.«

Ich konzentriere mich wieder auf mein Frühstück und frage mich, wie ich sagen kann, dass ich keine Glücksspiele spiele, ohne zu viele Fragen heraufzubeschwören, die ich lieber nicht beantworten will. Glücklicherweise rettet mich Jenna. »Kann mir jetzt mal jemand sagen, was für einen Kuchen ich kaufen soll? Idealerweise das Geburtstagskind selbst.«

Xander antwortet als Erster. »Schokolade.«

Gefolgt von Emilia. »Zitrone.«

Und zum Schluss Aurora. »Eiscreme.«

Wieder schauen mich alle an.

»Kein Kuchen.«

»Ihr seid alle unmöglich«, stöhnt Jenna und steht auf. »Ich bin in zwanzig Minuten zur Inspektion in der Hütte. Wer hat heute frei?«

»Russ und ich«, erwidert Aurora beiläufig.

»Ich bin ja so froh, dass ich mir so viel Mühe mit euren Dienstplänen gebe, nur damit ihr die Schichten dann tauscht, wie ihr lustig seid«, sagt Jenna und verdreht die Augen. Sie hatte uns immer die Schichten tauschen lassen, obwohl das ihren Plan umwirft und sie ihn neu ausdrucken muss. Aurora hat ihr erzählt, wir wären die Einzigen, die gern wandern, und deshalb verbringen wir so viel Zeit zusammen. »Ich werde euch ab jetzt immer zusammen für euren freien Tag eintragen. Ich verschwende zu viel Papier.«

Ich weiß nicht, wie Leute das in anderen Camps machen, in denen man oft kaum ein paar Stunden für sich hat. Aurora und ich kämpfen dauernd um ein bisschen Privatsphäre, dabei haben wir noch Glück, da Emilia und Xander flexibel sind und sich einander genug mögen, um mit uns zu tauschen, damit wir allein sein können.

Ich habe das Gefühl, unter dem Druck von Jennas Anwesenheit zu schwitzen, aber Aurora wechselt völlig cool einfach das Thema. »Möchtest du irgendwas vom Eiscafé in Meadow Springs?«

»Ich dachte, ihr geht wandern?«, entgegnet Jenna, und jetzt schwitze ich definitiv.

»Jen, was hältst du davon, wenn wir heute Abend eine riesige Essensschlacht statt einer Pyjamaparty machen?«, wechselt Xander rasch das Thema.

»Da habe ich kein gutes Gefühl«, erwidert sie und richtet die Aufmerksamkeit sofort auf meinen Zimmergenossen.

Ich nutze diese Gelegenheit, nicht im Mittelpunkt der Aufmerksamkeit zu stehen, um rasch den Rest meines Frühstücks hinunterzuschlingen, nachdem Aurora bereits unter dem Vorwand abgezischt ist, sie müsse etwas erledigen.

»Ich bin sauer auf dich«, sagt sie, als wir auf meinen Pickup zugehen.

»Ich weiß, mein Schatz.«

Ich öffne ihr die Beifahrertür und reiche ihr die Hand, um ihr beim Einsteigen zu helfen. Als sie hineinklettert, rutscht das Sommerkleid, das sie trägt, nach oben, und die Spitze ihrer Unterwäsche blitzt hervor. Und als sie sich zu mir umschaut, wird mir klar, dass das eine Strafe ist. »Wirklich sauer auf dich.«

»Ich akzeptiere das und ermutige dich, mich weiterhin daran zu erinnern, wie sauer du bist«, erwidere ich und schlage die Tür zu.

Meadow Springs ist eine winzig kleine Stadt, nicht weit von Honey Acres entfernt und ziemlich beliebt bei den Mitarbeitenden. Seit ich hier bin, habe ich immer wieder gesagt, dass ich mal hinfahren werde, aber der Tag hat nur eine begrenzte Anzahl von Stunden, und die verbringe ich lieber damit, mich in Auroras Nähe aufzuhalten.

Viele der anderen Betreuenden mögen die einzige Bar und kommen, wenn sie nicht arbeiten müssen, auf ein paar Drinks hierher, aber Barhopping – kann man von einem Barhopping sprechen, wenn es nur einen Ort gibt, an dem man Alkohol bekommt? – steht nicht auf unserem Plan.

Obwohl sie dauernd behauptet, sie sei wegen meines Geburtstags sauer auf mich, schlingt sie mir, kaum dass ich die Tür aufgemacht habe, um ihr aussteigen zu helfen, die Arme um den Hals und küsst mich. Die Menge an Selbstbeherrschung und Konzentration, die ich jeden Tag aufbieten muss, um sie nicht vor anderen Leuten zu berühren, ist unglaublich. Sie schmiegt sich an mich, und ihr Körper ist geschmeidig und weich und warm.

»Bist du aufgeregt?«, fragt sie und drückt meine Hand, als sie aus dem Pick-up klettert.

Sie streicht ihr Kleid glatt und schiebt die Träger zurecht. Sie sieht so verdammt gut aus, dass ich überlege, ob wir überhaupt nach Honey Acres zurückfahren sollten.

»Kommt drauf an. Gehen wir in das berühmte Teekannenwärmermuseum? Das Einzige seiner Art und von der Meadow Springs Gazette als Touristenattraktion des Jahres 1973 ausgezeichnet?«

Sie wirft den Kopf in den Nacken und lacht, und ich sauge das alles in mich auf. »Ich bin mir nicht sicher, ob du das nervlich verkraften würdest.«

Ich verschränke die Finger mit Rorys und mache mir klar, dass wir uns hier nicht verstellen müssen, ich kann ihre Hand halten und sie küssen und brauche mir keine Sorgen zu machen. Aurora realisiert das im selben Moment wie ich. Sie drückt meine Hand und sieht mich mit liebevollem Blick an.

Noch auf dem Parkplatz ziehe ich sie an mich. Ich lege die Hände an ihre Wangen und hebe ihr Kinn an, damit ich sie erneut küssen kann. »Du siehst heute so schön aus.«

Sie schnaubt theatralisch, legt die Hände vorne an mein T-Shirt und zieht mich näher zu sich her. »Das sagst du jeden Tag.«

»Weil ich es jeden Tag finde.«

Sie lässt mich los, nimmt wieder meine Hand und zieht mich in Richtung der Läden. »Ich gefalle dir einfach in diesem Kleid.«

Die Feuerwache kommt in Sicht, und sie ist so groß wie mein Haus.

»Ich mag dich in allem«, erwidere ich ehrlich. »Und auch in nichts.«

Sie schnappt dramatisch nach Luft und bleibt abrupt stehen, direkt bevor wir um die Ecke biegen. »Das kannst du hier nicht sagen, Russ! Du wirst die Dorfbewohner entrüsten!«, ruft sie, aber sie schnalzt mit der Zunge, womit deutlich wird, dass sie einen Witz gemacht hat.

»Hier sind aber gerade keine Dorfbewohner, die mich hören könnten.«

»Die Leute werden es bald wissen. Irgendwo gibt es hier eine neugierige alte Dame, der ihr sechster Sinn meldet, dass du mir dieses Sommerkleid herunterreißen und ekelhafte und abartige Dinge mit mir machen möchtest.«

»Genau das würde ich gern tun.«

»Und das wirst du auch, später. Aber zunächst« – wir gehen um die Ecke – »willkommen in der Meadow-Springs-Einkaufsmeile.«

Auf den ersten Blick sieht es so aus, als bestünde die Einkaufsmeile lediglich aus familiengeführten Geschäften zu beiden Seiten der Straße zwischen Feuerwehrhaus und Polizeirevier. Ich weiß, dass sie familiengeführt sind, weil der jeweilige Name mindestens dreimal an jedem Laden steht.

»Wow, genau wie am Rodeo Drive«, sage ich und betrachte die drei Bowlingkugel-Geschäfte. »Wieso haben sie gleich drei Geschäfte, in denen man Bowlingkugeln kaufen kann, aber keine Drogerie? Und wie können die überhaupt existenzfähig sein?«

»Oh«, quietscht sie. »Großes Drama. Es war ein einziges Familiengeschäft …«

»Überraschend.«

»Als der Vater starb, konnten sich die Söhne nicht einigen, wie der Laden weitergeführt werden sollte, also hat jeder seinen eigenen Laden eröffnet, und sie stehen in direkter Konkurrenz zueinander. Es bedeutet viel Stress für die Leute, denen es nur um ihr heiliges Bowling geht und die nicht in Familienfehden hineingezogen werden wollen.«

»Heiliges Bowling?« Ich bin erstaunt und verwirrt und ungewöhnlich interessiert. »Woher weißt du das alles?«

Sie bleibt vor einer Buchhandlung stehen, und ich merke, dass wir in zwei Minuten die gesamte Straße abgelaufen haben. »Jenna hält mich auf dem Laufenden. Sie sitzt im ›Meadow-Springs-Komitee für Engagement zur Stadtverbesserung und Andere Wichtige Ankündigungen‹. Wir kürzen es MSKESAWA ab.«

Sie spricht es emmes-kas-awah aus, und es klingt, als würde sie niesen.

»Ich habe ernsthaft das Gefühl, dass du mich verarschst.«

Sie schenkt mir ihr strahlendstes Lächeln und zieht mich in die Buchhandlung. »Was mir am besten gefällt, ist die Tatsache, dass ich dich absolut nicht verarsche.«

Über unseren Köpfen klingelt die Glocke, und im nächsten Moment schlägt mir der Geruch nach abgestandenem Kaffee und Staub entgegen. Der Laden ist klein und hat im trüben Licht überall eine bräunliche Farbe, aber es gibt ein großes Sortiment. Ich durchstöbere die Klassiker, und als ich eine alte Anthologie herausziehe, rümpft Aurora die Nase.

»Ich hasse diese blöden Gedichte.«

»Du studierst im Hauptfach Anglistik, wie kannst du Gedichte hassen?« Ich stelle die Anthologie wieder an ihren Platz zurück.

»Man sollte einfach auf den Punkt kommen. Wenn du jemanden liebst, steh deinen Mann und sag es klar und deutlich. Deshalb mag ich zeitgenössische Liebesromane; da weiß ich, woran ich bin.« Aurora lässt die Finger über die Buchrücken wandern, während wir zwischen zwei Bücherregalen entlanggehen. »Gedichten traue ich nicht. Du glaubst, du liest etwas über eine leidenschaftliche Liebesgeschichte, und dann findest du heraus, dass es eigentlich von einem Schuh handelt.«

Sie bleibt in der Krimiabteilung stehen, und ich stelle mich hinter sie und lege die Hände an ihre Taille, während sie die Buchrücken betrachtet. Sie holt ein Buch heraus, liest den Klappentext und stellt es zurück. »Ich habe in meinem Hauptfach eine Freundin, die Halle heißt. Sie leitet den Buchclub in der Buchhandlung The Next Chapter in Maple Hills, und sie ist unglaublich nett, aber der festen Überzeugung, dass man mich wegen meiner Gleichgültigkeit gegenüber Jane Austen rausschmeißen sollte.«

»Was hast du für ein Problem mit Jane? Gedichte- und Austen-Hasserin? Allmählich stimme ich deiner Freundin Halle zu«, ziehe ich sie auf.

»Ich habe kein Problem mit ihr; ich finde nur, dass Darcy ein Arschloch ist.«

Ich lache laut los, denn wenn ich mit einem nicht gerechnet hätte, dann damit.

»Du lachst, aber ich habe recht. Jeder Mann, der so etwas sagt wie: eine Frau wäre aushaltbar, aber nicht hübsch genug, um ernsthaftes Interesse zu wecken, verdient es, vom Pferd in einen Teich gestoßen zu werden, und nicht, das Mädchen zu bekommen.« Aurora dreht sich zu mir um, und selbst in diesem grässlichen Licht ist sie umwerfend.

»Das würde ich von dir niemals sagen, mein Schatz.« Ich werde es nie müde werden, mich ungehindert hinunterbeugen und sie küssen zu können.

Dieses Gefühl sofortiger Erleichterung lässt mich daran denken, wie bald das College wieder beginnt und dass wir, wenn das Camp vorbei ist, an denselben Ort zurückkehren. Ich streiche mit dem Daumen über ihre Wange und genieße es, in meiner Handfläche, die an ihrem Hals liegt, ihren Puls zu spüren.

»Wieso? Weil ich so hübsch bin?« Sie schmollt und zieht eine Schnute.

Ich schüttele den Kopf und lasse den Daumen über ihre Unterlippe gleiten. »Nein, weil ich dich niemals als aushaltbar beschreiben könnte.«

Sofort fällt ihr die Kinnlade hinunter, und sie greift nach dem erstbesten Buch, um mich damit zu schlagen. Ich lache und versuche, sie an mich zu ziehen.

»Nein, lass mich los«, faucht sie mich an, als ich den Kopf in ihrem Haar vergrabe und ihren Nacken küsse. »Ich bin wieder sauer.«

Ich hatte völlig vergessen, dass es hier einen Ladenbesitzer gibt, bis sich derjenige hinter mir räuspert. Aurora und ich drehen uns beide um. Ihr Haar ist zerzaust, ihre Wangen sind gerötet von unserem gespielten Streit.

»Entschuldigen Sie, wenn ich Sie unterbreche«, sagt er. »Kann ich Ihnen irgendwie behilflich sein?«

Ich will gerade Nein sagen, aber Aurora kommt mir zuvor. »Hallo, ja, das können Sie. Mein Mann und ich wollen hier in Meadow Springs einen Stripclub eröffnen. Haben Sie vielleicht Bücher zum Thema Geschäftsgründung?«

»Ich glaube, ich würde eines Tages gern eine Buchhandlung besitzen«, sagt Aurora und schiebt sich einen weiteren Löffel Chocolate-Chip-Eis in den Mund. »Vielleicht mache ich das nach dem College.«

Nachdem sie den Besitzer der Buchhandlung mit Plänen für ihren Stripclub terrorisiert hat, die so ausgefeilt waren, dass sie sich die wohl nicht spontan ausgedacht hat, sind wir auf die andere Straßenseite in das kleine, hübsche Eiscafé The Little Moo geschlendert.

»Du ziehst hierher, eröffnest einen Konkurrenzbuchladen, trittst dem städtischen Komitee für Unsinn bei, oder wie immer es heißt, verkaufst unanständige Liebesromane und schockierst die Dorfbewohner.«

»Ich liebe es, Leute zu schockieren«, erwidert sie stolz. »Und was wirst du tun, während ich meine Buchhandlung führe und die Massen korrumpiere?«

»Ich eröffne einen Konkurrenz-Bowlingkugel-Laden, um den sich Konkurrenz machenden Bowlingkugel-Läden Konkurrenz zu machen, ist doch klar.«

Aurora prustet los, schlägt sich aber sofort die Hand vor Mund und Nase. »Sie werden uns aus dem MSKESAWA werfen.«

»Wir gründen ein Konkurrenz-MSKESAWA.« Ich zucke mit den Schultern.

»Dein Bestreben nach Macht hat dich wohl verrückt werden

lassen. Aber ich bin echt froh, dass du das gut durchdacht hast, ich bezweifle nämlich, dass Meadow Springs im Mitgliederverzeichnis der NHL steht.«

Ich kratze das letzte Eis aus dem Becher und werfe sofort einen Blick auf ihren. »Ich will sowieso nicht als Profi spielen.«

Ihre Augenbrauen schießen in ihren Haaransatz hinauf. »Was, wieso nicht? Ich dachte, das wäre der Traum jedes Sportlers, in einer der oberen Ligen zu spielen.«

Auroras Reaktion macht mir nichts aus, weil mir diese Frage immer gestellt wird, wenn das Thema im Gespräch mit irgendjemandem aufkommt. »Ich habe kein Verlangen, berühmt zu sein, und ich mag Eishockey nicht genug, um dafür meine Privatsphäre zu opfern.«

»Aber warum?«, fragt sie und sieht mich jetzt ernster an.

Ich kann ihr nicht erklären, dass ich mir immer Sorgen machen würde, dass jemand in unseren Familienangelegenheiten rumwühlt oder dass das Geld, das ich hätte, meinen Vater noch unerträglicher macht. Ich zucke mit den Schultern, aber mir ist klar, dass sie eine Antwort von mir erwartet.

»Ich weiß es nicht, Ror. Vermutlich lebe ich einfach gern unauffällig. Ich liebe meine Mannschaftskameraden, und natürlich liebe ich Eishockey, aber ich bin mir nicht mal sicher, ob ich überhaupt versucht hätte, auf College-Level zu spielen, wenn Eishockey nicht die Sache wäre, die mir ein Vollstipendium verschafft hat.«

Sie rührt mit dem Löffel in ihrem Eisbecher herum, und ich weiß sofort, ich habe etwas Verkehrtes gesagt.

»Was ist? Wieso machst du so ein Gesicht?«

»Meine Familie ist ziemlich bekannt, Russ. So promimäßig bekannt. Elsa ist mehr oder weniger eine Prominente, sie ist dauernd in den Klatschblättern, und mein Dad ist den Leuten wegen Fenrir weltweit ein Name. Deshalb wissen auch eine

Menge Leute, wer ich bin. Außerdem hatten meine Eltern diese extrem grässliche öffentliche Scheidung.«

Mir war nicht bewusst gewesen, dass das etwas mit Aurora zu tun hatte, als ich sie kennenlernte, aber jetzt erinnere ich mich vage, dass meine Mom vor vielen Jahren den Scheidungsprozess verfolgt hat. »Oh, darüber habe ich mir nie Gedanken gemacht.«

»Ja … oh. Ich will nicht behaupten, dass ich dauernd von Paparazzi verfolgt werde. Meistens lässt man mich in Ruhe, außer ich ziehe bewusst die Aufmerksamkeit auf mich. Aber ich könnte demjenigen, mit dem ich zusammen bin, niemals garantieren, dass man auf unsere Privatsphäre achtet. Das kann ich nicht mal meinen Freunden garantieren.«

Obwohl ich immer alles zerdenke, kann ich nicht fassen, dass ich nicht daran gedacht habe. Mein Gehirn sucht nach einer Antwort, findet aber keine, doch glücklicherweise werde ich gerettet, als der Eiscafébesitzer, der uns vorhin bedient hat, an unseren Tisch kommt.

»Sind Sie diejenigen, die einen Stripclub eröffnen wollen?«

26. KAPITEL

Russ

»Noch nie habe ich jemanden, der heute garantiert noch einen Blowjob bekommt, so verdammt elend aus der Wäsche gucken sehen.«

Mir war gar nicht bewusst, dass ich völlig abwesend war, bis ich Xander die Worte *Blowjob* und *verdammt elend* sagen höre.

»Ich bekomme nicht nachher garantiert einen Blowjob, aber ich werde versuchen, fröhlicher zu sein. Tut mir leid, Mann.«

Nachdem der gesamte Speisesaal heute Morgen »Happy Birthday« für mich gesungen hatte, verkündete Xander, wir würden unseren freien Tag dazu nutzen, herauszufinden, was Meadow Springs zu bieten hat. Ich sagte ihm, dass ich die Antwort bereits kenne und es nicht viel sei, aber er bestand darauf und behauptete, jetzt, da sich Rory und er das Sorgerecht für mich teilten, könnte ich ihm das nicht verweigern, schließlich wäre ich mit ihr auch hingefahren.

Das ist eine nette Geste, aber zwei Männer können auch nicht ewig Minigolf spielen.

Normalerweise verbringe ich meinen freien Tag in Rorys Nähe, aber nach unserem gestrigen Gespräch über Ruhm und Privatsphäre hilft mir ein wenig Abstand für ein paar Stunden, meine Gedanken zu sortieren. Wenn ich in ihrer Nähe bin, kann ich nicht klar denken, und ich muss endlich wieder mein Gehirn benutzen, weil ich das in letzter Zeit vernachlässigt habe.

Xander und ich beschlossen, vor der Fahrt zurück ins Camp beim Drunk Duck, der einzigen Kneipe, Halt zu machen und Burger zu essen. Während des gesamten Essens habe ich teils zugehört, teils war ich in meinem Kopf gefangen.

»Ich bin mir ziemlich sicher, Geburtstags-Blowjobs sind in der Verfassung verankert«, witzelt er, und ich verschlucke mich beinahe an meinem Mineralwasser. »Ha, habe ich dich zum Lachen gebracht, du Trauerkloß. Was ist los? Erzähl es Onkel Xan.«

»Hast du dich gerade Onkel Xan genannt?«

»Na ja, ich kann mich ja wohl schlecht Daddy nennen, oder? Ich kann Stimmungen spüren. Also spuck's aus. Was für eine Laus ist dir über die Leber gelaufen?«

Normalerweise würde ich dieses Gespräch reflexartig umdrehen und Xander zum Thema machen, aber vielleicht wäre es gar nicht schlecht, seine Meinung zu hören. Wie teilen uns jetzt seit Wochen ein Zimmer, und er ist wirklich ein guter Mensch, deshalb beschließe ich, es zu versuchen. »Ich frage mich, ob ich die Sache mit Aurora beenden soll.«

»Du lügst doch«, sagt er und beobachtet genau, wie ich reagiere. »Sag mir sofort, dass das ein Witz ist.«

»Wir wären diese Woche beinahe erwischt worden. Jenna kam gerade vorbei, als ich die Tür aufgemacht habe. Wäre sie zwei Minuten früher gekommen, hätte sie mich dabei erwischt, wie ich … Na ja, ist auch egal, jedenfalls hätte sie mich bei etwas erwischt, weswegen man mich nach Hause schicken würde.«

»Zwei Leute, die heimlich Dinge tun, werden beinahe erwischt. Ja, so was passiert nun mal, Kumpel. Das ist doch der Spaß dabei, und macht es dir überhaupt noch was aus, eventuell nach Hause geschickt zu werden? Die Zeit ist sowieso bald rum, und dein Freund hat gesagt, dass du immer bei ihm wohnen kannst, wenn es nötig ist. Du bist zu klug, als dass du glauben würdest, ich würde dir das abnehmen. Es geht doch nicht darum, erwischt zu werden. Was ist der wirkliche Grund?«

Das muss ich Xander lassen, er trifft den Nagel auf den Kopf. Ich war definitiv entspannter, nachdem mich meine Freunde ermutigt hatten, das Risiko einzugehen, gefeuert zu werden, und nachdem mir JJ einen Zufluchtsort versprochen hatte – für den Fall, dass ich einen Ort brauche, wo ich bleiben kann, bis ich das College und Eishockey als Ausreden benutzen könnte, um mich rar zu machen.

»Habe ich dir jemals erzählt, dass ich kein Profi werden will?«

Er legt seinen Burger hin, wischt sich Hände und Mund an der Serviette ab, lehnt sich zurück und sieht mich durchdringend an. »Nein, das hast du nie erwähnt. Wieso nicht? Was hat das mit Rory zu tun?«

»Ich will nicht berühmt sein. Ich will nicht, dass Fremde in meinem Leben rumwühlen oder ich im Fokus der Öffentlichkeit stehe. Das ist mein schlimmster Albtraum. Und ich liebe Eishockey nicht genug, um dafür meine Privatsphäre zu opfern.«

»Okay, und …«

»Und sie ist bereits berühmt. Ich habe sie gestern Abend gegoogelt, und es gibt so viel über ihre Familie. Da sind sogar Fotos von Emilia. Es ist einfach eine Menge. Ich wusste von ihrem Vater, aber ich glaube, mir war nicht bewusst, welche Ausmaße es hat, falls das Sinn ergibt. Weil sie Rory ist und weil sie so ist, wie sie ist. Und ich vergesse, dass sie außerhalb des Camps ein völlig anderes Leben hat.«

»Ein völlig anderes Leben, dem sie entkommen will, indem sie hierherkam.« Xander trinkt einen großen Schluck von seinem Bier, und so ernst habe ich ihn noch nie gesehen. »Ich muss wissen, ob dir klar ist, dass das, was du sagst, unsinnig ist, und du nur ein bisschen Aufmunterung meinerseits brauchst, oder ob du das ernsthaft glaubst. Mit einer kleinen Das-wird-mir-alles-zu-real-Krise kann ich umgehen, aber wenn du ernsthaft überlegst, dich von ihr zu trennen, weiß ich nicht, wie ich dir helfen soll, Kumpel.«

»Du hältst mich für einen Arsch, nicht wahr?«

Xander zuckt mit den Schultern, was wohl das Ja sein soll, das er sagen will, aber nicht aussprechen wird, weil er ein guter Freund ist. Vermutlich bin ich wirklich ein Arsch, aber andererseits weiß ich, dass es in meinem Leben meistens nicht so gut läuft. Es ist schwierig, sich nicht in den guten Dingen zu verlieren, schließlich passieren sie im Vergleich so selten.

Xander seufzt, und ich spüre es bis in meine Knochen. »Ich glaube, du siehst Probleme, wo gar keine sein müssen. Denk an irgendeine berühmte Person mit einer nichtberühmten Partnerin oder einem nichtberühmten Partner, mit deren Freunden oder was auch immer. Erzähl mir etwas Skandalöses über sie. Denk über ihre verborgensten, dunkelsten Geheimnisse nach, etwas, das niemals jemand wissen sollte und das trotzdem herauskam.« Mir fällt absolut nichts ein. »Das kannst du nicht, weil es den Leuten völlig egal ist. Hast du dir überlegt, deine Freunde fallen zu lassen, die gerade Profis geworden sind? Deine jetzt berühmten Freunde?«

Ich würde Nate und JJ niemals aus meinem Leben streichen. »Das ist mir nie auch nur in den Sinn gekommen.«

»Ist dein Bruder nicht in einer Band? Was passiert, wenn er megaberühmt wird? Dann bist du ohne Aurora und in der genau gleichen Situation. Du magst sie eindeutig sehr, und sie himmelt dich an, als wärest du der Allergrößte. Also seid einfach zusammen, und du machst dir ausnahmsweise mal keinen Stress.«

Es ist wie eine kalte Dusche. Ich würde niemals aufgeben wollen, wie sie mich anschaut. »Du hast recht, Mann. Ich weiß auch nicht. Ich glaube, ich habe einfach zu viele Gefühle.«

»Schon okay. Gefühle sind gut.« Er zieht sein Handy heraus, wirft kurz einen Blick auf das Display und steckt es gleich wieder in die Tasche. »Es kommt nichts Gutes dabei heraus, wenn man alles in sich hineinfrisst. Ich denke, du bist ein Trottel, denn die Chemie zwischen euch passt total. Sie ist großartig. Du bist großartig. Ich wette, der Se–«

»Pass auf, was du sagst …«

»Was für ein Beschützerinstinkt, meine Güte. Aber was ich sage, stimmt. Was könntest du möglicherweise tun oder getan haben, dass du jemanden aufgibst, der dich glücklich macht? Ihr werdet ja nicht gleich heiraten. Ich verstehe schon, das ist kein Problem, das in Zukunft einfach verschwindet. Aber seit wann ist sie das Risiko nicht mehr wert?«

»Ich habe nie gesagt, dass sie das Risiko nicht wert ist. Ich will sie. Ich mag sie so verdammt gern, dabei kann ich mir nicht mal erklären, wie zum Teufel das passiert ist. Aber nur, weil ich sie will, heißt das nicht, dass ich sie verdiene. Ich bin einfach … ich weiß auch nicht. Ich weiß nicht, was ich rede.«

Xander trinkt sein Bier aus, und ich nippe an meinem Mineralwasser und bin sauer auf mich. »Glaubst du, du bist gut genug für sie?«

»Was?«

»Du hast mich verstanden«, erwidert er, stützt den Ellbogen auf den Tisch und den Kopf in die Hand. »Irgendetwas hat dich doch in diese miese Laune gebracht, und du hast gerade *verdienen* gesagt. Machst du dir deshalb Sorgen? Mit euch beiden wird es ernst, und dann gibt es eine internationale Debatte, bei der entschieden wird, ob du sie verdienst?«

»Also, an so etwas hatte ich bis jetzt noch überhaupt nicht

gedacht, oh Gott.« Noch etwas, worüber ich mir jetzt Sorgen machen muss.

Xander verdreht die Augen. »Beantworte meine Frage, Kumpel. Glaubst du, du bist gut genug für Aurora?«

Sie zu begehren, sie zu haben und mit dem Gefühl zu leben, sie zu verdienen, sind drei sehr unterschiedliche Dinge. »Nein. Ich bin ein Versager.«

»Das ist dein Problem. Du bist so ein verdammter Pessimist. Lass mich dir jetzt auf der Stelle sagen, Callaghan, kein Bullshit, keine Rücksichtnahme auf deine Gefühle – du bist gut genug. Je früher du anfängst, das zu glauben, desto eher können wir so tun, als hätte diese kleine Krise, die du gerade hast, nie stattgefunden. Du musst Vertrauen in das Universum haben, wenn du glücklich werden willst, Mann. Aber wenn du kein Vertrauen hast und Aurora hängen lässt, wenn das alles mal zu beängstigend für dich wird, dann, ja, dann solltest du dich verabschieden, solange ihr noch ganz am Anfang seid. Sie hat es nicht verdient, dass ihr das passiert.«

»Und wenn ich vorher alles kaputtmache?«

Wieder verdreht er die Augen. »Ich könnte schwören, du genießt es, dich selbst zu bestrafen, Kumpel. Du bist kein Versager. Du bist einundzwanzig und einer der nettesten und besonnensten Männer, die ich kenne. Wir sind Freunde, deshalb darfst du gerade alles zergrübeln, ohne dass ich dir das übelnehme. Aber sie wird es dir garantiert übelnehmen, falls du eines Tages deine Meinung änderst und abhaust, weil du merkst, dass du die Sache in den Sand gesetzt hast.«

Mist. Ich reibe mir nervös das Kinn und fühle mich noch mehr wie ein Arsch als vor diesem Gespräch. »Steht in der Verfassung auch etwas von einer Geburtstagslektion?«

»Hör auf, dich wie ein Trottel aufzuführen, und ich höre auf, dich mit meiner Weisheit zu erschlagen. Komm, Geburtstagskind, trink aus. Die Frau, die von dir besessen ist, hat mir eine Nachricht geschickt, wir sollen uns auf die Socken machen und ins Camp zurückkommen.«

Ich trinke mein Wasser aus. »Ich wusste gar nicht, dass Fish Nachrichten schreiben kann.«

Auf der Fahrt zurück nach Honey Acres läuft das Radio laut genug, dass wir nicht reden müssen, und ich grüble über das, was Xander gesagt hat.

Nachdem wir uns an der Rezeption zurückgemeldet haben, laufen wir zu dem Bereich hinüber, wo die Abendaktivitäten stattfinden, und Xander erzählt mir von einer der Rettungsschwimmerinnen – von der er zu 75 Prozent überzeugt ist, dass sie ihn abcheckt, wenn wir mit den Kindern am See sind. Eine Anekdote jagt die andere, was für Xander nicht ungewöhnlich ist, aber dieses Gespräch ist anders, und ich bleibe abrupt stehen.

»Es gibt einen Kuchen, stimmt's?«

Xander bleibt ebenfalls stehen, zuckt mit den Schultern und macht ein unschuldiges Gesicht. »Wieso sollte es einen Kuchen geben? Vielleicht gibt es einen, vielleicht nicht. Ich weiß es nicht! Ich bin nur hier, um auf die Kinder aufzupassen; ich habe keine Ahnung, was in der Küche läuft.« Er seufzt und stemmt die Hände in die Hüften. »Vielleicht gibt es einen Kuchen.«

»Danke, dass du dich so klar und deutlich ausdrückst, Kumpel.«

Wir sind fast dort, als er mir den Arm um die Schultern legt. »Dich guckt sie mit diesem niedlichen Hundeblick an. Du weißt gar nicht, wie beängstigend sie für uns andere sein kann, wenn sie das will.«

Ich kann mit einem Kuchen an meinem Geburtstag leben,

wenn es Aurora glücklich macht. Während der Sommerferien Geburtstag zu haben hieß immer, dass die Leute beschäftigt waren, und die Versuche meiner Mom, meinen Geburtstag zu feiern, endeten immer in irgendeinem Drama, deshalb habe ich mich gar nicht mehr weiter bemüht.

Ich habe nicht nachgeschaut, ob mich heute irgendjemand zu erreichen versucht hat, um mir zum Geburtstag zu gratulieren, aber als ich letzte Nacht auf meinem Handy die Familie Roberts gegoogelt habe – was mir inzwischen eher peinlich ist –, hatte ich keine verpassten Anrufe oder Nachrichten von meiner Familie. Seit Dad im Krankenhaus war, habe ich von niemandem mehr gehört. Und obwohl ich deutlich gesagt habe, dass ich nicht kontaktiert werden möchte, bin ich doch überrascht, dass sie sich daran halten. Mein Vater hat mich nicht einmal mehr um Geld gebeten, was eher verdächtig als überraschend ist.

Xander räuspert sich und reißt mich so aus meinen Gedanken. »Hör mal, ich muss dir die Augen verbinden, und du darfst mich wirklich nicht schlagen.«

»Sag mir bitte, dass das ein Witz ist. Wieso um alles in der Welt solltest du mir die Augen verbinden?«

»Hört sich das wie etwas an, worüber ich Witze machen würde? Vielleicht springt Clay aus einem Kuchen und macht einen Striptease, was weiß denn ich, verdammt?« Er zieht eine der Augenbinden aus der Tasche, die wir für Kinderspiele benutzen. »Ich bin nicht tough genug, um mit dir zu kämpfen, Großer. Lass uns das nicht schwieriger machen, als es ist. Sie hat ausdrücklich gesagt, dass dir die Augen verbunden werden müssen.«

Ich schnaube, als er mir die Augen verbindet. »Du wusstest, dass es kommt, und hast mich trotzdem über meine Gefühle jammern lassen?«

»Ich habe dir doch gesagt, du bist ein Trottel.«

Mich von Xander führen zu lassen, während meine Augen verbunden sind, ist meine persönliche Hölle. Es ist vollkommen still, als wir stehen bleiben, und ein Teil von mir macht sich Sorgen, dass er mich in den See stoßen wird oder irgend so etwas.

»Ich nehme dir die Augenbinde ab. Vergiss nicht, so zu tun, als wärst du über deinen Kuchen überrascht«, flüstert er, als er den Knoten hinten am Kopf löst.

Geblendet von der Sonne kneife ich die Augen zusammen, bis sie sich an die Helligkeit gewöhnt haben, und im selben Moment rufen alle auf einmal »Happy Birthday!«. Sofort stürzen sich mehrere Menschen auf mich, und erst, als sie mich aus ihrem Griff lassen und zurücktreten, wird mir klar, wer vor mir steht.

Henry schubst Nate ein Stück weg, während Robbie Kris und Bobby ausweicht. JJs Arm landet auf meiner Schulter, und mein Kinn fühlt sich noch immer an, als läge es auf dem Boden. »Herzlichen Glückwunsch, Kleiner.«

»Alles Liebe von den Mädels und von Joe«, sagt Robbie. »Wir wollten einen Videoanruf mit ihnen machen, aber der Empfang hier ist wirklich eine Katastrophe.«

»Fuck, was geht hier eigentlich ab?«

Zwei der Kinder, Sadia und Leon, drängeln sich an meinen Freunden vorbei und halten mir eine große selbstgebastelte Geburtstagskarte hin. Sadia runzelt die Stirn. »Du darfst vor uns nicht fluchen.«

Ich gehe in die Hocke und versuche, wieder in Betreuermodus umzuschalten, während ich dankend die Karte entgegennehme. »Da hast du recht. Tut mir leid, ich bin einfach sehr, sehr überrascht.« Auf der Vorderseite ist ein gemaltes Bild, aber ich kann nicht erkennen, was es darstellen soll. Es sieht aus, als hätte es einen Kampf mit einer Airbrush-Pistole verloren. »Gebt mir mal einen Tipp, Kinder.«

Leon deutet auf die blauen Kleckse. »Das bist du, wie du wegen Kevins Schiss weinst.«

»Deine Freunde sind echt laut«, sagt Sadia und dreht sich zu ihnen um.

Sie sind wirklich laut, sie klatschen und brüllen, dabei versuchen sie schon, ihre Begeisterung im Zaum zu halten. Jeder von ihnen hat ein Band um den Hals, an dem ein Kärtchen mit der Aufschrift »Besucher« hängt.

»Von einer Achtjährigen gedisst«, sagt Mattie leise zu Robbie.

»Als ob ich dich nicht ständig disse, Liu«, schnaubt Nate.

»Okay, das reicht«, sagt Jenna und bahnt sich einen Weg durch die Leute um mich herum. »Wir hatten Russ jetzt viele Wochen für uns. Lassen wir ihm doch noch eine Minute mit seinen Collegefreunden, und dann fangen wir mit seiner Party an.«

»Party?«, wiederhole ich und schlucke.

»Hast du wirklich geglaubt, sie würde dich ohne eine Party davonkommen lassen?«, fragt Jenna. Sie guckt mich an und hält kurz inne. In ihrer Stimme schwingt ein bestimmter Unterton. Etwas, das mich vermuten lässt, dass sie vielleicht weiß, was sie nicht wissen sollte. Doch anstatt nervös zu werden, gibt mir das seltsamerweise ein gutes Gefühl, denn sie hat mich nicht gefeuert. »Keine Chance. Sie hat nicht mal einen ganzen Tag gebraucht, um alle zu überreden, hierherzukommen. Für Menschen, die sie mag, tut sie alles.«

Ich schaue an meinen Freunden vorbei und sehe sie neben der Bühne mit Emilia reden. Ich weiß nicht, wieso sie im Hintergrund bleibt, wenn ich doch nichts lieber möchte, als sie in die Arme zu nehmen.

»Bin sofort zurück«, sage ich zu den Jungs und gehe rasch auf sie zu.

Sie strahlt, als sie mich kommen sieht, und es kostet mich alles an Selbstbeherrschung, Emilia als Erste zu umarmen, damit es nicht verdächtig wirkt. Ich lasse Emilia los und breite für Rory die Arme aus, die ihre um meine Taille schlingt, während ich den Kopf in ihrem Haar vergrabe.

Aurora lehnt sich zurück und lächelt mich mit leuchtenden Augen an. »Herzlichen Glückwunsch, Callaghan.«

»Du bist unglaublich.«

»Herzlichen Glückwunsch, Russ«, sagt Emilia, gibt mir einen Klaps auf den Arm und lässt Aurora und mich allein.

Ich will Aurora nicht loslassen, aber ich weiß, ich muss. Sie weiß es ebenfalls, deshalb tritt sie einen Schritt zurück.

»Du hast mir keine Zeit gelassen, dir ein Geburtstagsgeschenk zu besorgen.« Sie holt eine kleine Geschenktüte aus Papier hinter ihrem Rücken hervor. »Deshalb ist es mir nicht sehr gut gelungen, aber bitte bedenke, dass es mich sehr viele Nerven gekostet hat und ich ewig dafür gebraucht habe, weil ich außer Übung bin.«

Ich greife in die Tüte und nehme mein Geschenk heraus: ein gelber Origamihund. »Oh, wie cool, ist das Fish?«

Sie beugt sich vor, um in die Tasche zu schauen, greift hinein, holt zwei kleinere gelbe Hunde heraus und stellt sie ebenfalls in meine Handfläche.

»Das ist wirklich unglaublich.«

»Ich wollte eigentlich Opossums basteln, aber niemand konnte mir sagen, wie man das macht.« Sie hält für mich die Origami-Tiere, während ich noch etwas aus der Tasche hole. »Okay, ich kann nicht lügen, das hier habe ich aus der alten Bibliothek gestohlen, die niemand nutzt, und es ist älter als wir beide zusammen.«

Ich lese laut den Buchtitel vor: »Lerne alle siebenunddreißig Präsidenten – für Kinder von sechs bis zehn«.

»Ich weiß, wie gern du Präsidenten aufzählst.« Sie wirft mir einen Blick zu, dass ich am liebsten *Scheiß auf die Party* sagen würde. »Da ist noch ein Geschenk, vermutlich ist es ganz unten.«

Ich greife erneut in die Tasche und ziehe das letzte Geschenk heraus. Es ist eine rosa Karte von der Größe eines Eishockeytickets. Als ich sie umdrehe, hat sie, wenig überraschend, nichts mit Eishockey zu tun.

Ein Geburtstagsgutschein
Jederzeit einzulösen durch Russ Callaghan
Von Aurora Roberts

»Du musst nicht sofort entscheiden, was du möchtest«, sagt sie leise. »Du bist bestimmt überwältigt. Ich weiß, ich habe ein bisschen übertrieben …«

Ich sehe mich um und entdecke die Fähnchen, Luftballons und Luftschlangen, die mir noch gar nicht aufgefallen sind.

»Aber du hast schöne Dinge verdient.«

»Ich würde dich jetzt verdammt gern küssen.«

»Gib mir deinen Gutschein, und dein Wunsch wird Wirklichkeit. Ich meine, das ganze Camp wird durchdrehen, was dann nicht mehr viel mit Geburtstagsfeier zu tun haben wird, aber abgemacht ist abgemacht.«

Ich wünschte, ich könnte die Uhr ein paar Stunden zurückdrehen und dem Russ von vorhin eine knallen. Dann hätte ich den Tag nicht damit verbracht, mir Sorgen zu machen, ob sie und ich eine gute Idee sind.

Aurora Roberts wird immer eine gute Idee sein.

Ich reiche ihr den Gutschein und beobachte, wie sie vor

Überraschung die Augen weit aufreißt. »Ich hätte gern ein richtiges Date mit dir. Das ist mein Geburtstagswunsch.«

»Ein Date?«, fragt sie.

»Ja. Ein richtiges Date.«

»Mit mir?«

»Mit dir.«

»Obwohl ich dir Origami-Golden-Retriever und ein altes mottenzerfressenes Buch über Präsidenten zum Geburtstag geschenkt habe?«

»Vor allem deswegen.«

Im Mittelpunkt zu stehen wird vor allem deshalb hart sein, weil es keine Gelegenheit geben wird, sich heute Abend zu verdrücken. Sie nimmt mir den Gutschein aus der ausgestreckten Hand, ihre grünen Augen funkeln, als sie nickt. »Betrachte deinen Wunsch als genehmigt.«

Im Mittelpunkt der Aufmerksamkeit zu stehen ist anstrengend, und mir ist nur recht, wenn es bald vorbei ist.

Ich kratze an der Glasur meines zweiten Stücks Kuchen herum und genieße die Stille, nachdem die Kinder alle ins Bett gebracht worden sind. Na ja, so still, wie es sein kann, wenn meine Freunde da sind. Nachdem der Kuchen angeschnitten, »Happy Birthday« gesungen war und Geschenke überreicht worden waren, bekam ich endlich eine Zusammenfassung, wie meine Geburtstagsparty zustande gekommen war.

Bevor wir am Vortag nach Meadow Springs fuhren, hatte Aurora von Emilia JJs Nummer bekommen, und die beiden hatten diese Last-Minute-Überraschung koordiniert. Die Jungs sind heute Morgen aufgebrochen und kamen gerade rechtzeitig an, um die Freundschaftsarmbänder zu basteln, die jetzt meinen Arm zieren.

Henry hat gesagt, Honey Acres wäre schlimmer, als er es sich vorgestellt hätte, und Bobby ist untröstlich, dass Jenna sowohl desinteressiert als auch unfähig ist, sich an ihn zu erinnern, während sich JJ einfach freut, dass wir wieder zusammen sind.

Orla hat dem Besuch der Jungs unter der Bedingung zugestimmt, dass sie ihre Besucherausweise tragen und nirgendwo auf dem Gelände unbeaufsichtigt bleiben.

»Sollte ich mich darauf einstellen, dass sie bei uns einzieht?«, fragt Robbie, der mit Nate und mir am Feuer sitzt. »Das Zimmer verändert eindeutig die Chemie im Gehirn.«

»Wieso tust du so, als würde Lola nicht fünf Nächte pro Woche in deinem Bett schlafen?«, gibt Nate bissig zurück.

»Versuch du mal, Lola zu sagen, was sie tun soll«, verteidigt sich Robbie. »Du wirst schon sehen, was dann passiert.«

Aurora hat sich heute Abend rar gemacht und sich darum gekümmert, dass sich alle wohl fühlen. Ich wünschte, es wäre möglich, dass sie neben mir säße und die Jungs sie kennenlernten, aber das würde verdächtig wirken. Außerdem denke ich, wenn sie es wollte, würde sie es tun. Einige von ihnen haben allein mit ihr geredet, aber ich habe keine Ahnung, was sie zu ihr gesagt haben.

»Sie zieht nicht ein, keine Sorge. Wir haben dem, was zwischen uns ist, noch keinen Namen gegeben, also sind wir technisch gesehen Freunde, die sich mögen, vermute ich.« Die Worte, die aus meinem Mund kommen, hören sich seltsam an, aber wie soll ich Aurora sonst bezeichnen? »Sie ist großartig. Ich mag sie wirklich.«

Beide fangen sie im selben Moment an zu lachen. Nate grinst und lehnt sich zurück. »Ich erinnere mich, wie ich geglaubt habe, Stas und ich wären nur Freunde.«

»Sie hat dich überhaupt nicht ausstehen können, und dann litt sie unter Stockholmsyndrom«, widerspricht Robbie prustend. »Ihr wart nie nur Freunde.«

»Aber ich habe das Mädchen gekriegt, nicht wahr?« Nate zuckt mit den Schultern. »Stell dir vor, Aurora hat angeboten, alle unsere Flüge zu bezahlen, Hauptsache wir kommen her. Sie wollte sogar einen Chauffeur mieten. Entweder wird das die beste Freundschaft, die du je hattest, oder es wird genau die Beziehung, bei der sich Henry immer beschwert, weil er direkt daneben wohnt.«

Ich schiebe die ganzen Unsicherheitsgefühle von vorhin beiseite und antworte ehrlich. »Ich will beides.«

Die beiden lachen, und noch nie ist mir aufgefallen, wie ähnlich sie sich sind, wie ein altes Ehepaar, bei dem sich die Eigenheiten im jeweils anderen spiegeln. Robbie trinkt von seiner heißen Schokolade, Nate tut dasselbe, und beide grinsen sie mich selbstgefällig an. »Junge Liebe.«

27. KAPITEL

Aurora

»Ich habe dir doch gesagt, er ist ein guter Kerl.«

Mehr sagt Henry nicht, als er sich mit seinem Frühstück neben mich setzt. Russ' Freunde haben in einem Bed&Breakfast in Meadow Springs übernachtet, und Orla hat gesagt, sie könnten vor ihrer Abreise noch mal vorbeikommen, wenn sie noch ihre Besucherausweise hätten und wenn sie während der morgendlichen Hütteninspektion kämen, solange die Kinder beschäftigt sind.

Ich konzentriere mich auf meinen Toast, weil es mich plötzlich nervös macht, hier allein mit Russ' bestem Freund zu sitzen. Ich meine, genau genommen waren wir schon mal allein, aber das war, als ich Russ nach unserem Beischlaf aus Unwissenheit sitzen gelassen habe. »Das weiß ich. Ich habe nie etwas anderes geglaubt.«

Während wir schweigend essen, beobachten wir beide Russ am Tisch gegenüber. Er lacht mit Robbie und Mattie, den beiden, die es sich gestern Abend zur Aufgabe gemacht hatten, mich besser kennenzulernen.

Ich habe versucht, möglichst viel Sicherheitsabstand einzuhalten, weil ich Russ nicht erdrücken oder ihm zu viel werden wollte, wenn seine Freunde da sind, aber das ist nicht leicht, wenn ich eigentlich nur in seiner Nähe sein möchte.

Unerwartet durchbricht Henry das laute Stimmengewirr. »In unserem Haus ist mein Zimmer direkt neben Russ' Zimmer. Es ist nicht schalldicht, also verhalte dich bitte nicht so, als wäre es das.«

Ich verschlucke mich beinahe an meinem veganen Frühstücksspeck. »Wie bitte?«

»Ich nehme an, dass du oft zu Besuch kommen wirst. Ich würde lieber nicht hören müssen, wie du beim Orgasmus klingst, tut mir leid.«

Ich erwarte, dass er zu lachen anfängt oder mir irgendeinen Hinweis gibt, dass das ein Witz sein soll, aber er macht einen völlig ernsthaften Eindruck.

»Ich, ähm …« Normalerweise gerate ich nicht ins Stottern. Ich bin eine Schwätzerin und viel zu mitteilsam. Jetzt bin ich jedoch sprachlos. »Ich verspreche dir, dass ich mir alle Mühe geben werde, dir das nicht anzutun.«

»Er hat mir erzählt, dass du weißt, wie mies ihn sein Dad behandelt.«

»Ja.«

»Du weißt in nur sechs Wochen mehr, als einige unserer Freunde in zwei Jahren herausgefunden haben.«

Wenn er es so darstellt, weiß ich umso mehr zu schätzen, wie viel Russ mir anvertraut hat.

»Er weiß nicht, wie sehr ihn alle lieben. Er ist immer nur auf das Schlimmste gefasst und malt sich immer nur das Schrecklichste aus. Manchmal muss man ihn mit der Nase auf das Gute stoßen.«

Ich sage es Henry nicht, aber ich weiß genau, was er meint. Russ und ich hätten einen viel einfacheren Start gehabt, hätte er nicht fälschlicherweise geglaubt, mir wäre seine Nähe unangenehm. »Du bist ein guter Freund, Henry.«

»Russ verdient gute Freunde.«

Während des restlichen Frühstücks reden wir über Fotos, die Henry von dem Bed&Breakfast und der umgebenden Landschaft gemacht hat, weil er ein paar neue Maltechniken ausprobieren will, wenn er wieder zu Hause ist. Bis sie alle aufbrechen, habe ich das Gefühl, Henry wird mich als die Frau in Erinnerung behalten, die seinen Freund mag, und nicht als die, der er in jener Nacht zufällig über den Weg lief.

Selbst Stunden, nachdem die Jungs aufgebrochen sind, sind die Nachwehen des kurzen Besuchs der sieben schmerzhaft gutaussehenden Fremden noch spürbar. Keiner findet in seinen normalen Rhythmus. Alle Mitarbeiter und Mitarbeiterinnen wirken erhitzt und sind ein bisschen durcheinander, nachdem sie so viele neue Gesichter gesehen haben. Mir dagegen geht es gut, denn mich macht ein schmerzhaft gutaussehender Mann täglich heiß und durcheinander, von daher bin ich es gewohnt.

Maya und ich geben uns alle Mühe, die Kinder auf Trab zu halten, damit sie ihre überschüssige Energie loswerden, indem wir den für den Vormittag angesetzten Kunst-und-Basteln-Kurs durch eine Schatzsuche ersetzen – sehr zu Jennas Missfallen, weil sie das Programm umschreiben muss –, aber Russ und Clay verlieren unsere Karte, auf der wir die Verstecke der Schätze notiert haben, und das Ganze dauert dreimal so lange.

Die Schatzsuche erfüllt ihren Zweck, und als die Ruhestunde nach dem Mittagessen anbricht, sind alle deutlich ruhiger als noch vor ein paar Stunden. Maya hat ihre Stimme verloren, weil sie den ganzen Vormittag gebrüllt hat. Meine Stimme bleibt unbesiegt.

Ich hänge mit den anderen Betreuenden auf der Picknickbank im Schatten vor der Hütte der Braunbären ab, als sich Xander räuspert.

»Ich habe euch etwas mitzuteilen.« Vermutlich wartet er auf irgendeine dramatische Reaktion, aber niemand sagt etwas.

»Emilia und ich haben beschlossen, uns wegen kreativer Differenzen zu trennen.«

»Wovon redest du?«, fragt Maya, die die Augen zusammenkneift und mit der Hand vor der Sonne schützt.

»Du bist so verdammt theatralisch«, stöhnt Emilia. »Der Talentwettbewerb. Xander macht sein eigenes Ding, weil wir uns auf nichts einigen können.«

»Liegt es daran, dass sie gesagt hat, du würdest niemals American Idol gewinnen?«, fragt Clay. »Niemand klingt gut, wenn er Lagerfeuerlieder singt, Kumpel. Nimm es dir nicht so zu Herzen.«

Mir fällt die Kinnlade hinunter. »Nein. Auf gar keinen Fall. Wir sind ein Team.« Alle anderen Betreuergruppen haben am Vortag gesagt, dass sie gemeinsam eine Aufführung vorbereiten, weil es nicht so ernst ist. Sollen sie reden, ich will, dass meine Gruppe die beste ist. Deshalb versuche ich schon seit Wochen, alle auf Trab zu bringen. Es ist nicht meine Schuld, dass ich nicht kreativ genug bin, um selbst eine Idee zu entwickeln. »Allein schaffst du es nicht, Xan. Das ist supertraurig und einsam. Du brauchst uns.«

»Stimmt nicht. Ich habe Russ.« Er klopft Russ auf den Rücken, der, auf einmal alarmiert, hochsieht.

»Tut mir leid, was ist los?«

»Kreative Differenzen. Talentwettbewerb. Hundekunststücke. Komm schon, Mann, das habe ich dir doch vor etwa einer Stunde erzählt.« Xander streckt abwehrend die Hand Richtung Emilia aus, als sie bei Hundekunststücken zu lachen anfängt.

»Mir war nicht klar, dass ich mitmachen soll! Wenn Xander die Gruppe verlässt, kann ich dann einfach nur zugucken?«

»Nein!«, fahren Xander und ich ihn wie aus einem Mund an.

»Du hast es versprochen«, erinnere ich Russ.

Er verdreht die Augen. »Einen Versuch war es wert.«

Aus der Hütte der Kinder ertönen einige schrille Schreie, und Maya und Clay springen auf.

»Ich schwöre bei Gott, sollte Michael wieder einen Frosch angeschleppt haben, schläft er in Zukunft am See«, knurrt Maya.

Sobald sie weg sind, rutscht Russ näher zu mir her und lehnt sich auf seine Hand, sodass er Emilia und Xander aus unserem Gespräch ausschließt. »Ich mache nichts mit Xander, wenn du das nicht willst. Ich weiß, wie wichtig dir das ist.«

Ich möchte ihn küssen. Ich möchte ihn immer küssen. Theatralisch seufzend lege ich die Hand neben seinem Ellbogen auf den Tisch, damit ich ihm sanft über den Arm streichen kann. »Schon gut. Ich will nicht, dass Xander auf sich gestellt ist. Und ich will nicht, dass du unglücklich bist. Denk dir nichts dabei. Jetzt, wo Emilia keinen Gegner mehr hat, werden wir definitiv tanzen.«

»Mit dir würde ich gern tanzen«, erwidert er leise. »Du wärst das wert.«

Die Schmetterlinge in meinem Bauch beginnen alle gleichzeitig zu flattern. »Mach was mit Xander.«

»Du bist die Beste«, erwidert er und stößt mich mit dem Knie an. »Hast du heute nach der Arbeit schon was vor?« Ich schüttele den Kopf, und sofort fallen mir tausend verschiedene Möglichkeiten ein. »Dann nimm dir nichts vor. Wir beide haben heute Abend ein Date. Wir gehen aus.«

Im Gegensatz zum Nachmittag vergeht der Abend unerträglich langsam, und ich verbringe die ganze Zeit damit, auf die Uhr zu starren und mich zu fragen, wie mein allererstes Date wohl ablaufen wird.

Kurz nachdem die Kinder ins Bett geschickt worden sind,

taucht Russ mit besorgtem Gesichtsausdruck auf, was mich sofort nervös macht. Ich habe was Bequemes angezogen, wie er es mir vorhin, bevor er gegangen ist, empfohlen hat, aber keine Vorstellung zu haben, was auf mich zukommt, finde ich weniger spaßig.

»Wir haben ein kleines Problem«, sagt er, als er auf mich zukommt, aber weit genug entfernt stehen bleibt, dass es nicht zu freundlich wirkt.

»Und zwar?«

»Wir müssen uns an der Rezeption abmelden, aber es wirkt verdächtig, wenn wir beide für denselben Zeitraum abgemeldet sind.«

»Das haben wir doch schon mal gemacht«, entgegne ich.

»Nicht am Abend. Du musst zugeben, das ist verdächtig.«

Er hat recht, so ungern ich das zugebe. Ich weiß nicht, was er geplant hat, bin aber aufgeregt und will nicht, dass er sagt, wir müssen hierbleiben.

»In der Nähe der Küche gibt es einen kleinen Weg, über den man mit dem Auto in wenigen Minuten einen Feldweg erreichen kann. Ich könnte mich hinausschleichen, aber du musst mir versprechen, dass du mich nicht verpfeifst, denn anders als du, der dauernd gegen die Vorschriften verstößt, versuche ich, mein Image aufzupolieren.«

Er verdreht die Augen, aber obwohl er versucht, sich das Lachen zu verkneifen, werden seine Grübchen sichtbar. »Ist er sicher?«

»Ja, das ist ein Evakuierungsweg, den sie vor Jahrzehnten angelegt haben. Ich werde eine Taschenlampe brauchen.«

Er wirft mir den Schlüssel seines Pick-ups zu. »Ich will nicht, dass du dort in der Dunkelheit rumläufst. Schau nicht auf die Ladefläche, sonst verdirbst du die Überraschung.«

Während ich mich vorne im Büro abmelde, bemühe ich

mich um einen möglichst gleichgültigen Gesichtsausdruck, obwohl mich Aufregung und Nervosität schier auffressen. Erst als ich sicher in Russ' Wagen sitze, erlaube ich mir, nicht mehr dagegen anzukämpfen. Während der fünf Minuten, die er braucht, um mich zu finden, lasse ich die Scheinwerfer an, und als er auf den Zaun zuläuft und mit Leichtigkeit darüberspringt, versuche ich, nicht zu sabbern.

Ist alles, was er tut, dermaßen heiß, oder bin ich nur so leicht zu beeindrucken? Eine der großen Fragen des Lebens.

Er öffnet die Fahrertür, schiebt mich ein Stück zur Seite und setzt sich ans Lenkrad. »Ich will gar nicht erst wissen, woher du weißt, dass dieser kaum vorhandene Weg hierherführt, Unruhestifterin.«

»Bin ich eine Unruhestifterin, oder bin ich eine Entdeckerin?«

Er legt den Arm auf die Rücklehne und schaut über die Schulter, während er uns über den Feldweg zurück auf die Straße manövriert. Wieder dieselbe Frage: heiß oder leicht zu beeindrucken? Er spielt mit meinen Haarspitzen, und die Antwort lautet definitiv heiß. Definitiv, definitiv heiß.

»Unruhestifterin. Hundertprozentig.«

So spät am Abend ist niemand sonst auf den Straßen, aber Russ fährt sehr konzentriert, seine rechte Hand liegt auf meinem Oberschenkel und klopft den Takt eines Liedes im Radio mit. Der nächste Song ist von einer neuerdings angesagten Rockband, die Poppy mag und die seit kurzem im Radio gespielt wird. Ich habe für Poppy und Emilia Tickets für ihren Auftritt in L.A. in ein paar Monaten gekauft, aber bevor ich es Russ erzählen kann, wechselt er den Sender. »Du magst Take Back December nicht?«

»Nicht so richtig.« Er nimmt die Hand von meinem Oberschenkel und fährt sich damit über das Kinn. »Das ist die Band meines Bruders.«

Mist. »Dein Bruder Ethan ist Ethan Callaghan? Wieso bin ich darauf noch nicht gekommen? Emilias Freundin liebt TBD.«

»Ja.« Ihn scheint das nicht sehr zu begeistern, und nach allem, was ich über seine Familie weiß, überrascht mich das nicht. Er biegt nach rechts auf eine alte unbefestigte Straße ab, schaut mich für eine Millisekunde an und legt die Hand dann wieder auf meinen Oberschenkel.

»Dein Bruder ist berühmt, aber du willst nicht Profi werden, weil du nicht bekannt werden willst? Als jemand mit einer Familie, die dauernd in den Medien ist, weiß ich, dass man sich das manchmal gar nicht aussuchen kann.«

»Du bist witzigerweise nicht die Einzige, die mich in letzter Zeit darauf hingewiesen hat.« Er drückt meinen Oberschenkel, was vermutlich als Trost gedacht ist, aber es kribbelt überall in meinem Körper. »Sollten wir allen erzählen, wir wären Einzelkinder?«

»Definitiv, aber ich mache mir ein bisschen Sorgen, ob das überhaupt noch eine Rolle spielen wird, da du mich anscheinend irgendwohin verschleppen, ermorden und meine Leiche in einem Feld verbuddeln willst …« Wir werden auf der unebenen Straße ein wenig durchgerüttelt, während wir auf ein altes heruntergekommenes Gebäude zufahren. »Wo zum Teufel sind wir? Ich schlafe nicht mit dir in diesem Geisterhaus, falls das dein Plan ist.«

Er stellt den Schalthebel in die Parkposition und schnaubt. »Ich dachte, du kennst jeden Zentimeter von Honey Acres, Frau Entdeckerin«, witzelt er und zieht den Schlüssel ab.

»Tue ich auch. Das hier ist nicht Honey Acres. Das ist definitiv unbefugtes Betreten.«

Wir steigen beide aus, ich gehe um den Wagen herum zu ihm hinüber und frage mich immer noch, was wir hier wollen.

Sobald ich bei ihm bin, beugt er sich zu mir herab und küsst mich, was wieder die Schmetterlinge belebt, die inzwischen fester Bestandteil meines Körpers sind.

»Ich dachte, du würdest unbefugtes Betreten spannend finden.«

»Unbefugtes Betreten eines Hotels, um sich einen Mitternachtssnack zu machen, ja. Unbefugtes Betreten eines Grundstücks führt zu Schusswunden.«

»Wir sind auf Orlas Grundstück, ich verspreche es dir. Ich habe diesen Ort beim Joggen entdeckt, und ich habe es geprüft, als ich wieder im Camp war. Wir sind gar nicht so weit weg, man braucht mit dem Auto nur länger, weil man nicht durch Zäune fahren kann.« Lachend nimmt er meine Hand und geht mit mir zur Ladefläche. »Mir ist gerade bewusst geworden, dass man sich am Anfang eines Dates nicht küsst.«

»Man kann durchaus durch Zäune fahren ... aber die Leute schreien einen an, wenn man auf sie zugeht, um sich zu entschuldigen, und lassen dann die Eltern für den Schaden aufkommen.«

Er runzelt verständlicherweise die Stirn.

»Wie auch immer ... du musst wissen, ich hatte noch nie ein erstes Date, deshalb kenne ich die Regeln nicht. Was für dich vermutlich eine Red-Flag ist, denn wieso sollte ich mit zwanzig noch ungedatet sein, außer es läge daran, dass ich echt nervig bin, was ich tatsächlich bin. Und, na ja, vielleicht werden wir heute Nacht von Kühen zertrampelt oder von Wölfen gefressen oder irgendetwas in der Art, deshalb würde ich lieber am Anfang küssen als gar nicht küssen. Ich muss jedenfalls aufhören zu reden, ich mache das, wozu du mich immer bringst, wo ich einf...«

Er bleibt bei der Ladefläche stehen und hebt mein Kinn mit einem Finger an, um mir den Mund zu schließen. »Ich weiß, du bist diejenige, die Anglistik studiert, aber ungedatet ist kein Wort, mein Schatz.«

»Es fühlt sich aber wie eins an.«

Er ignoriert mich, öffnet die hintere Klappe und zieht ein weißes Laken zur Seite, unter dem Kissen und Decken, eine Kühlbox und der batteriebetriebene Filmprojektor auftauchen, den wir manchmal für Filmaufführungen im Freien verwenden.

»Oh mein Gott.«

Er hebt mich auf die Ladefläche, beugt sich vor und küsst mich erneut. Langsam, zärtlich, perfekt. »Ich hatte auch noch nie ein erstes Date.«

Ich bin so überwältigt, dass mir die Sprache wegbleibt. Russ hilft mir, zurückzurutschen und es mir auf dem provisorischen Bett bequem zu machen, dann reicht er mir eine Thermoskanne, auf der *Heiße Schokolade* steht, und eine Tüte Popcorn. Er stellt den Projektor oben auf den Wagen, richtet ihn auf die Seitenwand des Spukhauses aus, und auf einmal wird mir bewusst, wie viel Mühe er sich mit alldem gegeben hat.

Ich neige nicht zum Weinen, aber dieser Mann könnte mir vielleicht ein paar Tränen in die Augen treiben. Er legt mir eine Decke um, setzt sich endlich hin und kriecht ebenfalls unter die Decke.

»Bequem? Warm genug?«, fragt er.

»Alles ist perfekt.« Die Wand wird blau, als das Disneyschloss auftaucht, gefolgt von der Pixarlampe, und als Gusteaus Restaurant in dem winzigen Fernseher erscheint, explodiert beinahe mein Herz. Er hat an alles gedacht. »*Ratatouille!* Russ, du bist perfekt. Traummann-perfekt. Du bist zu gut, um wahr zu sein.«

Meine ehrlich gemeinten Worte kommen für ihn unerwartet, und im Mondschein sehe ich, wie sich alle Gefühle auf seinem Gesicht abzeichnen. Ich habe immer gewusst, dass ich Bestätigung brauche, und auch wenn ich nicht glaube, dass er genau wie ich ist, sind wir uns doch sehr ähnlich.

Menschen haben uns das Gefühl gegeben, weniger wert zu sein, als wir sind, und diese Meinungen haben sich tief in uns eingegraben wie Unkraut. Jeder kleine Selbstzweifel wässert den Boden, und wenn er erst zu wachsen beginnt, hat man das Gefühl, er sei unmöglich zu stoppen. Aber es ist nicht unmöglich, es muss nur jemand das Unkraut an der Wurzel herausreißen, wieder und wieder, wenn nötig.

Wir sind so unterschiedlich und doch so ähnlich, und allmählich glaube ich, das ist die perfekte Mischung.

Er streicht mir eine Haarsträhne aus dem Gesicht. »Erzähl mir ein Geheimnis.«

»Ich will nächsten Monat nicht in die Realität zurück. Ich will mit dir und den Hunden hierbleiben und unsere Handys ins Feuer werfen.«

Er lacht leise und streichelt meinen Nacken, während ich weiterplappere.

»Ich eröffne meine Buchhandlung, und du kannst deinen Bowlingladen eröffnen oder Roboter bauen oder was auch immer Ingenieure tun – vermutlich können sie uns vor den Opossums und den Wölfen retten. Aber du wirst dich für mich entscheiden, und ich mich für dich, und wir werden glücklich sein, ohne dass es uns irgendjemand kaputt macht.«

»Nichts strahlt so hell wie du, Aurora«, erwidert er. »Deine Existenz erinnert mich daran, dass Gutes passieren kann, wenn ich mir erlaube, glücklich zu sein.«

Ich frage mich, ob ich, wenn ich schon früher jemanden an mich herangelassen hätte, einen Großteil meines Unglücklichseins hätte verhindern können, mit dem ich zu kämpfen hatte. Aber ich glaube, die Antwort lautet Nein. Ich hätte trotzdem dieselben waghalsigen Dinge wie zuvor getan, wäre von einer emotionalen Überschwänglichkeit in die nächste gerutscht, verzweifelt auf der Suche nach mehr. Ich hätte niemals jemanden glücklich gemacht, und es hätte gut sein können, dass ich, sobald das anfängliche Interesse desjenigen abgeflaut wäre, wieder verloren gewesen wäre.

Russ vermittelt mir ein Gefühl der Zufriedenheit, das Eine, von dem ich nicht wusste, dass ich es brauche.

Wir schmiegen uns enger aneinander, vergraben uns tiefer in den Decken und ignorieren völlig die Cartoonratte, die an die Wand projiziert wird.

»Jetzt erzählst du mir ein Geheimnis«, flüstere ich.

»Es ist kein Geheimnis, weil eine Menge Leute davon wissen, aber darf ich dir von etwas Schlimmem erzählen, das mir passiert ist? Etwas, worüber ich total ungern rede?«

»Natürlich.« Ich warte geduldig, während er verdruckst auf der Innenseite seiner Wange herumkaut und das Reden eindeutig hinauszögert. Er schiebt ein Bein zwischen meine, seine Hand liegt an meiner Taille, und gerade als ich glaube, jetzt fängt er an zu reden, beugt er sich vor und küsst mich stattdessen. Ich löse mich von ihm und lege die Stirn an seine.

»Ich werde immer noch hier sein, um dich zu küssen, nachdem du es mir erzählt hast«, sage ich leise.

»Hast du mitbekommen, dass Anfang des Jahres die Eishockeyhalle kaputtgemacht wurde?«

»Ich glaube, vielleicht? Musstet ihr nicht in eine andere Eissporthalle ausweichen oder so ähnlich?«

»Ja. Nun, das war meine Schuld.«

Mir renkt sich beinahe die Kinnlade aus. »Du hast eine Eishockeybahn kaputtgemacht?«

»Nein. Natürlich nicht. Ich, ähm, ich habe bei einer Party dieses Mädchen kennengelernt, Leah, und sie war nett zu mir.

Ich war mit ein paar von den Jungs hingegangen, mit denen ich zusammenwohne. Leah hat mich geküsst, und wir haben ein bisschen rumgemacht – aber mehr nicht.«

Sag mir doch mal jemand, wieso ich eifersüchtig bin.

»Dann traf ich Leah bei jeder Party, zu der ich ging, und schließlich hatten wir ein paar Mal was miteinander. Ich mochte sie, und ich dachte, vielleicht, ganz vielleicht, wird das zweite Studienjahr doch nicht so scheiße, und ich könnte vielleicht ein bisschen glücklich sein. Und dann bekam ich plötzlich Drohnachrichten von ihrem Freund. Sie hatten sich gestritten oder was auch immer, und sie hat mich benutzt, um es ihm heimzuzahlen.«

»Es tut mir so leid, dass sie das mit dir gemacht hat.«

»Oh, es kommt noch viel schlimmer.« Er lacht, aber es ist kein freudiges Lachen. »Diese Geschichte zwischen ihrem Freund und ihr war supertoxisch, eine von diesen Beziehungen, in denen niemand stecken möchte. Als sie dann herausfand, dass sie schwanger war, erzählte sie ihrem älteren Bruder, der Eishockeyspieler bei der UCLA ist, dass ich sie ghoste. Ich ging ihr aus dem Weg, nachdem ich das mit dem Freund herausgefunden hatte. Sie wollte ihrem Bruder meinen Namen nicht nennen, sie hat nur gesagt, dass es jemand aus meinem Team ist. Sie hat geglaubt, damit wäre die Sache erledigt. War sie aber nicht. Sie haben die Eisbahn demoliert.«

»Oh, Russ.«

»Ich wollte deswegen das College verlassen, es war mir derart peinlich. Wenn mir Nate nicht die ganze Zeit zur Seite gestanden wäre, hätte ich es auch getan. Es war schon schlimm genug, als ich noch dachte, die Eishockeyhalle wäre wegen ihrem Freund unbrauchbar gemacht worden, aber das war so unglaublich viel schlimmer. Alle haben darüber geredet. Ich musste deswegen zu mehreren Treffen, bis bewiesen war, dass ich nichts getan hatte. Ich war völlig am Boden zerstört.«

»Es gibt keinen Grund, dass dir das peinlich sein müsste! Du bist das Opfer in dem Ganzen. Du hast nichts anderes getan, als dich bei einer Party mit einer Frau einzulassen, und daran ist nichts verkehrt. Du hättest dich auf dieser Party mit jeder Frau einlassen können, und trotzdem ist es noch lange nicht okay, dich zum Sündenbock zu machen.«

»Das sagen Stassie und Lola auch, aber ich bin die Schuldgefühle einfach nicht losgeworden. Wenn ich auf dem Campus bin, frage ich mich, ob die Leute daran denken, wenn sie mich sehen. Ich hasse es, wenn wir gegen die UCLA spielen müssen, und ich weiß, dass alle daran denken.«

»Ich hasse es, dass dich das so zerfrisst. Wenn so etwas passiert, fühlt es sich riesig an, aber das liegt nur daran, dass man selbst in der Sache involviert ist. In Wirklichkeit wissen die Leute gar nicht, was passiert ist, oder es ist ihnen egal. Wenn alle so darüber reden würden, wie sie das deinem Gefühl nach tun, würde ich das alles längst wissen. Ich habe aber nur gehört, dass es da irgendeinen Schaden gab. Nichts über dich.«

»Du wusstest das wirklich nicht?«

»Nein! Ehrlich nicht. Aber jemand hat dich ausgenutzt, Russ. Du musst aufhören, dich dafür zu bestrafen.« Ich streiche mit dem Daumen über sein Gesicht, und er küsst meine Handfläche. »Wenn du zu viel darüber nachdenkst, kannst du es nicht hinter dir lassen. Eine Eishalle wurde kaputt gemacht, na und? Es ist ja nicht so, als wäre jemand gestorben! Hast du eine Ahnung, wie viel ich aus Versehen kaputt gemacht habe?«

»Ein paar Zäune, vermute ich mal.«

»Das war nicht aus Versehen.« Ich verdrehe die Augen und lehne mich näher zu ihm. »Aber was ich sage, stimmt trotzdem. Du bist ein großartiger Mensch, deine Freunde lieben dich, und die Hunde lieben dich ebenfalls. Nur daran denke ich, wenn ich an dich denke. Wie einfach es ist, dich zu l… mögen.«

»Ich weiß nicht, wieso ich jetzt damit angefangen habe. Es tut mir leid, habe ich jetzt schon unser erstes Date ruiniert?« Er schließt seufzend die Augen und lässt sich tiefer in die Kissen sinken.

Manchmal würde ich diesen Mann am liebsten schütteln, weil er nicht begreift, wie glücklich es mich macht, wenn er mich diese Bruchteile von sich sehen lässt, die er so gut zu verbergen weiß.

»Dass du freiwillig etwas derart Persönliches erzählst, macht es zum besten Date, Russ. Ehrlich. Danke, dass du mir die ganze Geschichte anvertraut hast.«

Er öffnet langsam die Augen. »Könnte ich jetzt bitte diesen Kuss haben, den du mir versprochen hast, wenn ich es dir erzähle?«

Ich lächle und beuge mich zu ihm. »Natürlich.«

28. KAPITEL

Russ

Ich hatte nicht vorgehabt, Aurora von Leah zu erzählen, als wir hier ankamen, und wenn ich es mir recht überlege, war es vermutlich nicht das passendste Thema für ein erstes Date, auch wenn sie das abstreitet.

Aber Aurora hat etwas an sich, das alles leichter macht. Ich erzähle ein paar Sätze über etwas, das mich seit fast einem Jahr quält, und schon fühle ich mich besser. Dabei hat sie mir lediglich zugehört und gesagt, wenn alle darüber reden würden, hätte sie es ebenfalls mitbekommen, dazu das etwas theatralischere »Es ist ja nicht so, als wäre jemand gestorben«.

Ich weiß nicht, wieso ich gerade jetzt beschlossen habe, ihr das zu erzählen. Vielleicht weil sie gesagt hat, ich wäre zu gut, um wahr zu sein, und weil ich weiß, dass das nicht stimmt. Das war eine der Geschichten, die beweisen, dass ich es nicht bin, und wenn ich sie ihr erzähle, macht sie sich keine Illusionen.

Etwas zu erzählen, das man lange für sich behalten hat, ist anstrengend.

»Könnte ich jetzt bitte diesen Kuss haben, den du mir versprochen hast, wenn ich es dir erzähle?«

»Natürlich«, erwidert sie leise und beugt sich zu mir.

Ich lege die Hand an ihre Wange, streiche zärtlich mit dem Daumen über ihre Haut, und dann berühren ihre Lippen meine. Sie schmeckt nach heißer Schokolade, und als ich sie enger an mich ziehe, kommt sie mir sofort entgegen. »Ich liebe das«, flüstere ich.

»Rummachen?« Ich lege ihr Bein über meins, sodass ihre Beine meine Hüften umklammern. Sie zieht sich die Decke über die Schulter, dann drapiert sie sie um meinen Nacken herum, bis wir wie in einem Kokon sind. Ich lasse die Hand unter ihr T-Shirt gleiten und fahre ihre Wirbelsäule entlang, während ich sie mit der anderen ganz eng an mich ziehe.

»Dich für mich zu haben.«

Aurora streicht mit ihrer Nase über meine und küsst zärtlich verschiedene Teile meines Gesichts: meinen Mundwinkel, meine Schläfe, meine Nasenspitze. »Wenn ich daran denke, wie oft am Tag du die Kinder daran erinnerst, dass sie teilen sollen, ist es ziemlich witzig, dass du selbst es so schlecht kannst.«

Sie legt die Stirn an meine, und ich schlinge die Arme um ihre Taille und halte sie fest an mich gepresst. »Ich teile alles gern, nur dich nicht.«

Als sie sich aufsetzt, bin ich gezwungen, sie loszulassen, und stattdessen rutschen meine Hände zu ihren Hüften hinunter. Sie schaut mich so verunsichert an, wie ich das sonst nicht an ihr kenne. »Das sind nette Worte, aber meinst du sie auch wirklich?«

Auch wenn es sehr bedürftig klingen mag – ich hasse diesen kleinen Abstand zwischen unseren Körpern, aber ich hasse noch viel mehr, wie unsicher sie gerade wirkt. Mich jemandem gegenüber so sehr zu öffnen macht mich normalerweise nervös. Ich habe ihr gerade etwas für mich sehr Großes erzählt – freiwillig –, deshalb verlangt es mir eine Menge ab, meine Gedanken und Gefühle noch mehr bloßzulegen. Es ist kein Geheimnis, dass ich bei Frauen nicht besonders souverän bin, und unter normalen Umständen säße ich mit ziemlicher Sicherheit völlig verängstigt da und würde darauf warten, dass meine Gefühle rücksichtslos zertrampelt würden.

Mit ihr fühle ich mich nicht so, ich möchte ihr nah sein.

»Deine Aufmerksamkeit ist ein Geschenk, Aurora. Ich habe nicht vor, die Zeit mit dir nicht wertzuschätzen.«

»Himmel, Callaghan. Wieso musst du so verdammt lieb sein?«, murmelt sie und schaut auf ihre Hände, die mit dem Saum meines Sweatshirts herumspielen.

»Nur mit dir bin ich ich. Du bist die Einzige, bei der ich jemals so sein wollte, Aurora. Du wirst niemals fragen müssen, ob du erwünscht bist. Du wirst niemals fragen müssen, ob du meine erste Wahl bist.« Mir hämmert das Herz in der Brust, während die Worte aus mir heraussprudeln. Die Decke hängt noch immer um ihre Schultern, und ich packe die Zipfel an beiden Seiten und ziehe Aurora so wieder zu mir herunter. »Das bist du.«

Was auch immer ich noch sagen wollte, bleibt ungesagt, weil sie sich auf meinen Mund stürzt, die Hände an meinen Wangen, während sie die Hüften gegen meine presst und Strom meine Wirbelsäule hinaufjagt. Ich stöhne und schiebe meine Hüften gegen ihre. Ich brenne von ihrer Berührung, und als sämtliches Blut in meinem Körper nach unten strömt, bin ich sehr froh, dass ich ihr gesagt habe, was ich empfinde, solange ich noch in der Lage war, zu sprechen.

»Ich will dich auch nicht teilen«, sagt sie und lässt den Mund an meinem Kinn entlanggleiten. Sie knabbert an meinem Ohrläppchen, und ihr warmer Atem kitzelt mich am Hals. Ich drehe uns beide so, dass sie unter mir liegt, die Beine unten hinter meinem Rücken verschränkt.

Ich reibe mich an ihr und genieße, wie sie die Augen schließt und ihr der Atem stockt. Wir sind beide noch vollständig bekleidet, aber der leichte Baumwollstoff, der uns trennt, beweist nur, wie gut ich zwischen ihre Oberschenkel passe. Ihre Zunge spielt mit meiner, und sie drückt den Oberkörper durch, um ihren Busen an meine Brust zu pressen. »Mein perfektes Mädchen«, murmele ich und küsse mich ihren Hals entlang.

Aurora greift nach unten und nestelt ungeschickt mit einer Hand am Bund meiner Trainingshose herum und mit der anderen an dem ihrer Leggings. »Ich will dich spüren«, flüstert sie.

Es kostet mich sehr viel Kraft, mich so weit von ihr zu lösen, dass ich ihr ihre Leggings sowie das winzige Stück Spitzenstoff ausziehen kann, von dem sie behauptet, es sei eine Unterhose, aber verdammt, es ist die Kraftanstrengung wert. Ich schiebe meine Hose und meine Boxershorts über die Hüften nach unten und strample sie so von mir, dass der Pick-up nicht in Bewegung gerät. Während ich mit der Hand über meinen Schwanz streiche, lasse ich mich von Aurora wieder zu ihr hinabziehen – beide sind wir jetzt von der Taille abwärts nackt. Ich küsse sie und stöhne, als sie zwischen uns greift und mich sanft in die Hand nimmt. Meine Hüften haben ihre eigene Vorstellung, und ich fange an, langsam in ihre Hand zu stoßen. »Ich mache ihn nicht rein, okay?«

»Okay.«

Sie zieht mich näher an sich heran, und ich schwebe in der richtigen Entfernung über ihr und warte atemlos darauf, was sie als Nächstes tun wird. In dem Moment spreizt sie die Beine ein bisschen weiter und fährt mit meiner Eichel leicht über ihre Klitoris. Es fühlt sich verdammt perfekt an. Sie ist zärtlich, aber entschlossen, wechselt den Druck, und als sie anfängt, aus dem Rhythmus zu geraten, übernehme ich und führe weiter, was sie vorgemacht hat.

Für mich ist es leichter, mich an ihr zu reiben, und jetzt kann ich sie auch küssen. Sie vergräbt die Finger in meinen Schultern, und ihre Zunge streicht über meine.

»Du fühlst dich so gut an«, stöhnt sie und drückt den Rücken durch. Ihre Hüften stoßen gegen meine, und das Geräusch ist Musik in meinen Ohren. »Kondom?«

»Noch nicht.«

Das lässt sie aufhorchen, aber ich ignoriere ihren verwirrten Gesichtsausdruck und ziehe stattdessen ihr Sweatshirt hoch. Was zum Vorschein kommt, soll ein BH sein, ist aber auch nur ein Fetzen Spitze. »Hast du das für mich angezogen?«

Vorsichtig ziehe ich den Stoff hinunter und nehme eine der bereits harten Brustwarzen in den Mund. Während ich versuche, jedem Zentimeter von ihr meine Aufmerksamkeit zu widmen, wird sie lauter und lauter. Mein Körper pulsiert; ich will unbedingt in ihr sein, aber ihr zuzusehen, wie meine Berührungen sie kommen lassen, ist das Warten wert. »Ich habe dich was gefragt, Aurora.«

»Ich brauche dich in mir«, wimmert sie und umklammert mich fester mit ihren Beinen.

Ich wechsle zur anderen Brust. »Hast du das für mich angezogen?«

Sie nickt heftig, ihre Augen fallen zu, ihr Mund öffnet sich.

»Wieso?«

Sie krallt die Nägel in meine Haut, und ihr Atem verändert sich. »Weil ich will, dass du mich nimmst. Ich werde gleich ko…«

Aurora vergräbt den Kopf an meinem Hals und gibt einen Stöhnlaut von sich, den ich für den Rest meines Lebens hören werde. Ihr Körper passt perfekt zu meinem, das Gefühl macht mich süchtig. Ich greife in die Kühlbox neben unserem improvisierten Bett und hole eine Schachtel Kondome heraus.

Die Kondome hatte ich gekauft, bevor ich alles andere für dieses Date besorgte. Normalerweise wäre das kein gutes Omen, aber ich wollte auf gar keinen Fall noch einmal den enttäuschten Gesichtsausdruck sehen wie schon ein paar Mal zuvor, als ich unvorbereitet war.

Ich reiße die Verpackung mit den Zähnen auf, knie mich hin und ziehe mir das Kondom rasch über.

»Du hast einen wirklich hübschen Schwanz«, sagt sie und stützt sich auf die Unterarme. »Er ist quasi optisch perfekt.«

Obwohl ich mich gerade an dieser Frau gerieben habe, bis sie kam, spüre ich, wie ich rot werde, weil sie meinen Penis für attraktiv hält. Ich muss irgendwann mal damit klarkommen.

»Ich weiß nicht, wie ich darauf antworten soll. Danke?«

»Gern geschehen. Bist du bitte sanft mit mir?« Sie dreht sich auf den Bauch, die Beine sind nur ganz leicht gespreizt. »Und legst dich auf mich?«

»Natürlich.« Ich bringe mich über ihr in Stellung, meine Beine über ihren, und führe meinen Schwanz zwischen ihre Oberschenkel, bis ich spüre, wie ich in sie hineinsinke. Es gibt kein besseres Gefühl als das, kein einziges.

»Du bist das beste Gefühl der Welt, Sweetheart.«

In dieser Stellung kann ich wirklich ganz tief in sie eindringen. Ich lege mich wieder hin, mein Brustkorb an ihrem Rücken, und gebe mir alle Mühe, ihr die Nähe zu geben, die sie eindeutig braucht, ohne sie zu zerquetschen. Ich küsse ihre Schultern, ihren Nacken; sogar an ihr Gesicht komme ich aus dieser Position heran. Alles an ihr, das ich erreichen kann, bedecke ich mit Küssen, während ich in einem gleichmäßigen Rhythmus in sie hineinstoße.

Ich verschränke ihre Finger mit meinen und presse sie zu beiden Seiten ihres Kopfs in die Decke.

»Fester«, flüstert sie, und ich muss mich sehr zusammenreißen, dass ich nicht komme, vor allem wenn ich ihr leises Stöhnen höre. Als ich tue, worum sie bittet, umklammert sie meine Finger.

Bei dem Geräusch, wie meine Hüften gegen ihren Hintern stoßen, drehe ich fast durch, und als sie meine Stöße zu erwidern beginnt, weiß ich, dass wir beide kurz davor sind.

»Du bist so tief drin. Ich spüre dich überall.«

»Du machst das so gut. Du bist so ein braves Mädchen.«

Lob ist der Schlüssel dazu, diese Frau anzumachen, und sobald die Wörter *brav* und *Mädchen* aus meinem Mund kommen, ist es nur noch eine Frage der Zeit. Ich bin fast so weit, da ist so ein Ziehen, und ich versuche verzweifelt, sie zuerst kommen zu lassen. Ich lasse ihre rechte Hand los und greife mit meiner unter ihrem Oberkörper hindurch bis zu der Stelle zwischen ihren Beinen, bei deren Berührung sie den Kopf in den Nacken wirft.

»Oh Gott.«

»Genau, Sweetheart. Zeig mir, wie schön du aussiehst, wenn du für mich kommst.«

Sie fängt an, sich zu winden, kann das aber nur begrenzt, weil mein Körper auf ihrem liegt.

»Russ«, stöhnt sie, und ihre Muskeln ziehen sich so verdammt fest um mich herum zusammen, dass ich sofort ebenfalls komme. Es hält so lange an, dass ich es, als ich mich aus ihr zurückziehe, immer noch spüre.

Völlig erledigt sinke ich neben sie. Sie schmiegt sich an mich und küsst mich wieder langsam.

»Wirst du mich dafür verurteilen, dass ich dich bereits beim ersten Date rangelassen habe?«

Ich schnaube, weil ich mal wieder ahnungslos war, was aus ihrem Mund kommen würde. »Streng genommen hast du mich schon vor unserem ersten Date rangelassen. Loophole.«

»Ein Glück, in dem Fall ist meine Tugend also unbefleckt geblieben.«

Ich drehe mich auf den Rücken und setze mich auf, um das

Kondom abzustreifen, dann lege ich mich wieder hin und ziehe sie an mich, damit wir in den Sternenhimmel hinaufschauen können. Der Film ist schon lange zu Ende, aber irgendwie ziehe ich es auch vor, ihren leisen Atemzügen zu lauschen. »Ein Glück. Was würdest du ohne deine Tugend tun?«

29. KAPITEL

Aurora

»Setz dich bitte, Aurora.«

Ich verziehe verwirrt das Gesicht und werfe Emilia, die von Xander keine strikten Anweisungen erhalten hat, sich hinzusetzen, aus dem Augenwinkel einen Blick zu. Ich lasse mich vor ihm auf der Picknickbank nieder und stütze mich mit den Händen ab, während er theatralisch vor mir auf und ab läuft. »Erledigt.«

»Danke, Aurora.«

»Gern geschehen, Alexander. Wie du siehst, ist mir dein Wunsch Befehl.«

Er bleibt stehen. »Ist das für dich nur ein Witz?«

»Was hier gerade passiert?«, frage ich, und er nickt. »Ja, das ist ein totaler Witz für mich. Ich habe keine Ahnung, was los ist. Kannst du einen Schritt nach rechts gehen, bitte, und dann ein paar Zentimeter nach vorne? Die Sonne blendet mich.«

Wir drei sollen Wasserflaschen befüllen, bevor wir mit den Kindern zum Klettern gehen, und irgendwie sitze ich jetzt hier, und Xander macht sein ultraernstes Gesicht. Schon als er darauf bestand, uns zu helfen, war ich skeptisch. Ich hätte wissen sollen, dass er etwas im Schilde führt.

Er schnalzt missbilligend mit seiner Zunge, stemmt die Hände in die Hüften und starrt auf mich hinunter. »Das ist ernst.«

»Ich bin mir sicher, was immer hier gerade passiert, ist für dich sehr ernst, Xan. Aber ich weiß noch immer nicht, was los ist.« Ich schaue Emilia an, die mit den Schultern zuckt und unseren Freund interessiert ansieht.

»So wie du dich manchmal aufführst, bin ich froh, dass ich mit Männern nichts am Hut habe«, sagt sie.

»Ich werde so tun, als hätte ich das nicht gehört. Ich sage nur zwei Wörter ...«

»Aufmerksamkeit und Suchti?«, sagt Emilia im selben Moment, als ich »über« und »dramatisch« sage.

»Basketball und Turnier.« Er starrt mich böse an. »*Überdramatisch* ist nur ein Wort. Reiß dich zusammen, Roberts. Du studierst Anglistik im Hauptfach.«

Ich bemühe mich wirklich, nicht zu lachen. Er hat jetzt mein Interesse geweckt, und ich bin gespannt, worauf er hinauswill. »Geht es bei dem Spiel um Rechtschreibung oder um Basketball? Ich bin nämlich verwirrt.«

»Basketballturnier«, wiederholt er, diesmal ein bisschen lauter. »Wir dürfen nicht verlieren.«

Wieder schaue ich Emilia an, vor allem um mich zu vergewissern, dass wir beide dasselbe erleben und ich nicht irgendeine seltsame Halluzination habe. Ihre perfekt gezeichneten Augenbrauen erreichen fast ihren Haaransatz, so sehr runzelt sie die Stirn.

Ich beschließe, für uns beide zu sprechen, räuspere mich und richte den Blick wieder auf Xander. »Ähm, okay.«

»Ich weiß nicht, was für kreative sexuelle Zaubereien Callaghan dir versprochen hat, damit du extra verlierst, aber du musst das jedenfalls vergessen. Mein Ruf steht hier auf dem Spiel, und mir ist wichtig, dass du dich als Teamplayerin erweist.«

»Rory ist sehr beliebt bei der Titans-Basketballmannschaft, Xan. Du brauchst dir keine Sorgen zu machen.«

Als ich versuche, Emilia einen Schlag zu versetzen, rückt sie ein Stück von mir ab.

»Sie ist sehr gern Teamplayerin.«

»Halt die Klappe«, fahre ich sie an. »Xander, ehrlich, ich habe nicht die geringste Ahnung, wovon du redest. Natürlich spiele ich auf Sieg, es gibt keine Versprechen über Zauberei, von denen ich wüsste, und, Sweetheart, ich glaube wirklich nicht, dass es derart ernst ist. Das Turnier soll ein bisschen Spaß machen.«

Irgendwie – und ich bin der festen Überzeugung, dass Xander es vermutlich angeleiert hat – wurde für heute Abend ein Mitarbeiter-Basketballturnier anberaumt. Die Mannschaften wurden per Zufall zusammengestellt, indem jeder einen der unterschiedlich farbigen Papierstreifen aus einem Hut gezogen hat, und zu seinem großen Entzücken ist Russ mit Clay in einer Mannschaft, während Emilia und ich mit Xander und einigen der Rettungsschwimmerinnen und -schwimmer eine Mannschaft bilden. Die arme Maya hat noch nie in ihrem Leben Basketball gespielt, sagt aber, dass sei ihr egal, denn alle in ihrer Mannschaft seien groß, und ihrer Meinung nach müssen sie dann auch gut sein.

»Russ hat mir erzählt, du hättest zugestimmt, ihm beim Schummeln zu helfen.«

Dieser freche Kerl. »Russ will dich nur nervös machen. Das macht ihr Jungs doch, wenn ihr spielt, oder? Erzählt euch gegenseitig Blödsinn. Ich habe seit heute Morgen nicht mal richtig mit ihm geredet.«

Ich liebe es ganz besonders, wenn Russ auf dem Rückweg von seiner Joggingrunde, wenn sonst noch niemand wach ist, bei meiner Hütte Halt macht. Ich sitze auf seinem Schoß oder neben ihm, je nachdem, wie verschwitzt und klebrig er ist, und dann beobachten wir den Sonnenaufgang. Ich schlafe immer halb, aber ich würde mich garantiert erinnern, wenn wir einen diabolischen Plan geschmiedet hätten, um Xander zu hintergehen.

»Du weißt schon, dass du einfach *Cheaten ist verboten* hättest sagen können, oder?«, sagt Emilia und schaut auf ihre Uhr. »Das hätte uns sehr viel Zeit erspart.«

»Wenn sexuelle Zauberei im Angebot ist, könnte es durchaus sein, dass ich cheate, Xander. Ich will bloß ehrlich zu dir sein: Es ist sehr wahrscheinlich, dass ich unter Einfluss stehe. Ich weiß nicht einmal, was das beinhaltet, aber ich weiß, dass ich gern etwas davon abbekäme. Du kannst sicher akzeptieren, dass ich da in einer schwierigen Position bin.«

»Kann ich nicht, und werde ich nicht. Ich verliere nicht gegen Clay, nur weil du zu viel Sex hast, Aurora«, erwidert Xander ernsthaft.

»Wenn wir gegen Clay verlieren, dann, weil ich Basketball spielen muss, obwohl ich keine Hand-Augen-Koordination habe.« Ich bin immer superfaul, wenn Basketball auf dem Plan der Braunbären steht, und überlasse die Verantwortung einfach Xander oder Clay. »Du musst dich entspannen. Das fließt nicht in die Wertung für die nächsten Saisons ein.«

Xander und Clay haben beide letztes Jahr hier gearbeitet, allerdings in unterschiedlichen Gruppen, jedenfalls kannten sie sich, als sie dieses Jahr in dieselbe Gruppe eingeteilt wurden. Aber letzten Monat, als ich mal die seltene Gelegenheit hatte, auf mein Handy zu schauen, sah ich eine Nachricht von Ryan, in der er mir erzählte, dass er bei den L.A. Rockets unterschrieben hat. Die Jungs hörten, wie ich es Emilia erzählte, und daraufhin brach eine Diskussion über die NBA los. Woraufhin sich ein weiteres Gespräch darüber entwickelte, dass Xander und Clay Ryan kennen, weil sie gegen ihn gespielt hatten – und um das Ganze noch komplizierter zu machen, auch die beiden haben bereits gegeneinander gespielt.

Ich habe manchmal mitbekommen, wie sie sich subtil angegangen sind, aber ich habe das als Männerquatsch abgetan. Mir war nicht klar, dass Stanford und Berkeley im Sport bittere Rivalen sind, und offenbar gilt das auch für informellen und nur zur Unterhaltung dienenden Sommercamp-Basketball.

Lächerlich.

»Ich habe dich Paint-Dodgeball spielen sehen. Ich weiß, dass mit deiner Hand-Augen-Koordination alles bestens ist, du Verräterin.«

»Ernste Frage«, sagt Emilia und greift nach den Wasserflaschen, die wir abgestellt hatten, als Xander auf einer Pause für eine wichtige Diskussion bestand. »Wieso bist du so, wie du bist?«

Er antwortet ihr nicht. Stattdessen erklärt er uns, während wir zu den Wasserspendern und wieder zurückgehen, sämtliche Basketballregeln. Zu meiner Überraschung ist, als wir wieder bei unserer Gruppe sind, noch keins der Kinder dehydriert und ohnmächtig geworden.

Ich reiche Russ seine Flasche. Er sieht mich fragend an. »Wo wart ihr so lange?«

Er setzt die Flasche an die Lippen und trinkt einen großen Schluck. Als sein Mund voll ist, sage ich meine zwei neuen Lieblingswörter zu ihm: *sexuelle Zauberei*. Einiges von dem Wasser spritzt ihm aus dem Mund, am Rest verschluckt er sich. Er schlägt sich mit der flachen Hand gegen die Brust und hält sich den Unterarm vor den Mund, bis er schließlich aufhört zu prusten.

»Muss ich dich in die stabile Seitenlage bringen, Callaghan?«, frage ich.

Ihm treten Tränen in die Augen, sein Gesicht ist rosa, aber das hält ihn nicht davon ab, zu lachen. »Ich konnte nicht anders.«

»Ich habe das Gefühl, du hättest durchaus anders gekonnt.«

»Sweetheart, du verstehst das nicht«, sagt er leise. »Er hat mich dermaßen genervt. Er hat mich gefragt, ob ich mich freue, mal richtigen Sport zu machen. Normalerweise ist er so lässig, aber Wettbewerb macht ihn unausstehlich, und ich muss mit ihm leben.«

»Oh nein.« Ich tue so, als würde ich schmollen. »Hat dich der gehässige Mann, der anderen Männern wegen einem Ball hinterherjagt, beleidigt? Einen Mann, der ebenfalls anderen Männern wegen einem Ball hinterherjagt, nur auf dem Eis?«

»Ich weiß, dass du mich gerade nur aufziehen willst, aber lass mich dir sagen, dass du wirklich verdammt niedlich aussiehst, wenn du so schmollst. Eins musst du mir allerdings bestätigen, nämlich dass du weißt, dass es beim Eishockey keinen Ball gibt. Ich meine, ich bin der Torhüter, genau genommen jage ich also niemandem hinterher, aber wenn wir als Erstes das mit dem Ball klären könnten, wäre es klasse.«

Er starrt mich an, und wenn man bedenkt, dass man seinem Gesicht noch immer ansieht, dass er sich verschluckt hat, ist sein Blick ziemlich durchdringend. Hinter ihm sehe ich, wie einige der Jungen anfangen, sich die Kletterausrüstung anzuziehen, die ihnen definitiv nicht passt.

»Jungs«, brülle ich an Russ vorbei. »Nicht die. Wartet, ich helfe euch.«

Ich laufe um den noch immer perplexen Russ herum auf meine Kinder zu, und auf halbem Weg höre ich Russ mir nachrufen: »Ror! Ich muss dich unbedingt sagen hören, dass du weißt, dass es kein Ball ist. Wenigstens ein Mal!«

»Tut mir leid, Callaghan. Ich verhandle nicht mit meinen Gegnern!«, brülle ich über die Schulter zurück und lächle in mich hinein, als ich sehe, wie Xander sofort auf Russ losstürmt.

Es gibt einen Grund, weshalb ich Basketballspieler immer gemocht habe, aber selten zu Basketballspielen gegangen bin: Sie sind langweilig.

Irgendjemand – vermutlich Xander – hat den Plan für das Turnier entworfen, und jetzt gerade kann ich mich nicht mehr erinnern, wie viele Spiele wir bereits gespielt haben. Ich habe keine Ahnung, ob wir gewinnen oder nicht, meine Beine brennen, aber vor allem vom Hin- und Herlaufen, während sich Xander den Ball unter den Nagel reißt und alle unsere Punkte macht.

Die Kinder haben riesigen Spaß, sie klatschen und brüllen bei jedem Spiel enthusiastisch, aber ich habe endgültig das Interesse verloren. Ich will eine heiße Schokolade. Ich will einen Film sehen. Ich will einen Hund auf dem Schoß sitzen haben, während Russ' Hand unter einer Decke auf meinem Oberschenkel ruht.

Kurz gesagt: Ich hätte gern wieder einen ganz normalen Abend.

»Und wenn wir uns nun einfach weigern zu spielen?«, sagt Emilia, die sich neben mir dehnt.

»Er braucht uns im Grunde nicht, also würde das wohl kaum was bringen.«

»Protest?«

»Sinnlos.«

»Feuer?«

»Übertrieben.« Ich seufze. »Daran hatte ich auch schon gedacht.«

»Du weißt, wenn wir, wie von mir vorgeschlagen, in Urlaub gefahren wären, hätten wir das hier vermeiden können«, erwidert sie.

»Ich weiß.« Ich seufze noch dramatischer als beim Mal davor. »Auch daran habe ich schon gedacht.«

Das einzig Erfreuliche an diesem ganzen Zirkus ist, dass Russ ein ziemlich guter Basketballspieler ist, und jedes Mal, wenn er das zeigt, schauen Clay und Xander ziemlich verwirrt, und es ist sehr befriedigend, das mitzuerleben. Wenn wir mit den Braunbären spielen – das *Wir* sage ich natürlich nur so dahin, weil ich gar nichts mache –, konzentriert sich Russ darauf, dass auch alle Kinder ihren Spaß haben.

Jetzt, da er für sich spielt, braucht er sich nicht zurückzuhalten, und ich brauche nicht so zu tun, als würde ich ihn nicht anstarren, weil das alle anderen ebenfalls tun.

Xander setzt sich auf den leeren Platz neben mir, und ich höre Emilia schon stöhnen, bevor er auch nur den Mund aufmacht. Er schaut genervt um mich herum zu meiner besten Freundin. »Wenn du das nächste Mal irgendwas von einem oberen Regalbrett brauchst, bitte mich gar nicht erst um Hilfe. Dann musst du halt ein bisschen wachsen.«

Emilia kichert. »Oh, da ist einer aber streitsüchtig.«

Er ignoriert sie und wendet sich stattdessen an mich. »Was hältst du von Flitzern?«

»Einen sehen müssen? Absolut nichts. Bin kein Fan davon. Selbst die Flitzerin sein? Normalerweise hätte ich nichts dagegen, wenn es um etwas Wichtiges wie ein Sommercamp-Amateurbasketballturnier geht, bei dem es keinen Preis und keinen wirklichen Anreiz zur Teilnahme gibt, aber vor Minderjährigen ist das nicht möglich. Tut mir leid.«

Er seufzt. »Das stimmt. Verdammte Kinder. Wenn Clay wenigstens ein Maskottchen hätte, das du stehlen könntest!«

»Da hab ich mal vor einer Million Jahre ein Schwein gestohlen, und auf einmal bin ich eine Bedrohung für Maskottchen.« Ich verdrehe die Augen. Von dem Ruf, den ich mir im Laufe der Jahre erworben habe, ist das vermutlich der ärgerlichste Teil. »Würde es helfen, wenn ich dir sage, dass es nicht darum geht, zu gewinnen, sondern darum, dabei zu sein?«

Xander wirft mir einen derart eisigen Blick zu, dass ich mich daran erinnert fühle, wie meine Mom meinen Dad angeschaut hat. »Werd erwachsen, Aurora.«

Gefühlt ein Dutzend Spiele später ist es schließlich so weit, dass wir gegen Russ spielen. Ich ging ihm seit dem Nachmittag bewusst aus dem Weg und warf ihm stattdessen einschüchternde Blicke zu und fuhr gelegentlich mit dem Finger quer über meinen Hals, wenn ich gemerkt habe, dass er mich anschaut.

Kaum haben wir das Spielfeld betreten, kommt er auf mich zu und schüttelt mir die Hand. »Ist das nicht der Zeitpunkt, an dem du mir irgendetwas Verdorbenes und Skandalöses anbietest, damit ich dir beim Cheaten helfe?«, frage ich leise und versuche, wegen unserem großen Publikum möglichst lässig zu wirken.

»Tut mir leid, Roberts. Ich verhandle nicht mit meinen Gegnern.« Er lässt meine Hand los und schüttelt dann allen anderen die Hand, damit es nicht seltsam aussieht.

Xander ist sofort an meiner Seite. »Was hat er gesagt?«

»Er hat gesagt, er würde einen flotten Dreier mit jemandem vom Eishockeyteam organisieren, wenn ich ihm beim Cheaten helfe. Ich habe Nein gesagt. Habe ihm gesagt, ich bin meinem Team verpflichtet.«

»Okay, wenn du mich schon anlügst, hättest du dir auch etwas Überzeugenderes ausdenken können.« Xander schnaubt, und er wirkt zum ersten Mal an diesem Tag fast wie er selbst. Das macht mir Hoffnung, dass diese anstrengende Phase von ihm vorbeigehen wird. »Der Junge wird dich niemals mit irgendjemandem teilen. Konzentrierst du dich auf das Spiel?«

»Ich konzentriere mich immer auf das Spiel.«

Das Spiel beginnt, und, wie vorauszusehen, wird es zu einer

einzigen »Xander gegen Clay«-Show. Emilia und ich rennen das Spielfeld auf und ab und versuchen mitzuhalten, aber sie haben alle so lange Beine, und alles passiert so schnell. Sie kämpfen um Punkte, was okay ist, bis Clay und Russ ihren Rhythmus finden und es Xander und den anderen Leuten in unserer Mannschaft schwerer machen, mitzuhalten. Schwerer, aber nicht unmöglich. Wir liegen Kopf an Kopf, und ehrlich gesagt wäre mir nichts lieber, als dass es bald vorbei wäre.

»Roberts«, zischt Xander, als er an mir vorbeiläuft. »Lenk ihn ab.«

Er braucht nicht weiter zu erklären, was genau er meint. Ich verdrehe die Augen und renne zur anderen Seite des Spielfelds, zu der, die Russ zu bevorzugen scheint. Die einzig guten Ablenkungsmanöver, die ich kenne, beruhen alle auf Nacktheit, und wie bereits geklärt, kann ich sie hier nicht einsetzen. Russ wirft mir einen Blick über die Schulter zu, als ich mich ihm nähere, und ich komme mir wirklich verdammt blöd vor, weil es einfach keine Möglichkeit gibt, Xander seinen Wunsch zu erfüllen.

Ich sehe Clay und Xander um den Ball kämpfen. Als sie sich dann umdrehen und nach Russ Ausschau halten, wird mir klar, dass es meine Chance ist. Der Ball fliegt genau auf Russ zu, und ich nähere mich ihm, so gut ich kann.

»Können wir einen Dreier haben?«

Sofort fliegt Russ' Kopf zu mir herum, und der Basketball trifft ihn genau in den Magen. Er stöhnt, und ich fühle mich ein bisschen schlecht. Selbst kurzatmig, wie er gerade ist, versucht er den Ball zu erwischen, aber ich bin schneller, allerdings erstarre ich, als er in meinen Händen ist.

Oh, verdammt, über das Ablenkungsmanöver hinaus habe ich nicht nachgedacht.

»*Los!*«, schreien mich etwa fünfzig Leute gleichzeitig an.

Einen Ball zu prellen und gleichzeitig die Füße zu bewegen ist nicht so einfach, wie es aussieht, und irgendwo in der Ferne höre ich Xander schreien, ich solle den Ball weitergeben, aber es ist zu spät, denn ich werde belagert. Es fühlt sich skandalös an, dass Russ vor so vielen Leuten so nah bei mir ist, aber trotz seines schweren Atems in meinem Nacken, der meine Brustwarzen hart werden lässt, ist er wirklich wild entschlossen, den Ball zurückzuerobern.

»Wir können beide dreckig spielen, Sweetheart«, schnaubt er.

Es überrascht mich, dass ich ihn hören kann, obwohl die Kinder am Spielfeldrand so laut sind. Die Pfeife ertönt, aber Russ nimmt sich noch eine zusätzliche Sekunde, bevor er mich loslässt.

Ich schaue ihn vorwurfsvoll an und dribbele den Ball einmal, während unsere Mannschaftskollegen im Hintergrund über weiß der Teufel was streiten. Ich kann nur vermuten, dass wir gerade irgendeine Regel verletzt haben, aber ich müsste lügen, wenn ich behaupten wollte, dass mich auch nur ansatzweise interessiert, welche. »Ich habe einen Vorschlag.«

»Wenn es ein weiteres Angebot für einen Dreier ist, lehne ich respektvoll ab.«

Ich kann mir ein Schnauben nicht verkneifen. »Wenn ich so tu, als hätte ich mich verletzt, hättest du dann Lust, dass wir die Hunde holen und heiße Schokolade trinken?«

»Natürlich. Basketball ist scheiße.«

Xander gibt mir Zeichen, ich solle ihm den Ball zuwerfen, während er wegen irgendetwas mit Clay weiter herumstreitet.

Russ hat die Hände in die Hüften gestemmt und starrt mich an. Seine Haare sind durcheinander und nach hinten gestrichen, wie ich es mag. Ich muss richtig dagegen ankämpfen, ihm zu sagen, wie hübsch er zu jeder Tageszeit aussieht.

»Ich weiß, wir haben mehr oder weniger darüber gelacht, aber ich muss von dir hören, dass du weißt, wie ein Eishockeypuck aussieht, und dass du weißt, dass es kein Ball ist.«

»Natürlich weiß ich das«, sage ich, und als er erleichtert seufzt, füge ich hinzu: »Er sieht wie der Reifen von einem kleinen Bobby Car aus.«

»Was? Nein, es …«

Ich wende mich von ihm ab und tu so, als würde ich über meine eigenen Füße stolpern. Bevor er noch etwas sagen kann, falle ich zu Boden.

»Aua!«, schreie ich, so laut ich kann. Russ geht neben mir in die Hocke und tut so, als würde er mein Knie nach einer Verletzung abtasten. »Du wärest eine schreckliche Schauspielerin, weißt du das?«

»Es tut dermaßen weh«, erwidere ich lässig. »Bitte bring mich zur Krankenschwester, mein Held.«

Der Rest unserer Mannschaft eilt herbei und starrt auf mich hinunter. »Was ist passiert?«

»Sie ist über ihre eigenen Füße gestolpert«, erläutert Russ und hält mir die Hand hin, um mich hochzuziehen. »Ich sollte sie zur Krankenschwester bringen, nur zur Sicherheit. Spielt ihr ohne uns weiter.«

Clay versucht sofort, zu protestieren, aber Xander kommt ihm zuvor. »Ja, das ist fair, dann sind wir beide einer weniger. Gute Besserung, Roberts. Toller Einsatz und so weiter.«

Als ich mit Russ davonhumpele, formt Xander mit dem Mund die Worte: »Gut gemacht.«

Es gefällt mir, dass er sofort glaubt, ich hätte das für ihn getan und nicht für mich.

Als wir weit genug vom Basketballspielfeld entfernt sind, dass der Jubel der Kinder nur noch ein leises Summen ist, zieht mich Russ vom Weg und schubst mich gegen einen Baum. Sofort beschleunigt sich mein Puls, und meine Erregung wächst, als er sich an mich presst und mich zwischen den Armen gefangen hält. Ich weiß, dass alle beim Basketballspiel sind, aber das hier ist wagemutig, vor allem für ihn.

»Wenn ich gewusst hätte, dass du mich an einem Baum verwöhnen möchtest, wäre ich schon viel früher hingefallen.«

»Dich verwöhnen?«, wiederholt er. »Nein, ich brauche deine ungeteilte Aufmerksamkeit, während ich mit dir über Eishockeypucks rede.«

30. KAPITEL

Aurora

Wie nennt man das, wenn man sich genau dort wiederfindet, wo man sein sollte?

Ich fühle mich zum ersten Mal im Einklang mit mir selbst und meinem Leben, und es gibt nichts, was daran etwas ändern könnte. Heute ist endlich Besuchertag. Viele Familien verlassen das Camp an diesem Tag und kommen erst zum abendlichen Grillen und zu den Spielen zurück; manche Familien kommen gar nicht zu Besuch.

Als ich als Kind hier im Camp war, habe ich den Besuchertag gehasst. In manchem Jahr kamen meine Eltern nicht, weil Elsa zu unseren Großeltern wollte und meine Eltern die kinderfreie Gelegenheit nutzten, um Urlaub zu machen und zu versuchen, ihre nicht zu rettende Ehe zu retten. In manchen Jahren kam Mom allein. Das schlimmste Jahr war das, als Mom, Dad und Elsa kamen und mich so unglücklich machten, dass mir Jenna, nachdem sie gefahren waren, einen Eisbecher zusätzlich gab.

Unsere Kinder sollen heute alle mitgenommen werden, was bedeutet, dass wir alle einen superleichten Tag vor uns haben. Emilia hat ganz vergessen, die Kamera, die Poppy ihr gekauft hat, damit sie den Sommer festhalten kann, zu benutzen. Da sie noch kein einziges Foto gemacht hat, ist heute Nachholtag.

»Meinst du, wir müssen uns auch umziehen?«, fragt Emilia, als ich verschiedene Haaraccessoires, mein Handy, Kopfhörer und ein Taschenbuch über eine Prinzessin und ihren Leibwächter in meine Handtasche packe.

»Ich liebe dich, und ich liebe Pops, aber ich ziehe mich für keine von euch beiden hinter einem Baum aus. Es ist außerdem eine Uniform, die vorne einen Bären draufhat, wieso sollten wir überhaupt etwas anderes anziehen?«

Ich würde nicht behaupten, Expertin für natürliche Fotos zu sein, aber ich bin es. Wir bauen alles auf der Picknickbank nicht weit von unserer Hütte entfernt auf, und ich gebe mein Bestes, ändere immer wieder meine Frisur, damit die Fotos aussehen, als wären sie an unterschiedlichen Tagen aufgenommen. Während ich so tue, als würde ich Xander anlachen, der glücklicherweise mit dem Rücken zur Kamera sitzt, wird uns bewusst, dass es nicht leicht wird.

Die Hunde sind fotogener als die Jungs, und das ist keine Übertreibung.

»Russ, hör auf, Grimassen zu schneiden«, brüllt Emilia ihn an. Sie kommt zu mir, zeigt mir die Kamera, und er sieht wirklich aus, als hätte er sich in ein Wespennest gesetzt.

»Du bist zu hübsch, um auf einem Foto so schlecht auszusehen«, sage ich und schaue mir die Aufnahmen an. Dann reiche ich Emilia die Kamera zurück und bitte sie, wieder auf ihren Platz zurückzugehen, damit ich etwas ausprobieren kann.

»Und was ist mit mir?«, fragt Xander und hebt Salmon hoch, um mit ihm zu schmusen.

»Tu den Hund runter!«, schreien wir alle gleichzeitig, was mit Knurren und Augenverdrehen beantwortet wird.

»Du bist hübsch, Xan«, sagt Russ und zuckt zusammen, als ich versuche, sein Gesicht mit meinen Händen zu einem entspannteren Ausdruck zu zwingen. »Was tust du da?«

»Ich entspanne dich.«

»Das ist nicht entspannend, Aurora.«

Ich schaue mich um und vergewissere mich, dass niemand in unserer Nähe herumhängt, beuge mich vor und küsse Russ. Ich hätte nicht damit gerechnet, dass er so leidenschaftlich darauf reagieren würde, aber er packt mich am Nacken und hält mich fest, um meinen Kuss zu erwidern.

Xander würgt laut, und in dem Moment lässt mich Russ los. »Das ist irgendwie egoistisch von euch beiden, schließlich hatte ich seit zwei Monaten keinen Sex. Ich meine ja nur.«

Ich wünschte, ich könnte in eine Flasche abfüllen, wie ich mich fühle, nachdem mich Russ geküsst hat. Widerstrebend wende ich den Blick von ihm ab und sehe unseren Freund böse an. »Du hast Clay nackt gesehen, das muss doch wohl zählen?«

»Ihr beide seid ekelhaft«, sagt Emilia, als sie zu uns kommt und mir erneut den Fotoapparat reicht. »Ich vermisse meine Freundin.«

Ich beuge mich hinüber, damit Russ die Fotos ebenfalls sehen kann, angefangen mit denen, auf denen er eine Grimasse schneidet, dann die von unserem Kuss und die von vor ein paar Sekunden. Ich habe noch nie den Satz »Mein Herz setzt einen Schlag aus« verstanden, bis jetzt, als ich sehe, wie mich Russ anschaut, wenn er glaubt, dass ich es nicht merke.

Russ küsst mich auf die Schulter, und ich bekomme Gänsehaut am Arm. »Du bist so schön«, flüstert er.

So fühlt es sich an, wenn man gewollt und geschätzt wird.

Das ist das Gefühl, das ich für immer und ewig bewahren möchte.

Emilia macht Fotos, wie die Jungs einen Football werfen, wogegen sie beide protestieren, was aber die Hunde dagegen entzückt. Emilia hat sie angefahren und beschwerte sich, dass Basketball und Eishockey keine Sportarten seien, die sie gut fotografieren könne, und dass sie sich gefälligst nicht so anstellen sollen.

Ich blättere gerade in meinem Buch herum, als mein Handy in meiner Handtasche zu klingeln anfängt. Zuerst weiß ich gar nicht, woher das Geräusch kommt, ich hatte das Handy als Ersatzfotoapparat eingesteckt, und in gewisser Weise habe ich es vergessen, nachdem ich es so viele Wochen kaum in die Hand genommen habe.

Ich hole es aus der Tasche und lasse es beinahe fallen, als ich den Mann, der die Miete zahlt, mich anstarren sehe.

»Hallo, Dad«, sage ich und stelle mich schon mal darauf ein, dass er mich nur aus Versehen angerufen hat.

»Ich versuche dich schon seit mehr als vierundzwanzig Stunden zu erreichen.«

Das ist der Roberts'sche Charme, den ich so liebe. »Tut mir leid, Dad. Ich bin im Camp, der Empfang hier ist eine Katastrophe.«

Er schnaubt, als wäre ihm meine Unfähigkeit lästig, den Handy-Empfang im Griff zu haben. »Ich habe dir etwas mitzuteilen. Ich habe Norah am Wochenende einen Heiratsantrag gemacht, und sie hat Ja gesagt.«

»Das ist …« keine Überraschung, »unglaublich, Dad. Herzlichen Glückwunsch an euch beide.«

Vielleicht ist er so frustriert, weil er mich nicht erreichen konnte. Er hat sich Sorgen gemacht, ich könnte es von jemand anderem erfahren. Dad hat im Laufe der Jahre Unmengen von Freundinnen gehabt, aber als er anfing, Norah im Internet über sich posten zulassen, wusste ich, dass es nicht mehr lange bis zu einer Heirat dauern würde.

Ich bin schon aus Prinzip nicht Norahs größter Fan. Aber wenn er schon jemanden heiraten muss, dann bin ich zumindest froh, dass es jemand in seinem Alter und nicht in Elsas und meinem ist wie die Frauen, mit denen er eine Zeit lang zusammen war.

Mom hat es seine Midlife-Crisis genannt.

»Dadurch, dass du im Camp bist, war es schwierig, ein Brautjungfernkleid zu organisieren. Deine Mutter sagte mir, du kämst am fünfzehnten zurück, ist das richtig?«

Ich weiß nicht, auf welches Thema ich zuerst eingehen soll. Die Tatsache, dass ich als Brautjungfer vorgesehen bin oder dass Mom und Dad miteinander geredet haben. Norah hat selbst Kinder, deshalb hätte ich nicht damit gerechnet, einen aktiven Part in der Hochzeitszeremonie zu bekommen, und ich kann mir nicht vorstellen, dass sich mein Dad für meine Teilnahme eingesetzt hat.

»Ja, Dad, am fünfzehnten.«

»Ich lasse Brenda deinen Rückflug ändern, maile ihr die Details zusammen mit deinen aktuellen Maßen. Damit das klappt, musst du direkt nach Palm Springs fliegen.«

Palm Springs? »Damit was klappt?«

Ich höre ihn seufzen. »Die Hochzeit, Aurora. Hörst du wirklich zu? Wir möchten vor dem Ende der Sommerpause eine kurze Hochzeitsreise machen, und ich muss wegen dem niederländischen Grand Prix nach Europa.«

Die Wörter bleiben mir fast in der Kehle stecken. »Du heiratest so bald?«

»Ja, Aurora. Und ich brauche dich in Palm Springs. Hast du das verstanden?«

Sein genervter Ton müsste mich eigentlich mehr verletzen, als er das tut, aber mein Gehirn ist damit beschäftigt, zu begreifen, dass er lieber wartet, bis ich frei bin, als ohne mich zu heiraten. Himmel, meine Ansprüche sind wirklich zu bescheiden. »Ich verstehe, Dad. Ich bin schon gespannt, was für ein Kleid Norah für mich aussucht. Danke, äh, dass ich dabei sein darf.«

»Natürlich bist du dabei, Aurora. Du bist meine Tochter.«

Mir fällt vor Verblüffung nichts mehr ein. Dabei ist es nur eine grundlegende Aussage eines Elternteils. Es ist nicht einmal übermäßig nett, aber da es von meinem Dad kommt, wirkt es viel größer, als es wirklich ist. Seltsamerweise habe ich das Gefühl, dass es an meiner Glückseligkeit der letzten Zeit liegt. Sende gute Energie ins Universum und erhalte sie zurück. Dumm, aber doch irgendwie tröstlich.

Ich will ihm sagen, wie viel mir diese kleine Bestätigung bedeutet. Dass sie alles ist, was ich je gebraucht habe, und dass ich unbedingt eine gute Beziehung mit ihm haben möchte, aber dazu kommt es nicht, weil er weiterredet.

»Es würde auf den Fotos seltsam aussehen, wenn du nicht dabei wärest. Ich werde nicht zulassen, dass Norah ihr großer Moment gestohlen wird, nur weil die Medien sich wieder bloß mit dir und deiner Schwester beschäftigen.«

Mir wird das Herz schwer. »Dann willst du mich also nur wegen der Fotos dort?«

»Stimmt heute was nicht mit dir? Was verstehst du nicht?«, faucht er mich ungeduldig an. »Norah hat einen Exklusivvertrag mit einer Zeitschrift. Ja, du musst für die Fotos dort sein. Ich werde unseren Tag nicht wegen dir von Gerüchten über Familienstreitigkeiten verderben lassen.«

Ich fühle mich wie betäubt. »Okay. Darf ich jemanden mitbringen?«

»Brauchst du jemanden? Wer ist es? Emily?«

»Emilia«, korrigiere ich ihn. »Aber nein, nicht sie. Ich habe jemanden kennengelernt. Er heißt …«

»Wo genau hast du ihn kennengelernt?«

Ich weiß nicht, warum meine Hände schwitzen, aber sie tun es. »Im Camp. Er heißt …«

»Mach dich nicht lächerlich, Aurora. Ich lasse dich keinen

Fremden zu einer privaten Familienfeier mitbringen.« Wieder unterbricht er mich, und ich spüre, wie mein Herz hämmert und mein Frust wächst. »Du wirst dich nicht mal mehr erinnern, wer er ist, sobald du nicht mehr auf dieser Farm bist und dir einbildest, ihn zu lieben. Himmel, sei doch einmal realistisch. Es ist meine Hochzeit, keine Geburtstagsparty.«

Meine Kehle ist völlig ausgetrocknet, aber ich bringe die Worte trotzdem irgendwie heraus. »Er ist mir wichtig, Dad. Ich würde ihn gern mitbringen. Wir gehen auf dasselbe College. Es ist realistisch. Wir mögen uns.«

Er seufzt, und ich spüre es bis in meine Knochen. Es ist wie Säure. »Ich bin mir sicher, deine Liebelei ist sehr wichtig und besonders, aber ich habe Nein gesagt. Kann ich mich darauf verlassen, dass du allein kommst, Aurora? Ja oder nein?«

Liebelei. »Ja.«

»Gut. Wir sehen uns in ein paar Wochen. Bis dann.«

Er beendet das Gespräch, bevor ich mich ebenfalls verabschieden kann, und ich sitze wie erstarrt da und versuche zu begreifen, wie mein Tag von einem dreiminütigen Anruf völlig auf den Kopf gestellt werden konnte.

Ich weiß nicht, womit ich gerechnet habe, als ich den Anruf annahm. Ich hätte das Gespräch bei »Du bist meine Tochter« beenden und in seliger Unwissenheit bleiben können. Ich wäre für den Rest des Tages geschwebt und hätte mich unantastbar gefühlt. Aber ich bin zu weit gegangen, habe zu viel verlangt.

Wenn ich nicht derart verzweifelt hinter etwas herlaufen würde, was ich eindeutig niemals bekommen werde, oder wenn ich erwachsen würde und mir nicht mehr so viel daraus machen würde, dass ich ihm egal bin, vielleicht würde ich mich dann nicht so überfahren fühlen, wenn ich mit ihm rede.

Ich muss hier weg. Ich wiederhole es immer wieder, während ich mich irgendwie von der Picknickbank zu meiner Hütte schleppe. Ich setze mich auf mein Bett, lehne mich an die Wand und lasse das Gespräch noch einmal in meinem Kopf ablaufen.

Ich denke darüber nach, was ich gesagt habe und wie er darauf reagiert hat, dann darüber, was ich stattdessen hätte sagen können und wie er darauf vielleicht reagiert hätte. Ich kann nicht damit aufhören, und am Ende wabert ein endloser Fluss aus Dialogen durch meinen Kopf, ohne dass ich zu dem Ergebnis komme, das ich gern hätte.

Das Ergebnis, bei dem er sich ändert und ich das Gefühl habe, dass er mich nicht nur für Medientermine in seinem Leben möchte.

Mit zitternden Händen hole ich den Koffer aus dem Schrank, stelle ihn auf mein Bett und mache ihn auf. Ich liebe Honey Acres, aber so zu tun, als wäre es mein Zuhause, obwohl es das nicht ist, ist unsinnig. Dad hat recht, es ist alles nur Einbildung. Es waren nur Leute, die bezahlt wurden, damit sie auf mich aufpassten, und denen ich vermutlich leidgetan habe.

Ich weiß nicht, wieso ich so viele Sachen mitgenommen habe, obwohl ich wusste, dass ich kaum etwas davon anziehen würde. Das macht es nur schwieriger, von hier wegzukommen. Ich weiß nicht, wieso ich geglaubt habe, ich würde den Sommer überstehen. Meine Shorts lassen sich nicht zusammenfalten. Jenna wusste tief im Inneren, dass ich nicht durchhalte. Egal wie ich meine Kleidung hinlege und falte, sie sieht unordentlich und zerknüllt in meinem Koffer aus. Ich frage mich, ob Emilia ebenfalls geglaubt hat, dass ich nicht durchhalte. Russ kann meine Sachen ganz großartig falten.

Ich könnte nach Bora Bora auswandern und mein Handy ausstellen.

Ich brauche nicht mal ein Handy. Verdammt, ich kann es genauso gut in den Müll werfen.

Wieso lassen sich diese Shorts nicht vernünftig falten?

Ich muss jemandem Bescheid sagen, dass Freya unbedingt an ihr Insektenspray denken muss und dass Michael nach sechs Uhr nichts mit Zucker essen darf. Ich werde den Talentwettbewerb verpassen, aber Emilia bekommt das auch ohne mich hin. Alle werden zurechtkommen. Ich ziehe die Schublade meines Nachttischs auf, um sie auszuleeren, und da liegt die Origamitaube, die mir Russ gebastelt hat, neben meiner Sammlung von Freundschaftsarmbändern, die ich von den Kindern bekommen habe.

Ich sinke neben meinem Bett auf den Boden, meine Kehle zieht sich zusammen, und Jahre voller Verletzungen, die ich hinter übermütigen Aktionen und mich selbst herabwürdigenden Witzen versteckt habe, drängen an die Oberfläche. Ich beginne zu schluchzen. Es ist wie ein Dammbruch, und ich lasse die Tränen einfach laufen, weil es nichts anderes gibt, was ich tun kann, und niemand, der das in Ordnung bringen könnte.

Ich weiß nicht, wie lange ich so dasaß, als ich Schritte höre.

»Ror?«

Die Tür der Hütte wird geöffnet, und ich mag mir gar nicht vorstellen, wie chaotisch es hier aussieht. Aber vermutlich passt das zu mir. Russ setzt sich vor mir auf den Boden und wischt mir die Tränen von den Wangen.

»Willst du irgendwohin, Roberts?«, fragt er leise.

»Ich muss weg. Ich muss fort von hier.«

»Okay, dann packe ich auch meine Tasche. Ich komme mit.«

Mein Atem geht stoßweise, und meine Augen beginnen zu brennen. »Das kannst du nicht. Du musst hierbleiben. Du brauchst diesen Job. Und du musst dafür sorgen, dass sie die Hütteninspektion bestehen, und du musst Sadias Bett nach Spinnen absuchen. Xander macht das nicht sorgfältig genug.

Ich habe mich nicht geändert, ich würde dich nur enttäuschen, Russ. Ich will dich nicht enttäuschen.«

Er setzt sich in den Schneidersitz und zieht mich auf seinen Schoß. Jede seiner Berührungen bringt mich dazu, mich besser zu fühlen. Er küsst meine Augenlider, dann meine Wangen und beide Ohren, und allmählich passt sich mein Atemrhythmus seinem an.

»Du könntest mich niemals enttäuschen, Aurora, und du brauchst keine andere zu sein, nur du selbst. Ich weiß, etwas tut dir weh, und ich möchte dir den Schmerz gern nehmen, aber wenn du willst, dass ich bleibe und nach Spinnen suche, musst du auch bleiben, denn wenn du gehst, gehe ich auch. Wir alle brauchen dich, und wir alle wollen dich hier haben.«

»Mein Dad heiratet«, flüstere ich und verschlucke mich fast an den Wörtern. »Und er will mich wegen dem Exklusivvertrag mit der Zeitschrift dort haben, damit es nicht so aussieht, als gäbe es Krieg in unserer Familie.«

»Scheiß auf deinen Dad.« Er legt die Hände an meine Wangen und lehnt sich zurück, um mich anzuschauen. »Du brauchst dich nicht weiter von ihm verletzen zu lassen, mein Schatz.«

Meine Unterlippe zittert. »Ich will nur gewollt werden.«

»Das wirst du. Lass uns beide bleiben. Lass mich dir zeigen, wie sehr du gewollt wirst.«

»Ich mag, wer ich bin, wenn ich mit dir zusammen bin, aber was, wenn du auch gehst? Wer werde ich dann sein?«

»Vertraust du mir?«, fragt er. Noch immer liegen seine Hände an meinen Wangen.

Nach wie vor laufen mir Tränen über das Gesicht, aber ich nicke. Ich vertraue ihm. Gleichzeitig habe ich Angst.

»Ich gehe nirgendwohin, aber du brauchst mich nicht, Aurora. Du bist stark und süß und witzig. Du bist klug und herzlich, und all das bist du ohne mich. Du brauchst niemanden außer dir selbst, aber du kannst mich trotzdem haben. Ich habe auch Angst, dass ich das zwischen uns vermassle, aber wir müssen uns selbst genauso vertrauen, wie wir uns gegenseitig vertrauen.«

»Ich kann Shorts nicht so gut falten wie du.«

»Genau«, erwidert er und legt die Stirn an meine. »Also bleib. Lauf nicht von dem Ort davon, wo du dich zu Hause fühlst. Von der Familie, die du dir ausgesucht hast.«

Russ küsst mich so sanft und zärtlich, als könnte ich zerbrechen, wenn er zu grob mit mir umgeht. Er lässt die Finger über meine Wirbelsäule tanzen, und nach und nach weicht die Spannung aus meinem Körper. Ich schlinge ihm die Arme um den Hals, schmiege mich an ihn.

»Bitte zeig mir, wie sehr du mich willst«, flüstere ich. »Ich muss die ganzen schlechten Gefühle ersetzen. Du machst mir gute Gefühle.«

Wäre ich nicht so abgelenkt von meinem zerbröckelnden Leben, hätte ich mehr Zeit, von der Leichtigkeit beeindruckt zu sein, mit der sich Russ mit mir vom Boden erhebt. Er fegt den Koffer vom Bett, der auf den Boden knallt, und legt mich vorsichtig auf die Matratze, um dann über mich zu klettern.

Das Gewicht seines Körpers auf meinem trägt mehr als irgendetwas anderes dazu bei, die Angstgefühle zu lindern, die in Wellen durch mich hindurchrollen. Er zieht sein T-Shirt aus und wartet, während ich die Hände über seine Brust gleiten lasse und seinen Herzschlag spüre. Mein T-Shirt folgt, danach fallen meine und seine Shorts zu Boden. Da sind noch immer mehrere Schichten Stoff zwischen uns, aber sein Druck zwischen meinen Beinen löst bei mir überall am Körper Gänsehaut aus.

Er küsst mich auf die Stirn. »Ich will alles an dir, Aurora.«

Als Nächstes küsst er meine Nase. »Ich will dein Lächeln.« Dann mein Kinn. »Dein Lachen.« Schlüsselbein. »Ich will es, wie du vor dich hinplapperst, wenn du nervös bist.« Meine Brust. »Ich will deine heftigen Reaktionen und deine weniger heftigen.« Die Mitte meines Bauchs. »Ich will zusehen, wie du an Origami verzweifelst, aber trotzdem dabeibleibst, weil es dich so glücklich macht.« Meinen Nabel. »Ich will dich vor Opossums und Haien beschützen, und manchmal, wenn du das brauchst, vor dir selbst.« Schließlich meinen Hüftknochen. »Und ich will dich wollen, weil du es wert bist. Und du gibst mir ebenfalls ein gutes Gefühl.«

Als ich mich aufsetze, tut er das ebenfalls, und ich falle über seinen Mund her und lege alles in diesen Kuss, was ich nur kann. Mit der Hand an meinem Nacken hält er mich bei sich.

In dem Moment ruft Jenna draußen meinen Namen.

Und bevor ich »Warte!« schreien kann, geht die Tür auf.

31. KAPITEL

Aurora

Ich bin im Leben schon einige Male bei etwas erwischt worden, was ich nicht hätte tun sollen.

Mit sieben, als ich Elsa im Haus meiner Großeltern in den Swimmingpool geschubst habe, weil sie behauptete, ich wäre von Aliens zurückgelassen worden.

Mit zwölf, als ich eigentlich Hausarrest hatte, weil ich ein Kind geschlagen hatte, das andere Kinder geschlagen hatte, aber ins Einkaufszentrum gegangen bin, weil ich die Bestrafung unfair fand. Das war doppelt schlimm, weil ich noch gar nicht allein ins Einkaufszentrum durfte.

Mit fünfzehn, als ich im Poolhaus zum ersten Mal high war und mich meine Mom bei dieser schlechten Ortswahl sofort fand, zumal sie zu Hause war.

Mit siebzehn, als Paparazzi Fotos von mir machten, wie ich total betrunken aus einem Nachtclub gestolpert kam, in dem ich vom Alter her noch gar nicht hätte sein dürfen, zusammen mit Connor James, dem Sohn von Dads Formel-1-Erzfeind.

Im Grunde alles, was ich mit Connor James gemacht habe und nicht hätte machen sollen. Außer der Unfall mit der Yacht – da bin ich noch immer der Meinung, es wäre nicht meine Schuld gewesen.

So schlimm diese Zeiten auch waren, nie ist wirklich etwas

passiert. Augenverdrehen, vernichtende Blicke und vielleicht eine kleine Standpauke über persönliche Sicherheit, aber ich wusste, es würde nichts passieren. Deshalb habe ich es auch gemacht und nicht wieder damit aufgehört.

Jennas Augen weiten sich, kaum dass sie in der Tür steht.

»Oh, fuck«, ist alles, was Russ herausbringt, gleichzeitig greift er nach etwas, um mich zuzudecken. Dabei sollte er sich eigentlich eher Gedanken um die riesige Erektion machen, die gegen seine Boxershorts drückt.

Jennas Hand liegt noch auf der Türklinke, was es ihr leichter macht, die Tür gleich wieder zuzuziehen. Mein Gehirn schwankt zwischen Panik und Verwirrung hin und her, dabei gibt es so viel zu überlegen.

»Fuck, fuck, fuck«, sagt Russ unaufhörlich vor sich hin, während er unsere Sachen zusammensucht. »Das wird schon. Keine Panik.«

»Ich bin nicht panisch«, versichere ich ihm und ziehe meine Shorts an.

»Ich habe mit mir selbst geredet.«

Mit zitternden Händen versucht er, seine Schuhe wieder anzuziehen, und ich bringe ihn dazu, sich auf das Bett zu setzen. Ich sollte mich mehr beeilen – bisher habe ich es erst geschafft, meine Shorts anzuziehen –, aber Jenna kann gern draußen in ihrer Wut schmoren, wenn das bedeutet, dass mir Zeit bleibt, Russ zu beruhigen.

Ich weiß, dass er es wegen seines Dads hasst, in Schwierigkeiten zu geraten, und das ist genau die Situation, die er vom ersten Tag an zu vermeiden versucht hat. Wenn man bedenkt, dass ich noch vor fünf Minuten einen Zusammenbruch hatte, dann brauchte ich anscheinend nur, dass mich Russ anschaut, als gehe die Welt unter, damit ich wieder zur Besinnung komme.

»Es ist gar nicht so schlimm. Wir sind beide erwachsen, im Moment sind uns keine Kinder anvertraut, und wir hatten schon vor dem Camp Sex, und das weiß Jenna«, sage ich. »Russ, hör mir zu. Im absolut schlimmsten Fall gehen wir ein paar Wochen eher. Hand in Hand. Nichts passiert, wir müssen es nicht mal irgendjemandem erzählen, wir können uns irgendwo auf der Welt verstecken. Wenn du etwas Unerlaubtes tust, heißt das nicht, dass du ein Versager bist. Dein Vater ist ein Lügner, du bist nichts von dem, was er von dir behauptet.«

Es fühlt sich komisch an, diejenige zu sein, die Ratschläge zu Vätern erteilt, aber genau deshalb ist Russ so wichtig für mich. Wir sind beide ein bisschen kaputt, beide versuchen wir, ein bisschen besser zu sein, und beide sind wir verzweifelt auf der Suche nach jemandem, der uns so mag, wie wir sind. »Wieso ist sie hier?«

»Ich weiß es nicht, ehrlich.« Darüber werde ich mir Gedanken machen, wenn ich komplett angezogen bin.

Jenna hockt auf der Veranda und spielt mit Fish, als wir endlich aus der Hütte kommen. Ohne etwas zu sagen, steht sie auf und streicht sich die Hundehaare von der Hose. Es ist wie eine Pattsituation, in der unklar ist, wer zuerst redet, und ich will gerade loslegen, aber Jenna kommt mir zuvor.

»Eure Eltern sind hier«, sagt sie.

Russ und ich sehen uns verwirrt an. Er räuspert sich. »Wessen Eltern?«

Jenna verschränkt die Arme vor der Brust, und Scheiße, sieht sie sauer aus. »Eure Eltern. Dein Dad ist hier, Russ, und deine Mom, Aurora. Sie warten beide im Empfangsbereich.«

Verwirrt ist gar kein Ausdruck für das, wie ich fühle, als wir drei schweigend zu unseren Eltern gehen. Russ ist leichenblass, und ich würde ihn gern trösten, aber ich will es mir nicht noch mehr mit Jenna verscherzen.

Mom steht bereits vor dem Gebäude, als wir dort eintreffen. Ich bekomme keine Gelegenheit, einen Blick auf Russ' Dad zu werfen. Jenna und Russ gehen weiter, und ich fühle mich hin- und hergerissen.

»Russ!«, rufe ich. Er bleibt stehen und dreht sich um.

Ich laufe zu ihm, schlinge die Arme um seinen Oberkörper und drücke ihn fest. »Wenn er auch nur eine Sekunde unerträglich ist, geh weg. Ich warte auf dich, wenn du zurückkommst.«

Er küsst mich auf den Scheitel, sagt aber nichts, sondern geht Jenna hinterher, und ich drehe mich zu meiner Mom um.

»Werden wir darüber reden, wieso du unangemeldet hier bist?«, frage ich.

Mom hasst die Natur, und sie ist angezogen, als wäre sie auf dem Weg zu einem Einkaufsbummel in Saint Tropez und nicht zu was immer sie hier will.

»Es ist Besuchertag. Ich dachte, wir könnten ein bisschen spazieren gehen«, erwidert sie beiläufig.

Ich bin sofort misstrauisch. »Du bist den ganzen Weg von Malibu hierhergefahren, um mit mir spazieren zu gehen?«

»Genau das habe ich gesagt, Aurora.«

Was ist das Schlimmste, das passieren könnte?

»Na gut.«

Die Auswahl an Spazierwegen ist begrenzt, weil Mom Louboutin-Pumps anstatt Sneaker trägt, deshalb gehe ich mit ihr zum See hinunter, wo sie barfuß im Sand gehen kann. Die ersten fünfundzwanzig Minuten bestehen aus Smalltalk meiner Mutter, und ich werde immer müder und frustrierter. Mom ist nicht der Typ für Waldspaziergänge. Sie ist eher der Typ, der einen zum Kauf der ersten Birkin-Tasche schleppt. Minute dreißig verstreicht, und mein Misstrauen und meine Verwirrung haben ihr Maximum erreicht. Ich bleibe bei zwei Liegestühlen stehen, die draußen vergessen worden sind, und setze mich.

»Ich muss wissen, wieso du hier bist, es macht mir nämlich Stress, wenn du so tust, als würdest du gern spazieren gehen.«

»Ich gehe gern am Strand spazieren. Das ist eine meiner Lieblingsbeschäftigungen«, erwidert sie abwehrend.

»Ja, zu Hause. Oder vielleicht in der Karibik. Nicht, wenn du Ästen und Gott weiß was noch ausweichen musst.«

»Du bist immer so misstrauisch, wenn es um die Absichten anderer Menschen geht. Das hast du garantiert von deinem Vater. Er war auch immer so.«

Es ist, als würde eine Glühbirne über meinem Kopf zu leuchten beginnen.

»Du weißt es, nicht wahr?«, sage ich, als sie sich neben mich setzt und auf den See hinausstarrt. »Deshalb bist du hier. Als er gefragt hat, wann ich nach Hause komme, hat er dir gesagt, dass er sich verlobt hat, stimmt's?«

Durch die aufregenden Ereignisse der letzten Stunde habe ich ganz vergessen, wieso ich ursprünglich derart aufgewühlt war.

Sie verschränkt die Finger mit meinen. »Ich dachte mir, es nimmt dich vielleicht mit. Ich wollte für dich da sein. Ich wollte es nicht Emilia überlassen.«

»Du wusstest, was er zu mir sagen würde?«

»Nein, aber ich nahm an, dass irgendetwas kommen würde.« Sie fährt liebevoll mit dem Daumen über meine Hand. »Dein Dad ist ein Arschloch, Aurora, und das ist eine wohlverdiente Bezeichnung. Die Chance, dass er etwas Grausames sagt, war größer, als dass du bei meiner Ankunft auf Wolke sieben geschwebt hättest.«

Das war immer ein Dorn in unserer Beziehung. Ich frage mich, ob es frustrierend für Mom ist, dass ich dauernd um die

Anerkennung von jemandem buhle, der ihr so sehr zuwider ist. Wir reden nie ausführlich über ihn, und ich muss ihr zugutehalten, dass sie sich nur ihm selbst gegenüber schrecklich aufführt.

»Wieso mag er mich nicht, Mom? Er behandelt mich nicht wie eine Tochter.«

»Dein Vater ist … Ich weiß auch nicht, Liebes. Wenn du jemanden heiratest, glaubst du, alles über ihn zu wissen, aber Menschen ändern sich. Dein Dad hat sich verändert. Erst waren es Kleinigkeiten – wie er über bestimmte Themen geredet hat, wie er mit anderen Leuten geredet hat. Dann wurde Elsa geboren, und er war wieder der Mann, den ich geheiratet hatte. Er war großartig mit ihr, und sie hat ihn dafür angebetet.«

Wieder juckt es mich, meinen Koffer zu packen. »Muss nett sein.«

»Es hat nicht lange gedauert, dann war er wieder gemein zu allen, er fing wegen nichts Streit an und kam grundlos spät nach Hause. Unsere Ehe war voller Spannungen, und ich hatte es satt, mich dauernd wie im Krieg zu fühlen.« Sie rutscht in ihrem Liegestuhl herum, und ich drücke ihre Hand, damit sie weiterredet. Noch nie hat sie so offen über ihre Beziehung mit Dad gesprochen, und ich muss unbedingt alles hören. »Diesen Teil kennst du. Wir haben Elsa bei deiner Oma gelassen und einen Trip gemacht, um die Nordlichter zu sehen, um endlich die Außenwelt auszusperren – und wir waren wieder glücklich. Ein paar Wochen später stellte ich fest, dass ich mit dir schwanger war, und er hat sich so sehr gefreut.«

»Oh, dann gab es also mal eine Zeit, als er sich über meine Existenz gefreut hat. Vor meiner Geburt.«

»Du warst wie eine winzige kleine Puppe, als du auf die Welt kamst. Du warst absolut perfekt. Du hast nie geweint, hast immer geschlafen, und du hast es geliebt, auf dem Arm gehalten zu werden. Ich war wie besessen von dir. Aber Fenrir beanspruchte die gesamte Zeit deines Dads, und ich wollte nicht reisen, solange du noch so klein warst, deshalb waren wir oft getrennt. Als du größer wurdest, hast du niemandem aus der Familie der Roberts ähnlich gesehen, und dein Vater wurde noch distanzierter.«

»Distanziert? Wieso?«

»Zuerst war es unterschwellig. Er machte einen Kommentar darüber, wie blond dein Haar war, obwohl Elsas doch dunkelbraun war, und deine Augen wurden allmählich grün. Alle in seiner Familie sehen gleich aus, und du warst die Ausnahme. Du sahst genauso aus wie ich.«

Mir wird übel. Allmählich ergibt alles Sinn. »Er glaubt, ich wäre nicht seine Tochter.«

»Er hat es nicht direkt gesagt, aber eine Zeit lang war ich überzeugt, das wäre die Antwort. Zuerst habe ich es beiseitegeschoben, weil ich dachte, wenn du älter wirst, wirst du in der Lage sein, eine Beziehung mit ihm aufzubauen und eine Brücke über den Abgrund zu schlagen, den er aufgerissen hatte.« Mom fährt sich mit dem Handrücken über die Wange. »Ich wünschte, das wäre der Grund gewesen. Das hätte ich mit einem DNA-Test und einer Runde Paartherapie klären können. Aber dann fing er an, deine Schwester genauso zu behandeln, und mir wurde klar, dass ich nach Antworten suchte, die für mich Sinn ergaben, etwas, womit ich hätte arbeiten können, wenn in Wirklichkeit er die ganze Zeit das Problem war.

Wir haben uns deswegen wieder und wieder gestritten. Ich konnte es nicht ertragen, mit einem Mann eine Familie gegründet zu haben, der seine Kinder behandelte, als wären sie ihm lästig. Ich fühlte mich, als würde ich den Verlust meines Manns betrauern, aber er war nicht gestorben. Er war nur nicht mehr der Mann, den ich kennengelernt hatte. Du hast es gemerkt. Selbst als du noch ganz klein warst, wusstest du, dass etwas nicht stimmte. Elsa fing an, sich aufzuführen, um seine Aufmerksamkeit zu erringen, was funktionierte, also hast du es ihr nachgemacht. Ich dachte, es würde besser, wenn wir gemeinsam reisten, aber wenn überhaupt, wurde es mit euch beiden noch schlimmer.«

Ich sitze schweigend da, habe Angst, etwas zu sagen, das den Strom der Antworten unterbricht, die ich endlich bekomme.

»Zuerst war es harmlos. ›Schau mal, Daddy, was ich mache‹ kam von dir, und dann hast du hoffnungsvoll auf eine Reaktion gewartet. Aber je weniger es zu einem Ergebnis führte, desto mehr hast du angestellt. Und ich konnte es euch nicht mal vorwerfen oder euch beide so sehr einschüchtern, dass ihr euch benommen hättet, weil es nicht eure Schuld war. Ihr wart kleine Mädchen, die nicht wussten, was sie falsch gemacht hatten. Die nicht verstanden …« Ihr bricht die Stimme. »Es tut mir so leid, Aurora. Es tut mir so leid, dass du dich so fühlst, wie du das tust, weil wir keine besseren Eltern waren. Als mir klar wurde, dass er sich niemals ändern wird, habe ich ihn verlassen, aber es war zu spät. Der Schaden war bereits angerichtet.«

»Dann ist die Antwort auf meine Frage also etwas, das ich bereits weiß? Dass er kein guter Mensch ist.«

»Ich habe nie behauptet, ich wäre die perfekte Mutter. Ich weiß, wir haben unsere Differenzen, aber ich liebe dich genug, für Chuck mit.« Sie steht auf und wischt sich unsichtbaren Staub von ihrem Hosenanzug. Die Pumps in ihren Händen wirken völlig fehl am Platz. »Du bist erwachsen, Aurora. Ich kann dir nicht vorschreiben, was du tun sollst, und selbst wenn ich es täte, würdest du nicht auf mich hören. Rechtlich gesehen muss dein Vater jedenfalls für deine Ausbildung und deinen Lebensunterhalt aufkommen, bis du Zugang zu deinem

Treuhandfonds hast. Das heißt nicht, dass du ihn sehen musst. Mach mit der Information, was du willst.«

Ich habe das Gefühl, in kürzester Zeit genügend Informationen für ein ganzes Leben bekommen zu haben, und ich bin erschöpft.

Wie Mom habe auch ich nach einem Grund gesucht. Habe verzweifelt nach Antworten gesucht, die vielleicht eine Erklärung liefern könnten, mir etwas geben könnten, an dem ich mich festhalten und das ich beheben kann. Einen schwerwiegenden Charakterfehler kann ich nicht beheben.

Ich stehe ebenfalls auf und folge meiner Mutter zurück zum Kiesweg, und als wir dort angekommen sind, helfe ich ihr, wieder in die Pumps zu schlüpfen. »Bleibst du noch ein bisschen? Emilia muss irgendwo hier sein.«

»Ich kann nicht, Liebes. Ich muss nach Hause, wegen Kater. Er wird sich fragen, wo ich bin.«

Die verdammte Katze hatte ich völlig vergessen. »Ist diese Katze real? Oder ist das irgendein Trick, um mich dazu zu bringen, vorbeizukommen?«

Sie verdreht die Augen, greift in ihre Tasche, holt ihr Handy heraus, und dort, auf dem Displayhintergrund, ist ein Foto von einer räudigen schwarzen Katze, die auf einem Berg von Kissen auf … »Wieso liegt er auf meinem Bett?«

»Du hast deine eigene Wohnung, Aurora. Du kannst nicht auf jedes Bett Anspruch erheben, in dem du mal geschlafen hast.«

»Machst du Witze? Vor zwei Minuten hast du mich noch gebeten, wieder nach Hause zu ziehen!«

Sie gibt ein schnaubendes Geräusch von sich und steckt das Handy zurück in ihre Tasche. »Ich bin sicher, wenn du bei deinem nächsten Besuch etwas geräucherten Lachs mitbringst, wird er in Betracht ziehen, das Bett mit dir zu teilen.«

Ich habe Mom bei Emilia gelassen, und Xander hat striktes Verbot, sie anzubaggern. Sobald er bemerkte, dass meine Mom wie eine ältere Version von mir aussieht, hat er ein paar Witze darüber gerissen, dass er mein Stiefvater wird – und ich gehe kein Risiko ein. Emilia habe ich die Erlaubnis gegeben, Clay zu prügeln, sollte er auch nur einen Blick in Moms Richtung werfen.

Als ich mich Jennas Büro nähere, weiß ich bereits, dass ich jeden Satz dieses Gesprächs hassen werde.

Honey Acres war länger Teil meines Lebens, als es das nicht war, und ich weiß, wenn man gefeuert wird, bedeutet es, dass man mich hier nie wieder willkommen heißen wird. Das hätte ich mir wirklich überlegen sollen, bevor ich mich mit Russ eingelassen habe. Ich kann nicht lügen, ich habe niemals wirklich geglaubt, dass diese Vorschrift zu den Beziehungen angewendet wird, aber nachdem mir vorhin die kalte Schulter gezeigt wurde, bin ich nicht mehr so zuversichtlich.

Doch einige Risiken sind es wert, und wäre ich noch einmal in der Situation, würde ich es nicht anders machen. Russ hat zu mir gesagt, er würde nichts in der Vergangenheit ändern wollen, weil er nicht riskieren wolle, mich nicht kennenzulernen. Wenn das heißt, dass ich von dem Ort vertrieben werde, den ich auf der Welt am meisten liebe, dann ist es eben so, und zumindest bleiben mir die Schmetterlinge.

Als ich an die Tür klopfe, weiß ich, dass Jenna im Büro ist, weil der Soundtrack von Mamma Mia läuft. Ich habe noch nie geklopft, bevor ich eingetreten bin, und ich weiß nicht, wieso ich heute damit anfange. Vielleicht weil ich weiß, dass es meinem Anliegen hilft, wenn ich sie nicht noch mehr verärgere. Ich klopfe noch einmal, ein bisschen lauter, und endlich ruft sie mich hinein.

Als sie merkt, dass ich es bin, setzt sie einen Gesichtsausdruck auf, der mich schier zerreißt. Ich sehe, sie ist nicht wütend, sie ist enttäuscht.

»Jenna, es tut mir leid.«

»Sag nicht, dass es dir leid tut, wenn es nicht stimmt, Rory. Du hast genau gewusst, was du tust, als du gegen die Vorschriften verstoßen hast, und du hast mich wissentlich in eine schwierige Lage gebracht.«

»Bitte wirf ihn nicht raus, Jen«, sage ich verzweifelt und setze mich auf die gegenüberliegende Seite des Schreibtisches. »Er hat es nicht verdient, gefeuert zu werden, weil ich ihn dazu gebracht habe, gegen die Vorschriften zu verstoßen.«

»Ihr seid beide erwachsen, und ihr seid beide verantwortlich für das, was ihr tut.« Mist. »Wann hat das angefangen?«

Ich möchte lügen. Vielleicht, wenn ich ihr erzähle, dass es heute passiert ist, weil ich traurig war, könnte sie es leichter nachvollziehen und würde nicht so streng sein. Aber Jenna bedeutet mir sehr viel, und ich will sie nicht noch mehr hintergehen, als ich das bereits getan habe. »Als das Unwetter war.«

Sie schüttelt den Kopf und stützt sich auf die Hände. »Ihr verdammte dauererregte angeblich Erwachsene lasst mich die Wände hochgehen. Ich kann es kaum erwarten, dass ihr alle ins College zurückgeht und nicht mehr mein Problem seid. Ich bin so genervt von dir, Aurora.«

»Es tut mir so leid, Jenna. Ich gehe, ohne ein Drama daraus zu machen, fest versprochen. Aber bitte, schmeiß Russ nicht raus. Er wird am Boden zerstört sein, wenn er diesen Job verliert. Er hat es nicht verdient, ehrlich.«

»Kannst du bitte mit dem Mitleidstrip aufhören? Ich bekomme davon Kopfschmerzen, und mir tut der Kopf schon weh, seit ich heute einen halbnackten Mann auf dir rummachen sehen und dann deiner Mutter in die Augen blicken musste.«

»Es tut mir so …«

»Hör auf, dich zu entschuldigen, und geh bitte an deine Arbeit. Nein, bring mir eine Limonade. Dann geh und mach deine Arbeit.«

Überrascht runzle ich die Stirn.

Sie schnaubt, verschränkt die Arme vor der Brust und lehnt sich zurück. »Was? Hältst du dich für etwas Besonderes? Wenn wir alle Mitarbeitenden feuern würden, die was miteinander anfangen, hätten wir keine mehr.«

»Aber ich dachte …«

»Ich habe ihn in der Nacht, als das Unwetter war, gesehen, Aurora. Ich wusste, du würdest Angst haben, deshalb bin ich noch mal zu deiner Hütte gegangen. Ich habe ihn im Regen an der Treppe zu deiner Hütte herumstehen sehen. Vermutlich hat er mit sich gerungen, bis er schließlich geklopft hat. Da wusste ich es.«

»Was wusstest du?«

»Ich wusste, dass du ihm wichtig bist.« Sie seufzt. »Und mir wurde klar, dass du es nicht nur tust, um auf die Vorschriften zu scheißen.«

»Er ist mir auch wichtig.«

»Wir sind deine Familie, Rory. Du wirst hier immer ein Zuhause haben, selbst wenn du Sachen machst, wegen denen ich dich am liebsten erwürgen würde. Ich werde dich nicht melden, wie ich das eigentlich sollte, aber das heißt nicht, dass du einen Freifahrtschein bekommst, bis zu deiner Abreise zu tun und zu lassen, was du willst, kapiert? Verhaltet euch unauffällig, bis ich euch los bin. Ich will von euch beiden keinen Pieps mehr hören.«

Familie. »Ich liebe dich, Jen.«

»Ich liebe dich auch. Die Leute lassen dir nicht immer etwas durchgehen, weil du ihnen egal bist. Ich lasse dir Dinge durchgehen, weil du es verdienst, glücklich zu sein. Du verdienst es, das Gefühl und das Wissen zu haben, dass du erwünscht bist, und zu genießen, dass du geliebt wirst, denn dich lieben sehr viele Menschen, Ror.«

»Ich hatte heute ein richtig gutes Gespräch mit meiner Mutter. Jetzt ergibt so einiges Sinn, vor allem in Bezug auf meinen Dad.«

Sie steht auf, kommt zu mir und nimmt mich in die Arme. »*Dad* ist ein Wort. Es hat keine Bedeutung, wenn es nicht mit Taten und Absichten gefüllt wird. Er ist im Grunde nur ein Arschloch, das zufällig eine ähnliche DNA hat. Das ist alles. Wir brauchen ihn nicht. Dir geht es nicht nur besser ohne ihn, dir geht es bestens.«

Jenna küsst mich auf den Scheitel und setzt sich dann wieder an ihren Schreibtisch. »Okay, inniges Gespräch Ende. Hau ab. Und nur dass du es weißt, du mistest für den Rest der Woche den Pferdestall aus. Nimm deinen Lover mit. Ihr seid beide solche Nervensägen.«

Dass es so laufen würde, hätte ich niemals zu träumen gewagt, und ich verlasse das Büro völlig verwirrt, aber dankbar, dass weder Russ noch ich gehen müssen. Wenn ich mich um Pferdemist kümmern muss, Jenna mir dann aber nicht wirklich böse ist, mache ich das selbstverständlich gern.

Ich ziehe die Tür auf, habe aber noch eine Frage, bevor ich mich nach draußen begebe und mich auf das Ende des Besuchstags vorbereite. »Moment mal, wer hat sonst noch miteinander geschlafen?«

Sie fährt sich mit dem Finger über die Lippen, als würde sie einen Reißverschluss zuziehen. »Deine Tratschprivilegien hast du verloren. Hättest deine Unterhose anbehalten sollen.«

Sosehr sie auch recht haben mag, bin ich doch froh, dass ich es nicht getan habe.

32. KAPITEL

Russ

Wir sitzen seit fünf Minuten auf dieser Picknickbank, und bisher hat niemand von uns etwas gesagt.

Er sieht besser aus als beim letzten Mal, aber wenn man nicht in einem Krankenhausbett liegt und an Schläuchen hängt, ist das auch keine Kunst. Als ich das letzte Mal mit ihm geredet habe, wusste ich, dass es zu gut lief, um wahr zu sein; ich wusste auch, dass die Stille nicht lange anhalten würde. Aber ich muss zugeben, mit seinem Besuch hier hätte ich niemals gerechnet.

»Ich weiß gar nicht, wo ich anfangen soll, Russ«, sagt er.

Ich kann mich nicht erinnern, wann wir das letzte Mal unter normalen Umständen zusammengesessen haben. Ich würde gerne wissen, wie lange er bleibt, damit ich die Minuten herunterzählen kann.

»Vielleicht fängst du damit an, dass du mir erzählst, wieso du hier bist«, erwidere ich brüsk.

Ich gehöre nicht zu denen, die oft wütend werden, aber in Gegenwart meines Dads kochen immer meine Gefühle hoch. Es ist, als müsste ich eine andere Person sein, um es in seiner Nähe auszuhalten.

»Seit wir uns das letzte Mal gesehen haben, ist eine Menge passiert. Deine Mutter hat sich mein Handy vorgenommen und gesehen, wie viel ich vor ihr geheim gehalten habe. Sie weiß jetzt, wie schlimm es steht, wie mies ich Menschen behandelt habe, dich behandelt habe. Sie hat mich rausgeworfen.«

Ich bin verblüfft. »Wieso weiß ich davon nichts?«

»Weil sie gesagt hat, wir sollten dich den Sommer genießen lassen, ohne ihn dir zu ruinieren. Ohne dass ich ihn dir ruiniere. Ich wollte dich an deinem Geburtstag anrufen und mich für alles, was ich getan habe, entschuldigen, aber sie hat es mir verboten. Sie hat gesagt, dass du Zeit und Raum verdient hast, um dich von dem zu erholen, was ich unserer Familie angetan habe.«

Zunächst antworte ich nichts. Ich weiß nicht, ob mir nichts mehr einfällt, weil er mich dermaßen überrumpelt hat, oder ob mir mein Instinkt rät, abzuwarten, was als Nächstes kommt. Dass er enthüllt, was er wirklich vorhat.

»Und wieso bist du dann jetzt hier? Ich habe kein Geld für dich, und hier kannst du nicht bleiben. Es gibt nichts, was ich dir geben könnte.«

»Ich will nichts, Russ«, entgegnet er. »Ich bin nur hier, um zu reden. Ich denke, wir sind uns einig, dass ich schon zu viel von dir genommen habe. Ich habe in meinem Leben viele Fehler gemacht, habe eine Menge Brücken hinter mir zerstört. Ich bedauere vieles, aber nichts bedauere ich mehr als die Wunden, die ich dir, deiner Mutter und deinem Bruder zugefügt habe.«

Ich weiß, alle Menschen haben Schwächen, und mein Dad lebt jeden Tag in dem Wissen, dass er jeder einzelnen nachgegeben hat.

Meine Erfahrungen sind nicht die Norm. Sie sind nicht der Standard dessen, wie es normalerweise läuft. Ich habe von Leuten gehört, deren Eltern so aufmerksam, so liebevoll, so von Schuldgefühlen geplagt waren wegen dem, was sie getan hatten, dass sie nie wussten, dass etwas nicht stimmte. Meine

Wut richtet sich nicht gegen Menschen mit Suchtproblemen. Ich habe mir die Statistiken angeschaut, habe die Fallstudien gelesen, habe die herzzerreißenden persönlichen Geschichten über den Kampf gegen die Sucht gehört, und ich habe Mitgefühl empfunden. Das ist doch logisch, oder?

Mein Herz hat mir immer gesagt, Scheiß auf Logik. Mein Dad hätte sich nicht davon besiegen lassen sollen, er hätte stärker dagegen ankämpfen sollen. Nicht weil er besser ist als andere, die gegen unsichtbare Dämonen ankämpfen, sondern weil er mein Dad ist. Er gehört mir, und ich brauchte ihn, und er hat es nicht versucht, und es war ihm sogar egal. Er hat sich nur um sich gekümmert, seine Bedürfnisse und seine Impulse, und er hat sich so lange nur um sich gekümmert, bis die Wut und das Bedauern und der Groll wie ein Tsunami kamen – und als ihn die Wellen mit sich rissen, zog er uns alle mit sich hinunter.

Ich räuspere mich und sehe ihm direkt in die Augen. Ich bin kein verängstigtes Kind mehr, ich brauche mich nicht klein vor ihm zu machen. »Ich verstehe immer noch nicht, wieso du hier bist, Dad.«

»Als du mich das letzte Mal gesehen hast, hast du zu mir gesagt, ich solle mein Leben auf die Reihe bekommen. Ich wollte dir persönlich mitteilen, dass ich genau das tun werde. Du wirst mir vermutlich nicht glauben, oder vielleicht ist alles längst zu spät, sodass es dir egal ist. Aber ich werde das alles in Ordnung bringen. Ich will so nicht mehr leben. Ich will meine Familie zurück. Ich will mein Leben zurück. Ich will wieder jemand sein, zu dem du aufschauen kannst.«

Ich sollte begeistert sein, dass er endlich all das sagt, was ich schon so lange gern gehört hätte. Dass er sich ändern will. Dass er weiß, wie schlecht es steht. Dass er weiß, wie sehr er anderen Menschen wehgetan hat. Aber ich kann nur daran denken, dass es eine Menge Wörter sind, die sich, in der richtigen Reihenfolge und auf die richtige Weise gesagt, anhören, als wären sie echt. Und das konnte er schon immer gut. Deshalb hat es auch bis jetzt gedauert, bis Mom ein Licht aufging.

Manchmal ist es nur ein schmaler Grat zwischen Hingabe und Verzweiflung, und deshalb weiß ich, dass Dad an dem Punkt angekommen ist, der in Büchern als absoluter Tiefpunkt bezeichnet wird. Sucht ist eine Krankheit, ein aussichtsloses Unterfangen. Jeder weiß, dass die Bank immer gewinnt. Vielleicht nicht bei diesem Kartenspiel, vielleicht nicht mal beim nächsten. Vielleicht braucht es nur ein einziges Pferderennen, vielleicht zwanzig. Vielleicht ist es der eine letzte Würfelwurf, aber irgendwann kassiert die Bank, und wenn sie abkassiert, bleibt nichts mehr übrig.

Ich glaube nicht, dass Dad noch irgendetwas besitzt, und diese Erkenntnis lässt meine Wut ein bisschen abflauen. »Ich hoffe, du schaffst das, Dad, ehrlich. Aber es reicht nicht, einfach zu erklären, dass du dich ändern wirst; du musst handeln. Du musst dir bewusst vornehmen, dir Hilfe zu suchen und den Versuchungen konsequent aus dem Weg zu gehen.«

»Das werde ich«, sagt er voller Überzeugung.

»Wie?«

»Ich weiß es nicht.«

Ich reibe mir die Schläfe und versuche, nicht zu seufzen, denn er soll nicht glauben, ich würde ihn abweisen. »Es gibt Angebote für Menschen wie dich; ich habe davon gelesen. Sie sind anonym, und sie sind kostenfrei. Du solltest dich da mal kundig machen; im Ort findet man immer mal wieder Flyer oder Ankündigungen.«

»Das werde ich. Ich schaue mich um, sobald ich zurück bin. Sieh mal, Russ, ich weiß, ich bin nicht der Mensch, den du verdient hast. Du hast härter arbeiten müssen, mehr opfern und mehr allein kämpfen müssen, weil ich meine Dämonen nicht besiegen konnte. Ich kann die Zeit nicht zurückdrehen, aber ich kann dafür sorgen, dass es nicht wieder vorkommt. Wenn es dort irgendwo Hilfe gibt, dann will ich sie finden.«

Vermutlich wartet er darauf, dass ich eine große Rede darüber halte, dass alles gut wird und dass ich glaube, ihm würde es bestimmt wieder besser gehen – aber ich werde es erst glauben, wenn ich es mit eigenen Augen sehe. Ich hoffe inständig, dass es ihm ernst ist, aber im Moment fühlt es sich zu gut an, um wahr zu sein. Ein kleiner Teil von mir macht sich auch Sorgen, dass ich schon über den Punkt hinaus bin, an dem ich ihm noch vergeben könnte, und dass alle ein neues Leben anfangen und nur ich in der Vergangenheit feststecke, weil es unter der Oberfläche nach wie vor schmerzt.

Kann man wirklich alles bekommen, was man sich wünscht? Jahrelang war ich auf mich allein gestellt, und in kürzester Zeit hat sich so viel verändert.

Da ich in diesem Sommer gute Erfahrungen damit gemacht habe, meine Gefühle mit anderen zu teilen, bringe ich den Mut auf, ehrlich zu Dad zu sein. »Es wäre schön, wenn wir uns wieder wie eine Familie fühlen könnten. Wenn du dich besserst, würde es mir nicht schwerfallen, in deiner Nähe zu sein. Deine unvorhersehbaren Stimmungsschwankungen verunsichern mich.«

Er nickt, und seine Augen werden feucht. Es sieht aus, als wolle er noch mehr sagen, stattdessen schlägt er mit der Faust zweimal gegen den Tisch und steht auf. »Ich lasse dich jetzt in Ruhe. Das ist ein wunderschöner Ort. Arbeitest du gern hier?«

Ich nicke. »Außerordentlich gern.«

»Ich bin stolz auf dich, Russ. Du baust dir trotz allem, was du mit mir durchmachen musstest, ein großartiges Leben auf.«

Es sieht aus, als würde er sich gleich vorbeugen und mich umarmen, aber er tut es nicht. Stattdessen reicht er mir die Hand. »Bis bald, Sohn.«

»Bis dann, Dad.«

Ich bleibe weitere zwanzig Minuten allein am Picknicktisch sitzen. Ich denke nach, versuche, zu begreifen, frage mich, ob dies wirklich der Beginn der Veränderung sein kann, die ich mir so verzweifelt gewünscht habe.

Schließlich fällt mir wieder ein, dass ich mit Jenna reden muss. Es fühlt sich an, als wäre heute mehr Drama passiert als während des gesamten Sommers.

Ich weiß, dass ich Mist gebaut habe und dass Jenna völlig im Recht ist, wenn sie mich wegen dem, was sie gesehen hat, feuert. Dennoch hoffe ich, dass sie es nicht tun wird. Bis vorhin dachte ich noch, erwischt zu werden wäre das Schlimmste, was mir jemals im Camp passieren könnte. Aber dann stattete mir mein Dad einen unvorhergesehenen Besuch ab, und auf einmal war das das Schlimmste, was mir jemals im Camp passieren konnte. Jenna gegenüberzutreten fühlt sich jetzt deutlich weniger beängstigend an.

Als ich an die Tür ihres Büros klopfe, wird mir bewusst, dass ihr ein klügerer Mensch einfach aus dem Weg gegangen wäre und das Beste gehofft hätte. Ich scheine nicht der Klügste zu sein. Aber ich könnte nicht weiterhin funktionieren, wenn ich die ganze Zeit darauf gefasst sein müsste, dass man mir gleich sagt, ich solle meine Sachen packen und gehen.

»Nett, dich angezogen zu sehen«, sagt sie, als ich ihr Büro betrete.

Sofort werden meine Wangen und Ohren heiß. »Ich habe mir überlegt, was ich sagen könnte, um zu erklären, wieso ich wissentlich gegen die Vorschriften verstoßen habe, aber ich habe keine ausreichende Entschuldigung und will auch nicht deine Zeit stehlen.«

Sie verschränkt die Arme vor der Brust, lehnt sich zurück und starrt mich herausfordernd an.

»Ich habe niemals damit gerechnet, dass jemand wie Aurora mich auch nur anschaut, aber das hat sie, und daran werde ich mich mit beiden Händen festhalten. Ich weiß, dass du sie liebst, Jenna. Ich will Aurora nur glücklich machen.«

»Du kannst sie nicht glücklich machen und gleichzeitig deine Hose anbehalten?«, fragt sie. »Das ist hier ein Arbeitsplatz, kein Frat-Haus.«

»Ich habe mein ganzes Leben lang versucht, mich an Regeln zu halten. Ich habe den Kopf gesenkt gehalten und mein Bestes versucht, mit meinen Problemen allein fertigzuwerden. Sie löst in mir aus, dass ich nicht mehr allein sein will. Es tut mir leid, dass ich gegen die Vorschriften verstoßen habe, aber ich bereue es nicht, und ich würde es wieder tun, wenn es mit ihr wäre. Ich bin dankbar für die Chance, die mir deine Familie gegeben hat, aber noch dankbarer bin ich für Aurora.«

»Ihr macht mir einen unglaublichen Stress, ehrlich.« Jenna reibt sich die Schläfen und stöhnt laut. »Ich möchte, dass du jeden Tag darüber nachdenkst, wofür du in deinem Leben dankbar bist. Jeden einzelnen Tag. Sollte sie jemals nicht auf deiner Liste stehen, will ich, dass du herausfindest, wieso es so ist, und es in Ordnung bringst. Wenn du sie nicht behandelst, als wäre sie das Beste, was dir je passiert ist, dann verdienst du sie nicht. Hast du verstanden?«

»Ja.«

»Sie hat ein großes Herz, aber es ist angeschlagen. Wenn man sich lange Zeit selbst zerstört, passen die Teile manchmal nicht mehr ganz richtig zusammen. Es wird Zeit und Geduld erfordern.«

»Verstehe.«

»Gut. Und jetzt raus. Geh an die Arbeit, damit ich das hier vergessen kann.«

»Ich bin nicht gefeuert?«

»Vorläufig nicht.« Sie deutet auf die Tür. »Noch was, Russ. Es gibt hier Millionen Orte, wo ich eine Leiche verbuddeln kann, falls du ihr das Herz brichst. Wir haben meilenweit Land, von dem du nicht einmal etwas ahnst. Man würde dich niemals finden.«

Jenna hat etwas Bedrohliches an sich, und ich glaube ihr voll und ganz.

»Das merke ich mir.«

33. KAPITEL

Russ

Jeden Tag denke ich, wie Jenna es mir aufgetragen hat, über das nach, wofür ich dankbar bin.

An den meisten Tagen sind es kleine Dinge, zum Beispiel, dass die Kinder alle Spaß haben oder nachts gut schlafen. Ich bin dankbar, wenn ich den Gruppenchat mit meinen Freunden öffne und lese, dass sie sich darauf freuen, mich bald wiederzusehen, oder wenn ich feststelle, dass schon wieder ein Tag vergangen ist, ohne dass mich mein Vater um Geld gebeten hat.

Jeden einzelnen Tag bin ich dankbar für Aurora, dankbar, miterleben zu dürfen, wie glücklich es sie macht, wenn sie sich zum tausendsten Mal von den Kindern in den See schubsen lässt oder wenn sie von der Katze hört, die ihre Mom vielleicht oder vielleicht auch nicht einem Nachbarn gestohlen hat. Ich bin dankbar für das Lächeln, das sie mir schenkt, wenn ich nach dem Joggen bei ihr Halt mache, oder für den Kuss, wenn es uns gelingt, uns von der Gruppe davonzustehlen.

Ich bin Jenna dankbar, dass sie uns nicht nach Hause geschickt hat, und ich bin Xander und Emilia dankbar, dass sie alles in ihrer Macht Stehende tun, damit wir uns weiterhin heimlich treffen können.

Mir die Zeit zu nehmen, meinen Tag anzuschauen und

wertzuschätzen, was ich von ihm mitnehmen werde, macht es mir leichter, über den baldigen Abschied nicht allzu traurig zu sein.

Aber heute, auf der Bühne vor allen in Honey Acres, bin ich dankbar, dass der Talentwettbewerb so gut wie vorbei ist.

Ich bin es gewohnt, dass die Leute klatschen und applaudieren, aber normalerweise bin ich dann auf dem Eis, umgeben von meinen Mannschaftskollegen, und kann alles um mich herum ganz gut ausblenden. Wenn ich mich mit Xander und den Hunden auf der Bühne befinde, die er offenbar nicht so bald zu verlassen gedenkt, ist es nicht so einfach.

Ich weiß, dass mein Gesicht leuchtend rot ist, als ich von der Bühne springe und den Hunden zupfeife, damit sie mir folgen und Xander gezwungenermaßen ebenfalls. Da wir nicht mehr Auroras Entschlossenheit, einen guten Auftritt hinlegen zu müssen, ausgesetzt waren, haben Xander und ich uns erst gestern überhaupt etwas überlegt. Jetzt, nachdem wir fertig sind und ich mir deswegen keine Sorgen mehr zu machen brauche, bin ich dankbar, dass Fish, Salmon und Trout für Bacon alles tun.

Sie haben großes Lob verdient, denn sie haben jedes Kunststück vorgeführt, und es weiß garantiert keiner, wie schlecht organisiert und chaotisch das alles hier den ganzen Sommer über lief.

»Das war doch super«, sagt Xander, als wir uns auf unsere Stühle in der hintersten Reihe setzen. »Habe ich dir doch gleich gesagt. Gib zu, dass ich recht hatte.«

»Du hattest recht«, knurre ich widerwillig.

Die ganzen Braunbären-Kinder haben abgeliefert, und nachdem ich nicht mehr auf der Bühne stehe, weiß ich den Spaß an dem Wettbewerb zu schätzen, und ich erkenne, was für ein schöner Abschluss des Sommers es ist.

Als der Rest unserer Gruppe für seine Vorstellung die Bühne erklimmt, wird erneut geklatscht. Aurora trägt das Sommerkleid, das ich liebe: das gelbe mit den kleinen Blumen und den schmalen Trägern, die sich so einfach hinunterstreifen lassen. Ihre Haare sind gelockt und werden von einem Band aus dem Gesicht gehalten. Sie ist wunderschön.

Maya stellt sich hinter Emilia und legt ihr die Hände an die Taille, und als sich Clay hinter Aurora stellt und die Hände an ihre Taille legt, beginnt die Musik zu spielen, aber ich kann nur Xanders Lachen hören.

»Ich würde jetzt echt gern dein Gesicht fotografieren.« Er presst die Hand auf seinen Mund und als ich ihn mit meinem finstersten Blick anstarre, lacht er nur noch mehr. Wir klatschen zur Unterstützung, doch jedes Mal, wenn Clays Hände Aurora berühren, fängt Xander wieder an und nervt. »Tut mir leid, Mann. Es ist einfach zu witzig. Hat sie es dir nicht erzählt?«

»Hättest du es mir erzählt, wenn du sie wärest?«

Ich habe sie zweimal gefragt, wie ihre Proben laufen, aber sie hat nur erwidert: »Versuch nicht, uns zu kopieren, Callaghan«, und damit war das Thema erledigt. Wenn es nicht ausgerechnet Clay wäre, wäre ich nicht eifersüchtig. Trout klettert auf meinen Schoß und schmiegt sich an meine Brust, um zu schlafen. Inzwischen ist er so groß und schwer, dass er einen Großteil meines Oberkörpers bedeckt, wenn er sich breit macht. Noch etwas, wofür ich dankbar bin, weil es mich davon abhält, Aurora wie ein Höhlenmensch von der Bühne zu zerren.

Sie sieht aus, als hätte sie unglaublich viel Spaß, und ich konzentriere mich darauf, und auch, wie niedlich sie aussieht, während sie mit Emilia mitzuhalten versucht, die eindeutig die Einzige auf der Bühne ist, die eine professionelle Ausbildung hat, also Rhythmusgefühl und so.

Das Lied endet, und das Publikum klatscht und jubelt, nur

Xander beugt sich mit einem selbstgefälligen Grinsen im Gesicht zu mir herüber. »Bei uns haben sie lauter gejubelt.«

Ich weiß, dass es eigentlich keinen Grund gibt, eifersüchtig zu sein – auf das Berühren, nicht auf das Klatschen –, aber der Tanz endet mit Aurora in Clays Armen, und jetzt bin ich wirklich schlecht gelaunt. Sie lächelt breit, als sie die Bühne verlässt und direkt auf mich zukommt. Ich zwinge mich, ebenfalls zu lächeln, aber als sie mich sieht, versucht sie sofort, sich das Lachen zu verkneifen.

»Alles okay?«

»Das ist das falscheste Lächeln, das ich je gesehen habe, Callaghan«, sagt Emilia und schnappt sich unsere Wasserflaschen. Maya und Clay kommen gleich nach ihr, und Clay wirkt sehr mit sich zufrieden. Emilia versucht, nicht zu lachen. »Wir holen was zu trinken. Will irgendjemand irgendwas?«

»Nein danke«, erwidere ich und sehe ihnen nach, wie sie Richtung Hauptgebäude davongehen.

Aurora setzt sich auf den leeren Platz neben mir und beugt sich zu mir herüber. »Bist du eifersüchtig?«

»Nein«, lüge ich und konzentriere mich auf die nächste Aufführung auf der Bühne. »Aber nächstes Mal, wenn wir allein sind, bekommst du es von mir, das weißt du schon.«

»Ich gehe auf die Toilette«, sagt Aurora mit seltsamer Stimme, steht auf und stellt sich direkt vor mich.

»Okay«, entgegne ich, aber sie rührt sich nicht.

»Ich muss wirklich dringend auf die Toilette«, wiederholt sie in demselben unnatürlichen Ton.

Völlig verwirrt wiederhole ich, was ich eben bereits gesagt habe. »Ooo-kay?«

»Ich bin verzweifelt.« Sie reißt die Augen weit auf.

»Oh.«

»Mann, Alter«, motzt mich Xander an, senkt aber gleich die

Stimme, damit die Leute um uns herum ihn nicht hören können. »Sie versucht, dir zu sagen, dass du ihr zur Toilette nachkommen sollst. Vermutlich für Sex, keine Ahnung.« Er sieht sie an. »Sex?«

Sie nickt. »Vermutlich.«

»Fantastisch«, stöhnt er. »Wie schön, dass ich an diesem Gespräch teilnehmen durfte. Ich werde einfach hier sitzen und allein sterben.«

Sie nickt mir zu und presst die Lippen fest zusammen, um nicht zu lachen. Xander starrt mich böse an, während sie in Richtung See davongeht, dorthin, wo unsere Hütten sind.

»Hör auf, mich anzustarren«, beschwere ich mich. »Meinst du, ich hätte auch nur den Hauch einer Ahnung, was ich hier tue?«

»Unglaublich. Na los, hau ab zu deiner Liebesbeziehung. Wo bleibt eigentlich meine Sommerromanze?«

Ich versuche, so unauffällig wie möglich aufzustehen und lässig in dieselbe Richtung zu schlendern wie Aurora. Am liebsten würde ich rennen, aber zum einen wäre das peinlich, zum anderen will ich nicht schon wieder erwischt werden.

Als ich eintrete, sitzt sie auf meinem Bett und blättert in einem Buch herum, das auf meinem Nachttisch lag. Bei meinem Anblick fängt sie an zu strahlen, und schon ist sie aufgesprungen und stellt sich auf die Zehenspitzen, um mich zu küssen. Ich hebe sie hoch, und wie jedes Mal, wenn wir allein sind, schlingt sie die Beine um meine Taille. Ich presse sie gegen die Wand neben meinem Bett, lasse meine Hände unter ihr Sommerkleid gleiten, schnipse den Bund ihres Slips gegen ihre Haut und streiche dann über ihre Taille.

Sie unterbricht unseren Kuss und lehnt den Kopf an die Wand. Mit selbstgefälligem Lächeln sagt sie: »Du ziehst wieder deine grummelige Schnute.«

Ohne sie zu beachten, küsse ich ihren Hals hinab, während ich die Hände zu ihren Brüsten hinaufwandern lasse. Es ist einfach, ihren BH hinunterzuziehen und ihre harten Brustwarzen mit den Fingern zu verwöhnen. Ihr Körper reagiert wie jedes Mal, wenn ich sie berühre, sie presst sich auf der Suche nach Reibung an mich.

»Willst du mich an dieser Wand nehmen, weil du eifersüchtig bist?«

»Nein. Ich werde dich an dieser Wand nehmen, weil es nichts Besseres gibt, als in dir zu sein.«

Ihr Atem wird flacher und unregelmäßiger. Sie versenkt die Zähne in meiner Unterlippe und zieht daran. »Und du bist eifersüchtig.«

»Bin ich nicht.« Ich lasse die Hände wieder zu ihrem Slip gleiten und schiebe ihn beiseite. Sie ist bereits gänzlich feucht. »Ich liebe es, wie schnell du reagierst.«

»Weil ich es liebe, wenn du mich berührst. Vor allem wenn du eifersüchtig bist.«

Sie lacht triumphierend, weil sie weiß, dass sie mich erwischt hat. Ich reibe mit dem Daumen über ihre geschwollene Klitoris und beobachte, wie sie die Augen langsam schließt. Als ich die Bewegung nicht wiederhole, drängt sie sich an meine Hand. »Sei nicht eingeschnappt, nur weil du eifersüchtig bist.«

Mein Schwanz pulsiert in meinen Shorts, dabei haben wir noch kaum etwas gemacht. Ich kann nicht leugnen, dass die Heimlichtuerei heiß ist. Die verstohlenen Küsse, die unauffälligen Berührungen, die Blicke, die nur wir verstehen. Aber wenn ich die Tür zuschließen und sie für mich haben will, bis der einzige Name, den sie noch von sich gibt, meiner ist, dann ist die Aussicht, wieder in meinen eigenen vier Wänden zu sein, durchaus reizvoll.

»Ich muss nicht eifersüchtig sein, wenn ich derjenige bin, bei dem du dermaßen feucht wirst.«

»Du bist der Einzige«, erwidert sie. »Niemand zählt außer dir. Lass mich runter, damit ich es dir zeige.«

Ich trage sie zum Bett und setze sie dort ab. Sie kniet sich vor mich hin und starrt zu mir hoch, während sie meinen Gürtel öffnet und meine Shorts hinunterzieht. Meine Boxershorts sind als Nächstes dran, und sofort liegt ihre Hand an meinem Schwanz, und ihre Zunge leckt über meine erhitzte Haut. Während sie die Lippen über meine Eichel gleiten lässt, schiebt sie die andere Hand unter ihrem Kleid zwischen ihre Beine.

»Verdammt, Aurora«, stöhne ich und vergrabe die Finger in ihrem Haar. »Du fühlst dich so verdammt gut an.«

Durch dichte Wimpern schaut sie aus ihren grünen Augen zu mir hoch. Ich präge mir den Anblick ein, denn es gibt nichts Schöneres, als sie auf den Knien vor mir zu sehen. Ich streiche ihr das Haar aus dem Gesicht, packe es und halte es fest, wie sie es mag. Ich gebe mir alle Mühe, nicht auf der Stelle zu kommen, aber sie stöhnt, während ihre Hand und ihr Mund gemeinsam arbeiten, um jeden Zentimeter von mir zu befriedigen. Ihre andere Hand bewegt sich wild zwischen ihren Beinen.

Sie lässt die Zunge um mich herumwirbeln, dann nimmt sie mich bis hinten in ihre Kehle auf, und mir bleibt der Atem weg. Je näher ich dem Höhepunkt komme, desto fester packe ich ihr Haar, während sich mein Bauch anspannt, und gerade als ich so weit bin, zieht sie mich aus ihrem Mund und grinst zu mir hoch.

Pure Verzweiflung – besser kann ich das Gefühl nicht beschreiben, doch dann dreht sie sich wortlos um und senkt den Oberkörper auf die Matratze, sodass ihr Hintern direkt vor mir in die Luft ragt.

Ich glaube, ich habe bis jetzt noch nie so richtig zu schätzen gewusst, wie großartig Sommerkleider sind. Rasch hole ich ein Kondom aus der Schublade, streife es über und schiebe ihr Kleid zur Seite. Sie sieht mir über die Schulter hinweg zu, wie ich ihr erneut den Slip beiseiteschiebe.

»Ich bin total besessen von dir«, stöhne ich und dringe langsam in sie ein. »Besessen.«

»Zeig's mir.«

Es ist schnell und hart. Ich hämmere in sie hinein, und sie kommt meinen Bewegungen entgegen. Ihre Hände halte ich auf ihrem Rücken gefangen, zusammen mit dem gelben Stoff ihres Kleids, das ich so sehr liebe. Ich sehe, wie sich ihr Gesicht vor Lust verzerrt. Laut stöhnt sie meinen Namen.

»Fester.«

»Hältst du das aus?«

»Ja, bitte, Russ. Härter.« Ich packe sie noch fester, sie vergräbt die Nägel in meinen Handflächen und wölbt die Hüften noch mehr nach hinten, um mich aufzunehmen. Ihre Lippen sind geöffnet, ihre Augenlider sinken herab, und ich spüre, wie sie anfängt, sich anzuspannen. »Bitte, hör nicht auf.«

»Verdammt, Rory.« Stanley-Cup-Gewinner. Zähl ein paar Stanley-Cup-Gewinner auf. »Ich bin gleich …«

Auroras Schrei unterbricht mich, und als ihr gesamter Körper sich verkrampft und zuckt, bin auch ich so weit. Ich komme so heftig, dass ich mich kaum auf den Füßen halten kann, aber sie ist viel zu sehr damit beschäftigt, sich unter meinen Händen zu winden, um es zu merken.

Ich lasse ihre Hände los und beuge mich vor, um sie zärtlich zwischen die Schulterblätter zu küssen, dann unter ihr Ohr und schließlich auf die Wange.

Sie macht die Augen wieder auf. »Habe ich dir doch gesagt, dass ich es aushalte.«

Sie ist unglaublich.

»Nicht schlecht, Champion«, ziehe ich sie auf, aber sie hält ihre zittrige Hand hoch, damit ich einschlage.

»Wir sind echt gut darin, nicht wahr?«

»Ich würde behaupten, wir sind die Besten«, erwidere ich und ziehe mich behutsam aus ihr zurück.

Sie macht ein nachdenkliches Geräusch. »Das würde ich auch behaupten.«

Als ich zu meinem Sitz zurückkehre, bin ich mir meines selbstgefälligen Lächelns durchaus bewusst. Vielleicht bleibt es jetzt für immer in meinem Gesicht, denn ich kann mir nicht vorstellen, jemals nicht so zufrieden mit mir selbst zu sein.

»Ich habe das Gefühl, dir nicht oft genug zu sagen, dass ich dich hasse«, sagt Xander zu mir, als ich mich hinsetze.

»Ich werde dich auch vermissen, Kumpel.«

Heute Abend sind wir zum letzten Mal alle zusammen, und ich kann gar nicht glauben, wie schnell die Zeit vergangen ist. Morgen werden wir die Kinder bei der Abreise unterstützen und dann den Rest des Tages Ausrüstung und Möbel verstauen, bevor der Rest von uns am Sonntag das Camp verlässt.

Nach langem Überlegen will Aurora noch immer zur Hochzeit ihres Dads fliegen, wenn sie hier fertig ist. Ich habe miterlebt, wie sie um die Entscheidung gerungen hat, aber sie sagt, dass sie sich jetzt sicher ist.

Als sie mir erzählte, was ihre Mom alles gesagt hatte, war sie noch ganz aufgewühlt. Sie hat mir erklärt, wie erleichtert sie ist, weil sie endlich begreift, dass es nicht an ihr liegt, dass sie nichts falsch gemacht hat. Sie war so emotional, gleichzeitig erleichtert und erfüllt vom Schmerz all der Jahre, dass ich es nicht über mich gebracht habe, ihre Fragen nach meinem Dad vollständig zu beantworten.

Ich fühle mich noch immer schuldig, weil ich heruntergespielt habe, weshalb er im Camp aufgetaucht ist. Sie ist immer wie ein völlig offenes Buch, wenn es um ihre Gefühle und Gedanken geht, und ich habe die Wahrheit großteils verschwiegen. Ich habe ihr erzählt, dass er Streit mit meiner Mom hatte und mich um Hilfe gebeten hat, obwohl das nur die Spitze eines sehr großen Eisberges ist.

Sie hat mich mehrfach gebeten, ihr alles zu erzählen. Immer im selben Ton, nervös, aber mit dem Versprechen, geduldig und verständig zu sein. Als sie mich am Tag seines Besuchs gefragt hat, lag mir die ganze Wahrheit schon auf der Zunge. Aber nachdem ich alles gehört hatte, was auf ihren Schultern lastete, vom Telefonat mit ihrem Dad bis zum Überraschungsbesuch ihrer Mutter, konnte ich ihr nicht auch noch meine Probleme aufhalsen.

Hätte ich ihr alles erzählt, würde sie ihre gesamte Energie darauf verwenden, mir dabei zu helfen, mit meinen Gefühlen umzugehen, statt sich darauf zu konzentrieren, mit ihren eigenen zurechtzukommen. Irgendwann werde ich es ihr erzählen, aber je mehr Zeit seit Dads Besuch vergeht, desto mehr schwindet mein Wille, darüber zu reden. Jeder Tag, der ohne eine Geldanfrage vergeht, lässt es ein bisschen weniger dringend erscheinen, und wenn ich ehrlich zu mir bin, glaube ich noch immer nicht, dass ich wirklich so weit bin.

Aurora liebt es, wenn ich ihr von mir erzähle. Ich liebe es, Aurora glücklich zu machen. Aber ihr alles geben zu wollen, was sie sich wünscht, weil ich ihr alles geben würde, wenn ich könnte, ist nicht dasselbe, wie bereit dazu zu sein.

Ich weiß, eines Tages werde ich mich wohl genug fühlen, um mit ihr über die ganzen Probleme meines Dads zu reden. Jetzt, nachdem ich Zeit hatte, seinen Besuch zu verarbeiten, keimt in mir ein winziges Fünkchen Hoffnung auf, dass er sich tatsächlich ändert. Es gibt viel zu verarbeiten, vor allem für Außenstehende ist das schwer nachvollziehbar, und ich würde lieber mit ihr reden, wenn ich weiß, wie es weitergeht. Wenn sich nichts ändern wird, möchte ich das wissen, anstatt beschämt zu sein, weil ich über meine Hoffnungen rede und dann von ihm enttäuscht werde.

Meine Familie ist so eine große emotionale Last, und das möchte ich ihr einfach ersparen, vor allem nachdem sie die letzten beiden Monate so hart gearbeitet hat.

Sie sagt, für sie ging es diesen Sommer darum, aus den richtigen Gründen Entscheidungen zu treffen. Sich für die Teilnahme an der Hochzeit zu entscheiden, weil es ein wichtiges Familienereignis ist, sei für sie der richtige Grund. Es ist keine unwillkürliche Reaktion, sie ist nicht verletzten Gefühlen oder schlechten Entscheidungen geschuldet – sie möchte dabei sein.

Wenn sie beschließt, nicht hinzufliegen, dann muss sie das auch nicht, weil sie sich im Griff hat.

Ich bringe es nicht über mich, sie daran zu erinnern, dass ein einziges Gespräch mit ihrem Dad sie dermaßen aus der Bahn geworfen hat, dass sie packen und abreisen wollte. Ich möchte, dass sie tut, was sie glücklich macht. Sie ist erwachsen und kann ihre Entscheidungen selbst treffen. Aber ich glaube, sie fliegt hin, weil sie Angst hat, ihre Beziehung endgültig zu zerstören, und nicht, weil sie hofft, sie retten zu können.

Aber ich wäre ein Heuchler, wenn ich ihr all das sagen würde, deshalb sage ich ihr, dass ich stolz auf sie bin und dass ich für sie da bin, egal was passiert.

Es wird komisch werden, so weit von ihr weg zu sein, wenn sie bei der Hochzeit ist. Ich fahre nach San Jose zu JJs offizieller Einweihungsparty, und so gern ich sie dabeihätte, freue ich mich doch auch darauf, es mir mit allen zusammen gut gehen zu lassen.

Aurora hat in diesen zwei Monaten mehr über mich erfahren als meine Freunde in Jahren, und ich fühle mich besser, einfach weil ich sie habe. Selbst wenn es mit Dad aufwärts gehen sollte und er mit Spielen aufhört – und hoffentlich auch mit Trinken –, werde ich Zeit brauchen, um die Jahre der Scham zu verarbeiten.

Und ich bin dankbar, dass ich nicht allein sein werde, wenn ich mich auf diese Reise begebe.

34. KAPITEL

Aurora

Es herrscht eine traurige Stimmung, als die Kinder am Fenster entlang auf den Bus des Camps zugehen.

Orla organisiert den Abreisetag mit genau festgelegten Abholzeiten wie eine gut geölte Maschine, damit alles so reibungslos wie möglich abläuft. Es ist sehr rührend, sich von Menschen zu verabschieden, mit denen man mehr als zwei Monate verbracht hat. Wenn ich als Kind hier war, habe ich am letzten Tag immer geheult und mich in der Regel an Jenna geklammert.

Glücklicherweise scheinen unsere Kinder reifer zu sein als mein früheres Ich, und auch wenn sie traurig sind, freuen sich die meisten von ihnen auf ihre Familie. Am Vormittag waren wir schwer damit beschäftigt, dafür zu sorgen, dass alles in die richtigen Taschen gepackt wurde und das Gepäck zum Abholen bereitstand. Ich bin froh, viel zu tun zu haben, denn sie mögen vielleicht bereit sein, abzureisen, aber ich bin noch nicht bereit, mich von meinen Kids zu verabschieden, die ich glücklicherweise am Leben erhalten und weitgehend unverletzt durchgebracht habe.

Wenn ich daran denke, dass meine Gruppe heute Abend nicht mehr hier sein wird, könnte ich heulen.

Freya und Sadia klemmen mir die Blutzufuhr zu meinen Beinen ab. Sie sitzen auf meinen Oberschenkeln und rutschen darauf herum, um einen besseren Blick auf das Display von Emilias Handy zu bekommen, während wir darauf warten, dass die Braunbären abgeholt werden.

Poppy zeigt uns den Big Ben und das House of Parliament, und die Mädchen sind ganz verzückt. Beide wissen, dass Emilias Freundin eine Überraschung parat hat, aber sie wissen nicht, was es ist, und sind superaufgeregt. Zwei kleinen Kindern ein Geheimnis anzuvertrauen ist genauso, als würde man den Jungs zutrauen, dass sie da sind, wenn sich jemand übergibt oder eine Toilette verstopft ist – eine ganz schlechte Idee.

Die restlichen Kinder spielen draußen mit den Jungs Flag Football, aber Emilia und ich sind erschöpft nach unserer Nachtschicht mit zwanzig überdrehten Kindern.

Ich freue mich schon seit Wochen auf den Moment, wenn dieses Geheimnis gelüftet wird, schließlich war ich diejenige, die es organisiert hat. Ich weiß, wie sehr Emilia Poppy diesen Sommer vermisst hat, und es gab garantiert Momente – wenn sie zum tausendsten Mal Tetherball gespielt, sich um heimwehkranke Kinder gekümmert oder herauszufinden versucht hat, ob sich ein Tier in der Hütte befindet –, in denen sie sich gewünscht hat, sie wäre ebenfalls nach Europa gereist.

Sie hat mich bei der Geschichte mit Russ unglaublich unterstützt, was uns unsere heimlichen Treffen sehr viel leichter gemacht hat. Glücklicherweise verbringt sie tatsächlich gern Zeit mit Xander. Sie hat sogar vor, ihn einzuladen, wenn wir wieder im College sind.

Obwohl August ist, ist der Himmel in London dunkelgrau, was nicht gerade die tollste Kulisse für Poppys Neuigkeiten ist. Aber ihr Lächeln breitet sich über das ganze Gesicht aus, als sie die Überraschung verkündet. »Du kommst nach London!«

»Was!«, ruft Emilia. »Wann?«

»Morgen!«, brüllt Poppy zurück.

Emilia sieht aus, als würde sie gleich in Tränen ausbrechen, deshalb scheuche ich die Mädchen von meinem Schoß und gehe mit ihnen nach draußen, damit Emilia und Poppy ein bisschen Privatsphäre haben.

Sie setzen sich neben mich auf die Bank, und wir schauen uns das Footballspiel an. Russ jubelt Billy zu, als ihm ein Touchdown gelingt, einem eher introvertierten Kind, das Mannschaftssport vor neun Wochen noch gehasst hat. Er klatscht mit ihm ab, während sich die Kinder, die vermutlich zu seiner Mannschaft gehören, auf ihn stürzen.

Könnte mal jemand meine Eierstöcke zum Schweigen bringen?

»Fliegen Russ und du nach London?«, fragt Freya und flicht mir die Haare.

»Nein, Süße. Russ besucht seinen Freund JJ in seinem neuen Haus, und ich fliege an einen Ort namens Palm Springs, weil mein Dad heiratet.«

»Wann seht ihr beide euch dann wieder?« Jetzt fängt auch Sadia an, mit meinem Haar herumzuspielen.

»Wir gehen auf dasselbe College, also werden wir uns sehen, wenn wir wieder dort sind.«

Das ist nicht gelogen. Russ und ich haben noch nicht komplett darüber gesprochen, wie es weitergeht, wenn wir beide wieder an der UCMH sind. Wir haben noch nicht geklärt, was wir sind, was lächerlich ist, da wir schließlich zehn Wochen lang jeden Tag sechzehn Stunden miteinander verbracht haben. Wir wissen nur, dass wir beide dort sein werden und dass wir beide nicht bereit sind, was auch immer zwischen uns ist, aufzugeben.

»Fragt ihn doch mal, ob er euch ein Geheimnis verrät.«

Die Mädchen rasen zu Russ, der sich als Schiedsrichter versucht, und klammern sich an ihn. Er hockt sich hin, um auf

Augenhöhe mit ihnen zu sein, und sie flüstern ihm ihre Botschaft ins Ohr. Er schaut mich zwischen den beiden hindurch an, und auch wenn ich nicht viel von seinem Gesicht sehen kann, weiß ich einfach, dass ich, wäre ich nah genug, seine Grübchen sehen könnte.

Himmel, ich hätte niemals derart besessen von einer Person sein sollen.

Ich sehe ihn eine Antwort flüstern, und sie kommen kichernd zu mir zurückgerannt. »Er sagt, er freut sich schon darauf, dich im College zu sehen, und wir sollen dich auch nach einem Geheimnis fragen.«

»Hm.« Ich tippe mir gegen die Lippen und tue so, als müsste ich überlegen. »Mein Geheimnis lautet, ich bin richtig heftig in Russ verliebt.«

Ich erwarte, dass die beiden vor Begeisterung kreischen und lachen, wie sie das bei so ziemlich allem tun.

Freya stemmt die Hand in die Hüfte. »Das ist kein Geheimnis. Das wissen alle.«

»Ja«, stimmt Sadia ein. »Du liebst ihn. Erzähl uns ein echtes Geheimnis.«

Ich war nicht darauf gefasst, heute von Kindern zur Rede gestellt zu werden. »Okay, okay. Mein Geheimnis lautet: Ich will das alles nächstes Jahr noch mal machen.«

Sie laufen zurück und fast schon in Russ hinein. Er lächelt, schaut kurz zu mir her und sagt dann etwas. Die Mädchen kommen, atemlos von all dem Hin und Her, zu mir zurückgerannt. Freya setzt sich neben mich. »Er hat gesagt: ›Wo du hingehst, gehe ich auch hin.‹ Das sind keine Geheimnisse, ihr beide solltet einfach miteinander reden.«

Da hat sie nicht unrecht.

»Braunbären«, brüllt Jenna, die auf einmal mit ihrem Klemmbrett dasteht. »Ihr seid dran!«

Wie lange könnte ich damit durchkommen, wenn ich mich weigere, sie gehen zu lassen?

»Holt eure Jacken und Rucksäcke, Mädels«, sagt Emilia, die wieder aus dem Hauptgebäude zurück ist. Wir sehen die beiden auf den Rest der Gruppe zulaufen; Emilia legt den Arm um mich. »Alles okay mit dir?«

»Und wenn ich sie nun einfach alle behalte?«

»Ich glaube, damit hätten ihre Eltern ein Problem«, erwidert sie leise. »Drei von ihnen haben mich gestern gefragt, ob du nächstes Jahr wiederkommst. Sie lieben dich wirklich, Ror. Sie hatten Angst, dich zu fragen, falls du Nein sagen würdest.«

»Ich liebe sie alle. Sogar Leon. Obwohl er ein Arschloch ist.«

Die Betreuenden hier waren solch ein wichtiger Teil meiner Kindheit, dass es mir eine Menge bedeutet, wenn mich die Kinder mögen und sich wünschen, dass ich wiederkomme. Ich musste hierher zurückkehren, um einen Teil von mir zu heilen, der ein kleines bisschen zu zerstört war. Ich kehre mit dem Gefühl nach L.A. zurück, ein neuer Mensch zu sein, und ich bin überzeugt, dass mir das nirgendwo sonst gelungen wäre.

»Poppy hat mir erzählt, was du gemacht hast.«

Ich kann es mir nicht verkneifen, die Augen zu verdrehen. Poppy und ich hatten ein sehr ernstes Gespräch, in dem ich sie gewarnt habe, dass ich bis zum Collegeabschluss Spinnen in ihr Bett schmuggeln würde, falls sie Emilia erzählt, dass ich ihre Europareise organisiert und bezahlt habe. »Sag Poppy bitte, was als Nächstes passiert, hat sie sich selbst zuzuschreiben.«

»Das hättest du nicht zu tun brauchen, Ror.« Geschenke sind ein schwieriges Thema für uns, um das wir immer herumschleichen. Meistens gehe ich zu weit, und sie hält mir einen Vortrag, dass ich mir ihre Liebe nicht zu erkaufen brauche und dass es mir keinen Freifahrtschein gibt, zu tun, was ich will, indem ich es als meine ›Love Language‹ bezeichne. »Aber trotzdem ganz herzlichen Dank.«

»Du warst sehr verständnisvoll diesen Sommer, während ich … beschäftigt war.«

»Entschuldige, müssen wir noch mal alle Beziehungen durchgehen, bei denen du mir die Hand gehalten hast? Die Male, als du mich mitten in der Nacht abgeholt hast? Dass du mich nicht verurteilt hast, als ich mich zum, na, sagen wir, dritten Mal wieder mit Sawyer eingelassen habe?«

»Wir haben nicht genug Zeit, sie alle durchzugehen, du musst morgen früh nach London fliegen.«

Sie schlägt mich spielerisch auf den Arm. »Du verdienst jemanden, der dich ansieht, als wärest du alles, was es auf der ganzen Welt gibt. Ich würde eine Million Tage dafür hergeben, dass du glücklich wirst. Du hast jemanden gebraucht, der dir beweist, dass du es wert bist, und um das auch mal zu sagen: Ich bin froh, dass es Russ ist. Obwohl er ein Mann ist.«

»Himmel, Emilia. Du weißt doch, traurig sein macht mich an.«

»Du bist manchmal so verdammt seltsam. Komm schon, Lovebug. Es ist an der Zeit, sich für ein Jahr von Honey Acres zu verabschieden.«

Es ist merkwürdig still, als wir alle unten am See rund um das Feuer sitzen, satt von der Pizza, die uns Orla als Dankeschön für unsere harte Arbeit spendiert hat. Die Köchinnen und Köche im Camp sind großartig, aber nichts geht über eine Veggie-Pizza von Dom's Pizzeria in Meadow Springs.

Nachdem wir unseren Kindern zum Abschied hinterhergewunken hatten, machten wir uns daran, die ganzen über das Camp verstreuten Utensilien bis zum nächsten Sommer wegzuräumen. Emilia und ich mussten doppelt so viel arbeiten, weil Russ und Xander eine Stunde lang gefühlvoll von Fish, Salmon und Trout Abschied nehmen mussten. Ich glaube aber, irgendwann reichte es den Hunden, sogar noch vor den Jungs.

Seit der Abschlussbesprechung vorhin mit Orla sind wir offiziell keine Mitarbeitenden mehr. Sie beendete die Besprechung mit den Worten, sie wolle am nächsten Morgen keine Bierflaschen finden müssen. Ich wackelte mit den Augenbrauen, und sofort verdrehte Jenna die Augen und formte mit den Lippen das Wort »Freifahrtschein«.

Der Biereinkauf ist in Rekordzeit erledigt, und obwohl ich normalerweise die Erste wäre, die sich eine Flasche schnappt und ein Trinkspiel initiiert, bin ich völlig glücklich, einfach auf Russ' Schoß auf einem Campingstuhl zu sitzen und die letzten der gelatinefreien Marshmallows zu essen, ohne uns beide mit Graham-Crackern vollzukrümeln.

»Wirst du jetzt langweilig?«, fragt Emilia, die neben uns sitzt und von ihrem Bier trinkt. Ich weiß, das ist nur ein Witz, aber ich zeige ihr trotzdem den Mittelfinger.

»Vergib mir, dass ich morgen, wenn ich meinem Vater gegenübertrete, nicht verkatert sein will«, knurre ich und verdrehe die Augen. »Und was ist eigentlich aus ›Lass dich von deinen Freunden nicht unter Druck setzen‹ geworden? Hör auf, mir Druck zu machen, mit dir gemeinsam verantwortungslos zu sein.«

Russ küsst mich auf die Schulter und fährt weiter mit der Hand über mein Schienbein. Er braucht nichts zu sagen, ich weiß auch so, dass er stolz auf mich ist, denn es stand auf der Kippe, ob ich heute Abend über die Stränge schlagen würde.

Niemand hat auch nur mit der Wimper gezuckt, als ich mich vorhin auf Russ' Schoß gesetzt und er mich auf die Stirn geküsst hat. Die fehlende Überraschung der anderen hat mich ein bisschen gekränkt, doch dann hat mich Emilia darauf hingewiesen, dass ich von Natur aus so diskret wie ein laut schrillender Feueralarm bin. Aber dann sah ich, wie Clay die Kinnlade hinunterfiel, ausgerechnet ihm, der seit Wochen die meiste Zeit des Tages mit uns verbracht hat – und schon bekam mein Ego Auftrieb.

Feueralarm, also wirklich.

Er hat sich heute Abend von uns ferngehalten und sich lieber mit Maya und ihren Freunden von zu Hause betrunken. Ich kann nicht behaupten, dass ich deshalb böse bin, weil ich mein kleines Trio liebe und weil es bedeutet, dass ich nicht wieder eine Einladung nach Cabo ablehnen muss.

»Sollte ich zum Spaß nach Maple Hills wechseln?«, fragt Xander und trinkt einen großen Schluck von seinem Bier. »Es fühlt sich nicht richtig an, derjenige zu sein, der das Dreamteam auseinanderreißt. Wie wollt ihr irgendetwas auf die Reihe bekommen?«

»Wer ist das Dreamteam?«, zieht ihn Emilia auf.

»Wir sind das Dreamteam, Emilia. Weißt du, was, vergiss es. Ich bleibe an der Stanford.«

Ich lecke mir Schokolade und Marshmallows, die aus meinem S'more getropft sind, von den Fingern, und Russ vergräbt den Kopf an meinem Hals und flüstert: »Hör damit auf.«

Ich ignoriere ihn und rutsche ein bisschen auf seinem Schoß hin und her, als wollte ich es mir bequemer machen, woraufhin er mir die Finger in die Seiten bohrt, dass ich mich winde und kichere.

Xander sieht mit gerunzelter Stirn zwischen uns hin und her. »Hört ihr beiden überhaupt zu? Ekelhaft. Ein Glück, dass es das Beziehungsverbot gibt. Ich wäre in eine Jauchegrube gesprungen, wenn ich mir das jeden Abend hätte anschauen müssen.«

»Ich höre zu«, erwidert Russ, räuspert sich und schlingt die

Arme um mich. »Arbeitet dein Dad nicht an der UCMH? Hast du mir das nicht erzählt, als wir uns kennengelernt haben? Du willst nicht mit deinem Bruder Basketball spielen, stimmt's?«

»Oh, dann hörst du mir also doch zu. Erstens, er ist mein Stiefvater. Wir sollten Big Phil nicht respektlos behandeln, indem wir ihm denselben Dad-Status zuerkennen wie diesem Arschloch. Dave hat eine widerwärtig bescheuerte Job-Bezeichnung; ich kann mich nicht erinnern, wie sie heißt.« Xander schnipst bei dem Versuch, sich zu erinnern, ein paarmal mit den Fingern. »Er ist Direktor der Sportabteilung, aber so nennen sie ihn nicht.«

Russ setzt sich so rasch auf, dass ich beinahe ins Feuer fliege. »Dein Stiefvater ist Skinner? Willst du mich verarschen? Wir teilen uns seit zehn Wochen ein Zimmer, und jetzt erzählst du mir, dass dein Vater –«

»Stiefvater.«

»... die Kontrolle über meine gesamte College-Karriere hat?«

»Skinner?«, wiederhole ich. »Wieso kommt mir das so bekannt ... Ach, du meine Güte.« Ich bin tot. Bloß keine Wiederbelebungsmaßnahmen. Es ist vorbei. Ich falle beinahe von Russ' Schoß. »Ist dein Bruder Mason Wright?«

»Stiefbruder.« Völlig unbeeindruckt kippt er sein Bier in sich hinein. »Ihr beide seid auf einmal sehr lebendig. Da bekommt ihr ein Fitzelchen Information von mir, und plötzlich interessiert ihr euch für was anderes, als nur aneinander rumzufummeln. Interessant.«

»Du bist mit meinem Erzfeind verwandt!« Ich kann das noch gar nicht richtig begreifen. »Ich fühle mich geschändet.«

Russ zieht mich näher an sich und schlingt die Arme um meine Taille.

»Durch Heirat«, erwidert Xander und zuckt mit den Schultern. »Wir haben keine gemeinsame DNA, ihr könnt mich nicht für deren Fehler verantwortlich machen.«

Emilia kann sich kaum halten vor Lachen, denn sie weiß, wie sehr ich Mason hasse. »Ich kann nicht glauben, dass das die große Enthüllung des Abends ist, und nicht, dass ihr beiden ekelhaft glücklich zusammen seid.«

»Was für ein Plottwist«, murmele ich und lehne mich an Russ, der das Kinn auf meinen Kopf legt. Vor Russ habe ich noch nie mit jemandem so gekuschelt. Dafür bin ich nie lange genug bei jemandem geblieben, aber eins habe ich diesen Sommer gelernt: Ich bin ein großer Fan davon.

Der Rest des Abends geht dahin, ohne dass weitere Bomben hochgehen, und die Hitze des Feuers macht mich schläfrig. Es gibt viele Gründe, weshalb ich nicht will, dass diese Nacht zu Ende geht, aber der Hauptgrund lautet, dass es der beste Sommer meines Lebens war. Auch wenn ich weiß, dass ich mich mies fühlen werde, sobald ich in Palm Springs lande. Es ist mir inzwischen egal. Ich werde die Tage zählen, bis ich wieder im College bin, und mich aus allen Schwierigkeiten heraus- und von meinem Vater fernhalten kann.

Ich weiß jetzt, warum er keine Beziehung zu mir hat, und es gibt nichts, was ich tun oder lassen könnte, um das zu ändern. Ich spüre nicht mehr den Drang, um seine Aufmerksamkeit zu kämpfen oder mich aufzuführen, damit er mich zumindest ermahnt, was eindeutig nie passiert ist.

Seine Meinung ist mir nicht mehr wichtig, und das ist befreiend.

Ich gähne so heftig, dass mein Kiefer laut knackt, und Russ hört es.

»Komm, Dornröschen, ich bringe dich ins Bett.«

»Ich glaube, sie ist eher Sleepy von Schneewittchen als Prinzessin Aurora«, sagt Xander, und Emilia, die neben ihm sitzt, nickt. Ich schaue ihn verwundert an. »Glaubst du echt, ich hätte mich zwei Monate lang um Achtjährige gekümmert und kenne mittlerweile nicht alle wichtigen Prinzessinnen? Also wirklich.«

»Gute Nacht, bis morgen früh«, erwidere ich und gähne erneut.

Russ und ich gehen Hand in Hand den Weg in Richtung meiner Hütte, und ich werde noch immer nicht das Gefühl los, dass es gegen die Vorschriften verstößt. Für Smalltalk bin ich zu müde, deshalb höre ich einfach zu, als er erzählt, wie sehr er sich auf den morgigen Besuch bei JJ in San Jose freut. Ich weiß inzwischen, dass JJ ihm Mut gemacht hat, und ich glaube nicht, dass ich jemals verliebter in Russ war.

Endlich sind wir bei meiner Hütte, und als wir eintreten, schnappt er hörbar nach Luft. »Es ist so aufgeräumt. Ist es schlimm, dass ich mich jetzt noch mehr von dir angezogen fühle?«

Ich setze mich auf das Bett, ziehe meine Schuhe aus und lege mich hin. »Ja.«

Er zieht mich wieder hoch und streift mir das T-Shirt über den Kopf. »Du hast mir vorhin gesagt, ich soll dich unter die Dusche zwingen, bevor wir ins Bett gehen, weil dir morgen früh nicht genügend Zeit bleibt, um dir die Haare zu waschen. Ich weiß zwar nicht so ganz, was das bedeutet, aber ich weiß, du solltest duschen.«

Wieder ein lautes Gähnen. »Ignorier mich. Mein Ich von vorhin wusste nicht, wie müde ich jetzt sein würde. Es war optimistisch und dumm.«

»Komm schon, Roberts. Ab unter die Dusche.«

Ich verschränke trotzig die Arme vor der Brust und schmolle, bis ich erneut gähnen muss. »Bring mich doch dazu.« Mein Gähnen verwandelt sich in einen verblüfften Schluckauf, als er mich sich über die Schulter wirft und mit mir zum Badezimmer marschiert. »Du bist grausam.«

Er gibt mir einen Klaps auf den Hintern, der mich ein bisschen wacher macht. »Pst.«

Russ zieht uns beide methodisch aus, und vor fünf Minuten hätte ich noch behauptet, ich wäre zu müde für Sex, aber der Klaps auf den Hintern und seine Dominanz haben meine Meinung vielleicht geändert. Das Badezimmer füllt sich allmählich mit Wasserdampf, und nachdem er die Temperatur geprüft hat, führt er uns beide unter die Dusche.

Er steht hinter mir; ich schäme mich nicht, zuzugeben, dass ich darauf warte, nach vorne gebeugt zu werden. Aber das passiert nicht, er greift nur nach einer Flasche, drückt ein wenig Shampoo in seine Hände und verreibt es.

Ich brauche mich nicht vorzubeugen. Ich kann garantiert auch bloß dadurch kommen, dass er mir die Haare wäscht.

»Du bist perfekt«, stöhne ich, als er mir die Kopfhaut massiert. »Wieso hast du mir nicht die ganze Zeit die Haare gewaschen?«

Er kichert und beginnt, den Schaum auszuspülen. »Ich verspreche dir, wenn wir zu Hause sind, wasche ich dir immer die Haare, wenn du es willst.«

Zu Hause. Noch immer haben wir nicht darüber gesprochen, wie es mit uns weitergeht. Ich habe auf eine Gelegenheit gewartet, das Thema möglichst cool und wie nebenbei anzuschneiden. Auf eine Art und Weise, die keinen Druck beinhaltet, falls all die lieben Worte, die er an mich gerichtet hat, nur in dem Moment gesagt wurden.

»Verrat mir ein Geheimnis, Russ.«

»Es ist eine körperliche und geistige Herausforderung, nicht den ganzen Tag auf deinen Hintern zu starren.«

Ich drehe mich zu ihm um, und seine nasse Brust drückt gegen meine, während er weiter sanft meine Haare wäscht. »Ein richtiges Geheimnis.«

Russ hält kurz inne und denkt darüber nach. Er reibt sich den Nacken, und ich bin froh, dass er nervös ist, denn ich bin es ebenfalls. »Ich glaube, du kennst die meisten meiner Geheimnisse.«

»Darf ich dir eine Frage stellen?« Als er nickt, räuspere ich mich und überlege, wie ich am besten den beiläufigen Einstieg finde, den ich gesucht habe. »Was passiert, wenn wir wieder im College sind? Was sind wir?«

Er legt die Hände an meine Wangen, und als ich zu ihm hochschaue, wirkt er genauso nervös, wie ich mich fühle. »Wir sind, was immer du willst, dass wir sind, Aurora. Ich habe ein bisschen Angst, ich könnte dich vertreiben, aber ich glaube, ich habe ziemlich deutlich zum Ausdruck gebracht, dass ich dich nicht gehen lassen will.«

Was ich will, ist die nächste große Frage. Sobald ich mit ihm zusammen bin, vergesse ich alles, was ich jemals über den Ballast anderer Leute, Beziehungen, Männer gesagt habe. Aber die Gedanken halten sich hartnäckig, wenn ich allein bin, und ich kann nichts dagegen tun. Emilia hat recht, wenn sie sagt, dass die Messlatte bei mir so tief hängt, dass mich schon Mittelmäßigkeit beeindruckt, und ich leicht von jemandem abhängig werde, der mir immer wieder das gibt, wonach ich mich verzehre – nämlich Aufmerksamkeit und Wertschätzung.

Nichts an Russ ist mittelmäßig.

»Ich möchte mit dir zusammen sein«, sage ich leise und fühle mich plötzlich zehnmal nackter als vorhin, als er mir alle meine Sachen ausgezogen hat. »Ich hatte noch nie eine Beziehung, aber ich möchte wissen, wohin sich das entwickeln kann. Ich wäre gern deine Freundin.«

Er beugt sich hinunter, um mich zu küssen, und trotz der

heißen Dusche bekomme ich Gänsehaut. »Gut«, murmelt er. »Ich wäre nämlich gern dein Freund.«

Als wir uns abgetrocknet haben, bin ich erschöpft und falle sofort ins Bett. »Schlaf doch heute Nacht hier.«

»Ich bin noch nicht mit Packen fertig, Sweetheart. Ich war abgelenkt, weil ich mich von den Hunden verabschiedet habe.«

»Aber du kannst doch alles ganz großartig falten. Du bist in null Komma nichts fertig.«

»Schlaf, Ror«, erwidert er zärtlich. »Ich gehe, wenn du eingeschlafen bist.«

Ich ziehe ihn zu mir herunter auf die Bettdecke, und mit dem Gewicht seines Arms auf mir schlafe ich sofort ein.

Ich bin so froh, dass mich Russ gestern Abend zum Duschen gezwungen hat, denn Emilia und ich haben heute Morgen beide verschlafen.

Ich weiß nicht, wann sie ins Bett gekommen ist, weil ich bereits schlief, aber offensichtlich hat keine von uns daran gedacht, nachzuprüfen, ob die jeweils andere den Wecker gestellt hat.

Ich verabschiede mich von Jenna, auch wenn es kein richtiger Abschied ist, weil sie uns im September besuchen kommt. Jetzt warten wir mit unserem Gepäck auf die Jungs. Xander taucht als Erster mit seinen Sachen auf.

»Wo ist Russ?«, frage ich ungeduldig.

Xander lässt sein Gepäck vor unsere Füße fallen. »Könntest du nicht wenigstens mal zwei Minuten lang so tun, als würdest du dich freuen, mich zu sehen, Roberts? Musst du mir sofort ›Wo ist Russ?‹ um die Ohren hauen? Ich werde in dieser Freundschaft nicht genügend geschätzt.«

Ich schlinge die Arme um ihn. »Ich vermisse dich jetzt schon, Xan.«

»So ist es schon besser. Dein Typ hat geduscht, als ich gegangen bin.«

Emilia und ich müssen los, um unsere Flüge zu bekommen.

»Ich sorge dafür, dass er sich beeilt.« Ich renne – etwas, das ich ganz und gar nicht mag – zu seiner Hütte hinunter und gehe hinein. Seine Sachen liegen alle ordentlich in einer Reihe auf dem Bett, sein Schlüssel und sein Handy liegen oben auf seiner Tasche. Die Dusche läuft noch, und als ich ihm gerade sagen will, er solle sich beeilen, leuchtet sein Handy auf und zeigt einen Anruf von einer unbekannten Nummer an. Der Anruf endet nach kurzem Klingeln, und ich sehe, dass Russ in den letzten paar Minuten zwanzig verpasste Anrufe hatte.

Wieder leuchtet das Handy in meiner Hand auf, dieselbe Nummer wie vorher. Ich drücke auf die Annahmetaste und hebe es ans Ohr. »Hallo?«

35. KAPITEL

Russ

Ich bekomme beinahe einen Herzinfarkt, als ich die Badezimmertür öffne und Aurora im Schlafzimmer sehe.

Als sie hört, wie die Tür geöffnet wird, dreht sie sich zu mir um, und in dem Moment entdecke ich mein Handy in ihrer Hand. Mir rutscht das Herz in die Hose, denn ihr Gesichtsausdruck verrät mir sofort, wer am anderen Ende der Leitung ist. Ich sollte ihr das Handy aus der Hand nehmen, den Anruf beenden, irgendetwas. Stattdessen stehe ich wie festgenagelt in der Tür und starre sie an.

»Ich werde es ihm ausrichten«, sagt sie leise zu der Person am Telefon. »Auf Wiederhören.«

Ich muss etwas sagen, aber alle schrecklichen Möglichkeiten gehen mir gleichzeitig durch den Kopf.

»Ich hätte nicht an dein Handy gehen sollen«, sagt sie. »Tut mir leid. Ich habe nicht nachgedacht. Es war dein Bruder. Er wollte dich sprechen, weil dein Dad in ein Entzugsprogramm aufgenommen wurde. Sie wollen, dass du nach Hause kommst, er will sich entschuldigen.«

Es ist, als würden mehrere Gefühle gleichzeitig über mich hereinbrechen. Überraschung, Schmerz, Optimismus, Wut. Ich wusste, ich würde es ihr irgendwann erzählen müssen, aber im Moment bin ich nicht dazu bereit.

Sie sieht mich mitleidig an, genau wie ich es vorausgesehen hatte, und mein Frust wächst.

»Du hättest nicht an mein Handy gehen sollen.«

»Ich weiß, es tut mir leid. Ich habe nicht nachgedacht! Es hat wieder und wieder geklingelt, und die Nummer war nicht auf deinem Handy gespeichert ... Du weißt doch, wie der Empfang hier ist, vielleicht wäre er wieder abgebrochen, weshalb ich schnell abgenommen habe. Ich weiß es nicht, Russ. Ich dachte, vielleicht ist irgendetwas passiert, aber ich hätte nicht drangehen sollen. Es tut mir wirklich leid.«

Ich fahre mir mit der Hand über das Gesicht und stoße einen tiefen Seufzer aus. »Das Badezimmer ist gleich hier. Du hättest mich holen können, du hättest nach mir rufen können, du hättest alles Mögliche tun können.«

»Es tut mir leid, Russ.« Ihre Stimme klingt angespannt. »Ich dachte, es wäre dringend. Ich habe nicht nachgedacht.«

»Ich habe dir erzählt, dass er das macht, damit ich abnehme. Du weißt, dass er wieder und wieder anruft, bis ich so genervt bin, dass ich drangehe.«

»Das hatte ich vergessen. Die Nummer war nicht gespeichert, und ich habe nicht nachgedacht. Es war ein Fehler, und es tut mir leid.«

Es ist zu viel, um es alles auf einmal zu verarbeiten. Ich kann nicht vernünftig denken, wenn sie in der Nähe ist. »Du solltest gehen.«

»Ich habe gesagt, es tut mir leid«, wiederholt sie erneut und kommt auf mich zu. »Es tut mir wirklich total leid. Ich weiß, dass es sehr belastend für dich sein muss. Warum hast du mir nicht erzählt, dass dein Dad ein Suchtproblem hat? Ich dachte, wir erzählen uns alle unsere Geheimnisse ...«

»Weil ich nicht wollte, dass du mich so anschaust, wie du das gerade tust, Aurora«, entgegne ich mit tonloser Stimme. Es ist so peinlich, dass es schon wehtut. »Weil ich noch nicht bereit war, es dir zu erzählen, und jetzt bleibt mir keine Wahl mehr.«

Meine Worte sind scharf, und als ich sie ausspreche und sie höre, erkenne ich mich kaum wieder. Ich klinge wie mein Dad; mein schlimmster Albtraum läuft gerade direkt vor meinen Augen ab. Er hat eine Möglichkeit gefunden, sie fertigzumachen, dabei weiß er noch nicht einmal, dass sie existiert.

Ich lasse mich auf Xanders Bett fallen, weit genug von ihr entfernt, dass ich das Gefühl habe, noch denken zu können, obwohl mein Kopf ein einziger Nebel ist und keiner meiner Gedanken Sinn ergibt.

»Du darfst gern sauer auf mich sein, aber du darfst mich nicht ausschließen«, sagt sie. Bei jedem Wort zittert ihre Stimme, und als ich zu ihr hochschaue, sehe ich, wie verzweifelt sie ist. Ich habe das verursacht. Ich bin derjenige, der alles kaputt macht.

»Ich kann warten, während du mit deinem Bruder telefonierst. Lass es dir von ihm selbst erzählen. Ich kann dir die Hand halten, und ich kann weghören, wenn dir das lieber ist, aber ich werde für dich da sein.«

Ethan anzurufen ist das Letzte, was ich gerade tun möchte. Ein Teil von mir zweifelt, ob es überhaupt stimmt oder ob das einer seiner Tricks ist, mich dazu zu bringen, nach Hause zu fahren – und dann ist er nicht da. Ein weiterer Tag, an dem ich allein die Scherben unserer Familie aufsammeln und dabei ein paar eigene produzieren darf.

»Ich will nicht, dass du das tust.« Ich dachte, die Nachricht, dass sich mein Dad tatsächlich Hilfe gesucht hat, würde mich glücklicher machen, aber jetzt kann ich nur eines denken: Was hält sie von mir?

»Russ, bitte schließ mich nicht aus. Ich habe dir alles über meine Familie erzählt, und du weißt, ich verstehe es.«

»Du verstehst es nicht«, fauche ich sie an. »Es ist nicht das Gleiche.«

Ich lasse den Kopf in die Hände sinken; mein Magen ist in Aufruhr, und meine Gedanken überschlagen sich.

So hatte dieser Sommer nicht enden sollen.

Es ist unglaublich, wie Scham die Lücken füllt, die andere Leute aufgerissen haben. Bei jedem Riss, den die Taten meines Dads hinterlassen haben, hat die Erniedrigung alles wieder zusammengeklebt.

Ethans Anruf hat dabei wie ein Vorschlaghammer gewirkt.

»Ich glaube, du bist wütender auf mich, als ich verdient habe«, sagt sie und geht vor mir in die Hocke. »Schrei mich an, Russ. Lass uns darüber streiten, wie sauer du auf mich bist, und dann kann ich zurückschreien, dass du mir diese Riesensache monatelang verschwiegen hast, und wir können uns gegenseitig anbrüllen, bis du merkst, dass es mich nicht ängstigt, deinen Ballast mitzutragen. Und dann vertragen wir uns, und ich kann dich so unterstützen, wie du mich unterstützt.«

Ich will sie nicht anschreien. Ich will nicht, dass mein Ballast etwas ist, was sie mittragen muss, zumal ich weiß, dass sie heute ihrer eigenen Familie gegenübertreten muss.

»Geh einfach«, sage ich. »Du verpasst sonst noch deinen Flug.«

»Ich werde erst aufhören können, zu grübeln, wenn ich weiß, dass mit uns alles in Ordnung ist.« Ihre Hände zittern, als sie sie mir auf die Knie legt. »Schließ mich bitte nicht aus.« Ihre Stimme ist kaum mehr ein Flüstern.

Im Moment möchte ich am liebsten alle ausschließen. »Geh einfach, Aurora. Bitte.«

Sie küsst mich auf die Stirn, als sie aufsteht, und ich spüre ihre Tränen auf meiner Haut. Ich würde sie am liebsten an mich ziehen, aber das habe ich nicht verdient. Sie holt tief Luft, aber ich kann sie nicht ansehen. »Nur um das festzuhalten, ich hoffe wirklich, dass es deinem Dad besser geht und du dich von alldem erholen kannst. Es tut mir leid, dass ich es herausgefunden habe, bevor du bereit warst, es mir zu erzählen.«

Als ich endlich den Kopf hebe und sie weggehen sehe, fühlt es sich an, als würde sie die Hälfte von mir mit sich nehmen, und endlich bekomme ich die Antwort auf die Frage, die mich schon den ganzen Sommer beschäftigt hat.

Es ist schlimmer, sie weggehen zu sehen, als wachzuwerden und festzustellen, dass sie nicht mehr da ist.

Dass ich Scheiße gebaut habe, weiß ich, noch bevor ich mit meinem Gepäck aus der Hütte trete, und verdammt, ich hasse mich.

In meinem Zimmer war der Empfang nicht gut genug, um Ethan zurückzurufen, deshalb habe ich beschlossen, es von unterwegs zu probieren. JJ werde ich ebenfalls anrufen und ihn wissen lassen, dass ich nun doch nicht zu ihm komme. So ungern ich das tue, ist klar, dass ich nach Hause und mich dem Ganzen stellen muss. Ich vermisse Aurora, und das ist widersinnig, schließlich liegt es an mir, dass sie nicht hier ist, und dafür hasse ich mich ebenfalls. Ich werde sie von unterwegs anrufen, um Verzeihung bitten und beten, dass ich sie nicht zu sehr verletzt habe.

Sie fährt jetzt in dem Glauben zu ihrem Dad, dass ich sauer auf sie bin und dass sie etwas falsch gemacht hat, dabei ist es meine Schuld, weil ich nicht weiß, wie man etwas verarbeitet, ohne komplett dichtzumachen. Ich kann nicht mal den Fußweg durch das Camp zu meinem Pick-up genießen, obwohl ich noch nie in meinem Leben so glücklich war wie in den letzten zehn Wochen.

Die ganze Zeit verfolgt mich derselbe Gedanke: Natürlich

ist sie ans Telefon gegangen. Sie ist meine Freundin, und für einen normalen Menschen wäre es überhaupt kein Problem. Aber ich bin nicht normal. Ich habe mich seit Jahren von Scham und Peinlichkeit auffressen lassen, voller Angst, dass ich alles ruiniere, wenn ich jemanden an mich heranlasse. Ich habe sie nicht an mich herangelassen, nicht richtig, und trotzdem ist es mir gelungen, es kaputtzumachen.

Als ich an den Leuten vorbeikomme, mit denen ich Seite an Seite gearbeitet habe, halte ich den Kopf gesenkt und hoffe, dass sie mich nicht bemerken oder sich von mir verabschieden wollen. Glücklicherweise hält mich niemand auf. Ich habe den Autoschlüssel in der Hand und will nur noch so schnell wie möglich von hier weg.

Ich sehe auf meine Füße, die über den staubigen Asphalt schleifen, und dann höre ich auf einmal, wie sie sich räuspert, was mich zwingt, hochzuschauen. Ihre Taschen stehen neben ihr, und sie kaut auf ihren Fingernägeln herum und tippt nervös mit dem Fuß.

»Ich habe noch nie einen Mann angefleht«, sagt sie, und auch wenn sie sehr selbstbewusst klingt, sieht sie doch überhaupt nicht so aus. Ich weiß, was für eine riesige Sache es für sie ist. Ich weiß, wie viel Mut sie hierfür aufbringen musste. »Aber mit dir erlebe ich vieles zum ersten Mal.«

»Rory …«

»Ich will nicht, dass du der Erste wirst, der mir das Herz bricht.« Wieder fällt eine Last von mir ab. »Entweder steigen wir jetzt gemeinsam in deinen Pick-up und reden die nächsten vier Stunden, oder wir schweigen, und wenn wir in Maple Hills ankommen, gehen wir getrennte Wege. Du kannst mir so viel oder so wenig über deinen Dad erzählen, wie du magst. Es ist deine Entscheidung, wie viel du mich wissen lassen willst.« Sie hebt ihre Taschen auf. »Aber du kannst mir alles erzählen, wonach dir ist. Du willst mit mir zusammen sein? Dann machen wir es so. Wir werden nicht *nicht* miteinander reden, Russ. Wir teilen unsere Geheimnisse.«

»Es tut mir so leid, Ror«, sage ich, und als sie ihr Gepäck fallen lässt, stürze ich auf sie zu und reiße sie an mich. Kaum halte ich sie in den Armen, fühle ich mich wieder besser. »Ich wollte dich anrufen und um Gnade bitten, sobald ich unterwegs bin. Ich habe dich nicht verdient.«

»Doch«, erwidert sie bestimmt. »Das hast du. Du musst nicht um Gnade bitten. Du musst dich nicht dafür bestrafen, dass du überfordert warst. Du darfst mich nur nicht wegstoßen.«

Mit jedem Wort baut sie mich wieder auf.

»Was ist mit der Hochzeit?«

»Du bist meine erste Wahl, Russ«, flüstert sie und vergräbt den Kopf an meinem Hals. »Wo du hingehst, gehe ich ebenfalls hin. Du musst das nicht allein durchstehen.«

»Aber dein Vater ...«

»Wird es überleben. Wir wissen beide, dass es ihm im Grunde egal ist. Ich kann es drehen und wenden, wie ich will, um das Gefühl zu haben, ich hätte alles unter Kontrolle, aber seien wir doch mal ehrlich. Wäre keine Presse dabei, hätte er mich vermutlich gar nicht erst eingeladen.« Sie zuckt mit den Schultern. »Wenn er wollte, dass ich seinen Befehlen gehorche, hätte er mich, wenn ich gegen die Regeln verstoßen habe, mal zur Verantwortung ziehen sollen.«

»Es tut mir leid, wie ich mich vorhin verhalten habe. Ich kann mich so verdammt glücklich schätzen, dass ich dich habe.«

Wild und verzweifelt stürzt sie sich auf meinen Mund, und ich kann gar nichts anderes tun, als ihr zurückzugeben, was sie mir gibt. Noch immer fürchte ich mich vor dem, was uns zu

Hause erwartet, aber jetzt weiß ich, dass sie an meiner Seite ist.

Es dauert nicht lange, bis ich unsere Sachen in meinen Pickup geladen habe und wir unterwegs sind. Mir ist klar, dass ich jetzt bald anfangen muss, zu reden. Getrennte Wege zu gehen kommt für mich nicht in Frage, und wenn sie mich verlässt, liegt die Schuld ganz allein bei mir. Dann wäre ich derjenige, der sie wegstößt, während sie versucht, mich an sich zu ziehen.

Sie sitzt schweigend neben mir, als ich JJ anrufe, um ihm zusagen, dass ich nicht kommen werde. Er ist verständlicherweise enttäuscht, aber kaum habe ich das Wort »Familiendrama« fallen lassen, sagt er, ich solle mir keine Gedanken machen und wir sehen uns, wenn er das nächste Mal in L.A. ist.

»Er ist ein bisschen wie ein Bruder, nicht wahr?«, sagt Rory leise, nachdem ich den Anruf beendet habe.

»Ja, er ist gewissermaßen der ältere Bruder, den ich gern gehabt hätte, aber nicht hatte.«

Sie nickt. »So wie Jenna die ältere Schwester für mich ist.«

Es gibt so vieles in unserem Leben, das sich ähnelt, und ich muss darauf vertrauen, wenn mich überhaupt jemand verstehen und mir helfen kann, ist sie diejenige. Sie hat meine Welt auf den Kopf gestellt, und es gibt keinen Grund, wieso sie es nicht auch jetzt tun sollte.

»Mein Vater ist spielsüchtig«, sage ich, ohne den Blick von der Straße zu nehmen. »Vor allem Pferderennen, weil es einfach ist, aber er liebt Spielkasinos und Poker. Einmal, als ich noch jünger war, hat er mich stundenlang vor einem Spielkasino im Auto sitzen lassen. Das war der Moment, in dem meine Mom begriffen hat, dass er ein Problem hat. Außerdem trinkt er, aber es ist eine Folge der Wetten. So etwas wie Feiern oder Sichtrösten, verstehst du?«

»Ja.«

»Es ist mir peinlich, deshalb wollte ich es dir nicht erzählen. Welchem Vater wäre ein Fetzen Papier wichtiger als sein Kind? Was sagt das über mich aus, wenn ich nicht mehr wert bin als ein paar beschissene Quoten und ein Pferd?« Ich kann nicht anders, ich muss lachen. »Ich habe dir erzählt, was für schreckliche Sachen er zu mir gesagt hat. Das kam immer dann, wenn er betrunken war oder ich ihm kein Geld schicken wollte. Wenn man etwas oft genug hört, fängt man an, es zu glauben, Rory. Ich wollte nicht, dass du so über mich denkst, wie er das tut.«

»Das würde ich niemals tun«, erwidert sie sofort und streichelt meinen Nacken. »Weil es nicht stimmt.«

»Ich wollte immer nur, dass es ihm besser geht. Als er hier auftauchte, an dem Tag, als wir erwischt wurden, hatte er Streit mit meiner Mutter gehabt, angeblich hatte sie ihn sogar rausgeworfen. Er hat versprochen, es würde besser mit ihm werden, aber ich wollte mir keine falschen Hoffnungen machen. Als du mir erzählt hast, was Ethan sagte, war ich überfordert, da hast du recht. Überfordert, weil du es jetzt doch herausgefunden hattest. Weil ich mir das seit Jahren gewünscht habe. Weil es sich so irreal anfühlt. So als hätte man sich etwas sehnlichst gewünscht, aber wenn man es bekommt, scheint es zu gut, um wahr zu sein. Er hat mich so oft im Stich gelassen, dass ich mich nicht zu glauben traue, diesmal könnte es tatsächlich anders werden.«

»Du hast zu mir gesagt, wenn man Veränderung erwartet, ist das, als würde man immer wieder die Hand ins Feuer legen und glauben, dass man sich nicht verbrennt«, erwidert Aurora. »Ich möchte deine Hand halten, damit du sie nicht ins Feuer legen musst, Russ. Für niemanden ist es leicht, sich zu bessern, nicht nur für einen Süchtigen, auch für dich. Wie es aussieht, hat dein Dad Schritte unternommen, um sich zu bessern, aber niemand wird dich zwingen, ihm zu vergeben. Sollte dein Bruder das verlangen, werde ich ihn notfalls mit Gewalt daran hindern.«

»Und wenn er dich ebenfalls verbrennt? Meine Familie ist eine Katastrophe.«

Sie lacht, und ich könnte schwören, dass ihr Lächeln alles in Ordnung bringen kann. »Feuer ist nicht in der Lage, Feuer zu verbrennen. Ich werde Maple Hills dem Erdboden gleichmachen, bevor er Gelegenheit bekommt, dich scheiße fühlen zu lassen. Außerdem, Familiendrama? Hallo? Das Aushängeschild für Probleme mit Daddy sitzt gleich hier.«

Ich nehme ihre Hand und küsse sie auf den Handrücken.

»Mit mir muss dir nie etwas peinlich sein, Russ. Vielleicht hat das Universum gar nicht versucht, uns zu verarschen. Vielleicht hat es gewusst, dass wir uns gegenseitig brauchen, denn ich brauche dich wirklich. Du bist das Beste, was mir je passiert ist, und, wichtiger noch, ich möchte dir in dieser Geschichte beistehen, und zwar so, wie du dir das von mir wünschst.«

»Ich weiß nicht einmal, was Besserung beinhaltet. Ich weiß nicht einmal, was Wiedergutmachung bedeutet. Wie zum Teufel will er das hinkriegen? Es geht schon so lange.«

»Ruf doch einfach deinen Bruder an und lass es dir von ihm erklären, und alles, was wir nicht verstehen, google ich. Ich werde ihn auch nicht als Arschloch bezeichnen.«

»Danke, Aurora.«

Sie beugt sich zu mir herüber und küsst mich auf die Wange. »Danke, dass du mich nicht vier Stunden lang in völligem Schweigen hier sitzen lässt.«

Hand in Hand mit Rory betrete ich mein Schlafzimmer und habe sofort ein Gefühl von Déjà-vu.

Der Russ, der so getan hat, als sei er selbstbewusst, hätte niemals geglaubt, dass wir nur zwei Monate später in dieser Situation sein würden. Aurora, die nicht um das Offensichtliche herumredet, schreitet einfach an mir vorbei und setzt sich auf meinen Schreibtisch.

»Hättest du gern, dass wir es als Rollenspiel machen?«

Ich verdrehe die Augen, gehe zu ihr herüber und stelle mich zwischen ihre Beine, dann lege ich die Hände unter ihre Oberschenkel und werfe sie auf das Bett, dass sie aufkreischt.

»Hey, so grob hast du mich vorher aber nicht behandelt!«

»Ja, weil ich total verängstigt war«, erwidere ich und lege mich neben sie. »Mädchen wie dich kriege ich sonst nicht, und ich hatte Angst, dass der Anblick von dir, wie du zum Höhepunkt kommst, so heiß ist, dass es für mich schon bevor es überhaupt richtig losgeht, Game Over heißt. Und ich eine frische Boxershorts anziehen muss.«

»Echt eine Leistung, dass du es geschafft hast«, zieht sie mich auf und rollt sich auf mich. »Woher wusstest du, dass ich es nicht nur vorspiele?«

»Lieber wäre ich zwischen deinen Beinen erstickt, als dass ich es dich hätte vorspielen lassen.«

Die Jungs sind bei JJs Einweihungsparty; und nach dem Tag, den ich heute hatte, halte ich es für eine gute Idee, den Stress auf gesunde Art loszuwerden. Ich spreize ihre Beine, lege sie über meine Hüften und wandere mit den Händen ihre Oberschenkel hinauf, bis sie unter ihrem Sommerkleid verschwinden, und in dem Moment klingelt ihr Handy.

»Ist das unser Schicksal, auf immer und ewig unterbrochen zu werden?«, stöhne ich. »Ich dachte, das würde aufhören, wenn wir nicht mehr in Honey Acres sind.«

»Du weißt, wer das sein wird.« Sie steigt von mir herunter, greift nach dem Handy und hält mir das Display hin, auf dem zu lesen ist: Mann, der die Miete zahlt.

Wir haben nicht wirklich darüber gesprochen, dass Aurora eigentlich gerade in Palm Springs sein sollte. Ich war zu sehr mit meinen eigenen Problemen beschäftigt, und sie wollte vermutlich nicht darüber reden. Als sie sagte, er hätte sie noch nie bestraft, hatte ich dem nichts hinzuzufügen.

Sie drückt auf »Annehmen« und stellt das Handy auf Lautsprecher, aber noch bevor sie Hallo sagt, macht sie etwas, das ich sie seit Wochen nicht mehr habe machen sehen: Sie setzt ein falsches Lächeln auf.

»Hallo.« Ihre Stimme klingt unnatürlich, so gar nicht nach meinem Mädchen, und ich hasse es.

»Wo zum Teufel steckst du, Aurora?«

Sechs Worte, und mir kocht das Blut.

»Ich komme nicht, Dad.« Sie kaut innen auf ihren Wangen herum, und ich ziehe sie zwischen meine Beine und lege den Kopf auf ihre Schulter. »Mir ist etwas dazwischengekommen, tut mir leid.«

»Das ist keine Antwort auf meine Frage. Ich habe gefragt, wo zum Teufel du steckst.«

»Ich bin in Maple Hills.«

»Setz dich sofort ins Auto. Das ist mein Ernst, Aurora. Dieses Mal spiele ich deine Spielchen nicht mit. Wehe, du verdirbst es für alle anderen.«

Ich ziehe sie noch ein wenig fester an mich.

»Ich habe gesagt, ich komme nicht.«

»Ich komme und hole dich.«

»Ich bin nicht zu Hause.«

Ich greife um sie herum und drücke auf die Mute-Taste, damit ihr Dad uns nicht hören kann, während er eine Schimpftirade loslässt, wie egoistisch und unreif sie ist. »Ich bin so verdammt stolz auf dich. Du bist so stark, Rory. Lass dich nicht von ihm unter Druck setzen, etwas zu tun, was du nicht tun willst. Du bist mehr wert als ein paar Fotos in einer Zeitschrift. Wenn du dich zum Lächeln zwingen musst, dann hast du Besseres verdient.«

Als er mit Rumbrüllen fertig ist, hebt sie die Stummschaltung wieder auf. »Es ist mir egal, dass du wütend auf mich bist, Dad. Ich mag nicht, wie ich bin, wenn ich mir von dir vorschreiben lasse, wie ich mich verhalten soll.« Noch einmal ziehe ich sie fester an mich. »Ich habe mich lange Zeit auffällig verhalten, um deine Aufmerksamkeit zu bekommen, denn dann hast du dich zumindest erinnert, dass es mich gibt. Du gibst mir das Gefühl, es nicht wert zu sein, dass du für mich da bist. Ich lasse mich von dir nicht mehr verletzen, denn jetzt gibt es Menschen in meinem Leben, die mich so lieben, wie ich bin.«

»Wenn du in den nächsten zwei Stunden hier auftauchst, werden wir so tun, als hätte dieses Gespräch nie stattgefunden«, erwidert er völlig gefühllos.

»Ich hoffe, deine Ehe wird glücklich, aber ich werde nicht kommen. Ich setze kein falsches Lächeln für dich auf. Auf Wiedersehen, Dad.«

Sie beendet das Gespräch, und ich bin darauf gefasst, dass sie in Tränen ausbricht, aber das tut sie nicht; sie kuschelt sich an mich und zieht meine Arme noch fester um sich herum. »Wenn ich dich noch fester umarme, werde ich dich zerdrücken.«

»Das ist mir egal.«

»Wie fühlst du dich?«

»Unterstützt«, erwidert sie.

»Das habe ich nicht gemeint, Sweetheart.« Ich küsse sie auf den Hals. Sie schweigt eine Zeit lang, und das ist etwas, woran ich mich noch immer nicht gewöhnt habe.

»Ich fühle mich leichter, als hätte ich ausnahmsweise mal die richtige Entscheidung getroffen. Und ich weiß, dass es mir helfen wird, es hinter mich zu lassen, jetzt, nachdem ich es ihm gesagt habe. Und vielleicht verändert es auch bei ihm etwas, und wir können an unserer Beziehung arbeiten. Vielleicht ist das jetzt ein Weckruf für ihn.«

»Das hoffe ich.«

Wir sitzen fünf Minuten lang schweigend da, ohne dass sie mich meinen Griff lockern lässt, und dann klingelt ihr Handy erneut. Ich spüre, wie sie sich verkrampft und sich erst wieder entspannt, als sie auf das Display schaut und sieht, dass es nicht ihr Dad ist. Sie nimmt das Gespräch an, und auf dem Display erscheint das Gesicht einer jungen Frau mit dunkelbraunem Haar und breitem Grinsen. Dass eine Ähnlichkeit zwischen ihr und der Frau in meinen Armen besteht, fällt mir erst auf, als sie sich die Sonnenbrille oben auf den Kopf schiebt und ich in die gleichen Augen starre, an die ich gewohnt bin.

»Oh, dann stimmt das also mit dem festen Freund«, ist das Erste, was Elsa sagt. Aurora bewegt die Kamera nach unten, damit nicht zu viel von mir im Bild ist. »Mom sagte, sie hätte eine Katze und du hättest einen festen Freund. Ich dachte, sie hätte ihre Medikamente wieder mit Wein vermischt.«

Ich muss zugeben, der britische Akzent bringt mich erst mal aus der Fassung.

»Dir auch einen guten Tag.« Aurora windet sich in meinen Armen. »Was tust du? Wieso rufst du an? Du darfst auch gern alle weiteren Fragen beantworten, die ich zu stellen vergessen habe.«

»Da bietest du dem guten alten Dad einmal die Stirn, und schon wirst du übermütig. Ts, ts, ts. Moment mal kurz, ich bin gerade bei einer Kleiderprobe.«

Wir hören, wie Elsa mit jemandem schnell in einer Sprache redet, die ich nicht kenne. Aurora setzt sich gerade hin. »Elsa, mit wem redest du da auf Italienisch?«

»Ich bin in Mailand bei einer Anprobe für die Fashion Week nächsten Monat.«

Aurora bleibt der Mund offen stehen. »Du fährst nicht zur Hochzeit?«

Elsa zieht die Nase kraus, und genau so ein Gesicht macht auch Aurora, wenn sie entsetzt ist. »Zur Wetterfrau? Meine Güte, nein. Ich lasse mich doch nicht in etwas fotografieren, das man in drei Wochen nähen kann.«

»Ich dachte, du rufst vielleicht an, um mich zu überreden, dass ich hinfahre.«

Elsa gibt einen spöttischen Laut von sich, und Aurora seufzt erleichtert. Ihre Anspannung lässt spürbar nach. »Ich rufe an, um dir dazu zu gratulieren, dass du endlich Rückgrat bewiesen hast. Ich bin stolz auf dich, kleine Schwester.«

»Oh, dann sollte ich wohl Danke sagen«, murmelt sie leise. »Weiß er, dass du nicht nach Palm Springs kommst? Er wird echt sauer auf uns sein. Auf mich ist er jedenfalls sauer.«

»Ich habe keine Ahnung, und es ist mir auch egal. Dir sollte es wirklich auch egal sein. Ich habe eine Anrufumleitung geschaltet. Wenn er bei mir anruft, landet er bei der Praxis eines Therapeuten in London. Ich würde vorschlagen, du machst dasselbe. Der Mann könnte es brauchen.«

Ich kann mein Lachen nicht zurückhalten, versuche aber, es zu dämpfen, indem ich das Gesicht in Auroras Haar vergrabe.

»Ich habe dich nicht vergessen, mysteriöser gesichtsloser Freund«, sagt sie, und ich erstarre. »Du hast Glück, dass an meinem Körper jetzt Klamotten abgesteckt werden, aber es kommt der Tag, da nehme ich dich ins Verhör.«

»Tut sie nicht«, sagt Aurora. »Das vergisst sie.«

»Bleib wütend auf das Patriarchat, Ror. *Ciao*.«

Aurora wirft ihr Handy neben uns auf das Bett, dreht sich um, setzt sich mit gespreizten Beinen auf meinen Schoß, drückt den Kopf an meine Brust und schlingt mir die Arme um die Taille. Ich streichle wortlos ihr Haar. Weitere fünf Minuten vergehen in Schweigen, und ich kann mich nicht erinnern, dass sie jemals so still war.

Schließlich setzt sie sich auf und schaut mich an. »Also, das war Elsa.«

»Das war Elsa«, wiederhole ich. »Sie ist …«

»Sie ist sehr Elsa.«

»Wie fühlst du dich?«, frage ich erneut.

Sie fährt mit der Hand über meine Wange und lässt die Finger zärtlich über mein Kinn gleiten. »Noch immer unterstützt.«

36. KAPITEL

Russ

»Es ist wirklich nervig, neben dir zu schlafen, weißt du das?«, frage ich und ziehe mir ein T-Shirt über den Kopf.

Aurora, die sich mitten in meinem Bett breitmacht, schaut zu mir hoch. Ihr blondes Haar steht in alle Richtungen ab. »Du hast doch vorher schon neben mir geschlafen.«

»Ich glaube, da hast du dich zusammengerissen, weil es in dem Bett im Camp keinen Platz gab. Jetzt, nachdem du Platz hast, bist du unerträglich. Einmal hast du mich sogar heftig getreten; ich kam mir vor wie ein Fußball.«

»Tut mir leid«, erwidert sie sarkastisch. »Soll ich lieber gehen, sobald du schläfst?«

»Sobald ich schlafe, oder sobald ich im Badezimmer bin?«

»Autsch. Es ist noch zu früh für Witze«, erwidert sie scherzhaft. »Weißt du, was, Callaghan, ich fahre nach Cabo und besuche meinen Freund Clay. Ich wette, der macht mir keinen Stress.«

»Versuchst du, mich eifersüchtig zu machen?« Ich ziehe meine Sneaker an und nehme meinen Schlüssel von der Kommode. »Es funktioniert nämlich.«

»Ich versuche, dich dazu zu bringen, über mich herzufallen.« Sie setzt sich auf, und das Haar fällt ihr über die Schultern. Sie ist wirklich die schönste Frau, die ich je gesehen habe. Ich kann nicht glauben, dass sie mir gehört. »War nur Spaß. Ich versuche, dich zum Lachen zu bringen, damit du für den heutigen Tag in guter Stimmung bist.«

Ich beuge mich hinunter, um sie zum Abschied zu küssen, und zwinge mich, nicht wieder zu ihr ins Bett zu schlüpfen. »Das können wir später machen. Ich muss jetzt gehen, bevor ich es mir anders überlege.«

»Bist du dir ganz sicher, dass du mich nicht dabeihaben willst? Ich kann draußen im Auto sitzen bleiben.«

»Ich bin mir sicher. Ich will dich so lange wie möglich für mich allein haben.«

»Verstehe«, erwidert sie und lehnt sich wieder in die Kissen zurück. »Ich bin hier und warte auf dich, wenn du nach Hause kommst. Vergiss nicht, du kannst jederzeit gehen, und wenn du zu aufgewühlt bist, um zu fahren, ruf mich an, und ich bestelle dir ein Uber.«

Mir war bisher nie klar, wie wichtig es ist, jemanden zu haben, der meine Sorgen mit mir teilt. Ich dachte, die größte Erleichterung bestünde darin, ihr zu erzählen, was bereits passiert war. Stattdessen besteht sie darin, es gemeinsam mit ihr zu durchleben. Zu wissen, dass sie hier sein und auf mich warten wird, egal in was für einer Verfassung ich zurückkomme, tröstet mich mehr, als wenn sie vor dem Haus meiner Eltern auf mich warten würde.

»Was hast du vor, während ich weg bin?«

»Ich werde einen Videoanruf mit Emilia und Poppy machen, und dann wollte ich mal schauen, ob meine Mom auf einen Kaffee ins Café Kiley kommen mag.«

Auroras Mom hatte ihr am Abend zuvor eine Nachricht mit den Worten »Stolz auf dich, Schätzchen« geschickt, woraus Aurora schließt, dass ihr Vater sie angerufen hat, nachdem sie ihm abgesagt hatte.

»Und vielleicht verstecke ich meine Sachen in deinem Zimmer, damit du, wenn das College wieder losgeht, keine Mädchen für einen Lapdance mit hier raufbringen kannst.«

»Moment, wie war das?«

»Ich werde in den Kopfkissenbezügen Zettel verstecken. Die Kopfkissenbezüge an sich sind bereits verdächtig. Du wirst schon sehen, was passiert, wenn du die Mädchen aufs Bett wirfst und es unter ihrem Kopf knistert.«

»Du bist durchgedreht«, sage ich kichernd und beuge mich hinunter, um sie ein letztes Mal zu küssen. »Danke, dass du versuchst, mich abzulenken.«

»Ja.« Sie grinst. »Das war definitiv Ablenkung …«

Ich seufze, weil ich gehen muss, dabei könnte ich den ganzen Tag mit ihr so weitermachen. Es ist seltsam, nicht von Kindern gestört zu werden oder sich dauernd Sorgen machen zu müssen, dass wir zu eng miteinander wirken. Es ist verdammt aufregend, dass wir schon jetzt so glücklich miteinander sind, obwohl der eigentliche Teil unserer Beziehung gerade erst anfängt. Wieder küsse ich sie, und wieder sage ich mir, dass es der letzte Kuss war, weil ich jetzt fahre. »Kannst du brav sein, während ich weg bin?«

»Mit der richtigen Motivation klappt das normalerweise.«

»Und was würde dich motivieren? Dass ich dich für brav halte?«

Sie schüttelt den Kopf. »Du hältst mich doch sowieso schon für einen Engel.«

»Stimmt nicht. Die meiste Zeit bist du das genaue Gegenteil von engelhaft.«

»Ich möchte ein Callaghan-Trikot. Wenn ich schon dabei bin, ein Eishockeymädchen zu werden, muss ich allen Trikotjägerinnen klarmachen, dass du mir gehörst.«

»Wird erledigt.«

»Viel Glück. Ich bin stolz auf dich. Und vergiss nicht, mich anzurufen, falls du mich brauchst.«

»Mache ich. Versprochen. Bis nachher.«

Nach dem Gespräch mit Ethan gestern auf der Heimfahrt fühle ich mich für das, was kommt, ein bisschen besser gewappnet. Er hat mir versprochen, dass es ein zwangloses Familiengespräch ist, bei dem wir in ruhiger Atmosphäre Themen besprechen und Dad die Gelegenheit bekommt, sich für sein Verhalten in der Vergangenheit zu entschuldigen. Es ist eine Gelegenheit für uns, unsere Beziehung zueinander wiederherzustellen und zu heilen, genau wie ich es mir gewünscht habe.

Als ich vor dem Haus meiner Eltern anhalte, steht ein Mietwagen in der Einfahrt, woraus ich schließe, dass Ethan bereits da ist. Seine Band hat eine kurze Pause zwischen zwei Auftritten, deshalb hat er so hartnäckig darauf bestanden, dass das Ganze jetzt stattfindet. Ich ziehe den Schlüssel aus dem Schloss und wünsche mir irgendwie, Rory wäre hier. Gleichzeitig bin ich froh, dass sie es nicht ist.

Ich hole mein Handy heraus, schicke ihr eine Nachricht und muss erneut grinsen, wie sie sich in meinem Handy verewigt hat. Sie hat gesagt, ich sollte immer wissen, welche Nachrichten von ihr kämen, schließlich würde ich mit meinem neu erworbenen Selbstbewusstsein eine Menge Frauen anziehen.

RORY (DIE HEISSE BLONDINE)

Ist es merkwürdig,
dass ich dich vermisse?

Wer sind Sie?

Du bist witzig

Vermisse dich auch

Viel Glück. X

Ethan klopft an das Fenster auf meiner Seite und sieht mich mit gerunzelter Stirn an. Es ist, als würde man in einen Spiegel schauen, der einen älter macht.

»Beeil dich«, sagt er ungeduldig. »Wir warten auf dich.«

Mein erster Impuls ist, den Wagen anzulassen und wegzufahren. Ich habe mir so lange gewünscht, dass sich mein Dad ändert, dass ich Angst habe, mich auf ihn einzulassen. Die Anxiety rauscht durch mich wie ein Sturm, aber ich versuche, mir zu sagen, dass es nicht mehr schlimmer werden kann. Ich wollte Veränderung, und jetzt bekomme ich sie vielleicht.

Ethan wartet meine Antwort nicht ab, sondern geht gleich ins Haus zurück, und ich steige langsam aus und folge ihm. Ich habe dieses Haus nie gemocht, und es hat sich nie wie ein Zuhause angefühlt. Das Haus meiner Kindheit haben meine Eltern verkauft, um in ein kleineres in einer schlechteren Gegend einzuziehen. Sie haben allen erzählt, sie benötigten weniger Platz, nachdem Ethan ausgezogen war und ich mich aufs College vorbereitete.

In Wahrheit brauchten sie das Geld, um Dads Spielschulden zurückzuzahlen, was nur dazu führte, dass er sich erneut Geld lieh. Ich komme mir beim Eintreten wie ein Fremder vor, auch wenn mein Gesicht überall an der Wand hängt.

Alle sitzen im Wohnzimmer, und in der Luft liegt eine Spannung, die für meine Familie nicht ungewöhnlich ist. Mom reagiert als Erste, sie steht auf und umarmt mich fest.

»Hallo, Mom.«

»Ich habe dich so sehr vermisst«, sagt sie und klingt dabei, als würde sie gleich in Tränen ausbrechen. »Setz dich. Ich bin so froh, dass du da bist.«

»Wir lassen euch beide reden«, sagt Ethan und zieht Mom mit sich aus dem Zimmer.

»Moment mal, was?« Mein Herz fängt an zu hämmern. Er hatte zu mir gesagt, wir hätten ein Familiengespräch, nicht Dad und ich unter vier Augen. »Das war nicht das, was du gesagt hast, Ethan.«

Er ignoriert mich, und mein erster Impuls ist, aufzustehen und zu gehen. Dad sieht besser aus als vor zwei Wochen, als ich ihn zuletzt gesehen habe. Die Ringe unter seinen Augen sind nicht mehr so dunkel, sein Gesicht ist nicht mehr so eingefallen, und ich sehe überall im Wohnzimmer seine Sachen liegen. »Bist du wieder eingezogen?«

Er nickt. »Ich schlafe im Gästezimmer. Ich war in einem Motel und habe mich jeden Tag bei deiner Mutter gemeldet. Wir haben viel geredet. Ich habe das Gefühl, im Moment tu ich nichts anderes als Reden, aber es ist gut. Ich bin froh, es ist wie ein reinigendes Gewitter, und ich arbeite daran, mich zu bessern.«

»Ich weiß nicht, was ›Wiedergutmachung leisten‹ bedeutet, Dad. Ich habe darüber gelesen und davon gehört, aber ich weiß nicht, was es für uns bedeutet.«

»Ich möchte damit anfangen, dass ich mich entschuldige, Russ.«

Ich erwidere nichts. Ich kann nichts sagen, weil ich Angst davor habe, den Mund aufzumachen.

»Und ich möchte dir danken.«

Ich kann es nicht verbergen, der Dank kommt für mich völlig unerwartet. Ich bin so daran gewöhnt, dass mein Dad allen anderen die Schuld gibt, nur nicht sich selbst. Es gab immer einen Grund, weshalb er schlechte Laune oder einen schlechten Tag hatte, und es ging immer darum, dass wir alle uns nicht genügend Mühe gaben.

»An dem Tag im Krankenhaus, als du mir erzählt hast, welche Gefühle ich in dir auslöse, dachte ich, es wäre mein absoluter Tiefpunkt, aber das war er nicht, denn ich habe mich nicht geändert. Ich habe mich geschämt, dass ich meinen eigenen Sohn dazu gebracht hatte, sich für wertlos zu halten – und wie hättest du dich auch anders fühlen sollen? Ich habe jahrelang nur für mich gelebt und mich um nichts und niemanden gekümmert. Und trotzdem habe ich mich noch immer nicht geändert.«

»Aber wieso nicht? Wieso war das nicht genug?«

»Weil ich noch tiefer fallen musste. Und das bin ich, als mich deine Mom rausgeschmissen hat und ich wirklich ganz unten angekommen bin. Ich wollte nicht zugeben, dass ich ein Problem hatte. Spielsucht kann man leicht geheim halten, weil es keine körperlichen Anzeichen gibt. Es ist nicht wie bei Drogen oder Alkohol, niemand sieht, was los ist. Man redet sich ein, es betrifft niemanden außer einem selbst.« Mit zitternden Händen hält er sich an seinen Knien fest. »Aber das war mein Wendepunkt. Ab da wurde es allmählich besser. Ich möchte nicht jemand sein, den du hasst, Russ. Ich will nicht jemand sein, der dich verletzt.«

»Du bist Experte im Lügen, Dad. Wieso sollte ich glauben, dass du uns nicht alle an der Nase herumführst, damit du nichts ändern musst?«

»Weil mich bisher mein Stolz davon abgehalten hat, mir Hilfe zu suchen. Solange ich gespielt habe, war ich immer ein schlechter Verlierer, aber ich war immer optimistisch, die nächste Wette würde die richtige sein. Diesen Optimismus nehme ich mit und mache ich mir jetzt für meinen Entzug zunutze.«

»Solange du gespielt hast?«

Er nickt und reibt sich den Nacken, eine Angewohnheit, die mir noch nie bei ihm aufgefallen ist. »Seit meinem Besuch bei dir im Camp habe ich kein einziges Mal mehr gewettet. Ich weiß, das ist nicht lange, aber der längste Zeitraum seit fünfzehn Jahren. Ich habe an den Treffen der Anonymen Spieler teilgenommen, ich fange demnächst mit der Therapie an und werde versuchen, ein paar Dinge zu verarbeiten, die ich dringend verarbeiten muss.«

Ich bin überwältigt von diesen Informationen, und es klingt alles zu gut, um wahr zu sein. Ich weiß, das ist eine große Sache, und ich weiß, ich sollte glücklich sein, aber da nagt etwas an mir und warnt mich, mir nicht zu viele Hoffnungen zu machen und ihn weiter auf Abstand zu halten.

»Hast du irgendwelche Fragen an mich?«, will er wissen.

Ich habe eigentlich Millionen Fragen, aber keine fällt mir ein. »Nein.«

»Irgendwelche musst du doch haben.«

Wir sitzen eine ganze Minute schweigend da, und ich überlege krampfhaft, was ich ihn fragen will. Ich habe so viele Jahre versucht, den Kontakt mit ihm zu vermeiden, dass ich mich jetzt nicht mehr erinnern kann, wie es geht. Es ist, als würde man einen Muskel bewegen wollen, den man sehr lange nicht mehr eingesetzt hat. »Nein.«

»Also, wenn dir irgendwelche einfallen, kannst du mich jederzeit fragen. Es gehört zu meinem Heilungsprozess, wiedergutzumachen, was ich Menschen aufgrund meiner Sucht angetan habe, und ich weiß, dass ich dich verletzt habe. Bei den Anonymen Spielern sagen sie, die beste Wiedergutmachung besteht in verändertem Verhalten, und ich hoffe, im Laufe der Zeit wirst du mich als jemanden sehen, in dessen Gesellschaft du dich wieder wohlfühlst.«

»Das hoffe ich auch.«

»Dein Bruder hat mir den Kontakt zu einer Schuldnerberatung vermittelt, und dort arbeitet man mit mir an einem Konzept, wie ich meine Finanzen auf die Reihe bekommen kann. Ich habe vieles schon lange Zeit vor deiner Mutter geheim gehalten. Ich möchte das Geld zurückzahlen, das du mir gegeben hast.«

»Das Geld ist mir egal«, erwidere ich sofort.

»Das mag sein, aber es ist dein Geld, und ich hätte dich gar nicht erst darum bitten dürfen. Es war falsch von mir, und deine Großzügigkeit zeigt, dass du ein guter Mensch bist.«

Ich frage mich, ob ich mir den Kopf angeschlagen habe oder halluziniere. Bevor ich mich mental aus meinem Familiendrama ausgeklinkt hatte, als es damals richtig schlimm wurde, habe ich mir oft Gespräche mit meinem Dad ausgemalt. Ich stellte mir vor, was ich sagen wollte, wie er reagieren würde, und es endete damit, dass er sich besserte.

»Ich möchte wieder Teil dieser Familie sein, Russ. Ich weiß, es ist meine Schuld, dass ich das nicht bin, und ich weiß, es ist meine Schuld, dass du dich hier nicht willkommen fühlst, aber ich hoffe, im Laufe der Zeit kannst du mir vertrauen, dass ich mich wirklich bessern will.«

»Ich bin froh, dass du dir Hilfe gesucht hast, Dad. Ich hoffe wirklich, es klappt.«

In meinem Kopf schwirren zu viele Gedanken.

Nach unserer Aussprache bestand Mom darauf, dass wir zusammen zu Mittag aßen. Ich kann mich nicht erinnern, wann wir uns zuletzt als Familie zum Essen zusammengesetzt haben. Glücklicherweise nimmt Ethan den Großteil des Gesprächs ein, indem er von dem neuen Plattenvertrag seiner Band erzählt. So habe ich Gelegenheit, zuzuhören und zu beobachten.

Ethan erwähnt das Telefongespräch mit Aurora nicht, wofür ich ihm dankbar bin. Sie fühlt sich zu wertvoll an, als dass ich sie in diese Umgebung bringe. Ich weiß, sie ist stark und belastbar, aber ich möchte auf sie aufpassen, und so wie es gerade mit ihrem eigenen Dad läuft, braucht sie nicht auch noch den Druck, meinen kennenlernen zu müssen.

Wenn ihr Dad Schritte unternehmen würde, um sich zu bessern, wie meiner das versucht, wäre sie die Erste, die ihm eine zweite Chance geben würde. Gestern hat sie ihm zum ersten Mal gesagt, wie sie sich fühlt, ähnlich wie ich das vor einigen Wochen in jenem Krankenhauszimmer getan habe. Ich hoffe, sie löst die gleiche Reaktion aus, wie es mir gelungen ist.

Nach dem Essen begleitet mich Ethan schweigend zurück zu meinem Pick-up. Seine Augen sind rot und glasig. Er ist dünner als bei unserer letzten Begegnung und wirkt nicht gerade gesund. Müsste ich raten, würde ich sagen, er ist high.

»Alles in Ordnung mit dir?«

»Kümmere dich um dich selbst, kleiner Bruder«, erwidert er und öffnet die Wagentür für mich.

»Du siehst fertig aus, Ethan.« Ich habe ihn nie auch nur eine Zigarette rauchen sehen, von Drogen ganz zu schweigen. »Was ist los mit dir?«

»Nichts«, wehrt er ab und reibt sich das Kinn. »Du würdest es sowieso nicht verstehen.«

»Versuch es doch wenigstens.«

Er ignoriert mich und wechselt das Thema. »Kommst du klar? Hast du alles, was du für das College brauchst? Mit diesem Vertrag komme ich demnächst zu ein bisschen Geld, ich kann jetzt also besser helfen.«

»Ich habe alles, was ich brauche«, erwidere ich, schlage die Tür zu und kurble das Fenster nach unten. »Aber danke.«

»Dafür habe ich so hart gearbeitet, für diesen Vertrag. Die ganzen Auftritte, das ewige Rumreisen. Wir werden das alles wieder in Ordnung bringen. Geld schafft Möglichkeiten, Russ. Die Dinge werden bald wieder gut sein.«

»Bis bald, Ethan.« Er klopft gegen den Wagen, dann dreht er sich um und geht zum Haus zurück. Ich beschließe, ihn bald anzurufen, um zu hören, wie es ihm geht.

Nachdem ich zu Hause angekommen bin, finde ich Aurora im Garten, wo sie am Boden über irgendeiner Stoffbahn brütet. »Was tust du da?«

»Ich habe in deinem Schrank ein Zelt gefunden!«, erwidert sie fröhlich und schaut zu mir hoch. »Aber ich weiß nicht, wie man es aufbaut, und es ist keine Anleitung dabei. Ich dachte, wir könnten draußen schlafen, hier neben der Feuerstelle.«

»Zehn Wochen in der freien Natur haben dir nicht gereicht?«, frage ich lächelnd. Ich setze mich im Schneidersitz auf den Boden und ziehe das Zelt ein Stück von ihr weg. »Wenn du es so nah am Feuer aufbaust, schmilzt es.«

»Wieso weißt du immer alles?«, stöhnt sie und schiebt die restlichen Teile zu dem neuen Platz.

»Wie kannst du nicht wissen, dass Plastik nicht zu nah am Feuer sein sollte?«

Sie kriecht über den Boden auf mich zu, klettert auf meinen Schoß, streicht mir das Haar aus dem Gesicht und küsst mich auf die Stirn. »Dies ist meine formelle Einladung an dich, mir von deinem Tag zu erzählen.«

»Ich muss es mir erst noch ein bisschen durch den Kopf gehen lassen, bevor wir darüber reden. Ist das okay?«

Sie umarmt mich fest. »Kann ich irgendetwas tun, damit du dich besser fühlst?«

»Du kannst mir erklären, wie ich mit meinen fast zwei Metern zusammen mit dir in dieses Zelt passen soll.«

Sie grinst mich an, und ihre Augen funkeln. »Wir haben doch schon mal geschafft, dass es passt.«

37. KAPITEL

Aurora

Das Zelt war nicht eine meiner besten Ideen, und irgendwann gegen zwei Uhr morgens war ich derart genervt von dem Geräusch, das es von sich gab, sobald man sich bewegte, dass ich Russ mit mir ins Haus zurückgeschleift habe.

Ich dachte, es wäre romantisch im Zelt, aber zum ersten Mal hatten wir wirklich Probleme mit der Größe. Es war stickig und ätzend, und ich hatte völlig falsch eingeschätzt, wie nett es sein würde. Außerdem war eine riesige Spinne im Zelt, und Russ hat zwar behauptet, er hätte sie rausgeschmissen, was ich ihm allerdings absolut nicht glaube, und jetzt fürchte ich, ich könnte sie im Schlaf gegessen haben.

Während Russ unter der Dusche steht, höre ich, wie die Haustür geöffnet wird. Das Wasser wird abgedreht, und mir ist klar, dass mir nur ein kurzer Moment bleibt, um mich ihnen anzuschließen. Ich ziehe Shorts und das Callaghan-Trikot an, das ich aus Russ' Kleiderschrank gestohlen habe, und gehe nach unten, wo ihn, so hoffe ich jedenfalls, seine Lieblingsüberraschung erwartet.

Es fühlt sich komisch an, sich durch Russ' Haus zu bewegen, als würde ich hier wohnen, wenn die Leute, die tatsächlich hier wohnen, gerade erst angekommen sind. Bobby und JJ streiten sich wegen dem Banner »Happy Housewarming Party«, das mit einem Permanentmarker in »Happy Housecoming Party« korrigiert worden ist.

»*Housecoming?*«, frage ich, als ich auf der untersten Stufe angekommen bin.

»Näher an *Homecoming* konnten wir in der kurzen Zeit nicht kommen.« JJ lacht.

Bobby hält das Banner hoch. »Du hättest durchaus *Homecoming* daraus machen können, du wolltest nur nicht.«

Eine zierliche Frau, die ich von den ganzen Fotos her kenne, tritt vor mich und umarmt mich. »Hallo. Ich bin Stassie, echt nett, dich kennenzulernen. Nate hat mir alles über dich erzählt, aber er kann wegen Eishockeyterminen nicht weg aus Vancouver. Es tut ihm wirklich leid, dass er nicht dabei sein kann.«

»Dann hätte er vielleicht auf dieser Seite der Grenze bleiben sollen, statt wegzuziehen und alle zwei Sekunden deswegen zu jammern. Hallo, ich bin Lola. Ich bin schon ganz fasziniert von allem, was ich von dir weiß, und ich gehe fest davon aus, dass wir Freundinnen werden.«

»Russ hat mir viel Nettes über euch erzählt«, erwidere ich ehrlich. »Es ist toll, euch kennenzulernen, und danke, dass ihr es alle hierhergeschafft habt.« Wieso bin ich so formell?

»Wenn Muffin nette Dinge über mich sagt, dann habe ich mir nicht genügend Mühe gegeben, ihm Angst einzujagen«, entgegnet Lola verwundert.

»Doch, das tust du, Liebling«, widerspricht Robbie. »Da leistest du bei uns allen gute Arbeit.«

»Rory?«, ruft Russ von oben, und sofort sind alle still. »Redest du mit jemandem?«

»Ja«, rufe ich zurück. »Mit den Geistern.«

»Okay! Das ist ganz und gar nicht gruselig und durchgedreht, danke. Ich komme gleich runter.«

Rasch hängen die Jungs, ohne ein Wort zu verlieren, das

Banner an die Wand, und es ist alles, nur nicht gerade. Henry hat eine riesige Tasche dabei, und als er sie ausleert, ergießt sich eine Flut aus Ballons über den Boden. Unsere halbherzige Dekoration macht den Eindruck der weltweit traurigsten Geburtstagsparty, dabei ist sie das Netteste, was seine Freunde für ihn tun konnten.

Als Russ gestern im Haus seiner Eltern war, bekam ich einen Anruf von einer unbekannten Nummer, und die Anruferin entpuppte sich als Stassie. Mit Russ selbst hatte sie nicht gesprochen, aber sie wusste, wenn er JJs Einzugsparty verpasste, weil es Probleme in der Familie gab, steht es vermutlich schlecht um ihn. Sie wollte wissen, ob es in Ordnung wäre, wenn sie hierherkämen und anlässlich Russ' Rückkehr eine Party veranstalteten.

Und so entstand die *Housecoming*-Party.

»Ich fühle mich, als wären alle meine Kinder zu Hause«, flüstert JJ stolz, als wir hören, wie Russ' Schlafzimmertür geöffnet wird.

»Du wohnst nicht hier«, flüstert Robbie zurück.

Mein Herz tönt so laut wie Russ' Schritte, und je weiter er die Treppe herunterkommt, desto mehr von ihm können wir durch das Geländer sehen: Knöchel, Waden, Knie, Oberschenkel …

»Ist er nackt?«, flüstert Mattie mit Panik in der Stimme.

»Ich hatte heute nicht vor, außer meinen eigenen noch andere Genitalien zu sehen«, murmelt Kris.

Oberer Teil des Oberschenkels … Boxershorts. Gott sei Dank. Die Gruppe stößt einen kollektiven Erleichterungsseufzer aus. Als er weit genug unten angekommen ist, um in das Wohnzimmer sehen zu können, bleibt er wie angewurzelt stehen.

»Überraschung«, sagt Henry völlig unaufgeregt.

Russ bleibt der Mund offen stehen. »Was zum Teufel …?«

Ich habe so viel über den Ausflug der Jungs nach Miami gehört, dass ich das Gefühl habe, ich wäre selbst dabei gewesen.

»Nächstes Jahr sollten wir alle gemeinsam fahren«, sagt Mattie begeistert.

»Nein«, widersprechen Henry und Russ gleichzeitig.

»Vermutlich will ich nächstes Jahr wieder nach Honey Acres, deshalb muss ich dankend ablehnen«, sagt Russ.

»Falls sie dich nehmen«, wirft Henry ein und beißt von seinem Chicken Wing ab. »Du bist erwischt worden, wie du gegen die wichtigste Vorschrift verstoßen hast, und in einem Jahr werdet ihr die Finger vermutlich kaum weniger voneinander lassen können. Das kenne ich ja schon von Nate und Robbie.«

Russ, der die Arme um meine Schultern gelegt hat und sein Kinn auf meinen Kopf stützt, damit wir so viel Körperkontakt wie möglich haben, sagt spöttisch: »Nate und Robbie können die Hände nicht voneinander lassen?«

Stassies Augenbraue zuckt. »Genau, so klingt es.«

Alle erzählen irgendwelche Geschichten und halten immer mal wieder inne, um mir deren Bedeutung zu erklären, damit ich mich nicht ausgeschlossen fühle, und Russ schlingt die Arme noch fester um mich.

»Alles okay?«, flüstert er mir ins Ohr. Ich nicke und lausche weiter der Geschichte, wie Robbie und Nate mal aus einem Skilift gefallen sind.

Diese Gruppendynamik ist auch für Russ neu, aber ich verstehe, wieso sie ihm so wichtig ist. Die Gruppe ist mehr eine Familie als Freunde, und sie nimmt einen derart herzlich auf, dass es unmöglich ist, sich nicht in jeden Einzelnen von ihnen zu verlieben.

Genau das brauchen wir beide dringend, denke ich. Umgeben sein von Menschen, die uns das Gefühl vermitteln, geliebt und erwünscht zu sein. Im Sommer haben wir uns schon mit

Xander, Jenna und Emilia … und natürlich mit den Hunden daran gewöhnt. Die Beziehung zu meiner Mom fühlt sich an, als würde sie heilen, und Russ ist mit seinen Eltern auf einem Weg, der ihm hoffentlich Frieden bringen wird.

Alle Teile unserer beider Leben passen zusammen wie bei einem Puzzle, und ich habe endlich alle Puzzlestücke beisammen, die ich brauche.

Bobby hat gerade eine Geschichte zu Ende erzählt, wie er sich nach einem Auswärtsspiel nackt aus seinem Hotelzimmer ausgesperrt hatte und von ihrem Eishockeytrainer angebrüllt wurde, was mir die Gelegenheit gibt, eine Frage zu stellen, die ich schon seit Wochen gern beantwortet hätte.

»Leute, warum nennt ihr Russ eigentlich alle Muffin?«

Bobby öffnet sofort den Mund, um zu antworten, aber dann schließt er ihn wieder, runzelt die Stirn und schaut Kris an. Kris macht einen genauso verwirrten Eindruck wie Mattie, und einer nach dem anderen sehen sie sich verunsichert an, bis JJ schließlich sagt: »Ich habe echt keine Ahnung.«

Ich drehe mich in Russ' Armen um, um ihn anzuschauen, und er versucht, sich das Grinsen zu verkneifen. »Weißt du es?«

»Ja. Langer Rede kurzer Sinn: Ich habe in einer Bar gearbeitet. Eines Tages saß Stassie dort, allein, und diese schrecklichen Gäste haben sie belästigt. Zu dem Zeitpunkt kannte ich sie noch nicht richtig, deshalb habe ich vorgegeben, ich wäre ihr fester Freund. Wir haben etwa eine Stunde lange so getan, als hätten wir ein Date, und Muffin war der Kosename, den sie mir gegeben hat.«

»Ich liebe Fake-Dates.«

»Fake-Dates?«, sagt Henry. »Das ist das Lächerlichste, was ich je gehört habe.«

»Es war süß und sehr kreativ angesichts des Drucks, würde ich behaupten«, fügt Stassie hinzu.

»Eines Abends habe ich Stassie und Lola von einer Bar abgeholt, und sie war unglaublich betrunken. Sie hat mich vor allen Leuten Muffin genannt, und das ist, na ja, hängen geblieben.«

Alle schweigen gleichzeitig, und alle sehen sie noch immer gleichermaßen verwirrt aus. Mattie räuspert sich und greift nach seinem Bier. »Also, auf die Idee wäre ich gar nicht gekommen. Ich dachte, du magst einfach gern Muffins oder so.«

»Rory, hat Jenna nach unserem Besuch nach mir gefragt?«, will Bobby wissen. Er blinzelt mir zu.

Als die Jungs an Russ' Geburtstag nach Honey Acres kamen, haben wir festgestellt, dass Bobby und Kris zur selben Zeit wie ich im Camp gewesen sein mussten. Glücklicherweise konnten wir uns nicht aneinander erinnern, wofür ich ganz besonders dankbar bin, denn vermutlich war ich nervig und dramatisch. Charakterzüge, die ich ihnen lieber erst zeigen möchte, wenn sie mich bereits mögen.

»Hättest du es gern, dass ich dich anlüge, um deine Gefühle nicht zu verletzen?«, frage ich vorsichtig.

»Ja. Wenn das eine Option ist, wäre mir das grundsätzlich lieber«, erwidert Bobby.

Ich will gerade antworten, aber Henry kommt mir zuvor. »Du bist ein richtig guter Eishockeyspieler.«

Die Jungs tun so, als würden sie sich streiten, und während alle abgelenkt sind, küsst mich Russ auf den Hals und flüstert mir ins Ohr: »Du machst das so gut. Sie lieben dich.«

Rasch kehrt wieder Ruhe ein, und Bobby sieht mich fragend an. Ich nicke enthusiastisch. »Selbstverständlich hat sie nach dir gefragt.«

Als ich Jenna von Bobbys langlebiger Verliebtheit in sie erzählt habe, war ihre Antwort alles andere als begeistert. »Fantastisch. Ich liebe es, wenn sie als Erwachsene wieder herkommen und mich vögeln wollen, als hätte ich nicht auf sie aufgepasst, als sie Kinder waren.« Sie hatte ein lautes würgendes Geräusch von sich gegeben. »Ich hasse Männer.«

»Vielleicht arbeite ich wirklich nächstes Jahr dort«, sagt Bobby, was bei seinen Freunden auf wenig Zustimmung stößt.

»Ich hoffe, du kannst Toiletten besser reparieren als Russ«, erwidere ich lachend.

Dass Russ mich gern berührt, wenn es keine Vorschriften gibt, die es ihm verbieten, war meine Lieblingsentdeckung, seit ich wieder in Maple Hills bin.

Mein Gehirn ist völlig erschöpft, weil ich versuche, meinen natürlichen Mitteilungsdrang zu unterdrücken, und auch wenn ich ein ziemlich selbstbewusster Mensch bin, ist es doch ein großer Druck, mir die Zuneigung der Menschen zu erarbeiten, die Russ so sehr liebt.

Die Housecoming-Party – oder Homecoming-Party, egal was von beiden es ist – ist weniger Party als eine gemütliche Zusammenkunft. Das ist auch nötig nach zwei dramatischen Tagen, und es macht mir großes Vergnügen, wie mir Russ den Einstieg in all dies möglich macht.

Ich ziehe mich eine Weile in den Garten zurück, um einen Videoanruf zu machen und mit Emilia und Poppy zu sprechen. Beide finden mein Zelt großartig und können nicht glauben, dass ich Russ dazu gebracht habe, mit mir darin zu schlafen. Ich bin sicher, dass mir Russ mit baren Händen ein Zelt nähen würde, wenn er glaubte, es würde mich glücklich machen.

Die Hintertür wird geöffnet, und JJ tritt heraus. Als er mich allein in einem Liegestuhl sieht, kommt er, Hände in den Taschen, zu mir und setzt sich mir gegenüber.

»Liebe Grüße von Pops und Emilia«, sage ich.

»Ich habe Emilias Story gesehen. Sieht aus, als hätten sie Spaß.«

»Das fühlt sich gerade alles sehr formell an«, sage ich leicht verunsichert und rutsche in meinem Liegestuhl hin und her. Ich lege die Hand an die Stirn, um mich vor dem Sonnenlicht zu schützen, und versuche, mich auf JJs sehr ernstes Gesicht zu konzentrieren. »Hast du vor, mir einen Vortrag zu halten? Einen Pep-Talk? Ratschläge fürs Leben?« Oje, jetzt bin ich wieder am Labern.

»Ein Dankeschön. In den zwei Jahren, die ich Russ kenne, habe ich ihn noch nie so glücklich gesehen.«

Die Schmetterlinge, die in meinem Bauch leben, flattern fröhlich herum. »Er macht mich ebenfalls glücklich. Danke, dass du ihm beigebracht hast, lange genug den Selbstbewussten zu faken, dass er mich an jenem Abend angesprochen hat.«

»Danke, dass du ihn sich so hast sehen lassen, wie wir ihn sehen.«

»Das war jetzt echt verdammt deep«, sage ich. »Ich glaube, mir ist lieber, wenn du mich vor Jenga-Herausforderungen stellst.«

»Ja, das war jetzt ein bisschen unnötig emotional, nicht wahr? Ich versuche gerade, mich erwachsener zu verhalten, vermutlich hält das aber nicht an.« Er steht auf und reicht mir die Hand, damit ich ebenfalls aufstehe. »Hättest du Lust, die Trinkversion von Hungry Hippos kennenzulernen?«

Zurück im Haus verkündet JJ, dass er das neue Spiel spielen will, und verschwindet, um alles zusammenzusuchen, was er braucht. Als ich in die Küche komme, holt Russ gerade zwei Gläser aus dem Schrank.

»Halt, du Dieb«, rufe ich.

Er stellt die Gläser auf den Küchentresen, dreht sich um und lehnt sich mit vor der Brust verschränkten Armen dagegen. »Ich bin der Dieb?«

»Du kommst mir bekannt vor. Hast du hier schon mal eingebrochen?«

Er packt mich, zieht mich an sich, hebt mein Kinn an und küsst mich, dass ich weiche Knie bekomme. Ich brauche nicht nach Bestätigung und Aufmerksamkeit zu suchen, denn alles, was ich brauche, gibt mir dieser Mann.

»Verrate mir ein Geheimnis, Callaghan.« Er streicht mir das Haar aus dem Gesicht und sieht mich an, als wäre ich die einzige Person, die auf dieser Welt existiert.

Er zögert nicht eine Sekunde. »Ich verliebe mich von Tag zu Tag mehr in dich, Aurora.«

Zehn Millionen Schmetterlinge. »Ich verliebe mich auch von Tag zu Tag mehr in dich, Russ.«

EPILOG

Russ

Etwa neun Jahre später

»Ich glaube, mir wird übel.« Aurora fasst sich an den Bauch und stöhnt dramatisch. Ich lege den Arm um ihre Schulter und ziehe sie an mich, damit ich sie auf den Scheitel küssen kann. Die letzten Wochen habe ich ihr immer wieder Mut gemacht, und jetzt zeige ich ihr nur noch meine Liebe, weil sie sowieso nicht auf mich hört. »Das war eine schreckliche Idee. Wieso hast du sie mir nicht ausgeredet?«

»Was ist aus ›Aurora Callaghan hat keine schlechten Ideen‹ geworden, oder aus ›Wann habe ich jemals falschgelegen‹ oder …«

»Okay, okay«, schneidet sie mir das Wort ab. »Schon verstanden.« Aurora stellt sich vor mich und lehnt sich mit dem Rücken an meine Brust, und wir beide starren auf das Schild *Happy Ending* oberhalb der Tür zur Buchhandlung. »Und wenn niemand meine Bücher kaufen will, weil ich kein Familienunternehmen bin?«

»Wir sind ein Familienunternehmen. Wenn du willst, schreibe ich es mit Permanentmarker auf das Fenster.«

»Ich bin mir nicht sicher, ob du, ich und die Tiere als Familienunternehmen durchgehen.«

Ich presse die Lippen auf ihren Hals und versinke in dem lieblichen Geruch ihres Parfüms. Mir missfällt, wie hart ihr Puls hämmert. In nervösem Zustand erlebe ich meine Frau nur äußerst selten, aber seit sie die alte Buchhandlung in Meadow Springs gekauft hat, gab es so einiges, was sie nervös gemacht hat.

»Ich glaube, mit der Behauptung landen wir vor dem ›Komitee für Engagement zur Stadtverbesserung und Andere Wichtige Ankündigungen‹.«

»Mrs Brown wollte uns, seit sie die Abstimmung über die Namensänderung verloren hat, unbedingt erneut vorladen«, erwidere ich.

Offenbar klingt *Happy Ending* nach einem Erotikmassagesalon und wird nur Sonderlinge und Perverse in die Stadt locken. Ich wollte argumentieren, dass ein Sonderling und eine Perverse die Buchhandlung gekauft hatten, aber Jenna warnte mich, dass das MSKESAWA kein Ort für Witze sei.

Als Jenna vor zwei Jahren Honey Acres von ihrer Mom übernahm, verlangte das Chaos- und Unsinnskomitee eine Unternehmenspräsentation von ihr, obwohl man sie seit ihrer Geburt kannte und sie die letzten fünfzehn Jahre im Komitee saß. Sie machte ein paar Witze über besagte Geschichte, um die Stimmung aufzulockern, was – welch Überraschung – genau das Gegenteil bewirkte.

Rory stößt einen tiefen Seufzer aus. »Sie hatte nicht völlig unrecht. Ich habe tatsächlich vor, Werbung für Sünden zu machen.«

»Warte, bis sie von der Jacuzzi-Lieferung hört«, erwidere ich und schiebe sie sanft in die Richtung ihres neuen Geschäfts.

Nach Meadow Springs zu ziehen war keine schwierige Entscheidung; es war immer ein besonderer Ort für uns, vor allem nachdem wir drei Jahre gemeinsam in Honey Acres gearbeitet hatten. Was soll ich sagen? Es ist tatsächlich wie ein großartiges Teewärmer-Museum.

Aurora hatte ihre Arbeit im Verkaufsteam eines kleinen Verlags sattgehabt und wollte unbedingt raus aus der Stadt. Dann wurde ich in dem Ingenieurbüro, für das ich arbeite, befördert, und in meiner neuen Funktion muss ich nur noch zweimal im Monat vor Ort sein, und so packten wir unsere Sachen, um unser neues Leben anzufangen.

Nachdem uns Jenna das Land und das Geisterhaus unseres ersten Dates verkauft hatte, haben wir es in den letzten achtzehn Monaten in unser Traumhaus verwandelt. Dank der Größe des Grundstücks haben sich in Aurora eine Menge Ideen entwickelt, wie wir all die Tieren retten können.

Obwohl ich mich dagegen ausgesprochen hatte, einen Welpen zu behalten, als Fish erneut Kleine bekam – zu meiner Verteidigung muss ich sagen, dass wir gerade mit dem College fertig waren –, kam ich eines Tages von einer Dienstreise zurück und fand nicht nur ein, sondern gleich zwei goldene Fellknäuel in meinem Wohnzimmer vor, die passenderweise Tuna und Flounder hießen. Sofort schob Aurora die Schuld auf Anastasia, die sie offenbar dazu überredet hatte, nachdem sie die Schwester der beiden, Bunny, bekommen hatte.

Seitdem habe ich immer wieder Nein gesagt, und trotzdem wurde ich der Besitzer von Neville, einem Border Collie aus dem Tierheim mit einer Vorliebe für Tagesfernsehen; Mary Kate und Ashley, zwei schwarzen Katzen, die ich auch drei Jahre nach ihrer Rettung nicht auseinanderhalten kann; und unserer neuesten Adoption, Beryl, einem Schwein, das sich nicht entscheiden kann, ob es ein Hund oder eine Katze ist, aber eindeutig glaubt, es sei kein Schwein.

Aurora wollte sie wirklich alle bei der Eröffnung ihrer Buchhandlung dabeihaben, aber ich hielt dagegen, da es vielleicht nicht die beste Idee sei, drei Hunde, zwei Katzen und ein Schwein auf die neuen Nachbarn loszulassen. Sie entgegnete, bei unserer Hochzeit seien sie brav gewesen, woraufhin ich argumentierte, dass man es wohl kaum als Hochzeit bezeichnen kann, wenn uns Jenna auf der hinteren Veranda traute, während Emilia an einem Margarita nippte. Glücklicherweise habe ich diesen Disput für mich entschieden.

Als wir die frisch gestrichene Tür öffnen, ertönt die Glocke über unseren Köpfen, und der Laden, der vormals dunkel und muffig war, ist jetzt hell und mit neuem Leben erfüllt.

»Ich weiß, ich habe es schon tausendmal gesagt, aber dein Dad hat sich mit denen hier wirklich selbst übertroffen«, sagt sie, während sie die Hand über die neuen hölzernen Buchregale gleiten lässt.

Ich nicke zustimmend. Dad hat wochenlang ohne Unterbrechung gearbeitet, damit dieser Laden exakt so aussieht, wie es sich Rory wünschte. Er hat eine Zeichnung nach der anderen angefertigt, Probe um Probe hergestellt, und irgendwann haben sie wohl auch eine digitale Version entworfen.

Es war seltsam, während der Wochentage, an denen er hier gearbeitet hat, mit ihm unter einem Dach zu wohnen, zumal ich seit dem ersten Semester nicht mehr zu Hause wohnte. Er bot an, in einem Bed&Breakfast vor Ort zu übernachten, aber Aurora bestand darauf, dass er bei uns blieb. Zuerst war ich nervös und nicht so recht sicher, wie es laufen würde, obwohl unsere Beziehung inzwischen deutlich besser war als damals. Ich glaube, am seltsamsten war es für mich, dass ich ihn an den Wochenenden, wenn er nach Maple Hills zurückfuhr, vermisst habe.

Wir haben ihm gesagt, er brauche nicht zu fahren und Mom könne zu uns kommen, aber er ist inzwischen Sponsor bei den Anonymen Spielern, weshalb er gern vor Ort ist, falls einer seiner Schützlinge, denen er im Kampf gegen die Sucht hilft, seine Unterstützung braucht.

Ich denke, auch Rory braucht eine Vaterfigur, die sie unterstützt, da ihr Vater durch Abwesenheit glänzt. Ich habe gehört, wie Dad, während er bei uns gewohnt hat, ihr häufiger, als ich zählen konnte, Mut gemacht hat. Meine Eltern lieben beide meine Frau, und zwar so sehr, dass ich wegen unserer spontanen Hochzeit ohne Gäste nur ein einziges Mal angebrüllt wurde. Sie waren einfach froh, sie offiziell als Tochter zu haben.

Auroras Absätze klacken über den Holzboden, während sie, in dem Versuch, etwas zu finden, weswegen sie Panik schieben kann, durch die Regalreihen streift. Ich folge ihr langsam, mit den Händen in den Taschen, während sie bei ihrem Gang durch ihre perfekte Buchhandlung vor sich hin jammert.

»Sweetheart …«

»Hör auf mit deinem Sweetheart«, knurrt sie und dreht sich zu mir um. Sie stemmt die Hände in die Hüften und zieht einen Schmollmund. »Das hast du zu verantworten, Russ Callaghan. Du hast mir gesagt, ich könnte ein eigenes Geschäft aufmachen. Noch dazu eine Buchhandlung. Nicht etwa eine Bar oder einen Stripclub oder irgendetwas, was ich vielleicht wirklich gut …«

Was immer sie sagen wollte, bleibt ungesagt, weil ich auf sie zugehe, die Hände an ihre Wangen lege und den Mund auf ihren presse. Sie schmiegt sich an mich, und mit jeder Sekunde, die vergeht, löst sich ihre Anspannung ein wenig mehr. Ich lasse die Hände zu ihrem Nacken gleiten und lege die Stirn an ihre.

»Du bist die kompetenteste Frau, die mir je im Leben begegnet ist. Nichts von dem, was du vorschlägst, könnte ich jemals meine Unterstützung verweigern. Ich werde dir immer bei allem zur Seite stehen, Ror, aber das brauchst du gar nicht.

Du hast mich nie gebraucht, um unglaublich zu sein. Du bist es einfach. Und ich liebe dich mehr, als ich mit Worten ausdrücken kann.«

»Ich liebe dich auch.« Sie schlingt mir die Arme um den Hals und starrt mich aus ihren großen grünen Augen an. »Das sind für das ganze Wochenende unsere letzten Minuten allein. Verrat mir ein Geheimnis, Callaghan.«

Eigentlich gibt es keine Geheimnisse zwischen uns. Ich habe so viele Jahre mit Aurora verbracht, dass ihre Fähigkeit, alles sofort erzählen zu müssen, ein wenig auf mich abgefärbt hat. »Ich habe letzte Woche deine Cheetos gegessen. Es war nicht Neville. Er hat mich dermaßen verächtlich angesehen, als ich ihm die Schuld in die Schuhe geschoben habe, dass ich mich bestimmt drei Tage lang schuldig gefühlt habe.«

Die Augen, die ich so sehr liebe, verdrehen sich überdramatisch. »Also echt. Du hattest überall im Gesicht orangefarbene Krümel. Versuch's noch mal.«

Versuch's noch mal. Dieser Satz wirft mich aus der Bahn. Als würde sie erwarten, dass ich etwas Bestimmtes zugebe, etwas, das sie bereits weiß – und so funktioniert dieses Spiel eigentlich nicht. Unsere Freundinnen und Freunde und Nachbarn werden in Kürze zur Eröffnung eintreffen, aber noch immer starrt sie mich erwartungsvoll an.

Und in dem Moment fällt bei mir der Groschen.

Sie weiß es.

»Oh, Mist.« Ihre Lippen verziehen sich zu einem süffisanten Grinsen. »Ich habe deine Mom eingeladen und vergessen, es dir zu erzählen.«

»*Oh Mist* ist richtig, denn ja, das hast du.«

»Wie hast du es herausgefunden?«

»Sie hat mich angerufen, um sich zu vergewissern, dass ich guten Champagner anbiete.«

»Ich dachte, ich hätte es hinter mir, mit Aurora in Buchhandlungen gezwungen zu werden«, seufzt Henry und betrachtet die hohen Mahagoni-Regale voller neuer Bücher. »Und doch bin ich hier. Wieder.«

Aurora wollte, dass die Wände der Kinderabteilung in den Farben der Nordlichter leuchten, deshalb engagierte sie ihren Lieblingskünstler – und vermutlich den einzigen, dem sie es zutraute. Mit dem Malen hatte er kein Problem. Aber ihr dabei zu helfen, Hunderte kleiner Origamisterne an die Decke zu hängen, hatte ihn fertiggemacht. Ich stoße ihn spielerisch mit der Schulter an. »Danke, dass du die signierten Exemplare mitgebracht hast. Aurora weiß es zu schätzen, dass du hier bist. Das tun wir beide.«

»Kein Problem. Immerhin habe ich jetzt weniger Bücher in meinem Haus. Sie wäre mitgekommen, aber es ist doch ein bisschen weit mit dem Baby und …«

»Und was ist mit mir?«

Wir schauen beide das Kind an, das sich an Henrys Hüfte klammert, als wäre er ihr Lieblingsspielzeug – was er mehr oder weniger auch ist. »Ja, Mila. Wir sind auch sehr glücklich, dass du hier bist.«

Sie lächelt strahlend, und ich muss sagen, je älter sie wird, desto mehr ähnelt sie Stassie. »Onkel Henry, kann ich jetzt mein Eis haben? Die vereinbarten fünf Minuten sind rum.«

Henry setzt sie auf dem Boden ab und schiebt sie von sich. »Bitte deinen Dad um Geld.«

»Vereinbarte fünf Minuten?«, frage ich, während wir zuschauen, wie sie sich an Nates Bein klammert und ihren Wunsch zu ihm hinaufruft. Nate unterbricht sein Gespräch mit Emilia, greift seufzend nach seinem Portemonnaie und drückt seiner Tochter ein paar Geldscheine in die Hand, während er Henry böse Blicke zuwirft.

»Vereinbarte fünf Minuten, in denen sie offen und sozial sein muss«, erwidert Henry.

Ich unterdrücke mein Lachen mit einem Schluck Kaffee, und Mila kommt zu uns zurückgeschossen. »Er hat gesagt, ich muss den Zwillingen auch eins holen, aber die schlafen gerade, deshalb glaube ich, sie brauchen keins und wir sollten uns eine extragroße Portion holen.«

»Das klingt logisch. Komm, Kleine.«

Sie nimmt Henrys Hand, und die beiden gehen Richtung Eisdiele, The Little Moo, während ich allein zurechtkommen muss. Ich stehe noch immer nicht gern im Mittelpunkt und bin dankbar, dass sich heute alles um Aurora dreht. Im Laden hat sich eine Mischung aus Kunden und Freunden verteilt, die die Regale durchschauen und sich miteinander unterhalten. Ich sehe JJ und Alex mit meinen Eltern reden, Stassie einen Zwillingsbuggy schaukeln, während sie sich mit Jenna unterhält, und Mrs Brown intensiv die Abteilung mit den Liebesromanen inspizieren. Was vor noch gar nicht so langer Zeit eine alte vergessene Buchhandlung war, ist jetzt voller Leben.

Ich weiß, dass meine Schwiegermutter hier irgendwo ist, deshalb gehe ich unserer unvermeidlichen Begegnung möglichst lange aus dem Weg, indem ich, wie Aurora es mir beigebracht hat, Schnappschüsse von allen mache. Und dann schieße ich das beste Foto: Aurora hinter der Kasse, wie sie mit dem breitesten Lächeln im Gesicht jemandem einen großen Stapel Bücher verkauft. Durch das Licht, das durch die Fenster hereinfällt, leuchtet sie förmlich. Ich bin sofort überwältigt von ihrer Schönheit und mit Stolz erfüllt, dass sie all das selbst geschaffen hat.

Sie merkt, dass ich sie anschaue, als ihre Kundin mit gesenktem Blick ihre Taschen nach der Geldbörse abklopft. Ich forme mit den Lippen die Worte »Ich liebe dich«, und sie macht dasselbe. »Ich bin so stolz auf dich«, füge ich hinzu, und sie antwortet etwas, das vermutlich »Ich bin stolz, wie heiß du bist« bedeuten soll. Das ist der Moment, für den sich der ganze Umzug, das ewige Renovieren, all die Arbeit, die ich in meinen Boxershorts machen musste, weil ich den Karton mit unserer Kleidung nicht finden konnte, absolut gelohnt hat. Alles hat uns hierhergeführt, wo wir so unvorstellbar glücklich sind.

Nach einer weiteren Stunde ist mir klar, dass ich nicht wie geplant vom Laden aus arbeiten kann. Ich werde absolut nichts fertig bekommen, wenn ich den ganzen Tag meine Frau anstarre. Rory ist ein Naturtalent, was ich von Anfang an wusste, und mit jedem Kunden entspannt sie sich ein wenig mehr.

Als die Eröffnungsfeier allmählich ihrem Ende entgegengeht und sie ihren Platz an der Kasse verlässt, ruft jemand, vermutlich JJ: »Eine Rede!« Wir alle schauen voller Bewunderung zu, wie sie sich ein Glas Champagner reichen lässt und es rasch hinunterkippt. Sarah macht missbilligend »Ts«, aber Aurora ist Expertin darin, die Beschwerden ihrer Mutter zu ignorieren.

»Damit mache ich mir Mut.« Sie lacht. »Ähm …«

Ich bahne mir einen Weg zwischen den Leuten hindurch, die sich um sie versammelt haben, damit sie mich ganz nah vor sich sieht. Ihre Schultern sinken entspannt herab, und sie fixiert mich mit ihrem Blick.

»Danke, dass ihr alle heute hier seid. Wirklich, danke. Ich kann es kaum glauben. Ich weiß, viele von euch hatten einen langen Weg, und denen, die heute Nacht bei uns bleiben, habe ich zum Frühstück Pfannkuchen versprochen, und auf diesem Weg muss ich euch gleich sagen, dass ich schreckliche Pfannkuchen mache.« Das stimmt. »Danke an die Einwohner von Meadow Springs, dass Sie uns in Ihre Gemeinschaft aufgenommen haben. Ich weiß, am Anfang war es nicht leicht, aber Russ und ich fühlen uns hier so zu Hause. Für alle, die es vielleicht nicht wissen: Vor vielen Jahren habe ich mal einen Witz gemacht, dass ich hier einen Stripclub eröffnen würde. Offenbar hat das niemand vergessen.«

Alle im Raum lachen, und aus dem Augenwinkel sehe ich, wie Mrs Brown John aus einem der Bowlingläden etwas zuflüstert.

»Danke an alle, die geholfen haben, die Buchhandlung in Schuss zu bringen. Danke an meinen großartigen Schwiegervater, der seine ganze Zeit geopfert hat, damit alles perfekt wird; danke an meine Freunde, die mir geholfen haben, diese fürchterliche blass-beige Farbe loszuwerden und Hunderte von winzigen Sternen zu basteln. Danke an meine Mom für die sorgfältig zusammengestellten Listen mit Büchern, die ich kaufen sollte. Himmel, allmählich wird das hier eine Oscar-Rede. Ich mache es kurz. Es ist kein Geheimnis, dass ich Bücher liebe. Ich liebe Geschichten über Menschen, die ich nicht kenne, und über Orte, an denen ich nie gewesen bin. Ich habe Tausende Leben zwischen Tausenden von Seiten gelebt, aber keine Geschichte, kein Leben, keine Seite hat mich jemals so glücklich gemacht, wie du das tust, Russ Callaghan.«

Alle machen »Aww«, und ich spüre, wie meine Ohrläppchen rot werden.

»Bevor ich dich kennengelernt habe, hatte ich keine Vorstellung, wie mein Happy Ending aussehen könnte. Ich war mir nicht sicher, ob ich eins bekommen würde. Du bist mein Happy Ending, Russ. In Meadow Springs habe ich meine Liebe für dich entdeckt, und während ich beobachtet habe, wie du tatkräftig an unserem gemeinsamen Leben hier gearbeitet hast, habe ich mich wieder und wieder aufs Neue in dich verliebt. Danke, dass du mir ein Leben geschenkt hast, das sich zu gut anfühlt, um wahr zu sein. Danke, dass du mich Tiere nach

Hause bringen lässt, auch wenn du Nein gesagt hast. Danke, dass du mich jeden Tag meinen Traum leben lässt.«

Ich möchte auf sie zulaufen und sie küssen, bis ihre Lippen rosig werden, aber sie ist bei ihrer Arbeit, und ich will nichts tun, was ihr peinlich ist. Stattdessen hebe ich das Glas in ihre Richtung. »Auf Happy Endings.«

Sie hebt ebenfalls ihr Glas. »Und unbegrenzt viele Haustiere.«

»Nein«, widerspreche ich sofort, aber es ist zu spät.

»Auf Happy Endings und unbegrenzt viele Haustiere«, hallt es durch den Raum.

Danksagung

Die Leute sagen bei vielen Dingen »Es braucht ein Dorf«, aber auf dieses Buch trifft das zu!

Als Erstes muss ich mich bei euch bedanken, meinen Leser:innen. Ohne eure überwältigende Begeisterung für *Icebreaker* würde ich nicht die Danksagung für mein zweites Buch schreiben. Zu sagen, damit hätte ich niemals gerechnet, ist die Untertreibung des Jahrhunderts, aber der Nachhall der unglaublichen Unterstützung, die ich von euch bekommen habe, hat mein Leben verändert. Deshalb aus tiefstem Herzen danke.

Danke an meinen Mann, dass er so getan hat, als sei er ein Flughafen, und dafür, dass er mich nie getadelt hat, weil ich während der Arbeit an diesem Buch Unmengen bei Starbucks bestellt habe.

Erin, Ki und Rebecca: Danke, dass ihr mir zugehört habt, als ich letztes Jahr pausenlos über dieses Buch geredet habe, dass ihr mich bei dem beängstigenden, aber großartigen Sprung ins Verlagswesen unterstützt und geduldet habt, dass ihr mich weit häufiger auf eurer FYP gesehen habt, als euch allen lieb ist.

Lauren, danke, dass du dieses Buch öfter gelesen hast als ich und mich dabei jede Sekunde unterstützt hast. Du verdienst einen Preis dafür, dass du mich bei Verstand gehalten hast, selbst wenn ich um drei Uhr nachts Meilen von zu Hause entfernt zu sterben beginne. Ich habe solch ein Glück, dich auf meiner Seite zu haben.

Kimberly, danke, dass du mir geholfen hast, mich in dieser merkwürdigen neuen Welt zurechtzufinden, und dass du immer da bist, wenn ich dich brauche, ohne Rücksicht auf Zeitzonen. Du bist wirklich großartig, und ohne dich könnte ich nichts von alldem tun. Ich bin dermaßen dankbar für alles, was du für mich tust.

Ellie, danke für deine beherzten Versuche, mich jung und relevant zu halten. Ich bin so froh, dass du damals *Icebreaker* gesehen hast, und ich bin so glücklich, dass wir zusammenarbeiten dürfen. Ich bin stolz, wie weit du in den vergangenen zwölf Monaten gekommen bist, und ich kann kaum erwarten, was uns die Zukunft bringen wird.

Nicole, ich kann mir nicht vorstellen, dass irgendjemand Russ und Aurora mehr liebt als du. Danke, dass du immer bereitstehst, um dir meine Millionen von Ideen anzuhören, und dass du mir, während ich dieses Buch geschrieben habe, bei jedem Schritt zur Seite standest und mich aufgemuntert hast.

Allie und Kimmy, danke, dass ihr euch die Zeit genommen habt, meine Entwürfe zu lesen und mir euer ehrliches Feedback zu geben. Eure positive Einstellung war, was ich brauchte, und ich bin so dankbar, dass ich euch als Freundinnen habe.

Becs und Elena, danke, dass ihr mir versichert habt, ich könnte dieses Buch schreiben, wenn es sich wirklich, wirklich manchmal so angefühlt hat, als könnte ich es nicht. Ich bin so dankbar, dass zehnminütige Sprachnachrichten die Norm in unserer Freundschaftsgruppe sind.

Becky, danke, dass du ganz allgemein mein Lieblingsbär und Henrys Mädchen bist.

Und mein größter Dank gilt dem gesamten Team von Simon & Schuster und von Atria: Molly, Sarah, Sabah, Pip, Kaitlin, Ife, Morgan, Zakiya, Megan, Anthea, Kate und allen anderen im Hintergrund, die bis zum Umfallen arbeiten, um meine Bücher zu dem zu machen, was sie sind. Ich könnte nicht stolzer sein, Teil dieser Gruppe sein zu dürfen, und ich bin jeder und jedem Einzelnen von euch unglaublich dankbar, die ihr unermüdlich arbeitet, um mich auf jede denkbare Art und Weise zu unterstützen.

Grumpy meets Sunshine on Ice

Hannah Grace
ICEBREAKER
Aus dem Englischen
von Richard Betzenbichler
560 Seiten
ISBN 978-3-7363-2084-0

Seit ihrer Kindheit träumt Anastasia davon, es zu den Olympischen Spielen zu schaffen, und dank ihres Stipendiums an der University of California sowie eines strengen Zeitplans ist die Eiskunstläuferin ihrem Traum so nah wie noch nie. Doch plötzlich muss eine der Eissporthallen geschlossen werden, und kurz darauf fällt auch noch ihr Partner aus. Völlig unerwartete bietet Nathan Hawkins, der attraktive Captain des Eishockeyteams, ihr an, für diesen einzuspringen. Anastasia stimmt dem Angebot zu, doch sie kann sich keine weiteren Ablenkungen leisten – vor allem nicht in Form ihres neuen Partners …

»OBESSED with this book!« *JUST.A.GIRL.WHO.LOVES.BOOKS*

LYX

Triggerwarnung

Dieses Buch enthält Elemente,
die triggern können.

Diese sind:
Spielsucht, Alkoholismus, Erbrechen und Exkremente (in der Handlung beschrieben), aufdringliches Verhalten, Panikattacken, toxische Familienmitglieder.

Außerdem möchten wir darauf hinweisen,
dass dieses Buch folgende Themen behandelt:
Schwierige Familienverhältnisse, derbe Sprache, sexuelle Inhalte.